Petra Hammesfahr, geboren 1951, lebt als Schriftstellerin in der Nähe von Köln.

Petra Hammesfahr

Die Mutter

Roman

Wunderlich Taschenbuch

Neuausgabe März 2005

Veröffentlicht im Rowohlt
Taschenbuch Verlag,
Reinbek bei Hamburg, Mai 2001

Umschlaggestaltung any.way, Andreas Pufal
(Foto: photonica / Kamil Vojnar)
Gesamtherstellung Clausen & Bosse, Leck
Printed in Germany
ISBN 3 499 26517 6

Die Mutter

1. Kapitel

Es gibt Momente, in denen man rundherum zufrieden ist und meint, vom Schicksal begünstigt zu sein. Bei mir war es ein Sonntagnachmittag Ende Mai. Einer von den Tagen zwischen Frühling und Sommer, die fast zu schön sind, um wahr zu sein. Wollte ich ihn beschreiben, es käme nur Kitsch dabei heraus.

Die milde Sonne, die von einem kurzen Regenschauer in der Nacht blank geschrubbten Terrassenfliesen, das frische Grün im Gemüsegarten, den Rasen nicht zu vergessen. Und über allem der sanfte Himmel, nicht blau genug, um unecht zu wirken. Er sah aus wie mit den Resten aus einem Milchtopf übergossen, zarte weiße Schlieren nahmen ihm seine Postkartenanmutung und verliehen ihm Wahrhaftigkeit – uns auch.

Wir saßen auf der Terrasse, die Kuchenteller waren bereits leer, in den Tassen wurde der letzte Schluck Kaffee kalt. Jürgen lehnte sich im Sessel zurück und genoss mit geschlossenen Augen die Sonne. Vater erhob sich und ging in den Garten hinunter, um sich, wie er sagte, die Beine zu vertreten. Dabei wollte er nur seine jungen Pflänzchen bewundern. Kohlrabi, Kopfsalat und das, was einmal Blumenkohl werden sollte. Damit füllte mein Vater auf, was ihm von seinem Leben übrig geblieben war.

Mutter trug den Tortenrest in die Küche, kam zurück und freute sich, dass wir die Kaffeestunde ohne Wespenangriffe überstanden hatten. Sie war ein wenig skeptisch gewesen, den Tisch im Freien zu decken, obwohl Anne ihr mehrfach versichert hatte, dass Wespen erst viel später im Jahr aggressiv wurden.

Anne und ihr Freund Patrick Urban diskutierten eifrig, ob es sich lohnte, für einen bestimmten Film nach Köln zu fahren, obwohl er garantiert in spätestens drei oder vier Wochen auch in «unserem» Kino gespielt wurde. Dann das Hufgetrappel in der Einfahrt. Jürgen öffnete die Augen, grinste und sagte: «Die Hunnen kommen.» Mutter griff eilig nach der Zuckerdose. Damit es nicht gar so auffällig war, nahm sie auch das Sahnekännchen mit in die Küche. Sie verschwand durch die Tür, gerade als Rena hoch zu Ross um die Hausecke bog.

«Dachte ich mir, dass ihr draußen sitzt. Ist noch ein Stück Torte da?» Ihre Augen schweiften über den Tisch, sie stieg ab und sprang mit zwei Sätzen zu uns herauf.

«Musst du das Tier nicht anbinden?», erkundigte sich Mutter durch die offene Küchentür. Das Pferd stand einfach da.

Es war eine Fuchsstute; ein schönes Tier, soweit ich das beurteilen kann. Ich habe nicht viel Ahnung von Pferden, für mich sind sie nur groß. Rena warf der Stute einen Blick über die Schulter zu. «Schön stehen bleiben und nicht den Rasen anfressen. Wenn du brav bist, gibt's was Feines.»

Sie stürmte in die Küche. Ich hörte Mutters Protest: «Aber doch nicht mit den Fingern.»

Jürgen grinste immer noch. Vater kam aus dem Garten zurück und tätschelte der Stute den Hals. «Du bist ein braves Mädchen, Tanita. Ja, du bist ein braves Mädchen.»

Rena erschien wieder auf der Terrasse, einen Sahneklecks am Kinn, in einer Hand ein angebissenes, zerbröselndes Tortenstück, in der anderen ein paar Zuckerwürfel. Sie hielt der Stute die offene Hand mit den Würfeln hin, stopfte sich den Rest der Torte in den Mund, wischte sich die Hände an der Hose ab, schwang sich kauend in den Sattel und verschwand, wie sie gekommen war. «Bis später, Leute.»

Es gibt Momente, die gaukeln einem vor, man sei unverwundbar. Der Sonntagnachmittag im Mai war so einer. Wenn ich daran denke, kommen mir die Tränen. Ich kann nichts dagegen tun. Wir fühlten uns einfach zu sicher und waren überzeugt, es werde immer so weitergehen.

Es ging uns gut, wir waren eine glückliche Familie. Die Eltern noch bei bester Gesundheit, zwei wohlgeratene Töchter, eine harmonische Ehe, den Traum vom Haus auf dem Land hatten wir uns mit dem Kauf eines alten Bauernhofes auch erfüllt.

Wir sahen und hörten von anderen, denen plötzlich das Leben auseinander gerissen wurde. Ein Unfall, eine tödliche Krankheit, etwas, das meist ohne Vorankündigung über die Betroffenen hereinbrach. Wie der Tod von Susi Rembach. Das geschah an dem Sonntag, als wir auf der Terrasse saßen. Wir erfuhren es am Dienstag. Ein fünf Jahre altes Mädchen – ertrunken im Urlaub am Meer, vor den Augen seiner Mutter.

Entsetzlich, sagten wir, die arme Frau Rembach, wie wird sie das verkraften? Wir kannten sie gut. Sie war Jürgens Patientin. Er hatte sie auch während der Schwangerschaft betreut und wusste, wie sehr sie sich ein Kind gewünscht, wie lange sie vergebens darauf gehofft hatte und wie glücklich sie gewesen war, als er ihr endlich sagen konnte, dass sie schwanger sei. Nach Susis Tod kam sie nicht mehr in die Praxis. Sie gab sich die Schuld an dem Unglück, weil sie einen Moment lang nicht auf das Kind geachtet hatte. Nur zwei Wochen nach der Beerdigung nahm sie sich das Leben. Furchtbar, sagten wir und glaubten fest, dass solche Katastrophen immer nur andere trafen.

Uns passiert so etwas nicht!

Irgendwo im Hinterkopf tickte zwar die Uhr: Eltern sind nicht unsterblich. Mein Vater war fünfundsiebzig, meine Mutter nur zwei Jahre jünger. Ich wusste, dass ich irgendwann, vielleicht ganz plötzlich, einen von beiden würde hergeben müssen. Ich dachte nur nicht darüber nach. Und Sorgen um die Kinder? Es gab keinen Grund.

Dass sie in einem Moment der Unaufmerksamkeit ertrinken

könnten, stand nicht zu befürchten. Aus dem Alter waren sie heraus. Anne war fast achtzehn, Rena stand kurz vor ihrem sechzehnten Geburtstag. Auch ein gefährliches Alter, natürlich. Aber unsere Töchter trieben sich nicht in fragwürdigen Lokalen herum. Für sie war sogar die Zigarette ihres Großvaters pures Gift. Was hätten wir uns den Kopf zerbrechen sollen über Drogen oder Aids?

Anne hatte, seit sie fünfzehn war, einen so genannten festen Freund; Patrick Urban, ein netter, wohlerzogener junger Mann aus gutem Haus. Und Rena machte sich noch nichts aus Jungs. Rena liebte Tanita, die Fuchsstute, die sie an dem Maisonntag mit Zuckerwürfeln dafür belohnte, dass sie unseren Rasen nicht auffraß. Sie liebte Berry, den Apfelschimmel, für den sie häufig ein paar Möhren aus dem Garten stibitzte. Sie liebte nach wie vor Blacky, die schwarze Schönheit aus dem Orient, obwohl Blacky bereits im Pferdehimmel war. Man hatte sie im Januar einschläfern müssen. Und der erste Platz in Renas Herz gehörte Mattho, dem braunen Hengst. Ein Prachtexemplar von einem Pferd, ein Wundertier, wenn man Rena Glauben schenkte.

Im Juli verbrachten wir zwei erholsame Wochen in einer gemütlichen Familienpension im Harz – nur Jürgen, die Mädchen und ich. Meine Eltern mochten nicht mehr verreisen, und Jürgen war zu erschöpft gewesen für einen langen Flug. Er hielt es auch nicht mehr für ratsam, sich der südlichen Sonne auszusetzen. Wir unternahmen herrliche Spaziergänge auf schattigen Waldwegen, genossen die Ruhe und hörten zwanzigmal am Tag Renas Seufzer: «Wären wir doch schon wieder zu Hause.»

Zu Hause – für Rena war das nicht der Hof, den wir zwei Jahre zuvor gekauft hatten, es war der Reitstall. Damit hatten wir uns abgefunden. Sie hatte sich schwer getan mit dem Wechsel von der Stadt aufs Land. Anfangs hatte sie darauf bestanden, erst am Abend heimzukommen. «Sonst sehe ich meine Freunde ja nicht mehr.»

Das war ganz in meinem Sinne gewesen. Ihre damaligen

Freunde gefielen mir nicht. In den ersten Wochen nach unserem Umzug holte ich Rena mittags von der Schule ab und fuhr sie heim. Wenn sie neben mir im Wagen saß, beschwerte sie sich nicht, aber ihre Miene sprach Bände.

«Sie läuft herum wie das Leiden Christi», sagte Jürgen oft.

Anne hatte sich auf der Stelle in unser neues Domizil verliebt. So viel Platz, ein Zimmer, aus dem man gut und gerne zwei hätte machen können, ein eigenes Bad. Und ein Freund mit einem fahrbaren Untersatz! Rena dagegen glaubte sich ans Ende der Welt verbannt. Sie langweilte sich an den Nachmittagen. Bis wir eines Sonntags bei einem Spaziergang an der Koppel vorbeikamen und sie das Energiebündel sah.

Mattho war damals noch ein Fohlen, vier Monate alt. Ein Baby, sagte Rena. Mit diesem Baby wurden die Freunde in der Stadt nebensächlich. Und der Schulbus, der unterwegs noch zwei andere Dörfer streifte, war eine Zumutung. Rena brauchte ein schnelles Fahrrad. Rena stellte Rekordzeiten auf, stürmte bereits eine Viertelstunde nach Schulschluss ins Haus und beschwerte sich, dass das Essen noch nicht auf dem Tisch stand. Dann schlang sie in aller Eile die Mahlzeit hinunter, verzog sich für eine halbe Stunde in ihr Zimmer, um die Schularbeiten zu erledigen. Danach verschwand sie, tauchte erst am Abend wieder auf, schwärmte uns mit leuchtenden Augen von Mattho und seinen ausgewachsenen Artgenossen vor.

Sie bettelte um Reitstunden. Jürgen kannte den Besitzer des Reitstalls und vereinbarte mit ihm eine Stunde pro Woche. Nur der Form halber. Rena war jeden Tag im Stall.

«Aber er will ja auch leben», sagte Jürgen.

Seitdem drehte sich für Rena das Dasein nur noch um Pferde. Und Mattho, inzwischen ein stattlicher Zweijähriger mit den typischen Unarten halbstarker Kraftprotze, war ihr wichtiger als jede Verabredung mit Gleichaltrigen. Hin und wieder durfte sie ihn reiten, sie empfand das als besondere Auszeichnung. Mattho sollte zum Turnierpferd ausgebildet werden, wenn er das richtige Alter erreicht hatte. Es hieß, er werde bald verkauft.

Als wir aus dem Urlaub zurückkamen, musste Rena sich sofort überzeugen, dass er noch im Stall stand. Erst danach konnte sie ihren Koffer auspacken. Und so sehe ich sie noch vor mir: wie sie einen Teil der Kleidungsstücke zur Seite legte und ein paar Sachen zurück in den Schrank hängen wollte. «Das habe ich nicht angehabt.»

«Leg es trotzdem zur Schmutzwäsche.»

«Aber die Sachen sind völlig in Ordnung, Mutti.»

«Sie riechen nicht mehr gut.»

Sie drückte ihre Nase in ein weißes Shirt und schnüffelte am Stoff. «Ich rieche nichts.»

Sie selbst roch nach Stall, nach Pferd. Dieser typische Geruch, der Mutter oft zu einem Naserümpfen veranlasste und zu der Bemerkung: «Wie oft ist dir schon gesagt worden, du sollst duschen, bevor du an den Tisch kommst!?»

«Geh unter die Dusche», sagte ich. «Ich mache das hier für dich.»

Sie schaute mich an – mit diesem Betteln im Blick. «Lieb von dir. Aber wenn du es machst, darf ich dann vielleicht nochmal? Bitte, Mutti! Du glaubst nicht, wie Mattho sich gefreut hat, als er mich sah. Nur eine halbe Stunde, Mutti, bitte, bitte, bitte.»

Sie schlug die Hände aneinander wie ein Baby, während sie mich anschmachtete. Schmollmund und Kulleraugen. Das lange blonde Haar im Nacken mit einer Spange gehalten. Sie war ein so hübsches Mädchen.

Gut vier Wochen später, am ersten Sonntag im September, feierten wir ihren Geburtstag im Kreis der Familie. Die turbulente Party mit Freunden hatten wir meinen Eltern zuliebe um einen Tag verlegt und Mutter die Vorbereitungen mit zwei Konzertkarten versüßt. Obwohl, so turbulent war es nicht.

Jürgen und ich waren mehrfach unten und saßen für eine Weile dabei. Nicht unentwegt, wir wollten nicht den Eindruck von Kontrolle erwecken. Es war auch keine Kontrolle nötig. Es war nett und friedlich. Ich weiß noch, dass ich dachte, wir hätten uns die Konzertkarten sparen sollen. Es wäre eine gute Gelegenheit gewesen, Mutter zu überzeugen, dass sie nicht immer in allem Recht hatte.

In Mutters Augen machten junge Leute grundsätzlich Lärm und Schmutz, verbreiteten Unordnung, kannten keine Rücksicht, waren für keinen gut gemeinten Rat zugänglich. Und wenn sie in Scharen auftraten, schlug Mutter drei Kreuzzeichen.

Nichts gegen Annes Freund, wenn er am Sonntagnachmittag mit am Kaffeetisch saß. Patrick Urban wusste, was sich gehört. Er bedankte sich für das Stück Stachelbeer-Baiser-Torte und sang anschließend ein Loblied auf Mutters hausfrauliche Qualitäten.

Aber eine Party, ein halbes Dutzend von diesen Quälgeistern! Und keiner weiß die Mühe zu schätzen, die es gekostet hat, die Salate anzurichten! Keiner hat ein Auge für die liebevolle Garnierung. Sie stopfen sich das achtlos in den Mund und lassen sich das Hirn vernebeln von konfuser Musik.

Zu dieser Ansicht war Mutter nicht erst gelangt, seit sie mit ihren Enkeltöchtern unter einem Dach lebte. Als ich in Renas Alter war, wäre eine Party mit Freunden unmöglich gewesen. Die Beatles oder die Stones? Völlig ausgeschlossen! Ich habe niemals Rock 'n' Roll tanzen gelernt, auch nie Twist. Ich kann Walzer, Foxtrott und ein paar andere Gesellschaftstänze.

Nebensächlichkeiten. Alles ist nebensächlich. Aber es ist auch alles wichtig geworden. Jede Kleinigkeit, jedes noch so winzige Detail könnte eine Antwort geben.

Wir hatten Rena erlaubt einzuladen, wen sie wollte. Der Kontakt zu ihren früheren Freunden war abgebrochen. Nicht völlig, das wusste ich. Sieben Jugendliche waren es gewesen, drei Jungs, vier Mädchen. Alle waren sie ein, zwei oder sogar drei Jahre älter als Rena. Den Zugang zu dieser Clique hatte sie durch Nita Kolter bekommen.

Wie Anne und Rena besuchte auch Nita Kolter das Humboldt-Gymnasium. Sie war einmal nicht versetzt worden und für eine Weile in Renas Klasse aufgetaucht. Da war sie dreizehn gewesen und für Rena nichts weiter als eine neue Mitschülerin, die sie bereits flüchtig vom Sehen kannte. Besonders auffällig kann Nita zu dieser Zeit nicht gewesen sein. Aber es begann bald. Und es dauerte nicht lange, da bestand die Klassenlehrerin darauf, dass Nita in die Parallelklasse überstellt wurde.

Sie war ein überaus schwieriges Mädchen, ohne Vater aufgewachsen. Ihre Mutter inserierte in diversen Zeitungen unter der Rubrik «Begleitung».

Irgendeiner aus unserem Bekanntenkreis war einmal über solch eine Annonce gestolpert. Es stand sogar die Adresse dabei. Für die Männer war das ein Anlass zum Schmunzeln. Jürgen sagte: «Sieh an, ein Privatpuff in unserer kleinen sauberen Stadt. Haben wir überhaupt Bedarf für so etwas?»

Hatten wir wohl. Schlecht verdienen konnte Regina Kolter mit ihren Begleitungen nicht. Sie hatte sich eine der sündhaft teuren Eigentumswohnungen auf dem Gelände des ehemaligen Verladebahnhofs zugelegt, fuhr ein Mercedes-Coupé 350 SL, hüllte sich von Herbstbeginn bis Frühlingsanfang in diverse Pelze. Kurz und gut, sie tat alles, um dem Klischeebild einer Edelnutte zu entsprechen.

Auf Nita hatte der Lebensstil ihrer Mutter eine verheerende Wirkung. Sie trieb sich herum, suchte bei den unmöglichsten Figuren Bestätigung und Anschluss. Mit ihrem losen Mundwerk und ihrer schrillen Art hatte sie Rena eine Weile imponiert. Damit war es seit dem Umzug vorbei. Es ließ sich zwar nicht verhindern, dass sie in den Pausen auf dem Schulhof zusammentrafen, doch nicht einmal darauf schien Rena noch Wert zu legen. Manchmal hörte ich von Anne, dass Nita wieder einmal den Versuch unternommen hatte, Rena zu einem Nachmittag in der Stadt zu bewegen. Aber ich hörte es nur von Anne. Und es klang immer so, als sei es Rena lästig und unangenehm gewesen, sich – und sei es nur für ein paar Minuten – mit Nita auseinander zu setzen.

Durch den Reitstall hatte sie neue Bekanntschaften geschlossen. Udo, Armin, Horst, Katrin, Tanja, Ilona – für mich waren es lange Zeit nur Namen. Ich kannte ihre Gesichter nicht, wusste nicht, wie alt sie waren. Ich hörte nur, dass Udo der Sohn eines Landwirtes aus dem Dorf und Ilona die Tochter eines Rechtsanwaltes aus der Stadt war. Dass Katrin ein eigenes Pferd besaß, dass Horst furchtbar gelitten hatte, als Blacky sterben musste, dass er seitdem viel lieber Tierarzt als Steuerberater werden wollte. Dass Tanja neuerdings eine Zahnspange tragen musste und Armin eine Brille. An dem Samstagabend lernte ich sie endlich kennen.

Die drei Mädchen waren jünger als Rena, die drei Männer – Jungen waren es nicht mehr – älter. Udo schon Ende zwanzig, ein wahres Kraftpaket, gut eins neunzig groß und muskulös. Man sah ihm an, dass er gewohnt war, fest zuzupacken. Er war ein bodenständiger Typ, etwas wortkarg und verschlossen, aber sympathisch.

Horst war ein schmächtiges Kerlchen mit blassem, rundem Kindergesicht und dünnem rotem Haar. Ich schätzte ihn in Renas Alter und war erstaunt zu erfahren, dass auch er die zwanzig bereits überschritten hatte. Später erfuhr ich, dass er mit vierzehn Jahren an Leukämie erkrankt war. Er hatte die Krankheit überwunden, doch sie hatte seine Entwicklung stark beeinträchtigt. Mir fiel auf, dass er in rührender Weise um Rena bemüht war. Sein Verhalten hatte etwas naiv Schwärmerisches, als ob er ein Idol anhimmele, von dem er wusste, es war unerreichbar für ihn. Horst war ein lieber Kerl, abgeklärt und weise wie ein alter Mann.

Auch Armin hatte mit seinen achtzehn Jahren nichts von dem Gehabe, das viele Gleichaltrige an den Tag legen. Ich konnte ihn mir eher mit einem dicken Wälzer am Schreibtisch als auf einem Pferderücken vorstellen. Ein intelligenter junger Mann mit einem Faible für Paläontologie. Jürgen hatte seine helle Freude an ihm.

Sie unterhielten sich lange. Von Jürgen hörte ich auch, dass ich mit meiner Vorstellung vom dicken Wälzer der Wahrheit sehr nahe gekommen war. Armins Vater hatte die Reitstunden zwangsverordnet, um den Sohn wenigstens stundenweise vom Schreibtisch fern zu halten.

Ich war erstaunt, als kurz vor neun noch einmal die Türklingel anschlug. Und begeistert war ich nicht, als ich sah, wer vor der Tür stand: Nita Kolter nebst Anhang. Genauso schrill und aufdringlich, wie ich sie im Gedächtnis hatte. Und wie früher nur darauf aus zu schockieren.

Ich erinnere mich an eine Gelegenheit; wir lebten noch in der Stadtwohnung. Da kamen an einem Nachmittag einige aus der Gruppe, um Rena abzuholen. Zwei Jungen und Nita. Rena war in ihrem Zimmer. Sie musste noch eine Arbeit für die Schule erledigen. Ich wollte, dass sie das in Ruhe tat, und bat die drei, für ein paar Minuten im Wohnzimmer Platz zu nehmen. Dort saß Anne mit einem Buch und einer Tasse Tee. Und auf dem Tisch stand die kleine Dose mit Annes Süßstofftabletten. Einer der Jungen nahm die Dose und drückte die Tabletten heraus. Drückte sie einfach heraus, eine nach der anderen, ließ sie auf den Boden fallen und zertrat sie.

Ich war, nachdem ich sie hereingelassen hatte, zurück ins Schlafzimmer gegangen, telefonierte mit meinem Vater und hörte Anne fragen: «Aber sonst geht's dir gut, ja?»

Sie bekam keine Antwort. Ich hörte nur ein Kichern – Nita amüsierte sich – und nach ein paar Sekunden wieder Annes Stimme: «Jetzt reicht's. Stell die Dose zurück auf den Tisch, du Idiot.»

Ich ging hinüber, um zu sehen, was los war. Doch ich kam nicht dazu, etwas zu unternehmen. Genau in dem Augenblick, als ich das Wohnzimmer betrat und etwas sagen wollte, kam Rena aus ihrem Zimmer. Sie war mit ihrer Schularbeit fertig und innerhalb weniger Sekunden waren sie verschwunden. Zurück blieben die zertretenen Krümel auf dem Fußboden. Es war sinnlos und überflüssig. Es war Ablehnung, eine Demonstration von Anderssein.

Dass Rena ihre alte Clique eingeladen hatte, glaubte ich nicht eine Sekunde lang. Sie hatte, als Mutter wissen wollte, ob sie zwei oder drei Salate machen sollte, gesagt: «Mach nicht zu viel, Großmutter. Ein Salat reicht schon für ein paar Leute. Wir haben ja auch Chips und Nüsse und all den anderen Kram. Ich meine, die Fleischplatte und die Fischplatte und den Käse.» Nita musste in der Schule von Renas Party gehört und mit den anderen darüber gesprochen haben.

Wir saßen im Wohnzimmer, Jürgen und ich. Als es klingelte, ging ich zur Tür, öffnete und sah Nitas weiß gepudertes Gesicht mit den rot umrandeten Augen vor mir. Sie trug einen schwarzen Schlapphut und einen langen schwarzen Umhang, sah damit aus wie ein Vampir, es fehlte nur das Plastikgebiss mit den entsprechenden Zähnen.

Neben ihr stand der, den Anne einmal Idiot genannt hatte. Er hatte einen Arm um Nitas Taille gelegt, etliche dünne Goldringe durch Ohrmuscheln, Nasenflügel und Augenbrauen gezogen. Die anderen fünf standen mit teils gelangweilten, teils gespannten Mienen im Halbkreis hinter ihrer Anführerin.

Mir schien, Nita hatte getrunken. Sie schwankte, ihre Sprache klang verwaschen. «Überraschung, Überraschung!», nuschelte sie. «Das ist eine Freude, was? Jetzt kommt Schwung in die Bude!»

Ihre Stimme brachte Jürgen in die Diele. «Ihr habt euch sicher verfahren», meinte er. «Also passt mal auf, ihr fahrt jetzt runter bis zur Landstraße und biegt nach rechts ab. So kommt ihr am schnellsten zurück in die Stadt. Da habt ihr garantiert mehr Möglichkeiten, auf eure Kosten zu kommen, als hier.»

Nita grinste ihn an. «Wir wollen nur gratulieren!»

«Hier ist niemand, der Wert darauf legt», sagte Jürgen.

Er hatte noch nicht ganz zu Ende gesprochen, da drehte sich einer der Jungen hinter Nita um und ging zu einem der beiden Wagen, mit denen sie gekommen waren. Er öffnete die Fahrertür und rief: «Jetzt lasst den Quatsch und kommt!» Den Worten und seiner

Miene nach zu schließen, war ihm Nitas Auftritt peinlich. Er distanzierte sich, sah auch nur halb so schrill aus wie die anderen. Niemand beachtete ihn.

Nita grinste weiter, reckte sich auf Zehenspitzen und spähte über Jürgens Schulter in die Diele. «Hey, Pferdchen», rief sie. «Du hast vergessen, deinen Türsteher zu informieren, dass noch Ehrengäste kommen.»

«Es reicht», sagte Jürgen ruhig. «Verzieht euch.»

Der Junge stieg in den Wagen und fuhr davon. Nita und ihr restlicher Anhang beachteten weder seine Abfahrt noch Jürgen. «Hey, Pferdchen», rief sie noch einmal. «Was treibst du? Lässt du dich schon mal einreiten?»

Ein paar grinsten. In Jürgens Miene regte sich nichts. Ohne ein Wort schloss er die Haustür und ging zurück in das Wohnzimmer. Ich ging in die Küche. Vom Fenster aus sah ich, dass sie noch sekundenlang unschlüssig zusammenstanden. Nita gab neue Anweisungen, dann setzte sie sich in Bewegung. Sie torkelte. Der mit den Goldringen fasste sie wieder um die Taille.

Von dem Jungen und seinem Auto war nichts mehr zu sehen. Sie zwängten sich zu sechst in den zweiten Wagen und verschwanden wieder. Es wunderte mich, ich hatte nicht damit gerechnet, dass sie kampflos das Feld räumten. Es passte nicht zu Nita, sich die Tür vor der Nase schließen zu lassen. Ich ging ebenfalls zurück ins Wohnzimmer.

«Ich glaube, sie war betrunken», sagte ich.

Jürgen schüttelte den Kopf. «Bekifft kommt eher hin. Eine Fahne hatte sie nicht.»

Rena musste Nitas Stimme gehört haben, aber sie nahm das unschöne Intermezzo nicht zur Kenntnis. Sie saß mit Udo, Horst, Armin, Katrin, Tanja und Ilona in einer Ecke und spekulierte über ihr Geburtstagsgeschenk. Wir hatten keinen Ton darüber verlauten lassen. Aber sie wusste genau, dass sich am nächsten Morgen ihr Herzenswunsch erfüllen sollte. Ein eigenes Pferd.

Nicht ihren Liebling Mattho. Das war uns zu riskant erschienen. Ein junger Hengst im besten Flegelalter, unberechenbar, wenn ihn der Hafer stach, wie Hennessen, der Besitzer des Reitstalls, es ausdrückte. Hennessen hatte uns gestanden, dass sogar er manchmal Blut und Wasser schwitzte, wenn Rena sich in Matthos Sattel schwang.

«Er hat seine Macken, der Kerl. Mit ihm ist nicht jeden Tag gut Kirschen essen. Wenn er die Augen verdreht, weiß ich Bescheid.» Hennessen hatte uns eine Stute empfohlen, braun wie Mattho, doppelt so alt wie er, im Gegensatz zu ihm jedoch sanft wie ein Lamm. Wir hatten mit Hennessen vereinbart, dass er das Tier früh am Sonntagmorgen auf den Hof brachte. Er sollte es in der Scheune anbinden, nur für ein paar Stunden.

Wir konnten die Stute noch nicht dauernd auf dem Hof unterbringen. Die Stallungen waren in sehr schlechtem Zustand. Ursprünglich hatten wir sie abreißen lassen wollen. Deshalb waren sie nicht zusammen mit dem Wohnhaus und der Scheune renoviert worden, als wir den Hof kauften. Nun hatten wir uns entschlossen, auch das Gebäude instand setzen zu lassen. Dann hatte Rena ihren Traum in der Nähe und konnte, wenn sie Lust hatte, schon in aller Herrgottsfrühe lospreschen.

Ich stellte mir vor, wie sie mit roten Wangen am Frühstückstisch saß, das lange Haar noch feucht von der Dusche, wie sie mittags aus der Schule kam. Wie ihr erster Weg sie in den Stall führte. Wie sie mit Sattel und Zaumzeug hantierte, braunes Fell striegelte, Heuballen schleppte und restlos glücklich war. Das war sie!

Beim Frühstück am Sonntagmorgen zappelte sie herum, nahm sich kaum die Zeit, Annes Geschenk auszupacken. Ein Paar neue Stiefel. Anne war besorgt, ob sie auch richtig passten. Rena zwängte die Füße hinein und alles war bestens. Von meinen Eltern bekam sie einen Sattel. Damit stand fest, was wir ihr zugedacht hatten. Sie hatte uns schließlich oft genug erklärt, dass es nicht so war, wie wir es aus alten Wildwestfilmen kannten. In Hennessens Stall gehörte der Sattel zum Pferd, nicht zum Reiter. Rena wollte auf der Stelle hinaus. «Wo ist er? Wo habt ihr ihn versteckt?»

«Nun mal langsam», sagte Jürgen. «Wir können sicher zuerst in Ruhe frühstücken. Ich fürchte, später kommen wir nicht mehr dazu. Du hältst es doch bestimmt noch so lange aus, bis wir alle unseren Kaffee getrunken haben. Dann gehen wir zusammen hinaus und haben alle was davon.»

Sie gab sich große Mühe, geduldig zu sein. Aber die obligatorische Zigarette ihres Großvaters nach dem Frühstück konnte sie nicht abwarten. Sie stürmte auf den Hof, blinzelte ins grelle Licht, schaute mit zusammengekniffenen Augen zur Scheune hinüber. Dann lief sie los, zerrte das Tor zur Seite, verschwand im Dämmerlicht. Ich höre sie noch heute rufen: «Mattho! Mein Mattho!»

Jürgen war dicht hinter ihr. «Sie heißt Isabella», sagte er. «Aber sie ist daran gewöhnt, dass man sie Bella nennt.» Er lachte leise. «Wem sage ich das? Du kennst sie doch besser als ich.»

Rena war stehen geblieben, als er zu sprechen anfing. Sie drehte sich zu ihm um. «Aber Hennessen sagte, Mattho ist verkauft. Er wollte mir nicht sagen, wer ihn gekauft hat. Und da dachte ich …»

Sie brach ab. Jürgen vollendete den Satz: «Da dachtest du, wir hätten den braunen Teufel für dich gekauft. Weil wir ganz wild darauf sind, unsere Namen auf ein Gipsbein zu schreiben. Wenn es beim Gipsbein bleibt.»

«Er hat mich noch nie abgeworfen.»

«Einmal ist immer das erste Mal», sagte Jürgen und ging auf die Stute zu. «Und bisher war Hennessen in der Nähe. Hier ist niemand, der eingreifen könnte, wenn das Biest mit dir durchgeht.» Er tätschelte den Hals der Stute und forderte: «Na, komm her und begrüße sie. Ist sie nicht hübsch?»

Rena ging die paar Schritte. «Doch», sagte sie. Sehr begeistert klang es nicht.

«Und was sagt man zu einem hübschen Geschenk?», fragte Jürgen.

«Danke», sagte Rena.

Es war ein paar Minuten nach zehn, als sie der Stute den Sattel auflegte und losritt. Wir standen auf dem Hof und schauten ihr nach.

Mutter sagte: «Ich bekomme eine Gänsehaut, wenn ich das sehe, so ein großes Tier.»

Vater erkundigte sich bei Jürgen: «Was hast du bezahlt?»

«Noch nichts», sagte Jürgen. «Wir wollten erst sehen, ob es funktioniert und sie sich Mattho tatsächlich aus dem Kopf schlägt. Hennessen sagte, sie hatte mit Bella noch nie zu tun. Sie hat bisher immer die Fuchsstute geritten. Aber die wollte er nicht verkaufen. Sie ist trächtig.»

Vater nickte verstehend. «Dann frage ich anders. Was soll Bella denn kosten?»

«Fünf», sagte Jürgen. «Das ist ein akzeptabler Preis.»

Über Mittag kam Rena nicht heim, wir hatten auch nicht mit ihr gerechnet. «Vor dem Kaffee sehen wir sie nicht wieder», meinte Jürgen.

Um vier kam sie zurück, zu Fuß. Sie ging in ihr Zimmer, wusch sich, zog sich um und kam herunter. Mutter hatte sich viel Mühe gegeben mit der Kaffeetafel. Zwei frisch gebackene Torten und der Geburtstagskuchen mit den brennenden Kerzen. Rena blies die Kerzen aus, nahm ein Stück Kuchen auf ihren Teller und griff nach der Gabel.

Bevor sie den ersten Bissen zum Mund führte, erklärte sie: «Bella ist nicht so schnell wie Mattho, aber sie springt gut. Er scheut manchmal vor den Hindernissen. Hennessen meint, es liegt am Alter, mit der Zeit wird er ruhiger und vernünftiger. Ich möchte wissen, wer ihn gekauft hat. Hennessen wollte achtzehntausend Mark für ihn haben, wusstet ihr das?»

«Nein», sagte Jürgen.

Bissen und Gabel schwebten noch in halber Höhe zwischen Teller und Renas Mund. «Was habt ihr denn für Bella bezahlt? Nicht so viel, oder?»

Jürgen lachte. «Habe ich dich gefragt, was das Aftershave gekostet hat, das du mir zum Geburtstag geschenkt hast?»

«Entschuldigung», murmelte Rena und führte endlich die Gabel zum Mund. Wenn sie morgens enttäuscht gewesen war, am Nachmittag hatte sie das bereits überwunden. Davon bin ich überzeugt und ihr Verhalten gibt mir Recht.

Nach dem Kaffee holte sie ihr Fahrrad aus der Scheune und verschwand wieder. Zum Abendessen kam sie zehn Minuten zu spät. Sie wollte nach dem Essen noch einmal los; Bella gute Nacht sagen. Jürgen meinte, es reiche für den ersten Tag. Um zehn ging sie hinauf in ihr Zimmer.

Montags saßen wir morgens um sieben zusammen am Frühstückstisch. Wir frühstückten immer gemeinsam, auch wenn Jürgen und ich dafür früher aufstehen mussten. Aber Jürgen hatte ohnehin eine innere Uhr, die ihn pünktlich um sechs aus dem Schlaf riss. Und mir war diese halbe Stunde Gemeinsamkeit bei Tagesbeginn sehr wichtig. Kinder brauchen das Gefühl von Wärme und Geborgenheit. Sie brauchen es auch noch mit sechzehn.

Um halb acht bestiegen sie ihre Fahrräder. Sie fuhren meist mit den Rädern zur Schule. Auch im Winter. Bis zur Bushaltestelle im Dorf ist es mehr als einen Kilometer zu laufen. In der Zeit waren sie auf ihren Rädern schon fast am Ziel. Es sind über die Landstraße sieben Kilometer, durch die Felder nur vier. Sie nahmen immer den Feldweg, er war sicherer als die Straße mit ihren unübersichtlichen Kurven und Bäumen.

Jürgen und ich verließen das Haus um halb neun. Nach dem Umzug hatte ich begonnen, mit ihm in der Praxis zu arbeiten. Ich habe Medizin studiert, allerdings nur bis zum ersten Staatsexamen. Kurz danach wurde ich mit Anne schwanger und brach mein Studium ab. Knapp zwei Jahre später wurde Rena geboren. Es war mir wichtiger, für meine Kinder da zu sein, als meine Ausbildung zu beenden. Nur waren die Kinder inzwischen dem Alter entwachsen, in dem sie ständige Betreuung brauchten. Und um den Haushalt kümmerte sich Mutter. Sie hatte nie etwas anderes getan, als einen Haushalt zu führen. Das waren fünfundvierzig Jahre Erfahrung, damit konnte keine Tochter konkurrieren.

Ich kam mir in den ersten Wochen auf dem Land ziemlich überflüssig vor. Und ausgerechnet zu dem Zeitpunkt verlor Jürgen eine langjährige Angestellte. Er war lange Jahre der einzige Gynäkologe in der Stadt gewesen. Nun hatte sich eine junge Ärztin niedergelassen, und unsere gute Frau Sehl zog es vor, ihre Brötchen fortan bei der Konkurrenz zu verdienen. Für Jürgen war es ein harter Schlag. Er brauchte dringend einen Ersatz. Vater machte den Vorschlag, dass ich für Frau Sehl einspringen könnte, statt nutzlos mit Mutter zu debattieren, ob die Fenster jede Woche oder nur alle vierzehn Tage geputzt werden mussten.

Es hatte einiges für sich, und so hoch waren die Anforderungen nicht. Ich assistierte Jürgen bei Untersuchungen und unterstützte Sandra Erken, unsere Laborkraft, die nur halbtags kam, bei der Arbeit. Das meiste in diesem Bereich wird zwar eingeschickt, aber ein wenig fällt immer an. Schwangerschaftstests, mikroskopische Untersuchungen auf Pilzbefall und dergleichen, so etwas macht man in der Praxis.

Wir nahmen Jürgens BMW an dem Montagmorgen. Morgens fuhren wir immer gemeinsam, am Nachmittag getrennt. Jürgen hatte oft abends noch mit Papierkram zu tun. Er fand, wenigstens ich sollte pünktlich Feierabend machen können.

Über Mittag fuhren wir heim, saßen um zwei gemeinsam am Tisch. Rena schlang ihr Essen schneller hinunter als sonst. Sie hatte noch etwas Wichtiges für die Schule zu erledigen. Anne sollte ihr dabei helfen. Anschließend musste Rena dringend zum Reitstall, Bella einreiten. Jürgen schmunzelte über den Ausdruck. «Eingeritten dürfte sie aber sein.»

Rena war bereits auf dem Weg nach oben, erklärte über die Schulter: «Das schon. Aber wir müssen uns doch aneinander gewöhnen.»

«Das hört sich anders an», sagte Jürgen.

Pünktlich um drei waren wir wieder in der Praxis. Zu dem Zeitpunkt saß Rena wohl im Sattel. Es war nicht viel zu tun an dem Nachmittag. Ich kam kurz nach fünf heim. Am Morgen war es noch sonnig gewesen. Der Spätnachmittag hatte den Garten in ein Schattenspiel verwandelt. Es war kühl und windig.

Anne saß mit ein paar Büchern im Wintergarten, ich setzte mich für eine Weile zu ihr. Wenig später kam auch Jürgen, inspizierte zum wiederholten Mal die Stallungen und überschlug im Kopf, wie teuer die Instandsetzung werden könnte. Vater war im Garten beschäftigt, Mutter in der Küche.

Der Dienstag und der Mittwoch waren nicht anders. Nur das Wetter verschlechterte sich. Ein atlantischer Tiefausläufer, hieß es im Fernsehen. Für den Donnerstag wurde ein Sturm angekündigt mit weiteren heftigen Regenfällen.

Rena verbrachte die meiste Zeit im Reitstall. Wir haben sie nicht oft zu Gesicht bekommen, das weiß ich. Aber eine Sechzehnjährige führt man nicht mehr an der Hand wie ein Kleinkind. Und im Gegensatz zu vielen anderen Eltern wussten wir zu jeder Minute, was unsere Kinder taten und wo sie sich aufhielten. Anne daheim oder bei Patrick, Rena bei den Pferden.

Hennessens Reitstall liegt in westlicher Richtung etwa dreihundert Meter hinter den letzten Häusern am Ortsrand. Durchs Dorf sind es vier Kilometer. Die Straße verläuft wie ein großer runder Bogen über einer geraden Linie. Die gerade Linie ist ein Feldweg neben dem alten Bahndamm, der von unserem Hof direkt zu Hennessen führt. Der Weg ist für den normalen Straßenverkehr gesperrt. Es ist auch nicht ratsam, ihn mit einem Pkw zu befahren.

Er ist nicht befestigt, wird von Traktoren benutzt und ist in entsprechendem Zustand. Die Fahrspuren sind mindestens dreißig

Zentimeter tief. Zwei breite Rinnen, in denen nach starken Regenfällen das Wasser noch tagelang steht. Mit einem Fahrrad ist es kein Problem, wenn man sich auf der Seite hält, die an die Äcker grenzt.

Rena fuhr immer mit dem Rad. Nur wenn es stark regnete, ließ sie sich mittags von mir oder von Vater mit dem Wagen zum Reitstall bringen. Oder sie rief am Abend an und wollte abgeholt werden. Am Dienstag und Mittwoch hatte sie das getan. Einmal war ich gefahren, einmal Vater.

Am Donnerstagmorgen hatte sich der Wind gelegt, es nieselte nur noch. Anne wollte trotzdem den Schulbus nehmen. Sie berief sich auf den angekündigten Sturm. «Ich habe keine Lust, mit dem Rad in ein Unwetter zu geraten.»

Rena nörgelte: «Dann sind wir erst Viertel nach zwei zu Hause. Und von der Bushaltestelle bis hier werden wir auch klitschnass.»

Anne blieb hart, und allein mit dem Rad fahren mochte Rena nicht. Sie schloss sich Anne an.

Im Laufe des Vormittags bewies der Wetterbericht seine Glaubwürdigkeit. Schon um zehn sah der Himmel aus wie mit Teer überzogen und die Schlieren wirbelten tüchtig durcheinander. Jürgen hatte um halb zwölf einen Termin bei der Bank. Im Hinausgehen sagte er: «Da kommt ja mächtig was runter.»

Er fragte nach einem Regenschirm. Jasmin – sie saß an der Anmeldung, bediente das Telefon, machte Termine aus und so weiter – hatte einen Schirm dabei. Jürgen wollte ihn sich ausleihen, um auf dem kurzen Weg zum Wagen nicht tropfnass zu werden. Aber es war unmöglich, einen Schirm aufzuspannen.

Es saßen noch zwei Patientinnen im Wartezimmer, als Jürgen die Praxis verließ. Eine ältere Frau, die nur das Ergebnis ihrer Mammographie erfahren wollte, und eine Schwangere, die für Ultraschall vorgemerkt war. Beide konnte ich übernehmen.

An dem Donnerstag fuhren wir mittags nicht zur üblichen Zeit heim. Jürgen wurde in der Bank länger aufgehalten als vorhergesehen. Er kam erst kurz vor eins in die Praxis zurück, da hätten wir losfahren können. Doch inzwischen goss es wie aus Kübeln, und was draußen wehte, konnte man nicht mehr Wind nennen.

Ich stand am Fenster im Sprechzimmer, als Jürgen hereinkam. Auf der gegenüberliegenden Straßenseite kam eine große, kräftige Frau aus dem Supermarkt und wollte zu ihrem Auto. Sie zog einen Einkaufswagen hinter sich her. Er war schwer beladen. Doch als sie ihn losließ, um die Autotür zu öffnen, trieb der Sturm ihn weg. Er rollte gegen einen Stein und kippte um. Konserven und andere Lebensmittel kullerten und flogen in alle Richtungen davon.

«Sieh dir das an», sagte ich.

«Muss ich mir nicht ansehen. Ich war gerade drin.»

Ans Fenster kam er doch. Wir schauten zu, wie die Frau sich abmühte, ihre Waren aufzusammeln und im Auto zu verstauen.

«Das ist Annegret Kuhlmann», sagte Jürgen. «Ihre Einkäufe hätte sie besser auf morgen verschoben. Bei dem Wetter fährt man doch nicht freiwillig los. Und ihre Kinder hat sie auch dabei.»

Er schüttelte verständnislos den Kopf. Ich sah eins der kleinen Gesichter für einen Moment hinter der Scheibe im Auto.

Jürgen sagte: «Wir warten, bis es nachlässt.» Es ließ nicht nach.

Kurz nach zwei machten wir uns trotzdem auf den Weg. In der Stadt ging es noch. Doch sobald wir auf der Landstraße waren, hatte Jürgen Mühe, den Wagen unter Kontrolle zu halten.

Auf freier Strecke hatte es einen schweren Unfall gegeben. Ein Auto lag auf dem Dach im Feld. Es musste sich mehrfach überschlagen haben, war so zerdrückt und verdreckt, dass ich nicht erkennen konnte, um welchen Typ es sich handelte oder welche Farbe es hatte.

Polizei und Feuerwehr waren da und hatten schon zwei der Insassen geborgen. Am Straßenrand lagen die in Plastikplanen gewickelten Bündel. Die Planen flatterten hin und her. Als wir vorbeifuhren, löste sich eine zur Hälfte und gab den Blick auf eine völlig deformierte, blutige Masse frei.

Wir waren erleichtert, als wir endlich auf dem Hof eintrafen. Mutter war verstimmt, weil wir so spät kamen. «Jetzt muss ich das Essen aufwärmen.»

«Lass nur», sagte ich. Uns war der Appetit vergangen. Ich erzählte Mutter von dem Unfall. Sie spekulierte, ob es sich um jemanden aus dem Dorf handelte. Danach beschäftigte sie sich mit den Pflanzen im Wintergarten. Vater hatte sich nach dem Essen hingelegt. Das tat er regelmäßig. Er schlief nachts nicht mehr gut und holte tagsüber gerne ein Stündchen nach.

Anne war in ihrem Zimmer. Von ihr hörte ich, dass Rena sich kaum die Zeit zum Essen genommen hatte und gut zehn Minuten vor unserer Ankunft zum Reitstall aufgebrochen war. Mit dem Rad!

«Ist sie denn verrückt», sagte ich. «Sie kann doch unmöglich mit dem Rad fahren bei dem Wetter. Warum hat sie nicht gewartet oder sich nicht von Großvater fahren lassen?»

«Großmutter wollte nicht, dass sie fuhr», erklärte Anne. «Und du weißt ja, wie sie ist. Sie hat sich ihr Regencape geschnappt und trockene Sachen zum Umziehen mitgenommen.»

Wann sie zurück sein oder ob sie abgeholt werden wollte, hatte Rena nicht gesagt. Stattdessen hatte sie Anne im Bus anvertraut, morgen sei sie krank. «Sie schreiben morgen eine Arbeit», sagte Anne. «Mathe. Da kommt ihr ein tüchtiger Schnupfen bestimmt gelegen.»

Mathematik war Renas wunder Punkt. Im letzten Zeugnis hatte es nur zu einer schwachen Vier gereicht. Ob sie die halten konnte, war noch die Frage. Die Anforderungen wurden höher. Anne bereitete sich auf ihr Abitur vor und hatte nicht immer Zeit zu helfen. Ich hatte bereits an Nachhilfeunterricht gedacht. Aber Jürgen meinte, es könne nicht jeder ein Genie sein und ein wiederholtes Schuljahr sei kein Grund, sich graue Haare wachsen zu lassen. Sogar Einstein sei einmal sitzen geblieben.

Ich sagte zu Anne: «Großvater soll sie um fünf abholen. Auf die

Weise ersparen wir ihr den Schnupfen und sie kann noch ein bisschen üben.»

Anne nickte. «Ich sag's ihm, wenn er aufsteht.»

Ich konnte es ihm nicht sagen. Wir mussten zurück in die Praxis. Jürgen bestand darauf, dass wir früher als üblich losfuhren und dass ich meinen Wagen stehen ließ. Vater schlief noch, als wir das Haus verließen.

Am Donnerstagnachmittag war die Praxis von siebzehn bis neunzehn Uhr geöffnet. Es lagen neun Anmeldungen vor, zwei Frauen erschienen ohne Termin. Um halb sieben machte Jasmin Feierabend, eine Viertelstunde später stand Eva Kettler vor der Anmeldung. Sie trug eine hautenge schwarze Hose und einen weißen Pullover. Rippenstrick! Ihr Busen stach wie die Kinderzeichnung von zwei Berggipfeln ins Auge.

Es macht mich noch immer wütend, wenn ich daran denke! Weil ich es noch so genau weiß und mich nicht erinnere, ob Rena beim Frühstück die weiße Haarspange oder ein Stirnband trug. Vielleicht ist es normal. Man lebt seinen gewohnten Trott, schenkt der Frisur der Tochter keine besondere Beachtung und ein aufreizender Fetzen an einer Frau, die man lieber von hinten sieht, prägt sich ein.

Eva Kettler war zweiunddreißig und seit einigen Jahren wegen diffuser Beschwerden in Behandlung. Jürgen erzählte mir unentwegt, es sei psychisch bedingt. Ich hatte das Gefühl, sie kam aus Langeweile. Sie war eine von den Frauen, die nicht wissen, was sie mit sich und ihrer Zeit anfangen sollen. Der Ehemann viel unterwegs als Fernfahrer, keine Kinder, kein Beruf, und für teure Vergnügen reichte das Geld nicht.

Ich mochte Eva Kettler nie. Sie hatte mir gegenüber eine Art! Es war immer dasselbe Theater. Ich habe nie darauf bestanden, von Patientinnen mit Frau Doktor angesprochen zu werden. Es ist nicht mein Titel, mir reichte «Frau Zardiss». Für Eva Kettler war ich das kleine Frauchen; eine Person, über die man geflissentlich hinwegsah.

Zum Glück bekam ich sie nicht oft zu Gesicht. Jürgen wusste, dass ich mich nicht mit ihr auseinander setzen konnte, und hatte Jasmin angewiesen, Eva Kettler, wenn eben möglich, den späten Termin zu geben. Sie wollte ohnehin meist nur reden, da musste ich nicht dabeistehen.

Sie wunderte sich, dass ich noch in der Praxis war. «Was denn? Muss das kleine Frauchen heute Überstunden machen?» Dann kam ihr Standardsatz: «Ich will den Doktor sprechen, persönlich und sofort!»

Jürgen hatte noch zu tun. Eva Kettler setzte sich ins Wartezimmer. Als ich sie ein paar Minuten später rufen wollte, war sie verschwunden, ohne Erklärung.

Kurz vor acht machten wir uns auf den Heimweg. Gut eine halbe Stunde später kamen wir an. Sonst brauchten wir nicht einmal zehn Minuten. Auf den zwanzig Metern von der Scheune zum Wohnhaus wurden wir beide völlig durchnässt. Jürgen blieb einen Moment in der Haustür stehen und schaute kopfschüttelnd zu den Stallungen hinüber. Auf dem Hof lagen die Stücke von zerbrochenen Dachziegeln. Das Stalldach war schon bei unserem Einzug schadhaft gewesen. Wir hatten uns bisher nicht darum gekümmert. Jetzt packte der Sturm die verbliebenen Ziegel und warf damit um sich.

Wir mussten zuerst hinauf, uns umziehen und die Haare trocknen. Die Tür zu Renas Zimmer war geschlossen. Ich nahm an, dass sie seit fünf Uhr mit ihren Schularbeiten beschäftigt und wütend auf mich war. Immerhin hatte ich veranlasst, dass sie ihre Zeit mit der verhassten Mathematik statt mit den Pferden verbringen musste. Da wollte ich sie lieber nicht stören. Genauso gut könnte ich sagen, ich hatte keine Lust auf ihren gequälten Blick.

Meine Eltern saßen im Wohnzimmer vor dem Fernseher. Mutter teilte kurz mit, Anne sei um halb fünf von Patrick abgeholt worden. Sie hätte nicht sagen können, wann sie heimkäme. Mehr sagte Mutter nicht. Sie war noch ein wenig verstimmt, weil wir ihren Gemüseeintopf mit geräucherten Schweinerippchen zu Mittag verschmäht hatten.

Der Suppentopf stand im Kühlschrank. Er war noch zur Hälfte gefüllt. Oben hatte sich eine dicke Fettschicht abgesetzt, darunter schwammen ein paar Fleischstücke, jede Menge Porree, Bohnen, Kartoffeln, Sellerie und Möhren in der Brühe. Ich mag keine gekochten Möhren und Sellerie würgt mich. Ich schöpfte eine Portion für Jürgen aus dem Topf, fischte auch für mich ein wenig heraus, wärmte die Suppe rasch in der Mikrowelle auf – mehr Mutter zum Gefallen als aus Appetit. Wir blieben mit unseren Tellern in der Küche. Jürgen wollte noch einen Kaffee, die Tassen nahmen wir mit in das Wohnzimmer.

Der Fernseher war zu laut eingestellt. Jürgen nahm die Fernbedienung vom Tisch und dämpfte den Ton. Dann streckte er sich im Sessel aus. Draußen war es bereits Nacht.

«Schöne Sauerei», sagte er. «Der ganze Hof liegt voller Scherben. In nächster Zeit wird wohl nichts aus dem Pferdestall. Da steht jetzt bestimmt alles unter Wasser.»

Vater reagierte nicht, hing wie gebannt am Bildschirm. Mutter nickte flüchtig und erkundigte sich, wie uns der aufgewärmte Eintopf geschmeckt habe.

«Es war köstlich», sagte ich. «Ein guter Eintopf schmeckt aufgewärmt fast besser als frisch zubereitet.»

«Er war auch heute Mittag vorzüglich», verteidigte Mutter sich.

«Das habe ich doch nicht bezweifelt.»

«Nur Rena hatte wieder zu nörgeln. Die Rippchen waren ihr zu fett. Sie hat nichts von dem Fleisch angerührt.»

Und sonst kein Wort über Rena. Stattdessen wollte Mutter wissen, ob wir inzwischen erfahren hätten, wer am frühen Nachmittag bei dem Unfall ums Leben gekommen sei. Wo hätten wir das erfahren sollen?

Vater griff nach der Fernbedienung, stellte den Ton wieder lauter und machte Jürgen darauf aufmerksam, dass es sich um eine

Sondersendung handelte. Ausschreitungen rechtsradikaler Jugendlicher. Ich sah ein paar Halbstarke mit kurz geschorenen Haaren über den Bildschirm marschieren, hörte sie johlen und brüllen, sah selbst gebastelte Brandsätze, dicke Knüppel und Vaters angespannte Miene.

Als Jürgen sich aus dem Sessel erhob, um die Lautstärke am Gerät zu drosseln, stand ich ebenfalls auf und ging zur Tür. «Ich schaue mal, was Rena macht.»

Und da erst sagte Mutter: «Sie ist noch nicht hier.»

Im ersten Moment dachte ich, Rena sei nach dem Abendessen noch einmal zum Stall aufgebrochen. Mutter erklärte, sie sei nicht zum Essen erschienen.

«Sie sollte um fünf zu Hause sein. Warum hat Vater sie nicht abgeholt? Ich hatte Anne aufgetragen, ihn darum zu bitten.»

«Davon weiß ich nichts», sagte Mutter.

Ich dachte, Anne hätte es vergessen, schaute zu Vater hin, er hatte nur Augen für das Geschehen auf dem Bildschirm. Dort zwang ein uniformierter Polizist einen martialisch aussehenden Jugendlichen zu Boden.

Jürgen grinste und sagte: «Man sollte diese Idioten Asylantenquartiere schrubben lassen. Jedem einen Eimer Wasser und einen Wischlappen in die Hand, neben jedem ein stämmiger Bantu-Krieger mit einer Peitsche. Das wäre die richtige Methode.»

Vater beachtete ihn nicht, saß vorgebeugt auf der Couch und lauschte mit gerunzelter Stirn dem Kommentator. Es hätte keinen Sinn gehabt, ihn anzusprechen. Und es gab keinen Grund zur Besorgnis, nicht in dem Moment.

«Dann wird es aber höchste Zeit, dass sie heimkommt», sagte ich, ging zum Telefon und wählte Hennessens Nummer. Die Leitung war frei, doch es hob niemand ab.

Jürgen meinte: «Sie werden im Stall sein.» Und im Stall gab es kein Telefon.

Ich setzte mich zurück in meinen Sessel. Vater stand auf und drehte den Fernsehton lauter. Um halb zehn versuchte ich es zum zweiten Mal. Wieder ohne Erfolg, diesmal hatte ich das Besetztzeichen in der Leitung. Und Jürgen sagte: «Sie meldet sich schon, wenn sie abgeholt werden will. Mit dem Rad kommt sie bestimmt nicht, da käme sie keine zehn Meter weit.»

Und noch eine Viertelstunde. Um Viertel vor zehn flimmerte der Nachspann der Sondersendung über den Bildschirm. Die nachfolgenden Beiträge interessierten Vater nicht. Er ging hinauf, um Musik zu hören. Ich ging zum dritten Mal ans Telefon. Diesmal wurde sofort abgehoben. Hennessens Schwester war am Apparat. Hennessen war vierundfünfzig und nicht verheiratet. Seine Schwester schaute im Haushalt nach dem Rechten. Ich kannte sie flüchtig, wusste allerdings nicht, wie sie hieß. Ich fragte nach Rena und bekam zur Antwort: «Ach, die ist völlig verzweifelt. Der braune Teufel hat die junge Stute getreten. Sieht böse aus. Mein Bruder musste den Arzt rufen.»

Der braune Teufel, das war Mattho, da musste ich nicht nachfragen. Ich dachte, mit der jungen Stute sei Bella gemeint. Und dann brauchte es wirklich keine Erklärung für Renas langes Ausbleiben. Ich bedankte mich für die Auskunft. Dass sie Rena ausrichten solle, wir würden sie gleich abholen, betonte ich nicht ausdrücklich. Ich dachte, das sei klar gewesen bei diesem Wolkenbruch und dem Sturm.

Ich erklärte Jürgen die Situation mit ein paar Worten, war überzeugt, dass er sich sofort auf den Weg machen würde. Aber er sagte: «Um noch großartig für Mathe zu üben, ist es ohnehin schon zu spät. Warten wir noch fünf Minuten.»

Warten! Ich hasse dieses Wort. Ich habe es schon als Kind gehasst. Wenn ich es höre, beginnt mein Herz zu rasen, meine Hände werden feucht. «Kannst du nicht warten, Vera?» Den Satz habe ich einmal zu oft gehört. Wenn ich hungrig war und Vater noch nicht daheim: «Kannst du nicht warten, Vera? Es wäre unhöflich Vater gegenüber, ohne ihn zu beginnen.» Wenn ich eine Frage hatte und Mutter keine Zeit oder keine Lust, mir zu antworten: «Kannst du nicht warten, Vera? Du siehst doch, dass ich beschäftigt bin.»

«Kannst du nicht warten, Vera?!»

Nein, das konnte ich nicht. Als Kind war ich dazu gezwungen worden, und ich war kein Kind mehr. Ich war zweiundvierzig, und wenn jemand zu mir sagte: ‹Kannst du nicht warten?›, oder: ‹Lass uns doch erst einmal abwarten›, oder: ‹Warten wir noch fünf Minuten›, rannte ich los wie mit einem Schlüssel aufgezogen.

Wir hatten einmal darüber gesprochen. Ich weiß nicht mehr, bei welcher Gelegenheit. Aber dass Jürgen sich darüber amüsierte, habe ich nicht vergessen. Jetzt kenne er das Zauberwort, meinte er, um mich auf Trab zu bringen. Doch auch ein Zauberwort wendet man nicht immer mit Absicht an. Ob er es nur so dahersagte, weil er keine Lust hatte, bei dem Wetter noch einmal vor die Tür zu gehen, oder ob es der kurze Nachrichtenbeitrag war, den er sich anschaute, weiß ich nicht.

Als ich in die Diele ging, schien er verärgert. «Jetzt warte doch, Vera. Was hast du es denn plötzlich so eilig? Es kommt doch auf fünf Minuten nicht an.»

Ich antwortete ihm nicht. Während ich mir den Mantel überzog, rief er: «Nimm meinen Wagen. Mit deinem fliegst du von der Straße. Aber komm nicht auf die Idee, ihr Rad im Kofferraum zu verstauen. Das funktioniert nicht bei dem Wind. Da muss sie eben morgen zu Fuß gehen.»

Als ich die Haustür öffnete, klatschte mir der Regen wie ein nasser Lappen ins Gesicht. Eine Sturmbö riss mir die Tür aus der Hand, sie schlug gegen die Dielenwand. Jürgen rief: «Halt bloß die Autotür fest, wenn du aussteigst!»

Einen Schirm aufspannen zu wollen war utopisch. Ich ging noch einmal zur Garderobe und band mir ein Tuch um den Kopf. Dann lief ich zur Scheune. Für den Weg zum und durchs Dorf brauchte ich fast dreimal so lange wie sonst. Ich konnte nur Schritt fahren. Auf der Landstraße waren es der Wind und abgerissene Äste von den Bäumen, im Dorf das Wasser.

Die Hauptstraße hatte sich in einen Wildbach verwandelt. Aus den Gullys gurgelte das Wasser in die Höhe, statt darin zu verschwinden. Bei der Spar- und Darlehenskasse war die Feuerwehr im Einsatz. Es gab bei so heftigen Regenfällen häufig Probleme mit der Kanalisation. Als wir den Hof kauften, war im Gemeinderat die Rede von Auffangbecken gewesen, die dringend gebraucht wurden. Gebaut worden waren sie noch nicht.

Genau um halb elf kam ich bei Hennessen an. Das weiß ich sicher, weil ich auf die Uhr geschaut habe. Und ich weiß auch, dass ich unterwegs nur zwei anderen Fahrzeugen begegnet bin: einem Lkw mit Anhänger und einem roten Kadett Kombi, ein Uraltmodell. Einen grauen Kleinbus habe ich nicht gesehen! Ich weiß es deshalb so genau, weil ich in der Straßenmitte fuhr und rechts ran musste, um den Gegenverkehr vorbeizulassen. Auf Fußgänger habe ich nicht geachtet. Wenn da jemand war, der sich eng an den Häusern vorbeidrückte, um ein wenig geschützt zu sein ... Ich habe nichts gesehen. Ich rechnete auch nicht damit, dass jemand zu Fuß unterwegs sein könnte.

Bei Hennessen schien alles ausgestorben. Das Wohnhaus, die Reithalle und der große Innenhof lagen im Dunkeln. Bei der Einfahrt stand eine Laterne, aber sie reichte nicht über die Mauer. Im Licht der Scheinwerfer sah ich, dass kein Wagen auf dem Hof stand. Also hatten der Tierarzt und Hennessens Schwester das Anwesen schon verlassen.

Im hinteren Bereich des Stalls schimmerte es gelb durch zwei der hoch angebrachten und von Schmutz blinden Fenster. Das Tor stand offen, was bei dem Wetter ungewöhnlich war. Ich fuhr den BMW so nahe wie möglich heran, stieg aus, warf die Autotür hinter mir zu und hetzte mit einem Sprung ins Trockene. Es war niemand zu sehen, nur ein paar Pferdeköpfe über den Boxen.

Hennessen hatte zwölf Boxen in seinem Stall, sechs auf jeder Seite, dazwischen ein Gang. Und vorne, wenn man zum Tor hereinkam, war ein freier Raum, wo die Gerätschaften untergebracht waren. Dort blieb ich stehen. Ich mochte nicht zwischen den Pferden durchgehen. Sie streckten immer ihre Köpfe über die Türen, wenn jemand kam. Der Gang war zwar breit, aber ... Ich mochte das eben nicht. Ich war keine große Tierfreundin.

Es war feucht, kalt und dunkel im vorderen Bereich. Die meisten Tiere schienen schon zu schlafen. Bella stand noch in der zweiten linken Box. Ich war erleichtert, sie zu sehen. Nicht auszudenken, wenn sie ernsthaft verletzt gewesen wäre. Das Drama vom Januar war mir noch in bester Erinnerung. Obwohl Rena kaum etwas mit Blacky zu tun gehabt hatte, war sie fast mit gestorben, als die Araberstute eingeschläfert werden musste.

Ich rief nach Rena, und weiter hinten, wo das Licht brannte, richtete Hennessen sich auf. Er hatte in der letzten Box auf dem Boden gekniet, hob die Hand zum Gruß und rief: «'n Abend, Frau Zardiss. Moment, ich komm nach vorne.»

Er wusste, dass ich Renas Liebe zu Pferden nicht teilte. Er verließ die Box und kam langsam auf mich zu, wischte sich die Hände an den Hosenbeinen ab und streckte mir die Rechte entgegen. Nicht, um mich mit Handschlag zu begrüßen, das tat er nie. Ob er meinen Ruf nicht verstanden hatte, weiß ich nicht. Er schien zu glauben, ich käme, um Bella zu bezahlen.

«War 'ne gute Entscheidung», sagte er, als er nahe genug war. «Mit Mattho hätten sie nicht so viel Glück gehabt. Da tritt mir das Biest doch der Fuchsstute in den Bauch. Sie will gar nicht aufstehen. Hoffentlich verliert sie das Fohlen nicht.»

Dicht vor mir blieb er stehen. Er hatte Flecken auf seiner Hose. Ich konnte in der Dunkelheit nicht erkennen, ob es Blut war oder nur Feuchtigkeit.

«Ich will nur rasch Rena abholen», sagte ich.

Er schaute mich verwundert an. «Was denn, ist die noch nicht zu

Hause? Na, ich hatte ihr geraten, durchs Dorf zu gehen. Aber da müsste sie Ihnen doch eigentlich in die Arme gelaufen sein.»

Ich hatte keinen Zipfel von ihr gesehen. Hennessen kratzte sich am Kopf, meinte zweifelnd: «Ob sie denn doch durchs Feld ist? Kann ich mir nicht vorstellen.» Dann fiel ihm ein: «Sie ist bestimmt bei Udo reingesprungen.»

Ich mochte mich nicht nach Udos Adresse erkundigen, hielt das auch für überflüssig. Udo war ein vernünftiger junger Mann, er hatte ein Auto und würde sie fahren. Ich fragte nur noch: «Seit wann ist sie weg?»

Hennessen zuckte mit den Achseln. «Halbe Stunde ungefähr. Genau kann ich's nicht sagen. Meine Schwester kam rein und sagte, Sie hätten angerufen. Da ist sie los. Ich hab noch zu ihr gesagt, warte lieber, es kommt bestimmt einer. Aber sie raffte ihre Sachen zusammen und war wie ein Wiesel zum Tor raus.»

Ich verabschiedete mich.

«Schönen Gruß an den Doktor», rief Hennessen mir nach. «Und fahren Sie bloß vorsichtig. Haben Sie schon gehört? Heute Mittag hat es Annegret Kuhlmann von der Straße gefegt. Sie hatte die Kinder im Auto. Tot, alle drei. Den Kuhlmann haben sie gleich wegbringen müssen. Aufhängen wollte er sich, als die Polizei kam. Meine Schwester hat es eben erzählt.»

Annegret Kuhlmann! Die große, kräftige Frau beim Supermarkt. Ich sah sie vor mir, wie sie sich nach den davonrollenden Konservendosen bückte. Das Kindergesicht hinter der Scheibe im Auto. Das Blechknäuel im Feld und das blutige Bündel unter der Plastikplane. Für einen Moment würgte es mich. «Wir sind an der Unfallstelle vorbeigekommen. Aber ich wusste nicht, wer es war.»

Hennessen nickte schwer. «Furchtbar, so was», meinte er und ging zurück zur letzten Box.

Auf dem Heimweg fuhr ich noch langsamer und mit dem Gefühl, dass mir der Wagen davonschwamm. Ich hatte Angst, mit einem Rad in einen offenen Kanalschacht zu geraten. Es war schon häufiger passiert, dass bei derart starkem Regen ein paar Deckel hochgedrückt worden waren. Ich fuhr wieder in der Straßenmitte. Deshalb weiß ich mit Sicherheit, dass mir auf der Heimfahrt kein Fahrzeug begegnete.

Ich ließ die Senke, in der das Dorf liegt, hinter mir, fuhr ein wenig schneller die Anhöhe hinauf, rechnete damit, dass mir Udos Wagen entgegenkäme, bog nach rechts ab, die letzten vierhundert Meter bis zur Einfahrt. Nichts!

Ich hatte keine Lust, noch einmal durch den Regen zu laufen, stellte den BMW vor der Haustür ab, sprang mit zwei Riesenschritten unter das Vordach und weiter in die Diele. Aus dem ersten Stock polterte mir ein Stück aus Wagners «Ring des Nibelungen» entgegen, Vaters Lieblingsmusik.

Jürgen saß im Wohnzimmer bei einem Rémy Martin. Mutter war zu Bett gegangen, Anne noch nicht zurück. Und Jürgen wunderte sich, dass ich alleine kam. Ich sprach von Hennessens Vermutung, dass Rena zu Udo gelaufen sei.

Jürgen sagte: «Dann soll Udo sie mal bringen. Es wird ja langsam Zeit.» Er telefonierte. Ich stand daneben, sah seiner Miene an, dass sein Gesprächspartner nicht eben freundlich Auskunft gab. Jürgen legte auf und verzog das Gesicht. «Himmel, war der kurz angebunden. Bei Udo ist sie nicht. Es hat sie auch keiner gesehen.»

Sorgen um Rena machte ich mir anfangs nicht. Im Gegenteil, ich war verärgert. Annes Worte von der Krankheit am nächsten Morgen und Hennessens Hinweis auf das wieselflinke Verschwinden ließen nur einen Schluss zu: Rena hatte den Feldweg genommen. Sie wusste, dass wir ihr dort nicht mit dem Wagen folgen konnten. Sie würde sich einen tüchtigen Schnupfen holen. Eine gute Entschuldigung, um am nächsten Morgen im Bett zu bleiben.

Jürgen amüsierte sich über meinen Ärger. «Reg dich nicht auf, Vera. Du weißt doch, wie sie ist, wenn es um Mathe geht.»

«Wir können ihr das aber nicht so durchgehen lassen.»

Jürgen zuckte mit den Schultern und grinste. Ich zog Tuch und

Mantel, Schuhe und Strümpfe aus. Im Gegensatz zu Rena, die ausschließlich in derben Jeans herumlief, trug ich einen Rock. Er war vorne durchnässt. Jürgen verlangte, dass ich ihn auszog. Er gab mir auch etwas zu trinken. Unseren Schlummertrunk nannte er das. Jeden Abend die gleiche Zeremonie. Wenn die Gläser leer waren, gingen wir ins Bett.

Dann saßen wir da, die Ohren voll Wagner, als bliesen die Posaunen zum Weltuntergang. Dass Mutter bei dem Lärm schlafen konnte! Wir sprachen über Hennessen, der nicht ernsthaft angenommen haben konnte, ich käme nachts um halb elf durch ein Unwetter gefahren, um Bella zu bezahlen, und dem wir in den nächsten Tagen einen Scheck geben müssten. Über die Strafpredigt für Rena, die ich mir fest vorgenommen hatte, die Jürgen für überflüssig hielt. Über Eva Kettler und ihre Impertinenz. Jürgen versprach wieder einmal, mit ihr zu reden.

Wir sprachen auch über die Tragödie, die Kuhlmann getroffen hatte, und seine Reaktion auf die Nachricht. Jürgen kannte ihn, er ist im Dorf aufgewachsen und kennt fast alle.

«Er wird's wieder versuchen», meinte er, «sobald sich ihm die Gelegenheit bietet. Er war immer depressiv und hätte schon vor Jahren therapeutische Hilfe gebraucht. Aber wenn hier einer zum Psychologen geht, ist er für die anderen verrückt. Das tut sich keiner freiwillig an. Kuhlmann hat sich an Annegret festgehalten.»

Jürgen schüttelte den Kopf, murmelte: «Armer Kerl. Zwei arme Kerle, wenn man's genau nimmt. Für Udo ist es vielleicht noch schlimmer.» Annegret Kuhlmann sei eine geborene von Wirth gewesen, erklärte Jürgen, die Zwillingsschwester von Udo.

«Dann ist Rena unter aller Garantie zu ihm gelaufen! Sie hat von Hennessens Schwester gehört, was passiert ist.» Und Rena hatte ein mitfühlendes Naturell. Sie ertrug es nicht, wenn ein Mensch litt oder trauerte, setzte alles daran zu trösten.

Jürgen schüttelte erneut den Kopf. «Vera, es hat bei den von Wirths kein Mensch einen Zipfel von ihr gesehen. Sie sitzt irgendwo draußen und lässt sich Zeit. Sie weiß genau, dass wir ihr auf dem Weg nicht entgegenkommen können.»

Können schon, dachte ich, nur nicht fahren. Hin und wieder warf ich einen Blick auf die Uhr und dachte, jetzt muss sie bald kommen. Aber Rena kam nicht.

2. Kapitel

Um halb zwölf wurde es im ersten Stock still. Vater hatte sein abendliches Wagner-Ritual vollzogen. Der Lärm im Haus hatte das Gerumpel draußen übertönt und mir das Gefühl vermittelt, es sei alles wie immer. Die plötzliche Ruhe im ersten Stock machte mich nervös. «Jetzt ist sie seit anderthalb Stunden unterwegs», sagte ich. «Sie müsste längst hier sein. Es sind doch nur zwei Kilometer.»

Jürgen schmunzelte. «Zwei Kilometer im Sturm. Und wenn du mit deiner Vermutung richtig liegst, wird sie keinen Schritt schneller gehen als unbedingt nötig. Wenn sie überhaupt geht. Ich traue ihr zu, dass sie sich unter die erste Unterführung gesetzt hat. Da wird sie nicht nass und ist auch ein bisschen vor dem Wind geschützt. Am besten schreibst du schon mal die Entschuldigung für die Schule. Und dann gehen wir ins Bett. Ich habe nicht vor, die halbe Nacht im Sessel zu sitzen und darauf zu warten, dass unser Fräulein Tochter eintrudelt. Ich brauche meinen Schlaf.»

Es gibt zwei Unterführungen im Bahndamm, damit die Bauern mit ihren Traktoren und Maschinen nicht weite Umwege durchs Dorf fahren müssen. Nur konnte ich mir nicht vorstellen, dass Rena sich unter einer verkrochen hatte. Es war nicht die erste Mathematikarbeit, der sie lieber ausgewichen wäre. Und sie war noch nie so spät heimgekommen. Sie musste wissen, dass wir uns um sie sorgten, wenn sie so lange ausblieb.

Um Viertel vor zwölf sagte ich: «Ich kann mich nicht ins Bett legen, wenn sie nicht zu Hause ist. Wir sollten nachschauen, wo sie bleibt. Da stimmt etwas nicht. Das würde sie nicht tun. Vielleicht ist ihr etwas passiert.»

Jürgen runzelte missbilligend die Stirn. «Was soll ihr denn passiert sein?»

Ich weiß nicht, wie es kam, ich dachte unvermittelt: Susi Rembach, fünf Jahre alt, ertrunken im Meer. Nein, nicht im Meer, am Strand, im seichten Wasser! Vielleicht lag es nur daran, dass wir uns so ausführlich über Annegret Kuhlmann und ihre beiden Kinder unterhalten hatten. Ich hatte plötzlich ein paar grauenhafte Bilder vor Augen. Wenn Rena ihr Rad schieben musste, hatte sie kein Licht. Sie konnte auf dem stockdunklen, holprigen Weg ausgerutscht und gestürzt sein. Mit dem Gesicht in eine der wassergefüllten Rinnen gefallen ...

«Sei nicht albern», wies Jürgen mich zurecht. «Sie kennt den Weg wie ihre Westentasche.»

Natürlich, aber es gab noch andere Möglichkeiten. Wenn noch jemand mit dem Traktor unterwegs gewesen war und Rena nicht gesehen hatte!

«Werd nicht hysterisch, Vera!» Jürgen war verärgert. «Wer, meinst du, ist um zehn oder halb elf in der Nacht noch mit dem Traktor unterwegs? Und dann bei dem Wetter! Ich kann mir beim besten Willen nicht vorstellen, dass sich außer Rena noch jemand da draußen herumtreibt.»

Um zwölf ging er nach oben. «Ich bin müde, verdammt. Kommst du jetzt mit oder nicht?»

Ich schüttelte den Kopf, ging in die Küche und stellte mich ans Fenster. So konnte ich auf den Hof hinausschauen und die Einfahrt im Auge behalten. Viel zu sehen war nicht, bei eingeschalteter Beleuchtung in der Küche gar nichts.

Ich löschte das Licht, schaltete stattdessen die Lampe über der Haustür und die beiden auf dem Hof ein. Der Regen peitschte in Schüben durch die gelben Kreise. Es sah aus wie Nebelschleier. Mehrfach hörte ich ein Poltern. Der Wind schlug die Stalltür gegen die Mauer, riss die letzten Ziegel vom Stalldach und warf sie zu Boden wie ein trotziges Kind sein Spielzeug.

Die Digitalanzeige des Radioweckers, den Mutter zu ihrer Unterhaltung in der Küche benutzte, zeigte sieben Minuten nach zwölf, als ein Scheinwerferpaar in der Einfahrt auftauchte. Für einen Moment schwappte mir Erleichterung durch Kopf und Brust, dann erkannte ich Patrick Urbans Wagen. Anne blieb noch für die Dauer des Abschiedskusses im Auto sitzen, stürmte mit einem Satz unters Vordach und in die Diele.

Wieder so eine Bö, die die Stalltür schlagen ließ und eine der Hoflampen zum Schwingen brachte. Ein großes Stück Pappe trieb wie ein Segel quer über den Hof. Nur der Himmel wusste, wo es herkam.

Anne kam bis zur Küchentür. Sie schüttelte sich wie ein Hund, schaltete das Licht an. Sie wollte noch einen Schluck Saft trinken, sah mich und wunderte sich. «Was machst du da? Bewachst du Papas Auto? Fahr es lieber in die Scheune, sonst hat es morgen ein paar Beulen.»

Als ich ihr erklärte, warum ich am Fenster stand, starrte sie mich betroffen und ungläubig an. «Meinst du, du kannst sie nach Hause gucken? Ihr habt Nerven!» Sie schaute an sich hinunter, dann auf meine nackten Beine. «Zieh dir was an, wir gehen nachschauen, wo sie bleibt.»

Vor einer halben Stunde! Hennessens Stimme höre ich heute noch. Um eine halbe Stunde verpasst! Wenn ich nach dem ersten Versuch am Telefon aufgebrochen wäre oder zumindest nach dem zweiten. Wenn ich Hennessens Schwester gebeten hätte: «Richten Sie ihr aus, sie soll auf mich warten.» Wenn Mutter sofort bei unserem Heimkommen einen Ton gesagt hätte. Wenn Vater meine Bitte nicht ignoriert hätte. Anne hatte nicht vergessen, ihm meinen Wunsch auszurichten. Anne meinte, er hätte sich nicht getraut, weil Mutter ihm von dem Unfall erzählt hatte. Wenn … Nur eine halbe Stunde! Dabei reichen schon ein paar Minuten, um eine

Kerbe in den Stamm zu schlagen, den man für festgewachsen hält. In zweieinhalb Stunden fällt man den dicksten Baum.

Als wir das Haus verließen, war es halb eins. Annes Angebot brachte Jürgen noch einmal nach unten. Bester Laune war er nicht, doch er fand, dass Anne ins Bett gehörte. Beunruhigt war er auch nicht. Er hielt daran fest: Rena sitzt unter einer Unterführung. «Der werde ich was erzählen», drohte er. «Ist ja nicht nötig, dass wir uns alle einen Schnupfen holen.»

Das war meine geringste Sorge. Ich dachte bereits an ein heißes Bad und einen Tee, während ich mir eine Hose anzog. Mein Mantel war zu nass, um ihn noch einmal überzuziehen. Ich nahm Annes Jacke und ihre Gummistiefel. Jürgen nahm mit einem Grunzen, das auch ein Fluch sein konnte, seine Lodenjacke vom Garderobenbügel.

Er hatte die Jacke bis dahin nie getragen. Gekauft hatte er sie, weil ein zünftiger Landmann so etwas braucht. Dann fand er selbst, dass er lächerlich darin aussah. Jürgen ist nur eins fünfundsechzig groß und schlank ist er nie gewesen. Ich weiß nicht, wie viel er wog. Wir haben nie über sein Gewicht gesprochen. Ich bin nicht einmal sicher, ob er sich je auf eine Waage gestellt hat. Ich hatte ihn nie kritisiert oder mich über seine Figur lustig gemacht. Aber als er damals mit diesem grünen Ding ankam und im Wohnzimmer auf und ab stolzierte wie ein Gockel, konnte ich mir das Lachen nicht verkneifen. Seitdem hing die Jacke auf dem Bügel an der Garderobe, ein Dekorationsstück für fünfhundert Mark. Manchmal war er wie ein Kind.

«Wir versuchen es mit deinem Wagen», sagte er, während er in seine Gummistiefel schlüpfte.

«Irrtum, damit kommen wir keine hundert Meter weit.»

«Es wird schon irgendwie gehen. Ich fahre. Laufen werde ich jedenfalls nicht, und den BMW setze ich da draußen nicht in den Dreck.» Er nickte grimmig und fügte hinzu: «Für den Rest der Woche ist der Reitstall gestrichen.»

Das waren nur noch zwei Tage, aber es war immerhin etwas. Er musste sehr wütend sein, wenn er sich dazu hinreißen ließ, eine Strafe zu verhängen. Mit den letzten Worten ging er auf die Haustür zu. Bevor er sie öffnete, strich er sich mit der Hand übers Haar, als könne er es auf diese Weise schützen.

Da wir ohnehin zur Scheune mussten, um mein Auto zu holen, brachte Jürgen den BMW in Sicherheit. Dann quetschte er sich hinter das Steuer meines Fiestas. Er bog hinter der Einfahrt scharf nach links ab. Damit fuhren wir nicht auf, sondern neben dem Weg über den Ackerboden. Aber wir fuhren nicht, wir rollten im ersten Gang.

Nach etwa siebenhundert Metern tauchte rechts vor uns, dicht am Bahndamm, ein unförmiges gelbes Bündel im Scheinwerferlicht auf. Bis zur ersten Unterführung mochten es noch hundert oder hundertfünfzig Meter sein.

Jürgen hielt an. Ich hörte ihn zischend die Luft einziehen. Und mir schien auch, dass er blass wurde. Mein Herz setzte aus. Sekundenlang hatte ich das Gefühl, an etwas Leerem im Innern zu ersticken. Dann polterte es in mir los, als seien Herz und Lunge in die Bauchhöhle gefallen.

Renas Regencape war gelb. Es war keiner von den gummiartigen, kräftig gefärbten Mänteln. Es war ein Umhang mit Kapuze in der Art eines Ponchos, nur viel länger. Gefertigt aus dünnem, durchscheinendem Plastikmaterial, ließ es sich zu einem kleinen Bündel falten und bequem in einer Tasche unterbringen.

Jürgen stieg aus, den Motor ließ er laufen. Er ging vorne um den Fiesta herum, sprang über die erste wassergefüllte Rinne und weiter über die zweite. Dabei rutschte er aus, kam auf Händen und Knien neben dem Bündel zu liegen und untersuchte es mit hektischen Bewegungen. Nach zwei Sekunden war er wieder auf den Beinen und schüttelte den Kopf.

Was ich für Rena im Regencape gehalten hatte, war nur einer von den gelben Säcken, die die Stadtverwaltung zum Sammeln von wieder verwertbarem Müll an alle Haushalte hatte verteilen lassen. Er war prall gefüllt mit irgendwelchem Abfall.

Jürgen kam zurück, stieg ein, wischte sich die schmutzigen Hände an der Hose ab, strich mit einer Hand über Stirn und Augen. Ihm tropfte das Wasser von der Nasenspitze und die dünnen blonden Haare klebten auf der Kopfhaut. Aber seine Wut war verraucht. Das Bündel im Dreck hatte ihm einen tüchtigen Schreck eingejagt. «Fahren wir weiter.»

Es ging nicht weiter, wir steckten fest. Die kurze Zeit hatte gereicht, die Räder im Morast versinken zu lassen. Mit jedem Versuch, den Fiesta freizubekommen, schraubten sie sich tiefer hinein. Beim Versuch, den Wagen ein Stück vorwärts zu schieben, rutschte Jürgen noch einmal aus und fiel der Länge nach in den Matsch.

Also doch zu Fuß. Noch hundert oder hundertfünfzig Meter bis zur ersten Unterführung, fünf- oder sechshundert bis zur zweiten, dreizehnhundert bis zu Hennessen. Ich hatte eine kleine Taschenlampe im Auto, wir nahmen sie mit. Der Lichtkegel war winzig und die Batterie schwach. Die Lampe versagte nach kurzer Zeit den Dienst. Wir hatten nicht einmal die Hälfte des Weges hinter uns. Jürgen stampfte mit gesenktem Kopf auf der linken Wegseite. Ich hielt mich unter dem Bahndamm. Alle zwei, drei Schritte brüllte er «Rena!» in die Dunkelheit. Jedes Mal war mir, als risse ihm der Wind ihren Namen aus dem Mund. Antwort bekamen wir nicht.

Unter der ersten Unterführung war kein Mensch. Jürgen klammerte sich an die zweite, die näher zu Hennessen lag. Es wäre für Rena die erste Möglichkeit zum Unterstellen gewesen.

Mit jedem Schritt verstärkte sich in mir ein Gefühl wie eine Faust, die mir Magen und Kehle zusammendrückte. Ich hatte Mühe, mich auf den Beinen zu halten. Dabei war es so unwirklich, als hätte jemand in meinem Hirn einen Hebel umgelegt und die Realität abgeschaltet.

Uns passiert so etwas nicht! Es sind immer nur die anderen, denen graue Haare wachsen, die sich mitten in der Nacht auf die Suche machen müssen und sich die Lunge aus dem Leib brüllen nach ihren Kindern.

Natürlich hatten wir uns im Laufe der Jahre ein paar Sorgen machen müssen. Es war nicht alles nach Bilderbuchmanier gegangen. Anne war sieben, als ihr die Rachenmandeln entfernt werden mussten. Bei der Operation brach man ihr ein Stück von einem Backenzahn ab. Kaum war Anne wieder daheim, klagte sie nachts über entsetzliche Zahnschmerzen. Bei Anne war zwar jeder Schmerz entsetzlich und kaum zu ertragen, aber diesmal war es wirklich ernst.

Es hatte sich eine Fistel an der Zahnwurzel gebildet. Und das am Wochenende! Unser Zahnarzt war nicht zu erreichen. Wir brachten Anne in die Klinik nach Köln. Da stand ein halbes Dutzend angehender Zahnärzte um das weinende Kind herum und beriet sich.

Die Fistel musste geöffnet werden. Natürlich, aber was ist mit den frischen Operationswunden im Rachen? Wenn sie mit dem abfließenden Eiter in Berührung kommen ... Und wer setzt bei dem wimmernden, zuckenden Kind den Bohrer an? Eine falsche Bewegung und man rutscht ab.

Jürgen machte der Diskussion ein Ende. Wenn sich niemand bereit fände, müsse er es übernehmen. Es sei unverantwortlich, das arme Kind noch länger leiden zu lassen. Er hätte zum Bohrer gegriffen, ich kenne ihn. Es war ihm auch anzusehen. Da entschloss sich eine junge Frau zum Handeln. Sie mochte Anfang zwanzig sein und war die einzige Frau neben fünf Männern.

Es erscheint mir heute noch bezeichnend. Wenn Männer den Mut verlieren oder die Geduld, wenn sie fürchten zu versagen oder wenn es einfach nur lästig wird, sich noch länger mit einer Sache auseinander zu setzen, dann geben sie auf. Sie finden tausend Erklärungen für ihr Verhalten und jede davon hört sich logisch und vernünftig an. Und dann heißt es, eine Frau sei nicht logisch und vernünftig, nur weil sie das nicht kann – aufgeben, wenn es um ein Kind geht. Der jungen Frau damals zitterten die Hände und ihr Gesicht verlor ein wenig Farbe. Aber sie tat es und sie schaffte es.

Ich sah Annes Gesicht an, dass der Schmerz fast augenblicklich nachließ. Trotzdem jammerte sie noch, als wir längst auf dem Heimweg waren. Erst als Jürgen ihr sagte, sie könne gar keine Schmerzen mehr haben, beruhigte sie sich.

Rena war ganz anders. Mit neun Jahren brach sie sich einen Fußknöchel. Ich hatte ihr hundertmal verboten, in meine Pumps zu steigen. Aber wie Kinder sind: Rena tat es trotzdem, verließ sogar die Wohnung. Auf der Straße verlor sie die Balance, knickte mit dem linken Fuß um. Dann kam sie mit zusammengebissenen Zähnen in die Wohnung gehumpelt, sagte kein Wort, verzog sich ins Kinderzimmer. Sie musste höllische Schmerzen haben und behauptete, sie habe sich gestoßen.

Es war ein komplizierter Bruch, monatelang stand zu befürchten, dass sie ihr Leben lang humpeln würde. Ich weiß noch, wie ich ihr Vorhaltungen machte, weil sie nicht sofort etwas gesagt hatte. Sie lag in dem Klinikbett, ließ mich reden, schaute mich an.

«Verstehst du», sagte ich, «dass es nur deshalb so schlimm geworden ist, weil du allein in die Wohnung gekommen bist? Du hättest mich rufen müssen.» Sie schwieg. Ich konnte von ihrer Stirn ablesen, was sie dachte: Du hättest mich nicht gehört.

«Du hättest auch jemanden ansprechen können», sagte ich. «Es sind immer Leute auf der Straße. Und man kann jeden bitten zu helfen, wenn man verletzt ist.» Keine Reaktion, nur dieser Blick wie ein tiefes Loch.

«Ich bin nicht böse auf dich», sagte ich. «Ich schimpfe nur, weil ich mir Sorgen mache. Vielleicht wirst du nie wieder richtig laufen können mit einem kranken Fuß.»

«Ist doch mein Fuß», sagte sie und drehte den Kopf zur Wand.

Mein Fuß, mein Leben, das war Rena. Sie wollte keine Hilfe, ehe sie es nicht auf ihre Weise versucht hatte. Und wenn sie es erst versuchte, funktionierte es meist irgendwie. Es war nicht perfekt, aber für Rena musste es das auch nicht sein.

Anne, der alles im Leben praktisch in den Schoß fiel, geriet beim kleinsten Widerstand, bei der geringsten Unebenheit in Panik und bestand darauf, dass ihr jemand die Steine aus dem Weg räumte. Auch wenn sie offensichtlich nur ihr eigenes Verhalten oder ihre Gewohnheiten ändern musste: zuerst einmal wurde nach Hilfe geschrien.

Als Anne in die Pubertät kam, ging sie auf wie ein Hefekloß. Mehrfach kam sie weinend aus der Schule, war von Mitschülern gehänselt worden. Sie hatte stets nur die besten Noten, es gab ein paar Neider in ihrer Klasse. Man hatte sie gefragt, ob sie ihr Gehirn auf den gesamten Körper verteilt habe. Es war lächerlich, sich deswegen die Augen aus dem Kopf zu heulen. Mich ärgerte es, ich predigte jeden Tag, sie solle sich an die üblichen Mahlzeiten halten und sich nicht zwischendurch mit allem möglichen Kram voll stopfen.

«Aber wenn ich doch Hunger habe! Und Papa sagt, es ist Veranlagung.»

Was Papa sagte, war für Anne das Amen in der Kirche. Papa sagte ihr abends: «Dicke Leute sind gemütlich, schau mich an.» Und ich konnte mir tagsüber das Jammern anhören. Irgendwann war ich es leid, strich die Kartoffelchips, die Erdnuss-Flips und die großen Eisbecher mit Sahne von Annes Speiseplan. Als sie protestierte, nannte Jürgen die Aktion eine ausgewogene Diät, und Anne entwickelte sich zum ansehnlichen Teenager.

Rena hatte andere Probleme, als sie das kritische Alter erreichte. Eine schlimme Akne; Gesicht, Rücken, Brust, alles war von entzündeten, eitrigen Pusteln übersät. Ich schickte sie zum Hautarzt. Sie bekam ein paar Präparate verschrieben, die keine Besserung brachten. Und der Rat, auf Süßigkeiten zu verzichten, war in ihrem Fall überflüssig. Rena aß keine Süßigkeiten. Ich dachte, wir könnten es mit der Pille probieren. Jürgen lehnte das ab, weil sie noch so jung war, gerade dreizehn.

«Spar dir die Mühe», sagte Rena, als ich Jürgen zu einem Rezept drängen wollte. «Ich will das Scheißzeug gar nicht.»

Sie ging es auf ihre Weise an, nahm sich ein Beispiel an Nita Kolter. Auffällige Frisur, schwarz lackierte Fingernägel, schwarz umrandete Augen. Alles an ihr war plötzlich schwarz. Schwarze Schlabberhosen, sackartige schwarze Shirts. Die helle Steppjacke zum Winter blieb unbeachtet im Schrank hängen. Da ich mich geweigert hatte, eine schwarze Jacke zu kaufen, fror Rena lieber. Jürgen nannte es ihre aufmüpfige Phase. «Es wächst sich aus, Vera», sagte er häufig.

Das hatte es getan, schneller als angenommen. Unser Wechsel von der Stadt aufs Land hatte Rena in ein liebenswertes und natürliches junges Mädchen zurückverwandelt. Die Akne verschwand und hinterließ nur ein paar winzige Narben auf der Stirn. Seitdem hatte es keinen Grund mehr gegeben, sich um Rena zu sorgen. Das machte unseren nächtlichen Marsch so irreal und bedrohlich.

Rena hätte den Wind im Gesicht gehabt, wir hatten ihn im Rücken. Und jede Bö war wie eine Faust, die uns vorwärts prügelte. Der Boden unter den Füßen war glitschig und holprig. Der Damm war hüfthoch mit Gras und Unkraut bewachsen, Schwellen und Schienen gab es darauf schon lange nicht mehr. Nur noch Disteln, Nesseln und was sich sonst ausbreitet, wenn man der Natur ihren Lauf lässt. Der Bewuchs zog sich bis dicht an die rechte Fahrrinne heran.

Auf der dem Dorf zugewandten Seite hielt man ihn in Schach, da verlief eine schmale Straße, die einseitig von Wohnhäusern gesäumt war. In regelmäßigen Abständen standen Laternen am Straßenrand. Sie waren nicht hoch genug. Ihr Licht reichte nicht über den Damm. Aber es zeigte uns, wann wir die letzten Häuser passierten. Ein Stück weiter die zweite Unterführung. Nichts! Und den Rest des Weges in völliger Dunkelheit bis zu Hennessen. Jürgen hatte längst aufgehört, nach ihr zu rufen.

Als wir bei dem niedrigen Balkenzaun ankamen, der die Rückseite von Hennessens Grundstück eingrenzt, muss es Viertel nach eins gewesen sein. Wir waren schnell vorangekommen, gingen am Zaun entlang, dahinter lagen die Koppeln mit den Hindernissen. Ich hatte einmal an diesem Zaun gestanden und zugeschaut, wie sie die Fuchsstute springen ließ. Herzklopfen hatte ich gehabt und sie bewundert. Mich hätte niemand auf so ein Tier gebracht. Und sie saß im Sattel, als sei sie damit verwachsen.

Der Zaun grenzte an eine mannshohe Mauer, an die sich im Innenhof die Reithalle anschloss, in der die Anfänger ihre ersten Stunden bekamen. Fünfzehn oder sechzehn Meter waren es an der Mauer entlang bis zur Ecke. Und noch einmal so weit bis zur Einfahrt. Jürgen rannte vor mir her, den Kopf eingezogen, die Hände in die Hosentaschen gebohrt.

Bei der Einfahrt zog er eine Hand heraus, warf im Schein der Laterne einen Blick auf die Armbanduhr. Dann bückte er sich und hob etwas vom Boden auf. Es war ein Stück Plastik, orangegelb, die eine Seite glatt, die andere geriffelt. Ich hielt es für ein Teil vom Rückstrahler an Renas Fahrrad. Jürgen meinte, es sei von einem Auto, ein Teil von einem Blinker. Er warf es zum Laternenpfahl hinüber. Dort verschwand es im nassen Gras.

Wie um halb elf lagen Haus, Hof und Reithalle im Dunkeln. Im Stall waren noch die beiden letzten Fenster erleuchtet. Aber das Tor war zu. Nicht verschlossen, wie wir rasch feststellten. Jürgen zog es auf, wir huschten in den Stall wie zwei Diebe.

«Hennes», rief Jürgen halb laut. «Hennessen?»

Wir vermuteten, dass Hennessen bei der verletzten Stute war. Rena hatte einmal erzählt, dass er im Stall schlief, wenn eins der Pferde nicht in Ordnung war. In einigen Boxen regte sich etwas. Ich hörte die Tiere schnauben, sonst nichts. Jürgen ging zögernd an den Boxen entlang, schaute über jede Tür, murmelte etwas Beruhigendes. Ich blieb beim Tor stehen.

Als er bei den letzten Boxen angekommen war, drehte er sich um und hob die Schultern. Er kam zurück, griff nach meinem Arm und zog mich ins Freie. Erst als er das Tor wieder geschlossen hatte, sagte er: «Trommeln wir ihn eben aus dem Bett. Das ist mir doch zu dumm! Warum hat er sie nicht heimgebracht? So schlimm kann's nicht sein mit der Stute, sie liegt friedlich da.»

Wir gingen zum Haus. Eine Klingel an der Tür gab es nicht. Jürgen schlug mit der Faust gegen das Holz, brüllte: «Hennes!» Es rührte sich nichts.

Minutenlang standen wir da, schauten uns an und wussten nicht weiter. Jürgen ging zur Reithalle. Das Tor war verschlossen. Er kam zurück. «Das gibt's nicht», sagte er.

Ich glaube, wir dachten beide dasselbe. Aber ich bin nicht sicher, ob wir überhaupt denken konnten. Ich hatte ein Gefühl im Kopf wie Watte. Solange wir noch auf dem Feldweg gewesen waren, hatte ich Hoffnung gehabt. Nun war nichts mehr da.

«Wo kann er denn sein um die Zeit?» Jürgen drosch noch einmal auf die Tür ein, diesmal mit beiden Fäusten, und brüllte nach Hennessen. Dann meinte er: «Er nimmt gerne mal einen zur Brust. Aber die Kneipen müssten längst zu sein. Versuchen wir's trotzdem, vielleicht haben wir Glück.»

Ich verstand nicht, was er von Hennessen wollte. Der konnte uns auch jetzt nicht mehr sagen, als er mir um halb elf gesagt hatte. Mir wäre es lieber gewesen, wir wären den Feldweg noch einmal abgegangen. Vielleicht hatten wir etwas übersehen. Vielleicht waren wir an ihr vorbeigelaufen. Wir mussten an ihr vorbeigelaufen sein in der Dunkelheit.

«Blödsinn», sagte Jürgen, griff erneut nach meinem Arm, zog mich von der Tür weg und die dreihundert Meter durch die lang gezogene Kurve bis zu den ersten Häusern. Meinen Arm ließ er auch auf der Hauptstraße nicht los.

«Pass auf, wohin du trittst», sagte er. «Das fehlt uns noch, dass du im Kanal verschwindest.»

Es war ernst gemeint. Ein paar Jahre zuvor war ein junger Feuerwehrmann auf diese Weise ums Leben gekommen. Er hatte einen vom Wasser hochgedrückten Kanaldeckel übersehen, war in den offenen Schacht gestürzt und ertrunken, bevor seine Kameraden ihm helfen konnten.

Wir wateten ein Stück die Hauptstraße hinunter. Kurz hinter der ersten Querstraße lag eine Kneipe. Das Licht über dem Eingang brannte noch und beleuchtete das Schild «Bei Friedel». Jürgen lief voran, stieß die Tür auf und hielt sie mir offen. Ein Schwall warmer, verräucherter Luft schlug mir entgegen. Ich musste husten.

Vor dem Tresen standen zwei Männer, einer von ihnen war Hennessen. Den anderen kannte ich nicht. Auch den Gastwirt hatte ich noch nie gesehen. Ich war nicht oft im Dorf gewesen, und in Kneipen gingen wir nicht. Sie drehten sich alle gleichzeitig zur Tür. Hennessens Miene zeigte Verblüffung und Erschrecken.

Wir müssen furchtbar ausgesehen haben, verdreckt und nass und die Sorge im Gesicht. Jürgen sprach mit Hennessen und alle starrten mich an.

Hennessen sagte: «Das is ja 'n Ding. Wo kann sie denn abgeblieben sein? Das versteh ich nicht. Wenn sie nicht auf dem Weg war, muss sie zu Udo gelaufen sein. Sie war ja dabei, als meine Schwester von Annegret erzählte. Und Udo hing so an Annegret.»

Die Auskunft, die Jürgen am Telefon von Udos Vater bekommen hatte, beeindruckte Hennessen nicht. «Ach Gott, bei dem Gewusel. Da wird's rein und raus gegangen sein. Da hat doch keiner mehr geguckt, wer kommt. Außerdem musste sie nicht ins Haus. Udo hat im Anbau ein paar Zimmer hergerichtet. Haben Sie's mal bei ihm versucht?»

Jürgen schüttelte den Kopf.

Hennessen erklärte: «Er hat ein eigenes Telefon, hat sich so 'n kleines Funkding gekauft, das er immer mit sich herumschleppt.» Er legte einen Finger an die Lippen, dachte nach. «Aber die Nummer weiß ich jetzt nicht. Rufen Sie nochmal im Haus an. Dass einer rübergeht zu ihm und nachschaut.»

Jürgen mochte die Familie von Wirth in dieser Situation nicht noch einmal belästigen und versuchte es zuerst daheim. Es klang logisch, was Hennessen sagte, und tröstlich. Ich sah es vor mir. Dass Rena zum Tor der von Wirths hereinkam, über den Hof zu einem Anbau ging, ohne bemerkt zu werden. Dass sie eine Weile bei Udo blieb. Bis er sagte: «Es ist schon spät, ich fahre dich heim. Deine Eltern machen sich bestimmt Sorgen.»

Hoffnung ist etwas Großartiges. Die Vorstellung eines inzwischen friedlich in seinem Bett liegenden Mädchens, das gar nicht bemerkt hatte, dass die Eltern in heller Aufregung unterwegs waren, wirkte kurzzeitig wie starker Kaffee mit ein paar Baldriantropfen – aufmunternd und beruhigend zugleich.

Es klingelte endlos, ehe Anne sich meldete. Sie hatte bereits geschlafen und nicht gehört, ob nach unserer Abfahrt jemand ins Haus gekommen war. Sie schaute in Renas Zimmer nach. Rena war nicht da. Auch wenn Jürgen es nicht gerne tat, er musste zwangsläufig noch einmal bei den von Wirths anrufen. Auch dort dauerte es ein Weilchen, ehe abgehoben wurde. Die Auskunft kam dann prompt. In Udos Wohnung nachzuschauen war überflüssig. Udo war nicht daheim, sonst hätte sein Wagen auf dem Hof stehen müssen. Er sei seit dem Nachmittag bei seinem Schwager im Krankenhaus, hieß es. Außerdem erklärte Udos Vater, sie hätten am frühen Abend das Tor abgeschlossen, um nicht gestört zu werden von Nachbarn und Freunden. Sie hätten niemandem geöffnet.

Ich hatte Blei im Kopf, alles war zugegossen, keine Ritze frei für einen Gedanken.

Hennessen frage: «Haben Sie's mal bei Ihrer Mutter versucht?»

«Da geht sie nicht hin», sagte Jürgen.

Hennessen hob die Schultern, ließ sie wieder fallen. «Na, wer weiß, bei dem Wetter.»

«Das kann ich mir nicht vorstellen», sagte Jürgen. «Außerdem hätte sie dann angerufen.»

Der Mann neben Hennessen schüttelte den Kopf. «Nee», erklärte er gedehnt. «Gretchen hat Ärger mit der Post. Sie hat 'ne Rechnung gekriegt über 'n paar tausend Mark, hat sie natürlich nicht bezahlt. Da haben sie ihr letzte Woche die Leitung abgeklemmt.»

Gretchen! Grete Zardiss, Jürgens Mutter, vierundsechzig Jahre alt, unverheiratet. Ich weiß nicht, was geschehen wäre, wenn ich von ihr gewusst hätte, als ich Jürgen kennen lernte. Ich machte damals ein Praktikum, er war bereits Assistenzarzt auf der Station. Und mir gefiel die Art, wie er mit Patienten umging.

Es imponierte mir, dass er sich von nichts aus der Fassung bringen ließ. Dass er am Bett einer Sterbenden scherzen konnte und die Frau damit zum Lächeln brachte. Vielleicht ist es Unsinn, aber ich dachte damals, mit einem Lächeln stirbt es sich leichter. Und Jürgen hatte sie, diese besondere Leichtigkeit, die es bei meinen Eltern nicht gab.

Jürgen war nie ein Adonis, zu klein für einen Mann und schon in jungen Jahren übergewichtig, das Haar zu dünn oder stark gelichtet, ist ja egal, wie man es nennt. Aber Jürgen hatte Charme und Humor und er kannte keine Zwänge. Wo steht geschrieben, dass man die Füße nicht auf den Schreibtisch legen darf? Wenn die Beine schwer sind, weil man seit vierundzwanzig Stunden im Dienst ist, kaum eine ruhige Minute fand in der Zeit?

So habe ich ihn zum ersten Mal gesehen. Die übereinander geschlagenen Füße zwischen Telefon, Aschenbecher und Papieren auf dem Schreibtisch im Ärztezimmer. In der rechten Hand ein Brot mit Streichkäse, noch halb von Papier umwickelt, in der linken Hand einen Laborbefund, kauend, ein Grinsen auf den Lippen.

«Nur hereinmarschiert», sagte er. «Ich beiße bloß ins Butterbrot. Nehmen Sie sich einen Kaffee, wenn Sie eine Tasse finden. Er müsste noch heiß sein.»

Dann erst fragte er: «Was gibt's denn? Haben wir wieder einen Quertreiber, der es uns nicht gönnt, eine halbe Stunde friedlich auf unserem Hintern zu sitzen? Oder haben wir ein ernsthaftes Problem? Ich hab's nicht klingeln hören.»

Wir hatten weder einen Quertreiber noch ein ernsthaftes Problem, nur einen Patienten mit Schlafstörungen.

«Fragen Sie ihn, ob er auch einen Kaffee will», sagte Jürgen. «Wenn wir ihn richtig wach kriegen, können wir vielleicht 'ne Runde Skat spielen.»

Zuerst fand er mich schüchtern, dann steif, dann prüde, dann niedlich. «Vera», sagte er, «der Name passt nicht zu dir. Er klingt viel zu streng.» Anfangs nannte er mich Röschen, weil ich leicht errötete. «Jetzt blüht sie wieder.» Wie oft habe ich das damals von ihm gehört.

Er lud mich für einen Dienstagabend zum Essen ein, dann reichte angeblich sein Geld nicht. Stirnrunzelnd studierte er die Rechnung und meinte: «Röschen, wir hätten uns für Bier entscheiden sollen. Die haben hier happige Preise für eine Flasche Wein.» Dass der Ober neben unserem Tisch stand, störte ihn nicht. Er lächelte mich an. «Ich hoffe, du kannst mir mit einem Fünfziger aus der Patsche helfen.»

Natürlich konnte ich, nur war es mir peinlich, das vor dem wartenden Ober zu tun. Ich versuchte es unter dem Tisch. Auf solche Szenen kam unweigerlich der Satz: «Jetzt blüht sie wieder.» Und dabei blinzelte Jürgen dem Ober zu.

Dann standen wir auf der Straße und er gab mir den Geldschein zurück, lachte mich an. «War nur ein Test. Du lernst das schon noch irgendwann.»

Gegensätze ziehen sich an, heißt es. Gegensätzlicher als wir konnten zwei Menschen kaum sein. Ich bewunderte ihn als Arzt, doch im privaten Bereich hatte ich anfangs Schwierigkeiten, mich mit ihm auseinander zu setzen.

«Das liegt an deiner Erziehung, Röschen», sagte er. «Man hat dir gute Manieren beigebracht, aber Toleranz ist für dich ein Fremdwort. Nur geht es nicht ohne. Und eines darfst du mir glauben: Man macht sich die Menschen nicht gewogen, nur weil man beim Essen keine Bratensoße aufs Tischtuch kleckert. Dafür ist das Waschen gut. Und zuerst sollte man tolerant gegenüber sich selbst sein.»

Toleranz! Manchmal nannte er es auch Spontaneität. «Warum sollte man ausgerechnet sich selbst jeden Wunsch abschlagen? Wenn ich etwas sehe und es gefällt mir, sorge ich dafür, dass ich es bekomme, auf der Stelle.» Für Jürgen stellte sich nie die Frage: Kann ich mir das leisten? Ein exquisites Essen in einem teuren Restaurant, eine Flasche Wein dazu. Und für den Rest des Monats Brote mit Streichkäse. Man muss flexibel sein.

Ich war nicht flexibel. Ich fragte zu viel, dachte zu lange nach, rechnete zu gründlich durch, ehe ich eine Entscheidung traf. Für Jürgen gab es keine Fragen, kein Nachdenken, kein Durchrechnen. Wer ihm beigebracht hatte, so zu leben, erklärte er nicht. In den ersten Monaten hörte ich von ihm nicht einmal die Worte «meine Mutter».

Meine Eltern bestanden darauf, ihn kennen zu lernen. Er kam gerne, genoss die Sonntagnachmittage mit Mutters selbst gebackenen Torten auf blütenweißen Tischtüchern. «Stil ist auch nicht zu verachten», sagte er. Und Vaters Fragen nach seinen Eltern wich er aus. Grete Zardiss! Unverheiratet. Mutter eines Sohnes und einer Tochter, die im Säuglingsalter gestorben war.

Als wir das Aufgebot bestellten und Jürgen nach seinem Vater gefragt wurde, sagte er knapp: «Unbekannt.» Aber er hatte eine Vermutung, wer sein Vater gewesen war. Das erfuhr ich nach fünfzehn Ehejahren, als er mir beiläufig erklärte: «Der Reuther-Hof steht zum Verkauf. Ich hab's heute zufällig gehört. Wir sollten am Sonntag rausfahren und ihn uns ansehen.»

Ich konnte mich nicht auf Anhieb für seine Idee begeistern. Ein Bauernhof, Landleben, ein Kuhdorf, wie er es manchmal nannte. Vielen Dank! Mir gefiel es in der Stadt; eine geräumige Wohnung, hell und modern; ein Schaufensterbummel am Nachmittag. Wenn ich Lust hatte, konnte ich zur Praxis schlendern und mir das Auto holen für eine Fahrt nach Köln und einen Besuch bei meinen Eltern. Das wollte ich nicht aufgeben für einen alten, heruntergekommenen Bauernhof.

Ich wollte nicht festsitzen zwischen Kühen und Zuckerrüben. Ich wollte mir auch nicht den Kopf zerbrechen müssen über Hypothekenzinsen. Die Erben verlangten ein Vermögen. Für das Geld hätten wir uns ein hübsches Haus am Stadtrand leisten können und ein kleines Auto für mich als Zugabe. Und mit dem Kauf des Reuther-Hofs war es nicht getan, die Renovierung würde noch einmal eine beträchtliche Summe verschlingen.

Wir diskutierten nächtelang. Jürgen brachte ein paar Argumente vor, von wegen friedlichem Leben und sauberer Luft. Als das nicht zog, machte er ein paar Lockangebote. Selbstverständlich ein kleines Auto für mich, es musste ja kein neues sein. Ein hübscher, gepflegter Gebrauchtwagen. Und vielleicht könnten wir meine Eltern fragen, ob sie Lust hätten …

Vater sprach schon seit längerem davon, der Großstadt den Rücken zu kehren und ein kleines Haus in ländlicher Umgebung zu erwerben, in der Eifel vielleicht. Ich blieb bei meinem Nein. Und da erzählte er mir endlich, warum ihm das Anwesen so wichtig war.

Gretchen hatte in jungen Jahren als Magd auf dem Hof gearbeitet, hatte ihre beiden Kinder dort in die Welt gesetzt. Väter unbekannt, vermutlich in beiden Fällen derselbe Vater, der alte Reuther. Jürgen war zwischen Scheune und Stallungen, zwischen Bahndamm und freiem Feld aufgewachsen.

Das wusste ich bereits. Aber die ungezwungene Kindheit, von der er mir bis dahin häufig vorgeschwärmt hatte – Höhlen in den

Bahndamm gegraben, vom Zwischenboden der Scheune ins Heu gesprungen oder bei Wind und Wetter mit dem Traktor übers Feld –, stand mir plötzlich als grobe Vernachlässigung vor Augen.

Und ich hatte mich immer gefragt, ob er nur mir zuliebe ignorierte, dass seine Mutter existierte. Ich hatte gedacht, dass er sie auf seine Weise liebte und sich nur für ihren späteren Lebenswandel schämte. Dass ihn diese Scham veranlasste, bei meinen Eltern so zu tun, als sei er als Student auf die Welt gekommen. Die Uni, die Studentenbude, die nette, freundliche Frau Liedke, die es sich zur Aufgabe gemacht hatte, angehende Ärzte, Juristen oder Wissenschaftler während der Lotterjahre zu betreuen, mehr als ein paar Klischeebilder hatte er auf Vaters Fragen nie gehabt.

Zwei Wochen vor unserer Verlobung bat Mutter ihn um die Anschrift seiner Mutter. Für die Einladung. «Sie kann nicht kommen», sagte Jürgen. «Es geht ihr gesundheitlich nicht gut.»

Ich bezweifle, dass Gretchen jemals in ihrem Leben ernsthaft krank war. Im Dorf erzählt man sich, sie hätte zwei Stunden nach Jürgens Geburt schon wieder die Kühe gemolken.

Wenn es nach Jürgen gegangen wäre, hätte sie auch an unserer Hochzeit nicht teilgenommen. Aber Mutter bestand darauf, sie einzuladen. Und sie kam. In einem giftgrünen Satinkleid mit aufgenähter Stoffrose auf der linken Schulter. Die rechte Schulter war frei, dafür hatte wohl der Stoff nicht gereicht. Er war auch sonst ein wenig knapp bemessen. Am Dekolleté hätte es ruhig etwas mehr sein dürfen.

Ich dachte, Mutter hätte einen Schlaganfall bekommen. Nicht nur wegen Gretchens Kleid. Sie kam in Begleitung eines älteren Mannes, den sie schlicht als Kurt vorstellte. Kurt mochte in den Siebzigern sein, er war vermögend und machte einen rüstigen Eindruck. Gretchen behauptete, er sei pflegebedürftig. Und seine Pflege hatte sie übernommen.

Jürgen wählte ausgerechnet unsere Hochzeitsnacht, um mir mit zarten Andeutungen begreiflich zu machen, dass Kurt nicht der erste Pflegefall war, den seine Mutter betreute. Nach seiner weitschweifigen und blumigen Erklärung war Jürgen sehr kurz angebunden. «Verstehst du nun, Vera?»

Ich hätte ein Brett vor dem Kopf haben müssen, es nicht zu verstehen. Im ersten Moment wünschte ich mir, ich hätte ein Brett vor dem Unterleib gehabt. Ich kam mir vor wie ... ach, ich weiß nicht; hinters Licht geführt, schamlos belogen. Betrogen! So ähnlich hätte ich mich auch gefühlt, wenn ich nach dem Kauf eines Wagens erfahren hätte, die Kiste hat nur Schrottwert. Nur hätte ich in diesem Fall zum Händler rennen, protestieren und auf einem Umtausch bestehen können.

Ich hatte nicht übel Lust, am Morgen nach unserer Hochzeit zum Anwalt zu rennen. Vater verhinderte das. Er redete einen halben Tag auf mich ein. «Sei vernünftig, Vera. Überstürze nichts. Du bist schwanger und nicht mit seiner Mutter verheiratet. Ihn liebst du doch! Und er dich, Vera. Denk einmal darüber nach, warum er dir bisher verschwiegen hat, wer seine Mutter ist.»

Ich dachte darüber nach, monatelang. Jürgen half mir nach Kräften mit weiteren Informationen. Mit jedem Satz machte er deutlich, wie sehr er sich distanzierte. Kein Mensch kann sich seine Eltern aussuchen, Vera. Entweder hat man Glück oder Pech. Du hattest Glück, Vera, ich hatte Gretchen.

Sie war weder Frau noch Mutter, sie war eine Karikatur. Die billigere und bodenständige Version einer Regina Kolter. Gretchen hatte, als sie Mitte dreißig und Jürgen mit der Schule fertig war, die Arbeit auf dem Reuther-Hof aufgegeben. Seitdem verdiente sie ihren Lebensunterhalt damit, alte Männer bei sich aufzunehmen. Ein einträgliches Geschäft. Es hatte ihr zu einem kleinen Haus am Ortsrand verholfen, ein bisschen Land eingebracht, das sie verpachtet hatte. Da sie die Männer bis zum Tod pflegte, wurde sie meist im Testament bedacht. Und war der eine verschieden, fand sich bald ein anderer, der mit einem Großteil seiner Rente für die Betreuung zahlte.

Gretchen sagte: «Ist immer noch billiger als im Heim. Und mehr Spaß macht's auch. Dafür garantier ich.»

Ich hatte sie bis zu der Septembernacht dreimal von nahem gesehen. Das erste Mal bei unserer Hochzeit. Das zweite Mal nach Annes Geburt. Sie hatte die Anzeige in der Tageszeitung gelesen und ließ es sich nicht nehmen, mir einen Besuch im Wochenbett abzustatten. Statt des obligatorischen Strampelanzugs fürs Baby legte sie mir einen Hundertmarkschein auf den Nachttisch. «Kauf dem Kind was dafür, wirst am besten wissen, was es braucht. Und wenn's schon alles hat, tu das Geld auf die Sparkasse.»

Dann sagte sie noch: «Zur Taufe werd ich nicht kommen können. Mit Kurt geht's zu Ende. Den kann ich jetzt nicht allein lassen, auch nicht für ein paar Stunden.» Kurt starb fünf Jahre später. Zu Renas Geburt schickte Gretchen den Hundertmarkschein per Post mit einer Glückwunschkarte.

Als ich sie das dritte Mal sah, hatten wir den Hof bereits gekauft. Die Handwerker waren da. Ich fuhr regelmäßig hinaus, um zu sehen, wie es mit der Renovierung voranging. An einem Nachmittag hörte ich beim Aussteigen: «Soll ich dir 'nen Teelöffel bringen? Damit geht's bestimmt schneller. Du spielst hier nicht im Sand, Junge, du sollst die Wand verputzen. Gib mal das Ding her, dann zeig ich dir, wie man das macht.»

Ich kam ins Haus. Sie stand in der Diele; in langen Hosen, kariertem Hemd, die Ärmel aufgerollt, bearbeitete sie die Stirnwand mit einem Holzbrett. Daneben stand der Maurer, grinsend, Zigarette im Mundwinkel. Er bemerkte mich als Erster, sein Grinsen erlosch. Gretchen drehte sich um, sah mich und drückte dem Maurer das Brett in die Hand.

«Hoffentlich hat der Doktor einen Festpreis ausgemacht. Wenn der hier», ihr Daumen zeigte auf den Maurer, «im Stundenlohn arbeitet, seid ihr angeschissen.»

Sie nannte Jürgen nur Doktor, ob aus Stolz – immerhin hatte sie ihm mit ihrem Berufswechsel das Studium finanziert – oder aus

Spott, weiß ich nicht. Ich wusste auch nicht, welche Bezahlung Jürgen mit dem Maurer vereinbart hatte. Er hatte nur von einem akzeptablen Preis gesprochen.

«Einen Festpreis», sagte ich.

Sie nickte. «Schau ihm trotzdem auf die Finger. Wenn er in dem Tempo weitermacht, seid ihr zum Winter nicht drin.»

Damit verschwand sie. Danach hatte ich sie noch mehrfach im Dorf gesehen, wenn ich Rena zum Reitstall fuhr und Gretchen zufällig in der Haustür stand oder auf der Straße unterwegs war. Und einmal sonntags. Da stand sie zusammen mit einem Mann bei der Einfahrt. Mutter sah sie vom Küchenfenster aus und befürchtete, sie würden uns einen Besuch abstatten. Aber sie standen nur da. Gretchen zeigte mit ausgestrecktem Arm zum Haus, zur Scheune und den Stallungen hinüber, hakte sich bei dem Mann unter. Und sie gingen wieder.

Anne und Rena wussten, dass ihre zweite Großmutter im Ort lebte. Aber sie hatten nie Kontakt zu ihr gehabt. Bei Gretchen nach Rena zu fragen, hielt ich für Zeitverschwendung. Und Zeit, dachte ich, hätten wir nicht mehr.

Es war kurz vor zwei in der Nacht. Der Regen hatte nachgelassen, als wir aus Friedels Kneipe wieder ins Freie traten, auch der Wind war abgeschwächt. Aber es waren vier Kilometer zum Hof hinaus. Ich glaubte nicht, dass ich auch nur einen schaffte, und wünschte mir, Jürgen hätte nach einem Auto gefragt. Hennessen fuhr einen alten Ford Kombi, der Gastwirt besaß garantiert auch einen Wagen. Nur mochte Jürgen nicht bitten und von sich aus machten sie kein Angebot.

Ich hatte den Eindruck, sie nahmen uns nicht ernst. Ein sechzehnjähriges Mädchen kommt nicht heim! Was ist das gegen Kuhlmanns Frau und die beiden kleinen Kinder?! Das dumme Ding wird schon wieder auftauchen. Ich meinte, ich hätte von ihren Gesichtern ablesen können, was sie dachten.

Der Mann, der bei Hennessen gestanden hatte, ging mit uns hinaus. Vor der Tür hob er das Gesicht in den Wind und betrachtete mit skeptischem Blick den Himmel. Oben wirbelte es noch tüchtig durcheinander. Kein Stern war zu sehen, kein Zipfel vom Mond, nur unterschiedliche Grau- und Schwarztöne.

Und ich sah Rena in schwarzen Schlabberhosen vor mir. Die blonden Haare auf einer Kopfhälfte so kurz, dass sie wie Stoppeln abstanden, auf der anderen Hälfte lang und hoch toupiert, mit Unmengen von Gel in Form gehalten und rabenschwarze Strähnen hineingesprüht. Sie hätte es wohl gerne einheitlich schwarz gehabt, nur gelang ihr das nie. Sie lief herum wie ein Zebra.

«Ich glaub nicht», sagte der Mann zu Jürgen, «dass diese Nacht noch einer von der Polizei rauskommt. Die kommen sowieso nicht eher, bis man selbst alle Möglichkeiten abgeklappert hat. Aber wenn Gretchen auch keine Ahnung hat, wo die Kleine sein könnte, würde ich an Ihrer Stelle schon mal anrufen. Dass die morgen früh, wenn's hell wird, gleich anfangen zu suchen.»

Er ging ein Stück mit uns die Hauptstraße hinunter. Ich schätzte ihn auf Anfang fünfzig. Scherer hieß er, ein Bauer, kantig und gedrungen, den Jackenkragen hochgestellt, die Hände tief in den Hosentaschen vergraben, den Kopf gesenkt, stampfte er neben Jürgen her. Zwei Querstraßen weiter blieb er stehen, es sah aus, als wolle er sich mit einem Handschlag von uns verabschieden. Wieder schaute er zum Himmel hinauf.

«Ruhe lässt einem das ja nicht», sagte er zu Jürgen. «Und Sie sind sicher, dass sie nicht auf dem Feldweg war?»

«Wir haben nichts von ihr gesehen.»

Scherer nickte schwerfällig, betrachtete das Wasser, das uns immer noch über die Stiefel schwappte. «Morgen kann ich draußen nichts tun. Sie wollen ja auch sicher das Auto da rausholen. Stehen lassen können Sie's nicht. Da fährt's Ihnen einer zu Klump. Ich komm so um sechs mit dem Lanz. Dann ist es schon hell genug, dass man was sieht. Wir fahren die Strecke ab und nehmen in einem das Auto mit.»

«Können wir es nicht jetzt machen?», fragte ich.

Scherer zögerte. Es war ihm anzusehen, dass er mir die Bitte nicht gerne abschlug. «Bringt nichts», meinte er nach ein paar Sekunden. «Man müsst schon was mehr sehen, nur die Scheinwerfer vom Lanz, das reicht nicht. Da braucht sie nur drei oder vier Meter neben dem Weg zu liegen, dann sehen wir nichts von ihr.»

Wie er es ausdrückte, klang es nach Tod. Er lächelte mich zuversichtlich an. «Jetzt machen Sie sich mal nicht so viele Gedanken. Gehn Sie zu Gretchen. Sie ist bestimmt da untergekrochen. Vielleicht hat sie gedacht, dass Otto sie fährt. Aber der ist eigen, wenn er was gesoffen hat, fährt er nicht gern. Ich komm auf jeden Fall. Morgen früh um sechs. Schon wegen dem Auto.»

Er wandte sich der Seitenstraße zu und verschwand aus unserem Blickfeld.

Wir gingen weiter die Hauptstraße hinunter, an der Spar- und Darlehenskasse vorbei. Die Feuerwehr hatte ihren Einsatz dort beendet. Sie standen jetzt mit ihren Wagen zweihundert Meter weiter an der Metzgerei bei der Kirche. Einige Männer arbeiteten an der Mauer, die den Friedhof zur Straße hin abgrenzt. Es schien, dass die Mauer unterspült worden war.

Jürgen sprach ein paar Worte mit einem der Männer, der seinerseits zu den anderen hinüberrief, ob sie ein Mädchen mit einem Fahrrad gesehen hätten. Kopfschütteln überall. Wir gingen weiter, nahmen den Bogen am Gasthof Schwinger.

Zweimal kam uns ein Auto entgegen, den Kennzeichen nach Ortsfremde, die den Weg durchs Dorf als Abkürzung nutzen wollten und nun fluchen mochten, weil das Wasser auf der Straße sie mehr Zeit kostete. Einmal wurden wir von einem Wagen überholt. Drei junge Leute saßen drin. Sie fuhren zu schnell, spritzten uns bis zur Taille nass. Es machte kaum noch etwas aus. Bei jedem Schritt quietschte es in meinen Stiefeln. Meine Füße waren taub vor Kälte, mein Gesicht brannte im Wind. Kopf und Bauch waren mit Watte gefüllt.

Uns passiert so etwas nicht! Bei uns läuft alles nach Plan. Beruflich: die Ausbildung zum Facharzt, drei Jahre Belegarzt im städtischen Krankenhaus mit den Praxisräumen neben der Notaufnahme, dann die eigene Praxis. Privat: die erste Tochter, die zweite, die geräumige Stadtwohnung und die Erfüllung eines Traumes: der alte Reuther-Hof. Und der Triumph: Gretchens Sohn, der rotznasige Bastard, dem die Kühe mit den Schwanzquasten die Tränen abwischten, weil sich sonst niemand um ihn kümmerte, kehrt als gemachter Mann ins Dorf zurück. Der Herr Doktor mit Frau, den piekfeinen Schwiegereltern und zwei wohlgeratenen Töchtern.

Wir sprachen beide nicht. Auch als wir endlich Gretchens Haus erreichten, sagte Jürgen kein Wort. Er schaute mich an, peinlich berührt oder verlegen, dabei grimmig und wild entschlossen.

Auf dem ganzen Weg hatte es kein erleuchtetes Fenster mehr gegeben. Auch bei den von Wirths war alles dunkel gewesen, Jürgen hatte mich auf das große Anwesen in der letzten Querstraße vor der Spar- und Darlehenskasse aufmerksam gemacht. Halb drei in der Nacht! Aber bei Gretchen brannte Licht. Es fiel durch ein paar Schlitze in den heruntergelassenen Rolläden. Jürgen klopfte an die Haustür, ließ mich nicht aus den Augen und rief: «Mach auf, Mutter, ich bin's.»

Zwei Sekunden später stand sie in der offenen Tür. Sie trug ein Wollhemd. Nur ein Wollhemd, von dem sie in der Eile erst zwei Knöpfe in der Mitte geschlossen hatte. Am Hals und über den Schenkeln klaffte es auseinander. Dass sie keine Unterwäsche trug, war nicht zu übersehen. Ihre Beine waren nackt, die Füße auch. Jürgen löste den Blick von mir und schaute sie an. Er öffnete den Mund, wollte etwas fragen.

Sie kam ihm zuvor. «Nein, so was! Der Doktor nebst Gemahlin. Wie zwei begossene Pudel! Für 'n Mondscheinspaziergang war das aber nicht das richtige Wetter. Was verschafft mir die Ehre?»

Jürgen fragte knapp: «Ist Rena bei dir?»

Sie grinste, fasste an den Hemdkragen, schloss den oberen Knopf und noch einen und noch einen. «Rena?», fragte sie dabei, als habe sie den Namen noch nie gehört. Zwei Sekunden Pause, das Grinsen verstärkte sich, als sie mit einem Finger an die Stirn tippte. «Ach, jetzt erinnere ich mich. Du hast ja zwei von der Sorte. Rena, ist das die mit dem braunen Hengst zwischen den Beinen?»

«Mutter!» Jürgen beherrschte sich nur mit Mühe. «Wir stehen hier nicht zum Spaß. Sie ist nicht nach Hause gekommen. Ist sie bei dir?»

Ihr Grinsen erlosch, machte einer neutralen Miene Platz. «Nein.» Es klang scharf wie ein Schuss. Ich dachte, sie hätte uns die Tür vor der Nase zugeschlagen. Aber sie trat einen Schritt zurück, winkte mit dem Kopf, wir sollten hereinkommen. Jürgen trat einen Schritt vor.

«Ich warte hier», sagte ich.

Er griff nach meinem Arm. «Stell dich nicht so an, Vera.» Er zog mich an sich vorbei in einen schmalen Flur und schloss die Tür hinter sich.

Gretchen ging vor uns her zu einer offenen Tür. Schon dabei wollte sie wissen: «Seit wann ist sie überfällig?»

«Seit zehn», sagte Jürgen.

Sie fuhr zu ihm herum. «Und wo war sie bis um zehn?»

«Bei Hennes.»

«Ach so. Ich nehm an, bei dem wart ihr schon.»

«Natürlich.»

«Und bei den von Wirths?»

«Habe ich angerufen.»

«Wart ihr auch bei Kuhlmann? Ich könnt mir vorstellen, dass Udo mal nach dem Vieh sehen musste und sie mitgenommen hat.»

Jürgen berichtete, dass er von Udos Vater gehört habe, Udo sei bei seinem Schwager im Krankenhaus.

Gretchen musterte ihn von Kopf bis Fuß. Mich beachtete sie

nicht. «So wie du aussiehst, seid ihr auch schon durchs Feld gekrochen.» Auf eine Antwort wartete sie nicht. Sie ging durch die Tür in ein kleines Wohnzimmer.

Der Fernseher lief, auf der Couch lag ein Mann. Er mochte Ende sechzig sein, rundlich rosiges Gesicht und Glatze. Es war der Mann, mit dem Mutter sie einmal bei der Einfahrt gesehen hatte. Er hatte sich eine Wolldecke bis zum Hals gezogen. Auf dem Fußboden vor der Couch lagen ein paar Kleidungsstücke, in einem Sessel noch ein paar, obenauf ein Büstenhalter und ein Schlüpfer.

Es war peinlich, einfach nur peinlich. Auf dem Bildschirm wippten ein Paar nackte Brüste in Übergröße, gehalten von zwei Händen, umrahmt von eindeutigen Geräuschen. Auf dem Tisch standen zwei Bierflaschen. Ich wusste nicht, wohin ich schauen sollte, betrachtete die Flaschen und einen halb gefüllten Aschenbecher.

«Mach mal die Kiste aus, Otto», verlangte Gretchen. «Heb deinen Arsch in die Hose und mach was von der Brühe heiß.»

Zu mir sagte sie: «Setz dich», und zeigte auf den zweiten freien Sessel. «Du siehst aus, als würdest du gleich aus den Stiefeln kippen.»

Otto erhob sich, wickelte sich im Aufstehen die Decke um den Leib und grinste verlegen. Er ging hinaus. Gretchen nahm den Schlüpfer vom Sessel und zog ihn an, ohne sich um Jürgen oder mich zu kümmern. Sie griff nach der Hose und stieg hinein, stopfte das Hemd in den Hosenbund und verlangte unwillig: «Nun red schon. Ist irgendwas gewesen? Hat's Stunk gegeben? Habt ihr dem Kind was getan?»

Jürgen wurde heftig. «Natürlich nicht! Was sollen wir ihr denn getan haben?»

«Was weiß ich.» Sie zuckte mit den Schultern. «Eins hinter die Löffel. Soll schon mal vorkommen, dass einem die Hand ausrutscht, auch wenn man meint, man sei zu fein dafür.»

«Unsere Kinder hätten den ersten Schlag noch zu bekommen», sagte Jürgen.

Sie grinste abfällig. «Manchmal tut die Hand nicht so weh wie die Zunge.»

«Was heißt das?», fauchte Jürgen. «Bei uns gab es auch keine verbalen Züchtigungen.»

Ihr Grinsen wurde noch breiter. «Das haste aber fein gesagt. Bild dir bloß nicht ein, ich frag dich, was es heißt.»

Otto kam mit zwei Suppentassen herein und beendete das Wortgefecht. Die Decke hatte er gegen Hemd und Hose vertauscht. Nur Socken trug er noch nicht. Die hob er vom Boden auf, setzte sich auf die Couch und streifte sie über, nachdem er Jürgen und mir die Tassen in die Hände gedrückt hatte. Es war klare Fleischbrühe mit Klößchen. Die Tasse war heiß, die Brühe dampfte, ich hatte plötzlich ein Loch im Magen und trank einen Schluck.

«Hol mal zwei Löffel», kommandierte Gretchen, «und bring das Maggi mit.» Während Otto sich widerspruchslos erhob und zum zweiten Mal hinausging, wollte sie von Jürgen wissen: «Hast du die Grünen schon angerufen?»

«Nein.»

«Warum nicht?»

«Weil ich noch nicht die Zeit dazu hatte!», schrie Jürgen. «Herrgott! Wir waren unterwegs, wir haben sie gesucht.»

«Brauchst nicht brüllen, ich bin nicht taub.»

Otto kam mit zwei Löffeln und einer Flasche Suppenwürze zurück. Gretchen schaute ihn zweifelnd an, ehe sie erklärte: «Stell dir vor, Otto, die kleine Wildwest ist nicht nach Hause gekommen.»

Ottos rundliches Gesicht zog sich vor Erstaunen in die Länge. Er murmelte: «Was du nicht sagst.»

Ich fühlte mich, als würde ich jeden Augenblick den Verstand verlieren. Zeitlupe, alles so lang und breit und behäbig. Eine alte Frau und ein alter Mann. Und wir hatten sie so offensichtlich bei der Liebe gestört, dass ich dachte, ich wäre daran erstickt. Liebe! Welke, faltige Haut und ein Pornostreifen aus dem Fernseher. Ich empfand es als ekelhaft und widerlich. Und Rena war irgendwo da draußen. «Kleine Wildwest» hatte sie gesagt.

«Ich will hier raus! Ich will sofort hier raus!» Dass ich es tatsächlich schrie, wurde mir erst bewusst, als Jürgen mich anbrüllte: «Reiß dich gefälligst zusammen, Vera.»

Gretchen hatte ihm gerade irgendetwas erklärt und war durch mich unterbrochen worden. «Schrei sie nicht an», sagte sie zu Jürgen, verlangte von Otto: «Hol mal deine Kreislauftropfen. Die macht uns schlapp.»

Dann sprach sie dort weiter, wo ich ihr das Wort abgeschnitten hatte. «Hin und wieder mal, nicht regelmäßig, also mach dir nicht ins Hemd. Und mach bloß dem Kind keinen Ärger deswegen. Hat keiner was davon mitgekriegt, außer Hennes, der weiß es natürlich. Sie kam immer hintenrum durch den Garten. Montag war sie kurz hier, gestern auch. Da hab ich's ihr in die Finger gedrückt. Heut hab ich nicht mit ihr gerechnet, weil sie gestern sagte, dass heute der Hengst abgeholt wird.»

Der Hengst abgeholt! Das hörte und verstand ich. Jürgen sagte noch etwas von: ... besser deine Telefonrechnung damit bezahlt. Gretchen lachte, ihre Antwort drang nur bruchstückhaft in mein Bewusstsein. «... soll Otto übernehmen. Er hat die Häschen angerufen, ich nicht.»

Es interessierte mich nicht, was sie sagte. Ich dachte nur: Der Hengst! Mattho ist weg! Arme Rena! Warum hat sie mir nichts davon gesagt? Im Geist sah ich sie einem Pferdetransporter hinterherradeln. An dem Bild blieb ich kleben, daneben verschwamm alles andere.

3. Kapitel

Ich weiß nicht, wie lange wir bei Gretchen saßen. Ich weiß auch nicht, worüber sie und Jürgen noch sprachen. Ich sah die Klößchen in der Brühe, die Bierflaschen auf dem Tisch, Ottos verlegen dümmliches Lächeln, als er aus einem Fläschchen etwas auf einen Löffel voll Zucker träufelte und mir den Löffel an den Mund hielt. Ich schmeckte süß und bitter auf der Zunge und fühlte ein Rauschen im Kopf, als hätte ich mir den Wind eingefangen.

Dann war plötzlich das kleine Zimmer voller Menschen. Männer und Frauen. So viele, als hätte sich das halbe Dorf bei Gretchen eingefunden. Jürgen griff nach meinem Arm, zog mich aus dem Sessel hoch und schob mich durch die Menge auf die Tür zu. Er rauchte eine Zigarette. Ich hatte ihn seit ewigen Zeiten nicht mehr rauchen sehen. Wir gingen zur Haustür. Auf der Straße warf Jürgen die Zigarette weg.

Es war merkwürdig, wie sie ins Wasser fiel und erlosch. Es war ein Stich ins Herz. Ich hörte eine Frau schreien: «Sie ist nicht tot. Sagt mir, dass sie nicht tot ist.»

Es war nur ein Fetzen Erinnerung! Ich hatte das einmal gesehen: die Zigarette, die ins Wasser fiel. Die schreiende Frau, die auf der Straße in die Knie ging und ihre Stirn gegen die Bordsteinkante schlug, bis jemand sie hochriss. Es war lange her.

Eine ältere Frau kam zu mir, legte mir den Arm um die Schultern und führte mich zu einem Mercedes. Es war ein uraltes Modell. Die Frau öffnete die Tür an der Beifahrerseite und ließ mich einsteigen. Während sie vorne um das Auto herumging und ebenfalls einstieg, sah ich Jürgen zu einem Traktor gehen und mit dem Fahrer sprechen. Es war Scherer mit seinem Lanz. Die ganze Straße stand voller Traktoren, einer hinter dem anderen. Zehn, zwölf, ich konnte sie nicht zählen. Es regnete immer noch, aber nur leicht. Den Wind spürte ich nur im Kopf. Der Himmel war aufgeklart. Ich sah den Mond.

Die Frau brachte mich zurück auf den Hof. Sie fuhr zügig und sprach auf mich ein. Dass ich mir keine Sorgen machen müsse. Dass die Männer Rena finden, dass sie mit ihren Traktoren eine Kette bilden und Acker um Acker kontrollieren würden. Irgendwie kam die Frau mir vertraut vor. Doch erst als wir die Einfahrt passierten, erkannte ich sie. Es war meine Mutter.

«Ich wusste gar nicht, dass du Auto fahren kannst», sagte ich.

Mutter lachte. «Du weißt vieles nicht. Früher habe ich sogar Lastwagen gefahren. Kurz nach dem Krieg, es waren ja keine Männer da. Da mussten wir Frauen ran. Und ich werde doch mein Mädchen nicht im Stich lassen, wenn es mich braucht. Jetzt gehen wir hinein und machen uns einen starken Kaffee. Und dann kochen wir Brühe für die Männer. Etwas Heißes wird ihnen gut tun, wenn sie zurückkommen. Sie werden sicher nicht lange brauchen.»

Mutter fuhr den alten Mercedes in die Scheune und half mir beim Aussteigen. Ich war dankbar, dass sie bei mir war. Wir gingen in die Küche, sie brühte Kaffee auf, stellte zwei Gedecke auf den Tisch. Aber dann fand sie, ich solle mich hinlegen. «Du bist so blass und durchgefroren, Kind.»

Sie ging mit mir hinauf, half mir, die nassen Sachen vom Leib zu ziehen, wickelte mich in eine Decke. «Ich bringe dir eine Tasse Kaffee ans Bett», sagte sie. «Du wirst ja doch nicht schlafen können. Aber du musst wieder richtig warm werden und dich ausruhen.» Wenig später kam sie mit einem Tablett herauf. Sie hatte mir auch ein paar Kekse dazugelegt, setzte sich zu mir aufs Bett.

«Wo sind Vater und Anne?», fragte ich.

«Anne schläft», sagte Mutter. «Ich habe ihr gesagt, sie soll sich hinlegen. Es ist nicht nötig, dass sie auch noch draußen herumläuft, sie muss doch morgen zur Schule. Vater sucht in der Scheune und in den Ställen, damit wir nichts außer Acht lassen. Es ist ja möglich, dass sie sich in ihrem Kummer um den Hengst irgendwo verkrochen hat, nicht wahr?»

Mutter blieb bei mir sitzen, bis wir auf dem Hof die schweren Traktoren vorfahren hörten. Da lief sie ans Fenster. «Ich wusste es doch», rief sie. «Ich wusste, dass die Männer sie finden.»

Wenig später lag Rena im heißen Badewasser. Jürgen sagte: «So ein kleines Biest. Du ahnst nicht, wo sie sich verkrochen hatte. Ich habe dir doch mal erzählt, dass wir als Jungs Höhlen in den Bahndamm gegraben haben. Das war immer ein Ärger, es war streng verboten. Die von der Bahn hatten Angst, dass da mal die Erde nachsackt und es ein Unglück gibt. Aber es ist nie was passiert. Unsere Höhlen waren stabil, sie haben gehalten, all die Jahre. Und da haben wir sie gefunden. Blau gefroren und vor Erschöpfung eingeschlafen, aber ansonsten quietschfidel.»

Es ging ihr wirklich gut. Sie hatte keinen Kratzer abbekommen, war völlig unversehrt, nur traurig, unendlich traurig. «Mattho ist weg», sagte sie. «Ich hatte ihn so lieb, Mutti. Alles, was ich lieb habe, stirbt oder geht einfach weg. Ich werde ihn nie wieder sehen.»

«Doch», versprach ich, «du wirst. Wir werden ihn besuchen. Nur wir beide.»

Sie riss die Augen auf, war ganz atemlos vor Freude. «Ehrlich, Mutti? Versprichst du mir das?»

«Ja», sagte ich. «Und ich halte es auch. Wir besuchen ihn in den nächsten Schulferien, zu Weihnachten.»

Sie wollte unbedingt bei mir schlafen. Jürgen fand, das ginge zu weit. Kinder im Ehebett waren ihm immer ein Gräuel gewesen. Auch als sie noch klein waren, das duldete er nicht. «Wenn sie sich einmal daran gewöhnen, kriegen wir sie nicht mehr raus», sagte er damals, als Rena die Mittelohrentzündung hatte und so hoch fieberte. «Du kannst ja hin und wieder nach ihr sehen. Aber sie bleibt in ihrem Bett. Das fangen wir gar nicht erst an.»

Ich brachte Rena in ihr Zimmer, blieb noch eine Weile bei ihr. Bis sie eingeschlafen war, erzählte ich ihr von den Weihnachtsferien und unserem Besuch bei Mattho. Dann ging ich hinunter. Sie waren alle im Esszimmer und alle waren sie zufrieden.

Mutter verteilte heiße Brühe an die Männer. Vater kam aus der Scheune und bot ihnen einen Schnaps an. Scherer lächelte mich an und sagte: «Es lässt einem ja keine Ruhe. Und was du heute kannst besorgen, das verschiebe nicht auf morgen.»

Dann verabschiedeten sie sich einer nach dem anderen. Wir blieben bei der Haustür stehen, bis der letzte Traktor vom Hof gefahren war. Jürgen hatte den Arm um meine Schultern gelegt. Er wirkte müde, aber sehr erleichtert.

«So ein Luder», sagte er, als wir hinaufgingen, es klang, als spräche er ihr ein dickes Lob aus. «Die Mathearbeit können wir vergessen. Hat sie doch wieder ihren Kopf durchgesetzt. Aber in Zukunft werden wir ihr nicht mehr alles durchgehen lassen.»

Komisch, dachte ich, er begreift nicht, worum es tatsächlich ging. Oder er will es nicht begreifen. Würde er, dann müsste er sich fragen, warum wir ihr das verdammte Tier nicht gekauft haben.

Wir hatten darüber diskutiert. Achtzehntausend Mark. Und er hatte gesagt: «Ich bitte dich, Vera, es gibt auch kleinere Preise. Anne wird zum Abitur auch keinen Porsche bekommen.»

«Hast du ihr die Entschuldigung für die Schule schon geschrieben?», fragte er. Das hatte ich nicht. Er winkte ab, als ich noch einmal hinunter wollte. «Mach es morgen. Es reicht bestimmt, wenn Anne im Rektorat Bescheid sagt.»

Wir gingen ins Bett. Es war vier Uhr. «Jetzt müssen wir ein bisschen schneller schlafen», sagte Jürgen, als er sich neben mir ausstreckte. «Viel ist nicht übrig von der Nacht.»

Ich weiß nicht, wann ich eingeschlafen bin. Ich weiß überhaupt nichts. Ich wusste auch nicht, dass Rena hin und wieder zu Gretchen ging. Ich erwachte vom Geräusch eines Motors, lag in meinem Bett und fühlte, dass ich nackt war. Völlig nackt, kein Nachthemd, keine Unterwäsche. Ich schlief sonst nie ohne Nachthemd und Wäsche und konnte mir das nicht erklären.

Jürgen stand am Fenster, komplett angezogen. Es war noch nicht richtig hell, er sah grau aus. Und alt. Er drehte sich zu mir um. «Es ist Scherer.»

Zuerst frage ich mich, was Scherer noch wollte. Dann fiel mir ein, dass er versprochen hatte, meinen Fiesta zu holen. In der Nacht hatten sie nicht daran gedacht.

«Ich geh mal runter», sagte Jürgen. Er trug eine derbe Kordhose, eine alte Lederjacke und Gummistiefel. Schmutzige Gummistiefel auf der hellen Auslegware im Schlafzimmer.

«Lass das nicht Mutter sehen», sagte ich.

Er ging auf die Tür zu. «Was meinst du, was mich das jetzt kratzt. Willst du noch liegen bleiben?»

Ich warf einen Blick auf die Uhr, es war kurz nach sechs. «Noch ein bisschen», sagte ich. «Nur ein Viertelstündchen. Ich hatte zwei Stunden Schlaf. Wenn du damit auskommst, mir reicht es nicht.»

Seine Hand lag auf der Türklinke. Er nickte. Dann verließ er das Schlafzimmer. Die Tür schloss er hinter sich. Ich hörte ihn auf dem Flur mit Anne reden. «Denk daran, um sieben bei Jasmin anzurufen. Sie soll die Termine für heute absagen. Ruf auch Sandra an. Ich weiß nicht, ob heute früh was fürs Labor anstand. Wenn was zu tun ist, soll sie es machen. Danach kann sie heimgehen.»

«Mach ich. Was ist mit Mutti?»

«Lass sie liegen», sagte er. «Sie packt das nicht.»

Von unten hörte ich meinen Vater rufen. «Jürgen! Wie lange soll der Mann denn noch warten?»

Jürgen rief zurück: «Ich komme ja schon.» Und auf dem Hof brummte der schwere Motor.

Ich wusste nicht, warum. Ich wusste auch nicht, warum ich

nackt war. Ich erinnerte mich, dass Mutter mir aus den nassen Kleidern geholfen hatte. Dass sie mir auch den Büstenhalter und den Schlüpfer ausgezogen und dabei gesagt hatte: «Mein Gott, du bist ja nass bis auf die Haut.» Dass ich mich dann, so wie ich war, ins Bett gelegt hatte. Aber ich war doch noch einmal aufgestanden! Ich hatte bei Rena auf dem Wannenrand und an ihrem Bett gesessen. Ich war bei den Männern im Esszimmer gewesen. Doch nicht nackt!

Ich hörte Jürgen die Treppe hinunterpoltern und fragen: «Wann, meinst du, kannst du Steinschneider erreichen?»

«Ich versuche es sofort», sagte Vater. «Er wird noch im Bett liegen. Aber dann ist er wenigstens zu Hause.»

Und ich hörte meine Mutter sagen: «Ich werde doch mein Mädchen nicht im Stich lassen, wenn es mich braucht.»

Sechs Jahre alt war ich gewesen, als Vater diesen Mercedes fuhr, in den ich in der Nacht eingestiegen war. Sechs Jahre alt, als Ursula Bost beim Ballspielen auf der Straße überfahren wurde und ihre Mutter sich die Stirn an der Bordsteinkante blutig schlug. Sechs Jahre! Jetzt war ich zweiundvierzig und ich ließ mein Mädchen im Stich.

Vater stand beim Telefon in der Diele, als ich aus dem Schlafzimmer kam. Draußen fuhr der Lanz ab, das schwere Tuckern hörte ich noch eine Weile. Anne schloss die Haustür, rieb sich die Hände, als friere sie, und ging zur Küche hinüber. Vater schaute hoch, sah mich auf der Galerie stehen und rief: «Lena, komm rasch. Du musst dich um Vera kümmern.»

Dann sagte er ins Telefon: «Heinz? Dolf hier. Entschuldige, dass ich dich so früh störe. Es ist ein Notfall. Unsere Rena ist gestern Abend nicht heimgekommen.»

«Nein», sagte ich.

Vater schaute erneut zu mir hoch und rief: «Leg dich wieder ins Bett, Vera.» Und ins Telefon: «Entschuldige, Heinz, hier geht es drunter und drüber, das kannst du dir vorstellen. Meine Tochter ist mit den Nerven am Ende.»

«Nein», sagte ich.

Mutter kam aus der Küche und rief: «Um Gottes willen, Vera, du kannst doch nicht nackt durchs Haus laufen. Zieh dir etwas über.»

«Nein», sagte ich.

Anne rief: «Gib ihr zwei von den Tabletten, Großmutter. Die Packung liegt auf dem Esstisch.»

Und Vater sagte ins Telefon: «Wir waren die ganze Nacht unterwegs, Heinz. Was wir tun konnten, haben wir getan. Mein Schwiegersohn ist auch jetzt wieder draußen, zusammen mit einem Mann aus dem Dorf. Sie fahren den Weg, den unsere Rena normalerweise nahm, noch einmal mit einem Traktor ab. Ja, natürlich, Heinz. Er hat vor einer halben Stunde schon bei der Kripo angerufen. Aber du weißt doch, wie die sind, wenn es nicht gerade um ein Kleinkind geht. Unsere Rena ist sechzehn. Nein, Heinz, Freunde, bei denen sie sein könnte, hat sie nicht. Es hat auch keinen Streit in der Familie gegeben.»

Dr. Heinz Steinschneider! Staatsanwalt am Landgericht in Köln, Vaters Freund und treu ergebener Diener, auf Du und Du mit Kriminalräten, Kriminaldirektoren und anderen hoch gestellten Persönlichkeiten, die eine Maschinerie mit einem Fingerschnipsen in Gang setzen und ein paar lustlosen oder überlasteten Untergebenen Dampf unter dem Hintern machen konnten. Beziehungen muss der Mensch haben! Dann lassen sich eigenes Versagen und Versäumnisse leichter ausbügeln.

Mutter war in der Küche verschwunden. Ich hörte sie mit Anne reden. «Sie kann diese Pillen nicht mit Kaffee einnehmen. Gib mir ein Glas Wasser.»

Vater sagte: «Heinz, wir sind mit unseren Möglichkeiten am Ende und befürchten das Schlimmste.»

Mutter kam mit einem Glas Wasser in der einen und zwei Pillen in der anderen Hand die Treppe hinauf. Ich stand immer noch am Geländer, Mutters Gesicht war wie eine Gipsmaske. Ich wollte keine Pillen schlucken, wollte ihre Hand abwehren, aber ich musste mich mit beiden Händen am Geländer festhalten. Mir war schwindlig vom Begreifen.

Meine Mutter hatte niemals zu mir gesagt: «Ich werde doch mein Mädchen nicht im Stich lassen, wenn es mich braucht.» Als Ursulas Mutter vor sechsunddreißig Jahren auf der Straße zusammenbrach, hatte meine Mutter gesagt: «Kann man sich denn nicht ein wenig beherrschen? Es hilft einem doch nicht, wenn man schreit und jammert.»

Sie schob mir eine Pille zwischen die Lippen. Bei der zweiten gelang es mir, den Kopf zu schütteln. Sie hielt mir das Glas hin. Vater legte den Telefonhörer auf und ging mit gesenktem Kopf in die Küche. Anne kam in die Diele und schaute zu mir hinauf. Sie sah, dass ich mich weigerte, und rief: «Nimm wenigstens eine, Mutti. Papa sagte, sie machen nicht müde, nur ruhig. Die Polizei kommt gleich. Du willst doch sicher mit ihnen reden.»

«Nein», sagte ich, nahm Mutter das Glas aus der Hand und schluckte auch die zweite Pille.

Die Polizei kommt gleich! Natürlich kommen sie gleich, wenn ein pensionierter Richter seine Enkeltochter als vermisst meldet. Ein Mädchen aus gutem Haus, das wirft man nicht mit anderen in einen Sack, vor allem nicht, wenn der Richter a. D. dafür gesorgt hat, dass von oben Druck ausgeübt wird.

Und man rechnet fest damit, dass der Einfluss eines alten Mannes ausreicht, um ein Großaufgebot auf die Beine zu bringen. Dass sich der Hof mit Uniformen füllt. Dass sie Hunde bei sich haben, dass ein großer, kräftiger, kompetent wirkender Mann das Kommando übernimmt und sie in alle Richtungen ausschwärmen lässt. Dass sie sich im Gelände verteilen ... Man rechnet mit vielem. Und nie kommt es so, wie man es sich vorstellt.

Wir warteten länger als eine Stunde. Vielleicht brauchte Heinz

Steinschneider seine Zeit, um sich durch die zuständigen Instanzen zu telefonieren. Vielleicht verlor Vaters Bitte auf dem Weg durchs Telefonnetz an Dringlichkeit oder es war noch keiner im Büro, den sie hätten losschicken können. Vielleicht dachten sie auch nur: Der Alte soll sich nicht aufspielen. Ein sechzehnjähriges Mädchen, so etwas passiert jeden Tag. Das kennt man. Und man kennt die Gründe. Warum sollen wir uns ein Bein ausreißen?

Bis sie kamen, hatte Mutter nach meiner Schulter gegriffen und mich ins Schlafzimmer geschoben. Und wenn ich mir auch nur eingebildet oder geträumt hatte, sie hätte mir beim Ausziehen geholfen, beim Anziehen half sie mir. Mir zitterten die Hände so sehr, dass ich nichts festhalten, keinen Haken, keinen Knopf schließen konnte.

Mutter nahm Unterwäsche, einen Rock und eine Bluse aus meinem Schrank. Die Unterwäsche und die Bluse ließ ich mir überstreifen, den Rock wollte ich nicht. Anne kam dazu und holte mir eine von ihren Jeans und ein Paar dicke Wollsocken. Als ich sie anzog, sah ich die Blasen an meinen Füßen. Anne sah sie auch und meinte, wir sollten sie erst verarzten. «Das sieht ja schlimm aus, Mutti, damit kannst du nicht laufen.»

«Ich bin nicht du», sagte ich.

Sie zuckte mit den Achseln und meinte misstrauisch: «Willst du etwa raus?» Bevor ich antworten konnte, erklärte sie bestimmt: «Das finde ich nicht gut, Mutti. Wenn die Polizei kommt, musst du mit ihnen sprechen. Du warst bei Hennessen. Von uns weiß keiner, was er dir gesagt hat. Und du bist nicht in der Verfassung, draußen herumzulaufen.»

Ich hätte auch nicht gewusst, wohin ich laufen sollte. Wir gingen in die Küche hinunter. Vater saß am Tisch vor einer Tasse Kaffee. Er rauchte eine Zigarette. So früh am Morgen rauchte er normalerweise nicht.

«Warum hast du sie nicht abgeholt?»

Er antwortete mir nicht, schaute zum Fenster hin. Anne bedeutete mir mit einem Kopfschütteln, ich solle ihn in Ruhe lassen. Ich hatte nicht die Energie, meine Frage zu wiederholen. Mutter goss mir und Anne Kaffee ein, setzte sich hin. Es zuckte in ihrem Gesicht, als würde sie in der nächsten Sekunde in Tränen ausbrechen. Ihre Stimme klang rau und gepresst, als sie erklärte: «Ich habe ihr gesagt, bei diesem Wetter bleibst du hier. Aber sie ist einfach raus. Vera, wie oft habe ich dir gesagt: Bring diesem Kind Respekt bei. Was hätte ich denn tun sollen, wenn sie mir nicht gehorcht?»

Anne legte ihr eine Hand auf den Arm. «Schon gut, Großmutter. Wie wissen alle, dass du es versucht hast.»

Wir wissen? Anne vielleicht, ich wusste gar nichts. Ich hatte eine Frau vor Augen, die sich die Stirn an der Bordsteinkante blutig schlug. Es gab keine Bordsteinkante in unserer Küche und meine Stirn war schon blutig, nicht außen. Aber dahinter sah ich Annegret Kuhlmann als zerquetschtes Fleischbündel am Straßenrand. Ich sah einen Traktor mit zu schwachen Scheinwerfern durchs Feld fahren – zu einer Zeit, wo niemand mehr draußen unterwegs sein sollte. Ich sah den Sack voller Müll unter dem Bahndamm. Die leeren Unterführungen. Matthos leere Box. Und Udo von Wirth saß bei seinem Schwager im Krankenhaus.

Mein Hals brannte bei jedem Schluck Kaffee. Mein Rücken und die Füße schmerzten. Und mein Kopf war voll gestopft mit feuchter, blutgetränkter Watte, die der Sturm in kleinen Fetzen abriss und davonwehte wie ein Stück Pappe über den Hof.

Anne erzählte, dass sie nach Jürgens Anruf nicht mehr ins Bett gegangen war. Dass sie meine Eltern geweckt hatte. Dass Vater sofort hinauslief, die Scheune kontrollierte und die Stallungen, den Garten, jeden Winkel. Dass er noch draußen war, wie ein Besessener mit der großen Stablampe in Baumkronen und hinter Rhabarberbüschel leuchtete, sich die Lunge aus dem Hals schrie, Rena! Rena! Rena!, als wir auf den Hof fuhren. In einem verbeulten Volvo. Jürgen und ich im Fond, Gretchen am Steuer, neben ihr ein alter Mann mit rundlichem Gesicht, der Beschreibung nach musste es Otto sein. Ich wusste nichts davon. Sie seien gleich wieder weggefahren, sagte Anne. Jürgen hatte mich hinauf ins Schlafzimmer gebracht. Und mehr war nicht gewesen.

Ich war so lahm, ausgelaugt, das Hirn mit Brettern vernagelt. Ich konnte mich nicht rühren, als kurz nach sieben in der Diele das Telefon klingelte.

Anne ging hin, meldete sich mit einem Hallo, sagte: «Nein, hier ist Anne.» Dann kam ein nervöses: «Rena?» Ein gespanntes: «Rena? Bist du das?» Ein bettelndes: «Hör auf zu weinen, Rena, und sag was! Warum sagst du denn nichts?» Ein fragendes: «Wer ist denn da?» Ein hektisches: «Sagen Sie doch was!» Und ein unwilliges: «Verdammt nochmal, was soll der Quatsch?»

Anne legte auf und kam zurück in die Küche. Sie bemühte sich mit einem Kopfschütteln, ihre Überlegenheit zu demonstrieren, und konnte doch ihre Verstörtheit nicht leugnen. In ihrer Stimme schwang sie mit. «So ein Idiot, sagt nur ‹Rena› und macht blöde Geräusche.»

«Welche Geräusche?», fragte Vater.

Anne hob die Schultern und verzog hilflos den Mund. «Es hörte sich an, als ob jemand weint. Und da war so ein komisches Klackern im Hintergrund, vielleicht eine Maschine.»

«War es Rena?», bohrte Vater.

Anne hob noch einmal die Schultern, sie wirkte unsicher. «Ich weiß nicht. Ich dachte es im ersten Moment. Aber sie hätte gesagt: Hier ist Rena. Oder: Ich bin's. Sie hätte nicht nur ‹Rena› gesagt, und sie hätte auch mit mir gesprochen.»

«Wenn es nochmal klingelt, gehe ich ran», sagte Vater.

Anne trank ihren Kaffee aus und fasste sich an die Stirn. «Ich sollte doch Jasmin und Sandra Erken anrufen.» Sie ging noch einmal hinaus. Ich kam mir vor wie eine Zuschauerin im Kino, untätig und voll nervöser Spannung ein Geschehen verfolgend, das mich nicht persönlich betraf.

Warten! Ich hasse dieses Wort. Ich habe es immer gehasst. Es bringt mich um den Verstand. Wir wussten nicht, was wir tun sollten, saßen nur da und schwiegen uns an. Anne starrte in ihren Kaffee. Mutters Hände waren in ständiger Bewegung. Ich fragte mich, was in Vaters Kopf vorgehen mochte.

Wenn ich ihn anschaute, wich er meinem Blick aus. Er hatte Angst, ich könnte ihn noch einmal fragen. Seine Miene war ein Wechselspiel aus Härte – dieser typische Ausdruck, mit dem er uns demonstrierte, dass er auch im Alter noch stark und unnachgiebig war, das Oberhaupt der Familie, der Patriarch, der mit seiner Lebenserfahrung der jüngeren Generation zur Seite steht, der keine Schwächen kennt – und Verzweiflung, Scham, der Erkenntnis, versagt zu haben.

Ich sah sein Gesicht immer nur für ein paar Sekunden klar vor mir. Dann verschwamm es, und ich sah Jürgen sich nach der Scherbe eines zerbrochenen Blinkers bücken, sah uns das letzte Stück Feldweg entlanglaufen, sah Jürgen neben dem Müllsack auf die Knie fallen, sah mich am Küchenfenster stehen, durchs Dorf fahren, Hennessens Stall betreten. Ich hörte mich nach ihr rufen, sah sie sich in der letzten Box aufrichten und zu mir kommen.

Ich sah mich noch einmal zusammen mit Jürgen das Haus betreten, hörte den lauten Fernsehton und ging zur Treppe. Ich ging in ihr Zimmer, um mit ihr zu reden. Die Worte lagen auf der Zunge bereit: «Bist du wütend auf mich, weil du hier sitzen musst? Rena, es ist wichtig, dass du etwas für die Schule tust. Es ist deine Zukunft. Ich habe das System mit den Schulnoten nicht erfunden. Ich weiß nur, dass von guten Noten eine Menge abhängt.»

Dann sah ich den leeren Schreibtisch, ging hinunter und fragte Mutter. Und dann machte ich mich sofort auf den Weg. Und betrat den Stall. Und nahm sie mit nach Hause.

In meinem Kopf drehte sich die Uhr zurück. Was wäre, wenn! Gedankenspiele, die sich zu einem Berg auswuchsen, der nicht minder wuchtig war als der Berg auf Vaters Schultern. Ich hatte versagt. Im entscheidenden Moment war ich nicht zur Stelle. Und warum nicht? Weil ich einer Auseinandersetzung aus dem Weg gehen, keinen Blick auf die Leidensmiene eines jungen Mädchens werfen wollte. Ein so lächerlicher Grund!

Mutters Radiowecker zeigte vier Minuten nach acht, als ein Wagen auf den Hof fuhr. Ein Mann stieg aus. Nur ein Mann! Er mochte in meinem Alter sein, hatte volles, dunkles Haar und anscheinend keine Zeit für regelmäßige Friseurbesuche. Bekleidet war er mit einer Jeanshose und einem dicken Pullover.

So stellt man sich keinen Polizisten vor. Er kam aufs Haus zu – langsam, bedächtig und mit einem Blick, als wolle er sich hier niederlassen und nur feststellen, ob das Dach dicht sei. Anne ging in die Diele, um ihm zu öffnen.

Ich hörte eine Männerstimme. «Klinkhammer.»

Anne sagte: «Bitte.»

Sie kamen in die Küche. Er nannte seinen Namen noch einmal, erklärte, sein Kollege habe draußen etwas gesehen. Scherers Traktor hatte sein Kollege gesehen und war ihm ein Stück entgegengegangen. Er kam ein paar Minuten später mit Jürgen und Scherer ins Haus. Sie hatten den gesamten Weg bis zu Hennessen kontrolliert und Rena nicht gefunden, keine Spur von ihr, weder ihr Fahrrad noch eine Tüte mit Kleidung, die sie ebenfalls bei sich gehabt haben musste.

Der zweite Polizist hieß Olgert. Er war auch in Zivil, allerdings trug er einen grauen Anzug, ein hellblaues Hemd und eine dezent gemusterte Krawatte. Er war etwas jünger als Klinkhammer, und es war nicht allein das gepflegte Aussehen, das ihn von seinem Kollegen unterschied. Er war auch entschieden forscher. Einer, der eine Sache in die Hand nimmt und sie zügig vorantreibt.

Er wollte von Scherer wissen, ob es möglich sei, noch ein paar Männer mit Traktoren für eine größere Suchaktion zu mobilisieren. Zu Klinkhammer sagte er: «Draußen kommt man keine zehn Schritte weit, dann zieht es einem die Schuhe aus. Hunde brauchen wir nicht anzufordern. Die beste Spürnase hat keine Chance nach dem Regen.»

Hunde! Daran hatte ich auch gedacht. Doch als Olgert das Wort aussprach, hingen sie mir an der Kehle. Klinkhammer winkte mit einer Geste, nun mal langsam. Er begann mit seinen Fragen und machte deutlich, dass er das Sagen hatte und sich seine Sichtweise von niemandem verbiegen ließ. Alles hakte er ab, was ein junges Mädchen veranlassen konnte, aus freien Stücken nicht mehr heimzugehen. Doch alles, was er fragte, hatte es bei uns nicht gegeben. Keine Drogen, keine Prügel, keinen Freund, den wir Rena verboten hatten. Keinen Streit, keinen Druck. Keinen Grund!

Gut, es war nicht alles eitel Sonnenschein gewesen. Ein paar kleinere Querelen hatte es wohl gegeben. Aber nur in den ersten Wochen nach dem Umzug. Wo läuft schon auf Anhieb alles glatt, wenn drei Generationen unter ein Dach ziehen? Ich hatte ja auch ein paar Bedenken gehabt, als Jürgen den Vorschlag machte, dass meine Eltern zu uns ziehen könnten, weil das Anwesen so groß sei und so einsam läge, einen Kilometer vom Dorf entfernt.

Vater hatte die Idee begeistert aufgegriffen, fand ebenso wie Jürgen, es sei eine ideale Lösung. Aber wenn sechs Menschen zusammenleben, sind sie nicht alle derselben Meinung. Jeder hat seine Eigenheiten, seine Vorlieben, seine Ansichten.

Anfangs hatte Mutter keine Gelegenheit versäumt, unsere Erziehung zu kritisieren. Nicht, soweit es Anne betraf, aber Rena – «Das ist doch keine Art! Das Kind hat zu viel Freiheit.»

Wenn Rena sonntags in alten Jeans und einem fleckigen Shirt am Mittagstisch erschien, fühlte Mutter sich in ihrer persönlichen Ehre gekränkt. Sie bemängelte Renas Musikgeschmack und ihre Essgewohnheiten. Morgens mäkelte sie über die Ohrstecker des Walkmans, die Rena häufig auch beim Frühstück trug. Mittags regte sie sich auf, wenn Rena an ihrem Bratenstück herumsäbelte und gut die Hälfte vom Fleisch auf den Tellerrand schob, mit der Begründung, es sei Fett.

Im Gegenzug beschwerte sich Rena, wenn Vater spätabends noch Wagner hörte. «Wie soll ich denn bei dem Krach schlafen?»

«Nimm die Ohrstöpsel, Anne tut das auch.»

«Dann höre ich morgen früh den Wecker nicht.»

«Großmutter weckt euch doch.»

«Sie weckt Anne. Bei mir klopft sie nur. Und das hör ich mit Ohrstöpseln auch nicht.»

Dass Vater sich in seinem Alter noch für eine Fahrt auf der Autobahn hinters Lenkrad setzte, hielt Rena für bodenlosen Leichtsinn. Und sie hätte niemals zugegeben, dass sie es nur kritisierte, weil sie fürchtete, ihrem Großvater könne etwas zustoßen. «Ob du es glaubst oder nicht, Mutti, ich finde, er sieht nicht mehr so gut. Es sagt ja keiner was, wenn er im Dorf rumfährt oder mal zum Einkaufen in die Stadt. Aber auf der Autobahn, wo alle rasen, sollte er es lassen. Nachher passiert mal was.»

Dass Mutter sich eine weiße Schürze vor ihr Kleid band, wenn sie in der Küche arbeitete, war für Rena reine Gehässigkeit, ebenso Mutters sorgfältige Art, den Tisch zu decken.

«Da komm ich mir vor wie Lumpi, der nur unterm Tisch sitzen darf. Muss sie uns eigentlich immer zeigen, dass sie was Besseres ist? Eines Tages komme ich nach Hause und sie hat sich ein Schild um die Brust gehängt: Helene Merten, geborene von Alsberg, und das ‹von› ist mit dickem Garn gestickt. Dann darf ich bestimmt nur noch gnädige Frau zu ihr sagen und muss in der Scheune schlafen.»

So weit her war es nicht mit Mutters vornehmer Herkunft. Schon meinen Großeltern war vom alten Glanz nur das kleine Beiwort geblieben. Rena wusste das genau, aber es war doch etwas, worauf sie herumhacken und sich für Mutters Kritik revanchieren konnte. In den ersten Wochen!

Als Rena das Hengstfohlen auf der Koppel entdeckte, wurden nicht nur die Freunde in der Stadt unwichtig. Auch Mutters Pochen auf Stil und gute Sitten wurde zur Nebensache.

Nach dem zehnten oder zwölften Nein von Jürgen ließ Klinkhammer sich von Anne den Donnerstag schildern. Anne hatte mehr Zeit mit Rena verbracht als sonst einer von uns. Sie hielt sich an die Wahrheit, verschwieg auch nicht, dass Rena die Mathematikarbeit hatte versäumen wollen, dass sie sich kaum Zeit zum Essen genommen, dass ich gebeten hatte, Vater möge sie um fünf abholen. Klinkhammer wandte sich Vater zu.

Mir hatte Vater die Antwort mit einem Blick zum Fenster verweigert. Er kam auch nicht dazu, Klinkhammer zu antworten. Bevor er den Mund öffnen konnte, sagte Mutter: «Er wollte sie abholen. Nicht um fünf. Aber um halb sechs sagte er, ich mache mich am besten auf den Weg. Es sieht nicht so aus, als würde der Sturm heute noch nachlassen. Ich wollte nicht, dass er fährt, bei dem Wetter. Er ist fünfundsiebzig. Es hatte doch schon Tote gegeben.» Mutter begann zu weinen, zerrte ein Taschentuch aus ihrer Schürze, schnäuzte sich. Die Augen auf mich gerichtet, sprach sie weiter. «Wenn ich geahnt hätte, warum sie unbedingt zum Stall wollte, hätte ich ihr ein Taxi gerufen und auch dafür gesorgt, dass sie mit einem Taxi zurückkommt. Aber sie hat uns kein Wort davon gesagt, dass dieses Tier abgeholt wird.»

Ihr nächster Satz galt mir: «Warum hast du es mir nicht gesagt? Mit dir hat sie auch nicht darüber gesprochen. Du wusstest es nicht, habe ich Recht?»

Dann glitt ihr Blick zu Jürgen. «Ich habe es erst in der Nacht von meinem Schwiegersohn erfahren. Nicht wahr, Jürgen? Deiner Mutter hat sie es erzählt. Warum deiner Mutter und nicht uns? Was hat sie sich dabei gedacht?» Mutter schluchzte, schüttelte den Kopf. «War das der Dank für alles, dass sie zu dieser Person rennt und sich ihr anvertraut statt uns? Wir wussten es nicht. Wir wussten es wirklich nicht.»

Klinkhammer nickte versonnen. Für ihn war es der entscheidende Hinweis. Zusammen mit dem, was Anne erzählt hatte, ergaben Mutters Worte für ihn ein klares Bild. Dass Rena sich etwas zum Umziehen mitgenommen hatte, stützte seinen Verdacht. Weder Anne noch Mutter hatten darauf geachtet, was in der Tüte steckte, die Rena aus dem Haus trug. Es sei eine große Tüte gewesen, sagte Anne. Eine von denen, die man im Supermarkt bekommt.

Dann war ich an der Reihe. Dass Mutter mich nicht sofort beim Heimkommen informiert hatte, stand nicht zur Debatte. Es war niemandem geholfen mit Wenn und Aber. Hennessens Auskünfte interessierten und dass er Matthos Abtransport mit keinem Wort erwähnt hatte. Warum ich, als ich den Reitstall verließ, nicht sofort bei den von Wirths nachgefragt hätte?

Jürgen verschweißte mir mit einem Blick die Lippen. «Meine Frau hat es versucht, aber sie stand vor einem verschlossenen Tor. Die Familie von Wirth wollte nicht mit Beileidsbekundungen überhäuft werden, das ist verständlich. Ich habe allerdings, als meine Frau zurückkam, bei den von Wirths angerufen. Danach sind wir sofort aufgebrochen.»

Anne senkte verlegen den Blick. Mutter weinte ins Taschentuch, rieb sich die Augen und schüttelte den Kopf. Ich hatte das Bedürfnis, mit beiden Fäusten auf den Tisch zu trommeln und zu schreien: «Tut etwas! Tut endlich etwas!»

Der Einzige, der etwas tat, war Scherer. Er drehte einen grünen Filzhut in den Händen. Klinkhammer erkundigte sich bei ihm, wie es denn aussähe mit Männern und Traktoren. Scherer schaute Jürgen an. «Wenn ich mal telefonieren könnte, ich krieg bestimmt ein paar her. Kann doch heute keiner was tun draußen.» Jürgen ging mit ihm in die Diele.

Während Scherer telefonierte, ließ Klinkhammer mich Renas Freunde aufzählen. Da wir Udo von Wirth bereits erwähnt hatten, nannte ich Horst, Armin, Katrin, Tanja und Ilona. Sie lebten alle in der Stadt. Und anzunehmen, dass Rena sich um zehn Uhr abends mit dem Fahrrad auf den Weg dorthin gemacht hatte, war lächerlich. Das fand Klinkhammer auch, er wollte jedoch nicht ausschließen, dass Rena einem von ihnen etwas von ihren Plänen erzählt hatte. Dass sie Pläne gehabt hatte, stellte er als Tatsache in den Raum. Als Beweise dienten ihm die Plastiktüte und Hennessens Bemerkung über das wieselflinke Verschwinden nach meinem Anruf.

Klinkhammer wollte mit Udo von Wirth persönlich reden, die anderen fünf anrufen und wissen, warum wir das nicht schon getan hätten. Weil wir ihre Familiennamen nicht kannten. Keiner von uns kannte sie. Und Klinkhammer starrte uns an wie seltene Tiere.

Anne zerbrach sich den Kopf, ob Armin nun Meurer oder Heuser oder Leuthen hieß. Armin besuchte das Humboldt-Gymnasium, war sogar in Annes Jahrgang, saß allerdings nicht in ihren Kursen. Sie hatte noch nie näheren Kontakt mit ihm gehabt, kannte ihn nur flüchtig durch Rena.

Es spielte keine Rolle, Hennessen musste die Namen wissen. Jürgen verwies auf das Telefon, Klinkhammer winkte ab, auch mit Hennessen wollte er persönlich reden. Und mit Gretchen! Er brach auf. Olgert blieb zurück. Es war mir lieber so.

Olgert wirkte allein durch sein Äußeres kompetenter. Und er schien nicht zu glauben, dass Rena aus freien Stücken verschwunden war. Er bat mich, ihm ihr Zimmer zu zeigen. Wir gingen hinauf, er schaute sich alles an.

Das großformatige Foto neben ihrem Bett. Wo bei Anne ein lachender Patrick stand, war es bei Rena ein Pferdekopf. Mattho, der Teufel. Das Mathematikbuch lag aufgeschlagen auf dem Schreibtisch, ein Block daneben, auf dem ein paar Zahlen und Linien gekritzelt waren. Dann hatte sie doch noch üben wollen!

Über der Stuhllehne vor dem Schreibtisch hing die Jeans, die sie in der Schule getragen hatte. Auf ihrem Bett lag das Sweatshirt. Es lag so, wie sie es ausgezogen hatte, ein Knäuel Stoff, die angeraute Seite nach außen gedreht.

Unter dem Sweatshirt lagen ihre Geldbörse – sie enthielt nur ein wenig Kleingeld – und ein Fotoalbum, gefüllt mit Aufnahmen, die irgendwer für sie geschossen hatte. Rena auf Matthos Rücken, den braunen Hals tätschelnd und in die Kamera lachend. Rena beim Striegeln im Stall, mit der linken Hand einen Vogel zeigend. Rena mit einem Sattel über dem Arm neben der Fuchsstute. Rena, den Apfelschimmel am Zügel über Hennessens Hof zum Stall führend. Rena, den Kopf an den Hals der Araberstute gelegt. Rena, auf der Koppel neben dem Wassergraben sitzend und sich den Fußknöchel reibend, hinter ihr ein nervös tänzelnder Mattho. Von wegen, er hat mich noch nie abgeworfen. Rena und Pferde, Pferde, Pferde.

«Sie hatte wohl noch nichts im Sinn mit Jungs?», stellte Olgert fest. Ich schüttelte den Kopf. Er wollte wissen, wo Rena ihren Pass aufbewahrte. In der Geldbörse! Da war er nicht. Ich suchte eilig in ihrer Schultasche, auch nichts.

Olgert zeigte auf das Foto. «Ist das der Bursche, von dem sie sich unbedingt verabschieden wollte?»

Ich nickte.

«Schönes Tier», meinte er.

Bis dahin hatte ich keine drei Sätze über die Lippen gebracht, endlich gehorchte die Zunge. «Sie hat zu ihrem Geburtstag am Sonntag ein eigenes Pferd bekommen. Eine junge Stute, auch ein sehr schönes Tier.»

Er nickte anerkennend. «Reiten ist ein teures Hobby, was?»

«So teuer nun auch wieder nicht.»

Er grinste. «Es ist alles relativ. Ein eigenes Pferd. Wie viele Reitstunden hatte sie pro Woche?»

«Nur eine, aber sie war jeden Tag im Stall. Ihr war dort keine Arbeit zu viel oder zu schmutzig. Hennessen sagte einmal, eigentlich müsse er sie bezahlen.»

«Da hätte er sie aber auch einmal heimfahren können, oder meinen Sie nicht?»

«Das hat er noch nie getan. Er konnte wohl auch die verletzte Stute nicht allein lassen.»

«Aber das hat er getan», sagte Olgert sehr ernst und ging zum Kleiderschrank.

Auf der einen Seite Jeans, Jeans, Jeans, auf dem Bord darüber zwei Stapel mit Sweatshirts und zwei mit T-Shirts, ein Häufchen Socken in einem Korb, daneben Renas Unterwäsche. Auf der anderen Seite die Winterjacke und der leichte Blouson für die Übergangszeit. Auf einem Bügel das Kleid, das ich ihr im Vorjahr gekauft hatte, in der Hoffnung, sie möge es zu Weihnachten tragen. Anprobiert hatte sie es.

«Wie seh ich denn aus in so einem Fummel! Ich ziehe es an, Mutti, aber nur, wenn Großmutter eine Jeans anzieht.»

Olgert wollte wissen, welche Sachen Rena bei sich habe, außer denen, die sie auf dem Leib trug. Ich konnte es ihm nicht sagen. Ich wusste nicht, ob Rena acht oder zehn Jeans, zehn oder zwölf warme Shirts besaß.

Von draußen hörte ich schwach das Tuckern mehrerer schwerer Motoren. Die Zimmer der Mädchen lagen zum Garten, da klangen Geräusche vom Hof nicht so deutlich herein. Olgert ging noch rasch in das kleine Duschbad, das zu Renas Zimmer gehörte. Mit einem Blick überflog er die üblichen Utensilien auf der Ablage über dem Waschtisch. Zahnbürste, Haarbürste, Haarshampoo, Waschlotion. Es fehlte nichts. Wir gingen wieder hinunter.

Sieben Männer hatte Scherer für die Suche gewonnen. Jürgen war bereits bei ihnen. Er gestikulierte und erklärte etwas, stieg erneut zu Scherer auf den Lanz. Einer nach dem anderen fuhren sie vom Hof.

Olgert war nicht dazu gekommen, ihnen Anweisungen zu geben. Er schien das auch für überflüssig zu halten. Wenn jemand das Gelände kannte, waren das die ortsansässigen Bauern. Und es sah so aus, als habe Scherer das Kommando übernommen.

Mutter hatte sich beruhigt und ein kräftiges Frühstück auf den Tisch gebracht. Sie stand mit Anne am Fenster, schaute den davonfahrenden Traktoren nach und knetete das feuchte Taschentuch in den Händen. Vater saß vor seinem Gedeck und schaute mir mit unbewegter Miene entgegen. Plötzlich tat er mir Leid. Ein alter Mann, der es nicht gewagt hatte, bei einem Unwetter sein Auto aus der Scheune zu holen. Ihm daraus einen Vorwurf zu machen wäre ungerecht gewesen.

Anne drehte sich zu mir um. «Papa hat keinen Bissen gegessen.»

Ich hatte auch keinen Appetit, aber ich setzte mich, nahm mir Kaffee und eine Scheibe Brot aus dem Korb. Olgert ließ die Augen über den Tisch wandern. Mutter wollte ihm Kaffee eingießen. Er hob seine Tasse an. Doch statt sie Mutter hinzuhalten, warf er einen Blick auf den Manufakturstempel.

«Ich nehme an», sagte er bedächtig, «dass eine Menge Leute wissen, wo Ihre Tochter die meiste Zeit verbringt.»

Ich konnte nicht antworten, fragte mich unentwegt, wohin Rena ihren Pass gesteckt haben mochte.

Vater sagte: «Das weiß jeder, der Rena kennt.»

«Und normalerweise», fuhr Olgert fort, «kam sie alleine nach Hause. Und dabei nahm sie immer denselben Weg.»

Vater nickte. Olgert sah aus, als wisse er nicht, ob er weitersprechen sollte. Mutter füllte ihm endlich die Tasse. Olgert schaute ihr dabei zu und stellte in bedächtigem Ton die nächste Frage. «War das eine Ausnahme, dass sie gestern so lange im Stall blieb, oder geschah das öfter?»

«Sie kam normalerweise zum Abendbrot», sagte Vater. «Aber danach fuhr sie häufig noch einmal los. Drei-, viermal in der Woche. Und dann blieb sie auch bis neun oder zehn.»

Jetzt nickte Olgert, murmelte: «Interessant.» Was ihm daran interessant erschien, war mir ein Rätsel.

In der Diele klingelte das Telefon. Anne wollte hinaus, Vater hielt sie zurück. «Ich habe doch gesagt, beim nächsten Mal gehe ich an den Apparat. Wenn es Rena ist – mit mir wird sie sprechen. Und wenn es wieder dieser Verrückte ist, werd ich ihm schon was erzählen. Eine Unverschämtheit, Leute in solch einer Situation mit dummen Scherzen zu belästigen.»

Olgert wollte augenblicklich wissen, was gemeint war. Anne erklärte rasch. Und das Telefon klingelte und klingelte. Mutters Nasenspitze wurde weiß, ihre Lippen bildeten nur noch einen Strich ohne Farbe. Ich wollte aufstehen. Olgert griff nach meinem Handgelenk. «Moment noch.»

Erst als Anne zum Ende kam, ließ er mich gehen. Er folgte mir. Ich nahm das Gespräch an, er drückte zuerst sein Ohr von der anderen Seite gegen den Hörer. Dann entdeckte er die Taste für den Lautsprecher und rückte ein wenig von mir ab.

Es war nur Jasmin, die Bescheid geben wollte, dass sie die Termine für den Freitag abgesagt hatte. Alle, bis auf einen. «Frau Weslowski habe ich nicht erreicht. Sie hat den ersten Termin um neun. Vielleicht war sie schon unterwegs. Aber ich bin ja hier, wenn sie kommt. Sandra ist nach Hause gegangen. Für sie war nichts zu tun. Ach, und die Kettler hat schon zweimal angerufen, wollte den Doktor sprechen. Hat ja gestern nicht geklappt. Ich habe sie auf Montag vertröstet. Sie wurde ziemlich ausfallend. Wie sieht es denn mit Montag aus?»

Montag! Drei Tage bis dahin, der Freitag hatte doch gerade erst begonnen. Viertel vor neun. Im Geist sah ich Traktoren durchs Feld fahren, eine breit gezogene Kette Lanz und Deuz und Hanomag. Und keiner der Fahrer scherte sich um seine Zuckerrüben oder die Wintergerste.

Montag! Ich sah Rena auf ihr Rad steigen, die Schultasche im Korb am Lenker. Ich sah sie vor Anne her das asphaltierte Stück Straße bis zum Feldweg hinunterjagen. Die Füße fest auf den Pedalen, die Beine wie Kolben arbeitend. Das Rad legte sich auf die Seite, als sie nach rechts abbog und in unvermindertem Tempo den unbefestigten Weg Richtung Stadt entlangradelte.

Montag! In zwei oder drei Stunden mussten die Männer sie gefunden haben. In zwei oder drei Stunden wussten wir, dass ihr nichts Schlimmes zugestoßen war. Dass sie in der Dunkelheit nur vom Weg abgekommen und irgendwann so erschöpft gewesen war, dass sie nicht weiter konnte.

Es war verrückt, so zu denken; Schneewittchen lief und lief, bis ihre Füße sie nicht mehr weitertrugen. Da legte sie sich zwischen die Wurzeln eines Baumes. Und die Tiere des Waldes bewachten ihren Schlaf. Es gab keinen Wald in der Nähe. Aber ich konnte nicht anders denken.

«Montag läuft alles wie gewohnt», sagte ich.

Wir gingen zurück in die Küche, setzten uns wieder an den Tisch. Olgert nahm Anne ins Kreuzverhör. «Reden wir nochmal in Ruhe über den ersten Anruf. Wie war das genau? Dieses ‹Rena›, klang es wie eine Frage oder war es nur so gesagt?»

«Nur so gesagt.»

«Gut! Und welche Geräusche? Wie klang die Maschine im Hintergrund?»

«Ein Klackern wie von Holzstücken, die rhythmisch aneinander geschlagen werden.»

«Könnte es ein Motor gewesen sein?»

Anne wurde laut. «Woher soll ich das wissen? Jetzt machen Sie doch kein Drama daraus. Da hat sich nur einer einen blöden Scherz erlaubt.»

Olgert blieb die Ruhe selbst, lächelte besänftigend, bohrte weiter. «Wie klang die Stimme? Männlich oder weiblich?»

Das konnte Anne nicht mit Bestimmtheit sagen. «Es war doch nur ein Wort. Danach waren es Töne, Weinen, Schluchzen. Es war so, als ob jemand noch etwas sagen will und nicht kann.»

Helle Töne oder dunkle? Da sei doch ein Unterschied im Weinen eines Mannes oder eines Mädchens.

Anne starrte ihn betroffen an, nach ein paar Sekunden erklärte sie: «Ich habe noch nie gehört, wie es klingt, wenn ein Mann weint. Aber Rena weint anders. Nicht so», sie brach ab, zuckte hilflos mit den Schultern. «Nicht so gebrochen. Es klang wie jemand, der völlig außer sich ist. Rena weint gleichmäßiger und lauter.» Anne lächelte verlegen. «Mutti hat früher mal gesagt, Rena legt los wie eine Sirene.»

Olgert murmelte: «Früher», fragte etwas lauter: «Wann haben Sie Ihre Schwester zum letzten Mal weinen hören? Richtig verzweifelt weinen?»

«Ich weiß nicht», sagte Anne. «Es ist lange her. Wir hatten keinen Grund zu weinen.»

Olgert trank einen Schluck Kaffee, behielt die Tasse in den Händen, schaute konzentriert in den Kaffee und wollte wissen, ob es häufiger geschah, dass sich jemand am Telefon blöde Scherze mit uns erlaubte.

«Nein», sagte Vater. «In unserem Bekanntenkreis neigt niemand zu solchen Scherzen. Und Fremde rufen hier nicht an.»

Olgert nickte. «Dann gehe ich davon aus, dass das eine mit dem anderen zusammenhängt. Uns wurde gesagt, Sie befürchten das Schlimmste. Was ist für Sie das Schlimmste?»

Niemand antwortete, er sprach weiter. «Dass das Mädchen bei dem Wetter gestern zufällig jemandem über den Weg gelaufen ist, können wir ausschließen. Natürlich gibt es eine Menge freundlicher Autofahrer. Aber im strömenden Regen hört bei den meisten die Freundlichkeit auf, wenn sie auch noch ein Rad verstauen sollen.»

Er stellte seine Tasse ab, zeigte mit einer Geste, die alles umschloss, durch die Küche. «Das hier sieht nach einer Menge Geld aus.»

Vater lachte rau und heiser. «Es sieht nicht nur so aus.»

Nach ein wenig Drumherumgerede sprach Olgert das Wort aus. Entführung!

«An jedem anderen Tag», sagte Vater. «Aber nicht gestern. Wer so etwas plant, studiert die Gewohnheiten der Leute. Er hätte gewusst, dass Rena bei schlechtem Wetter abgeholt wird.»

«Wer so etwas plant», widersprach Olgert sanft, «und die Gewohnheiten der Leute studiert, ist in der Nähe. Und dann bietet sich ihm eine so günstige Gelegenheit, da greift er zu. Und am nächsten Morgen ruft er an.»

«Und stellt seine Forderungen», sagte Vater. «Er weint nicht in den Hörer.»

Olgert grinste unfroh. «Das Weinen konnte er Ihrer Enkelin überlassen, Herr Merten.» Er machte eine Pause, als warte er auf eine Reaktion. Als keine kam, sprach er weiter: «Heute früh um sieben wussten außer den unmittelbar Betroffenen nur drei Männer, dass Rena gestern Abend nicht heimgekommen ist. Der Besitzer des Reitstalls, der Gastwirt und Scherer. Scherer fährt seit sechs Uhr durchs Feld, er kann nicht angerufen haben. Den Gastwirt können wir theoretisch auch ausschließen, da sehe ich im Moment keine Verbindung. Bleibt Hennessen, der Rena seit zwei Jahren kennt. Da hätte ich an seiner Stelle längst bei den Eltern nachgefragt, ob sie mit ihrer Suche in der Nacht Erfolg hatten.»

«Vergessen Sie ihn», erklärte Vater bestimmt. «Der Mann ist in Ordnung.»

Olgert nickte bedächtig. «Dann sind wir beim großen Unbekannten. Oder wir nehmen die harmlose Möglichkeit. Ein Mädchen verbringt die Nacht außer Haus, am nächsten Morgen hat es Angst vor den Konsequenzen.»

Endlich konnte ich auch etwas sagen: «Das ist Unsinn.»

«Nein, Frau Zardiss.» Plötzlich änderte sich sein Tonfall, er wandte sich mir zu. «Jetzt wollen wir mal offen reden. Sie haben ein gutes Verhältnis zu Ihren Töchtern. Sie sind bemüht, die kleinen und großen Wünsche zu erfüllen. Ein eigenes Pferd zum Geburtstag. Aber es war nicht das Pferd, an dem Ihre Tochter mit Leib und Seele hängt. Dieses Pferd verschwand gestern aus dem Stall. Und hier wusste niemand etwas davon. Finde ich ungewöhnlich bei einem guten Verhältnis zwischen Eltern und Kindern.»

Sein Blick glitt zu Anne hinüber. «Was mich erst recht stutzig macht, ist, dass sie auch Ihnen nichts davon gesagt hat. Von der Mathearbeit erzählt sie Ihnen. Dabei gab es in diesem Punkt keinen Anlass zur Besorgnis. Den hätte es ja, wenn ich glauben darf, was ich hier hörte, nicht einmal gegeben, wenn die Arbeit bereits geschrieben und mit einer Fünf oder Sechs benotet worden wäre. Also gehe ich davon aus, dass dieses ‹Morgen bin ich krank› sich nicht auf schulische Probleme bezog, sondern auf die Trennung von dem Pferd.»

Mit seiner Entführungstheorie schien es ihm nicht ernst gewesen. Jetzt ging es nur noch darum: Entweder wollte Rena bei dem Geschöpf sein, das ihrem Herzen am nächsten stand. Oder sie wollte uns bestrafen. Wir sollten am eigenen Leib erfahren, wie es ist, wenn etwas, das man liebt, nicht mehr da ist.

Wie hatte ich ihn für kompetent halten können? Er ging mir entsetzlich auf die Nerven mit seinem Geschwafel. «Das ist Unsinn», wiederholte ich und wünschte, mir wäre ein anderer Satz eingefallen. Einer, der nicht hilflos klang, sondern überzeugte. «Ich würde es vielleicht in Betracht ziehen, wenn es eine milde Nacht gewesen wäre.»

Aber gerade der Sturm und der Regen hätten die Sache für Rena verführerisch machen können, meinte Olgert. Die Wetterverhältnisse mussten unsere Angst um sie zwangsläufig steigern. Und um festzustellen, wie groß unsere Angst war, rief sie an und weinte uns etwas vor.

«Nein», sagte ich. «Rena hätte ihr Geld mitgenommen, wenn sie vorgehabt hätte, über Nacht wegzubleiben.»

Sein Lächeln trampelte auf meinen Nerven wie ein Paar Stiefel mit genagelten Sohlen. «Mit dreiundfünfzig Pfennig kommt man nicht weit. Ihren Pass hat sie jedenfalls bei sich. Vielleicht sollten Sie mal kontrollieren, ob Ihnen Geld fehlt.»

«Meine Enkelin stiehlt nicht», brauste Vater auf.

Ich wusste nicht, was ich noch sagen sollte.

Warten! Mutter räumte den Tisch ab, wollte sich danach um den Teppich in unserem Schlafzimmer und die Fenster kümmern. Vater ging hinaus, um den Hof in Ordnung zu bringen. Anne zog ihre Gummistiefel an und eine Jacke über. «Ich schau mich draußen mal um.»

Olgert wollte sich noch einmal in Renas Zimmer umsehen und stöberte auf der Suche nach ihrem Pass durch die Schubfächer ihres Schreibtisches, blätterte in alten Schulheften und Notizbüchlein, die ursprünglich gedacht gewesen waren, Hausaufgaben darin festzuhalten. Rena hatte sie mit Zeichnungen gefüllt. Im Nachttisch fand er ihre Tagebücher. Zwei dicke Stapel, es mussten um die zwanzig Stück sein.

Rena hatte schon früh angefangen, Tagebuch zu führen. Ich erinnere mich noch an ihre erste Eintragung. Da war sie sieben und malte die Buchstaben mehr, als sie sie schrieb. Ihre Rechtschreibung ließ zu wünschen übrig, von korrekter Zeichensetzung hielt sie noch gar nichts.

Mein libes buch,
heute ist mein Geburstag und ich habe dich gesenkt
bekomen. Jetz bis du mein bester freund und ich sahge
dir ales was ich mir wünse und was pasiert wenn ich
traurig bin und wenn ich mich gefreuht habe.

Ich lief im Haus herum, von einem Zimmer ins andere, hinauf und hinunter. Ich mochte Olgert nicht wie ein Hund auf den Fersen hängen, mir nicht seine Theorie anhören. Aber dann hielt ich es nicht mehr aus und ging nachschauen, was er in Renas Zimmer trieb. Ich fand ihn auf dem Bett sitzend, eines der Tagebücher auf dem Schoß, in ihre letzte Eintragung vertieft. Er schaute auf. «Haben Sie schon einen Blick hierauf geworfen?»

Ich schüttelte den Kopf. Wir hatten nie in Renas Sachen geschnüffelt. Ihre erste Eintragung hatte sie mir gezeigt, danach keine mehr, weil ich sie auf die Rechtschreibfehler und die fehlenden Kommas aufmerksam gemacht hatte. Und mir wäre nie der

Gedanke gekommen, zu kontrollieren, was sie ihren Büchern anvertraute.

Für mich war ein Tagebuch etwas Persönliches und Intimes. Es wäre mir wie ein Vertrauensbruch erschienen, darin zu lesen. Ich hatte selbst lange Jahre Tagebuch geführt. Die Vorstellung, dass sich fremde Augen darüber hermachten, meine Gedanken, Wünsche und Ängste fraßen, war mir widerlich.

Olgert schien mir anzusehen, was ich dachte. «Tut mir Leid, aber für uns ist das sehr aufschlussreich.» Dann las er vor, nur zwei Sätze. «Heute wird Mattho abgeholt. Ich wünsche mir, ich könnte mit ihm gehen.» Er hob den Kopf. «Die Tinte ist an einigen Stellen zerlaufen. Sieht aus wie Tränen.»

Rena musste es frühmorgens oder mittags geschrieben haben. Und da stand «wünsche» und «könnte», nicht «werde». Trotzdem fragte Olgert: «Sie wissen nicht zufällig, wohin der Bursche verkauft wurde?» Ich schüttelte erneut den Kopf.

In der Diele klingelte wieder das Telefon. Vater war noch draußen, er hörte es nicht. Mutter wischte im Wohnzimmer wie besessen an den Fensterscheiben herum. Das Quietschen des Ledertuchs hatte mich durchs Haus verfolgt. Durch das Klingeln wurde es verschluckt, ich empfand das als Erleichterung. Bis mir Olgerts Blick auffiel und Mutter rief: «Vera, jetzt unternimm doch etwas! Das raubt einem ja den letzten Nerv.»

Ich lief die Treppen hinunter. Olgert folgte mir. Ich riss den Hörer hoch, nannte meinen Namen, er drückte auf die Taste für den Lautsprecher.

Es war Udo von Wirth. Seine Stimme klang erstickt. Er musste sich mehrfach räuspern, ehe ich ihn verstand. Klinkhammer war bei ihm gewesen. Udo sagte: «Es tut mir so Leid, Frau Zardiss. Kann ich irgendwas tun?»

Ich wusste nicht, was er hätte tun können.

Er sagte: «So ein gottverfluchter Tag, erst Annegret und die Kinder, dann auch noch Rena.»

«Sie ist nicht tot», schrie ich. «Die Männer werden sie finden. Sie suchen draußen alles ab.»

Olgert nahm mir den Hörer aus der Hand, sprach ein paar Worte mit Udo und legte wieder auf. Draußen fuhr ein Wagen vor. Klinkhammer kam zurück. Wir gingen ins Wohnzimmer.

Mutter stürzte sich mit Eimer und Ledertuch auf die großen Scheiben im Wintergarten. Vater harkte Blätter und abgebrochene Äste vom Rasen. Sie kamen mir vor wie zwei Kinder, die einen Fehler gemacht und Angst vor Schelte haben. Die sich unsichtbar machen, bis die Wogen wieder geglättet sind.

Udo von Wirth hatte Klinkhammer nichts von Bedeutung sagen können. Dass Rena Pläne gehabt haben sollte, mochte Udo nicht glauben. Aber Annegret hatte Pläne gehabt für den Samstag, ein großes Fest mit der Familie, der Geburtstag ihres Mannes. Klinkhammer ließ sich minutenlang über Udos seelische Verfassung und die Sinnlosigkeit von Fragen zum jetzigen Zeitpunkt aus, dann kam er auf Hennessen zu sprechen.

Von ihm hatte er die Namen und Adressen der anderen fünf erfahren, bereits mit den Eltern gesprochen und fünfmal dieselbe Auskunft erhalten. Rena war nirgendwo aufgetaucht, hatte in den letzten Tagen und Wochen auch bei niemandem angerufen. Er glaubte das, wollte trotzdem persönlich mit den jungen Leuten sprechen, so schnell wie möglich. Aber sie verteilten sich auf mehrere Schulen und das Steuerberatungsbüro, in dem Horst beschäftigt war.

Klinkhammer wirkte unzufrieden wie ein Mann, der seine Zeit auf eine Lappalie verschwenden und die wichtige Arbeit vernachlässigen muss. Sein Haar sah aus, als hätte er es während der letzten Stunde unentwegt gerauft. Welche Auskünfte er von Gretchen erhalten hatte, verschwieg er. Er schilderte die Unterhaltung mit Hennessen.

Renas Nachmittag entstand vor meinen Augen. Von drei bis vier in Matthos Box, die Arme um seinen Hals gelegt, das Gesicht in sein Fell gedrückt, stammelnd: «Eines Tages komme ich zu dir. Und dann holen wir Preise.»

Um vier fuhr der Transporter auf den Hof. Hennessen war im vorderen Bereich des Stalles damit beschäftigt, die Hufe der Fuchsstute zu reinigen. Matthos neuer Besitzer kam persönlich. Und er führte Mattho aus der Box, obwohl Hennessen riet, es Rena zu überlassen. Beim Tor scheute Mattho vor dem Sturm. Er tänzelte nervös, bockte, keilte, als man ihn vorwärts ziehen wollte, nach hinten aus und trat die Fuchsstute in den Leib.

Durch das verletzte Tier abgelenkt, mit dem sie entschieden mehr Zeit verbracht hatte als mit dem braunen Teufel, fand Rena ihre Fassung wieder. Sie kümmerte sich nicht länger um Mattho. Hennessen hatte gesagt, sie habe sogar mit ihm geschimpft. «Pfui, du Böser, geh weg. Ich will dich nicht mehr sehen. Schau, was du mit Tanita gemacht hast.»

Mattho wurde verladen, der Transporter rollte vom Hof. Rena kümmerte sich in der letzten Box um die Fuchsstute, die, ihrem Verhalten nach zu urteilen, starke Schmerzen hatte. Die Arme nun um ihren Hals geschlungen, das Gesicht in ihr Fell gedrückt. «Es wird alles gut. Ganz ruhig, Tanita, es wird alles gut.»

Hennessen lief ins Haus, um den Tierarzt zu rufen. Der Arzt kam erst nach sechs und blieb bis kurz vor zehn, weil zu befürchten stand, dass die Stute ihr Fohlen verlor oder innere Verletzungen hatte. Rena saß die ganze Zeit bei ihr. Erst als Hennessens Schwester nach meinem Anruf in den Stall kam … und so weiter.

Etwas an dieser Version schien Klinkhammer zu stören. Er wollte wissen, ob Hennessen sich am frühen Morgen nach Renas Verbleib erkundigt habe. Olgert schüttelte den Kopf und erzählte von dem mysteriösen Anruf. Klinkhammer schürzte die Lippen und nickte versonnen. Dann ließ er mich noch einmal und diesmal ausführlicher berichten, wie ich in den Stall gekommen war. Vor allem wollte er wissen, welchen Eindruck Hennessen auf mich gemacht habe und in welchem Zustand die Fuchsstute gewesen sei.

«Ich habe das Tier nicht gesehen. Hennessen wirkte bedrückt, er machte sich Sorgen.»

Wohl zu Recht. Hennessen hatte die Stute um fünf in der Früh erschießen müssen. Und Klinkhammer fragte sich nun, ob ein Tritt solch verheerende Auswirkungen gehabt haben konnte. Wenn ja, wie Hennessen sich dann in aller Seelenruhe um halb eins in der Nacht auf den Weg zur nächsten Kneipe hatte machen können. Ein Mann, dem seine Tiere über alles gingen, der mit und von ihnen lebte. In welchem Zustand die Stute denn gewesen sei, als wir zum zweiten Mal im Stall waren?

Ich verstand nicht, was an dem Pferd so wichtig für ihn war, und wurde heftig. «Ich weiß es nicht. Mein Mann hat nachgeschaut. Fragen Sie ihn.»

Klinkhammer fuhr wieder mit beiden Händen durchs Haar und schaute Olgert an. «Er war ziemlich konfus, und da war eine riesige Blutlache in der Box. Den knöpfe ich mir nochmal vor. Aber zuerst muss ich mit dem Veterinär sprechen. Mal hören, was mit dem Tier los war.»

Olgerts Gesicht überzog sich für zwei, drei Sekunden mit einem Schatten. Dann meinte er: «Ja, aber wir sollten uns auch darum kümmern, wohin der Hengst verkauft wurde.»

«England», sagte Klinkhammer knapp und strich zum dritten Mal in wenigen Minuten und wieder vergebens die zu langen Seitenpartien seiner Frisur nach hinten. Es machte mich verrückt, ihm dabei zuzuschauen, vor allem, als er hinzufügte: «Daran habe ich auch zuerst gedacht. Hennessen sagte, sie wollten es gestern noch bis Hamburg schaffen und mit der Fähre rüber. Dürfte knapp gewesen sein. Vielleicht sind sie die Nacht über hängen geblieben.»

Zur Abwechslung strich er mal mit einer Hand über sein Gesicht, wirkte plötzlich müde und alt. «Aber sie hat gesagt, eines Tages», murmelte er. «Eines Tages ist nicht sofort! Und sofort wäre um vier Uhr gewesen und nicht um zehn. Das waren sechs Stunden.»

Ein Blick von Olgert verschloss ihm den Mund.

Olgert lächelte mich an und sagte zu Klinkhammer: «Schicken wir trotzdem einen Wagen zur Autobahnauffahrt und einen zum Bahnhof.» Dann wollte er von mir eine exakte Beschreibung von Renas Rad. Marke, Farbe, Serien- oder Rahmennummer, besondere Kennzeichen wie Aufkleber oder Wimpel.

«Wozu?», fragte ich. Olgert erklärte es, nachdem Klinkhammer das Haus wieder verlassen hatte. Entweder den Zug oder den Daumen in den Wind, um nach Hamburg zu kommen.

«Haben Sie nicht gehört, was Ihr Kollege sagte?» Ich weiß nicht, ob ich schrie oder weinte. Ich weiß nur noch, dass mir meine Stimme in den Ohren gellte. «Hennessen hat sie umgebracht.»

Olgert zog mich an sich, ich fühlte seine Hand im Rücken und seinen Atem am Ohr. «Na, na, na. Nun wollen wir nicht gleich das Allerschlimmste annehmen.» Dann erzählte er mir etwas von einem wunden Herzen, das sich nicht um die Geschwindigkeit eines Pferdetransporters und nicht um sechs Stunden Vorsprung scherte.

4. Kapitel

Polizisten! Jahrelang hatte ich an sie geglaubt wie ein Kind an den Weihnachtsmann und auf das vertraut, was Vater suggerierte: Sie können keine Wunder vollbringen, aber sie tun ihre Arbeit, und sie tun sie nach besten Kräften. Was man so unter besten Kräften versteht!

Ich will mich nicht beschweren. Natürlich haben sie ihre Arbeit getan. Und ich müsste vermutlich froh und dankbar sein, dass ein Kriminalhauptkommissar und ein Kriminalkommissar anrückten, noch bevor offiziell eine Vermisstenanzeige vorlag. Aber was sie veranstaltet haben …

Es ging hin und her zwischen grauenhaften Andeutungen, wilden Spekulationen und hirnrissigen Beschwichtigungsversuchen. Eine Blutlache im Reitstall? Aber darüber regen wir uns doch nicht auf, liebe Frau Zardiss. Wir kümmern uns jetzt erst mal um das Rad Ihrer Tochter. Selbstverständlich schauen wir auch nochmal im Stall nach, der Form halber. Aber für das Blut gibt es eine simple Erklärung. Da wurde ein Pferd erschossen.

Womit denn? Mit einer Kanone? Klinkhammer hatte von einer riesigen Lache gesprochen. Und Olgert tätschelte meinen Rücken, grinste zuversichtlich und erzählte von einem jungen Mädchen, das sich aus Trotz, Enttäuschung oder Kummer in stürmischer Nacht aufmachte, mit seinem Fahrrad den Schimmelreiter zu spielen. Es war lächerlich, es war haarsträubend.

Ich versuchte mir einzureden, es sei eine gute Lösung. Schmerzlos für alle Beteiligten. Jetzt brauchen wir nur noch ein aktuelles Foto. Dann tätigen wir ein paar Anrufe. Die Hamburger Kollegen schauen sich im Hafen um, überprüfen die Passagierlisten der Englandfähre. Und dann schicken sie uns das Mädchen zurück. Doch so funktionierte es nicht.

Ich kannte Rena. Sie hätte das nicht gemacht. Sie war vernünftig. Sie wusste, dass man sich manches vorstellen, aber nicht durchführen konnte. Und sie hatte keinen Hang zum Abenteuer, auch kein Geld, um eine Schiffspassage zu bezahlen. Die Zeiten der blinden Passagiere waren ja wohl vorbei.

Olgert verbrachte eine halbe Stunde in der Diele, zitierte einen Streifenwagen zu uns, um ein paar Fotos von Rena abzuholen für die Presse und die Kollegen. Anschließend stürzte er sich noch einmal auf ihre Schultasche und erkannte schon nach kurzem Blättern mit sicherem Blick, dass sie in Englisch recht gut stand. Der letzte Beweis für seine Theorie. Nur konnte er mir nicht in die Augen sehen, als er ihn vorbrachte.

Dann telefonierte er sich zwischen der Auskunft und den dort erfragten Rufnummern bis in das Büro der Fährlinie. Nachdem auch das erledigt war, setzte er sich mit Renas Tagebüchern ins Wohnzimmer, um näher beim Telefon zu sein, wenn die Rückrufe eingingen.

Mutter war mit Eimer und Ledertuch in den ersten Stock gezogen. Blanke Fenster sind Mutter immer das Wichtigste gewesen. Die Visitenkarte der Hausfrau, jeder, der am Haus vorbeigeht, wirft einen Blick darauf. Saubere Scheiben und weiße Gardinen! Wie es in der Stube aussieht, geht keinen etwas an. Aber vielleicht wollte sie sich nur beschäftigen, um nicht grübeln, sich keine Vorwürfe machen zu müssen. Ebenso wie Vater, der, nachdem er unseren Hof und Rasen von allem befreit hatte, was nicht darauf gehörte, die Sturmschäden im Garten inspizierte.

Früher war es Vaters Traum gewesen, einen Gemüsegarten zu haben. Säen und ernten war in seinen Augen eine ehrliche Arbeit. Zuschauen, wie die Pflänzchen mit etwas Sonne, Regen und Gottes Hilfe aus dem Boden sprossen. Solange er seinen Beruf ausübte, hatte ihm die Zeit gefehlt. Und nach der Pensionierung musste er feststellen, dass niemand seine ehrliche Arbeit zu schätzen wusste.

Mutter fühlte sich überfordert mit Kisten voller Kopfsalat, Blumenkohl und Erbsenschoten. Anfangs versuchte er, den größten Teil seiner Ernte bei mir loszuwerden. Nur konnte ich mich nicht begeistern für frisches Gemüse, das man gründlich auf Raupen und anderes Ungeziefer untersuchen musste, ehe man es zubereiten konnte. Weil Sonne, Regen und Gottes Hilfe allein auch die Schädlinge prächtig gedeihen lassen.

Kurz vor zwölf kam Anne zurück. Ich stand am Küchenfenster, sah sie mit hängenden Schultern die Einfahrt heraufkommen. Die eigene Untätigkeit und das Verhalten der Polizisten machten mich verrückt, vielleicht ließ auch nur die Wirkung der Tabletten nach. Anne betrat die Diele, zog ihre schmutzigen Schuhe aus und kam in die Küche. Sie sah verweint aus, behauptete jedoch, ihre Augen seien vom Wind gerötet und verquollen. «Es ist richtig kalt draußen. Wie im November.»

Sie war ungefähr die Hälfte des Weges gegangen, hatte den Traktoren zugeschaut und Udo von Wirth getroffen. «Der arme Kerl ist fix und fertig. Er läuft da draußen herum und sammelt Müll auf. Ich glaube, er weiß gar nicht, was er tun soll. Er wollte mir von seiner Schwester und den Kindern erzählen. Das habe ich nicht ausgehalten. Ich habe ihn einfach stehen lassen. Dabei hat er mir so Leid getan.»

Ich war ganz hohl. Jeder Atemzug fiel in eine riesige Blutlache. Man ist schnell am Ende, hat schnell die eigene Grenze erreicht. Ich wollte nicht, dass Jürgen Recht behielt. Er behauptete immer, ich sei nicht belastbar. «Vera, du funktionierst nur, wenn alles glatt läuft. Sobald ein Problem auftaucht, verlierst du den Kopf.»

Ich wollte meinen Kopf nicht verlieren. Ich wollte nur mein Kind zurückhaben. Lebend! Und gesund! So ein hübsches Mädchen, sensibel, mitfühlend, stark und mutig. Keine Angst vor großen Tieren. Keinen Respekt vor überholten Ansichten von Stil und guten Tischsitten. Rena war so, wie ich gerne gewesen wäre.

Anne deutete mit dem Kinn zum Wohnzimmer und sprach wie ein Hund, der nach Fliegen schnappt. «Warum tut eigentlich dieser Kerl nichts? Hast du gesehen, was er liest?»

«Ja.»

«Findest du das gut?»

«Wenn es ihnen hilft.»

Anne ging zum Kühlschrank, nahm eine Flasche Saft heraus, holte sich ein Glas und lachte gehässig. «Sei nicht albern, Mutti. Da steht nichts drin, was für die Polizei von Bedeutung ist.»

«Woher willst du das wissen?»

Sie verzog das Gesicht zu einer Miene aus Überheblichkeit und Trotz. «Ich weiß es eben. Sie hat mir vielleicht nicht alles, aber doch viel erzählt. Über Pferde, etwas anderes hatte sie nicht im Kopf. Bei den Pferden ist sie nicht, also sollen sie gefälligst suchen und nicht hier herumsitzen.»

Sie sprach laut genug, um von Olgert verstanden zu werden. Es war mir egal. Nein, das war es nicht! Ich hätte ihm das sagen müssen. Raus hier! Sie ist nicht nach Hamburg gefahren. Sie ist irgendwo da draußen, also gehen Sie raus! Aber er hatte ja Angst um seine Schuhe, überließ es den ortsansässigen Bauern, die an Dreck gewöhnt waren.

Ich erzählte Anne von seiner Theorie. Sie kaute auf ihrer Unterlippe, und plötzlich flüsterte sie: «Scheiße! Mutti, ich glaube, er hat Recht. Rena hatte gestern Morgen einen Brustbeutel bei sich. Er war neu, aus Leder, hellbraun, mit Flechtarbeiten. Ich habe ihn gesehen, als sie im Bus bezahlte. Sie wollte ihn gleich wieder wegstecken. Ich glaube, sie wollte nicht, dass ich ihn sehe. Ich habe sie gefragt, woher sie ihn hat. Sie sagte, sie hat ihn zum Geburtstag geschenkt bekommen.»

«Von wem?»

«Das hat sie nicht gesagt. Ist ja auch nicht so wichtig. Sie hatte ihren Pass drin, Mutti. Und Geld. Viel Geld! Es waren mehrere Hundertmarkscheine.»

«Was?» Ich konnte auch nur noch flüstern.

Anne nickte düster, wisperte: «Sie sagte, das wäre auch ein Geburtstagsgeschenk.» Dann fragte sie laut: «Soll ich uns einen Kaffee machen?»

Ich schüttelte den Kopf. Olgert rief aus dem Wohnzimmer: «Ja, das wäre nett.»

Ich nahm noch eine von den Pillen und ging in die Diele. Mein Mantel war noch immer feucht, Annes Jacke, die ich in der Nacht getragen hatte, ebenso. Ich holte mir eine Jacke aus dem Schlafzimmer und verließ das Haus. Wohin ich wollte, wusste ich nicht. Nur etwas tun, irgendetwas, nicht herumstehen, nicht warten.

Von der Einfahrt aus sah ich die Traktoren; Pünktchen, die in der Ferne die Wege abfuhren. Ich ging los, um den linken Mauerpfosten herum. Mitten hinein in den Dreck. Er saugte an den Schuhsohlen, das Unkraut am Bahndamm lockte. Es stand nicht mehr hüfthoch wie sonst, lag flach gedrückt und zerzaust, ich kam darauf besser voran.

Mein Fiesta stand noch so, wie wir ihn in der Nacht zurückgelassen hatten. Er war nicht verschlossen, der Schlüssel steckte. Für einen Moment hatte ich das Bedürfnis, mich hineinzusetzen und loszufahren. Auf die Autobahn, mit Vollgas Richtung Hamburg. Und sei es nur, um zu beweisen, dass sie sich irrten. Widersinnig, die Räder steckten zur Hälfte im Morast.

Mir fiel auf, dass der Müllsack, für den wir angehalten hatten, nicht mehr auf dem Weg lag. Ich dachte, der Wind hätte ihn weggetrieben, bis mir einfiel, was Anne über Udo von Wirth gesagt hatte. Ich hatte das Bedürfnis, jeden zu fragen, ob er gesehen habe, dass Udo den Sack nahm und wohin er ihn gebracht hatte. Es wäre um so vieles leichter gewesen, nach einem Müllsack zu suchen.

Mehrere Hundertmarkscheine und der Pass in einem neuen Brustbeutel. Anne musste sich irren, alle irrten sich. Alles war falsch. Ein Polizist saß in unserem Wohnzimmer und las, was im Kopf und im Herzen meiner jüngsten Tochter vorgegangen war, statt nach ihr zu suchen. Ein zweiter Polizist befragte den Tierarzt nach einer toten Stute statt nach einem verschwundenen Mädchen. Jürgen kurvte mit Scherer herum, statt der Polizei Dampf zu machen. Vater pflückte die welken Blätter vom Kopfsalat, statt noch einmal seinen Freund Steinschneider anzurufen. Anne kochte Kaffee, Mutter wischte die Fenster blank. Ich lief ziel- und planlos einen Feldweg entlang. Und Rena war nicht mehr bei uns.

Wir hätten zusammen sein müssen. Gemeinsam alle Möglichkeiten durchdenken. Gemeinsam nach ihr suchen. Wir waren eine Familie, die immer so viel Wert auf Gemeinsamkeit gelegt hatte.

Ich ließ den Wagen hinter mir, suchte den Boden ab, die Unkrautbüschel, die wassergefüllten Fahrrinnen, die beiden Unterführungen. Suchte nach Fetzen von Kleidung, einem verlorenen Schuh, einem zerbrochenen Rückstrahler vom Fahrrad, einem Brustbeutel aus hellem geflochtenem Leder. Ich suchte nach etwas, von dem ich nur wusste, dass ich es nicht finden wollte.

Irgendwann war ich am Ende, sah schmutzigen Asphalt unter den Schuhsohlen und die Koppel vor mir. Den Balkenzaun und die Mauer. Die Einfahrt und den Hof. Das Wohnhaus, die Reithalle und den Stall. Da wusste ich, wohin ich wollte. Das Tor stand offen. Und diesmal ging ich bis zur letzten Box.

Der Boden war dunkel vor Nässe. Kein Hälmchen Stroh war darauf zu sehen, kein Tropfen Blut. Auf dem Gang stand ein leerer Eimer in einer Wasserpfütze. Hennessen schrubbte mit einem groben Besen den Beton ab, als wolle er ihn zerfetzen. Er hatte mich nicht kommen hören, zuckte zusammen, fuhr zu mir herum und fasste sich ans Herz, als ich ihn ansprach. «Jetzt haben Sie mich aber erschreckt, Frau Zardiss.»

Er hatte Schweißtropfen auf der Stirn, wischte sie mit einem Handrücken ab. «Immer noch nichts?»

Ich schüttelte den Kopf. Er legte eine Hand vor den Mund. Als er sie wieder fortnahm, sagte er: «Versteh ich nicht. Und was tut die Polizei?»

«Haben Sie Rena Geld zum Geburtstag geschenkt?»

Er presste die Lippen aufeinander. Erst nach ein paar Sekunden sagte er: «Nein, nur so 'n kleines Täschchen, was sie sich um den Hals hängen konnte. Meine Schwester macht die Dinger in Handarbeit. Rena wollte sich eins kaufen. Das wäre praktisch, meinte sie, da könnte man immer alles Wichtige bei sich haben und nicht so leicht was verlieren. Ich hab mir nichts dabei gedacht, als sie das sagte.»

Er wurde eifrig. «Und ich hab den Mund gehalten, Frau Zardiss. Kein Wort habe ich gesagt, wann Mattho abgeholt wird. Irgendwie hat sie's doch rausgekriegt, hat's wohl von Udo gehört. Ich konnte mir denken, dass sie am Nachmittag hier auftaucht. Deshalb hab ich dem Engländer gesagt, er muss vormittags kommen. Das hat er aber nicht geschafft.»

Er lächelte verlegen. «Als es losging mit dem Sturm und dem Regen, dachte ich noch, bei dem Wetter kommt sie vielleicht nicht. Ich hätt's besser wissen müssen.»

Er seufzte schwer. «Aber was die Polizei annimmt, ist Blödsinn. Das hab ich diesem Klinkhammer auch gesagt. Er war eben nochmal hier. Sie wusste doch gar nicht, wohin die Fuhre geht. Sie war nicht draußen, hat den Transporter nicht zu Gesicht bekommen. Und sie hat auch nicht gehört, was gesprochen wurde. Hier war sie.» Er zeigte mit einer Hand auf den nassen Beton, streckte sie aus und wies zum Tor. «Und wir standen da vorne.»

Er lehnte den Besen gegen die Wand der Box und trat zu mir in den Gang hinaus. «Und was die da draußen tun, ist auch Zeitverschwendung. Sie ist nicht durchs Feld. Meine Hand würd ich dafür ins Feuer legen, dass sie zu Udo wollte. Wenn sie da vor dem verschlossenen Tor stand ...» Noch ein Seufzer und verständnisloses Kopfschütteln. «Die sollten sich mal gründlich im Dorf umhören.»

«Wozu?», fragte ich. «Die Feuerwehrleute hätten sie sehen müssen, wenn sie durchs Dorf gegangen wäre. Sie ist gar nicht hier weggegangen! Dafür lege ich meine Hand ins Feuer! Hier kann man schießen und schreien und niemand hört etwas. Sie haben sie getötet!»

Hennessen starrte mich an, schüttelte abwehrend den Kopf, schluckte heftig und murmelte: «Frau Zardiss, was sagen Sie denn? Ich doch nicht! Ich könnte doch so 'nem Mädchen nichts tun!»

Eine Minute, vielleicht länger, standen wir uns schweigend gegenüber. Ich hielt seinen Blick fest, bis er den Kopf senkte. Obwohl es nicht sehr hell war im Stall, sah ich, dass er blass wurde. Sonst war sein Gesicht rot, ein breites, von Sonne und Wind kräftig gefärbtes, bieder wirkendes Gesicht. Und jetzt sah es aus, als ob ihm das Blut aus dem Kopf in tiefere Regionen sackte.

Ich stellte mir vor, wie es gewesen sein könnte. Stroh auf dem Boden, ein verletztes Tier, der Tierarzt, Rena und er. Der Arzt geht. Seine Schwester kommt in den Stall. Rena rafft ihre Sachen zusammen. Feuchte Kleidung vom Hinweg, zum Trocknen über Holzbalken gehängt. Rena stopft alles in die Tüte. Er verlangt, dass sie auf mich wartet, greift nach ihrem Arm …

Er griff nach meinem Arm, zog die Hand sofort wieder zurück und sagte: «Na, kommen Sie. Ich fahr Sie nach Hause. Sie sind ja ganz durcheinander. Da sollten Sie nicht rumlaufen.»

«Warum haben Sie Rena nicht nach Hause gefahren?»

Er legte den Kopf schief, schaute mich an, als wolle er sich entschuldigen. Dann hob er die Achseln, ließ sie wieder sinken und seufzte. «Wir haben hier all die Stunden gesessen. Ich hab nicht mitgekriegt, dass es draußen noch so schlimm war. Und ich wollte Tanita nicht allein lassen.»

«Aber Sie haben die Stute allein gelassen.»

Er nickte schwer, schaute betrübt über seine Schulter auf den nassen Boden. «Ja, und den Stall offen. Und dafür könnt ich mich in den Hintern treten. Aber er ist ja immer offen. Wer rechnet denn mit so was? Sie waren nochmal hier in der Nacht, sagte Klinkhammer. Wann?» Es klang lauernd.

«Das wissen Sie doch. Bevor wir in die Kneipe kamen.»

«Danach nicht mehr?» Es klang immer noch lauernd. «Als ich nämlich von Friedel zurückkam, hab ich nochmal nach Tanita geschaut. Da war sie in Ordnung. Der Doktor meinte ja auch, es wäre wohl doch nicht so schlimm, wie wir zuerst angenommen haben. Und heut Morgen ...»

Seine Stimme kippte, sein Adamsapfel ruckte auf und ab. «Als ich hier reinkam. Alles voller Blut. Die Därme hingen ihr raus. Das arme Ding. Es muss zwischen drei und vier passiert sein. Sagen Sie's mir lieber jetzt, wenn Sie nochmal hier waren. Im Moment würd ich's vielleicht sogar verstehen.»

Das Ungeheuerliche seiner Worte ging an mir vorbei, ohne dass ich es greifen konnte. «Wir hatten was anderes zu tun», sagte ich.

Er starrte mich an, als wolle er sich in mein Gehirn bohren. Nach ein paar Sekunden nickte er schwer und meinte: «Ja, hatten Sie wohl. Aber ich begreif das nicht. So 'ne Sauerei, wenn ich das verdammte Schwein erwische! Wie kann sich nur einer so an einem wehrlosen Tier vergreifen? Und warum, zum Teufel? Ich versteh nicht, dass ich nichts gehört hab.»

Seine Schultern strafften sich. Wieder griff er nach meinem Arm, und diesmal hielt er ihn fest. Mir war kalt. Seine Hand war wie eine Eisenklammer. In meinem Hirn entstand wieder das Bild: Er greift nach Renas Arm. Er sagt: «Bleib hier, deine Mutter ist bestimmt schon auf dem Weg.»

Mir war so kalt, dass mir die Zähne aufeinander schlugen. Er hatte eine halbe Stunde Zeit. Und er wusste genau, dass ich nicht bis zur letzten Box kommen würde. Keinen Fuß in den Gang setzen. Niemals vorbei an den Pferdeköpfen. Vera hat Angst vor großen Tieren.

Ich konnte seine Hand nicht abschütteln, sah im Geist noch einmal, wie er sie an der Hose abwischte, als er in der Nacht auf mich zukam. Meine Knie waren steif. Alles verspannt und verkrampft. Bitte, das nicht! Nicht Hennessen. Sie kannte ihn seit zwei Jahren, war Tag für Tag mit ihm zusammen. Für sie war er ein gutmütiger Mann, dem sie vertraute. Bitte, das nicht! Nicht so viel Zerstörung.

Aber ich sah es vor mir. Keinen Grund, den nicht. Wer kennt schon die Gründe? Oft wissen nicht einmal die, die es getan haben, wie es geschehen konnte. Es geschieht eben. Dann lag sie da, neben der verletzten Stute. Es war Blut auf dem Boden. Deshalb musste das Tier sterben.

Und Klinkhammer hatte Verdacht geschöpft, sah es so wie ich: Hennessen schlachtet seine Zuchtstute ab, um zu vertuschen, was er mit Rena gemacht hat. Hennessen schafft das blutige Stroh hinaus. Dann schrubbt er den Boden wie ein Besessener, damit niemand mehr feststellen kann, ob es menschliches oder tierisches Blut …

Ich bekam keine Luft. Er schob mich vor sich her ins Freie. Sein Wagen stand vor der Garage. Den Autoschlüssel trug er in der Hosentasche. Als er ihn im Zündschloss drehte, meinte er: «Hoffen wir, dass die alte Kiste anspringt. Wenn sie ein paar Tage gestanden hat, hustet sie mir schon mal was.»

Sein Wagen konnte nicht ein paar Tage gestanden haben, dann hätte er in der Nacht auf dem Hof stehen müssen. Ich hätte ihn gesehen. Hennessen musste seit gestern damit gefahren sein. Und wenn er schon versuchte, etwas so Harmloses wie eine Autofahrt zu vertuschen …

Der alte Wagen sprang an. Und Hennessen fuhr mich heim. Wir sprachen während der Fahrt nicht miteinander. Ich konnte nicht sprechen, auch nicht denken. Er bog in unsere Einfahrt, hielt an, als wage er es nicht, mich vor die Haustür zu fahren. Er griff über mich hinweg nach der Tür und öffnete sie. «Hab noch 'ne Menge zu tun, Frau Zardiss.»

Er zögerte kurz, bevor er anfügte: «Ich sollt's vielleicht nicht sagen, am Ende regen Sie sich nur unnötig auf. Aber zu Klinkhammer hab ich's auch gesagt. Bevor Rena ihren Kram zusammenpackte, war sie bei Bella. Hat sie jeden Abend gemacht. Sonntag nicht, da war sie noch ein bisschen enttäuscht, nehm ich an. Aber Montag, Dienstag, Mittwoch und gestern auch. ‹Bis morgen, Schönheit›, hat sie gesagt und Bella den Hals geklopft. ‹Du schläfst jetzt fein. Und wenn es morgen trocken ist, darfst du wieder springen.› Genau so hat sie's gesagt. Und so was sagt man nicht, wenn man weglaufen will, denk ich mir.»

Sein Gesicht hatte die Farbe noch nicht zurückgewonnen, aber er lächelte, gutmütig, zuversichtlich, bieder. Und als sei ihm nicht bewusst, was er gerade gesagt hatte, meinte er: «Nun machen Sie sich mal nicht so große Sorgen. Das klärt sich schon auf.»

Dann fuhr Hennessen zurück und ich schlich ins Haus.

Jürgen kam mir in der Diele entgegen. Wütend, aufgebracht, erregt. Es summte im Haus wie Elektrizität in einem Draht. Im Wohnzimmer standen Klinkhammer und Olgert und diskutierten ein Problem. Sie sprachen leise, ich verstand kein Wort. Anne saß mit bleichem Gesicht in einem Sessel. Und Jürgen – er sah so grau aus wie am Morgen. Nur um die Augen war er rot.

Ich suchte nach meinen Eltern. Sie waren nicht da. Es musste weit nach Mittag sein. Ich dachte, Vater hätte sich wie üblich hingelegt und Mutter leiste ihm Gesellschaft. Sie mussten beide erschöpft gewesen sein nach einer Nacht ohne Schlaf und der Angst um Rena.

Ich wollte sofort mit Klinkhammer über Hennessen reden. Doch bevor ich den ersten Ton über die Lippen brachte, fauchte Jürgen mich an: «Verdammt nochmal, Vera, kannst du nicht mit deinem Hintern zu Hause bleiben, damit hier jemand zur Verfügung steht?»

Klinkhammer machte eine beschwichtigende Handbewegung. Dann erklärte er mir den Grund für die Aufregung. Es hatte jemand angerufen, fünfmal insgesamt, in kurzen Zeitabständen.

Da Olgert auf diverse Rückrufe wartete, war er beim ersten Klingeln an den Apparat gegangen. Er meldete sich mit seinem Namen. Es wurde aufgelegt. Ein paar Minuten später klingelte es erneut. Olgert dachte an den Anruf vom frühen Morgen, vermutete, dass Rena versuchte, sich bei ihrer Familie zu melden, und wollte sie zum Reden bringen. Als ihm das auch beim dritten Mal nicht gelang, wies er Anne mit genauen Instruktionen an, beim nächsten Klingeln an den Apparat zu gehen.

Anne erntete ebenfalls Schweigen, drängte sekundenlang: «Rena, sag doch was, bitte. Wir machen uns so große Sorgen um dich. Du kannst dir nicht vorstellen, was hier los ist. Wo bist du? Dir ist doch hoffentlich nichts passiert? Sprich mit mir, Rena, bitte. Sag mir, wo du bist, es kommt sofort einer, um dich abzuholen.»

Und endlich die Stimme einer Frau. Olgert hatte über den Lautsprecher mitgehört und aufgeschrieben, was gesprochen wurde. Klinkhammer verlangte, dass ich mir Olgerts Notizen anschaute. Von einem Blatt Papier abgelesen, wirkte es weniger dramatisch.

Frau: «Ich muss dich enttäuschen, Herzchen. Hier ist nicht Rena. Jetzt hol mir mal den Doktor an die Strippe.»

Anne: «Wer ist denn da?»

Frau: «Ist doch egal. Tu einfach, was ich dir sage.»

Anne: «Ich will zuerst wissen, wer Sie sind und was Sie wollen.»

Frau: «Ich will den Doktor sprechen, persönlich und sofort.»

Anne: «Mein Vater ist im Augenblick nicht da.»

Frau: «Mich kannst du nicht verscheißern, er muss da sein. Schaff ihn an den Apparat und sorg dafür, dass Olga aus der Leitung bleibt. Wer ist das überhaupt? Hört sich an wie ein Gaul.»

Anne: «Ich wüsste nicht, was Sie das angeht. Sie sagen mir ja auch nicht, wer Sie sind.»

Frau lacht: «Du würd's es auch sicher nicht gern hören. Jetzt pass mal auf, Mädchen. Dass bei euch der Teufel los ist, hab ich schon mitgekriegt, dass du lieber mit Rena reden möchtest als mit mir, weiß ich auch. Vielleicht tu ich dir den Gefallen, aber erst tust du mir einen. Du schaffst jetzt den Doktor an die Strippe. Und dann sehen wir weiter. Ich meld mich in zehn Minuten wieder.»

Und Olgerts Notiz: *Ende.*

Anne lief los. Aber sie und Jürgen schafften es nicht rechtzeitig. Bevor sie das Haus erreichten, ging der fünfte Anruf ein. Olgert sah sich gezwungen, noch einmal zum Hörer zu greifen. Er versuchte es mit einem Trick, meldete sich mit dem Namen Zardiss. Nur kam er nicht dazu, mehr zu sagen. Die Frau bemerkte den Betrug. Sie wurde wütend. «So läuft das nicht. Jetzt habe ich die Schnauze voll. Ich lass mich nicht linken von euch. Ich ruf in einer halben Stunde nochmal an. Exakt in einer halben Stunde. Kapiert? Und wenn der Doktor dann immer noch nicht für mich zu sprechen ist, wird's ihm Leid tun. Ich kann nämlich auch anders. Ich könnte zum Beispiel ein Wörtchen mit dem Teufel reden.»

Und plötzlich standen sie vor einem Berg. Was Olgert ein paar Stunden vorher angeführt hatte, nur um uns das Gegenteil zu beweisen, schien sich zu bewahrheiten. Entführung!

Klinkhammer hatte vom Tierarzt etwas erfahren, was die These stützte. Als der Arzt Hennessens Hof verließ, rammte er mit seinem Wagen einen grauen Kleinbus, der so dicht bei der Einfahrt geparkt war, dass er ihn nicht rechtzeitig bemerkte. Ein Mann stieg aus, betrachtete den Schaden am Bus, winkte ab und gab sich großzügig. Eine kleine Beule und zwei Kratzer im Lack, dafür brauche man keine Polizei und keine Versicherung zu bemühen. Ob sonst noch jemand im Bus gewesen war, hatte der Arzt nicht feststellen können. Die Scheiben seien beschlagen gewesen.

Klinkhammer hatte dieser Aussage zuerst keine Bedeutung beigemessen. Zu diesem Zeitpunkt erschienen ihm andere Auskünfte noch wichtiger. Zuvor hatte er nämlich mit Armin und Ilona gesprochen. Beide nahmen ihre Stunden donnerstags. Und beiden hatte Hennessen kurz nach Mittag abgesagt. Bei dem Wetter könne man nicht raus. Und im Stall wolle er Ruhe haben wegen Mattho. Eine fadenscheinige Ausrede bei der großen Halle, in der man bei jedem Wetter reiten konnte.

Und warum hatte Hennessen nicht bei uns angerufen und dafür gesorgt, dass Rena daheim festgehalten wurde, statt sich auf Sturm und Regen zu verlassen? Wo er doch genau wusste, dass sie sich von nichts und niemandem abhalten ließ! Und warum hatte er nicht den Veterinär zu seiner Stute gerufen, den er normalerweise kommen ließ? Warum diesen jungen, unerfahrenen Arzt mit einer Kleintierpraxis in der Stadt? Einen Mann, der sich mit Katzen, Hunden, Meerschweinchen und Hamstern auskannte und von Pferden so viel Ahnung hatte wie Jürgen von einer Herztransplantation?

Diese Fragen musste Klinkhammer sich ebenso gestellt haben wie ich. Nach der Unterhaltung mit Armin und Ilona war Hennessen sein Favorit gewesen. Die fünf Anrufe gaben dem grauen Kleinbus ein anderes Gewicht und brachten Klinkhammer von der Fährte ab. Er wollte veranlassen, dass sofort irgendein Gerät an unser Telefon angeschlossen wurde.

Mit einem richterlichen Beschluss dauere es zu lange, meinte er. Auch eine Fangschaltung zu beantragen nehme im Moment zu viel Zeit in Anspruch und würde uns über das Wochenende nicht weiterbringen. Aber dieses Gerät könne er schnell beschaffen. Ich sollte mein Einverständnis geben.

«Und bis es angeschlossen ist», sagte er ausschließlich zu mir, «nehmen Sie kein Gespräch mehr entgegen.»

Was er mir verschwieg: Jürgen hatte sein Ansinnen bereits abgelehnt. Auch jetzt protestierte er wieder. «Wie stellen Sie sich das vor? Und wie wollen Sie mich daran hindern, ein Gespräch anzunehmen? Ich denke nicht daran, mir in meinem Haus Vorschriften machen zu lassen. Auch nicht von der Polizei. Ihr Gerät schlagen Sie sich aus dem Kopf.»

Ich konnte nicht so schnell denken, wie sie sprachen. Nicht so schnell umschalten von Hennessen auf einen grauen Kleinbus. Jürgen war außer sich: «Das ist ein Privatanschluss, die Gespräche, die darauf eingehen, sind ausschließlich privat. Hier kann nicht irgendein Fremder anrufen. Unsere Privatnummer steht nicht im Telefonbuch und ist auch über die Auskunft nicht zu erfahren. Ich bin Arzt, falls Sie das vergessen haben. Ich hätte daheim keine ruhige Minute, wenn ich jederzeit telefonisch erreichbar wäre.»

Klinkhammer nickte verstehend, aber er lächelte nicht. Seine Haare wurden ihm wieder lästig. Er wischte sie nach hinten und behielt die Rechte am Kopf. Die Geste gab ihm etwas Nachdenkliches, etwas von Wissen und Erfahrung. Mit einem Blick auf Anne meinte er, unsere Nummer sei gewiss weiter verbreitet, als wir uns vorstellen könnten. Und auch für einen Fremden, der noch nie mit der Familie zu tun gehabt habe, sei es kein Problem, sie in Erfahrung zu bringen, wenn er ein Mitglied der Familie in seiner Gewalt hätte.

Endlich ein klarer Satz, auf Anhieb zu begreifen. Ein Satz wie ein Messer. Gewalt! Ein grauer Kleinbus! Platz genug – ein Mädchen hineinzerren, ein Fahrrad verstauen, Gas geben und keine Spur hinterlassen. Ich hörte mich schreien, genauso wie in der Nacht, als ob ich der armen Frau Bost dabei zuschaute. «Ich will mein Kind wiederhaben! Bringt mir mein Kind zurück!»

Jürgen fauchte: «Reiß dich zusammen, Vera!» Dann holte er aus und schlug mir ins Gesicht. Das Schreien riss ab. Nur Anne heulte noch einmal auf.

Ich schaute Klinkhammer an: «Da steht das Telefon. Rufen Sie an, damit jemand herkommt und das Gerät anschließt.»

«Das kommt überhaupt nicht in Frage», brüllte Jürgen. «Diese

Anrufe haben nichts mit dem Verschwinden unserer Tochter zu tun. Absolut nichts.»

«Womit dann?», fragte Klinkhammer ruhig.

Jürgen schaute mich an, als wolle er mir mit einem Blick das Hirn verkleistern. «Das ist Privatsache», schnaubte er. «Nichts, wofür die Polizei sich interessieren müsste.»

Klinkhammer zog eine Augenbraue hoch. «Wie Sie meinen, Herr Doktor. Aber ich mache Sie darauf aufmerksam, dass jede Art von Erpressung strafbar ist.»

«Ich werde nicht erpresst», sagte Jürgen.

Es war wie eine Mauer, die sich quer durch die Diele zog. Auf der einen Seite stand ich, auf der anderen Jürgen. Er hatte mich geschlagen, zum ersten Mal! Nun stand er allein. Ich nicht. Ich blieb auch nicht auf meiner Seite. Anne legte mir einen Arm um die Schultern und führte mich ins Wohnzimmer. Klinkhammer und Olgert folgten. Jürgen blieb zurück, lehnte sich demonstrativ gegen den Rahmen der Küchentür, verschränkte die Arme vor der Brust und heftete die Augen auf das Telefon. Klinkhammer und Olgert hefteten sie auf mich.

Privatsache! Ich werde nicht erpresst! Die Worte rotierten in meinem Hirn. Natürlich nicht! Wir konnten es uns nicht leisten, erpresst zu werden. Sechshunderttausend hatte der Hof gekostet, die Renovierung noch einmal halb so viel verschlungen. In der Praxis war nicht mehr so viel zu tun, seit sich die junge Gynäkologin niedergelassen hatte. Ein grauer Kleinbus? Vielleicht nur einer, der sich verfahren hatte, der kurz bei Hennessens Einfahrt anhielt, um auf der Karte nachzusehen. Kurz vor der Einfahrt stand ein Ortsschild.

Anne drückte mich in einen Sessel, ging in die Küche, holte ein Glas Wasser und eine von den Pillen. Ich trank einen Schluck, die Pille behielt ich in der Hand. Anne wollte mir etwas zu essen machen. Nur ein paar belegte Brote. Sie schaute die beiden Männer an. «Möchten Sie auch noch etwas essen?»

Klinkhammer nickte. Olgert sagte: «Nur Kaffee.»

Anne ging wieder in die Küche. Niemand sprach. Sie schauten mich nur an. Sie mich und Jürgen das Telefon. Warten! Auf das Klingelzeichen! Auf einen Erpresseranruf? Ruf schon an, Weib! Sag, was du von uns willst. Nicht von uns! Nur von Jürgen! Ich will den Doktor sprechen, persönlich und sofort! Ich hatte zu viel im Kopf, sonst hätte ich es eher begriffen.

Anne schnitt Brot in der Küche, klapperte mit Geschirr und Besteck. Die Kaffeemaschine zischte, ansonsten war es still. Fragt mich etwas! Fragt mich endlich, ob ich derselben Meinung bin wie Jürgen. Diese Anrufe haben nichts mit Renas Verschwinden zu tun! Ja, ich bin derselben Meinung. Hennessen hat meine Tochter getötet. Er muss es getan haben. Es war doch sonst niemand da. Ausgerechnet Hennessen! Und er konnte mir ins Gesicht lügen! Wir haben ihm vertraut. Dankbar waren wir ihm, dass er mit seinen Gäulen die aufmüpfige Phase beendete.

Es war eine unangenehme Zeit. Es ist mehr als unangenehm, wenn einem ein Kind so aus den Händen gleitet. Ich wusste oft nicht, wie ich mit Rena reden, wie ich mit ihr umgehen sollte. Ich mag mich gar nicht erinnern. Wie viele Nächte habe ich wach gelegen? Wie viele Stunden habe ich auf Jürgen eingeredet, ob wir sie nicht besser in ein Internat geben. Er sagte: «Quatsch!» Und meine Mutter bekam Zustände, wenn wir sie besuchten und Rena bei uns war.

Sie war gerade dreizehn, als es anfing. Und es ging fast ein Jahr so, bis wir hierher zogen. Schwarze Schlabberhosen, schwarz lackierte Fingernägel und diese scheußliche Zebrafrisur. Es kam so weit, dass wir sie nicht mehr mit zu meinen Eltern nehmen konnten. Ein Glück, dass keine Fotos aus dieser Zeit existieren. Kein Mensch würde einen Finger rühren für Rena, wenn ihm solch ein Bild unter die Augen käme.

Dabei hatte sie sich nicht aus eigenem Antrieb so verunstaltet. Es war Nita Kolter, dieses verkorkste Aas. Ich hatte den Verdacht, dass Nita Drogen nahm. Und ich befürchtete, dass sie Rena dieses Teufelszeug aufschwatzte. Mehr als einmal kam sie heim und war irgendwie komisch, entweder zu still oder zu fröhlich, hektisch und überdreht.

Und Hennessen machte dem ein Ende. Rena war hellauf begeistert von ihm. «Er ist so nett. Er hat gesagt, ich darf jederzeit bei ihm schnuppern kommen, wenn's mir so viel Spaß macht, mit Pferden umzugehen. Er freut sich immer, wenn er junge Leute um sich hat.»

In meiner Hand begann es zu kleben. Der Schweiß löste die Pille auf. Auf meiner Uhr war es Viertel nach zwei. Gestern um diese Zeit, dachte ich. Gestern um diese Zeit schlang Rena in aller Eile Gemüseeintopf ohne geräucherte Schweinerippchen in sich hinein, stopfte ein paar Sachen zum Wechseln in eine Plastiktüte.

Gestern um diese Zeit waren Annegret Kuhlmann und ihre beiden kleinen Kinder bereits tot. Polizei und Feuerwehr mühten sich ab, ihre Leichen aus dem Blechknäuel zu bergen. War das nicht genug Katastrophe für einen Tag?

Gestern um diese Zeit waren wir noch in der Praxis. Wir waren allein. Sandra Erken arbeitete nur am Vormittag für vier Stunden. Sie ging pünktlich um zwölf, nach Möglichkeit sogar ein paar Minuten früher, um ihren kleinen Sohn aus dem Kindergarten abzuholen. Jasmin war trotz Sturm und Regen heimgelaufen. Sie wohnte nicht weit von der Praxis entfernt.

Wir hatten um eins am Fenster gestanden und zugeschaut, wie Annegret Kuhlmann ihre Einkäufe aufsammelte. Als sie abfuhr, legte Jürgen mir einen Arm um die Schultern und sagte: «Ich weiß eine angenehmere Beschäftigung als Wetter gucken. Gehn wir nach nebenan und machen es uns gemütlich.»

Es war nicht gemütlich. Es war ein Spiel. Wenn Kinder es spielen, schlägt man ihnen auf die Finger. Man sagt: «Pfui, das gehört sich nicht.» Wir waren keine Kinder mehr, wir waren erwachsen. Und tolerant. Wir lebten nach dem Motto: Tun, was Spaß macht.

Mich reizte vor allem der Gedanke, was Mutter sagen würde, wenn sie es wüsste.

Ich hätte vor Klinkhammer und Olgert im Boden versinken mögen. Gestern um diese Zeit! Während unsere Tochter sich auf den Weg zu ihrem Mörder machte, haben wir es auf dem Untersuchungsstuhl getrieben. Und keinen Gedanken an Rena verschwendet. Wir hatten uns völlig sicher gefühlt in den letzten beiden Jahren. So sicher, dass wir es uns erlauben konnten, übermütig zu werden.

Das Zischen in der Küche war verstummt. Anne kam mit einer Platte voll belegter Brote herein. Dreimal lief sie hin und her, brachte Geschirr und Besteck, Kaffee, Sahne und Zucker. Beim letzten Gang fragte sie Jürgen: «Soll ich dir etwas bringen, Papa? Oder setzt du dich zu uns?»

Er kam herein, setzte sich auf die Couch. Ich musste wissen, wer angerufen hatte. Ich hielt es nicht aus, dieses Schwanken zwischen Stall und Bus. Wie er mich anschaute. Reiß dich zusammen, Vera! Er musste es nicht noch einmal aussprechen, es stand ihm auf der Stirn geschrieben.

«Tut mir Leid, dass ich so heftig geworden bin», sagte er. Ob er sich bei Klinkhammer oder bei mir entschuldigte, war nicht ersichtlich. Er lächelte verlegen. «Meine Nerven sind heute auch nicht die stärksten. Aber diese Anrufe ...» Er brach ab, zuckte mit den Schultern. «Eine meiner Patientinnen ist psychisch gestört. Es ist nicht gravierend. Es wird nur manchmal lästig. Ist das damit geklärt?»

«Nein», sagte Klinkhammer und klemmte die langen Haarsträhnen hinter den Ohren fest. Jetzt wird es ernst, dachte ich. Er hört auf, mit seinen Haaren zu spielen. Jetzt nagelt er ihn fest.

Jürgen seufzte, richtete den Blick zur Zimmerdecke. Ihm schien nicht aufzufallen, dass er sich mit seiner Erklärung selbst widersprochen hatte. «Herrgott nochmal. Sie wollen's ganz genau wissen, was? Na schön, die besagte Patientin hatte vor vier Jahren einen Abort und gibt mir die Schuld. Ich hatte versäumt, sie darauf hinzuweisen, dass bestimmte Sportarten einer Schwangerschaft nicht förderlich sind. Man kann nicht immer an alles denken. Und man setzt auch voraus, dass eine Frau, die sich ein Kind wünscht, nicht weiterhin Kraftsport betreibt. Die Sache ist lächerlich, aber es hat sich bei ihr zur Psychose entwickelt. Alle naselang taucht sie auf und ergeht sich in Vorwürfen. Meist gelingt es mir, sie zu beruhigen. Gestern Abend war sie da. Nur hatte ich nicht die Zeit, mich sofort um sie zu kümmern.»

Da begriff ich endlich und war erleichtert. Eva Kettler! Ihre Fehlgeburt hatte Jürgen einmal erwähnt. Dass sie ihm die Schuld gab, hatte er mir nie gesagt. Und wenn er geglaubt hatte, Klinkhammer mit seiner Erklärung zu beschwichtigen, wurde er enttäuscht.

Das Gegenteil war der Fall. Klinkhammer stürzte sich darauf, sprach von Auge um Auge. Ich habe mein Kind durch deine Schuld verloren, jetzt nehme ich dir dein Kind. Jürgen winkte mehrfach ab. Unsinn. Nur blödes Geplapper ohne Sinn und Zweck und ohne einen Gedanken an eventuelle Konsequenzen.

Ich konnte mir auch nicht anhören, wie Klinkhammer sich festbiss.

«Es war Hennessen», sagte ich. «Zuerst hat er Rena umgebracht, er hat sie mit seinem Kombi weggeschafft, sie und ihr Rad. Der Wagen sprang nämlich eben sofort an. Dann war er in Friedels Kneipe, und dann hat er das Pferd getötet.»

Jürgen runzelte missbilligend die Stirn. «Red keinen Quatsch, Vera!» Dann nahm er sich ein Brot von der Platte, biss hinein.

«Er hat die Stute geschlachtet», erklärte ich. «Um mit ihrem Blut zu vertuschen, was er mit Rena gemacht hat.»

Jürgen schüttelte unwillig den Kopf. «Vera, jetzt spinn hier nicht rum. Geschlachtet!» Er schaute Klinkhammer an. «Ich denke, er hat das Tier erschossen?»

Klinkhammer nickte bedächtig und betrachtete die belegten Brote mit begehrlichem Blick. «Er hat ihm den Gnadenschuss gegeben, wie man so schön sagt. Ich habe mit dem Abdecker gesprochen. Der Mann nannte es eine blindwütige Aktion. Da muss jemand mächtig wütend auf Hennessen gewesen sein. Aber seine Wut an einem hilflosen Tier auszulassen ...» Den Rest ließ er offen, beugte sich vor, griff zu und ließ die Augen nicht von Jürgen, während er von seinem Brot abbiss.

Jürgen goss sich Kaffee ein. «Was schauen Sie mich an? Sie glauben doch nicht etwa, ich hätte ...» Auch Jürgen sprach den Satz nicht zu Ende, sagte stattdessen: «Als wir im Stall waren, war die Stute in Ordnung. Sie schlief.»

Klinkhammer lächelte nichtssagend. «Der Tierarzt hatte ihr ein Betäubungsmittel gespritzt. Deshalb hat Hennessen vermutlich auch nichts gehört. Dass die anderen Tiere ebenfalls keinen Laut von sich gegeben haben, wundert mich allerdings. Normalerweise wäre dieses Intermezzo nicht geräuschlos über die Bühne gegangen. Ein Fremder kann nicht im Stall gewesen sein. Waren Sie häufig im Stall, Herr Doktor?» Er lehnte sich zurück, biss erneut von seinem Brot ab und kaute genüsslich.

Jürgen grinste unfroh. «Dreimal. Das erste Mal vor zwei Jahren, als ich mit Hennessen über Reitstunden sprach. Das zweite Mal vor drei Wochen, als ich das Geburtstagsgeschenk für Rena aussuchte. Und in der vergangenen Nacht. Da habe ich die Lodenjacke getragen, die an der Garderobe hängt. Wenn Sie wollen, können Sie die Jacke mitnehmen und untersuchen lassen.»

In der Diele klingelte das Telefon. Jürgen erhob sich. Mit dem Brot in der Hand ging er hinaus und nahm den Hörer ab. Ich hörte nur seine Stimme. «Zardiss.» Eine kurze Pause. Dann sagte er: «Ja, ich weiß. Und das war sehr dumm von Ihnen. Nein, heute ist es völlig ausgeschlossen. Ich muss Sie bitten, sich bis Montag zu gedulden.» Noch eine Pause. Er war nervös, gereizt, sein Ton machte es deutlich. «Ich weiß nicht, wie es mit den Terminen aussieht.

Warum rufen Sie nicht noch einmal in der Praxis an und lassen sich einen Termin geben? Oder nein, wir machen es anders. Acht Uhr dreißig, seien Sie pünktlich. Also dann bis Montag.»

Montag! Drei Tage bis dahin. Noch war nicht einmal der erste zu Ende. Und ich dachte, dass ich nicht zwei solcher Tage hintereinander verkraften könnte.

Jürgen legte auf, kam zurück und sagte: «Wie ich mir gedacht habe. Machen Sie einen Haken hinter die Anrufe und betrachten Sie diesen Aspekt als erledigt.» Dann wollte er wissen: «Wie lange kann es dauern, bis wir Bescheid aus Hamburg erhalten?»

Klinkhammer hob die Schultern, schob sich den Rest vom Brot in den Mund, kaute, schluckte und erklärte anschließend: «Schwer zu sagen. Ein paar Tage, auch Wochen. Ich will Ihnen da keine großen Hoffnungen machen. Richten Sie sich lieber auf eine längere Frist ein.»

Kurz vor vier brach Klinkhammer, gestärkt mit vier oder fünf Broten – ich hatte nicht mitgezählt –, erneut auf, um mit Horst, Katrin und Tanja zu sprechen und sich von ihnen eine Bestätigung zu holen. Von Armin und Ilona hatte er gehört, dass Rena bei ihrer Party am Samstagabend gesagt hatte: «Morgen bin ich der glücklichste Mensch.» Wir hatten ihr Glück mit dem falschen Geschenk zunichte gemacht.

«Und was ist mit Hennessen?»

«Nichts, Frau Zardiss», sagte Klinkhammer und wollte wissen, ob einer von Renas Freunden einen grauen Kleinbus fuhr. Ich hatte das Gefühl, vor einer Wand zu stehen.

Jürgen sagte: «Nimm noch eine Pille, Vera, und ruh dich ein bisschen aus.»

Sie behandelten mich wie ein unmündiges Kind. Wahrscheinlich erzählte Klinkhammer am Abend seiner Frau: «Die übliche Geschichte, das Mädchen ist abgehauen. Nur die Mutter will es nicht einsehen. Die Frau hat keine Nerven.»

Olgert blieb im Haus. Jürgen ging wieder nach draußen. Anne

hatte sich in ihrem Zimmer verkrochen. Ich saß allein mit Olgert im Wohnzimmer. Er las in Renas Tagebüchern. Willkürlich, ohne System, hier ein Stück und da eins. Ich hielt es nicht aus, sein Mienenspiel zu beobachten. Wie er bei einem Absatz die Stirn runzelte, bei einem anderen die Mundwinkel verzog, als wolle er lächeln. Wie er ab und zu den Blick hob, mich betrachtete.

Ich fühlte Hennessens Hand immer noch an meinem Arm. Ich fühlte sie auch an meiner Kehle. Von draußen drang ein Motorgeräusch herein. Ich dachte, Klinkhammer käme zurück, um noch einmal in Ruhe und ohne Jürgens Einmischung mit mir zu reden. Aber es waren meine Eltern, die ich in ihrem Schlafzimmer glaubte, schlafend vor Erschöpfung und erschöpft von Sorgen und Vorwürfen.

Mutter kam bepackt mit zwei Taschen ins Haus und forderte mich auf, beim Ausladen des Wagens zu helfen. Freitag! Großeinkauf fürs Wochenende. In meinem Hirn drehte sich roter Nebel. Mutters Gedanken kreisten um Wurstaufschnitt und frisches Brot. Sie lächelte mich an. «Diese Polizisten haben einen gesegneten Appetit. Der junge Mann hat heute Mittag die halbe Platte alleine verdrückt. Bleiben sie zum Abendbrot, Vera?»

Was geht vor in so einem Kopf? Was ist das, Verdrängung? Bring meine Ordnung nicht durcheinander, Vera! Wenn du deine Puppe verloren hast, such sie, aber belästige mich nicht damit und wirf mir nicht alle Kissen von der Couch.

Ich ging zwar hinaus, aber nicht zu Vaters Wagen. Zur Scheune ging ich, holte mir einen Spaten und lief zu meinem Auto. Zweimal verlor ich unterwegs einen Schuh, erst den linken, dann den rechten, zog ihn mit den Händen aus dem Boden, schlüpfte mit nassen, schmutzigen Füßen hinein und marschierte weiter.

Die Erde war zäh und schwer. Und die Mühe umsonst. Mit Graben bekam ich die Reifen nicht frei. Ich ging zurück und holte mir Bretter. Es lag noch ein Stapel in der Scheune. Die Handwerker hatten sie für ein Gerüst benutzt, als sie die Fassade renovierten.

Schwere Bretter, ich konnte jeweils nur eines tragen und die Schuhe nicht mehr ausgraben, als sie erneut stecken blieben. Ich brauchte auch keine Schuhe.

Siebenhundert Meter zum Auto. Siebenhundert Meter zurück. Siebenhundert Meter mit dem zweiten Brett. In den Löchern rund um die Reifen hatte sich Wasser gesammelt. Meine Füße wurden in Annes durchtränkten Socken zu kalten, gefühllosen Steinen. Warum konnte ich nicht glauben, was alle glaubten?

Ein Brustbeutel für Pass und Geld! Mehrere Hundertmarkscheine! Rena hat sich auf ihr Rad gesetzt und ist dem Transporter hinterher. Sie hatte keine Kleidung zum Wechseln in der Tüte. Ein Segel hatte sie dabei. Mit dem Wind im Rücken auf die Autobahn.

Es ist der Verstand, er bricht allmählich auseinander. Es kommt ein Punkt, da denkt man nur noch mit Scherben. Beim einen kommt er früh, beim anderen etwas später. Bei mir kam er sehr früh. Ich spürte es nicht. Grub Löcher, schleppte Bretter, stand auf Socken im Schlamm, wischte mir den Schweiß von der Stirn und die Tränen von der Nasenspitze und hielt mich für normal. Für den einzig vernünftigen Menschen unter lauter geistig Beschränkten.

Ich sprach mit meinem Auto. «Gutes, altes Knatterding, jetzt machen wir dich wieder flott, und dann bringen wir System in die Sache.» Vier Räder, ein bisschen Blech drum herum, Benzin im Tank. Und schon fühlt man sich wie ein Mensch, der etwas tun, der Verlorenes wieder finden kann.

Ich wollte viel tun, noch einmal zu Hennessen, mir eine Mistgabel aus seinen Gerätschaften greifen, ihn an die Wand spießen. «Was hast du mit ihr gemacht? Wo ist sie? Sag es mir, oder ich steche dich ab.»

Nur bekam ich die Reifen nicht frei, auch nicht mit den Brettern. Ein Traktor kam. Einer der Männer hatte mich gesehen und half mir. Ich hatte ein Abschleppseil im Wagen, damit ging es schnell. Das Geräusch werde ich nie im Leben vergessen, dieses

Schmatzen, Saugen und Schlürfen, als der Schlamm die Reifen freigab.

Ich stieg ein, der Mann mit dem Traktor zog den Fiesta bis in unsere Einfahrt. Ich bedankte mich, wollte losfahren, hinunter zur Landstraße, links abbiegen zum Dorf. Aber als ich sah, dass der Traktor diese Richtung einschlug, dass er nicht zurückfuhr, dass auch die anderen sich auf den Heimweg machten, war es schon wieder vorbei.

Meine Füße tauten auf und schmerzten höllisch. Ich fuhr den Wagen in die Scheune und ging ins Haus. Vater saß im Wohnzimmer, der Fernseher lief, der Ton war wie immer zu laut eingestellt. Mutter wieselte zwischen Küche und Esszimmer hin und her. Jürgen war oben und duschte. Anne telefonierte in ihrem Zimmer mit Patrick. Renas Tagebücher waren mit Olgert verschwunden.

Mutter forderte mich auf, mir die Hände zu waschen. Sie warf keinen Blick auf meine Füße, sonst hätte sie sie bestimmt in ihre Forderung eingeschlossen. «Das Essen ist fertig.» Ein paar Minuten später rief sie zum Wohnzimmer hinüber: «Kommst du bitte zu Tisch, Dolf.»

Jürgen und Anne kamen die Treppe hinunter. Sie unterhielten sich, wie sie sich hundertmal vorher unterhalten hatten. Als müsse jeden Augenblick die Haustür aufgestoßen werden und Rena in die Diele stürmen. «Ich spring schnell unter die Dusche. Nur keine Aufregung, Leute, ich bin in zwei Minuten fertig.»

Es gab Salzkartoffeln, Würstchen und grünen Salat, weil es zu Mittag nur Wurstbrote gegeben hatte. Sechs Paar Würstchen! Es war wie eine Hand zur Versöhnung gereicht. «Siehst du, Vera, ich habe gehofft, sie wäre zum Essen wieder bei uns.» Nur Vater konnte mir nicht ins Gesicht sehen. Er zerdrückte mit pedantischer Sorgfalt die Kartoffeln auf seinem Teller, vermischte sie mit Butter. Jürgen schielte das letzte Würstchenpaar an. Und dann griff er danach.

«Lass es liegen», sagte ich.

Er schüttelte den Kopf. «Vera!»

Wie ich diesen Ton hasste, diesen gönnerhaft verständnislosen und sanft tadelnden Ton. Und seine Ruhe, seine Überlegenheit. Ein Mann, der sich von nichts aus der Fassung bringen lässt. Der am Bett einer Sterbenden noch dünne Witzchen reißen kann. Na, Frau Sowieso, stirbt es sich nicht angenehmer, wenn man dabei lächelt? Ich fühlte etwas in mir aufsteigen, nur fühlte ich nicht, ob es heiß oder kalt, nass oder trocken war.

Jürgen ignorierte die Würstchen, als ich zu weinen begann. «Ist ja gut», murmelte er und schob seinen Stuhl zurück. Er griff unter meine Achseln, zog mich hoch, nahm mich in die Arme, wiederholte: «Ist ja gut.»

Nichts war gut.

«Ich will mein Kind wiederhaben.»

«Du brauchst ein bisschen Ruhe», sagte Jürgen.

«Ich will keine Ruhe, ich will mein Kind.»

«Sie kommt zurück», sagte Jürgen. «In ein paar Tagen ist sie wieder hier.»

«Ist sie nicht. Hennessen hat sie umgebracht.»

«Nein, Vera», sagte er, «niemand hat sie umgebracht. Sie haben ihr Fahrrad am Bahnhof gefunden. Ich wollte es dir heute Mittag schon sagen. Ich hab's vergessen in der Aufregung. Sie ist wahrscheinlich mit dem letzten Zug nach Köln. Um halb elf fuhr noch einer. Das konnte sie schaffen, wenn sie um zehn bei Hennessen weg ist.»

Theoretisch vielleicht – mit dem Wind im Rücken. Aber praktisch waren da das Wasser auf der Straße und ein Dutzend Feuerwehrmänner gewesen, an denen sie hätte vorbeifahren müssen. Nur war es zu mühsam, ihm das zu erklären. Es hätte auch nur weitere Belehrungen und Beschwichtigungen zur Folge gehabt. Er griff mir unters Kinn. «Jetzt bist du vernünftig, ja? Du musst schlafen. Komm, ich bring dich nach oben.»

Ich wollte nicht ins Bett, aber er brachte mich hinauf, ließ mir ein Bad ein. Und wenn ich in der Küche noch gedacht hatte, ich müsse sie hassen – alle, wie sie da um den Tisch saßen und ihre Würstchen aufspießten. Guten Appetit, uns passiert so etwas nicht. Ich müsste sie hassen für ihre Blindheit, ihre Ignoranz. Hassen, weil sie sich von den Phrasen eines arbeitsscheuen Polizisten einlullen ließen. Es war doch eine Kleinigkeit, ein Fahrrad in einem Kombi zu verstauen und es zum Bahnhof zu bringen –, als ich in die Wanne stieg, hasste ich nur mich. Für die Watte im Hirn, für die blutenden, brennenden Füße, die Schwäche in der Herzgrube, für die Unfähigkeit, mit der Faust auf den Tisch zu schlagen.

Jürgen saß auf dem Wannenrand und tupfte mir mit einem Büschel Kosmetiktücher den Schweiß von der Stirn und die Tränen aus den Ohren. «Ganz ruhig», sagte er. «Hörst du mir zu?»

Er erzählte mir von dem Geld im Brustbeutel. Fünfhundert Mark! Das Geburtstagsgeschenk von Gretchen an ihre Enkeltochter. Rena hatte um Bargeld gebeten. Den Polizisten gegenüber hatte Jürgen es nicht erwähnt, Anne hatte ebenfalls den Mund gehalten. Jürgen hatte auch Gretchen gebeten zu schweigen. Weil er befürchtete, dass die Polizei nichts mehr tat, wenn sie es erfuhren. Weil wir allein nicht die Möglichkeit hatten, Rena in einer Großstadt wie Hamburg oder gar in England ausfindig zu machen.

«Wir müssen warten, Vera.» Und ich dachte, er will mich auf Trab bringen. Er will, dass ich aus dem Wasser springe, mich abtrockne, ankleide, aus dem Haus stürme, in den Wagen springe. Und wohin dann?

Draußen! Ein neues Wort, das mich um den Verstand brachte. Draußen ist groß. Draußen ist alles um einen Nadelstich herum. Irgendwo da draußen. «Wir müssen warten, Vera. Sie wird sich früher oder später melden, spätestens dann, wenn ihr das Geld ausgeht.»

Daran hielt er fest. Den Samstag! Wir saßen herum. Niemand wagte sich ins Freie aus Angst, den entscheidenden Anruf zu verpassen. Ich wäre gerne hinausgegangen, um nach einer Bordsteinkante zu suchen. Aber zwei Blasen an meinem rechten Fuß hatten sich entzündet. Und Jürgen gab mir eine Tablette zum Frühstück, weil ich nicht aufhören konnte, von Hennessen zu sprechen. Eine andere Tablette als am Freitag, eine von den Bomben, die im Gehirn explodieren und alles in grauen Einheitsbrei verwandeln.

Der Tag rauschte an mir vorbei. Mutters Bemühungen, den normalen Alltagstrott aufrechtzuerhalten. Frühstück, Tisch abräumen, Betten machen, Staub wischen. Vaters zaghafte Versuche, mit mir zu reden. Die Scham und das Unbehagen in seinen Augen. Annes Besorgnis: «Wie fühlst du dich, Mutti?»

Wie ein Insektenforscher mit der Lupe vor einem Ameisenhaufen. Krabbelt nur fleißig, ihr Tierchen, was immer ihr tut, es ist umsonst. Wenn ich den Fuß hebe, gibt es euch nicht mehr. Ich bin der Tod. Ich konnte den Fuß nicht heben. Die Explosion im Hirn hatte ihn mit Trümmern gefüllt.

Von der Polizei ließ sich keiner blicken. Um elf klingelte das Telefon zum ersten Mal. Jürgen stürzte in die Diele, riss den Hörer von der Gabel. Mutters Hand mit dem Staubtuch hielt mitten in der Bewegung inne, ihre Miene spannte sich. Mir kam es vor, als hielte Vater den Atem an.

Dann die Enttäuschung auf Jürgens Gesicht. «Es ist Patrick, Anne», rief er zur Treppe hinüber: «Ich stelle um. Aber mach nicht zu lange.»

Um zwei kam der nächste Anruf. Vaters treu ergebener Diener Steinschneider erkundigte sich, wie die Dinge standen, und versicherte, seine Männer täten alles in ihrer Macht Stehende. Seine Männer! Einer von ihnen rief kurz danach an. Es muss Olgert gewesen sein, er war dafür zuständig, aus riesigen Blutlachen einen Regenbogen zu basteln.

Jürgen sprach ein paar Minuten mit ihm. Dann saß er mir gegenüber und erzählte von einer Rennbahn, bei der die Polizei in Hamburg jetzt nachforschte. Der Transporter hätte ein Hamburger Kennzeichen gehabt. Also müsse Rena davon ausgegangen sein, dass Mattho nach Hamburg verkauft worden sei. Und das Zugpersonal wollten sie befragen. Irgendeiner musste sie gesehen haben auf der Strecke Köln–Hamburg. Das war eine Fahrt von viereinhalb Stunden.

Ich wollte ihm widersprechen, aber es machte zu viel Mühe, die Zunge zu bewegen. Sie war wie ein Schwamm, voll gesogen mit Angst, ruhig gestellt vom schwersten Geschütz in Jürgens Arsenal. In meinem Fuß schlugen ein Dutzend Zwerge mit Hämmerchen auf das rohe Fleisch ein. Mir ging allerlei krauses Zeug durch den Sinn.

Ich hatte nicht gewusst, dass Eva Kettler Kraftsport betrieb. Ich konnte es mir auch nicht vorstellen, sie war nicht muskulös. Im Gegenteil, Jürgen hatte einmal zu ihr gesagt, sie solle etwas für ihren Bauch tun, ein bisschen Gymnastik könne gewiss nicht schaden. Aber wenn es so war, wie er sagte, wenn sie ihm die Schuld an ihrer Fehlgeburt gab, vielleicht hatte Klinkhammer Recht.

Auge um Auge, Kind um Kind. Jetzt zahlst du, Doktor. Und dem kleinen Frauchen bringe ich bei, wie das ist, ein Kind zu verlieren. Und Jürgen führte uns alle an der Nase herum, wollte nicht, dass die Polizei sich einschaltete, wollte Renas Leben nicht aufs Spiel setzen. Er bildete sich ein, wir könnten das Lösegeld aufbringen. Er bildete sich immer ein, wir könnten zahlen.

Der graue Kleinbus war der Kern, um den sich der rote Nebel drehte. Eine Beule und zwei Kratzer im Lack, nicht der Rede wert. Man müsste den Tierarzt fragen, ob der Fahrer langhaarig gewesen war. Für Männer mit kurzen Haaren sind Beulen und Kratzer im Autolack eine Katastrophe. Nur ein Hippie regt sich nicht darüber auf. Aber Hippies waren aus der Mode gekommen. Blümchen auf Autotüren, die Gitarre auf dem Rücksitz, lange Haare und zotteliger Verstand, das war meine Zeit gewesen.

If you're going to San Francisco, be sure to wear some flowers in your hair. Und die Stones mit ihrem verbotenen Song.

Ich hatte mir die Platte gekauft. Sechzehn war ich, so alt wie Rena. Zum Geburtstag hatte ich einen Plattenspieler bekommen, kein Pferd, ich wollte auch keins. Ich liebte Musik. Nicht Wagner, der war mir zu laut. Pop, Beat, sanfte Melodien, das mochte ich, und ab und zu ein bisschen Rock. Mick Jagger!

Mutter verstand kein Englisch. Sie fand die Musik zu wild und fragte mich, was Mick Jagger singt. Ich übersetzte ihr den Text. Es war doch nichts dabei. Es war nur ein Lied. Mutter fand es obszön. «Mir so eine Schweinerei ins Haus zu bringen! Wenn dein Vater das hört! Schämst du dich nicht, Vera?»

Doch! Ich habe mich immer geschämt. In der Schule. Wenn ich gefragt wurde, wie mein Vater heißt. Dolf Merten. Tatsächlich war sein Name ein bisschen länger. Aber den ersten Buchstaben durfte man nicht aussprechen. Er stand nur in sämtlichen Unterlagen.

A! Das war der Geschichtsunterricht in der sechsten Klasse. Das waren sechs Millionen. Es war das Synonym für ein Schlachtfest. Ich konnte nicht glauben, was der Lehrer sagte. Der Lehrer war ein alter Mann und behauptete, er habe mit eigenen Augen gesehen, wie Menschen in einer Kirche zusammengetrieben wurden und wie die Kirche in Flammen aufging. Er habe die Schreie noch im Ohr. Dann zeigte er uns Bilder – Gerippe im Dreck mit ein bisschen Haut darum, welk und runzlig wie die Haut an Gretchens Schenkeln. Ausgemergelt, übereinander geworfen, zusammengestopft in ein Grab wie Müll in einen Sack.

Ich kam weinend aus der Schule nach Hause. Mutter wollte wissen, was geschehen war. Ich erzählte es ihr. Und Mutter nickte. «Ja», sagte sie, «unsere Nachbarn damals wurden auch abgeholt. Es waren nette Leute, sie hatten keinem etwas getan. Wir haben sie nie wieder gesehen. Wahrscheinlich sind sie alle umgekommen.»

«Wie können Menschen so etwas tun?»

Mutter lächelte. «Das musst du nicht mich fragen, Vera. Frag deinen Vater. Er war dabei. In Warschau, als das Ghetto geräumt wurde. Dein Vater ist einer von diesen Mördern. Er war ein Nazi.»

Ich habe nie verstanden, wie sie das sagen und dabei lächeln konnte. Mein Vater! Ein Mörder?

Nein, er war nur ein Feigling. Nicht zu feige, alte Männer, Frauen und Kinder zum Abtransport zu treiben. Befehl von oben. Man konnte sich nicht widersetzen, sagte er einmal. Wer das Maul aufriss, kam vors Kriegsgericht oder wurde einfach an die Wand gestellt und auf der Stelle erschossen.

Ich war achtzehn, als er zu mir sagte: «Ich war so alt wie du, Vera, als ich die Uniform anzog. Und ich habe anfangs geglaubt, was sie sagten, dass sie nur das Beste für uns wollten. Wir haben nicht begriffen, worauf es hinauslief. Wie soll ein Jugendlicher, der nachts vor Hunger nicht einschlafen kann, das auch begreifen! Du hast keine Ahnung, wie es war, Vera.»

Doch, die hatte ich. Keine Ahnung vom Krieg, aber vom Donnerstag. Befehl von oben. Frau General kommandiert: «Du wirst nicht zum Reitstall fahren, Dolf! Das sehe ich nicht ein. Wenn sie meinen, dass ihr Töchterlein unbedingt reiten muss, sollen sie auch zusehen, wie sie zum Stall und wieder zurückkommt.»

Mutter hatte Rena nie gemocht. Anne war nach ihrem Geschmack. Anne mit den guten Schulnoten und dem frisch gewaschenen Gesicht. Anne mit ihrem «Ja, Großmutter. Natürlich, Großmutter. Du hast völlig Recht, Großmutter.» Anne mit dem blitzsauberen Freund und den tollen Zukunftsplänen. Medizin wie Papa, was sonst? Der Numerus clausus ist für mich kein Problem. Ich mache das Abi mit Eins. Anne mit der ordentlichen Frisur und den unlackierten Fingernägeln. Anne mit dem bei Großmutter abgeschauten Ordnungsfanatismus. Rena zog ein Sweatshirt aus und ließ es auf dem Bett liegen. «Ihr Zimmer sieht wieder aus wie ein Schweinestall. Kannst du das Kind nicht zur Ordnung erziehen, Vera?»

«Was hast du dir dabei gedacht!?», schrie ich. «Du hast sie auf dem Gewissen, du!»

Vater zuckte zusammen. Jürgen war mit zwei Schritten neben

meinem Sessel, legte mir eine Hand auf die Schulter. Er rief nach einem Glas Wasser, kramte in seiner Hosentasche nach einem neuen Geschoss. Als er mir die Pille zwischen die Lippen stecken wollte, schlug ich seine Hand zur Seite. «Friss deinen Scheiß selbst.»

Mutter kam mit dem Wasserglas ins Zimmer, tadelte mit Augen und Stimme gleichzeitig: «Vera!»

Und ich schrie weiter. «Es ist deine Schuld!» Es tat weh, kein greifbarer Schmerz, aber ich verglühte daran. «Dir war sie immer ein Dorn im Auge, weil sie es wagte, dir zu widersprechen. Weil sie Rückgrat hatte und es sich von dir nicht brechen lassen wollte. Ich wünsche, ich hätte einmal so viel Courage gehabt wie sie. Ich will mein Kind wiederhaben.»

Jürgen brachte mich nach oben. Er saß noch eine Weile auf der Bettkante, erzählte immer denselben Quatsch. «Es ist ihr nichts passiert. Sie meldet sich, sobald ihr Geld zur Neige geht.»

Daran hielt er sich fest. Den Sonntag! Keine Ahnung, was am Sonntag war. Ich lag im Bett. Anne brachte mir morgens einen Tee und mittags einen Teller Suppe. Und in der Nacht zum Montag klingelte das Telefon.

Es riss mich aus dem Wohnzimmer, wo ich mit Vater über die Lösegeldforderung verhandelte. «Du hast doch noch die Inhaberschuldverschreibungen.»

«Ich denke nicht daran, sie zu verkaufen! Vera, sei vernünftig, so etwas überlässt man der Polizei. Es wäre ein großer Fehler, diese Verbrecher auch noch zu bezahlen.»

«Vater, es geht um Renas Leben.»

Er lachte. «Bei euch geht es immer um Leben und Tod. Wenn dein Mann die Finger zusammenhalten …»

«Ich zahle es dir zurück, Vater.»

«Wann? Und womit? Nach meinem Tod? Mit deinem Erbe? Da muss ich dich enttäuschen. Was ich dir hätte vererben können, habe ich in dieses Haus gesteckt. Einen kleinen Notgroschen möchte ich behalten. Ich möchte nicht eines Tages in einer Pappschachtel liegen, weil kein Geld für einen anständigen Sarg da ist.»

Und dann dieses Geräusch. Im Traum hatte ich darauf gewartet, vielleicht war ich nur deshalb auf der Stelle hellwach. Aber ich war nicht schnell genug. Jürgen hatte den Hörer am Ohr, bevor ich mich aufrichten konnte. «Rena? Verdammt nochmal, Rena, was soll dieser Unsinn?»

«Gib her», sagte ich. «Lass mich reden.»

Er winkte heftig ab. «Halt den Mund, Vera.» Und in den Hörer: «Es reicht jetzt, Rena, hör auf zu heulen. Du sagst mir auf der Stelle, wo du bist. Wir holen dich ab.» Dann nahm er den Hörer vom Ohr und starrte ihn ungläubig an. «Aufgelegt», murmelte er. «Sie hat einfach aufgelegt.»

«Bist du sicher, dass sie es war?»

«Wer soll es denn sonst gewesen sein?»

Ob wir danach noch schliefen? Ich nicht! Ich hatte zwei Tage im Pillenrausch verschlafen, spürte den Nebel noch in den Knochen und im Hirn. Es fiel schwer zu denken, aber es war nicht mehr unmöglich, nur noch wirr. Angst, dieses kaltklamme Gefühl im Innern, wie Vorwärtskriechen im Schlamm. Noch einmal den Feldweg entlang. Durch das Wasser auf der Hauptstraße schwimmen. Hochgedrückte Kanaldeckel, gähnende Löcher, in denen das Wasser im Wirbel verschwand. Und junge Feuerwehrmänner. Und Rena. Wenn sie durchs Dorf gegangen war, trieb sie jetzt vielleicht durch die Rohre.

5. Kapitel

Die ersten Tage sind die schlimmsten. Plötzlich hat das Leben ein Loch. Innerhalb kürzester Zeit bricht alles auseinander. Man hat nicht Hände genug, es zusammenzuhalten. Und wenn man nicht gelernt hat, sich die Stirn an Bordsteinkanten aufzuschlagen, kratzt man sich nur die Seele wund und erstickt an den blutigen Krusten im Innern. Es gibt auch später Momente, in denen der Verstand aussetzt, in denen es einfach zu viel wird. Aber am Anfang … Man ist nicht vorbereitet. Es trifft und es lähmt.

Die letzten Stunden der Nacht waren ein Knäuel von Bildern, chaotisch und konfus. Es konnte eine von Angst hochgeschaukelte Phantasie, es konnte auch die Nachwirkung der Tabletten sein. Ich wusste nicht, wie viele von den schweren Geschützen Jürgen mir eingeflößt hatte. Aber ich wusste, wenn diese Nacht vorbei ist, ist Montag. Der Tag, auf den ich mich eingestellt, von dem ich gedacht hatte, ich müsse sie morgens zur Schule radeln sehen. Und sie war nicht da. Es war der Schock – wie ein Stromstoß –, der mich wachrüttelte und mir half, das Teufelszeug auszuschwitzen und den roten Nebel aus dem Hirn zu vertreiben.

Kurz vor sechs stand ich auf und ging hinunter. Es war still im Haus, sie schliefen noch alle. Ich stank nach Schweiß und fühlte das Haar wie mit Margarine verkleistert auf der Kopfhaut kleben. Das sind die Momente, in denen man sich nach einer erfrischenden Dusche sehnt. Aber so viel Energie hatte ich noch nicht. Ich wollte auch Jürgen nicht mit Wasserrauschen aufwecken, verschob die Dusche auf später und benutzte das Gästeklo im Erdgeschoss.

Die Tageszeitung steckte bereits im Kasten an der Haustür. Normalerweise wurde sie später gebracht. Ich nehme an, der Zusteller hatte seine Tour an diesem Morgen bei uns begonnen, weil ein schöner, großer Artikel über uns im Lokalteil war. Ich saß davor und betrachtete Renas Foto, las die fette Überschrift zum dritten Mal, «Arzttochter vermisst», als Jürgen in die Küche kam.

Der Artikel gab nicht viel her. Haarfarbe, Augenfarbe, Alter, Größe und eine Beschreibung der Kleidung. Ein kleines Foto von Hennessens Anwesen und dazu die Notiz: «Wurde zuletzt gesehen, als sie den Pferdestall verließ.» Und ich hätte geschworen: Sie hat ihn nicht verlassen! Nicht lebend!

Ich hatte Kaffee gemacht und bei der ersten Tasse darüber nachgedacht, wie ich es beweisen könnte, wenn die Polizei sich für dumm verkaufen ließ. Bei der zweiten Tasse versuchte ich, mich in Hennessens Lage zu versetzen. Leiche, Rad und Plastiktüte sind im Kombi verstaut, wohin fahre ich jetzt? Wo kann ich das alles loswerden? Wo wird die Leiche so schnell nicht gefunden? Wie kann ich die Polizei auf eine falsche Fährte bringen?

Jürgen nahm mir die Zeitung weg. Wir hatten eine Viertelstunde für uns. Er wollte sie nutzen, mir einzuschärfen, ich müsse mich bei Mutter für meinen Angriff entschuldigen.

«Ich denke nicht daran.»

«Vera, werd nicht ungerecht. Du kannst ihr nicht die Schuld geben. Das ist hirnverbrannt. Es gibt hier keinen Schuldigen. Du weißt, wie Rena ist, wenn sie sich etwas in den Kopf gesetzt hat. Und du hast gehört, was deine Mutter sagte. Wenn sie geahnt hätte, dass Mattho am Donnerstag abgeholt …»

«Bleib mir mit dem Gaul vom Leib», fiel ich ihm ins Wort. «Ich kann es nicht mehr hören. Wenn du zu feige bist, dich den Tatsachen zu stellen, klammere dich von mir aus daran. Aber verlange nicht von mir, dass ich es auch tue.»

Er hatte sich Kaffee nehmen wollen, die Kanne bereits in der einen und die Tasse in der anderen Hand. Er stellte die Kanne ab, ohne die Tasse gefüllt zu haben, schaute mich an wie der Professor im Examen. «Welchen Tatsachen stellst du dich denn, Vera? Dass Hennessen sie ermordet hat? Spinn doch nicht rum.»

Ich antwortete nicht. Er nahm die Kanne erneut hoch, füllte seine Tasse, kam zum Tisch, setzte sich mir gegenüber und ließ einen gequälten Seufzer hören. So macht man einem trotzigen Kind auf liebevolle Weise klar, dass es mit seinem sturen Kopf nur die Nerven seiner Umgebung strapaziert. Sein Ton tat noch einiges dazu. «Vera! Ich bitte dich! Sei vernünftig. Sie hat vor ein paar Stunden hier angerufen.»

Er ließ nicht an seiner Überzeugung rütteln, dass Rena am Telefon gewesen war, räumte nur ein: «Na schön, sie hat nicht mit mir gesprochen. Vielleicht habe ich es falsch angepackt. Ich hätte sie nicht anschreien dürfen. Aber dieses Heulen hat mir den letzten Nerv geraubt. Beim nächsten Mal gehst du ans Telefon. Mit dir spricht sie bestimmt.»

«Sie kann nicht mehr mit mir sprechen.»

Er legte eine gehörige Portion Nachdruck in die Stimme. «Vera, jetzt reicht's! Warum willst du nicht einsehen, dass Rena aus freien Stücken weggelaufen ist?»

«Weil sie keinen Grund hatte.»

«Ach komm.» Er verdrehte die Augen. «Du siehst keinen Grund, weil du dir nicht vorstellen kannst, einem Gaul hinterherzurennen. Dann frag dich mal, was du tun würdest, wenn ich aus deinem Leben verschwinde.»

«Winken», sagte ich.

Er stutzte, pfiff leise durch die Zähne. «Vielen Dank, das war ein offenes Wort. Hast du noch mehr davon auf Lager?»

Noch ein rundes Dutzend, aber ich wollte nicht gemein werden. Das hatte er nicht verdient nach der Schlammschlacht am Freitag und der Pillenorgie danach. Er gab sich Mühe, das war nicht zu leugnen. Dass seine Bemühungen nicht ausreichten, war nicht seine Schuld.

Jeder Mensch hat ein gewisses Potenzial an Gaben zur Verfügung. Aber man hat immer nur das, was einem mit auf den Weg gegeben wurde. Was hätte Gretchen ihm mitgeben können? Die Freiheit, Löcher in den Bahndamm zu graben. Und nach Gretchen waren die Professoren gekommen mit ihren Patentrezepten. Wenn Jürgen eines von ihnen gelernt hatte, dann das: Es gibt für jedes private Problem eine Lösung. Man muss nur aufmerksam die Beipackzettel lesen.

Er war ein guter Arzt. Das war er wirklich. Für seine Patientinnen hatte er Zeit, unendliche Geduld und immer die richtigen Worte. Und die einzigen Rezepte, die er ohne zu zögern ausstellte, waren die für Verhütungsmittel. Aber daheim ... Wer den ganzen Tag Schrauben zählt, mag abends keine Schrauben mehr sehen. So einfach ist das. Wer von morgens bis abends hört: Mir ist seit ein paar Tagen so übel, oder: Ich fühle mich seit Wochen so abgespannt, oder: Diese Kopfschmerzen machen mich verrückt, der sagt nach Feierabend: «Hast du Kopfschmerzen, Vera? Quäl dich nicht damit, nimm eine Pille.»

Nur Rena hatte er keine geben wollen, als sie sich mit dieser fürchterlichen Akne quälte. Als sie in keinen Spiegel mehr schauen mochte. Als sie sich das Gesicht blutig quetschte, um der Menge Herr zu werden. Einmal war ich dazugekommen, als sie ihre Stirn bearbeitete. Ihre Fingernägel hatten bereits blutunterlaufene Kerben in die Haut gedrückt. Ihr liefen Tränen übers Gesicht. «Es geht nicht auf, das verdammte Ding.»

«Du sollst nicht drücken. Es entzündet sich nur noch mehr. Es gibt Narben. Ich rede heute Abend noch einmal mit Papa. Es müsste doch mit dem Teufel zugehen, wenn ich ihn nicht überzeugen könnte.»

Es ging mit dem Teufel zu. Er sagte nein. «Vera, ich habe es dir schon einmal gesagt, das kommt überhaupt nicht in Frage.»

«Warum nicht? Anne hast du auch ein Rezept gegeben.»

«Das ist etwas anderes. Anne ist fünfzehn, sie hat einen regelmäßigen Zyklus und einen Freund. Möchtest du mit vierzig Großmutter werden? Soll Anne sich mit einer Schwangerschaft ihre Zukunft ruinieren?»

Dass die Akne Renas Gegenwart ruinierte, sah er nicht. «Ein paar Pickel! Hatte ich auch in dem Alter. Das geht vorbei.»

«Fährst du heute früher in die Praxis?», fragte ich.

Er nickte. «Ich fahre zuerst zur Polizei. Wir müssen offiziell Vermisstenanzeige erstatten, sagte Klinkhammer. Anschließend bringe ich Anne zur Schule, rede ein paar Worte mit dem Rektor. Dann bin ich immer noch früh genug für die Kettler, dieses verrückte Huhn. Der werde ich erst mal erzählen, dass sie sich mit ihrem Blödsinn fast die Kripo auf den Hals geholt hätte. Das wird ihr für die Zukunft eine Lehre sein.»

«Woher hatte sie unsere Privatnummer?»

«Von Jasmin, nehme ich an. Der werd ich auch was erzählen. Das wollen wir gar nicht erst anfangen, dass sie jedes Mal, wenn eine quengelt, unsere Nummer rausrückt.»

«Du hast mir nie gesagt, dass die Kettler dir die Schuld an ihrer Fehlgeburt gibt.»

Er seufzte. «Warum hätte ich dich mit ihrem konfusen Gerede belasten sollen? Vergiss es. Was ist mit dir, möchtest du mitkommen oder hier bleiben?»

«Fährt Eva Kettler einen grauen Kleinbus?»

Er atmete tief durch. «Vera, bitte! Sie hat kein Auto. Willst du nun mitkommen oder hier bleiben?»

«Ich möchte hier bleiben, wenn du allein zurechtkommst.»

«Mach dir darüber keine Gedanken, Sandra kann mir zur Hand gehen. Vielleicht kann sie ihren Kleinen heute Nachmittag für ein paar Stunden in der Nachbarschaft unterbringen. Und wenn nicht, ist immer noch Jasmin da. Es ist mir auch lieber, wenn du hier beim Telefon bleibst. Und wenn Rena wieder anruft, bleib ruhig. Mach ihr keine Vorwürfe. Sag ihr, dass wir uns Sorgen machen, dass wir ihr nicht böse sind, dass wir sie lieben. Du weißt schon.»

Er griff nach meiner Hand. «Und versprich mir etwas, Vera. Lauf nicht wieder in der Gegend herum wie am Freitag. Lass das Auto in der Scheune und Hennessen in Ruhe. Wenn du nervös wirst und meinst, du musst unbedingt etwas tun, nimm eine Pille. Die Packung liegt im Esszimmer.»

Ich dachte nicht daran, aber ich sagte: «Mach ich.»

Ein paar Minuten später kam Mutter herein und dicht hinter ihr Anne. Mutter machte sich mit ausdrucksloser Miene daran, den Tisch zu decken. Frühstück zu viert! Vater ließ sich nicht blicken. Mutter behauptete, er fühle sich nicht wohl, habe Kopfschmerzen und Beklemmung in der Brust, außerdem klage er über Schwindelgefühle und ein sonderbares Kribbeln im rechten Arm. Sie schaute geflissentlich an mir vorbei, bat Jürgen, nach Vater zu sehen, bevor er in die Stadt fuhr. «Fährt Vera mit in die Praxis?»

Jürgen schüttelte den Kopf und ging hinauf, um Vaters Blutdruck zu messen. Eine Pille verabreichte er nicht, verordnete stattdessen Bettruhe und wies mich an, ab und zu nach Vater zu sehen. Sollte sich das Kribbeln im Arm im Laufe der nächsten Stunde nicht geben, wäre es besser, wenn ich ihn für eine gründliche Untersuchung ins Krankenhaus brächte. «Vielleicht hat er nur falsch gelegen. Ich weiß nicht. Pass auf ihn auf, ja?»

Um halb acht verließen Jürgen und Anne das Haus. Mutter räumte den Tisch ab. Sie ließ sich Zeit, sortierte das Geschirr in Zeitlupe in den Spüler. Dabei drehte sie mir den Rücken zu.

Und plötzlich fragte sie: «Ist das der Dank? Dein Vater liegt da oben und ist einem Herzinfarkt nahe und du hältst es nicht einmal für nötig, dich bei ihm zu entschuldigen.»

«Wofür soll ich mich entschuldigen? Dass ich gefragt habe, warum er sie nicht abgeholt hat? Das weiß ich inzwischen. Mutter, ich habe nicht ihn angegriffen, sondern dich.»

Sie fuhr zu mir herum, tippte sich mit dem Finger gegen die Brust. «Mich? Wieso mich? Hätte ich zum Stall fahren sollen?»

«Warum nicht? Früher hast du Lastwagen gefahren.»

Sie schüttelte den Kopf. «Du hast den Verstand verloren.»

«Nein», sagte ich. «Nur ein Kind. Hast du eine Ahnung, was für ein Gefühl das ist? Hast du überhaupt ein Gefühl?»

Sie hatte keins, das wusste ich. Es hatte eine Zeit gegeben, da konnte ich mir keine Filme anschauen, in denen ältere Frauen ihre erwachsenen Töchter in die Arme nahmen. Ich brach in Tränen aus, wenn ich das sah, wünschte mir, eine Mutter zu haben, die trösten, raten und helfen konnte. Die mir das Gefühl gab, dass noch ein Mensch über mir stand, der wusste, wie man gewisse Situationen meistert.

Sie presste die Lippen aufeinander. Ich verließ die Küche und wusste nicht, wohin mit mir. Hinauf zu Vater? Mich doch bei ihm entschuldigen? Ich schaffte das nicht und musste ohnehin zuerst duschen. Dann stand ich vor dem Spiegel in unserem Bad. Und Rena schmachtete mich an. «Nur eine halbe Stunde, Mutti, bitte, bitte, bitte.»

Um eine halbe Stunde verpasst.

Bitte, komm zurück.

Bitte, sei nicht tot.

Bitte, tu mir das nicht an. Wie soll ich damit leben?

Ich sah mich im Kreißsaal liegen. Jürgen legte sie mir auf den Bauch. Sie war so klein und so erschöpft von den Strapazen der Geburt. Sie schrie nicht, wie Anne es getan hatte, quengelte nur ein wenig und schnaufte, ächzte, stöhnte und seufzte, als sei es eine Qual, zu atmen und zu leben.

Die ersten Wochen mit ihr brachten mich an den Rand eines Nervenzusammenbruchs. Sie trank nicht genug, spuckte viel, nahm nicht zu und litt unter Bindehautentzündung. Ihre Füße waren nicht in Ordnung. Eine Neigung zu Sichelfüßen, sagte der Kinderarzt und wies mich an, ihre Füße zu massieren. Sie mochte das nicht, es tat ihr wohl weh. Wenn sie schrie, zog ihre Brust sich nach innen. Jürgen nannte es eine Veranlagung zur Trichterbrust.

Mit drei Monaten reagierte sie noch nicht auf Lichtreize, ignorierte jedes bunte Spielzeug, das man ihr vorhielt. Ich begann zu glauben, sie sei geistig behindert. Und ich hatte Angst. Ich hatte so wahnsinnige Angst, dass ich damit nicht fertig wurde. Mit Anne hatte es keine Probleme gegeben. Anne war ein Bilderbuchbaby gewesen, rund und rosig. Und Rena …

Es dauerte Minuten, ehe ihr Gesicht aus dem Spiegel verschwand und ich wieder mein eigenes sah. Und dann sah ich Hennessen blass werden. Ich wollte noch einmal mit ihm reden. Nein! Ich wollte ihn mit einer Mistgabel an die Stallwand nageln, schlüpfte in die Duschkabine und nahm mir nicht einmal die Zeit, die Wassertemperatur zu regeln. Aber als ich endlich auf der Galerie stand, rief Vater nach mir. Und ich schaffte es auch nicht, ihn zu ignorieren.

Er war so klein und so alt, wie er da im Bett lag. Ein Blick auf ihn legte mir die Worte auf die Zunge. Und er nahm sie mir alle aus dem Mund. «Wie fühlst du dich, Vera? Sag nichts, ich weiß es, grauenhaft. Es tut mir Leid. Es tut mir so unendlich Leid, Vera.»

Ich hatte ihn nie weinen sehen. Mein starker Vater, unser Patriarch; der Wagner-Fan, der die gesamte Familie mit seinem nächtlichen Musikterror schikanierte, er wischte sich über die Augen, presste sich ein Tuch unter die Nase. Als er es nach ein paar Sekunden fortnahm und einen prüfenden Blick darauf warf, sah ich den roten Fleck.

«Du hast Nasenbluten.»

«Es ist nicht so schlimm.»

«Und was macht dein Arm?»

«Er ist nur ein wenig taub. Vergiss das jetzt mal. Jürgen übertreibt wieder.» Er presste das Tuch erneut unter die Nase, griff mit der freien Hand unter sein Kopfkissen, zog einen Scheck hervor, drückte ihn mir in die Finger. «Ich habe ihn schon vor einer Woche ausgestellt. Ich dachte, über kurz oder lang fragt Jürgen mich ohnehin, ob ich ihm aus der Patsche helfen kann. Bei der Bank hat er doch nichts bekommen oder?»

Ich wusste es nicht genau. Jürgen hatte am Donnerstag nicht davon gesprochen, wie sein Termin in der Bank verlaufen war. Hingegangen war er, um einen Kredit für die Renovierung der Stallungen aufzunehmen. Vorher hatte er zu mir gesagt: «Ich runde die Summe auf, dann können wir das mit Bella in einem Aufwasch erledigen.» Später hatte er nichts mehr gesagt. Ein sicheres Zeichen für ein Nein.

Vater lächelte flüchtig. «Das dachte ich mir. Und Hennessen ist nicht der Mann, der lange auf sein Geld wartet.»

Der Scheck war auf fünftausend Mark ausgestellt. «Aber jetzt denke ich», sagte Vater, «dass du mit dem Geld etwas Vernünftigeres anfangen kannst, als die Stute zu bezahlen. Engagiere jemanden, vielleicht einen pensionierten Kriminalbeamten. Keinen Windhund, Vera, einen zuverlässigen Mann, der seine Zeit nicht auf mehrere Fälle verteilen muss.» Den letzten Satz flüsterte er: «Aber sag deiner Mutter nichts davon. Lass sie weiter glauben, was die Polizei sagt.»

Er glaubte es nicht. Er glaubte allerdings auch nicht, dass Hennessen etwas mit Renas Verschwinden zu tun hatte. «Man schaut zwar keinem hinter die Stirn», sagte er. «Aber ein bisschen Menschenkenntnis wirst du mir zugestehen. Ich habe mich häufig mit ihm unterhalten und gesehen, wie er mit den jungen Leuten umgeht. Er ist ihr Kumpel, Vera. Ihr guter Kamerad. Er würde ihnen kein Haar krümmen.»

«Aber die Sache mit der Fuchsstute ist merkwürdig», widersprach ich. «Wer sollte denn ein Interesse daran gehabt haben, das Tier abzumetzeln? Und warum hat er es Klinkhammer beim ersten Besuch verschwiegen?»

«Verschweigen würde ich das nicht nennen. Hennessen dürfte unter Schock gestanden haben», meinte Vater. «Seine Pferde sind seine Kinder und eine trächtige Stute ist für ihn wie eine schwangere Frau. Ich bin kein Psychologe, aber ich denke, dass er es selbst noch nicht glauben konnte. Also konnte er auch nicht darüber reden. Tu, was ich dir sage, Vera, engagiere jemanden. Und lass Hennessen in Ruhe. Der Mann hat genug Probleme.»

Ich saß länger als eine Stunde bei ihm. Wir überlegten, wie es gewesen sein könnte. Rena verlässt den Reitstall. Hennessen hat ihr geraten, den Weg durchs Dorf zu nehmen. Das hat sie vor. Sie will zu Udo. Doch bei der Einfahrt steht ein grauer Kleinbus!

Dass der Bus etwas damit zu tun hatte, glaubte Vater auch nicht. «Ein Entführer hätte sich längst gemeldet.»

Also steht Rena bei den von Wirths vor einem verschlossenen Tor. Sie kämpft sich weiter die Hauptstraße hinauf. Dass die Feuerwehrmänner sie nicht gesehen hatten, müsse nicht viel bedeuten, meinte Vater. Sie seien mit dem Wasser im Keller der Spar- und Darlehenskasse vollauf beschäftigt gewesen, hätten keine Zeit gehabt, die Straße zu beobachten. Und Wind und Regen verschluckten die Schritte.

Rena will heim, so rasch wie möglich. Und auf halber Strecke durchs Dorf liegt der Gasthof Schwinger. Kneipen haben Telefon. Sie betritt den Schankraum, fragt: «Darf ich kurz meine Eltern anrufen, damit sie mich abholen?»

Und irgendeiner, der vor dem Tresen steht, fragt: «Wo musst du denn hin? Ich kann dich mitnehmen.»

Als ich das Schlafzimmer meiner Eltern verließ, stand Mutter in der Diele. Sie wirkte zufrieden. Ich ging noch einmal ins Bad, wusch mir die Tränenspuren aus dem Gesicht und fragte mich, wo ich den zuverlässigen Mann finden sollte. Den Scheck legte ich in meinen Nachttisch, dann ging ich in Renas Zimmer. Das heißt, ich wollte, aber ich kam nur bis zur Tür. Ich schaffte es nicht, den Raum zu betreten, ging hinunter. Dann saß ich da.

Warten! Einen Tag vor sich haben wie den Ozean. Ihn ohne Hilfsmittel überwinden heißt ertrinken. Im Esszimmer lag ein Ruderboot. Ich wollte nicht rudern. Ich wollte mich auch nicht treiben lassen. Einen klaren Kopf behalten, das Loch im Innern mit Gedanken stopfen. Aber nicht unentwegt an Rena denken.

Um zwanzig nach neun klingelte das Telefon. Jürgen – nur ein Test, ob ich mich brav an die Spielregeln hielt, und die kurze Frage nach Vaters Befinden. Eine Viertelstunde später der zweite Anruf. Anne mit der umwerfenden Neuigkeit: Klinkhammer läuft im Gymnasium herum.

Mutter wollte wissen, ob mir Rosenkohl zu Mittag genehm sei. Es sei noch so viel vom Sonntagsbraten übrig, es habe ja gestern niemand so recht Appetit gehabt. Da brauche man nur ein wenig frisches Gemüse. Sie ging hinaus in den Garten, um die Ernte einzuholen.

Ein paar Mal war ich nahe daran, das Ruderboot zu besteigen. Die Wellen schlugen mir zu oft über dem Kopf zusammen und die Freitagspillen waren so übel nicht gewesen.

Warten! In einem Sessel sitzen hält man nicht lange aus. Es hebt die Untätigkeit hervor und man hat unentwegt das Gefühl, etwas tun zu müssen. Also läuft man. Von einem Fenster zum anderen. Zur Haustür und wieder zurück. Die Treppe hinauf und hinunter. Noch einmal zum Schlafzimmer meiner Eltern, die Tür einen Spalt geöffnet, das Herz auf der Zunge. Gib mir ein bisschen Halt, Papa. Lass uns zusammen noch ein wenig phantasieren über irgendeinen, der im Gasthof Schwinger vor dem Tresen stand.

Vater schlief. Ich zog die Tür zu und ging hinunter in die Diele. Mutter befreite in der Küche Rosenkohlröschen von den äußeren Blättern. Ich hypnotisierte das Telefon. Die dünne schwarze Leitung wurde zur Nabelschnur. Jetzt klingle schon, du Mistding! Wenn Jürgen Recht hat, wenn es Rena war am Freitagmorgen und in der Nacht ... Lass mich ihre Stimme hören. Von mir aus darf es auch Jürgens Stimme sein. Oder Annes Stimme. Nur irgendeine Stimme. Die Stimme eines Menschen, mit dem ich reden kann. Mit Mutter konnte ich nie reden.

Wir unterhielten uns ständig, aber wir redeten nicht miteinander. Wir sprachen über den Speiseplan für die nächste Woche, über ein Reinigungsmittel für die Auslegware, darüber, dass der Metzger im Dorf horrende Preise verlangte. Dass es günstiger und gesundheitlich völlig unbedenklich war, größere Mengen Fleisch im Supermarkt zu kaufen und auf Vorrat einzufrieren. Weil der Supermarkt über der Fleischtheke ein riesiges Plakat mit der Aufschrift «Unser Rindfleisch ist garantiert deutscher Herkunft!» angebracht hatte. Seit sie mir gesagt hatte, mein Vater wäre ein Nazi, hatte ich Angst, mit ihr über Dinge zu sprechen, die tiefer gingen. Seitdem bewegten wir uns nur noch an der Oberfläche.

Warten! Bis um elf! Da kam Klinkhammer, allein und ernst, mit unverändert zu langem Haar, das er ständig zurückschieben musste.

In den ersten Minuten war ich erleichtert, ihn zu sehen. Es war fast wie früher, als ich sechs oder sieben war. Als ich noch einen Helden hatte, der untadelig war, groß und stark, streng und gerecht. Wenn Vater am späten Nachmittag aus dem Gericht kam; ein bisschen Herzklopfen vor den ersten Fragen. Sind die Schularbeiten ordentlich erledigt? Zeig mir deine Hefte. Ein anerkennendes Nicken, dann durfte ich mit ihm ins Wohnzimmer gehen. «Magst du Musik mit mir hören?»

Ich mochte seine Musik nicht, aber ihn liebte ich abgöttisch. Bei ihm fühlte ich mich sicher und erwachsen. Vater war ein ernster Mann und er nahm mich ernst. Zuerst gab Klinkhammer mir das Gefühl, dass er mich so ernst nahm wie Vater damals.

Er stellte ein paar Fragen, nickte bedächtig zu den Antworten, fuhr wieder und wieder mit beiden Händen in seine Mähne, teilte mir mit, dass und wo ich Renas Fahrrad abholen konnte. Dann klemmte er plötzlich die langen Seitenpartien hinter den Ohren fest und sagte im gleichen Tonfall: «Wir haben den Besitzer des Kleinbusses ermittelt. Er heißt Walter Menke. Sagt Ihnen der Name etwas?»

Ich schüttelte den Kopf.

Er lächelte. «Und wie steht es mit André Menke?»

Sagte mir auch nichts. Aber mein Herz begann zu hämmern, mein Gehirn ebenfalls. Es war doch der Bus! Zwei Männer! Sie konnten es sich nicht leisten, wegen ein paar Kratzern im Lack einen Aufstand zu machen. Sie mussten zusehen, den Tierarzt so rasch wie möglich loszuwerden. Er war für sie ein lästiger Zeuge.

Klinkhammer intensivierte sein Lächeln. Es hatte einen Hauch von etwas, das ich für Wachsamkeit und Anteilnahme hielt. Aber es war etwas ganz anderes. «Und was ist mit Henrik Emmersen, Uwe Lengries, Janet Abel, Stefanie Burk und Wiltrud Heister?»

Dieser Mistkerl! Ich war nicht in der Verfassung für messerscharfe Schlussfolgerungen und er genoss es. Als ich erneut den Kopf schüttelte, wollte er sich verabschieden. «Das war's für den Augenblick.»

«Moment», sagte ich. «Was ist mit dem Bus? Wer sind Walter und André Menke? Und was haben die anderen damit zu tun?»

Er zuckte mit den Schultern. «Im Moment kann ich noch nicht viel sagen. Der Bus ist auf Walter Menke zugelassen, sein Sohn benutzt ihn gelegentlich. Zur Zeit wissen wir nur, dass André Menke mit dem Bus unterwegs ist. Seit Donnerstag.»

«Mit Rena?»

«Es sieht so aus.»

Wenn ich es nicht schon geahnt hätte, wäre es mir spätestens in der Sekunde aufgefallen. Klinkhammers freiliegende Ohren waren ein Warnsignal. Sie legten den Polizisten bloß. Sein Lächeln war überheblich und kalt, seine Stimme auch. «Immerhin hat er beim Reitstall auf sie gewartet. Aber Sie müssen sich keine Sorgen machen, Frau Zardiss. André Menke ist ein guter Freund Ihrer Tochter. Auch wenn Ihnen der Name nichts sagt, Sie kennen ihn. Das heißt allerdings nicht, dass Sie ihn mögen. Er ist nämlich auch ein guter Freund von Nita Kolter. Und die ist ja nicht nach Ihrem Geschmack.»

Dann ging er, ließ mich sitzen wie ein dummes Kind. So fühlte ich mich auch. André Menke, einer aus Nita Kolters Clique. Die

Haustür war kaum hinter Klinkhammer ins Schloss gefallen, da lief ich schon durch die Diele.

Mutter rief mir nach: «Vera, wo willst du hin? Jürgen sagte, du sollst beim Telefon bleiben. Wenn nun jemand anruft?»

«Nimm einfach den Hörer ab!», schrie ich, als ich über den Hof lief. Klinkhammer fuhr durch die Einfahrt und beschleunigte. Ob Mutter mich noch rufen hörte, weiß ich nicht. Es war auch nicht wichtig. Sollte sie es klingeln lassen, wenn es klingelte.

Mutter hatte Angst vor dem Telefon. Sie ging nie ran. Einen einzigen Anruf hat sie entgegengenommen. Vor siebenunddreißig Jahren. Ich weiß es noch, als sei es gestern gewesen. Fünf war ich und wir bekamen ein Telefon. Es war noch etwas Besonderes zur damaligen Zeit. Nicht viele Leute konnten sich den Luxus leisten. Man zählte zu den Privilegierten, wenn man ein Telefon hatte. Aber man konnte auch in seiner Privatsphäre belästigt werden. Vater hatte sich lange dagegen gesperrt, Mutter darum gebettelt. Dann gab Vater nach.

Wochenlang wurde von nichts anderem gesprochen. Mutter verschickte Postkarten mit unserer Nummer und dem Termin, ab dem wir telefonisch zu erreichen waren. Endlich wurde es angeschlossen, ein klobiger schwarzer Apparat. Ich spielte im Nachbarhaus bei einer Freundin, Mutter holte mich heim, damit ich nichts verpasste. Als wir hereinkamen, kniete noch ein Techniker im Flur. Er testete den Anschluss. Es war alles in Ordnung, er verabschiedete sich.

Mutter nahm probehalber den Hörer ab, horchte auf das Tuten, freute sich und wartete auf den ersten Anruf. Sie rechnete fest damit, dass Vater der Erste in der Leitung wäre. Und als es um vier endlich klingelte, stürzte sie sich auf den Apparat, riss den Hörer ans Ohr und sprudelte los: «Dolf, es ist wunderbar, es funktioniert.» Dann wurde sie still und blass.

Es war eine Bekannte ihrer Mutter. Die Frau war für den Nachmittag zum Kaffee eingeladen gewesen und hatte vor verschlossener Tür gestanden. Niemand öffnete auf ihr Klopfen. An den Fenstern waren die schweren Vorhänge zugezogen. Aber das Schlafzimmerfenster im ersten Stock war nicht geschlossen. Die Frau holte sich in der Nachbarschaft eine Leiter und stieg ein.

Sie fand meine Großeltern im Bett. Tot. Mein Großvater war am Tag zuvor an einem Herzinfarkt gestorben, wann genau, ließ sich nicht mehr feststellen. Bei meiner Großmutter war das anders. Sie hatte die Uhrzeit notiert. «Es ist jetzt acht Uhr abends. Ich muss gehen.» Der letzte Satz in einem Abschiedsbrief.

Liebe Lena,

nach all den Jahren, die ich mit deinem Vater gegangen bin, kann ich ihn auf seinem letzten Weg nicht allein lassen.

Die Pulsadern hatte sie sich geöffnet. Das weiß ich von Vater. Mutter hat nie darüber gesprochen. Sie hat danach auch nie wieder von ihrer Kindheit erzählt. Und nie wieder einen Telefonhörer angefasst. Als wir die Anschlüsse im Haus verlegen ließen, Hauptanschluss in der Diele, Nebenanschlüsse in den Schlafzimmern, wehrte sie sich mit Händen und Füßen. «So ein Ding kommt mir nicht neben mein Bett. Ich brauche kein Telefon.»

Weit draußen sah ich ein paar Traktoren. Sie gingen nur ihrer gewohnten Arbeit nach. Ich setzte mich in mein Auto, der Schlüssel steckte. Ich fuhr los. Zur Landstraße. Und dann nach links.

Klinkhammer machte einen Denkfehler. Wenn Rena mit einem der Jungs aus Nita Kolters Clique verabredet hatte, sie bei Hennessen abzuholen, hätte sie ihn für sechs oder sieben Uhr bestellt. Niemand hatte Matthos Tritt in den Leib der trächtigen Fuchsstute vorhersehen können.

Und wenn Rena wusste, dass um sechs oder sieben der graue Kleinbus wartete, hätte sie sich kaum so lange bei der verletzten Stute aufgehalten. Oder andersherum: Keiner dieser Chaoten hätte drei oder vier Stunden bei der Einfahrt gewartet. Und wenn doch, hätte er den Tierarzt gefragt, ob Rena nicht auch bald käme.

Im Geist sah ich sie vor der Tür stehen, den einen zu seinem Auto gehen. Und Vaters Stimme spukte mir durch den Kopf. Gasthof Schwinger! Inzwischen musste sich Renas Verschwinden im Dorf herumgesprochen haben, auch bei denen, die keine Tageszeitung bekamen. Das funktioniert in so einem Kaff wie die Trommeln im Urwald. Und der Gasthof Schwinger ist die zentrale Buschtrommel. Wenn irgendwo ein Floh hustet, im Gasthof Schwinger weiß man es. Wenn einer den Hund seines Nachbarn getreten hat, im Gasthof Schwinger hält sich das wochenlang.

Dort hatte Jürgen vor Jahren erfahren, dass nur der alte Reuther als sein Erzeuger in Frage kam. Dort wurde auch hinter vorgehaltener Hand gewispert, der alte Reuther hätte beim Tod von Jürgens Schwester ein wenig nachgeholfen. Er habe die Katze so lange in den Kinderwagen gelegt, bis sie endlich begriff und sich auf das Gesicht des Babys legte.

Ich wollte kein Gerücht in die Welt setzen, auch keine wilden Anschuldigungen gegen Hennessen erheben, nur ein paar Fragen stellen. Irgendeiner vor dem Tresen! Es musste niemand aus dem Dorf gewesen sein. Neben der Eingangstür des Gasthofs offerierte ein Schild Fremdenzimmer. Von Jürgen wusste ich, dass ab Mittag der Gastwirt hinter dem Tresen stand. Es hieß, er sei mürrisch und wortkarg, von ihm hätte ich wahrscheinlich keine Antwort bekommen. Vormittags stand seine Frau am Zapfhahn.

Auch eine Mutter! Ich war nie Gast in ihrem Haus gewesen. Aber als ich hereinkam, wusste sie sofort, wer ich war. Der Lokalteil der Tageszeitung lag aufgeschlagen neben ihr auf dem Tresen. Sie fragte nicht, ob ich etwas trinken wollte. Ohne ein Wort stellte sie mir eine Tasse hin und goss Kaffee ein aus einer großen Warmhaltekanne. Dann schob sie mir einen Teller mit Zuckerwürfeln und Portionsdöschen Kondensmilch zu. Und während ich zwei Zuckerstücke in die Tasse fallen ließ, schenkte sie mir einen Weinbrand ein. Dabei fragte sie: «Noch nichts?»

Es dauerte nur Sekunden, da wusste ich bereits, dass Rena am

Donnerstagabend nicht im Schankraum aufgetaucht war. Nicht aufgetaucht sein konnte, weil das Lokal donnerstags geschlossen war. Ruhetag! Überflüssig, etwas zu erklären oder Fragen zu stellen. Ich trank den Kaffee und den Weinbrand. Ich hatte keine Tasche dabei, keine Papiere, keinen Pfennig Geld. Ich wusste nicht, wie die Frau hieß. Schwinger hieß nur das Haus. Nach ihren Namen fragen mochte ich nicht.

Wozu braucht man Namen, wenn man allein ist? Ich war allein, trotz Vaters Worten und dem Scheck. Vater war nicht im Stall gewesen am Donnerstagabend um halb elf. Wäre er bei mir oder an meiner Stelle gewesen, er wäre zur letzten Box gegangen. Sofort! Nicht erst am nächsten Tag.

Ich hatte mich nie zuvor so gefühlt: eingeschlossen mit dem fürchterlichen Verdacht, dass sie hinten gelegen hatte, als ich vorne nach ihr rief, ausgeschlossen von der Hoffnung auf Hamburg oder sonst einen Ort. Ihr Fahrrad stand am Bahnhof. Wie war es dahin gekommen, wenn André Menke sie mitgenommen hatte?

Ich hatte einmal einen Film gesehen, Sciencefiction, es war lange her. Die Erfindung einer Zeitmaschine! Man konnte nicht damit reisen, nur schauen – und auch nur in die Vergangenheit. Das Gerät, nicht mehr als ein schwarzer Kasten, wurde an den Ort gebracht, an dem ein ungeklärtes Ereignis oder Verbrechen stattgefunden hatte. Der Erfinder schaltete es ein, richtete eine Linse gegen den Himmel. Und aus den Sternen holte er die Bilder zurück. So ein Gerät brauchte ich.

«Gretchen war gestern hier», sagte die Frau. «Aber wir hatten letzte Woche keine Gäste. Vor vierzehn Tagen waren zwei Männer hier, für eine Nacht. Sie sind aber nicht im Dorf rumgelaufen, wollten nur das große Zimmer. So was gibt's. Ich hab's ihnen gegeben. Warum nicht?»

Ich nickte. Warum nicht?!

«Der Engländer hat auch mal hier übernachtet», sagte sie. «Aber letzte Woche war keiner da.» Sie schüttelte den Kopf. «Ist auch Blödsinn zu denken, dass ein Fremder sich ein Mädchen schnappt, das zufällig vorbeikommt. An so was glaub ich nie und nimmer. Gretchen sagte, sie glaubt's eigentlich auch nicht, aber fragen kostet nichts. Gretchen meint, das war einer, der sie kannte. Man müsste mal rumfragen, wer bei dem Wetter so spät noch unterwegs war.»

Nur ein Lkw, ein roter Kadett, der Tierarzt, ein grauer Kleinbus, die Feuerwehr und ich!

Die Frau wiegte bedächtig den Kopf. «Na, ein paar mehr wohl. Es muss 'ne Menge los gewesen sein in der Nacht. Sie sollten sich mal mit Königs Fred unterhalten. Sie kennen ihn ja.»

Ich schüttelte den Kopf.

«Natürlich kennen Sie ihn», belehrte sie mich. «Unser Brandmeister. Er sagte, wenn das Mädchen bei Hennessen weg ist, muss es auf dem Stück bis zur Spar- und Darlehenskasse in ein Auto gestiegen sein. Anders ist das nicht zu erklären. Und es waren genug Idioten unterwegs, sagte Fred. Seine Männer waren die ganze Nacht im Einsatz. Als ob sie mit dem Wasser noch nicht genug zu tun gehabt hätten, mussten sie auch noch zwei junge Burschen aus einem Auto schneiden. Hatten sich um einen Baum gewickelt. Ungefähr an derselben Stelle, wo es die Annegret erwischt hat.»

Sie nickte schwer. «Ist 'ne gefährliche Kurve da oben. Der Udo soll ja auch noch so schwer verunglückt sein, hab ich gehört. Ist aber nicht hier gewesen. Und er hat Glück gehabt. Ihm ist nix passiert. Nicht auszudenken, wenn er sich auch noch den Hals gebrochen hätte. Sie haben wohl so was befürchtet, die von Wirths, meine ich. Zweimal hat Fred den Alten fahren sehen, er hat wahrscheinlich nach Udo gesucht, einmal um zwölf und einmal um vier.»

Mit einem langen Seufzer fügte sie hinzu: «Das war ein rabenschwarzer Tag für die von Wirths.» Sie sagte es, als sei es für uns ein rosiger Tag gewesen. Aber dann lächelte sie verlegen. «Na, für

Sie ja auch.» Sie hob die Weinbrandflasche und wollte mein Glas noch einmal füllen. Ich winkte ab.

«Lieber noch 'n Kaffee?», fragte sie. Ich nickte und hatte nur ein Wort im Kopf: Wenn!

«Und wenn sie nicht bei Hennessen weg ist?», fragte ich. «Kann man ihm so etwas zutrauen?»

Ich fühlte mich kalt, stand daneben, schaute zu. Gretchen meint, hatte sie gesagt! Dann konnte Rena auch bei Gretchen nicht von Fluchtplänen gesprochen haben. Ich sah sie irgendwo liegen, klar und deutlich sah ich sie. Wo sie lag, war es dunkel und eng, kalt und feucht. Verscharrt im Dreck. Und wo immer er gescharrt hatte in der Nacht, der Regen hatte die Stelle wieder glatt geschliffen.

Die Frau starrte mich an. Ich dachte, sie würde mir nicht antworten. Hennessen war einer von ihnen, im Dorf geboren und aufgewachsen. Gegen ihn war ich ein Niemand. Sekundenlang hatte sie einen Ausdruck auf dem Gesicht wie eingeschlafen. Dann wiegte sie den Kopf.

«Man will ihm ja nichts, aber mir wurde ein bisschen mulmig, als Fred sagte: Wenn sie da weg ist. Und Scherer hat zu Fred gesagt, Hennes wär komisch gewesen in der Nacht, als er bei Friedel reinkam. Nervös wär er gewesen, hätte viel geredet, wie einer, der unbedingt was loswerden muss, gesoffen hätte er auch mehr als sonst. Scherer soll auch gesagt haben: ‹Ich an seiner Stelle wäre sofort mit den Leuten gegangen. Ein Mädchen ist doch wichtiger als ein Pferd. Da sollte man fast meinen, er wusste, dass sich das Suchen nicht lohnt.› Vielleicht reden Sie mal mit Scherer oder mit Fred.»

Mein Herz schlug in der Kehle und den Fingerspitzen. «Würden Sie den Kaffee und den Weinbrand anschreiben?»

Sie winkte ab.

Ich fuhr noch eine Weile im Dorf herum. Runter zu Friedels Kneipe. Sie war geschlossen und auf mein Klopfen öffnete niemand. Wo Fred König wohnte, wusste ich nicht. Nach Scherers

Haus musste ich eine Weile suchen und traf auch dort niemanden an. Und auf Hennessens Hof stand Klinkhammers Auto.

Dreimal fuhr ich an Gretchens Haus vorbei. Und dreimal schaffte ich es nicht, auf die Bremse zu treten. Es hatte nichts damit zu tun, dass ich Gretchen nicht mochte und ihren Lebenswandel verabscheute. Es war nur … Man ignoriert einen Menschen nicht zwanzig Jahre lang, um plötzlich vor seiner Tür zu stehen und zu bitten: «Hilf mir!»

Hilf mir! Du kennst jeden Stein in diesem Kaff und jeden krausen Gedanken. Du weißt genau, wer es mit wem treibt, wer sich besoffen hinters Steuer setzt, wer die Katzen vergiftet, wer wo was erzählt. Sag mir, was mit Hennessen los ist. Warum ist Jürgen überzeugt, dass er es nicht gewesen sein kann? Warum traut auch mein Vater ihm nichts Böses zu? Der Mann ist vierundfünfzig Jahre alt und zu seinem Hof gehört eine Menge Land. Aber seine Schwester führt ihm den Haushalt. Warum ist er nicht verheiratet? Was stimmt nicht mit ihm? Hilf mir!

Das kann man erst, wenn man am Ende ist.

Als ich heimkam, war es halb zwei. Anne stand am Herd und brutzelte Eier. Sie drehte mir den Rücken zu. Jürgen saß vor einem Teller mit Brotscheiben am Tisch. Er fuhr mich an: «Herrgott, Vera, wo treibst du dich herum? Hatte ich dir nicht gesagt, du sollst mit deinem Hintern zu Hause bleiben?»

Auf der Abtropffläche der Spüle stand die Schüssel mit Rosenkohl, daneben lagen ein Häufchen Kartoffelschalen und ein Schälmesser, ein halb mit Kartoffeln gefüllter Topf stand an der Seite.

«Wo ist Mutter?»

«Im Krankenhaus», fauchte Jürgen.

Vater hatte einen Schlaganfall erlitten. Wie Jürgen es einschätzte, nicht den ersten. Der erste dürfte ihn bereits in der Nacht getroffen haben; ein leichter, ohne verheerende Auswirkungen, er verursachte nur Kopfschmerzen und Schwindel und hinterließ ein Taubheitsgefühl im Arm. Und dann kam der zweite.

Wäre Anne nicht früher heimgekommen – sie hatte nach der dritten Stunde die Schule verlassen und den Linienbus genommen –, vielleicht wäre Vater gestorben. Mutter ging nicht ans Telefon, auch nicht, um Notarzt und Krankenwagen zu rufen. Das hatte Vater anscheinend selbst noch versucht, bevor er zusammenbrach.

Als Anne die Diele betrat, lag er auf dem Boden. Mutter kniete neben ihm und jammerte: «Dolf, sag doch etwas. Was soll ich tun, Dolf? Sag mir, was ich tun soll.» Und der Telefonhörer baumelte an der Schnur.

Anne hatte alles Notwendige veranlasst, auch Jürgen alarmiert. Er hatte es nicht geschafft, rechtzeitig daheim zu sein. Als er auf den Hof fuhr, war der Krankenwagen bereits weg.

Anne sah verweint aus und Jürgen … Wie er da am Tisch saß, den Zorn des Gerechten verströmend; ich glaube, ich hasste ihn. Weil ich plötzlich denken musste: Du mit deinem verdammten Tick! Bauernhof und Landleben. Friede, Freude, Eierkuchen. Dass ich nicht lache. Da ging es doch nur um eines! Du wolltest da der Herr sein, wo du früher nicht einmal der Knecht warst. Nur Gretchens Balg, der Dorn im Auge des alten Reuther.

Wenn wir in der Stadt geblieben wären, wäre das nicht passiert. Vielleicht wäre Rena noch eine Weile mit Nita Kolter und dieser Clique herumgezogen. Zebrafrisur und schwarz lackierte Fingernägel. Es wäre vorbeigegangen, ich bin sicher. Ich hätte es schon irgendwie in den Griff bekommen. Oder sie hätte von selbst erkannt, dass hinter Nitas großer Klappe nur Verlorenheit steckt. Irgendwann hätte sie es begriffen, auch ohne Pferde.

Ich wollte nicht hierher. Ich hatte Angst, dass deine Mutter uns auf die Pelle rückt. Dass sie sonntags unangemeldet zum Kaffee erscheint, mit ihrem jeweiligen Pflegefall im Schlepptau. Und ich hatte Angst, mit meiner Mutter unter einem Dach zu leben. Ich wusste, dass es nicht funktionieren konnte, dass ich meine

Kinder nicht einem Stein überlassen durfte. Ausgelacht hast du mich.

«Genau das ist der springende Punkt, Vera. Deine Kinder! Machen wir uns nichts vor. Anne ist in Ordnung und sie kommt blendend zurecht mit deiner Mutter, sie ist tüchtig und ehrgeizig, sie wird ihren Weg machen. Aber welchen Weg Rena macht, steht noch in den Sternen. Seit Monaten höre ich von dir nichts anderes mehr, als dass du nicht weißt, wie du mit ihr umgehen sollst. Ich habe das Gejammere satt und denke mir, vielleicht weiß deine Mutter es. Es kann jedenfalls nicht schaden, wenn Rena einmal den Unterschied kennen lernt. Ich halte jede Wette: Vierzehn Tage, dann ist unsere Jüngste wieder naturblond.»

Anne kam mit der Pfanne zum Tisch, fischte drei Eier aus einem Buttersee und legte sie Jürgen aufs Brot, verteilte dabei Fettspritzer auf dem Tischtuch und seinem Handrücken.

«Au», sagte er, fuhr unwillkürlich mit der Hand zum Mund, die Augen auf mich gerichtet. «Würdest du mir liebenswürdigerweise erklären, was hier los war! Warum du in der Gegend herumrast und worüber Vater sich so aufgeregt hat!»

«Soll ich dir auch ein paar Eier machen?», fragte Anne. Ich schüttelte den Kopf.

«Ich warte, Vera. War Klinkhammer hier? Anne sagte, er war heute Morgen in der Schule.»

«Nita war nicht in der Schule», sagte Anne. «Am Freitag auch nicht, das weiß ich von Armin.»

Jürgen bedeutete ihr mit einer unwilligen Geste, sie solle den Mund halten. «Vera, warum antwortest du nicht? Was ist passiert, verdammt? Was wollte Klinkhammer?»

«Er hat lange mit Armin gesprochen», sagte Anne. «Ich habe Armin gefragt, was Klinkhammer noch von ihm wollte. Armin sagte …»

«Verdammt nochmal, Anne», brüllte Jürgen. «Mich interessiert nicht, was Armin sagte. Ich will von deiner Mutter wissen, was

Klinkhammer sagte und wo sie sich herumgetrieben hat!» Er schaute mich an. «Warst du wieder bei Hennessen?»

«Nein.»

«Wo dann?»

Ich war es nicht gewohnt, angebrüllt zu werden, und antwortete automatisch: «Im Gasthof Schwinger.»

Jürgen betonte jedes Wort über Gebühr: «Wo warst du?» Dann brüllte er erneut los: «Hast du den Verstand verloren? Wie kommst du auf die Idee, ausgerechnet zu der Ziegler zu laufen? Hast du mit ihr über Hennessen gesprochen? Natürlich hast du! Das hat sich ja bei dir zur fixen Idee entwickelt.»

Er war so außer sich. Seine Stimme überschlug sich. «Willst du den Mann fertig machen? Dann pass auf, dass er den Spieß nicht umdreht. Mach nur so weiter, wenn du Wert auf eine Anzeige wegen übler Nachrede oder Tierquälerei legst.»

Er fasste sich an die Stirn. «Ausgerechnet zu der Ziegler! Für die ist das ein gefundenes Fressen. Sie war mit Hennessen verlobt, er hat ihr einen Tritt gegeben. Es ist dreißig Jahre her, aber verziehen hat sie es ihm bis heute nicht. Was hast du ihr erzählt?»

«Nichts! Sie sagte, der Brandmeister hat gesagt, Scherer hätte gesagt ...» Mir fiel auf, wie es klingen musste, und ich brach ab.

Anne stand wie erstarrt. Sie hatte die Pfanne zurück auf die heiße Herdplatte gestellt. Der Buttersee begann zu qualmen. Jürgen schlug mit der Faust auf den Tisch.

«Dich sollte man an die Leine legen! Aber so hatte ich mir das vorgestellt, genau so. Ein bisschen Stress und schon drehst du durch. Wenn du hier gewesen wärst, wäre Vater ...»

Wohin mit der Ohnmacht? Ich holte aus und schlug Jürgen ins Gesicht. «Das ist für das bisschen Stress», sagte ich und schlug noch einmal zu. «Und das ist der Schlag von Freitag zurück.»

Jürgen starrte mich verblüfft an. Anne stampfte mit dem Fuß auf und kreischte: «Hört auf! Seid ihr denn alle übergeschnappt?

Hört mir jetzt endlich einer zu? Nita ist auch weg, zusammen mit André Menke. Es war Menkes Bus.»

Jürgen kniff die Augen zusammen. «Sag das nochmal», forderte er. Anne schüttelte den Kopf und rannte in die Diele, stürmte die Treppe hinauf. Oben knallte eine Tür.

Jürgen fauchte: «Nita! Das hätte ich mir denken können, als die hier auftauchten, dass dieses verdammte Aas keine Ruhe gibt.» Dann machte er sich über die Eier her.

Ich nahm die Pfanne von der heißen Herdplatte, öffnete das Fenster, damit der Qualm abziehen konnte, und ging Anne nach. Sie lag auf dem Bett, als ich hereinkam. Die Arme unter dem Nacken verschränkt, starrte sie die Zimmerdecke an. «Meinst du, ich hätte ihr mehr helfen müssen?» Sie schaute mich nicht an, hielt den Blick nach oben gerichtet.

«Du hast ihr doch immer geholfen.»

«Das ist nicht wahr, Mutti, und das weißt du auch. Ich habe mich immer herausgeredet mit dem Abi. Und am Donnerstag – ich war mit Patrick verabredet und wollte mir nicht wieder stundenlang etwas von ihren Gäulen anhören. Sie ging mir auf die Nerven mit ihrem Mattho. Und jetzt ist sie weg.»

Ihre Stimme war wie dünnes Glas. Sie richtete sich auf, stützte den Oberkörper mit einem Arm ab. «Sie war so traurig im Bus. Ich dachte, es wäre wegen der blöden Mathearbeit. Ich hätte ihr das mit ein paar Worten erklären können, sie hätte es bestimmt verstanden, es war leicht. Aber ich habe zu ihr gesagt, wenn du dich nur halb so viel mit deinen Gäulen beschäftigen würdest, hättest du die Probleme nicht.»

«Mach doch nicht ausgerechnet du dir Vorwürfe.»

Das Glas brach. «Das tu ich aber. Sie hat mich gefragt, ob ich ihr helfe. Als ich sagte, dass Patrick mich abholt, meinte sie, ich könnte es ihr doch schnell in der Pause erklären. Ich hab's ihr auch versprochen. Aber dann kam Doktor Langfelder mit einer Fachzeitschrift. Da war ein interessanter Artikel über die Evolution drin.

Den wollte ich mir kopieren. Ich war in der Bibliothek. Ich war gar nicht draußen. Ich habe nicht gesehen, dass sie mit Nita zusammen war. Und mit Menke. Armin sagte, Menke stand mit dem Bus auf der Straße. Nita und Rena standen während der ganzen Pause bei ihm.»

«Das ist nicht so wichtig.»

Anne schüttelte heftig den Kopf. «Doch, Mutti, das ist es. Begreifst du denn nicht? Dieses verkorkste Weib hat sie überredet mitzukommen. Nita hat seit Wochen rumgetönt, dass sie die Schnauze voll hat und abhauen will. Kannst du dir nicht vorstellen, wie es in Rena ausgesehen haben muss? Sie war ganz allein. Wir haben sie im Stich gelassen. Sie wusste, dass ich ihr nicht zuhöre, wenn sie mir erzählt, dass Mattho abgeholt wird. Wenn ich mit ihr geübt hätte an dem Nachmittag, wäre sie vielleicht nicht zum Reitstall gefahren. Oder Patrick und ich, wir hätten sie hingebracht und auch wieder mit zurückgenommen. Dann hätte Großvater sich nicht solche Vorwürfe machen müssen. Dann wäre das alles nicht passiert. Wenn Großvater stirbt, das halte ich nicht aus.» Anne warf sich herum, drehte mir den Rücken zu, vergrub ihr Gesicht im Kissen und weinte.

«Er wird nicht sterben.»

Sie nickte heftig, ihre Stimme klang erstickt. «Doch, das wird er. Du hast ihn nicht gesehen, Mutti. Er blutete aus der Nase und den Ohren. Sein Gesicht war blau. So etwas habe ich noch nie gesehen. Er wollte mir etwas sagen, aber er konnte nicht reden. Und Großmutter war völlig durcheinander. Es ist alles nur meine Schuld.»

Ich wollte sie trösten, aber mir fiel nichts ein. Und mich auf ihr Bett setzen, sie wortlos in die Arme nehmen … Ihr Deodorant kitzelte mich in der Nase, dieser liebliche, blumige Duft, den sie von morgens bis abends verströmte, immer sauber und frisch. Und Rena stank nach Pferd, nach Stall. Wann hatte ich Rena zuletzt in den Arm genommen?

«Welcher von denen ist überhaupt Menke?», fragte ich.

«Der Große», erklärte Anne mit ins Kissen gepresstem Gesicht. «Erinnerst du dich noch an meinen Süßstoff, wie er mit der Dose rumgespielt hat? Das ist Menke. Er ist der Leithammel in Nitas Clique.»

Als ich wieder nach unten kam, telefonierte Jürgen mit dem Krankenhaus. Es stand nicht gut um Vater. Zur Zeit konnte noch niemand etwas sagen. Jürgen war außer sich. «Dir ist klar, was passiert, wenn er stirbt?»

Natürlich war mir das klar. Wir mussten den Hof aufgeben.

«Ich hab dir doch gesagt, du sollst ihn im Auge behalten und notfalls ins Krankenhaus schaffen. Er ist mit Kopfschmerzen aufgewacht, sein Blutdruck war viel zu hoch.»

«Von zu hohem Blutdruck hast du kein Wort gesagt.»

Er winkte ab und zählte auf: «Schwindel, Taubheitsgefühle im rechten Arm und Nasenbluten. Was brauchtest du denn noch? Das muss dir doch dein Verstand gesagt haben, worauf die Symptome hindeuten. Was hast du damals eigentlich studiert?»

Ich ließ ihn stehen, ging in die Küche, spülte die Pfanne, wischte die Fettspritzer vom Herd, hörte einen Automotor und sah Klinkhammers Wagen auf den Hof fahren.

Diesmal kamen sie zu zweit. Olgert hatte eine Plastiktüte bei sich, Renas Tagebücher. Wir gingen ins Wohnzimmer, er legte die Tüte auf den Tisch und setzte sich. Klinkhammer blieb stehen.

Hatte er sich am Vormittag noch Mühe gegeben, Freundlichkeit und Anteilnahme zu heucheln oder wenigstens Neutralität in seine Stimme zu legen, machte er jetzt keinen Hehl mehr aus seiner Wut. Aus seiner Sicht mochte sie berechtigt sein. Er fühlte sich von uns hinters Licht geführt. Belogen, um es auf den Punkt zu bringen. Hatte er uns nicht nach Freunden gefragt? Und welche hatten wir ihm genannt? Ein paar nette, wohlerzogene Kinder! Kein Wort, dass da noch andere gewesen waren. Auch wenn wir nur Nita Kolter kannten, wir hätten die alte Clique erwähnen müssen. Rena war mit André Menke und Nita Kolter auf Reisen gegangen. Für Klinkhammer stand es fest.

Er sprach minutenlang von Josefine Bartel, ehe ich begriff, wen er meinte: Hennessens Schwester. Sie hatte am Donnerstagabend ein merkwürdiges Wesen beobachtet. Es hatte ausgesehen wie einer von den Vampiren, die sie sich gerne im Fernsehen anschaute. Schneeweißes Gesicht, rote Augen, langer schwarzer Umhang und schwarz lackierte Fingernägel von einer Länge, wie Josefine Bartel sie noch nie bei einem Menschen gesehen hatte.

Zum ersten Mal bemerkt hatte sie das wunderliche Geschöpf, als Hennessen kurz vor sechs ins Haus kam, um telefonisch nachzufragen, wo der Tierarzt blieb. In den Minuten war Rena allein im Stall. Und genau daher kam das Wesen. Aber es verschwand so schnell Richtung Straße, dass Josefine Bartel vom Küchenfenster aus nicht viel mehr sah als den wehenden Umhang und dachte, sie habe Halluzinationen.

Kurz nach neun tauchte das Wesen erneut auf und erwies sich als äußerst real und rotzfrech. Josefine Bartel wollte im Stall nach dem Rechten sehen, und gerade als sie das Haus verließ, kam es zur Einfahrt hereingeschossen und rief: «Pferdchen!» Das verstand Josefine Bartel genau.

Dann bemerkte das Geschöpf im schwarzen Umhang sie, stutzte und fragte mit breitem Grinsen: «Wie lange braucht so 'n Biest denn zum Abkratzen?»

Frau Bartel rief laut nach ihrem Bruder, was aber vermutlich in Sturm und Regen unterging, und empfahl, das Anwesen auf der Stelle zu verlassen, anderenfalls müsse man mit einer Mistgabel nachhelfen. Daraufhin verzog sich der kleine Vampir mit den Worten: «Bepisst euch doch, ihr Scheißer.»

Nita Kolter, wer sollte es sonst gewesen sein?

Nita Kolters Mutter hatte zu Freunden die gleichen Auskünfte geben können wie wir. Keine! Regina Kolter war in Urlaub gewesen und hatte erst am Vormittag von Klinkhammer erfahren, dass ihre Tochter ihre Abwesenheit genutzt hatte, ebenfalls zu verschwinden.

Und er warf uns mit diesem Weib in einen Topf! Geld! Alles, was zählte, war Geld! Es interessierte uns einen Dreck, wie unsere Kinder sich fühlten. Wenn sie etwas brauchten, bekamen sie ein paar Scheine in die Finger gedrückt. Da konnten sie sich dann scheibchenweise einen billigen Ersatz für das kaufen, was wir ihnen vorenthielten.

Er hatte von Gretchens Geburtstagsgeschenk erfahren. Otto hatte das Maul nicht halten können. Hatte in bester Absicht berichtet, wie Rena sich gefreut und verkündet hatte: «Das ist der Grundstein für meinen Reitstall. Jetzt spare ich. Und wenn ich genug zusammenhabe, hole ich Mattho zurück.»

Regina Kolter hatte keine Angaben machen können oder wollen, mit welcher Summe ihre Tochter auf Reisen gegangen war. Nita verfügte über ein eigenes Konto, auf das die Frau Mama regelmäßig das Taschengeld einzahlte. Klinkhammer sprach von restlos abgeräumt, wie viel damit gemeint war, sagte er nicht. Bei André Menkes Eltern fehlte ein Sparbuch mit einer Einlage von sechstausend Mark. Und Klinkhammer fand es bezeichnend, dass wir ihm die fünf Scheine von Gretchen verschwiegen hatten.

Es tat entsetzlich weh. Ich sah uns am Frühstückstisch sitzen, hörte Jürgen fragen, ob er nicht den Beruf verfehlt hätte. Friseur hätte er werden sollen, da könne er Köpfe waschen, wenn ihm danach sei. Uns sei nicht bekannt gewesen, dass Rena noch engen Kontakt gehabt habe zu diesen Punkern.

Klinkhammer blieb sachlich. «Das sind keine Punker. Es sind junge Menschen, die an der Welt verzweifeln. Dass es Ihnen nicht bekannt war, kann ich mir denken. Was war Ihnen überhaupt bekannt?»

Er verwies auf Renas Tagebücher. «Ich möchte wetten», sagte er und deutete auf Olgert, «dass mein Kollege in den letzten Tagen mehr über die Gemütsverfassung Ihrer Tochter erfahren hat als Sie in den vergangenen sechzehn Jahren, Herr Doktor.» Die letzten beiden Worte klangen nach Galle.

Dann gingen sie. Jürgen war wütend, weil ich ihnen Renas Tagebücher überlassen hatte. Ich hätte nicht zulassen dürfen, dass sich ein kleinklarierter Beamtenschädel über unsere Privatsphäre hermachte. Er tobte so lange, bis Anne weinend nach unten kam.

«Wenn ihr noch lange streitet, haue ich auch ab.»

Jürgen nahm sie in die Arme, entschuldigte sich. Bei ihr, nicht bei mir. Um halb drei verließ er das Haus, er musste zurück in die Praxis. Und er kochte immer noch vor Wut.

Ich nahm die Tagebücher vom Couchtisch und trug sie hinauf, legte sie zurück in den Nachttisch, saß minutenlang auf dem Bett, betrachtete Matthos Fotografie und hörte ihre Stimme: «Achtzehntausend Mark, wusstet ihr das?»

Natürlich. Wir hatten uns danach erkundigt. Nur konnten wir keine achtzehntausend Mark aufbringen. Ich hatte, als wir nach ihrer Geburtstagsparty ins Bett gingen, zu Jürgen gesagt: «Ich habe kein gutes Gefühl bei der Sache. Sie ist fest überzeugt, dass morgen früh Mattho auf dem Hof steht. Wir sollten offen mit ihr sprechen. Sie ist alt genug, sie wird es verstehen.»

Ausgelacht hatte er mich. «So weit kommt's noch, dass ich vor meinen Töchtern den Offenbarungseid leiste. Was denkst du dir eigentlich? Meinst du, das macht Eindruck auf sie?»

«Meinst du, deine fadenscheinigen Erklärungen machen Eindruck? Von Sonne bekommt man Krebs. Wir fahren in den Harz, Leute, da ist es schattig. Du hättest ihnen die Wahrheit sagen können. So dumm sind sie nicht. Sie wissen längst, dass wir pleite sind.»

«Wir sind nicht pleite, meine Liebe. Wir haben einen momentanen Engpass. Jetzt mach das Licht aus. Ich will schlafen.»

Danach war mir auch. Geld! Ein paar Scheine in die Finger gedrückt! Nicht bei uns. Und das Taschengeld auf ein Konto einzuzahlen hätte sich nicht gelohnt für vierzig Mark im Monat. Anne bekam fünfzig. Vater hatte ihnen häufig etwas zugesteckt, das wusste ich.

Zwei Zimmer weiter weinte Anne sich ihre vermeintliche Schuld von der Seele. Ich konnte mich nicht aufraffen, zu ihr zu gehen und sie in die Arme zu nehmen. Wenn Vater starb oder zu einem Pflegefall wurde ...

Man lässt einen alten, kranken Mann nicht allein, wenn man weiß, dass seine Frau sich vor dem Telefon fürchtet. Wenn er stirbt, dachte ich, geht sie mit. Sie wird es genau so tun wie ihre Mutter. Nicht, weil er sie braucht. Weil sie ihn braucht.

Ich ging wieder nach unten. Drei Uhr nachmittags. In meinem Magen schwappten ein paar Tassen Kaffee und ein Weinbrand. Ich hätte etwas essen müssen, ich konnte nicht. Einige Minuten lang stand ich in der Küche, saß eine Viertelstunde im Wohnzimmer, wanderte drei Runden durchs Esszimmer. Und immer wieder in die Diele. Ich begann mich zu fühlen wie Mutter. Ein Telefon! Wenn es das nächste Mal klingelte, kam vielleicht der Tod aus der Leitung.

Nicht sterben, Papa, bitte nicht sterben! Du warst immer so stark, du schaffst es. Du musst es schaffen. Lass dich von ein paar geplatzten Adern im Hirn nicht unterkriegen. Ich brauche dich. Auf wen soll ich mich verlassen, wenn du nicht mehr da bist? Auf Jürgen? Papa, du kennst ihn doch. Bleib bei mir, bitte. Ich muss dir noch etwas Wichtiges sagen: Ich liebe dich. Habe ich dir das je gesagt? Ich kann mich nicht erinnern. Wir haben nie mit großen Worten um uns geworfen, nicht wahr? Aber ab und zu braucht man große Worte, dann reichen die kleinen nicht. Ich glaube, ich habe es auch nie zu Rena gesagt. Doch um sie müssen wir uns nicht sorgen, sie ist mit Freunden unterwegs.

Halb vier! Ein Knacken in den Wasserrohren, zwei Minuten lang rauschte es. Anne wusch sich das Gesicht. Dann kam sie nach unten. «Hast du Lust auf eine Partie Canasta?»

«Was?»

Sie lächelte verlegen, winkte ab. «Vergiss es. Ich dachte nur, das lenkt uns ein bisschen ab. Wir haben ewig nicht mehr gespielt. Aber wenn du keine Lust hast. Ich verstehe das. Sollen wir mal im Krankenhaus anrufen?»

«Hol die Karten.»

Wir setzten uns in die Küche. Anne war mit so großem Eifer bei der Sache, als hinge ihr Leben vom Punktestand ab. Ich dachte an Vater. Ob er bei Bewusstsein war und darauf wartete, dass ich anrief und mich erkundigte, wie er sich fühle? Ob er hoffte, mich zu sehen, wenn er die Augen aufschlug? Ich konnte nicht kommen. Ich musste beim Telefon bleiben. Und am nächsten Tag wäre ich allein, bis Anne aus der Schule kam. Ich wusste, dass ich das nicht schaffte. Junge Menschen, die an der Welt verzweifeln? Mehr wohl verzweifeln sie an ihren Eltern!

Anne legte mit übertriebenem Triumph eine Hand voll Karten auf den Tisch, drei Joker, vier Zweien. «Jokercanasta», verkündete sie, runzelte die Stirn und sagte: «Ach, du Scheiße.»

Sie schaute zum Fenster hin. Ich folgte ihrem Blick. Es kam jemand über den Hof, zu Fuß, in Schwarz. Anne sprang hoch und verzog ablehnend das Gesicht. «Sei mir nicht böse, Mutti, ich verzieh mich nach oben. Für den habe ich jetzt keine Nerven. Ich habe am Freitag schon gedacht, er hat den Verstand verloren. Er schleppte einen Müllsack mit sich herum, hab ich dir das erzählt? Und heute hatten sie Beerdigung.»

Udo von Wirth. Ich ließ ihn ins Haus, führte ihn in das Wohnzimmer, bot ihm einen Platz an, fragte, ob er einen Kaffee trinken wolle. «Da komme ich gerade her», sagte er. «Ich hab's nicht ausgehalten, und da dachte ich ...» Er sprach langsam, mit großen Pausen zwischen den Satzteilen. «Ich schau mal bei Ihnen vorbei und frag, wie's geht. Ich hoffe, ich störe Sie nicht bei was Wichtigem.»

Ich schüttelte den Kopf.

«Sind Sie allein?»

Ich nickte, verschwieg Annes Anwesenheit und zählte auf. Mann in der Praxis, Vater mit Gehirnschlag im Krankenhaus. Mutter bei Vater.

«Ist alles so furchtbar!», stammelte Udo. Er starrte auf seine Hände, saß vorgebeugt im Sessel, hielt die Hände wie zum Gebet gefaltet zwischen den Knien. «Annegret hätte nicht sterben dürfen. Mein Schwager packt das nicht. Ich auch nicht. Ich weiß nicht, was ich machen soll ohne sie. Mein Vater spricht kein Wort mehr mit mir, weil's meine Schuld ist. Ich hätte das machen sollen mit den Einkäufen. Aber ich hatte keine Zeit und ...»

Er zuckte mit den Schultern. «Ich bin rumgefahren – die halbe Nacht. Und dann hatte ich den Unfall. Aber nur das Auto ist draufgegangen. Alle sagen, ich hätte Schwein gehabt. Ich wollt kein Schwein haben. Ich hab mir gewünscht, dass ich genau so draufgehe wie Annegret. Verstehen Sie das?»

Ich nickte nur, wusste nicht, was ich ihm antworten sollte. Er atmete tief durch und erhob sich. «Dann will ich Sie nicht länger aufhalten. Ich wollte ja nur mal sehen, wie's geht. Bestellen Sie Ihrem Vater gute Besserung. Ich hoff, dass er sich schnell erholt. Er ist ein netter Kerl. Ich hab mich immer prima mit ihm unterhalten, wenn er zu Hennes kam.»

Er streckte die rechte Hand aus, zog sie aber sofort wieder zurück. Ich brachte ihn zur Tür, schaute ihm nach, wie er zur Einfahrt ging. Er drehte sich noch einmal um, nickte mir zu. Dann schlich er davon. Das war nicht mehr der junge Mann, den ich bei Renas Party gesehen hatte.

Beerdigung, dachte ich. Ein Sarg, ein Grab, Gewissheit. Für uns gab es keine. Nur die polizeilich verordnete Vermutung, dass Rena mit Freunden in einem grauen Kleinbus durchs Land fuhr. Dass sie von Zeit zu Zeit anrief, um zu hören, wie es uns ging. Dass sie kein Wort über die Lippen brachte, wenn wir uns meldeten, dass sie in den Hörer weinte, weil sie uns vermisste.

6. Kapitel

Wir waren eine glückliche Familie!? Ja, in gewisser Weise waren wir das – oberflächlich betrachtet. Und ich hatte von Grund auf gelernt, mich nur an der Oberfläche zu bewegen. Alles, was sauer oder bitter aufstoßen konnte, verschwand hinter der glatten Fassade. Nach einer Weile wurde es vergessen und irgendwann war es nicht mehr wahr.

Man kennt die Beulen im eigenen Teppich, da ist es leicht, ihnen auszuweichen. Aber es kommt ein Tag, da stolpert ein Polizist, dem ständig die zu langen Haare ins Gesicht fallen, darüber.

Ich ging hinauf, nachdem Udo um den linken Mauerpfosten gebogen war und auf dem Feldweg ins Leere schlich. Ich wollte mit Anne reden, ruhig und sachlich. Über Nita, über Rena, über Vater, über vermeintliche und tatsächliche Schuld. Anne lag zusammengerollt auf dem Bett und schlief. Ihr Kopfkissen war feucht. Ich stand minutenlang an der Tür. Und ein paar Schritte weiter war die Tür zu Renas Zimmer.

Ich sah mich daran vorbeigehen – am Donnerstagabend – und fragte mich, wie oft ich mich noch so sehen musste. Wie oft mir bei der Erinnerung an den einen – an den letzten Moment von Nachlässigkeit und Widerwillen noch das Atmen schwer fiele. Wie lange ich den Stein in der Brust mit mir herumtragen musste. Ein schwerer Stein, das ganze Gewicht von Annes einfacher Feststellung: «Wir haben sie im Stich gelassen.»

Nein, wir nicht. Ich! Wenn es unter unserem Dach eine Schuld gab, trug ich sie. Ich hatte kapituliert vor den Schlabberhosen und der Zebrafrisur. Ich hatte, als ich mir nicht mehr anders zu helfen wusste, nach dem Strohhalm gegriffen, den Jürgen bot; beschauliches Dorfleben und eine Frau am Herd, die hart durchgreifen konnte.

«Sei vernünftig, Vera, und hack nicht immer auf deiner Mutter herum», hatte Jürgen gesagt. «Sei froh, dass sie so ist und nicht anders. Wenn dir ihre Ansichten zum Thema Erziehung nicht gefallen, du bist doch dabei. Du kannst ihr jederzeit deine Meinung sagen.»

Ich war nicht dabei gewesen. Ich hatte mich bei ihm in der Praxis verkrochen, weil ich mich mit meiner Mutter nicht auseinander setzen konnte. Ich hatte Rena auf die Pferdekoppel getrieben und ein Hengstfohlen hatte sie zwei Jahre lang gehalten.

Irgendwie schaffte ich es. Die Tür öffnen, zum Bett gehen, mich hinsetzen und die Klappe vom Nachttisch anstarren. Ein paar Minuten vergingen noch, ehe die Finger mir gehorchten. Ich nahm das erste Buch in die Hand, schlug es hinten auf. Die letzte Seite war beschrieben. Die Eintragung lag achtzehn Monate zurück.

18. März stand oben in der Ecke. Und darunter:

Heute war sie wieder an der Koppel. Ich war mit Tanita draußen. Sie hat mir eine Weile zugeschaut. Es war ein komisches Gefühl, fast als ob Mutti oder Papa mir zuschauen. Ich habe Tanita zweimal springen lassen und sie hat mir applaudiert. Gesagt hat sie nichts. Ich habe mich auch nicht getraut. Jetzt tut es mir Leid. Ist doch blöd! Sie ist immerhin meine Großmutter. Mit Lenchen rede ich ja auch.

Hennes hat sich eine Weile mit ihr unterhalten. Er hat mir letzte Woche schon gesagt, wer sie ist, da hat er ihr garantiert auch gesagt, wer ich bin. Ob sie mich für eingebildet hält, weil ich so getan habe, als wüsste ich es nicht? Ich würde gerne mal mit ihr reden. Hennes sagte: «Du kannst mit ihr reden wie mit dem Pastor. Sie hat ein Herz aus Gold. Einigen Leuten passt es wohl nicht, wie sie lebt, dass sie immer einen Mann im Haus hat. Aber den Männern geht es gut bei ihr. Und von etwas muss sie ja leben. Mit dem Charakter hat das nichts zu tun.» Ich fand es blöd, wie er das sagte, einigen Leuten. Damit hat er uns gemeint.

Gretchen, dachte ich und blätterte ein paar Seiten zurück, in den Februar des vergangenen Jahres hinein.

Das war ein beschissener Tag. Die Mathearbeit zurückbekommen. Ich hatte mit einer Vier gerechnet, hat aber nicht gereicht. In Bio sieht es auch schlecht aus. Anne wollte mir ihre alten Hefte geben, hat sie vergessen. Nochmal frage ich sie nicht. Hab keine Lust, ihr immer in den Hintern zu kriechen. Armin hat angeboten, mir zu helfen, umsonst. Er ist ein Ass in Mathe und in Bio steht er auf Zwei. Aber Hennes sagte, bei ihm wird geritten und nicht gerechnet. Wenn Armins Vater dahinterkommt, ist der Teufel los.

Vielleicht sollte ich nochmal mit Mutti über die Studentin reden, die Frau Burmester mir empfohlen hat. Sie nimmt nur fünfzehn Mark die Stunde. Wenn ich jede Woche einmal Nachhilfe nehme und nur noch alle vierzehn Tage eine Reitstunde, käme es hin. Aber ich höre schon, was Lenchen dazu sagt, dann lassen sie mich am Ende nicht mehr reiten. Es ist alles Scheiße.

Ich suchte nach einem Hinweis auf Nita und fand auf Anhieb nichts. Erst als ich genauer hinschaute und wirklich Satz für Satz las, stieß ich hier und da auf eine Zeile. *… hat mich in der Pause gefragt, ob ich heute Nachmittag in die Stadt komme. … scheint sauer auf mich zu sein, weil ich mich nicht mehr sehen lasse.*

Ich nahm das nächste Buch und stolperte auf jeder Seite über den Namen. Eine endlose Liste von vermeintlichen Heldentaten, die jeder Mutter das Blut aus dem Kopf treiben mussten.

Wir waren in der neuen Boutique am Rathaus. Janet und

Wiltrud haben die Verkäuferin abgelenkt, Nita hat eine Bluse mitgehen lassen. Einen superteuren Fummel. Mutti hätte sich alle zehn Finger danach geleckt. Nita und Stefanie haben sich die Schuhe damit geputzt. Dann haben wir sie weggeworfen.

Nita hatte Speed dabei. Ich habe auch probiert. Ein irres Gefühl, als ob ich zwei Gehirne hätte und beide voll mit Matheformeln. Wahnsinn, was man mit dem Zeug alles kann. Leider hat's nicht lange gedauert. Danach habe ich mich ziemlich mies gefühlt. Aber jetzt geht's wieder. Ich bin nur froh, dass Mutti nichts gemerkt hat.

Wir waren wieder in Köln. Nita wollte unbedingt zum Neumarkt, einen von den Typen anquatschen, die H verkaufen. Sie hat es tatsächlich getan. Der Typ sah aus wie eine Ratte, er war so dreckig. Er hat Nita eine Spritze fertig gemacht. Nita hat sich das Ding in den Arm gestochen. Uwe hat sie angebrüllt: «Bist du wahnsinnig! Bei so einem Scheiß mache ich nicht mit. Ich habe nichts gegen Speed, aber mit H will ich nichts zu tun haben.» Nita hat ihn ausgelacht. Sie hatte nicht in die Ader gespritzt, nur ins Fleisch. Sie sagte, davon wird man nicht süchtig.

Ich konnte nicht weiterlesen, blätterte nur noch. Die Eintragungen waren alle vor unserem Umzug gemacht worden, die Bücher nicht in zeitlicher Reihenfolge geordnet. Ich suchte nach dem letzten, ohne noch einen Blick für die Eintragungen zu haben, orientierte mich nur am Tagesdatum. Ich schlug das dritte auf, das vierte, das fünfte. Die vertraute Schrift sprang mich an. Und mit einem Mal wurden Nita Kolter und ihre Sünden in der Vergangenheit zur Nebensache.

Der elende Mistkerl hat mich hereingelegt. Wochenlang hält er mich hin mit einer Hormonstörung. Ich solle mich nicht verrückt machen, es könne nichts passiert sein. Er wusste, dass es passiert war. Er wollte nur verhindern, dass ich rechtzeitig etwas unternehme. Jetzt ist es zu spät. Was mache ich nun? Ich will es nicht.

Als Jürgen heimkam, saß ich noch auf Renas Bett. Die Bücher lagen wieder im Nachttisch, bis auf das eine. Das hielt ich im Schoß. Jürgen kam nicht herauf, rief nur nach mir. Als ich ihm antwortete, ging er in die Küche.

Ich fand Zeit, das Buch in unser Schlafzimmer zu bringen und es in meinen Nachttisch zu legen. Bevor ich hinunterging, schaute ich nach Anne. Sie schlief noch. Ich weckte sie. Sie war verwirrt, glaubte, es sei Morgen, warf einen Blick auf die Uhr und fuhr in die Höhe. «Mist, ich hab verschlafen!»

Es war acht vorbei. Ich hatte nicht gemerkt, wie die Stunden vergangen waren. Annes Gesicht war vom Schlaf und den Tränen verquollen. Sie bemerkte ihren Irrtum, strich mit einer Hand ihr Haar zurück. Die Geste erinnerte mich an Klinkhammer.

«Ich hab was Blödes geträumt», murmelte Anne. «Wir waren im Freibad. Rena ritt auf dem Apfelschimmel übers Wasser. Sie gingen nicht unter. Patrick sagte: ‹Da ist doch ein Trick dabei.› Er zog einen Pfeil aus der Badehose und warf. Da ging dem Pferd die Luft aus, es war nur aufgeblasen. Rena ging unter und kam nicht mehr hoch. Es war unheimlich.» Anne schüttelte sich und stand auf. «Ich wasche mir mal durchs Gesicht, dann komme ich runter.»

Jürgen hantierte an der Kaffeemaschine, als ich in die Küche kam. Auf der Spüle standen immer noch der halb gefüllte Topf und die Schüssel mit dem Rosenkohl. «Du hast wohl nicht ans Kochen gedacht», stellte er fest. Er war wesentlich ruhiger.

«Nein, es tut mir Leid, ich …»

«Schon gut, Vera», unterbrach er mich. «Du brauchst dich nicht zu entschuldigen. Wir essen ein paar Brote, es ist noch genug Aufschnitt da.» Er ging zum Kühlschrank.

«War viel zu tun in der Praxis oder warum bist du so spät?»

«Ich war noch im Krankenhaus.»

Vater war kurz bei Bewusstsein gewesen. Er hatte Jürgen unbedingt etwas sagen wollen, jedoch nur ein paar gurgelnde Laute hervorgebracht. Und etwas aufschreiben – seine rechte Hand war gelähmt, auch über die linke fehlte ihm die Kontrolle. Mutter hatte erklärt, was geschehen war.

Ein Anruf um halb zwölf! Sie brüllte so lange, bis Vater in die Diele kam und den Hörer abnahm. Er horchte, schrie: «Nein!» Dann brach er zusammen.

Jürgen entschuldigte sich bei mir. Bis zu dem Anruf sei Vater in Ordnung gewesen, hatte Mutter gesagt. Sie hätte zweimal nach ihm geschaut, nachdem ich das Haus verlassen hatte. Beim ersten Mal schlief er. Beim zweiten Mal verlangte er nach einem Frühstück. Das Nasenbluten hatte aufgehört, das Kribbeln im Arm ebenso, und auf die Frage: «Wie geht es deinem Kopf?», antwortete er: «Besser.» Mutter war in die Küche gegangen, um ihm das Frühstück zu machen. Und da klingelte das Telefon.

Anne kam herein und begann den Tisch zu decken. «Tut mir Leid, Papa. Ich bin eingeschlafen, sonst hätte ich gekocht.»

«Jetzt entschuldige du dich nicht auch noch», sagte Jürgen. «Ich muss mich entschuldigen, dass ich so rumgebrüllt habe heute Mittag.» Er schaute mich an. «Ich werde mich morgen erkundigen, wie es mit einem Aufzeichnungsgerät aussieht. Und was man unternehmen muss, damit die Leitung überwacht wird.»

«Ich glaube, das muss die Polizei veranlassen», meinte Anne.

«Die tun aber nichts mehr, verlass dich drauf. Für die ist der Fall abgeschlossen. Rena ist sechzehn. Wenn sie sechs wäre, sähe die Sache anders aus. Aber so. Mit Freunden unterwegs!» Er schüttelte den Kopf und setzte sich an den Tisch.

Abendessen zu dritt. Ich brachte kaum einen Bissen hinunter. Jürgen spekulierte über den Anruf, der Vater zum Verhängnis geworden war. Er schloss die beiden, die Anne und er entgegengenommen hatten, in seine Überlegungen ein. Was ihn betraf, war er immer noch sicher, dass Rena ihm in der Nacht etwas vorgejammert hatte. Aber bei Vater musste ein anderer in der Leitung gewesen sein. Von ein bisschen Geheule, meinte Jürgen, wäre Vater nicht aus den Pantoffeln gekippt. Und was immer Rena hätte sagen können, kein Wort von ihr hätte Vater zu diesem durchdringenden Nein veranlasst. Mutter hatte von Stimmengewirr aus dem herunterbaumelnden Hörer gesprochen.

Jürgen fixierte Anne. «Denk nach. Was hast du am Freitag außer dem Weinen sonst noch gehört?»

Anne zuckte mit den Schultern. «Nur ihren Namen und die Maschine. Als ob jemand zwei Holzstücke aneinander schlägt. Und natürlich das Weinen.»

Jürgen nickte versonnen vor sich hin. «Bei mir waren keine Hintergrundgeräusche. Aber die Anrufe können von verschiedenen Orten gekommen sein. Wenn sie unterwegs sind.»

Er atmete tief durch, schaute mich an. «Wer immer heute Mittag am Apparat war, muss mitbekommen haben, dass Vater zusammenbrach. Deine Mutter hat garantiert laut genug gebrüllt. Und darauf hätte Rena irgendwie reagiert. So kaltschnäuzig ist sie nicht. Aber Menke oder dieses Kolter-Weib ...» Er sprach nicht weiter, presste die Lippen aufeinander.

«Kann ich raufgehen?», fragte Anne.

«Von mir aus.»

«Darf ich Patrick anrufen? Ich mache es auch ganz kurz.»

«Nein», sagte Jürgen. «Die Leitung bleibt frei.»

Anne schluckte es ohne Widerspruch. Sie ging in ihr Zimmer. Jürgen räumte den Tisch ab, sortierte das Geschirr in den Spüler.

«Diese Schweinebande», murmelte er. «Was zum Teufel haben sie ihm erzählt, dass er sich so aufgeregt hat? Er war eben noch völlig außer sich. Du hättest ihn sehen müssen. Ich habe den Arzt gerufen, weil ich dachte, er kriegt noch einen Schlag, wenn er so weitermacht.»

Er schüttelte den Kopf. «Ich verstehe das nicht. Was für einen Grund hatte Rena, sich diesen Sauhunden anzuschließen? Und was für einen Grund hat sie, die ganze Familie in Angst und Schrecken zu versetzen?»

Ich wollte auch etwas tun, aber ich kam nicht vom Stuhl in die Höhe. Vor meinen Augen tanzte die Schrift aus dem alten Tagebuch. *Ich will es nicht.*

Dass Olgert es gelesen und unter aller Garantie mit Klinkhammer darüber gesprochen hatte, war schlimm. Dass Rena es gelesen hatte, war schlimmer.

Versteht ein Kind, was in einer Frau vorgeht, die gegen ihren Willen schwanger wird? Anne war noch so klein damals, gerade ein Jahr alt. Aber sie lief bereits und nichts war vor ihren Händen sicher. Was ich in die Schränke räumte, holte sie wieder heraus. Ich kochte das Essen sicherheitshalber nur auf den hinteren Herdplatten, sie schaltete die vorderen Platten ein. Ich ließ meine Handtasche in der Diele stehen. Sie räumte sie aus. Ich dachte, sie sei noch zu klein, um eine Flasche mit Nagellack oder Parfüm zu öffnen. Aber sie konnte es, lackierte die Tapete im Wohnzimmer und kippte das Parfüm auf den chinesischen Seidenteppich, den ich von meinen Eltern zum Geburtstag bekommen hatte.

Ein hochintelligentes Kind, sagten alle. Hochintelligenten Kindern wird schnell langweilig, sie wollen beschäftigt werden. Da war nichts mit gemütlichen Nachmittagen. Es war unmöglich, mal eine halbe Stunde auf der Couch zu sitzen und eine Zeitschrift zu lesen. Ich ging täglich mit ihr spazieren, das heißt, ich rannte hinter ihr und zerrte den leeren Kinderwagen hinter mir her.

Der Haushalt blieb liegen, von Monat zu Monat versprach Jürgen mir eine Hilfe, dir wir uns nicht leisten konnten. Er hatte sich verspekuliert, sich von irgendeinem Windhund eine hervorragende Geldanlage aufschwatzen lassen. Jürgen wollte schnell reich werden, wir wurden schnell arm dabei.

Ein junger Arzt am Krankenhaus verdient kein Vermögen, trotz all der Stunden, Bereitschafts- und Wochenenddienste. Und wenn er meint, er sei es seinem Beruf schuldig, einen standesgemäßen Wagen zu fahren und sich wie einige Kollegen an einem Bauherrenmodell zu beteiligen, reicht es nicht mehr für andere Dinge.

Die regelmäßigen Besuche bei meinen Eltern ersetzten den Einkauf beim Metzger und manches andere, was dringend notwendig gewesen wäre. Wenn Mutter mir mit undurchdringlicher Miene die Fleischpakete auf den Tisch legte, wenn sie mich darauf hinwies: «Annes Schuhe sind zu klein, Vera. Siehst du das nicht?» Wenn Vater daraufhin seine Brieftasche zückte, es war beschämend. Vaters Gedanken! Er musste sie nicht aussprechen, ich kannte sie. An welch einen Versager bist du geraten, Vera!

Kein Versager, nur ein spontaner Mann. Was interessiert mich die nächste Woche? Wir leben jetzt, Vera!

Und wie wir lebten. Meistens war ich allein. So hatte ich mir mein Leben und meine Ehe nicht vorgestellt. Ein hochintelligentes Baby als Gesprächspartner, schmutzige Windeln im Bad, Spielzeug auf dem Berberteppich in der Diele. Flecken von Möhren und Kekskrümel auf der Couchgarnitur. Ab und zu eine Mahnung im Briefkasten. Zu Mittag einen Suppenwürfel und zur Unterhaltung am Abend Peter Alexander oder ein Stündchen mit Rudi Carrell.

Jürgen machte Dienst und Dienst und Dienst, hier noch ein kleiner Eingriff und da noch eine Geburt. Punkte sammeln für den Facharzt. In seiner knapp bemessenen Freizeit verschaffte er dem Wagen die nötige Bewegung, damit die Zylinder nicht einstaubten. «Kommst du mit, Vera?»

«Ich kann das Baby nicht allein lassen.»

«Mein Gott, sie schläft. Und so aktiv, wie sie tagsüber ist, wacht sie bestimmt nicht auf. Was soll schon groß passieren? Nur ein Stündchen, Vera. Du musst doch auch mal raus.»

Aber nicht auf die Straße, verdammt! Unter ‹raus› stellte ich mir etwas anderes vor, als in einem neuen BMW nutzlose Fahrten zu absolvieren und dabei festzustellen: «Ach, ich muss ja tanken. Hast du Geld eingesteckt, Vera?»

Wenn er ausnahmsweise einmal daheim war, schlief er im Sitzen ein, erwachte irgendwann in der Nacht, kroch zu mir ins Bett und entsann sich, dass eine junge Frau gewisse Bedürfnisse hat und er der Fachmann auf diesem Gebiet war.

Ich hatte den Schock, den der Lebenswandel seiner Mutter mir versetzt hatte, noch nicht völlig überwunden, und spielte mit dem Gedanken, ihn zu verlassen. Diesmal wirklich, nicht so halbherzig wie am Morgen nach unserer Hochzeit. Da hatte Vater mich nach stundenlangem Für und Wider mit einem einzigen Satz zurückhalten können: «Natürlich verstehe ich, dass du dich betrogen fühlst, und wenn du lieber weiterstudieren willst ...»

Das wollte ich nicht. Es war nicht das Richtige für mich gewesen. Medizin! Klingt hübsch, wenn man davon spricht, kranken Menschen helfen zu wollen. Aber es ist weniger hübsch, ein formalingetränktes Körperteil in seine Bestandteile zu zerlegen. Und es ist widerlich, die diversen Körpersäfte auf weiß der Teufel was zu untersuchen.

Die Frage nach dem Studium erübrigte sich inzwischen. Ich hatte ein überaus lebhaftes Kind zu versorgen. Ich wollte meine Eltern vor vollendete Tatsachen stellen. Zum Anwalt gehen und dann sagen: «Ich habe die Scheidung eingereicht.»

Und da passierte es!

Es war Absicht, davon bin ich noch immer überzeugt. Er muss gespürt haben, mit welchen Gedanken ich mich trug. Es war seine Art, mir Handschellen und Fußketten anzulegen. Er war nicht nur mein Mann, er war auch mein Arzt. Und als solcher hielt er eine Pillenpause für zwingend notwendig.

Ich sollte ein Pessar benutzen, kam damit nicht zurecht. Aber das war ja kein Problem mit einem Fachmann im Bett. Es war ihm ein Vergnügen, das Ding an Ort und Stelle zu platzieren, eine reizvolle Variante im Vorspiel. Es passierte schon im ersten Monat. Wochenlang das Geschwafel von einer Hormonstörung, von der Umstellung im Körper. Dann die Gewissheit. «Du bist schwanger, Vera.»

Ich glaubte den Verstand zu verlieren. Schrieb diesen Satz in mein Tagebuch. Was ich tun konnte, tat ich. Heiße Bäder, so heiß, dass die Haut noch Stunden danach schmerzte. Springen, laufen, schwere Lasten heben, schließlich sogar diverse Medikamente, die ich mir ohne Jürgens Hilfe beschaffen konnte. Es reichte nicht. Und ich war zu feige, es allein auf die endgültige Weise zu versuchen. Von Monat zu Monat steigerte ich mich tiefer in mein Elend, fühlte mich verraten, um meine Freiheit und meine Selbstbestimmung betrogen. Versteht ein Kind das?

Wenn ich nur gewusst hätte, wie alt sie war, als ihr meine Tagebücher in die Hände fielen. Zehn? Da hatte ich mich nachmittags häufig mit einer Bekannten in einem Café getroffen. Anne war zu einer Freundin gelaufen, Rena mit ihren Schulheften allein. Oder elf? Da wollte sie mich nicht mehr begleiten, wenn ich Einkäufe machte, wollte lieber vor dem Fernseher sitzen. Oder vierzehn? Sie hatte auch ein paar Umzugskartons gepackt.

Jürgen ging ins Wohnzimmer. Ich folgte ihm. Er goss sich einen Rémy Martin ein, drückte auch mir ein Glas in die Hand. Er wollte reden. Über Vater, dass es Wochen dauern könne, ehe man ihn aus dem Krankenhaus in eine Reha-Klinik verlegen konnte. Was er Rena, Nita Kolter und André Menke erzählen wollte, wenn sie das nächste Mal anriefen. Wie es weitergehen sollte, wenn Vater zum Pflegefall wurde. Entweder eine Hilfe engagieren, die Mutter bei der Pflege zur Hand ging. Oder eine neue Kraft für die Praxis. Dann könnte ich daheim bleiben und mich um Vater kümmern.

Ich hielt es nicht aus, ließ ihn sitzen, ging in unser Bad, ließ Wasser in die Wanne, zog mich aus. Die Wärme löste den Knoten.

Ich konnte weinen. Ich wusste nur nicht, um wen. Um Rena? Um das kleine, schwache, schnaufende Bündel Mensch, das Jürgen mir damals auf den Bauch gelegt hatte. Das mich in seinen ersten Lebensmonaten glauben ließ, ich hätte ihm mit meinen Versuchen, es loszuwerden, die Chance auf ein normales Leben genommen. Das sich wider Erwarten zu einem nicht behinderten Kind entwickelte. Das nun anscheinend alles daransetzte, sein Leben doch noch zu ruinieren.

Oder um Vater? Der damals zu mir gesagt hatte: «Vera, als du deinen Mann das erste Mal verlassen wolltest, war es nur ein Kind. Jetzt sind es zwei. Denk nicht, es wäre einfach, zwei Kinder allein aufzuziehen. Überlege dir gut, was du tun willst. Und denk auch ein bisschen an uns dabei. Ich weiß nicht, wie deine Mutter sich zu einer Ehescheidung stellt. Wenn Jürgen dich betrügen würde, das würde sie verstehen, aber so ... Wenn du bei ihm bleibst, Vera, ich helfe dir, so gut ich kann.»

Das Wasser war zu heiß. Ich durfte mich nicht bewegen, dann war es erträglich. Ich bewegte mich nicht, wischte auch die Tränen nicht ab, obwohl sie auf den Wangen juckten. Ein paar Minuten lang war es völlig still. Dann hörte ich Jürgens Schritte auf der Treppe.

Er kam ins Bad, blieb bei der Tür stehen, als wisse er nicht, ob er näher kommen durfte. Als ich ihn weder anbrüllte noch mit dem Finger auf die Tür zeigte, kam er langsam zur Wanne, stand noch sekundenlang daneben und setzte sich auf den Rand. «Es tut mir Leid», sagte er.

«Was?»

«Dass ich nicht der Mann bin, den du jetzt brauchst.»

«Woher willst du wissen, was ich jetzt brauche?»

Er grinste verlegen. «Ich weiß es, Vera. Nach zwanzig Jahren weiß man eine Menge. Mach dir nicht zu viele Sorgen um deinen Vater. Er ist zäh und hat einen eisernen Willen. Er wird so lange mit seinen Händen arbeiten, bis er zumindest die linke wieder richtig bewegen kann. Und seine Stimme – vielleicht ist es nur eine vorübergehende Erscheinung.»

Wie am Freitag zupfte er ein paar Kosmetiktücher aus der Box über dem Waschbecken, wischte mir den Schweiß und die Tränen ab.

«Du solltest nicht so heiß baden. Es ist nicht gut.»

«Ich bin doch nicht schwanger.»

Er stutzte, schüttelte bedächtig den Kopf. «Nein, Vera! Was geht nur in deinem Kopf vor? Lass doch die alten Geschichten. Du warst nicht die erste und bist nicht die einzige Frau, der eine Schwangerschaft einen Schock versetzte. Und jetzt komm raus hier, bevor dir übel wird. Du brauchst ein paar Stunden Schlaf.»

Mir war schwindlig vom heißen Wasser. Er half mir aus der Wanne, brachte mich nach nebenan. Ich legte mich ins Bett, hörte ihn noch eine Weile im Bad rumoren. Dann kam er ins Schlafzimmer.

«Schläfst du schon?»

«Nein.»

«Willst du eine Tablette nehmen?»

«Nein.»

«Ich muss nochmal runter. Ich habe vergessen, das Telefon umzustellen.»

Er kam nicht zurück und ich konnte nicht einschlafen. Mir war heiß, mein Kopf dröhnte, ich begann zu schwitzen. Nach einer halben Stunde ging ich hinunter. Er saß im dunklen Wohnzimmer auf der Couch und drehte sein leeres Glas in der Hand.

«Es ist noch zu früh für mich», sagte er, klopfte mit einer Hand auf die Couch. «Komm her.»

Ich setzte mich neben ihn. Er legte mir einen Arm um die Schultern. «Du kannst ja morgen früh ins Krankenhaus fahren.»

«Ich muss doch am Telefon bleiben.»

«Scheiß drauf», sagte er. «Vielleicht kommt sie zur Vernunft, wenn niemand mehr abhebt und sie sich fragen muss, was hier los ist.» Er schwieg sekundenlang, fuhr fort mit einer Stimme, die vor Zorn bebte. «Wir machen es jetzt so, wie Klinkhammer es am Freitag vorschlug. Hier wird kein Gespräch mehr angenommen, ehe nicht ein Aufzeichnungsgerät an der Leitung hängt. Und wenn es dranhängt, hören wir erst, wer etwas von uns will, ehe wir abheben.»

Danach sprachen wir nicht mehr viel. Es war zu still im Haus für eine Unterhaltung. Kein Wagner aus dem ersten Stock, gegen den wir hätten anbrüllen können. Nach elf gingen wir hinauf. Jürgen stellte das Telefon nicht um. Es kam auch kein Anruf. Wenn es in der Diele geklingelt hätte, ich hätte es gehört.

Ich schlief nicht gut, tauchte für ein paar Minuten weg, war mit einem Schlag wieder hellwach, hatte einen Satz im Kopf oder ein Bild vor Augen. Nita Kolter und André Menke vor unserer Haustür, in unserem Wohnzimmer, die zertretenen Süßstoffkrümel auf dem Boden. Nita und Menke in einer Telefonzelle. Vor der Zelle parkt ein grauer Kleinbus. Rena steht daneben und schaut zu, wie Nita in den Hörer schluchzt und stöhnt und sich dabei vor Lachen krümmt. Nitas Hand mit ein paar Pillen, die sie Rena entgegenstreckt. «Nimm ein bisschen Speed. Das ist besser als Nachhilfe in Mathe.»

Wir hätten ihr die Stunden gewähren müssen. Sie hatte gelitten unter ihren schlechten Noten. Gelitten unter dem Bewusstsein, nicht mit Anne Schritt halten zu können, immer nur die Kleine, die Dumme zu sein. Die, von der nichts erwartet wurde, die nicht gewollt war. Sie hatte sich bemüht, uns zu imponieren. «Ich habe eine Eins in Religion bekommen.»

«Hast du vor, Bischof zu werden?», hatte Jürgen gefragt. Und gelacht hatte er. «Da wirst du dich umtaufen lassen müssen. Wir sind in der falschen Kirche. Für den Papst sind Frauen nur die zweite Garnitur.»

Am Morgen hatte ich das Gefühl, ich hätte überhaupt nicht geschlafen. Anne verließ das Haus zur gewohnten Zeit. Mir fiel auf, dass ich ihr nachstarrte und mir einprägte, welche Kleidung sie trug. Schwarze Jeanshose, gemusterte Bluse – graue Rosen auf hellem Untergrund. Beigefarbene Windjacke und Sportschuhe.

Kurz nach acht ging auch Jürgen zur Scheune. Minuten später rollte der BMW vom Hof. Er musste früher in der Praxis sein. Sandra Erken hatte ihm zwar am vergangenen Nachmittag zur Verfügung gestanden, dafür aber den Vormittag als Ersatz verlangt. Sie musste mit ihrem Söhnchen zum Kinderarzt, Routineuntersuchung. Und es standen zwei Blutabnahmen an, meine Arbeit, die nun Jürgen übernehmen musste.

Ich ging ins Bad, machte danach Ordnung in unserem Schlafzimmer und der Küche. Um neun hätte ich losfahren können, doch die Vorstellung, an Vaters Bett zu sitzen und einen wichtigen Anruf zu verpassen …

Ich lief im Haus herum. Ein großes Haus. Sieben Räume im ersten Stock. Vier Schlafzimmer, drei Bäder. Renas Zimmer hatte kein Bad, nur die kleine Dusche. Die Ecke war vom Zimmer abgetrennt worden, weil Anne sich geweigert hatte, das Bad mit ihr zu teilen. «Tu mir das nicht an, Mutti. Du weißt genau, dass sie sich nicht darum kümmert, ob sie ihre oder meine Zahnbürste benutzt. Und meinen Kamm! Und mein Handtuch! Wenn sie mit Nita durch die Gegend zieht, bitte, das ist ihre Sache. Aber ich will mir nicht irgendeinen Ausschlag oder sonst etwas holen, weil sie Mein und Dein nicht unterscheiden kann.»

Ich sah Renas Gesicht vor mir, hörte ihre Stimme, die Bitterkeit, die sie mit gleichgültiger Kälte zu vertuschen suchte. «Reg dich bloß nicht auf. Für die paar Jahre, die ich noch bei euch bin, brauche ich kein Bad. Wenn ich achtzehn bin, haue ich ab. Nita und ich gründen eine WG. Janet und Wiltrud machen auch mit.»

Wie mochte sie uns gesehen haben in den Wochen vor dem Umzug? Ich musste es wissen, saß bis halb elf auf ihrem Bett und las von gestohlenen Blusen, von Speed und Nadeln, die Nita sich nicht in die Adern, nur ins Fleisch stach. Immer das Gleiche. Hin und wieder ein Sätzchen über uns, beiläufig und nichtssagend. Als ob wir Fremde für sie gewesen wären. Leute, mit denen sie gezwungenermaßen in derselben Wohnung leben, deren Gepflogenheiten sie sich anpassen, deren Diktaten sie sich beugen musste.

Papa hat sich wieder einen neuen Schlitten zugelegt. Nita wollte mit einem Nagel ran. Ich hab's ihr ausgeredet. Papa kriegt einen Herzinfarkt, wenn ihm einer den Lack zerkratzt. Ich habe zu Nita gesagt: Mach das lieber bei deiner Mutter. Bei der Sonderlackierung lohnt sich das wenigstens. An so 'nem mickrigen BMW macht's doch keinen Spaß, da geht man mal mit der Sprühdose drüber, dann siehst du nichts mehr. Uwe hat sofort zugestimmt: ‹Das ist 'ne tolle Idee. Wir machen's bei deiner Mutter.› Nita hat nur gelacht.

Hurra! Sturmfreie Bude. Ich habe ein paar Flaschen besorgt, nur Bier. André will Joints mitbringen. Hoffentlich kriege ich den Geruch wieder raus, bevor die Family zurückkommt. Sie machen Pflichtbesuch bei Adolf und Helene von und zu. Ich brauchte nicht mit. Ich musste nicht mal fragen, ob ich daheim bleiben darf. Mutti sagte, sie sieht mir an, dass ich keine Lust habe, und zwingen will sie mich nicht. Eigentlich müsste ich sie bewundern, wie sie es immer schafft, die Wahrheit zu verdrehen. Wenn ich dabei bin, macht Helene nur Stunk. Jetzt kann sich unsere Adelige an Anne ergötzen.

Mich kotzt das an. Mutti hat wieder eine halbe Stunde auf mir rumgehackt, weil der Haarlack beim Waschen nicht aus dem Kopfkissen gegangen ist. Warum wäscht sie meinen Kram überhaupt noch? Mich stört das nicht, wenn es ein bisschen riecht. Es riecht wenigstens `nach mir. Nita sagte: Pinkel deiner Mutter doch ins Parfüm, dann riecht sie auch nach dir.`

Rebellion. Und ich hörte Jürgen sagen: «Es ist das Alter. Es wächst sich aus, Vera.» Es hatte nie etwas mit dem Alter zu tun gehabt. Es war das Wissen: Mich haben sie nicht gewollt!

In der Diele blieb es still. Ich kam zu der Überzeugung, dass niemand anrufen würde, nicht an diesem Tag. Dass Nita und Menke sich erschrocken hatten, als Vater zusammenbrach und Mutter zu schreien begann. Kurz nach elf ging ich zur Scheune.

Eine halbe Stunde später stand ich an Vaters Bett. Mutter saß daneben. Sie hatte keinen Blick für mich. Vater schlief, sie hielt seine Hand, strich ihm hin und wieder über die Stirn, flüsterte ihm etwas zu. Nach einer Viertelstunde machte ich mich auf die Suche nach dem behandelnden Arzt und unterhielt mich kurz mit ihm. Aber was konnte er mir schon sagen? Dass sie alles getan hatten, was in ihrer Macht stand. Dass alles Weitere von Vater abhing, von seiner Kraft, seinem Willen.

Und wieder stand ich da. Wieder dachte ich: Gestern um diese Zeit. Nach einer Ewigkeit drehte Mutter mir das Gesicht zu.

«Heute Morgen war er bei Bewusstsein. Er hat auf dich gewartet.»

«Warum bist du nicht ans Telefon gegangen?»

Ihre Miene wurde steif, die Augen eng.

«Wenn er stirbt», sagte ich, «ist es deine Schuld. Wegen deiner Verrücktheit musste er sich die Treppe herunterquälen. Wegen deiner blödsinnigen Angst musste er sich irgendeinen Quatsch anhören.»

«Mach, dass du rauskommst!», zischte sie.

«Ich habe dasselbe Recht wie du, hier zu sein. Ich liebe ihn. Weißt du, was das ist, Liebe? Es ist ein Gefühl, als ob das Herz stehen bleibt, wenn einem etwas weggenommen wird, was man zum Leben braucht. Eigentlich müsstest du es wissen, du hast es ja auch erlebt. Aber verdammt, du hattest einen Mann und ein Kind, als es dir passierte. Du warst eine erwachsene Frau. Ich war erst zwölf, als du mir gesagt hast: Dein Vater ist ein Mörder. Warum hast du das getan? Konntest du es nicht ertragen, dass ich ihn liebte? Oder musstest du mir nur den Boden unter den Füßen wegziehen, weil du auch keinen hattest?»

«Raus hier!» Sie zeigte mit ausgestrecktem Arm auf die Tür. Ich holte mir einen Stuhl und setzte mich auf die andere Seite an Vaters Bett. Wenig später kam Jürgen. Wir blieben nicht mehr lange. Als wir zum Parkplatz gingen, wollte Jürgen wissen, warum die Luft so dick gewesen sei.

«Sie war nicht dicker als sonst», sagte ich.

Wir fuhren heim. Anne kam aus der Schule. Ich briet drei tiefgefrorene Koteletts zu Mittag, kochte die Kartoffeln und den Rosenkohl. Um halb drei fuhr Jürgen zurück in die Praxis, Anne ging in ihr Zimmer, um ein paar wichtige Arbeiten für die Schule zu erledigen. Ich lief von der Küche in die Diele, von der Diele in die Küche, wieder zurück und fragte mich, ob doch jemand angerufen hatte während meiner Abwesenheit.

Der Nachmittag kroch wie eine Schnecke durchs Salatbeet und hinterließ eine Schleimspur an Vorwürfen. Ich hasste mich für den erneuten Angriff auf Mutter. Ich wusste, dass es meine Schuld war, nicht ihre. Ich hatte Angst, Vater könnte sterben, und wahnsinnige Angst vor Nadeln, die Nita nicht nur in ihr eigenes Fleisch stieß, sondern die sie an Rena weiterreichte. Nur um mich irgendwie abzulenken, setzte ich mich an den Esstisch und begann alles aufzuschreiben. Diesen harmonischen Sonntagnachmittag im Mai, Urlaub, Geburtstag, Montag, Dienstag, Mittwoch, Donnerstag.

Um vier fragte Anne, ob sie Patrick anrufen dürfe. «Bitte, Mutti, ich muss ihn rasch etwas fragen.»

«Aber mach's kurz», sagte ich und zitterte bei der Vorstellung, dass Rena genau in diesem Augenblick in einer Telefonzelle stand. Dass Nita Kolter und André Menke ihr erst jetzt gesagt hatten, da hätte gestern jemand gebrüllt. Dass Rena nun ängstlich und besorgt nachfragen wollte, was daheim geschehen sei. Und die Leitung war besetzt.

Sie war es höchstens zwei Minuten. Dann fragte Anne bereits, ob ich etwas dagegen hätte, wenn sie zu Patrick führe. «Er holt mich gleich ab, Mutti. Aber wenn es dir nicht recht ist, wir können auch hier bleiben.»

«Nein, fahr nur.»

Patrick erschien kurz darauf. Anne vergewisserte sich noch einmal, dass ich nichts dagegen hatte. An der Haustür sagte sie: «Wir schauen bei Großvater vorbei und gehen heute Abend vielleicht ins Kino. Mach dir keine Sorgen, wenn es etwas später wird.»

Sorgen? Um Anne hatte ich mir nie ernsthafte Sorgen machen müssen. Um Rena auch nicht mehr in den letzten beiden Jahren. Stark und mutig, hatte ich oft gedacht, einfühlsam, warmherzig, unabhängig. Ein junges Mädchen, das eine nörgelnde Großmutter ignorierte. Das sich selbst half, indem es aus der stolzen Helene ein unscheinbares Lenchen machte. Das nicht für jede Kleinigkeit zur Mutter rannte wie Anne. «Jetzt sieh dir das mal an, Mutti. Ich habe mich am Arm gestoßen. Das tut höllisch weh. Meinst du, es gibt einen blauen Fleck?»

Bei Rena musste ich fragen: «Was hast du da am Arm? Das sieht ja schlimm aus.»

Rena winkte ab. «Das ist nichts. Hennessen hat Mattho einen Klaps gegeben, weil er so übermütig war. Da hat er sich erschrocken und nach mir geschnappt.»

«Er hat dich gebissen?»

«Das war doch nicht gebissen. Mattho beißt nicht.»

Ein junger Mensch voller Pläne war sie. Und ihre Pläne hatten nichts mit Weltschmerz zu tun. «Weißt du, was ich mir überlegt habe, Mutti? Ich könnte Tierpflegerin werden. Das würde mir Spaß machen. Da bräuchte ich auch kein Abitur. Ich könnte mir die letzten zwei Jahre Schule sparen und ich würde auch schon eher ein bisschen Geld verdienen. Ich werde versuchen, in den Ferien einen Praktikumsplatz zu kriegen. Im Zoo! Kannst du dir vorstellen, wie ich Seehunde füttere?»

Wann hatte sie mich das gefragt? Ich wusste es nicht mehr. Ich sah es nur vor mir. Sie saß an ihrem Schreibtisch, zeichnete Seehunde in eines der kleinen Hefte, in denen sie die Hausaufgaben notieren sollte. «Udo sagt, er kennt da einen. Ich soll mich nicht schriftlich bewerben. Ich soll mich lieber persönlich vorstellen. Wir könnten mal hinfahren in den nächsten Tagen.»

«Das hat doch noch Zeit.»

Sie zeichnete einen kleinen Affen unter die Seehunde. «Ich würde es aber lieber bald machen, Mutti. So viele Praktikanten nehmen sie bestimmt nicht. Du brauchst dich auch gar nicht darum zu kümmern. Udo wird mich hinfahren. Er hat's angeboten.» Sie lächelte zu mir hoch und sagte: «Den eigenen Reitstall kriege ich wahrscheinlich nie. Und Tierpflegerin wäre nicht schlecht.»

Jürgen kam um sieben heim. Er hatte einen Anrufbeantworter gekauft, der nicht automatisch abschaltete, wenn man den Hörer abnahm. Er funktionierte wie ein Tonband, zeichnete das gesamte Gespräch auf. Jürgen verbrachte eine Viertelstunde mit der Bedienungsanleitung im Esszimmer, sprach ein paar Worte auf das Band, nur unsere Rufnummer.

«Willst du keinen Namen nennen? Oder wenigstens die Vorwahl? Warum sagst du nicht: Hinterlassen Sie uns Ihre Nummer, wir rufen so bald wie möglich zurück?»

Er grinste böse. «Weil Telefonzellen mit Rufnummern extrem selten sind. Wer hier anruft, kann anhand der Nummer feststellen, ob er sich verwählt hat. Das reicht.»

Es rief niemand an. Nicht an dem Abend. Nicht in der Nacht. Nicht am Mittwoch und nicht am Donnerstag. Die erste Woche war um und ich hatte den Verstand nicht verloren.

Ich hatte nur viel Zeit mit ihren Gedanken, Gefühlen, mit ihrem Zorn, ihrem Schmerz, ihrer Trauer verbracht. Das letzte Tagebuch, das mir die endgültige Gewissheit hätte geben können, hatte Olgert nicht abgeliefert. Es fehlten noch mindestens zwei weitere. Eine Zeitspanne, die das letzte halbe Jahr abdeckte, blieb mir verschlossen. Aber es reichte auch so.

Die ersten Wochen nach unserem Umzug waren eine Katastrophe für sie gewesen. Sie fühlte sich abgeschnitten vom Rest der Welt, weggerissen von den Menschen, denen sie etwas bedeutete. Es war nicht so, dass sie Nita und die anderen unbedingt gebraucht hätte, es war eher umgekehrt.

Beim Lesen hatte ich manchmal den Eindruck, dass sie Nita bedauerte, dass sie sich bemühte, ihr etwas zu geben, was Nita sonst bei niemandem fand. Dann kam die Wende, das Fohlen auf der Weide und Hennessens Ansichten über das Leben im Allgemeinen und das junger Leute im Besonderen.

Durch Hennessen lernte sie, Nita distanzierter zu sehen. Nur unwichtig, wie ich mir eingebildet hatte, war Nita nie geworden. Ich glaubte, ein Schuldgefühl zwischen den Zeilen zu erkennen. Rena hatte sich zeitweise als Verräterin gesehen, weil sie sich für ein Pferd entschied.

Manchmal wunderte ich mich, hätte ihr solche Gedankengänge nicht zugetraut. Wie ein Psychologe hatte sie ihre Gefühle und Beweggründe analysiert und vermutet, dass Mattho ihr nur deshalb so viel bedeutete, weil das Tier ihr nichts abverlangte, was sie nicht geben konnte. Weil sie sich von Nitas Ansprüchen überfordert fühlte. Weil Hennessen gesagt hatte: «Man muss auch mal an sich selbst denken. Man kann sich nicht immer nur drum kümmern, ob es den anderen gut geht.»

Von da war es nicht weit bis zu dem Gedanken: Und als das Pferd aus ihrem Leben verschwand ... Aber ich lernte umzugehen mit dem Gedanken an den grauen Kleinbus. Wenn ich vorsichtig jonglierte, schaffte ich es bis zu der Gewissheit, dass ein paar tausend Mark nicht ewig reichten, weil Nadeln teurer sind als Pommes und Benzin.

Bei Nita sein hieß nicht gleichzeitig, dass sie Nita in die Sucht folgte. Und selbst wenn es dazu kam, ein paar Tage, vielleicht auch Wochen konnten einen Körper nicht so vergiften und ruinieren, dass der Schaden irreparabel war. Ein Arzthaushalt musste mit einem Entzug zurechtkommen. Und Vaters Genesung musste im Augenblick den Vorrang haben. Immer einen Schritt nach dem anderen. Wer zu schnell laufen will, stolpert nur über die eigenen Füße.

Vormittags fuhr ich ins Krankenhaus, lieferte die frische Wäsche ab, nahm die getragene mit und erwiderte Mutters giftige Blicke. Während der Fahrt nahm ich mir jedes Mal vor, mich bei ihr zu entschuldigen. Aber wenn ich sie sah … Es ist nicht leicht, das Päckchen allein auf die eigenen Schultern zu nehmen und alle anderen von jeder Schuld freizusprechen. Da betete ich lieber wie ein Kind um Vaters Leben.

Nachmittags hockte ich vor der Waschmaschine, ich konnte stundenlang in die laufende Trommel starren. Oder ich lief im Haus herum, putzte da ein halbes Fenster, hob dort ein paar Fussel von einem Teppich auf und entfernte mit Küchenkrepp den einen oder anderen Fleck vom Fußboden. Ich gewöhnte mich daran, die Diele so zu durchqueren, dass der größtmögliche Abstand zu Telefon und Anrufbeantworter gewährleistet war. Nur keinen Blick auf die Null werfen.

Am Donnerstagabend war kein Brot mehr da. Jürgen verzog keine Miene. Er fuhr in die Stadt und besorgte in einem Supermarkt etwas frischen Aufschnitt und ein paar Pakete Bauernschnitten.

Freitags regnete es, während ich an Vaters Bett saß. Mutter verließ das Zimmer, als ich kam. Vater war bei Bewusstsein und quälte sich ab, mir etwas zu sagen. Sosehr ich mich auch bemühte, ich verstand nur Gurgeln. Es war grauenhaft, sein schiefes Gesicht, die Lippen, die ihm nicht gehorchen wollten, die Zunge, die ein wildes Eigenleben führte.

«Streng dich nicht an», sagte ich. «Bitte, streng dich nicht so an.»

Sein Kopf geriet in ruckartige Bewegung, als er mir signalisierte, es sei wichtig und lohne jede Anstrengung. Seine linke Hand strich Zacken in das Laken, Daumen und Zeigefinger legten sich aneinander. Endlich verstand ich. Er wollte etwas aufschreiben.

Ich hatte ein Notizbuch in der Handtasche und einen kleinen, dünnen Kugelschreiber, ein Geschenk von Jürgen, nicht viel dicker als ein Strohhalm. Das Ding sah elegant aus und war äußerst unpraktisch. Ich erinnerte mich nicht, jemals damit geschrieben zu haben. Die Tinte war eingetrocknet. Ein Blatt im Notizbuch ging für Kringel und Schleifen drauf. Endlich die erste Linie. Ich drückte den Kugelschreiber zwischen Vaters Finger.

Er konnte ihn nicht halten. Noch einmal vergingen ein paar Minuten, in denen er sich mit unbeholfener Gestik und weiteren Gurgellauten abmühte, mir klarzumachen, wie wir zu einem verständlichen Satz auf dem Papier kämen.

Es war ein einfaches und zeitraubendes System. Ich sagte langsam das Alphabet auf, Vater horchte konzentriert und gab irgendwann ein Zeichen mit der linken Hand. Stopp! Mit den ersten Worten konnte ich nicht viel anfangen. POLIZEI WICHTIG UHR. Danach bekam die Aktion einen Sinn. Ich schrieb ein M, ein A, ein N und noch eins. MANN! Vater nickte zufrieden. Die nächsten Worte: JUNG und WEINT!

Menke, dachte ich. Vater hob zwei Finger zu einem V. Aber als ich den Buchstaben nannte, winkte er heftig ab und ruderte die Hand mit den abgespreizten Fingern über das Laken. Ich begriff erst, was er meinte, als er den Mittelfinger zurücknahm und stattdessen den Daumen hochreckte.

«Zwei?», fragte ich. Er nickte zögernd.

«Zwei Männer?» Heftiges Abwinken. Er gab mir zu verstehen, dass er weitermachen wollte. Ich schrieb ein M. Ich schrieb ein A. Ich sagte: «Das habe ich schon, Vater. Ein junger Mann weint.»

Mit einer unwilligen Geste bedeutete er mir, ich solle Buchstaben aufsagen und ansonsten meinen Mund halten. Dann kam ein L, und ich begriff endlich. ZWEIMAL! Das war es. Und die nächsten Worte: SAGT ES TUT!

Mutter kam ins Zimmer zurück, zuckte bei der Tür zusammen, als sie mich noch sitzen sah. Ich hatte gerade ein I hinter ein M gesetzt und wusste, welcher Buchstabe als nächster kam. R! Ich kannte sogar das nächste Wort. LEID!

Ich wollte die Sache abkürzen und sprach Vater den kompletten Satz vor. «Es tut mir Leid.» Den Kopf bewegte er nicht, die Hand gab das Zeichen, richtig.

«Es wurde auch höchste Zeit», sagte Mutter.

«Halt den Mund. Der junge Mann hat also zweimal gesagt, es tut mir Leid. Hat er noch mehr gesagt, Vater?»

«Er kann nicht reden», sagte Mutter. «Du weißt, dass er nicht kann, also quäle ihn nicht.»

Vaters Hand signalisierte JA. Und noch einmal von vorne. Ich war überzeugt, dass es sich bei dem jungen Mann um André Menke gehandelt hatte. Doch ich hatte keine Vorstellung, was Menke bedauert und was er sonst noch gesagt haben könnte. Und wir brauchten lange, ehe es auf dem Papier stand.

ICH WOLLTE SIE NICHT TOTMACHEN!

Mir blieb nicht das Herz stehen. Ich sah weder den Schweiß auf Vaters Stirn noch die Not in seinen Augen. Ich sah nur André Menkes Hand. Sie hielt einen Süßstoffspender und drückte die Tabletten auf den Boden. Ich steckte Notizbuch und Kugelschreiber zurück in die Tasche, nahm Vaters Hand zwischen meine und drückte sie. Mutter stand am Fenster und betrachtete aufmerksam die Regentropfen auf der Scheibe.

«Du hast dich völlig umsonst aufgeregt», sagte ich und erzählte ihm von André Menke, Nita Kolter und ihren grausamen Scherzen. Er fraß mir mit den Augen die Worte von den Lippen. Irgendwann begann sein Mund zu zucken, seine Augen füllten sich und liefen über. Er drehte den Kopf zur Seite, hob die Linke und legte sie sich auf das Gesicht.

Mutter sagte kühl: «Am besten, du gehst jetzt.»

Sie hatte Recht, es wurde Zeit. Ich konnte ihn nicht weinen sehen, mochte es hundertmal Erleichterung bedeuten. Ich fuhr heim. Und wenn mir André Menke oder Nita Kolter unterwegs über den Weg gelaufen wären, ich hätte Gas gegeben und auf sie zugehalten. Danach hätte ich Klinkhammer angerufen und gesagt: «Ich habe gerade zwei Wanzen zerdrückt.»

Ich hätte es getan. Ich sage das nicht nur so daher. Junge Menschen, die an der Welt verzweifelten? Das mochte sein. Aber das gab ihnen noch lange nicht das Recht, andere zu zerbrechen.

Anne war schon daheim, als ich ankam. Sie half mir, rasch eine Mahlzeit auf den Tisch zu bringen, erzählte dabei, dass sie zufällig Udo von Wirth in der Stadt getroffen, dass er ihr angeboten hatte, sie samt ihrem Rad mitzunehmen.

«Zuerst wollte ich nicht. Aber dann dachte ich, wo es so regnet, und es ist ja nichts dabei.»

Danach erkundigte sie sich vorsichtig, ob ich in den nächsten Tagen Zeit fände, auch ein paar von ihren Sachen zu waschen. Noch bevor ich antworten konnte, meinte sie: «Ach lass nur, ich stopfe das gleich selbst in die Maschine. Geht ja schnell.»

Als Jürgen kam, war der Tisch gedeckt, im Keller drehten sich ein paar von Annes Blusen und Jürgens Hemden in der Trommel. Es gab Fischstäbchen, Bauernschnitten mit Butter und grünen Salat aus dem Garten. Anne hatte den Salat übernommen.

«Vielleicht könntest du heute Nachmittag noch ein paar Einkäufe machen», sagte Jürgen zu mir und winkte ab. «Ach, lass nur. Ich kann das auch morgen früh erledigen.»

Er wollte einen Kaffee nach dem Essen. Aber er fragte nicht, ob ich ihn machen könnte, stand auf und tat es selbst. Anne stellte Tassen auf den Tisch, holte Milch und Zucker.

Ach, lass nur, dachte ich, Vera muss man schonen, sie verliert so schnell den Kopf. Und endlich konnte ich sagen, was in meinem Notizbuch stand.

«Diese Schweine», presste Jürgen hervor und brüllte los: «Was haben die in ihren Köpfen? Verdammte, dreckige Saubande!»

Anne stand der Schock ins Gesicht geschrieben. «Ich weiß nicht», begann sie zögernd. «Aber ich glaube, Menke hätte das nicht so gesagt. Der hätte gesagt killen oder kaltmachen, aber nicht totmachen. Das klingt so altmodisch.»

«Wenn man es einem alten Mann unterjubelt», sagte Jürgen, «klingt es genau richtig. Und so oft hast du dich doch nicht mit Menke unterhalten, dass du genau weißt, wie er dieses oder jenes ausdrückt.»

Anne zuckte mit den Schultern, schaute mich an. «Du solltest damit zur Polizei gehen, Mutti.»

«Wozu?» Jürgen lachte abfällig. «Bei grobem Unfug schreiten sie nicht ein.»

«Trotzdem», sagte Anne. «Großvater meint es ja auch. Aber was meint er mit Uhr?»

«Keine Ahnung», sagte ich. «Vielleicht sollte ich Klinkhammer wenigstens anrufen.»

Jürgen breitete in einer großartigen Geste die Hände aus. «Bitte, tu dir keinen Zwang an. Wenn du so großen Wert auf eine weitere Moralpredigt legst.»

Ich ging nicht zur Polizei, rief auch nicht an. Ich konnte nicht nach der letzten Vorstellung, die Klinkhammer gegeben hatte. Jürgen hatte doch Recht. Das Wochenende verging. Anne verbrachte die meiste Zeit bei Patrick, zwei Stunden am Bügeltisch und eine halbe an Vaters Bett. Danach war sie zuversichtlich. «Ich finde, Großvater hat sich schon ein bisschen erholt. Meinst du nicht auch, Papa?»

Jürgen nickte. Vaters Zustand war unverändert kritisch. Er dämmerte vor sich hin; entweder war er zu schwach, um dem, was er mir am Freitag diktiert hatte, noch etwas hinzuzufügen, oder meine Erklärung hatte ihn beruhigt.

Der behandelnde Arzt sorgte sich inzwischen mehr um Mutter. Man hatte ihr ein Bett in Vaters Zimmer gestellt, aber sie schlief nicht. Man servierte ihr regelmäßig die üblichen Mahlzeiten, aber sie aß nicht. «Sie reibt sich auf», sagte der Arzt. «Sie sitzt Stunde um Stunde neben ihm, Tag und Nacht. Sie spricht mit ihm, wäscht ihn, füttert ihn. Sie nimmt den Schwestern vieles ab, was die natürlich gerne sehen. Aber so geht das nicht weiter.»

Ich solle ein ernstes Wort mit Mutter reden, schlug er vor. Ausgerechnet ich! War er blind? Oder nur zu beschäftigt, um zu bemerken, dass Mutter das Zimmer verließ, wenn ich hereinkam?

Jürgen übernahm das ernste Wort. Er konnte mit ihr umgehen. «Mutter, sei vernünftig. Du musst dich ausruhen. Mach ihm nicht noch mehr Kummer, als er schon hat. Glaubst du, es ist seiner Genesung förderlich, wenn du vor Erschöpfung zusammenbrichst?»

Und wieder Montag. Anne ging um halb acht zur Scheune, Jürgen eine halbe Stunde später. Ich verließ das Haus kurz vor neun. Mein Tank war fast leer, mein Portemonnaie ebenfalls. Zuerst zur Bank, dann zur Tankstelle, dann zum Krankenhaus, so stellte ich mir meine Fahrtroute vor. Ich kam nicht mal zur Einfahrt raus.

Als ich aus der Scheune fuhr, bog Klinkhammer in den Hof ein. Er stieg aus, trat zu mir an den Wagen, strich sein Haar aus dem Gesicht und grinste kameradschaftlich. «Da habe ich ja Glück.»

Er nahm an, ich sei auf dem Weg in die Praxis und spät dran. Aber er wollte nur ein paar Minuten; es lohne kaum, ins Haus zu gehen, meinte er. Trotzdem, drinnen sei es bestimmt gemütlicher. Draußen war es kühl und feucht. Wir gingen hinein. In der Diele stutzte er kurz, registrierte den Anrufbeantworter und die Null auf dem Zählwerk. «Wann haben Sie sich den zugelegt?»

«Am Dienstag.»

Er folgte mir in die Küche, fragte, ob er rauchen dürfe, zündete sich eine Zigarette an. «Es tut mir Leid», begann er, nachdem er den ersten Zug genommen hatte, «wenn ich Sie bei unserem letzten Besuch zu hart angefasst habe und Sie deshalb Hemmungen hatten, sich regelmäßig bei uns zu melden. Oder hatte das andere Gründe?»

«Nein.»

Er verzog das Gesicht, als wollte er grinsen und wüsste nicht, welche Muskeln er einsetzen musste. «Wir sind daran gewöhnt, dass die Eltern in solchen Fällen dreimal täglich anrufen oder persönlich erscheinen. Wenn Sie das nicht tun, wenn man eine volle Woche nichts von Ihnen hört und Sie nicht mal das Fahrrad Ihrer Tochter abholen, wird man stutzig. Da kommt man schnell auf dumme Gedanken.»

Wir saßen am Küchentisch. Renas Fahrrad hatte ich völlig vergessen. Ich schaute durchs Fenster zum offenen Scheunentor und in die Dunkelheit dahinter. Ich sah Bella da stehen und Rena auf sie zugehen. Was sagt man zu einem hübschen Geschenk? Danke! Und was sagt man zum falschen Geschenk? Ich wünsche mir, ich könnte mit ihm gehen!

«Was verstehen Sie unter dummen Gedanken?»

Aus den Augenwinkeln sah ich ihn mit den Schultern zucken. «Nicht so wichtig.» Eine kurze Pause, noch ein Zug aus der Zigarette. Irgendeiner hat einmal gesagt, die Zigarette sei das liebste Hilfsmittel unsicherer Leute. Wer nicht weiß, was oder wie er es sagen soll, kann mit jedem Zug ein paar Sekunden Zeit schinden. Genau das tat Klinkhammer.

Seine Stimme klang neutral, als er fragte: «Hat Ihre Tochter sich inzwischen bei Ihnen gemeldet?»

«Sie haben die Null doch gesehen!»

Noch ein Achselzucken. «So ein Ding kann man zurückspulen.» Für die nächste Frage brauchte er keine Zeit. «Sie würden uns doch informieren, wenn Sie etwas hören?»

Ich nickte. Er schwieg, nahm einen tiefen Zug, inhalierte und ließ den Rauch in Zeitlupe wieder entweichen. Es war faszinierend, ihm zuzuschauen. Und beklemmend! Sekunden vergingen. Ich wartete auf das Poltern in der Brust, auf die Enge hinter den Rippen, aber ich hatte nur einen Knoten im Hirn.

«Sie haben Rena gefunden?»

Dass ich es laut aussprach, wurde mir erst bewusst, als er antwortete. «Dann hätte ich kaum gefragt, ob Sie etwas von ihr gehört haben.» Eine winzige Pause, dann fügte er hinzu: «Aber wir wissen jetzt, wo Menke ist.»

Der Knoten in meinem Hirn löste sich, es begann zu rauschen, meine Knie wurden weich. Ich hielt es für eine Welle von Erleichterung, die mir durch Kopf und Glieder schwappte. Klinkhammer betrachtete sein Hilfsmittel, streifte etwas Asche ab und sprach weiter, langsam und bedächtig, jedes Wort sorgfältig gewählt – von Frankfurt.

Ich war nicht geeicht auf allergische Reaktionen bei der Erwähnung einer Großstadt. Wir lebten in einem Dorf, in dem Prostitution als Krankenpflege bezeichnet wurde. Und vorher hatten wir in einer Kleinstadt gelebt, da hieß sie Begleitung. Für mich war Frankfurt die Hochburg der Bankiers. Ich sah Büropaläste vor mir, breite Straßen, schmale Straßen und viel Verkehr. Und wo viel Verkehr ist, gibt's auch viele Unfälle. André Menke hatte einen gehabt, nun lag er in einem Krankenhaus. So viel verstand ich auf Anhieb.

Mag sein, dass ich einiges missverstanden habe. Aber ich bin hundertprozentig sicher, dass Klinkhammer das Wort Verkehrsunfall benutzte.

«War Menke allein im Auto, als es passierte?»

Er nahm noch einen langen Zug. Ich wartete auf ein Ja. Er sagte: «Anscheinend nicht.»

«Heißt das, die Mädchen waren bei ihm? Und wo sind sie jetzt?»

Ein langer Seufzer. Seine Zigarette half ihm nicht weiter. Er hielt nur noch das Filterstück mit einem Aschekegel zwischen den Fingern. «Wir wissen noch keine Einzelheiten.»

«Warum fragen Sie Menke nicht nach Einzelheiten?»

Er lächelte dünn. «Mein Kollege ist bereits unterwegs.»

In dem Moment sah ich im Geist ein Auto auf dem Hof halten. Rena stieg mit gesenktem Kopf und hängenden Schultern auf der einen Seite, Olgert mit strahlendem Lächeln auf der anderen Seite aus. Er nahm sie beim Arm und führte sie aufs Haus zu. Er sagte: «Keine Angst, sie werden dir nicht den Kopf abreißen. Sie sind glücklich, dass du wieder daheim bist.»

Ich wartete noch immer auf das Rumpeln in der Brust und begriff nicht, warum mein Herz mich im Stich ließ. Dabei war es einfach. Für Olgert hätte nicht die Notwendigkeit bestanden, sich persönlich auf den Weg zu machen, wenn es nur darum ging, André Menke nach dem Verbleib der Mädchen zu fragen. Das hätte die Polizei in Frankfurt tun können.

Und sie hatten ihn gefragt, unter aller Garantie. Nur hatte er ihnen nicht geantwortet. Menke war ein sturer Hund, der es genoss, andere in Panik zu halten. Er würde auch Olgert nicht antworten. Auslachen würde er ihn. Such sie doch, wenn du Zeit hast, Bulle. Ich sah ihn vor mir, wie er neben Nita vor der Haustür stand, gut eins achtzig groß und schlank, ein schmales Gesicht mit einem gelangweilten Ausdruck und Überheblichkeit in den Augen. Die kurzen Haare gelb gefärbt. Gelb – nicht blond! Etliche Ringe durch Ohrmuscheln, Nasenflügel und Augenbrauen gesteckt. Ich hatte einen bitteren Geschmack auf der Zunge. «Kann ich mit Menke reden?»

«Das dürfte im Moment schwierig sein.» Klinkhammer legte behutsam das Filterstück in den Ascher, starrte konzentriert zum Fenster hinaus. «Sein Kiefer ist gebrochen.»

«Dann soll er aufschreiben, wo die Mädchen sind!»

Sein Blick fand den Weg zurück zu meinem Gesicht, die Hände den zu seinen Ohren. Wie leicht man manche Leute durchschaut. Jetzt war er Polizist. Ein Mann, der gezwungenermaßen unangenehme Nachrichten überbringen muss. «Frau Zardiss, Menke kann auch nichts aufschreiben. Er ist ziemlich übel dran.» Er zählte auf: beide Hände gebrochen, beide Arme, beide Unterschenkel, zertrümmerte Kniescheiben, diverse Rippenbrüche, Schädelbruch, Gehirnquetschung und Milzriss.

Ich dachte: Ein schwerer Unfall. Die Mädchen müssen unbeschreibliches Glück gehabt haben, dass sie nicht auch so schwer verletzt wurden. Mitleid mit André Menke hatte ich nicht. Dafür stand mir noch zu lebhaft vor Augen, wie Vater sich quälte, um mir Buchstabe für Buchstabe eine Botschaft zu übermitteln.

«Wir haben ein hervorragendes System ausgearbeitet», sagte ich, erklärte ihm unsere Methode und auch, was Vater die Sprache verschlagen hatte.

Er schoss auf dem Stuhl hoch, als hätte ihn jemand in den Hintern gebissen. «Wann ist dieser Anruf gekommen?»

«Am vergangenen Montag, mittags um halb zwölf. Davor war noch einer, in der Nacht. Mein Mann hat ihn entgegengenommen. Aber dabei wurde nicht gesprochen.»

Klinkhammer schlug mit der Faust auf den Tisch. «Und warum erfahre ich das erst jetzt? Verdammt, Frau Zardiss! Wir waren am Montagnachmittag hier, da lag Ihr Vater bereits im Krankenhaus, und Sie hielten es für überflüssig, ein Wort zu sagen.»

«Wir wussten zu dem Zeitpunkt noch nicht, warum er zusammengebrochen war. Und das Reden hatten doch Sie übernommen.»

Er beruhigte sich wieder, atmete mehrfach tief durch und erhob sich. «Haben Sie etwas dagegen, mit mir in die Stadt zu fahren? Wir können uns während der Fahrt weiter unterhalten.»

Wir gingen hinaus, ich stieg zu ihm ins Auto, er startete und fragte: «Montagmittag, war das der letzte Anruf?»

«Ja.»

Er nickte vor sich hin, als habe er keine andere Auskunft erwartet, und fuhr ziemlich schnell zur Landstraße hinunter. «Was meint Ihr Vater mit Uhr?»

«Keine Ahnung.»

«Und er ist völlig sicher, dass ein junger Mann am Telefon war?»

«Ich nehme es an, sonst hätte er es nicht so betont.»

«Kann ich mit ihm reden? Ist er ansprechbar?»

«Nicht immer.»

«Vielleicht irrt er sich. Er war ziemlich aufgeregt, und wenn jemand weint, kann das eine Stimme stark verändern. Nehmen wir mal an, es war ein Mädchen am Telefon.»

Warum sollten wir das annehmen? Ich wollte nicht spekulieren, nur wissen, was geschehen war. Er bog nach rechts in die Landstraße, ohne den Blinker zu setzen, und trat das Gaspedal fast durchs Bodenblech. Mein Magen rebellierte schon in der ersten Kurve, als er sagte: «Die Kollegen in Frankfurt vermuten, dass es Menke am Montagvormittag zwischen zehn und elf erwischt hat. Kann Ihre Tochter Auto fahren?»

Ich verneinte und versuchte, die Stücke im Kopf zusammenzusetzen. Auto fahren! Montagvormittag! Das war eine Woche her!

«Wann haben Sie erfahren, dass Menke im Krankenhaus liegt?»

Er war auf die Straße konzentriert. Eine Kurve nach der anderen. Er wolle sich nicht ablenken lassen, sagte er, ich solle mich ein paar Minuten gedulden. Er wisse ja auch noch nicht viel. Über das wenige könnten wir in Ruhe reden, wenn mein Mann dabei wäre.

Viel länger als ein paar Minuten brauchte er wirklich nicht. Es gab keinen freien Parkplatz vor der Praxis. Er ließ den Wagen auf der Straße stehen, wir stiegen aus, er griff nach meinem Arm. Mir war entsetzlich übel. Klinkhammers Verhalten, sein Ausweichmanöver, es ließ nur einen Schluss zu. Da braute sich etwas über unseren Köpfen zusammen ... Falsch! Es war bereits etwas geschehen. Und es war schlimm genug, dass er es lieber mit Jürgen besprechen wollte als mit mir.

Man kann nicht denken in so einem Moment. Es rauscht und knistert im Kopf, man fängt Wortfetzen und Satzteile von Gedanken auf wie von einer durch atmosphärische Störungen zerhackten Rundfunksendung.

Im Wartezimmer saßen zwei Frauen. Jasmin telefonierte, als wir hereinkamen. Jürgen und Sandra Erken waren mit einer Patientin im Untersuchungsraum. Klinkhammer schickte mich, ihn zu holen.

Ich weigerte mich. «Ich kann da nicht einfach hineinplatzen.»

Er trommelte mit den Fingerspitzen auf den Tresen der Anmeldung, bis Jürgen erschien. Sandra ging mit einem Abstrich ins Labor. Jasmin bat die beiden Frauen um etwas Geduld. Wir gingen ins Sprechzimmer. Jürgens Miene war wie aus Eis gemeißelt, kalt und fremd. Da regte sich nichts, während Klinkhammer sprach. Zuerst nur die Tatsachen.

Vor gut einer Stunde hatte Menkes Vater ihn angerufen. Erst kurz zuvor war Walter Menke von der Frankfurter Polizei über den Aufenthaltsort und den kritischen Zustand seines Sohnes informiert worden. Aber die Polizei in Frankfurt war weder nachlässig noch desinteressiert, wenn es um jugendliche Streuner ging. Dass sie sich eine Woche Zeit gelassen hatten, die Eltern eines Schwerverletzten zu benachrichtigen, lag an der Tatsache, dass André Menke keine Papiere bei sich gehabt hatte, als man ihn fand – nach einem anonymen Anruf bei der Polizei.

Die Stimme am Telefon war nur schwer zu verstehen, aber ohne Zweifel die einer sehr jungen Frau oder eines Mädchens gewesen. Informiert hatte sie die Frankfurter Polizei um elf Uhr zweiundzwanzig, wenige Minuten bevor Vater am Telefon zusammenbrach. Und Menke war nicht, wie Klinkhammer mich bis dahin hatte glauben lassen, mit dem Bus verunglückt.

Den Bus hatte man erst am Donnerstag gefunden, irgendwo am Straßenrand abgestellt, verlassen. Im Wagen hatte die Frankfurter Polizei Blut gefunden. Und Spuren von Sperma. Und ein Fixerbesteck! Und ein bisschen Heroin auf einer alten Wolldecke, als hätte jemand mit zitternden Händen etwas verschüttet. Über das Kennzeichen hatten sie den Halter ermittelt, am Freitag zum ersten Mal bei Walter Menke angerufen. Und erst auf seine Frage nach dem

Sohn und Übermittlung einer Fotografie hatten sie eine Verbindung zu dem Schwerverletzten hergestellt.

Das Blut im Bus, so viel wussten sie inzwischen, stammte von drei Personen, zum größten Teil von André Menke. Die zweite Person hatte das Fixerbesteck benutzt. Die dritte vermutlich den «Verkehrsunfall» heraufbeschworen.

Klinkhammer fragte nach Renas Blutgruppe. Jürgen nannte sie ihm. Damit stand fest, dass Rena im Bus kein Blut verloren hatte. Klinkhammer machte deutlich, dass er jetzt wild drauflos spekulierte. Es klang fast, als könnten wir es uns aussuchen.

Wenn man davon ausging, dass Nita Kolter das Fixerbesteck benutzt hatte, hatte Rena möglicherweise einen Mann verletzt, der sich mit Nita die Zeit vertrieb, oder Rena hatte André Menke zusammengeschlagen, nachdem der fremde Mann sich mit ihr ... Fest stand, das Sperma stimmte nicht mit André Menkes Blutgruppe überein.

Ich hatte unvermittelt ein saures Brennen in der Kehle. Das halbe Frühstück stieg hoch. Ich würgte es wieder hinunter. Wilde Spekulation oder nicht. Klinkhammer sprach von einem Wagenheber als möglicher Tatwaffe.

In seiner harmlosen Version schlug Rena damit zuerst einen Freier in die Flucht, der sich mit Nita amüsierte. Anschließend drosch Rena auf Menke ein. In der Annahme, Menke getötet zu haben, warf Rena ihn aus dem Bus, setzte sich hinters Steuer und brauste mit der im Heroinrausch handlungsunfähigen Nita davon.

In Klinkhammers grausamer Version war André Menke von dem unbekannten Mann zusammengeschlagen worden. Nita wurde vergewaltigt. Was danach mit dem oder den Mädchen geschehen war, konnte man nur erraten. Aber eine von ihnen hatte es geschafft, ein Telefon zu erreichen.

Eine von ihnen, sagte er. Rena! Es musste Rena gewesen sein. Die kurze Zeit zwischen beiden Telefonaten machte es für mich so wahrscheinlich. Zuerst ein Anruf bei der Frankfurter Polizei, acht

Minuten gesprochen, den Hörer eingehängt, sofort neu gewählt, der zweite Anruf daheim. Und Vater hatte in der Aufregung ihre Stimme nicht erkannt und sie missverstanden.

«Es tut mir Leid. Es tut mir Leid. Ich wollte *ihn* nicht totmachen!»

So musste es gewesen sein.

7. Kapitel

Ich wollte auf der Stelle zu Vater, nachdem Klinkhammer gegangen war. Jürgen verweigerte mir seinen Autoschlüssel. «Du bist nicht in der Verfassung, dich hinters Steuer zu setzen, Vera. Jetzt dreh nicht durch. Hast du nicht verstanden, was er sagte?»

Jürgen meinte, er hätte es verstanden. Und er tobte: «Diese Idioten! Wenn Klinkhammer sich einbildet, dass ich mir das bieten lasse, befindet er sich im Irrtum. Ich hab mir doch gleich gedacht, dass da was faul ist. Aber es war bequem, uns einzureden, sie sei mit Menke und dem Kolter-Weib unterwegs. Sie wussten genau, dass wir die Schnauze halten, solange wir daran glaubten.»

«Wieso glaubst du es plötzlich nicht mehr? Weil das, was in Frankfurt mit ihr geschieht, nicht in dein Konzept passt? Meine Tochter hat ein eigenes Pferd. Aber meine Tochter ist nicht ...»

«Pferdchen», hatte Nita auf Hennessens Hof gerufen. Pferdchen! Und vor unserer Haustür hatte sie gefragt, ob Rena sich einreiten ließe. Wie hatte ich nur eine Sekunde lang annehmen können, es sei nichts weiter als eine bösartige Anspielung, weil Rena nicht in die Diele kam?

Jürgen funkelte mich an. «Reiß dich zusammen, Vera.» Mit einem bezeichnenden Blick zum Wartezimmer und gedämpfter Stimme: «Oder willst du, dass es morgen die ganze Stadt weiß? Nita Kolter hat sich aufgemacht, in die Fußstapfen ihrer Mutter zu treten. Und unsere Tochter hat sich ihr angeschlossen. Nenn mir einen vernünftigen Grund, aus dem Rena sich entschieden haben sollte, auf den Strich zu gehen! Das ist lächerlich.»

Ich hätte ihm mehrere Gründe nennen können, nicht für den Strich, nur dafür, sich Nita anzuschließen. Er wollte sie nicht hören. Für ihn war Rena nicht in diesem grauen Kleinbus gewesen. Für ihn ergaben drei Blutgruppen drei Personen. Bei einem Kampf wäre eine vierte Person – wäre Rena – unweigerlich ebenfalls verletzt worden wie Nita und Menke.

Er argumentierte mit Renas Fahrrad, das die Polizei unter den Tisch hatte kehren wollen. Und wir Idioten hätten es völlig aus dem Blickfeld verloren, weil wir uns von ihnen die Hölle heiß machen ließen. Rena ist mit dem Rad zum Bahnhof, mit dem Zug um halb elf nach Köln und von da aus weiter nach Hamburg. Und damit basta! Vera, wir reden später in Ruhe. Ich habe jetzt keine Zeit. Jasmin, schick Frau Sölde in Kabine eins. Vera, setz dich ins Wartezimmer. Sandra, gib meiner Frau eine Valium und ein Glas Wasser.

Ich konnte nicht im Wartezimmer sitzen, musste raus, zum Krankenhaus, nach Köln, nach Hamburg, nach Frankfurt, mit André Menke reden. Sandra kam mit der Pille und dem Wasser. Frau Sölde war in Kabine eins verschwunden, Jürgen im Untersuchungsraum, Sandra folgte ihm. Ich lieh mir von Jasmin zwanzig Mark für ein Taxi.

«Soll ich eins rufen?», fragte sie.

Noch nicht. Das Stück zum Krankenhaus musste ich laufen. Wenn man rennt, hat man das Gefühl, etwas zu tun. Vater schlief, als ich ins Zimmer stürzte. Klinkhammer war bereits bei ihm gewesen und vom behandelnden Arzt in die Wüste geschickt worden, wie Mutter sich herabließ mir zu erklären.

Mutter war erleichtert und deshalb bereit zu reden. Am frühen Morgen hatte Vater ein paar Worte sagen können. Nicht viel mehr, als dass er gut geschlafen habe. Mutter behauptete, sie hätte ihn gut verstanden. Ich wollte Vater wecken. Mutter riet davon ab. «Er braucht Schlaf, Vera, viel Schlaf und viel Ruhe. Das hat der Arzt auch zu Herrn Klinkhammer gesagt.»

Mutter verstand die Aufregung nicht, wollte nichts hören von Frankfurt und Pferdchen, nichts wissen von Babystrich, Heroin und Gewalt. Das war nicht ihre Welt. Es war die Welt, an der junge Menschen verzweifelten und zerbrachen. Aber uns passierte so etwas nicht. Hatte ich Vater nicht erklärt, dass André Menke sich einen üblen Scherz mit uns erlaubt hatte? Wenn es nicht Menke gewesen sein konnte, dann eben Nita oder Rena. Es änderte nichts am üblen Scherz. Und was heißt: Rena hat Menke den Schädel eingeschlagen? Ich bitte dich, Vera, was sind das für Ausdrücke? Du übertreibst wieder. Wenn die jungen Leute einen Streit hatten, muss man doch nicht mit solchen Kraftausdrücken um sich werfen!

Für mich brach eine Welt zusammen. Mutter klammerte sich an ihre heilige Ordnung. Und seltsamerweise tat sie mir Leid. Ich konnte nachvollziehen, was sie fühlte. Eine Frau ohne Boden unter den Füßen, von der Mutter allein gelassen in einer Welt, die sich einen Dreck um Stil und gute Manieren, um sorgfältig gedeckte Tische und liebevoll garnierte Torten scherte. Wem der innere Halt fehlt, der klammert sich an den äußeren Rahmen. Saubere Fingernägel und ein frisch gewaschenes Gesicht, gute Schulnoten und blitzsaubere Freunde. Man sollte sich im Alter an seinen Enkelkindern erfreuen dürfen und nicht ins Grab getrieben werden von ihnen. Irgendwann stand ich am Bankschalter und erinnerte mich nicht, das Krankenhaus verlassen zu haben. Aber ich wusste noch, dass ich Mutter eine Hand auf die Schulter gelegt und gesagt hatte: «Wahrscheinlich hast du Recht. Wenn Vater aufwacht, sag ihm, dass ich hier war. Dass ich mich gefreut habe über die gute Nachricht. Dass ich hoffe, euch bald wieder bei mir zu haben. Es wird höchste Zeit, dass ihr heimkommt. Ich schaffe das nicht allein mit dem großen Haus und dem Garten.»

Und nach einer kurzen Pause hatte ich mich erkundigt: «Würdest du mir eine Frage beantworten? Du hast doch auch etwas gehört, als Vater der Telefonhörer aus der Hand fiel. Zu Jürgen hast du gesagt, es sei Stimmengewirr gewesen. Wie klang es für dich?

Wie auf einem Bahnhof? Hast du vielleicht eine Lautsprecherdurchsage oder etwas Ähnliches gehört?»

Ein Kopfschütteln, eine nachdenkliche Miene, nach ein wenig Zögern die Auskunft: «So genau habe ich nicht darauf geachtet. Aber ein Bahnhof ... ich weiß nicht. Ich weiß gar nicht mehr, wann ich zuletzt auf einem Bahnhof war. Aber so klang es nicht. Es klang eher wie eine große Gesellschaft, die geschlossen aufbrechen will und noch auf Gäste wartet, die sich verspäten. Du weißt schon, was ich meine. Eine Situation, in der ein paar Leute ungeduldig werden und andere sie beschwichtigen. Dann hört man dieses Gemurmel. Es hat auch etwas geklingelt. Und dann hat jemand gerufen: Wo bleibst du denn?, oder: Was machst du denn? ‹Du denn›, das habe ich deutlich verstanden. Und danach war es still, als hätte jemand eine Tür geschlossen.»

Oder aufgelegt, dachte ich und empfand so etwas wie Bewunderung für Mutters Eifer und ihre Interpretation. Ich hatte nicht gewusst, dass sie so viel Phantasie besaß, aus ein paar diffusen Hintergrundgeräuschen eine Heile-Welt-Geschichte zu konstruieren. Ich unterschrieb einen Scheck, sah das reservierte Lächeln des Kassierers. Er fragte zuerst den Kontostand ab, ehe er mir das Geld aushändigte. Der Scheck war gedeckt. Es war das Geschäftskonto, der Heilige Gral, in dem die Steuergelder, die Versicherungsbeiträge, die Pacht für die Praxisräume und Jasmins und Sandra Erkens Lohn sicher verwahrt wurden. Zehntausend hatte ich auf den Scheck geschrieben.

Entweder war mir die vierte Null versehentlich aus der Hand geflossen oder mir war schon zu diesem Zeitpunkt klar, dass Vaters Scheck nicht reichte, um einen zuverlässigen Mann in eine Stadt wie Frankfurt zu schicken. Um ein Mädchen zu suchen, dass sich versteckte, weil es glaubte, einen Mann getötet zu haben. Vor einer Woche! Dass sie sich seitdem nicht mehr gemeldet hatte ... Wie mochte ihr zumute sein?

Dir kann nichts passieren, mein Schatz. Du bist minderjährig.

Niemand wird dich anklagen, nur weil du dich deiner Haut gewehrt hast. So war es doch?

Ich wusste, was geschehen war, als wäre ich dabei gewesen. Sie war eingestiegen aus Enttäuschung und Schmerz über Matthos Verlust. Sie hatte nicht abschätzen können, wohin der Weg führte. Dann hatte sie zuschauen müssen, was mit Nita geschah. Menke beschaffte Heroin und einen Freier für Nita. Und Rena hatte begriffen, dass sie die Nächste wäre. Was sie getan hatte, war Notwehr.

Man müsste Gedanken zu Fäden binden und gut sichtbar an eine Wolke knüpfen können. Lies, was ich dir an den Himmel geschrieben habe. Lies es, Rena, und komm heim. Niemand wird dir etwas tun, niemand wird dir Vorwürfe machen.

Ich saß in einem Taxi, ohne zu wissen, dass ich eingestiegen war. Eine Frau steuerte den Wagen und fragte: «Ist es da vorne?»

«Ja», sagte ich. Das Taxi hielt und ich wunderte mich, weil ich nicht daheim war. Ich zahlte, stieg aus, ging auf das Haus zu und betete, dass sie daheim war. Weil ich das nicht noch einmal tun konnte: an ihre Tür klopfen und sagen: Hilf mir! Es ist sonst niemand da, der mir hilft. Mein Vater braucht Ruhe und Schlaf. Jürgen bietet mir Valium. Anne möchte ich damit nicht belasten und meine Mutter will nichts davon hören. Hilf mir. Sag mir, dass Jürgen Recht hat. Dass meine Tochter nicht mit André Menke und Nita Kolter nach Frankfurt gefahren ist. Sag mir, sie hat dir von Mattho erzählt, von Rennbahnen und Reitställen, zu denen sie wollte. Sag mir das, bitte, bitte, bitte!

Gretchen war daheim und nicht einmal erstaunt, mich zu sehen. Sie schaute dem Taxi nach und runzelte die Stirn. «Hast du dein Auto kaputtgefahren?»

Ich schüttelte den Kopf. Sie trat von der Tür zurück und zeigte aufs Wohnzimmer. «Setz dich da rein. Ich mach dir 'n Kaffee. Oder magst du keinen?»

«Doch.»

«Magst du auch 'n Schnaps? Siehst aus, als könntest du einen brauchen.»

«Ja.»

Ich weiß nicht, wie lange ich allein im Wohnzimmer saß und den dunklen Bildschirm des Fernsehers anstarrte. Wie lange ich nackte Brüste und Männerhände darüber hüpfen sah. Und Renas von Ekel und Panik verzerrtes Gesicht. Und Mutters Blick im Krankenzimmer, wie sie zu mir aufschaute. Einen winzigen Hauch von Dankbarkeit in den Augen. Ich wusste, dass du zur Vernunft kommst, Vera. Ich erwarte auch keine Entschuldigung für deine Angriffe.

Ich weiß wirklich nicht mehr, wie lange ich den Impuls niederkämpfte, die Flucht zu ergreifen. Was willst du hier, Vera? Willst du dir von dieser Person anhören, dass es nicht weiter tragisch ist, auf diese Weise sein Geld zu verdienen? Hast du vergessen, was Rena in ihrem Tagebuch notierte? Hennessens Ansichten über diese Art von Broterwerb: «Von etwas muss sie ja leben.» Willst du Sätze hören wie: «Das muss sie von mir haben!» Tu dir das nicht an, Vera.

Fünf Minuten oder eine Ewigkeit saß ich da. Gretchen ließ sich Zeit. Oder mir? Das Zimmer war aufgeräumt, ein sauber ausgewischter Aschenbecher auf dem Tisch und eine Vase mit ein paar Astern. Zwei Kissen auf der Couch mit akkuraten Kniffen in der Mitte. In einem offenen Schrankfach eine vergilbte Fotografie hinter Glas in einem Silberrahmen. Jürgen im Alter von vier Jahren, mit schiefem Grinsen ein Baby auf dem Schoß haltend.

Endlich kam sie, hielt ein Tablett in den Händen. Kaffeekanne, Porzellan, Milch und Zucker und ein kleines Glas mit einer wasserhellen Flüssigkeit. Es war beschlagen. «Man gönnt sich ja sonst nichts», grinste sie einen Werbespot nach. «Nun kipp ihn schon, tut gut, hilft dem Magen und dem Herz und macht's der Zunge leichter.»

Ich trank das Glas in einem Zug leer. Sie füllte die beiden Tassen, setzte sich auf die Couch und häufte Zucker in ihren Kaffee. «Sieht nicht gut aus, was?», stellte sie fest und warf einen Blick zu der Fotografie auf dem Schrank hinüber.

«Wenn sie klein sind», sagte sie leise, «ist es schlimm. Da bleibt einem nur die Vorstellung, dass sie als pausbäckiges Engelchen auf einer Wolke sitzen. Und an so einen Quatsch hab ich nie geglaubt. Aber wenn man sie sechzehn Jahre lang großgezogen hat, sind sie aus dem Gröbsten raus. Da hätte man sie eh nicht mehr lange um sich gehabt. Kann man sich da nicht sagen, irgendwann gehen sie alle? Und wo sie hingehen, geht es ihnen gut?»

«Wo sie hingegangen ist, kann es ihr nicht gut gehen.»

Sie hörte mir zu, rührte bedächtig in ihrem Kaffee, ließ durch nichts erkennen, ob sich etwas in ihr regte. Als ich zum Ende kam, meinte sie: «Hört sich schlimm an, muss es aber nicht sein. Ich könnt mir denken, dass der Doktor Recht hat, dass sie nur bis zum Bahnhof mitgefahren ist. Natürlich kann's auch sein, dass sie nur das Rad am Bahnhof abgeladen haben. So viel Platz ist ja nicht in 'nem Kleinbus, wenn sie auch drin kampieren wollten.»

Sie holte tief Luft, ließ mir keine Zeit für eine Antwort. «Wenn du nur gekommen bist, um mich zu fragen, ob sie mir was erzählt hat, können wir's kurz machen. Nein, nichts darüber, dass sie weg wollte. Ich würd's dir sagen, wenn sie es getan hätte. Aber mir hat sie nicht mal erzählt, dass sie noch Freunde in der Stadt hat.»

Sie lächelte schelmisch. «Vielleicht hat sie gedacht, ich leb hinterm Mond und krieg einen Schreck, wenn sie mir von Vampiren erzählt. Josefine hat ja auch einen Schreck gekriegt. Die wird gar nicht fertig damit, im Dorf zu erzählen, wie die Kleine aussah, die auf Hennessens Hof schneite. Das hätt sie von Rena nicht gedacht, hat Josefine zur Ziegler gesagt, dass sie sich mit solchem Gesindel abgibt. Rena hätte immer so einen netten Eindruck gemacht, still und bescheiden. Da könnt man mal wieder sehen, wie man sich in den jungen Leuten täuschen kann.»

Ich wollte nicht über Hennessens Schwester und ihre Eindrücke reden. Aber anscheinend gab es für Gretchen über Rena nichts weiter zu sagen. Es sah aus, als warte sie darauf, dass ich aufstand und ging. Als ich mich nicht rührte, sprach sie weiter. «Warum wartest du nicht, bis der Polizist zurückkommt? Der wird sich kaum tagelang in Frankfurt aufhalten. Heute Abend ist er bestimmt wieder hier. So groß ist das Spesenkonto bei denen nicht, dass es für ein Hotel reicht.»

«Ich kann nicht warten.»

Sie lächelte erneut, ein bisschen wehmütig diesmal. «Konnte ich auch nie. Hab immer gedacht, morgen bin ich vielleicht tot, und dann wird nix mehr draus. Aber manchmal geht's nicht anders. Da muss man warten, auch wenn's schwer fällt. Dir wird nichts anderes übrig bleiben. Und so lang ist es doch nicht bis heute Abend.»

«Vielleicht weiß Menke nicht, wo die Mädchen sind. Und wenn er es weiß, sagt er es vielleicht nicht.»

Sie wiegte bedächtig den Kopf. «Ja, damit muss man rechnen. Und was willst du dann tun, selbst nach Frankfurt? Willst du da rumlaufen und im Dreck wühlen? Tu's, wenn du meinst, dass es sein muss. Zwei Tage geb ich dir, länger stehst du das nicht durch. Du hast keine Ahnung, wie es in der Gosse zugeht. Willst du noch 'n Schnaps?»

Ich nickte, sie ging in die Küche, kam mit der Flasche zurück, schenkte mir ein. Ich trank und sie füllte noch einmal auf.

«Sauf ruhig, manchmal hilft's. Bist ja nicht mit dem Auto. Otto kann dich fahren, wenn er von Hennes zurückkommt. Er bleibt selten länger als zwei Stunden weg.»

Was ich sie hatte fragen wollen, war beantwortet. Es gab keinen Grund, noch länger zu bleiben. Es gab auch keinen Grund, nach Otto zu fragen. Aber ich wollte nicht unhöflich sein und tat es.

«Was macht er denn bei Hennessen?»

Sie lächelte wieder. «Schönwetter. Kannst dich bei ihm bedanken, wenn er kommt. Ich hab's nicht geschafft, es Hennes auszureden. Dreimal war er hier und hat getobt, dass ihr ihm die Stute bezahlen müsst, sonst zeigt er euch an. Mindestens fünfzehn wollte er.»

«Nein, fünf», sagte ich. «Fünftausend hatten wir vereinbart.»

Ihr Lächeln bekam einen Hauch von Erbarmen. Sie füllte mein Glas zum vierten Mal. «Ich red nicht von der Bella. Die könnt ihr abschreiben. Sie ist zwar noch zu jung für die Zucht. Aber Hennes will sie jetzt behalten. Er braucht einen Ersatz für die Fuchsstute, hat er zu Otto gesagt. Otto fährt jeden Tag runter und hilft im Stall. Für Hennes allein ist es ein bisschen viel.»

Sie goss mir den fünften Schnaps ein, sagte dabei: «Hennes ist ein Schlitzohr auf seine Art. Er tut immer so, als ließe er die jungen Leute aus purer Gutmütigkeit zu jeder Tageszeit in den Stall. Dabei ist er drauf angewiesen, dass sie ihm zur Hand gehen. Rena hat ihm 'ne Menge Arbeit abgenommen. Jetzt ist sie nicht mehr da, und Udo lässt sich auch nicht mehr blicken. Na, der wird im Moment auch genug zu tun haben. Es muss sich ja einer um Kuhlmanns Vieh und die Rüben kümmern. Hennes hat vor Jahren mal gesagt, eigentlich müsste er einen Mann einstellen. Damals hat er keinen gefunden, jetzt wird er auch keinen finden. Es geht doch heute keiner mehr als Knecht. Und dann zu so einem.»

Mit fünf Gläsern Schnaps im Blut war es leicht zu begreifen. Es gab eine simple Erklärung für Jürgens feste Überzeugung von Hennessens Schuldlosigkeit.

«Er ist schwul», sagte Gretchen. «Hast du das nicht gewusst?»

Woher denn? Jürgen hatte nie etwas gesagt. Und Vater, der es ebenfalls zu wissen oder zu vermuten schien, hatte sich auch jede Andeutung verkniffen.

«Ja», seufzte Gretchen, «wenn einer Doktor ist oder Richter, kriegt er genug unter die Nase. Da zerreißt er sich nicht das Maul über so einen armen Hund. Es kann doch keiner was dafür, wie er veranlagt ist. Früher ist Hennes oft nach Köln gefahren. Es hieß sogar mal, da hätte er was Festes. Ich hab zu ihm gesagt; Hennes, wenn du einen Freund hast, warum holst du ihn nicht auf den Hof? Du hast doch Platz genug. Ja, sagte er, bei mir wär Platz, aber im Dorf nicht. Und da musste ich ihm Recht geben.»

Sie lachte leise. «Ich bin gespannt, wie lange es noch dauert, ehe es heißt, jetzt hätte er was mit Otto. Aber mich kratzt das nicht. Otto auch nicht. Otto sagte, ob ich nun hier rumsitze oder Hennes zur Hand gehe. Auf die Weise ersparen wir dem Doktor und der Vera vielleicht 'ne Menge Ärger.»

Sie sprach, als ginge Hennessen tatsächlich davon aus, wir hätten seine Zuchtstute getötet. Ich, um genau zu sein!

«Wundert dich das?», fragte sie. «Er zerbricht sich den Kopf, wer zu so einem Wahnsinn fähig ist. Mehr als zwanzig Stiche sollen es gewesen sein, ein paar in den Hals, die meisten in den Leib. Da sag ich mir auch: Wer das getan hat, kann seine fünf Sinne nicht beisammengehabt haben. Ich hab zu ihm gesagt: ‹Hennes, der Doktor würde sich nie an einem unschuldigen Tier vergreifen, eher hätte er dir den Hals durchgeschnitten. Und die Vera macht einen weiten Bogen um jedes Viehzeug, das weißt du doch.› – ‹Ja›, sagt er, ‹das weiß ich. Aber die Vera war in einer Verfassung, wo sie nicht mehr wusste, was Angst ist. Sonst wär sie nicht zu mir gekommen und hätt mir das ins Gesicht gesagt.› Es könnte nicht schaden, wenn du mal mit ihm sprichst. Das war ein starkes Stück, was du ihm da an den Kopf geknallt hast.»

«Ich war nicht die Einzige, die ihm das zugetraut hat», sagte ich und erzählte ihr von Scherers Eindruck in Friedels Kneipe. Sie kniff die Augen zusammen.

«An deiner Stelle wäre ich ein bisschen vorsichtiger, so was laut zu sagen. Am Ende hat Scherer was anderes gemeint. Und wenn du es jetzt ausposaunst, das ist nur Wasser auf die Mühlen von denen, die einer Meinung sind mit Hennes. Er ist nicht der Einzige, der denkt, ihr habt die Stute auf dem Gewissen. Ich hab schon mehr als einen sagen hören, dass es eine Verbindung geben muss. Das wäre sonst zu viel auf einmal. Es leuchtet jedem ein, dass eine Mutter oder ein Vater sich aus Wut und Schmerz rächen wollen, weil ihr Kind weg ist. Aber dass ein Mädchen verschwindet und ein paar Stunden später wird das Pferd abgeschlachtet, mit dem es meist zusammen war, und das eine hat nichts mit dem anderen zu tun, das ist nicht so leicht zu begreifen.»

Sie beugte sich vor, ihr Ton wurde eindringlich. «Und nun denk mal scharf nach. Wie lange, meinst du, wird es dauern, bis das im Dorf rum ist, was du mir gerade gesagt hast? Im Moment steht jeder noch auf eurer Seite. Das kann sich schnell ändern. Tu dir selbst einen Gefallen und sprich dich mit Hennes aus, bevor es so weit ist. Otto gibt sich Mühe. Aber du hast ihn einen Mörder genannt, das schafft man nur aus der Welt, wenn man sich persönlich gegenübersteht.»

Ich schüttelte den Kopf.

Sie zuckte lakonisch mit den Achseln. «Es war nur ein Vorschlag. Du musst selbst wissen, was du tust. Vielleicht überlegst du's dir nochmal. Wenn Hennes dich erst anzeigt, ist es zu spät. Da magst du hundertmal beweisen können, dass du in deinem Bett gelegen hast. Für die Leute hier bist du es gewesen.»

Ich spürte, dass sie nur versuchte, mich von Frankfurt fern zu halten. Aber irgendwie tat es gut. Vielleicht lag es am Alkohol. Das Gehirn von einigen Promille sanft umhüllt, sodass Klinkhammers Spekulationen nicht mehr gar so scharf anstoßen konnten, waren es nur Worte über ein totes Pferd und eine Verbindung.

Jürgen sagte, ich sei betrunken, als ich mit ihm darüber reden wollte. Dass ich mich mit Gretchens Schnaps betrunken hatte, störte ihn nicht. Ihn machte nur wütend, dass sie mir – wo ich nun endlich den hirnrissigen Gedanken an Hennessen aufgegeben hatte – einen neuen Floh ins Ohr setzte. Wir hätten genug am Hals, meinte er, da müssten wir uns nicht auch noch die Köpfe zerbrechen über den Dorfklatsch und Stuten, die uns einen Dreck angingen. Er wollte über Rena sprechen, über sonst nichts.

Wie schon in der Praxis erklärte er noch einmal lang und breit und mit drei Blutgruppen untermalt, dass sie in Hamburg sein musste. Er war sehr überzeugend. Irgendwann glaubte ich ihm, weil es einfacher war. Zuletzt sagte er, ich solle mich ins Bett legen und meinen Rausch ausschlafen. Das tat ich.

Währenddessen nahm Olgert in Frankfurt eine Plastiktüte in Empfang. Und während ich von Rennbahnen und Reitställen in Hamburg träumte, inspizierte Olgert die Kleidungsstücke, die sich in der Tüte befanden. Ein hellgraues Sweatshirt, ein Paar dunkelgraue Frotteesocken mit blauen Streifen und eine Jeanshose mit auffälligen Ziernähten.

Es waren die Sachen, die Rena am 8. September auf dem Weg zu Hennessen getragen hatte. Am frühen Nachmittag, im strömenden Regen, das Rad durch den Sturm und den Matsch schiebend. Es gab kein Namensschild in Sweatshirt oder Jeans, auch keinen Geruch nach Stall. Trotzdem muss Olgert auf Anhieb gewusst haben, wem sie gehörten. Die Jeans war bis in die Kniekehlen mit Dreckspritzern übersät.

Wann Olgert mit der voll gestopften Tüte und einer Kopie des Telefonmitschnitts aus Frankfurt zurückkam, weiß ich nicht genau. Das ist das Schlimme, man weiß nie etwas Genaues. Selbst dann nicht, wenn einem die Beweise auf den Tisch gelegt werden. Was ist denn bewiesen mit einer Tüte voller Kleidung? Was ist bewiesen mit den Strohstückchen auf dem alten Teppich, mit dem der Bus im hinteren Bereich ausgelegt war? Nur, dass Renas Kleidung und ihr Rad im Bus transportiert worden waren. In den Reifenprofilen gab es auch Strohstückchen.

Ich hatte mir vorgenommen, alles aufzuschreiben. Ich habe es nicht immer geschafft. Am Dienstag – es war der 20. September – tat ich am Vormittag das, wozu ich am Montag nicht gekommen war. Ich verließ das Haus um elf, bis dahin hatte ich gewartet, dass Klinkhammer und Olgert auftauchten. Viermal hatte ich in ihrem Büro angerufen, viermal die Auskunft bekommen, sie seien unterwegs. Viermal hatte ich gefragt, was Olgerts Besuch in Frankfurt gebracht hätte, viermal gehört, man sei nicht informiert.

Ich fuhr zur Tankstelle und danach zu Vater ins Krankenhaus. Ich wusste noch nichts von der Plastiktüte, schwankte zwischen der Überzeugung, die Jürgen meinem umnebelten Hirn eingeimpft hatte, und Klinkhammers harmloser Version, die immer noch schlimm genug war, die aber wenigstens dem Anruf einen Sinn gab. Ich versuchte, Vater das Geständnis abzulocken, dass er sich bei der Stimme am Telefon geirrt hatte, dass es durchaus ein Mädchen, dass es Rena gewesen sein könnte.

Mutter unterband meine Bemühungen, weil ich Vater zu sehr aufregte. Sie winkte mich aus dem Zimmer. «Wenn du nicht still bist, Vera, muss ich den Arzt rufen. Er meint, dass sich der Zustand deines Vaters verschlechterte, nachdem er sich bereits stabilisiert hatte, weil du diesen Buchstabenzirkus mit ihm veranstaltet hast. Und jetzt fängst du schon wieder an. Wenn du noch einmal hineingehen willst, wirst du ihm sagen, es sei alles in Ordnung. Sag ihm, die Polizei weiß, wo Rena und ihre Freunde sich aufhalten. Sag ihm, die Polizei ist sicher, dass Renas Freundin am Telefon war. Herr Klinkhammer meinte, es könnte Renas Freundin gewesen sein. Aber … Nein, ich weiß, was du ihm sagst. Rena selbst habe angerufen, weil der junge Mann einen Autounfall hatte. So sagst du es ihm, das wird ihn beruhigen.»

Ich sagte es ihm. Er reagierte nicht, drehte nur den Kopf zur Seite und schloss die Augen. So sprach ich mit Mutter, stimmte ihr zu, dass es bei den Fleischportionen in der Tiefkühltruhe und meiner augenblicklich doch sehr knappen Zeit ratsam sei, für zwei Tage zu kochen. Und dass ich mir nicht die Mühe machen sollte, sämtliche Fenster zu putzen. Dass es völlig ausreichte, wenn ich den Staub von außen trocken abwischte.

Kurz vor eins war ich wieder daheim, setzte mich ins Esszimmer und schrieb den gesamten Montag nieder. Ich kam bis zu dem Punkt, als Anne mich weckte – gegen sechs am Abend –, wo sie mir sagte, sie hätte eine Suppe gemacht. Als ich antwortete: «Ich glaube nicht, dass ich etwas davon runterbringe, ich habe scheußliche Kopfschmerzen, übel ist mir auch.» Als Annes Gesicht sich mit Ablehnung überzog. «Mutti, du darfst dich nicht so hängen lassen. Siehst du denn nicht, dass Papa Recht hat? Wenn Rena mit Nita und Menke zusammen gewesen wäre, hätte Klinkhammer längst angerufen. Olgert ist heute Morgen nach Frankfurt gefahren. Auch wenn er noch nicht wieder hier ist, er hat sich garantiert inzwischen bei Klinkhammer gemeldet. Jede Wette, Mutti, sie wissen längst Bescheid, und jetzt ist ihnen das unangenehm. Pass auf, morgen früh stehen sie mit betretenen Mienen vor der Tür und bedauern, dass sie dich unnötig aufgeregt haben. Vielleicht sind sie auch zu feige und rufen nur an.»

Bis zu dem Punkt kam ich. Sie hatten weder angerufen, noch waren sie persönlich und mit betretenen Mienen erschienen. Ich schrieb noch ein paar Sätze über Feigheit, über Polizisten, die einem den Boden unter den Füßen wegziehen und dann den Mut nicht aufbringen, ihren Irrtum einzugestehen. Und ein paar Worte über die Hoffnung, dass Jürgen Recht hatte und ich bald mit Vater reden könnte wie in alten Zeiten.

Unterbrochen wurde ich durch Anne, die aus der Schule kam. Minuten später fuhr Jürgen auf den Hof. Wir machten uns rasch etwas zu Mittag. Danach ging Anne nach oben, ich räumte die Küche auf. Jürgen fuhr zurück in die Praxis.

Ich wollte weiterschreiben über seine Wut, die inzwischen den Siedepunkt überschritten hatte. Über die Konsequenzen, die ihre Schlampigkeit für Klinkhammer und Olgert haben sollte. Bei Eiern und Brot hatte Jürgen sich genüsslich darüber ausgelassen, wen er ihnen alles auf den Hals hetzen wollte. Den guten Doktor Steinschneider und die Presse natürlich; weil die Spur nach Hamburg in der Zwischenzeit kalt geworden sein dürfte.

Danach wollte ich zu Hennessen. Mich bei ihm entschuldigen für meine haltlose Verdächtigung, mit ihm über die Fuchsstute reden, über die Verbindung, die man im Dorf vermutete. Und über Scherers Eindruck in Friedels Kneipe. Wenn Jürgen Recht hatte, stand ich doch wieder am Anfang. Aber dann stand ich am Ende.

Klinkhammer und Olgert brachten die Tüte. Sie hatten sich Zeit gelassen bis zum frühen Nachmittag, nicht aus Feigheit, nur um sicherzustellen, dass Anne daheim war. Vielleicht hatten sie gehofft, sie allein anzutreffen. Anne sollte sich die Kleidungsstücke ansehen und sagen: «Ja, diese Sachen hat meine Schwester getragen, als ich sie zum letzten Mal sah.»

Genau das sagte Anne. Ich stand dabei und hatte ein Messer im Kopf. Es schnitt mir das Gehirn in Streifen. Meine Tochter, meine hübsche, sensible, mutige, mitfühlende Rena auf dem Straßenstrich, in irgendeiner üblen Spelunke, in irgendeinem Dreckloch, in Frankfurt. Mit Prügel und Drogen von irgendeinem Schwein zur Prostitution gezwungen.

Klinkhammer ließ mich nicht aus den Augen, obwohl er ausschließlich zu Anne sprach. Sie sollte sich den anonymen Anruf anhören, den die Frankfurter Polizei routinemäßig aufgezeichnet hatte. Sie sollte sagen, ob sie die Stimme kannte und ob das Weinen identisch war mit dem, was sie beim ersten Anruf am Morgen nach Renas Verschwinden gehört hatte.

Olgert wollte auch nicht nur herumstehen und wies darauf hin, dass die Stimme äußerst schlecht zu verstehen sei. Er bat Anne um erhöhte Aufmerksamkeit.

Ihr angespanntes Gesicht sehe ich heute noch vor mir, die vor Konzentration gerunzelte Stirn, die leicht zusammengekniffenen Augen, die meinem Blick auswichen.

Es war ein Chaos an Geräuschen. Klirren, Klingeln, Rumpeln, eine nervtötende Melodie, Stimmengewirr, lautes Lachen und unverständliches Gebrüll im Hintergrund. Und über allem das Schluchzen, Schniefen und Stammeln, kaum eine verständliche Silbe.

Anne bat, es noch einmal hören zu dürfen. Ich verstand auch

beim zweiten Durchlauf nur Fragmente. Gegen meinen Willen musste ich lachen, als mir einfiel, wie Mutter die Geräuschkulisse interpretiert hatte, die aus dem herabbaumelnden Hörer gedrungen war. Eine große Gesellschaft!

Mutter hatte dabei vermutlich etliche Damen und Herren in Abendgarderobe mit Sektgläsern in den Händen vor sich gesehen, ungeduldig auf den Chauffeur wartend, der sie ins Konzert fahren sollte. Ich sah bei den Tönen vom Band besoffene, verschwitzte Kerle vor dem Tresen einer billigen Kneipe; an einer Wand hing ein Spielautomat, der ihr Grölen mit einer Kaskade aus Bimmeln, Schrillen und Gedudel zu übertönen versuchte. Neben dem Spielautomaten hing das Telefon. Und am Telefon stand ... «Nita», sagte Anne nach dem dritten Durchlauf. «Ich glaube, es ist Nita. Ich bin nicht ganz sicher, so oft hatte ich nicht mit ihr zu tun, und sie ist wirklich schlecht zu verstehen. Aber dieser Ausdruck – Yellowman –, so hat sie Menke in letzter Zeit genannt, weil er sich die Haare hatte färben lassen. Meine Schwester sprach davon.»

Ich hatte nichts gehört von Yellowman. Ich hatte aus dem Wust nur ein Wort deutlich herausgefiltert: Pferdchen. Und dahinter ein paar von Schluchzern zerhackte Silben, die in meinen Ohren wie «... wollte das nicht tun ...» geklungen hatten.

Olgert nickte, als sei ihm die Sache mit Menkes Haaren bestens bekannt. «Sind Sie sicher, dass es nicht Ihre Schwester ist?»

Anne nickte energisch.

Olgert fragte: «Und das Weinen, erkennen Sie es wieder?»

Anne schürzte die Lippen, hob die Schultern an und ließ sie wieder sinken. «Es klingt so ähnlich wie das von Freitagmorgen. Das heißt, jetzt, wo ich es nicht mehr höre, klingt es so ähnlich. Gerade dachte ich noch, es wäre ganz anders. Aber – ich meine – wenn jemand so fix und fertig ist und wenn er einmal etwas sagt und einmal nicht, dann kann man nicht ...» Noch ein hilfloses Schulterzucken und ein verhaltenes Kopfschütteln. «Es tut mir Leid, ich kann es nicht mit Sicherheit sagen.»

Klinkhammer bedankte sich bei Anne und wandte sich mir zu. Er setzte eine ernste Miene auf, sein Tonfall wurde beschwörend. Seine Hände kamen nicht so schnell nach, wie ihm die Haare ins Gesicht fielen. Er wechselte sich mit Olgert ab, und sie überboten sich gegenseitig mit ihren Beschwichtigungen.

Liebe Frau Zardiss, die Kleidung beweist *überhaupt* nichts! Blut von drei Personen, das steht fest. Zwei Männer und *ein* Mädchen! Ein drogensüchtiges Mädchen, Nita Kolter hat gefixt, das wissen wir mit Sicherheit. Wir haben in ihrem Zimmer diverse Hinweise gefunden. Und wir haben jetzt einen Zeugen, Frau Zardiss! Ein junger Mann, der wenige Minuten nach zehn an dem Donnerstagabend an Hennessens Hof vorbeifuhr.

Unser Zeuge sah den grauen Kleinbus bei der Einfahrt, er sah einen Mann und ein Mädchen dabeistehen. Das Mädchen trug einen gelben Umhang mit Kapuze. Der Mann hob ein Rad in den Bus und schloss die Hecktür. Dann ging er zur Fahrertür. Das Mädchen folgte zwar. Aber dass es einstieg, hat unser Zeuge nicht beobachtet.

Wie denn auch? Da war eine lang gezogene Kurve, da war jede Menge Wasser auf der Fahrbahn. Da hatte ein Autofahrer Besseres zu tun, als einen Mann und ein Mädchen im Regen zu betrachten.

Nein, da irrte ich mich. Der Zeuge hatte die Szene aufmerksam im Rückspiegel verfolgt, weil es für ihn so aussah, als brauchte das Mädchen Hilfe. Es hielt nämlich mit beiden Händen ein Bündel gegen die Brust gepresst, vermutlich die Plastiktüte. Und der Mann versuchte, das Bündel an sich zu nehmen. Sie rauften darum, der Mann behielt die Oberhand, stieg mit seiner Beute ein und schloss die Tür. Das Mädchen klopfte mit beiden Händen dagegen, stand mit hängenden Schultern da. Und dann … hatte der Autofahrer die lang gezogene Kurve passiert, die ersten Häuser versperrten ihm die Sicht nach hinten. Auf die Idee, der Sache im strömenden Regen auf den Grund zu gehen, kam er nicht.

Nun haben wir zwei Möglichkeiten, Frau Zardiss. Ihre Tochter kann zur Beifahrerseite gegangen und dort eingestiegen sein. Oder nicht. Wenn sie eingestiegen ist, ist sie vielleicht nur ein kurzes Stück mitgefahren. Sie wollte vermutlich zum Hof der von Wirths und könnte André Menke gebeten haben, sie dorthin zu bringen. Mehr können wir im Moment leider nicht sagen.

Keine Rede mehr davon, dass Rena Menke zusammengeschlagen haben könnte. Es war ja auch nur eine wilde Spekulation gewesen. In Frankfurt hatte nie ein Mensch daran geglaubt. Wenn ein junges Mädchen sich bedroht fühlt und in Panik gerät, schlägt es blindlings zu – auf eine Stelle oder auf jede, die es treffen kann. Es zerschlägt nicht systematisch Hände, Arme, Rippen, Unterschenkel und Kniescheiben. Diese Methoden waren in gewissen Kreisen üblich, um einem Würstchen vom Lande zu zeigen, dass es Grenzen gab für die Konkurrenz.

Mir schluchzte immer noch Nita in den Ohren: «Pferdchen wollte das nicht tun.» Klinkhammer strich ein letztes Mal seine Mähne zurück und sagte: «Wir müssen warten, Frau Zardiss, bis wir mit Menke reden können.»

Sie konnten nicht mehr mit ihm reden.

André Menke starb am nächsten Tag – ohne das Bewusstsein wiedererlangt, ohne die Möglichkeit gehabt zu haben, der Polizei einen Hinweis auf seinen Angreifer und das, was mit dem oder den Mädchen geschehen war, geben zu können.

Als Klinkhammer es sagte, wussten sie schon, dass kein Mensch mehr mit André Menke reden konnte. Und trotzdem sagte er es. Anne erinnerte sich genau, als sie am Freitag aus der Schule kam. An einem Freitag war eine Todesanzeige in der Tageszeitung. Ich hatte die Zeitung erst aufgeschlagen, nachdem Anne und Jürgen das Haus verlassen hatten. Aber ich saß noch davor am Küchentisch, als Anne heimkam. Sie warf einen Blick über meine Schulter und regte sich minutenlang über die Verlogenheit unserer Gesellschaft auf. Damit war nicht nur die Polizei gemeint.

«In tiefer Trauer um unseren geliebten Sohn André, der durch ein grausames Verbrechen von unserer Seite gerissen wurde».

«Arschlöcher», sagte Anne. Es war das erste Mal, dass ich diesen Ausdruck von ihr hörte. «Vor ein paar Wochen hat Menkes Vater zu Patricks Vater gesagt, wenn es so weitergeht mit André, schlägt er ihm bald den Schädel ein. Der ist doch froh, dass ihm einer die Arbeit abgenommen hat.»

Unter dem Freitag habe ich nur diese Eintragung, die von Bedeutung wäre. Noch ein paar Sätze Wut, ein paar Worte Ohnmacht. Und ein Dutzend leerer Zeilen, die das wiedergaben, was ich fühlte. Mochte die Polizei sich noch so viel Mühe geben, uns in der Luft hängen zu lassen. Mir reichten die schmutzige Jeans und das Sweatshirt als Beweis. Rena war dabei gewesen. Und Menkes Tod hatte den letzten Funken Hoffnung in mir erstickt.

Es war, als hätten sie mir mit der Plastiktüte einen Grabstein gezeigt. Und die Todesanzeige setzte die Inschrift darauf. Keine Chance mehr, sie rechtzeitig zu finden! Meine Rena, das hübsche Mädchen mit den blonden Haaren und dem Herzen voller Pferde kaputtgemacht von wilden Tieren.

Wochenende. Das dritte!

Totenstille im Haus und im Innern. Keine Nibelungenlieder, keine kessen Sprüche, kein flinkes Unter-der-Dusche-Verschwinden, weil Großmutter sonst Zustände bekam. Ob sie da, wo sie jetzt war, duschen konnte? Es musste doch eine Möglichkeit geben, den Dreck abzuwaschen.

Jürgen fuhr samstags in die Stadt, um diverse Besorgungen zu machen. Aber wichtiger als Brot, Aufschnitt und ein paar Fertiggerichte war für ihn der Besuch bei unseren Freunden und Helfern. Klinkhammer hatte ihn am Freitag in der Praxis angerufen und gebeten, allein zu kommen. Jürgen sollte sich das Frankfurt-Band ebenfalls anhören. Und ihm präsentierten sie eine gereinigte Version. Er sprach erst davon, als er zurückkam. Was sie ihm sonst noch präsentiert hatten, erwähnte er nicht.

Ich fragte ihn, warum er das nicht eher gesagt hatte. Ich wäre gerne mitgefahren, weil ich von Nitas Worten nur einen Satz mit Sicherheit verstanden hatte. Jürgen meinte, da könne ich froh sein, alles andere sei nur Unsinn. Seine Miene war wie ein Stacheldrahtzaun, hinter dem sich Eisberge türmen.

Ein Tontechniker hatte sich viel Mühe gegeben, die Stimme aus dem Chaos herauszufiltern. Für Jürgen gab es nicht den geringsten Zweifel, weder bei der Stimme noch beim Weinen in der Nacht zum Montag. Wenn Anne sich ihrer Sache beim ersten Anruf nicht hundertprozentig sicher war, Jürgen war es und damit basta!

Nita hatte dreimal bei uns angerufen! Beim letzten Mal hatte sie fast unseren armen Vater, Schwiegervater und Großvater auf den Friedhof gebracht. Und wenn Jürgen das verdammte Kolter-Weib jemals in seine Finger bekam, er wollte ihr das verkorkste Hirn aus dem Schädel reißen. Punkt und Schluss.

Anne weinte ein paar Tränen und spekulierte, welche Veranlassung Nita gehabt haben könnte, sich bei uns zu melden. Es musste einen besonderen Grund gegeben haben, sonst hätte sie uns niemals angerufen. Vielleicht hatte der Fremde im Bus nicht nur Menke auf dem Gewissen, vielleicht hatte er auch Rena getötet, weil sie sich wehrte. Und Nita hatte gesehen, wie Rena starb. Nun bereute sie, Rena mitgenommen zu haben, und wollte sich bei uns entschuldigen. Das erklärte für Anne den letzten, jedoch nicht die ersten beiden Anrufe. Da war doch noch gar nichts passiert!

Jürgen verbot Anne den Mund. Dem Nächsten, der in seiner Gegenwart den Namen Nita aussprach, wollte er die Zähne einschlagen.

Ich sah Rena nicht tot. Ich sah nur tote Bilder. Rena auf einer schmutzigen Matratze, über ihr ein stinkendes, schwitzendes, fettes Bündel Mann. Und Nita sagte: «Pferdchen wollte das nicht tun.»

Ich sah sie im Krankenbett mit diesem komplizierten Bruch, wie sie ihr Gesicht von mir wegdrehte. «Ist doch mein Fuß.»

Mein Fuß, mein Leben! Ich habe mich durch eigene Blödheit in diese Lage gebracht, Mutti, ich trage die Konsequenzen allein. Ich stehe es durch bis zum bitteren Ende. Was soll ich dich um Hilfe bitten, Mutti? Du hörst mich doch nicht, wenn ich rufe. Du hast mich doch gar nicht gewollt.

Das war das Schlimmste. Oder nicht. Ich weiß nicht, was das Schlimmste war. Heute dies und morgen das und übermorgen jenes. Und jeden Tag warten!

Vater ging es besser. Er saß aufrecht im Bett, als wir ihn am Sonntag besuchten. Er lächelte uns entgegen, und es war nicht mehr so schief. Seine rechte Hand lag wie ein totes Tier auf dem Laken. Die Linke zu beherrschen schien ihm viel Mühe zu bereiten. Eine Tasse konnte er nicht halten. Mutter ließ ihn trinken. Zwei, drei Worte – ein Schluck Tee.

Er konnte tatsächlich reden. Seine Sprache klang verwaschen wie die eines Volltrunkenen. Mir gelang es nicht, mich darauf zu konzentrieren und den wenigen Worten zwischen den Teeschlucken einen Sinn abzugewinnen. Aber ich hatte auch zu viel anderes im Kopf.

Ich saß da, schaute ihn an, lächelte, wenn sein besorgter Blick mich traf. Und manchmal glaubte ich, der graue Kleinbus müsse durch mein Lächeln brechen und ihm in den Schoß fallen. Und mit dem Bus ein toter André Menke, eine im Drogenrausch handlungsunfähige Nita und Rena, ein hübsches, junges, unschuldiges Mädchen, an dem jeder Freier seine helle Freude hätte.

Vater sprach von Klinkhammer, so viel bekam ich mit. Klinkhammer war am Freitag im Krankenhaus gewesen, mit drei Bändern. Einmal der komplette Mitschnitt aus Frankfurt, einmal nur die Stimme, einmal der Hintergrund.

Vater war verärgert und Mutter besorgt, dass er sich erneut aufregte. Plötzlich sprachen sie beide gleichzeitig und gerieten beinahe in Streit über das, was sie an dem Montag durch das Telefon gehört hatten. Mutter bestand auf der feinen Gesellschaft, dem dezenten Gemurmel und dem Ruf im Hintergrund. Vater beharrte auf völliger Stille und einem markanten Schlag.

«Westminster», sagte er energisch und versprühte Teetröpfchen über das Laken und seine nutzlose Hand. Die Linke unterstrich die Worte mit heftigen Bewegungen. Mutter hielt ihm die Tasse an die Lippen, er winkte unwillig ab und sagte: «Drei Minuten vor!»

«Ich weiß», sagte Jürgen. Er klang mit einem Mal müde und niedergeschlagen, tätschelte Vaters Hand und warf mir einen raschen, undefinierbaren Blick zu. «Klinkhammer hat's mir gestern gesagt. Aber du musst dich geirrt haben, Vater. Westminster hat keinen Schlag. Es kann höchstens Big Ben gewesen sein. Warte mal, vielleicht kriege ich das hin.»

Jürgen gab ein paar Töne von sich, in denen ich eine bestimmte Melodie erkannte. Vater geriet völlig außer sich, die linke Hand gestikulierte wild, er schüttelte den Kopf, nickte gleichzeitig und stieß ein paar Silben hervor, die entweder nur oder Uhr oder beides heißen sollten.

Und plötzlich war das Bild nicht mehr tot. Ich sah und hörte den Montagmorgen in Frankfurt. Rena und Nita sind allein im Bus. Nita geht es schlecht, sie hat Entzugserscheinungen, braucht dringend einen Schuss. Rena tröstet und beruhigt sie, versucht zu helfen, so gut sie kann.

Menke kommt zurück. Zusammen mit einem Fremden. Der Fremde sieht die beiden Mädchen. Ohne weißen Puder und rote Augenringe mochte auch Nita hübsch sein. Sie bekommt ihre Prise und der Mann bekommt sie. Aber danach geht er nicht. Er will Rena.

Da fiel mir siedend heiß ein, dass sie zum Zeitpunkt des Überfalls wirklich nicht im Bus gewesen sein konnte. Sie musste ihn zusammen mit Menke verlassen haben, bevor der Fremde anfing, sich mit Nita zu vergnügen. Das war meine Prise, ein Tröpfchen LSD im grauen Chaos, mein Hoffnungsfunke. Es gab noch nichts, woran ich ihn festmachen konnte, aber ich war mir sicher.

Rena und Menke warten draußen! Rena hat Angst, sie könnte die Nächste sein. Menke sagt: «Ich schau mal nach, wie lange das noch dauert.» Er steigt in den Bus und Rena nutzt die Gelegenheit. Sie läuft davon! Zum Bahnhof! Aber Nita wusste das nicht. Nita sah nur, wie der Fremde über Menke herfiel und dass Rena nicht mehr da war. Und da dachte Nita …

Am Montag bestand Jürgen darauf, dass ich mit ihm in die Praxis fuhr. Er fand, es würde allmählich Zeit, dass wir zum normalen Alltag zurückkehrten. Sandra Erken könne sich nicht teilen zwischen Labor und der Assistenz am Stuhl und sei auf Dauer auch nicht bereit, zusätzlich nachmittags zu arbeiten.

Wir hatten eine kurze Nacht hinter uns, stundenlang geredet, gestritten und geflucht. Ich wollte wissen, was er am Samstag von Klinkhammer erfahren hatte, ob da noch mehr gewesen war als diese Bänder. Er wollte es mir nicht sagen. Ich wollte wissen, was Westminster und Big Ben bedeuteten, ob die Möglichkeit bestand, dass Rena in England war. Jürgen wollte mir eine Pille aufzwingen. Ich schlug sie ihm aus der Hand und schloss mich im Bad ein. Er trommelte gegen die Tür, brüllte: «Komm raus, Vera. Mach keinen Blödsinn. Was tust du da? Jetzt mach die Tür auf, verdammt, oder ich trete sie ein.» Er brüllte so lange, bis Anne erschien und sich ängstlich erkundigte, was los sei.

Jürgen sagte: «Jetzt ist sie völlig durchgedreht. Sie will nach London. Sprich du mit ihr. Ich weiß nicht, was ich noch sagen soll.»

Das wusste Anne auch nicht. So standen sie vor der Tür und unterhielten sich im Flüsterton über das, was ich möglicherweise aufgeschnappt und natürlich wieder in den falschen Hals bekommen hatte. Über den Wahnsinn, der einem abverlangt wird, den Mund halten zu müssen, während die Leute, die diesen Befehl erteilen, das Maul zu weit aufreißen.

Ich verstand nicht alles. Und aus dem bisschen ließ sich nicht erkennen, über wen sie sprachen. Nach einer halben Stunde schickte

Jürgen Anne zurück ins Bett. Ich wickelte mich in seinen und meinen Bademantel und weinte mich auf dem Wannenvorleger in den Schlaf.

Kurz nach sechs klopfte Jürgen wieder an die Tür, dezent diesmal, er brüllte auch nicht. «Mach auf, Vera. Lass mich rein, ich muss mal aufs Klo.» Zwei Stunden später saßen wir im Auto.

Wie an den Vormittagen üblich, nahmen wir den BMW. Um halb neun waren wir in der Praxis. Im Wartezimmer saßen zwei Frauen, Jasmin füllte hinter der Anmeldung irgendein Formular aus, Sandra Erken war im Labor mit einer Urinprobe beschäftigt. Jürgen schickte mich, ihr auf die Finger zu schauen, was völlig überflüssig war. Er ging ins Sprechzimmer.

Es gab im Labor nichts zu sehen. Sandra verstand ihre Arbeit besser als ich. Positiv! Sie las das Ergebnis vom Test ab und sagte: «Das gibt bestimmt Ärger. Letztes Jahr hat sich der Mann von der Jankowik sterilisieren lassen. Und jetzt ist sie schwanger. Jede Wette, sie will's weggemacht haben.»

Freda Jankowik ging mich nichts an, ihr sterilisierter Mann ebenso wenig. Aber es war zu viel, zu persönlich. Ich schaffte es mit steifem Gesicht bis ins Sprechzimmer. Jürgen saß nicht hinter seinem Schreibtisch. Er stand davor, mit dem Rücken zur Tür, sodass er mich nicht sofort bemerkte.

Er telefonierte und sagte gerade: «Sie haben Nerven, Mann! Und warum verzögert sich das? – Ja, natürlich werde ich dafür sorgen, was bleibt mir denn anderes?»

Er zuckte zusammen und fuhr zu mir herum, als ich sagte: «Du wirst ihr keinen Freibrief ausstellen.»

«Was?»

«Freda Jankowik ist schwanger. Du wirst nicht zulassen, dass sie abtreibt.»

«Sag mal, spinnst du?» Jürgen schüttelte unwillig den Kopf und sagte ins Telefon: «Entschuldigung, meine Frau ist gerade hereingekommen. – Ja, ich werde es ausrichten.» Er legte auf und sagte:

«Einen schönen Gruß von Klinkhammer. Du sollst dir nicht so viele Gedanken machen.»

Meine Gedanken, fand ich, gingen Klinkhammer nichts an. «Lass mich mit ihr reden, wenn sie es nicht will.»

Jürgen nickte. «Ja, schon gut. Bist du jetzt so nett und übernimmst die Anmeldung? Schick Jasmin herein, sie soll mir helfen.»

«Nein! Das mache ich. Ich habe es immer gemacht, ich werde es auch jetzt tun.»

«Irrtum», widersprach er ruhig. «Du gehst jetzt hinaus, Vera, und setzt dich da draußen hin. Und wenn das Telefon klingelt, hebst du ab, und wenn jemand kommt, legst du die Unterlagen bereit. Du wirst auf keinen Fall daneben stehen, wenn ich Freda Jankowik untersuche. Und du wirst ihr auf gar keinen Fall von einem Kind erzählen, das du nicht wolltest, das du trotzdem bekommen hast. Das dich jetzt um den Verstand bringt. Nun geh schon.»

Er drückte auf den Knopf der Rufanlage und sagte mit seiner freundlich neutralen Arztstimme: «Frau Jankowik.»

Dann schob er mich mit den Augen zur Tür. Und obwohl Freda Jankowik die Tür hinter sich schloss, schob er mich weiter bis hinter den Tresen der Anmeldung. Dann saß ich da und dachte: Big Ben, das ist London! Rena war immer ein kleines Biest auf ihre Art. Was sie erfahren wollte, konnte niemand vor ihr verbergen. Irgendwie hat sie es herausgefunden. Dass Nita und Menke zur gleichen Zeit abhauen wollten, kam ihr sehr gelegen. Sie hat die beiden gebeten, sie bis zum Bahnhof mitzunehmen. Dann hat sie beim Aussteigen die Tüte mit der schmutzigen Kleidung im Bus vergessen. Und das Fahrrad brauchte sie nicht mehr. So könnte es gewesen sein. Mit fünfhundert Mark und dem Pass im Brustbeutel. Was kostet eine Fahrkarte von Köln nach Hamburg? Was kostet ein Flugticket von Hamburg nach London? Unsinn, Vera, denk logisch und auf kurzen Wegen. Von Köln–Bonn nach London.

Kurz nach elf rief Jürgen mich ins Sprechzimmer. Sandra Erken kam mir mit betretener Miene entgegen und flüsterte im Vorbeigehen: «Es tut mir Leid, Frau Zardiss, wenn ich geahnt hätte …»

Jürgen hatte ihr am Donnerstag einen Scheck gegeben, um die Überstunden abzugelten. Sie war am Freitag zur Bank gegangen. Die Bank hatte den Scheck nicht eingelöst. Es war ihr sehr peinlich, dass Jürgen in ihrem Beisein telefoniert hatte, weil er sich das nicht erklären konnte.

Er saß hinter seinem Schreibtisch wie das göttliche Strafgericht. Die Finger trommelten auf der Platte. Und kaum hatte ich die Tür hinter mir geschlossen, donnerte die Faust herunter. «Hast du völlig den Verstand verloren?» Man musste ihn bis auf die Straße hören. «Wo ist das Geld? Was hast du damit gemacht?»

Nur den Tank gefüllt. Der Rest wartete in meiner Handtasche darauf, dem zuverlässigen Mann in die Finger gedrückt zu werden. Ich konnte mich doch nicht teilen. Frankfurt, das hätte ich bewältigt und Gretchen bewiesen, dass ich es länger als zwei Tage durchstand, im Dreck zu wühlen. Aber London und Frankfurt … Da wollte ich einen Mann mit eisernen Nerven in die Gosse schicken und selbst die Gegend um Big Ben absuchen.

Jürgen nahm mir das Geld weg. Als wir mittags heimfuhren, sagte ich: «Glaub nicht, dass du mich auf die Weise daran hinderst, etwas zu unternehmen. Ich habe lange genug gewartet und zugeschaut, wie die Polizei uns für dumm verkauft. Ich fahre morgen nach Frankfurt. Ich muss nicht in der Gosse anfangen. Ich werde es zuerst im Zoo versuchen.»

Jürgen konnte mir nicht folgen und ich ihm nicht. Seine Wege liefen geradeaus. Jedes Hindernis wurde frontal genommen; manchmal holte er sich blutige Knie, aber er ließ sich nicht die Seele zerkratzen. Er fragte, ob ich Hühnerragout mit Reis oder Kassler mit Sauerkraut zu Mittag essen wollte. Anne war noch nicht daheim. Es nieselte leicht.

«Du bist wie meine Mutter», sagte ich. «Was dir nicht in den Kram passt, wird einfach beiseite geschoben. Solange Kinder keine

Probleme machen, ist es nett, welche zu haben. Aber wehe, es tanzt mal eins aus der Reihe, dann ist die Tür zu. Von wem hast du diese Einstellung, von Gretchen oder von deinem Vater?»

Er antwortete nicht, riss die erste Packung auf und schob eine Schale in die Mikrowelle.

«Ich will das Geld wiederhaben! Das heißt nicht, dass ich alles ausgebe. Ich will es nur haben, damit ich jemanden engagieren kann, wenn ich allein nicht weiterkomme. Wenn du es mir nicht zurückgibst, gehe ich morgen zur Bank, und dann hole ich mir zwanzigtausend.»

«Keine müde Mark, Vera. Sie werden keinen Scheck mehr einlösen, den du ausgestellt hast. Es tut mir Leid, aber ich kann nicht zulassen, dass du mich in Schwierigkeiten bringst.»

«Wer ist hier in Schwierigkeiten? Du sitzt doch warm und gemütlich. Du musst nicht befürchten, dass dir irgendein Dreckskerl zwischen die Beine greift.»

«Du auch nicht», sagte er, hielt den Blick auf die Mikrowelle gerichtet. «Und du musst es auch nicht für Rena befürchten.» Er atmete tief durch. «Vera, sie ist nicht in Frankfurt, sie ist auch nicht in London. Ich hätte dir das am Samstag schon sagen sollen. Aber ich dachte ... Ach, Scheiße! Es ist doch alles egal! Sie ist nicht eingestiegen, Vera. Sie ist – irgendwo hier in der Nähe, meint Klinkhammer.»

Wenn er nur nicht so ruhig gewesen wäre oder so kalt.

«Hier in der Nähe?», schrie ich. «Für wie blöd hältst du mich eigentlich? Was versuchst du mir einzureden? Dich hat doch nie interessiert, was aus ihr wurde. Sie hat um deine Anerkennung gebettelt und du hast sie geflissentlich übersehen. Sie war ja nur unser Problemkind. Es hätte ein paar Mark gekostet, ihr die Nachhilfestunden zu gönnen. Sie hätte sie dringend gebraucht und sie wollte sie. Und es wäre – verdammt nochmal – auch nicht so teuer geworden, dass du dir den BMW hättest verkneifen müssen. Ich will das Geld. Gib mir das Geld zurück.»

«Vera!» Es war ein ganz neuer Ton. Danach herrschte sekundenlang Stille. Er versuchte meinen Blick einzufangen. Ich schaute zum Küchenfenster hinaus. «Ich warne dich, Vera. Reiß dich zusammen. Wenn du so weitermachst, frage ich die Jankowik beim nächsten Termin, ob sie mir ihren Anwalt empfehlen kann.»

Anne kam über den Hof geradelt, fuhr in die Scheune, kam Sekunden später wieder zum Vorschein. Sie warf einen Blick zum verhangenen Himmel hinauf, rümpfte die Nase, setzte sich in Bewegung.

«Du?», fragte ich. «Zum Anwalt? Das glaube ich erst, wenn ich es schriftlich bekomme. Aber von mir aus gerne. Lass uns doch kurz durchrechnen, wie wir am Ende dastehen. Der Hof gehört meinem Vater, der BMW gehört der Bank. Der Fiesta gehört mir. Bleibt für dich die Praxis. Wenn ich weiter für dich arbeiten soll, über mein Gehalt werden wir uns sicher einig. Ich will nicht kleinlich sein. Ich kriege zwanzigtausend für die beiden Jahre. Du hast mehr als das Dreifache von der Steuer abgesetzt, das weiß ich. Und du willst doch sicher keine Schwierigkeiten mit dem Finanzamt.»

Jürgen schürzte die Lippen und nickte bedächtig. Die Haustür ging auf und verhinderte, dass er mir antwortete. Schon in der Diele sprudelte Anne los.

«Gut, dass ihr da seid. Papa, du musst mir einen Gefallen tun. Neulich habe ich Udo von Wirth in der Stadt getroffen. Es ist schon über eine Woche her. Das war der Freitag, wo es so geregnet hat. Ich habe es Mutti erzählt. Er fragte, ob er mich mitnehmen kann. Ich habe mir nichts dabei gedacht und bin eingestiegen. Aber ich glaube, das war ein Fehler. Seitdem …»

Mitten in der Küche versiegte der Wasserfall. Anne stutzte, ließ den Blick von seinem zu meinem Gesicht wandern. «Was ist los? Ihr seht so komisch aus.»

Jürgen grinste unfroh. «Das kommt vom komischen Leben. Es war doch eine lustige Nacht.» Etwas ruhiger fügte er hinzu: «Ich denke, Udo hat sein Auto zu Schrott gefahren.»

Anne zögerte kurz, ehe sie erklärte: «Er fährt im Moment das von seinem Schwager. Einen blauen Kombi. Er meinte, es sei Platz genug für mein Rad und sein Schwager hätte bestimmt nichts dagegen.»

Jürgen grinste weiter. «Das kann ich mir auch nicht vorstellen. Kuhlmann ist ein großzügiger Mensch. Vielleicht leiht er mir seinen Wagen später auch mal.»

Anne wusste mit dieser Bemerkung nichts anzufangen, stellte fest: «Du nimmst mich nicht ernst», und beteuerte eilig: «Für mich wird das zum Problem, Papa. Mir tut es Leid, dass ich an dem Freitag mit ihm gefahren bin. Für ihn heißt das wahrscheinlich schon, dass wir jetzt dicke Freunde sind. Aber was meinst du, was Patrick mir erzählt, wenn ich mich ständig von einem anderen heimfahren lasse?»

«Um ehrlich zu sein», sagte Jürgen, «interessiert es mich im Moment herzlich wenig, was Patrick dir erzählen könnte. Meinst du nicht, wir hätten andere Dinge, über die wir uns den Kopf zerbrechen sollten?»

Anne warf mir einen unsicheren Blick zu, doch so schnell gab sie nicht auf. «Das weiß ich. Und ich würde dich nicht damit belästigen, wenn ich allein damit klarkäme. Aber Udo lässt mich nicht in Ruhe. Er war heute nicht zum zweiten Mal an der Schule. Und dass es an dem Freitag ein Zufall war, glaube ich auch nicht mehr. Ich meine, wenn er aus dem Krankenhaus kam, wie er mir erzählt hat, wäre er gar nicht an der Schule vorbeigekommen. Er tut mir Leid, ehrlich, Papa. Ich verstehe, dass er jemanden sucht, mit dem er reden kann. Aber ich bin nicht Rena. Und ich will mit ihm nicht über sie sprechen. Auch nicht über seine Schwester oder seinen Schwager. Wenn du ihm sagst, er soll mich in Ruhe lassen, wird er es tun. Ich habe es versucht, aber er lässt einfach nicht locker. Er ist eben eine ganze Weile vor mir hergefahren, hat immer wieder angehalten. Ich musste jedes Mal vom Rad steigen. Einmal bin ich fast gestürzt.»

«Jetzt mach doch kein Drama draus», fuhr Jürgen sie an. «Udo hat es nur gut gemeint. Vielleicht denkst du bei Gelegenheit einmal darüber nach, wie ihm zumute ist. Im Dorf hört er an jeder Ecke, dass Rena zu ihm wollte. Wie oft mag der arme Kerl sich wohl schon ausgemalt haben, wie wir jetzt hier säßen, wenn er daheim gewesen wäre?»

Bevor Anne dazu kam, ihm zu antworten, stürmte Jürgen in die Diele und polterte die Treppe hinauf. Oben knallte eine Tür. Anne starrte ihm betroffen nach, blies die Backen auf, ließ die Luft langsam entweichen und erkundigte sich zögernd: «Habt ihr – etwas Neues von der Polizei gehört?»

Ich schüttelte nur den Kopf. Dass Udo von Wirth sich bereits ausgemalt hatte, wie wir jetzt säßen, konnte ich mir nur schwer vorstellen. Es dürften Jürgens Gedanken gewesen sein. Sie in dieser Weise auszusprechen machte deutlich, wie ihm zumute war.

Anne entdeckte das Hühnerragout. Ihre Stimme klang noch belegt und unsicher. «Hast du das für dich rausgenommen?»

Ich schüttelte noch einmal den Kopf.

«Kann ich es haben?»

Das Menü in der Packung war kalorienvermindert.

«Von mir aus», sagte ich.

Niemand hatte darauf geachtet, dass die Mikrowelle längst abgeschaltet hatte. Anne öffnete sie, nahm die Schale mit Kassler und Sauerkraut heraus, schob ihr Ragout hinein und studierte übereifrig die Angaben auf der Packung.

Sie hatte sich noch nicht die Zeit genommen, ihre Jacke und die Schuhe auszuziehen. Und über der Jacke trug sie ihr Regencape! Diesen neongelben Nylonumhang mit Kapuze, der sich zu einem winzigen Päckchen zusammenfalten ließ und problemlos in der Schultasche unterzubringen war.

Ich vergaß Jürgens Gedanken und den einen Moment, wo ich geglaubt hatte zu ahnen, dass er sich ebenso mies und elend fühlte wie ich, dass er sich nur bemühte, unser Leben zusammenzuhalten. Mein Herz schwoll auf die dreifache Größe an. Ich hatte den Anker gefunden, an den ich meine Hoffnung ketten konnte.

Renas Cape! Es musste geregnet haben an dem Montagmorgen in Frankfurt, als Menke mit dem Fremden zum Bus kam. Rena hatte ihren Umhang getragen, als sie den Reitstall verließ. Aber die Polizei hatte ihn nicht im Bus gefunden. Und in der Tüte war er auch nicht gewesen.

Ich schnappte mir die Schale mit dem Sauerkraut und lief hinauf. Jürgen stand in unserem Schlafzimmer am Fenster, stand einfach nur da und schaute in den trüben Tag hinaus.

«Hier», sagte ich, «iss etwas.»

«Lass mich in Ruhe, Vera.»

«Du musst mir das Geld zurückgeben, bitte. Ich brauche es.»

Er schüttelte den Kopf. «Kommt nicht in Frage.»

«Jürgen, bitte. Wir müssen etwas unternehmen.»

Endlich drehte er sich zu mir um und lachte kurz auf. «Weißt du, wie oft ich mir in den letzten Tagen gewünscht habe, ich hätte dir damals den Gefallen getan? Eine schöne, saubere Abtreibung und ein friedliches Leben. Du hättest mich verlassen, das weiß ich. Aber wir könnten heute die dicksten Freunde sein. Und wir wären beide stolz auf Anne.»

Ich konnte ihn nur anstarren.

Er verzog das Gesicht, als wolle er grinsen: «Und weißt du, was ich mir im Moment wünsche? Wir hätten sie auf dem Feldweg gefunden. Von mir aus abgeschlachtet wie die Stute. Im ersten Moment wären wir beide verrückt geworden. Du wärst neben der Leiche zusammengebrochen. Du hättest bis zur Beerdigung mit Heulkrämpfen im Bett gelegen. Du hättest danach ein paar Wochen gebraucht, um wieder auf die Beine zu kommen. Aber das hätten wir überstanden. Das hier, Vera, das überstehen wir nicht.»

8. Kapitel

Es gibt Minuten, die ich gern aus der Zeit radieren möchte. Die Minuten mit Jürgen im Schlafzimmer gehören dazu. Ich wusste, dass er nicht wirklich meinte, was er sagte. Dass er nur zum Ausdruck bringen wollte, wie sehr die Ungewissheit ihn belastete. Dieses Hin und Her, Auf und Ab, heute so und morgen schon wieder ganz anders.

Klinkhammer und Olgert haben ihm eine Menge zugemutet, viel mehr als mir. Ich war für sie die unberechenbare Person, eine Frau, die zu übereiltem, konfusem und destruktivem Handeln neigt. Dabei hatte ich bis dahin nichts Übereiltes oder Destruktives getan.

Gut, ich war zu Hennessen marschiert. Aber man hatte Verständnis dafür, dass eine Mutter die Nerven verlor. Ein Vater dagegen hatte Beherrschung zu zeigen. Man brauchte schließlich einen, dem man ohne Umschweife sagen konnte: «Wir haben neue Erkenntnisse! Wir vermuten sie in der Nähe.»

Eigentlich dürfte es mich nicht wundern, dass Jürgen irgendwann vor ihren neuen Erkenntnissen kapitulierte und sich die Lösung heraussuchte, die es ihm erlaubte, einen Schlussstrich zu ziehen. Es wundert mich auch nicht. Nicht wirklich, meine ich. Nach zwanzig Jahren kennt man die Grenzen eines Mannes. Man weiß die Signale zu deuten. «Bis hierher, Vera, und nicht weiter.»

Ich wusste, Jürgen hatte seine Grenze erreicht. Trotzdem hätte ich mit den Fäusten auf ihn losgehen mögen, als er von Feldweg und abgeschlachtet sprach. Aber ich warf nur die Schale nach ihm. Ich traf ihn auch. Er machte nicht den Versuch auszuweichen.

Die harte Plastikkante ritzte ihm eine winzige Kerbe in die Stirn. Das Kasslerstück hinterließ einen Fettfleck auf seinem Hemd und fiel zu Boden. Der Klecks Kartoffelpüree und das Sauerkraut verteilten sich in seinen dünnen Haaren und auf seinen Schultern. Es muss ausgesehen haben wie eine Slapstick-Einlage.

Aber niemand lachte. Es hörte sich zuerst nur so an. Ein paar glucksende Laute von der Galerie. Ich hatte nicht bemerkt, dass Anne mir gefolgt war. Erst als sie vorbeihuschte, registrierte ich sie. Die aufgerissenen Augen, die Faust, die sie sich vor den Mund presste, die zuckenden Schultern.

Jürgen dachte wohl auch, sie amüsiere sich. «Bravo», sagte er und klatschte lahm in die Hände. «Wenigstens einem Familienmitglied ist der Nachmittag gerettet.» Dann rief er in Richtung Tür: «Willst du nicht Papis Videokamera holen, Schätzchen, um diesen köstlichen Anblick für die Nachwelt aufzuzeichnen? Ich bin sicher, der liebe Patrick verzeiht dir drei Fahrten mit Udo, wenn du ihm vorführst, wie eine Notlage deine Eltern zusammenschweißt.»

Auf der Galerie blieb es still – fast –, nur die glucksenden Laute waren noch da. Jürgen kam langsam auf mich zu, ging an mir vorbei zur Tür und stutzte. Dann war er mit einem Satz aus meinem Blickfeld verschwunden. Ich hörte nur noch seine Stimme. Den warmen, sanften und erzwungen heiteren Ton.

«Aber, aber! Wir beide werden uns doch von ein bisschen Sauerkraut nicht aus der Fassung bringen lassen. Ich sag dir was: Wir beide gründen unseren eigenen Verein. Und wir nehmen nur Mitglieder auf, die ein ebenso dickes Fell haben wie wir und Nerven wie Drahtseile. Na komm, Weinen macht hässlich. Wo ist mein hübsches Mädchen? Schenk mir ein Lächeln, ich brauche eins. Du darfst mir auch beim Haarewaschen zusehen, wenn du einmal lächelst.»

Sie versuchte es tatsächlich. Ich sah es, als ich zur Treppe ging. Ich sah auch die Tränen, die ihr dabei über die Wangen liefen. Und ihre Finger, die sich abmühten, Sauerkrautfäden aus seinem Haar zu pflücken. Ich sah seine Arme, die sie festhielten, sein Gesicht an ihrer Schulter. Und im Hinterkopf sagte seine Stimme noch einmal: «Wenn du so weitermachst ...»

Das überstehen wir nicht!

Ich weiß nicht, wie ich in die Scheune kam, ich war eben plötzlich drin. Und der Motor lief bereits. Ich hatte Annes Stimme noch im Ohr: «Papa, um Gottes willen, lass sie nicht wegfahren. Sie kann doch so nicht fahren.»

Und seine Antwort: «Wird schon gut gehen. Und wenn nicht, kann ich's auch nicht ändern.»

Dann war ich auf der Landstraße. Die erste Kurve, die zweite, die dritte, die vierte, es ging gut. Vorbei an der Stelle, an der Annegret Kuhlmann und ihre beiden Kinder gestorben waren. Ich hatte das dringende Bedürfnis, umzukehren und Vaters Scheck aus meinem Nachttisch zu holen. Ich hatte panische Angst, Jürgen könne ihn finden und an sich nehmen. Aber es war zu mühsam, auf der schmalen Straße zu wenden. Ich konnte nur fahren und denken: Klinkhammer vermutet sie in der Nähe.

Etwas später hielt ich auf einem Parkplatz neben einem Streifenwagen. Klinkhammer war nicht im Büro. Auch Olgert war unterwegs. Aber ich hatte Zeit. Zum ersten Mal machte es mich nicht verrückt, warten zu müssen. Ich stellte mir vor, wie Jürgen sich die Haare wusch und Anne ihm dabei zuschaute. Wie sie ihren eigenen Verein gründeten. Wie sie zufrieden waren – beide auf dieselbe Art.

Ich hatte immer gedacht, Anne sei mir ähnlich und Rena ihm. Nicht äußerlich, nur vom Wesen her. Äußerlich war es umgekehrt. Jetzt begriff ich, dass ich mich geirrt hatte. Auch Anne war aus seinem Holz geschnitzt. Wie sie da auf der Galerie standen; zwei Menschen, die ihren Intelligenzgrad kannten und die Grenzen ihrer Belastbarkeit. Die keine Nerven zeigten, wenn ihnen eine Prüfung bevorstand, bei der Wissen und Können gefragt waren. Aber wenn es um etwas anderes ging, schrien sie auf oder wehrten ab. Man mochte sie für oberflächlich und egoistisch halten, aber sie waren nicht gefühllos. Sie waren nur anders.

Irgendwann meldeten sich Klinkhammer und Olgert über Funk oder Autotelefon. Man richtete ihnen aus, dass ich in ihrem Büro saß. Eine Viertelstunde später saß Olgert mir gegenüber, ruhig und reserviert, mehr Dressman als Polizist in seinem knitterfreien Anzug, dem tadellosen Hemd und der dezenten Krawatte. Klinkhammer mit seiner Zottelmähne und den verräterischen Gesten wäre mir lieber gewesen, ihn hätte ich leichter durchschaut. Bei Olgert wusste ich nicht, was er dachte.

Dass ich ziemlich konfus war, entging ihm nicht. Ich wusste nicht, wie ich beginnen sollte, bekam Jürgens Stimme nicht aus dem Kopf. «Hier in der Nähe!» Es fehlte nicht viel und ich hätte vom Sauerkraut erzählt statt vom Regencape und dem Frankfurter Zoo. Irgendwie gelang es mir, einen Satz nach dem anderen zu formulieren und dabei nicht den Eindruck einer Geisteskranken zu wecken. Olgert fand meine Gedanken höchst interessant.

«Ich erinnere mich nicht, wann genau sie mit mir über eine Praktikumsstelle im Zoo gesprochen hat.»

«Am achtzehnten März», sagte er mit einem winzigen Lächeln. «Es war ein Freitag. Drei Tage später, Montag, ist sie mit Udo von Wirth in Köln gewesen. Sie hat keine Stelle bekommen und war sehr enttäuscht. Sie wollte sich dann bei einem Gestüt um einen Ausbildungsplatz bewerben, weil sie meinte, die Schule würde sie doch nicht zu Ende schaffen und Pferdepflegerin sei das Optimale. Ob sie es getan hat, weiß ich leider nicht.»

«Ich auch nicht.»

Er nickte wieder. «Die wenigsten Eltern wissen, was ihre Kinder sich vornehmen. Und wenn es ein Fehlschlag wird, erfahren sie auch nichts davon.»

Ob er mich damit trösten wollte, weiß ich nicht. Er sprach weiter. «Aber was hier nicht funktioniert hat, kann ja in Frankfurt gelungen sein. Der Zoo ist jedenfalls eine Überlegung wert. Vielleicht gibt's da auch das eine oder andere Gestüt in der Nähe. Wir werden der Sache nachgehen. Und wenn Ihnen sonst noch etwas einfällt, Frau Zardiss …» Der letzte Satz ließ keinen Zweifel; er wollte mich loswerden.

«Was ist mit London? Mein Vater meint …»

«Das läuft bereits. Scotland Yard ist verständigt.»

Die Worte blieben mir fast in der Kehle stecken. Es wunderte mich, dass ich sie über die Lippen brachte, und das auch noch mit einem leicht amüsierten Unterton. «Das ist aber sehr viel Aufwand, wo Sie meine Tochter doch hier in der Nähe vermuten.»

Olgert lächelte sanft und keineswegs schuldbewusst. «Wir gehen jedem Hinweis nach. Und was Ihr Vater am Telefon gehört haben will …» Ein leiser Seufzer fraß den Rest des Satzes. «Es gibt zwar viele Uhren mit diesem Schlag», erklärte er stattdessen. «Aber man sollte das Original nicht ausschließen.»

Noch ein Seufzer, bei dem das Lächeln verschwand. «Nur wurde der Hengst nicht nach London verkauft. Das erschwert die Sache ein wenig. In Großbritannien gibt es keine Meldepflicht, wie wir sie kennen.»

«Der Engländer hat einmal im Gasthof Schwinger übernachtet. Vielleicht hat er dort seine Adresse angegeben.»

Sein Lächeln erschien wieder. «Die haben wir schon. Wenn Ihre Tochter dort auftaucht, werden wir sofort informiert. Und Sie selbstverständlich auch.»

Selbstverständlich, dachte ich. Ich werde ja über alles informiert. «Ich würde mir gerne die Bänder anhören, die Sie meinem Mann und meinen Eltern vorgespielt haben.»

Er bedauerte außerordentlich. Die Aufzeichnungen standen ihm momentan nicht zur Verfügung. Und an den Satz «Pferdchen wollte das nicht tun» erinnerte er sich beim besten Willen nicht. Da musste ich etwas falsch verstanden haben.

Ich hatte es richtig verstanden, das war an seiner Nasenspitze abzulesen, auch wenn er sich große Mühe gab und viel Übung darin hatte, seine Gedanken hinter einem Pokerface zu verbergen. Er gab sich zu viel Mühe und machte sie damit deutlich. Und quer über die Stirn geschrieben stand ihm, dass ich keine ehrliche Antwort bekommen würde, egal, was ich fragte.

Es war sinnlos, noch länger bei ihm zu sitzen. Ich fragte nach Renas Fahrrad. Er stand auf und wollte mit mir hinausgehen. «Kann ich auch die restlichen Tagebücher mitnehmen? Oder brauchen Sie sie noch?»

«Ja», sagte er, und weil aus dem einen Wort nicht ersichtlich war, ob er den ersten oder den zweiten Teil meiner Frage beantwortete, fügte er nach ein paar Sekunden hinzu: «Wir brauchen sie noch.»

«Wozu?»

«Sie enthalten ein paar interessante Hinweise.»

«Worauf?»

Er zögerte, begann vage: «Das ist nicht so einfach zu erklären. Sehen Sie», ein erneutes Lächeln nahm dem Seitenhieb etwas von seiner Schärfe, «niemand hat es gerne, wenn er mit einer vorgefassten Meinung von oben irgendwohin kommandiert wird. Ich will offen sein, Frau Zardiss. Ich hatte auch eine vorgefasste Meinung und fand sie anfangs bestätigt. Nun bin ich mir nicht mehr so sicher. Inzwischen glaube ich, Ihre Tochter recht gut zu kennen. Ich bilde mir jedenfalls ein, dass ich mir ein Urteil erlauben kann.»

Sein Lächeln verschwand so plötzlich, als hätte ihn jemand vors Schienbein getreten. Mit einem Schlag schien ihm bewusst zu werden, welche Schlüsse ich aus seinen Worten ziehen könnte. Und es war ihm verboten worden, mir Material für Schlussfolgerungen zu liefern.

Olgert bemühte sich, die Scharte auszuwetzen und so zu tun, als dienten ihm Renas Tagebücher nur als Charakterstudie. Minutenlang sprach er über tatsächliche Begebenheiten und die Vorstellungswelt eines relativ unkomplizierten jungen Mädchens. Das den einen Tag davon träumte, dem heiß geliebten Mattho den Lorbeerkranz um den Hals zu legen und selbst den Siegespokal in Empfang zu nehmen.

Am zweiten Tag schwärmte das Mädchen vom eigenen Reitstall, am dritten von einem Job als Pferdepflegerin, am vierten begnügte es sich mit den Seehunden im Zoo. Am fünften verstieg es sich zu der unsinnigen Hoffnung, eine Drei in Mathe zu schaffen und vielleicht doch noch in Großvaters Fußstapfen treten und Jura studieren zu können! Und all denen, die Pferden etwas Böses taten, als strenge Richterin auf die Finger zu klopfen. Und nach einem aufreibenden Tag bei Gericht am Abend ein kleiner Ausritt mit einem eigenen Liebling, dem niemand mit einem Knüppel vor die Beine schlug, damit er höher sprang.

Und zwischen den Träumen verstreut kurze Notizen über die Realität. Über die dicke Luft zwischen Hennes und Udo:

Ich verstehe das nicht. Sie haben sich immer so prima verstanden. Udo hat mal gesagt, mit Hennes kann er besser reden als mit seinem Vater. Und jetzt reden sie überhaupt nicht mehr miteinander. Seit drei Tagen kein Wort.

Am Donnerstag haben sie sich gestritten. Hennes hatte nur gefragt, ob Udo eine halbe Stunde länger bleiben kann, da ist er ausgerastet. Er muss noch zu seiner Schwester. Er muss da unbedingt etwas machen, das hat er Annegret schon vor Wochen versprochen, und nie kommt er dazu, weil Hennes ihn festhält.

Das hätte er ihm auch in einem anständigen Ton sagen können. Warum kommt er überhaupt noch, wenn er sich von Hennes ausgenutzt fühlt?

Ich hatte mir vorgenommen, heute mit Udo zu sprechen. Aber Armin meinte, ich solle ihn lieber in Ruhe lassen, weil er sich im Moment selbst nicht leiden kann. Das ist mal ein wahres Wort. Besser hätte ich das auch nicht ausdrücken können.

Über die Furcht vor dem erneuten Ausbruch seiner Krankheit, die Horst auf dem Rücken des Apfelschimmels zu bekämpfen suchte:

Manchmal tut er mir so Leid. Er will nicht, dass wir es merken. Aber da müsste man blind sein. Das ist doch auch nichts, wofür er sich schämen muss. Er hat so gelitten damals, da ist es doch normal, dass er Angst hat, er müsse das alles nochmal durchmachen. Katrin hat über Knochenmarkspende gelesen und meint, wir könnten uns doch alle testen lassen. Sollten wir wirklich tun, um ihm zu zeigen, dass er sich auf uns verlassen kann.

Über die gestohlene halbe Stunde mit Armin auf der hinteren Koppel. Keine heimlichen Küsse getauscht, nur ein paar Mathematikformeln erklärt. Über die zarten Annäherungsversuche von Horst, eine Einladung ins Kino oder in die Eisdiele. Über die Unmöglichkeit einer Ablehnung, die Horst nicht verletzte. Über die Mitschülerin, die in Bio ihr Heft unter der Bank durchreichte und Rena abschreiben ließ. Über die Verabredung für einen Nachmittag, an dem sie mit Armin, Tanja und Ilona nach Köln fuhr, statt die Zeit im Stall zu verbringen. Hennes war einverstanden und fand es toll. Katrin hatte Angst vor der eigenen Courage bekommen und Udo keine Zeit oder Lust, sie zu begleiten. Aber sie setzten den hehren Vorsatz in die Tat um, ließen sich in irgendeinem Sowieso-Mobil, von dem Armin im Fernsehen gehört hatte, dass es zur Zeit in Köln Blutspenden sammelte, ein bisschen abzapfen. Und stolz waren sie, alle vier, auf ihren Heldenmut.

Vielleicht besaß auch Olgert so etwas wie Heldenmut oder Stolz. Vielleicht gefiel es ihm nicht, Befehle entgegenzunehmen, von deren Nützlichkeit er nicht überzeugt war. Es kann auch Mitleid gewesen sein oder der Glaube, dass sie in wenigen Stunden ohnehin ihre Karten auf den Tisch legen müssten. Nach der weitschweifigen und nichtssagenden Erörterung einiger Tagebuchpassagen wurde er sachlich und umriss den Kernpunkt in ein paar knappen Sätzen.

Es gab in den drei Tagebüchern, die er zurückbehalten hatte, zahlreiche Hinweise auf Nitas Fluchtpläne, die wichtigsten waren auf Englisch abgefasst. Olgert vermutete, dass Rena befürchtet hatte, wir könnten in ihren Aufzeichnungen schnüffeln. Nicht ich wohlgemerkt, aber Mutter hätte nachschauen können, und Englisch beherrschte sie nicht.

Für Olgert stand fest, dass Rena sogar Nitas Gründe gekannt, allerdings nicht das gesamte Vorhaben gebilligt hatte. Da gab es Sätze wie: «Sie tut mir so furchtbar Leid, ich würde ihr gerne helfen. Ich finde es einerseits toll, was sie vorhat, aber es ist auch sehr gemein.»

Fein säuberlich hatte sie notiert, dass Nita sie in den letzten Wochen vor ihrem Verschwinden beinahe täglich gebeten hatte, mitzukommen. Rena hatte jedes Mal abgelehnt.

Und Olgert sagte: «Sie wäre auf keinen Fall freiwillig in den Bus gestiegen.»

«Sie glauben, die beiden haben sie gegen ihren Willen mitgeschleppt?»

Er ließ ein paar Sekunden verstreichen, ehe er den Kopf schüttelte. «Nein. In diesem Fall hätte Menke sie mitsamt ihrem Rad im Bus verfrachtet. Es ist eine Kleinigkeit für einen kräftigen jungen Mann, sich ein so zierliches Persönchen unter den Arm zu klemmen.»

«Aber nicht, wenn ein Auto vorbeifährt.»

Er zuckte mit den Schultern. «Ach, das ist in der heutigen Zeit kein Risiko mehr. Und dann bei dem Wetter, da hält niemand an, um zu fragen, was los ist. Aber es war keine Gewalt im Spiel. Ich könnte mir allerdings vorstellen, dass Nita mit einem üblen Trick versuchte, Ihre Tochter zum Einsteigen zu bewegen.»

Er machte eine winzige Pause, ehe er weitersprach. «Renas Rad stand im Stall, vorne beim Tor. Wir wissen, dass Nita um sechs Uhr im Stall war. Sie könnte bei dieser Gelegenheit die Ventile an beiden Reifen geöffnet und die Luftpumpe mitgenommen haben. Es war doch eine Luftpumpe am Rad?»

Welch weltbewegende Frage! Sie erinnerte mich an eine Episode mit Jürgen in der Praxis. Eine Schwangere, eine von den werdenden Müttern, die im dritten Monat schon Umstandskleider tragen und die Wiege herrichten, die neben dem Ultraschallgerät in Rührung zerfließen, jeden Schatten, jede Bewegung erklärt haben wollen. Ist das ein Händchen? Ist das der Kopf? Wo ist das Herz? Ich fand es nicht. Es gab auch keinen Ton, nur den nervösen Herzschlag der Mutter, ein paar Darmgeräusche und das Glucksen und Rauschen des Fruchtwassers im Uterus.

Ich rief Jürgen dazu. Und ich sah seinem Gesicht an, dass mir kein Fehler unterlaufen war. Die Frau war ängstlich geworden. Jürgen beruhigte sie mit ein paar Worten und fragte: «Vertragen Sie das Eisenpräparat gut, das ich Ihnen beim letzten Mal verschrieben habe?»

Die Frau starrte ihn an und nickte mechanisch.

Ich nickte auch und fragte mich, was Olgert mir als Nächstes sagen wollte. Jürgen hatte damals mit einer umfassenden Erklärung über die Natur begonnen, die sich manchmal selbst half und auf ihre Weise verhinderte, dass etwas, was nicht lebensfähig war, überlebte.

Mir schlug das Herz in der Kehle. Olgert betrachtete mich nachdenklich. «Ich sage ausdrücklich: könnte, Frau Zardiss. Das heißt nicht, es war so. Die Luftpumpe kann auch am Bahnhof geklaut worden sein. Es passiert häufig in letzter Zeit, dass sich ein paar Idioten an den Fahrrädern vergreifen, die am Bahnhof stehen und nicht angekettet sind. Lassen die Luft raus und hängen sie an eine Laterne.»

«Laterne?» Mehr brachte ich nicht heraus.

Olgert nickte. «So haben die Kollegen das Rad gefunden, Frau Zardiss. Es kann völlig in Ordnung gewesen sein, als es abgestellt wurde. Ich halte es für durchaus möglich, dass Ihre Tochter die beiden nur bat, ihr das Rad heimzubringen, weil sie zu Udo von Wirth gehen und sich bei der überfluteten Straße nicht damit aufhalten wollte, das Rad zu schieben. Nita und Menke versprachen ihr das, aber sie erlaubten sich einen letzten Scherz und nahmen das Rad mit in die Stadt.»

«Und Rena nahmen sie nicht mit?»

Er schüttelte verhalten den Kopf. Und ich wusste nicht mehr, worauf er hinauswollte. Was um alles in der Welt versuchte er mir schonend beizubringen? Hier in der Nähe!

Nein, dachte ich. Nein! Nein! Nein! Wenn Nita sich etwas in den Kopf gesetzt hatte, hat sie es durchgeführt, auf Biegen oder Brechen. Nita akzeptierte kein Nein.

«Aber Sie haben doch einen Zeugen, der ...»

«Nichts von Bedeutung gesehen hat», unterbrach Olgert mich.

«Er hat immerhin gesehen, dass Menke meiner Tochter die Tüte wegnahm. Er hat gesehen, dass sie mit beiden Händen gegen die Fahrertür schlug, um ihre Sachen zurückzubekommen. Als das Auto vorbeifuhr, konnte Menke nichts tun. Aber als es weg war, könnte er die Tür noch einmal geöffnet und Rena in den Bus gezerrt haben.»

Noch einmal schüttelte Olgert den Kopf und zählte an den Fingern ab. Der Daumen für die Strohstückchen aus den Reifenprofilen, die sie im Bus gefunden hatten. Der Zeigefinger für den Kleiderbeutel. Der Mittelfinger für drei Blutgruppen. Für Rena gab es keinen Finger.

«Aber Tatsache ist», sagte ich, «die beiden haben vier Stunden beim Stall gewartet. Warum? Nur um zu sehen, dass Rena rauskommt und sich über zwei platte Reifen ärgert?»

«Frau Zardiss», sein Ton bekam etwas Belehrendes. «Ich habe Ihnen gerade erklärt, dass das Rad am Bahnhof beschädigt worden sein kann. Gewartet haben sie wahrscheinlich nur, um sich von Rena zu verabschieden.»

«Das ist doch lächerlich! Das konnten sie auf dem Schulhof tun. Sie müssen irgendetwas verabredet haben, sonst wären sie nicht zum Stall gekommen und hätten da vier Stunden herumgesessen. Haben Sie vergessen, was Nita zu Frau ... Frau ...» Mir fiel der Name nicht ein. «Zu Hennessens Schwester gesagt hat? Wie lange braucht so ein Biest zum Abkratzen?»

Ich spürte, dass ich zu eifrig wurde, um ihn und mich zu überzeugen. Meine Stimme überschlug sich fast, nur konnte ich sie nicht bremsen. «Wissen Sie, was ich glaube? Am Vormittag auf dem Schulhof hat Nita es geschafft. Rena gab endlich nach und sagte: ‹Gut, ich komme mit.› Natürlich hat sie das nicht mehr in ihr Tagebuch eingetragen. Sie hatte nicht die Zeit, wollte nur rasch etwas essen und sich von Mattho verabschieden. Sie hat nur diesen einen Satz geschrieben: Ich wünschte, ich könnte mit ihm gehen. Verstehen Sie? Mit *ihm* statt mit Nita. So war das gemeint.»

Sein Blick machte mich rasend, so viel Mitgefühl und Bedauern in den Augen.

«Aber dann trat Mattho die Fuchsstute in den Leib», fuhr ich fort. «Der Stute ging es schlecht. Und als Nita kam, um sie abzuholen, sagte Rena: ‹Tut mir Leid, ich kann doch nicht mitkommen.› Und Nita sagte: ‹Das wird ja nicht ewig dauern, bis das Biest abkratzt. Wir warten auf dich.› Diese Chaoten hätten nicht vier Stunden gewartet, um zu sehen, wie Rena sich über zwei platte Reifen ärgert. Und auch nicht, um sich von ihr zu verabschieden.»

Olgert seufzte. «Frau Zardiss, die beiden hatten zwei Wochen vorher damit begonnen, sich von ihren Freunden zu verabschieden. Bei Janet Abel waren sie dreimal, bei Wiltrud Heister nur einmal für zehn Minuten, bei Uwe Lengries fast täglich und zuletzt gute drei Stunden. Lengries war Menkes Freund.»

Er erzählte mir von den gravierenden Unterschieden im Beziehungsgeflecht solcher Cliquen. Zum Vergleich zog er Rena und ihre Reitstallkameraden heran. Es hatte jeder seinen Rang und Stellenwert.

Udo war der oft traurige und wortkarge große Bruder, dem man mit einem kameradschaftlichen Schulterklopfen so manches Lächeln abringen konnte. Armin war der Weise oder der Mentor, der mit seinem trockenen Humor und seinem unerschöpflichen Wissen über Urpferde die schweren Stunden leichter machte.

Horst war der arme Kerl, den man bedauerte, für den man sich Blut abzapfen ließ. Aber sich von ihm in die Eisdiele einladen lassen war unmöglich. Horst hätte sich Hoffnungen machen können, die Rena nicht erfüllen wollte.

Katrin war die Selbstbewusste, die ein Auge auf Armin geworfen hatte, der Katrins Gefühle allerdings nicht erwiderte. Ilona war die Distanzierte und Wachsame, die Rena erst erklären musste, dass hinter Horsts Verhalten mehr steckte als Kameradschaft. Und Tanja war das kleine Dummchen, das sich gerne mit blödsinnigen Behauptungen über angebliche Beobachtungen wie zum Beispiel dem Kuss zwischen Hennes und Udo wichtig machte.

In Nitas Gruppe war es so ähnlich. Da konnte man Uwe Lengries auf die gleiche Stufe stellen wie Armin. Von Uwe Lengries hatten sie eine Menge erfahren. Olgert bezeichnete ihn als einen recht vernünftigen jungen Mann, der sich nur aus einem Grund dem Häufchen um Nita angeschlossen hatte: um seinen Freund André am endgültigen Abrutschen zu hindern.

Olgert sprach über Nitas unheilvollen Einfluss auf Menke und die anderen. Nita sei immer die Triebfeder gewesen. Und Rena bis vor zwei Jahren nur eine geduldete Mitläuferin wie die kleine Tanja, über die man sich lustig machte hinter ihrem Rücken. Renas Ansehen stieg erst, als sie Nita nur noch den Rücken zeigte.

Was sie von da an für Nita gewesen war, wusste Olgert nicht, oder er wollte es mir nicht sagen. Er räumte ein, dass er für die vier Stunden selbst keine rechte Erklärung fand. Aber irgendwo blieb immer ein Mysterium. Was in Nitas Kopf vorgegangen war, konnte niemand erraten. Renas Gedanken dagegen lagen – im wahrsten Sinne des Wortes – wie ein offenes Buch vor ihm.

Ich war auf dem Heimweg – gezwungen langsam zu fahren mit dem Rad hinter mir und der offenen Heckklappe –, da hörte ich ihn immer noch sagen: «Wir müssen davon ausgehen, dass sie nicht eingestiegen ist, Frau Zardiss. Wenn die beiden sie nur zum Zug nach Hamburg gebracht haben, hätte sich jemand vom Zugpersonal oder ein Mitreisender an sie erinnern müssen. Und wenn sie sich drei Tage lang in diesem Bus aufgehalten hätte, wie Menke und die Kolter, hätten die Kollegen in Frankfurt eindeutige Beweise finden müssen. Sie haben eine Menge gefunden, Haare, Essensreste, benutzte Papiertücher und Kleidungsstücke, und jede Kleinigkeit lässt sich zuordnen.»

Und ich hörte mich schreien: «Und was wollen Sie dann im Frankfurter Zoo? Seehunde füttern? Ich werde Dr. Steinschneider anrufen. Ich lasse mich nicht länger hinhalten.»

Dann saß ich in der Scheune, auf dem kalten Boden, betastete den platten Vorderreifen, betrachtete den platten Hinterreifen und die leere Halterung für die Luftpumpe, pflückte winzige Strohstückchen aus den Profilen und wartete auf die Tränen. Wartete darauf, dass der Kreisel im Kopf ein Ende fand.

Sie sind an den Anfang zurückgekehrt, Vera! Das machen sie immer, wenn sie nicht weiterwissen.

Es gab keine Tränen. Der Kreisel drehte sich unaufhörlich die überfluteten Dorfstraßen hinauf, zeigte mir Feuerwehrwagen bei der Spar- und Darlehenskasse, Männer mit Schaufeln und Sandsäcken bei der unterspülten Mauer des Friedhofs. Und das Kopfschütteln des Brandmeisters.

Wenn wir wieder am Anfang waren, hatten wir einen Fehler gemacht. Wir hatten die Männer nach einem Mädchen mit einem Fahrrad gefragt.

Ich wollte nicht wieder am Anfang sein. Ich wollte das Dorf hinter mir lassen. Nach Frankfurt wollte ich, im Dreck wühlen, Nita Kolter finden. Und Rena natürlich, die bei ihr sein musste! Rena litt nicht unter Haarausfall. Rena hinterließ keine Essensreste. Rena ließ benutzte Papiertücher nicht herumliegen. Mal ein Sweatshirt auf dem Bett, aber mehr nicht. Und dann wollte ich sie beide zurückbringen. Wirklich beide!

Ich wollte Nita vor der Eigentumswohnung ihrer Mutter absetzen und zu Regina Kolter sagen: «Binde sie am Bett fest, stell ihr eine Schüssel hin, leg ihr ein paar Wischlappen zurecht und lass sie das Zeug auskotzen. Wenn du bei ihr bleibst und ihr hilfst, kann sie es schaffen.»

Und dann wollte ich Rena am Bett festbinden, ihr eine Schüssel hinstellen und mir ein paar Wischlappen zurechtlegen. Ich wollte mich mit ihr im Zimmer einschließen, sie jammern und heulen lassen, ihr die Schüssel halten, ihr den Schweiß von der Stirn wischen und ihr Bett frisch beziehen. Ich wollte sie im Arm halten, wenn die Krämpfe sie durchrüttelten.

Ich wusste, was auf mich zukam. Ich wusste, dass es die Hölle wäre für uns beide. Aber ich wollte ihr helfen, die Hölle zu durchqueren. Ich wollte viel tun, nur kam ich nicht allein vom kalten Scheunenboden hoch.

Gretchen half mir dabei. Dafür schäme ich mich auch – für ihren Griff unter meine Achseln, für das Heulen und Jammern an ihrer Schulter. Es war ihre Stimme, nicht die Worte, nur der Tonfall. Er hatte auf mich die gleiche Wirkung wie die paar Sätze aus der Eisenbahnballade von Reinhard Mey.

«Und im leeren Raum zwischen Wachen und Traum seh ich sie noch einmal: Der Adler, der Fliegende Hamburger, die Preußische P 8 und die sagenumwobene 05 fauchten vor mir durch die Nacht.»

Keine Ahnung, was an dieser Aufzählung von alten Zügen einen Menschen dazu verleiten kann, in Tränen auszubrechen. Mir passierte es jedes Mal, wenn ich das Lied hörte. Vielleicht, weil Reinhard Mey vom Krieg sang, weil ich mich, wenn ich es hörte, mit Vater im Wohnzimmer sitzen sah; fünf, sechs, sieben Jahre alt und vor mir meinen untadeligen Helden. Weil ich mir vorstellen musste, dass auch Vater einmal fünf, sechs, sieben Jahre alt gewesen war. Ein harmloser kleiner Junge, der mit einer Holzlokomotive spielte und davon träumte, Lokomotivführer zu werden. Und wäre er es geworden, hätte Mutter mir niemals erzählen können, dass er geholfen hatte, das Warschauer Ghetto zu räumen. Und ich hätte mich niemals schämen müssen, ihn zu lieben.

Ich hätte ihn so gebraucht in der Scheune. Ihn und seine Freundschaft mit Heinz Steinschneider und Heinz Steinschneiders Beziehungen zu Kriminaldirektoren und Kriminalräten und anderen höher gestellten Personen, die ein paar Kriminalbeamte zurück auf den rechten Weg bringen konnten. «Jetzt schaut euch mal in Frankfurt um, ihr Trottel. Nehmt den Bus noch einmal auseinander, aber gründlich diesmal. Es muss etwas drin sein, womit sich die Anwesenheit des Mädchens beweisen lässt.»

Gretchen hatte keine Beziehungen, nur eine Hand, mit der sie mir auf den Rücken klopfte, und einen Mund, mit dem sie murmelte: «So ist es gut, lass es raus.»

«Ich kann das nicht. Ich konnte es damals schon nicht. Sie hat so viel gespuckt als Baby. Ich musste mich übergeben, wenn ich sah, dass sie zu würgen begann. Wie oft habe ich auf den Knien vor der Toilette gelegen. Und sie lag im Bettchen. Und ich dachte, ich hätte sie auf den Bauch drehen müssen. Sie erstickt, wenn ich sie nicht auf den Bauch drehe. Aber ich konnte nicht aufstehen. Ich konnte nicht ins Kinderzimmer gehen und die Kotze wegwischen. Ich habe Anne geschickt. Anne war noch nicht einmal zwei und ich drückte ihr ein feuchtes Tuch in die Hand und sagte: ‹Geh und wisch das Baby ab, Mutti ist krank.›»

Gretchen sagte etwas. Ich verstand sie nicht. Sie nahm mir die Handtasche weg und suchte darin nach dem Schlüsselbund. Sie führte mich über den Hof, öffnete die Haustür, schob mich in die Diele. Ich sah schon auf den ersten Blick die Zwei auf dem Zählwerk. Zwei Anrufe! Sie gaben mir den Rest.

Als ich auf den Knopf drückte, um das Band abzuhören, sagte

Gretchen: «Du kannst dir die Mühe sparen. Das war ich, zweimal hab ich's versucht. Aber man kann so einem Ding nicht alles sagen. Da dachte ich, ich geh lieber mal vorbei.»

Sie irrte sich. Ihre sprachlosen Versuche hatte das Gerät nicht registriert. Der erste Anruf war von Patrick. Wie vom Hersteller versprochen, hatte der Anrufbeantworter brav aufgezeichnet, auch dann noch, als aus dem Monolog über den Film, den man unbedingt gesehen haben musste, längst ein Dialog mit Anne geworden war. Keine Lust auf Schwarzenegger.

«Kann ich für ein paar Tage zu dir kommen? Meinst du, deine Eltern wären einverstanden? Frag sie doch bitte. Ich muss hier raus, sonst werde ich verrückt. Du kannst dir nicht vorstellen, was bei uns los ist. Meine Mutter dreht durch. Mein Vater will auch ein paar Tage weg. Dann wäre ich hier allein mit ihr. Das halte ich nicht aus. Was sagt deine Mutter? Das ist toll. Ich packe sofort ein paar Sachen. Bis gleich, Schatz.»

Gretchen hörte mit unbewegter Miene zu. Neben dem Telefon lag ein Zettel mit Annes Schrift: «Liebe Mutti, ich bin mit Patrick ins Kino gefahren. Wir wollen uns nach dem Film noch mit Freunden treffen. Es kann sein, dass ich bei Patrick übernachte. Also mach dir keine Sorgen, wenn ich nicht heimkomme.»

Ich fasste es nicht. Dachte sie, dass ich das Band nicht abhöre? Oder dachte sie wie Olgert und Klinkhammer, dass man mir jeden Mist erzählen konnte?

Der zweite Anruf war von Jürgen. Nur ein paar Kommandos und ein Fluch. «Vera, ich bin's. Heb ab, wenn du da bist. Ich halte es für besser, wenn ich ein paar Tage in der Praxis schlafe. Wir brauchen beide ein bisschen Abstand. Verdammt nochmal, Vera, jetzt heb endlich ab, du musst doch längst wieder zurück sein. Was soll das denn? Wir können doch darüber reden. – Scheiße, die ist tatsächlich weg.»

«Na», sagte Gretchen trocken, «wie's aussieht, ist er ja auch weg. Am besten mach ich dir mal einen Kaffee.»

Sie führte mich in die Küche, stieß einen leisen Pfiff aus und sagte: «Ach, du heiliger Bimbam.» Dann drückte sie mich auf einen Stuhl, schaute sich skeptisch um. «Hast du auch so was wie einen Wasserkessel?»

«Das ist die Kaffeemaschine.»

«Die fass ich nicht an.»

«Ich mache den Kaffee.»

«Geht's denn wieder?»

Als ich nickte, ging sie zur Tür. «Dann hol ich dir mal einen Schnaps. Wo habt ihr den?»

«Ich will nichts trinken.»

«Nur einen, du sollst dich nicht besaufen. Aber ich denke, du wirst ihn brauchen. Wo hast du das Zeug?»

«Im Wohnzimmer», sagte ich und hörte sie dort eine Weile mit Flaschen und Gläsern klappern, ehe sie mit einem Cognacschwenker zurückkam. Sie hatte nur den Boden befeuchtet, blieb bei der Küchentür stehen. Mit einem Hauch von Anerkennung meinte sie: «Nobel habt ihr's. Da muss man ja aufpassen, dass man das richtige Glas erwischt.»

Ich füllte den Wasserbehälter der Maschine, setzte einen Filter ein. Sie ging zum Tisch, stellte das Glas ab und setzte sich. «Willst du mir sagen, was los ist? Warum sie dich alle sitzen lassen?»

Ich wusste nicht, ob ich wollte. Ich wusste nur, dass ich das, was ich mir in der Scheune vorgenommen hatte, nicht tun konnte. Wenn ich das gekonnt hätte, hätte ich meine Ausbildung beendet. Ich hätte niemals die Pille «vergessen» und darauf gewartet, dass mich die erste Schwangerschaft von den Bettschüsseln und Urinflaschen befreite.

Die Kaffeekanne füllte sich. Ich stellte Geschirr auf den Tisch. Es tat gut, hin und her zu laufen und dabei zu reden. Gretchen hörte zu, ernst und aufmerksam. Ich füllte unsere Tassen und setzte mich ihr gegenüber.

«Und ich dachte schon», sagte sie, «du wärst im Dorf gewesen, als ich dich in der Scheune sitzen sah.» Sie griff über den Tisch nach meiner Hand. Ein flüchtiges Lächeln huschte um ihre Lippen, so flüchtig, dass ich es mir auch eingebildet haben kann.

Sie tat sich schwer weiterzusprechen, aber sie tat es. «Ich halt nix davon, um den heißen Brei rumzureden.»

Meine Hand hielt sie fest, häufte mit der freien Hand Zucker in ihre Tasse, rührte um. «Die von der Polizei denken, sie ist tot.»

Das wusste ich doch! Was sollte sie sonst sein, wenn der Bus abgefahren und sie auf der Straße zurückgeblieben, aber nicht heimgekommen war?

Gretchen zeigte auf den Cognacschwenker. «Jetzt trink mal, und dann trinkst du den Kaffee hinterher. Muss ja nicht sein, dass du mit 'ner Fahne im Dorf auftauchst. Ich glaub zwar nicht, dass sie was sagen, aber weiß man's, ob ihnen das nicht gelegen kommt? Wenn sie dir den Lappen wegnehmen, kannst du nicht mehr fahren. Dem Doktor wär's bestimmt recht.»

Dann erklärte sie mir, dass man im Dorf dabei war, die Kanalisation zu inspizieren. «Ich war heut Mittag mal unten. Die Ziegler rief mich an und sagte Bescheid. Es war eine Menge Volk auf den Beinen. Ein paar von den Grünen standen rum und die zwei von der Kripo. Den Leuten erzählten sie, es wär nur 'ne Routineinspektion, weil neulich wieder alles unter Wasser stand. Könnte sein, dass ein paar Rohre verstopft sind. Aber jeder weiß, was sie suchen. Wenn's Routine wär, ständen sie ja nicht dabei.»

Als ich ihr meine Hand entzog und aufsprang, war auch sie mit einem Satz auf den Beinen. «Warte, ich komm mit.»

Sie war schneller als ich, war noch vor mir in der Scheune. Dann saß sie neben mir, beobachtete mit Argusaugen die wenigen Handgriffe. Starten, Rückwärtsgang. Sie drehte sich um und kontrollierte, ob das Scheunentor breit genug war. Auf dem Hof stieß sie die Luft aus und auf dem Weg zur Landstraße legte sie die Hand auf den Schaltknüppel. Ich war erst im zweiten Gang.

«Das reicht», sagte sie. «Es muss uns nicht so gehen wie Annegret. Die Ziegler erzählte, dass Kuhlmann noch zweimal versucht hat, sich das Licht auszuknipsen – im Krankenhaus. Ich hab mich schon gewundert, dass sie ihn noch nicht entlassen haben. Die Ziegler sagte, einmal hat er Tabletten gesammelt und einmal ist er runter in den Heizungskeller und wollte sich an den Rohren aufhängen. Jetzt lassen sie ihn nicht mehr aus den Augen. Es sitzt ständig einer von der Familie bei ihm.»

Ich fühlte, dass sie mich verstohlen betrachtete. Und ich wusste, was sie sagen wollte – Reiß dich zusammen, Vera. Kuhlmann wird zur Belastung für die gesamte Familie. Aber du bist nicht Kuhlmann –, auch wenn sie es anders ausdrückte.

«Furchtbar, wenn einer sein Leben so an andere hängt, dass ihm für sich selbst nix bleibt. Man muss den Dingen ins Auge sehen; auch Freund Hein, wenn er kommt.»

Zwei Sekunden war sie still. Nur zwei Sekunden, als wolle sie mir Gelegenheit geben, mich aufs Abbiegen zu konzentrieren. Kaum war ich auf der Landstraße, sprach sie weiter. «Der Doktor sagte vor Jahren mal, so 'n Studium verführt dazu, sich allmächtig zu fühlen. Man hat 'ne Menge Pillen und Maschinen und denkt, damit kann man dem Tod eins auswischen. Nur lässt der sich nicht bescheißen. Wenn man ihm die Alten streitig macht, holt er sich eben die Jungen. Aber noch haben sie nix gefunden in den Rohren. Und es kann ja sein, dass sie sich irren.»

Jetzt könnte ich behaupten, ich sei ruhig gewesen, gefasst und beherrscht. Niemand könnte mir das Gegenteil beweisen, auch Gretchen nicht, obwohl sie neben mir saß und mich nicht aus den Augen ließ. Ich könnte auch behaupten, es sei der bis dahin allerschlimmste Moment gewesen, als ich den Fiesta bei der Spar- und Darlehenskasse anhielt und, gefolgt von Gretchen, auf die Gruppe von Männern zuging, die bei einem offenen Kanalschacht standen. Klinkhammer und Olgert waren dabei. Und Olgert wusste nicht, wohin er schauen sollte, als er mich kommen sah.

Es war nicht der allerschlimmste, es war nur ein kalter Moment. So eisig, dass die Atemluft in den Lungen gefror, dass Gretchens Hand an meinem Arm der letzte Funken Wärme war.

Reine Routine, sagte Klinkhammer auch zu mir und erklärte in nüchtern geschäftsmäßigem Ton, was unter der Straßendecke vor sich ging. Als sei er ein Mitarbeiter der Spezialfirma und wolle mir nur die Vorzüge ihres Geräts verdeutlichen.

Eine ferngesteuerte Kamera steckte in den Rohren, wurde elektrisch oder elektronisch oder weiß der Teufel wie vorwärts bewegt. Und in dem weißen Transit am Straßenrand saß ein Mann vor einem Monitor und betrachtete, was vor die Kameralinse geriet. Nicht viel bisher. Eine kleine Bruchstelle in der oberen Rundung eines Rohres, nicht der Rede wert und nicht reparaturbedürftig, ein paar Lumpen und sonstiger Unrat.

Es stand immer noch eine Menge Volk herum. Und Kinder, ein ganzes Rudel Kinder. Die offenen Hecktüren am Transit waren dicht umlagert. Selbst wenn ich gewollt hätte, ich wäre nicht nahe genug an den Wagen herangekommen, um einen Blick auf den Monitor zu werfen. Aber ich wollte nicht. Wie grausam allein die Vorstellung, dass sie seit fast vier Wochen in einem der Rohre … Dass der Mann am Bildschirm bei diesem oder beim nächsten Abschnitt rief: «Da ist was.»

In manchen Augen spiegelte sich Mitgefühl, in anderen glitzerte Sensationslust. Ich erkannte Scherers Gesicht in der Menge, Hennessens Schwester und Frau Ziegler, die sich sofort in Bewegung setzte und auf uns zukam. Sie sagte irgendwas, es klang nach Mitleid, aber es klang nur so. Und Jürgen war nicht da, Anne nicht, meine Eltern nicht.

Auch Gretchen ließ mich allein, um Frau Ziegler anderweitig zu beschäftigen. Ich war dankbar, als Klinkhammer sich das Haar endlich hinter den Ohren festklemmte, mich zu seinem Wagen lotste und sich eine weitere Erklärung abrang. Gretchen und Frau Ziegler tauchten in der Menge unter, während ich mir anhörte, dass sie sich bereits in der vergangenen Woche zu dieser Aktion entschlossen hatten.

Einer der Feuerwehrmänner hatte ihnen von dem einige Jahre zurückliegenden Unfall eines Kameraden berichtet und darauf hingewiesen, dass auch in der fraglichen Nacht zwei Deckel hochgedrückt worden waren. Zwei offene Schächte, nicht auszumachen in der Dunkelheit unter den Wassermassen.

Ich war weder ruhig noch gefasst, nur gelähmt, innen so steif wie Klinkhammer außen. Er sagte, die Firma hätte den Termin leider erst für diesen Montag geben können. Ölgert kam zum Wagen, um mitzuteilen, dass sie mit diesem Abschnitt durch seien, dass sie sich jetzt zum nächsten und so weiter.

Klinkhammer winkte sein übliches Nun-mal-langsam, was auch heißen konnte: Dann macht zu und redet nicht herum. Seht ihr nicht, dass ich mit einer heiklen Aufgabe beschäftigt bin? Er suchte mit den Augen die Menge ab. Vermutlich hielt er Ausschau nach Gretchen. Sie war nirgends zu entdecken. Er räusperte sich. «Es wäre mir lieber, wenn Sie zurückfahren, Frau Zardiss.»

«Nein. Ich habe nicht weniger Rechte als die da.»

«Die da», sagte er, «sind nicht persönlich betroffen. Für Sie ist es eine unnötige Belastung. Ihr Mann sagte …»

«Weiß mein Mann von dieser Aktion?»

Er deutete ein Nicken an, das Haar fiel ihm ins Gesicht. Er steckte es wieder fest und schaute konzentriert durch die Frontscheibe dem Transit hinterher, der langsam anrollte. Der Fahrer musste zweimal auf die Hupe drücken, ehe man ihm Platz machte.

«Wir haben ihn am Samstag informiert. Er hielt es für besser, wenn Sie vorerst nichts davon erfahren. Er wollte Sie nicht unnötig aufregen. Wir wollten früh beginnen und hofften, gegen Mittag fertig zu sein. Es hat sich leider etwas verzögert. Wir haben noch drei oder vier Schächte vor uns.»

Ich versuchte nüchtern und sachlich zu klingen. «Und was hat Sie auf den Gedanken gebracht, sie könnte da drin sein?»

Er rieb sich die Augen mit beiden Händen, ließ die Hände sekundenlang vor dem Gesicht, ehe er sie fortnahm und mich anschaute. Er schaute mich sehr lange an, eine halbe Ewigkeit, ehe er zu sprechen begann.

Von Nita und Menke, von Wut, Hass und wüsten Drohungen; von Nitas Verzweiflung über Menkes Tod, den sie bei ihrem Anruf in Frankfurt als einen Akt göttlicher Gerechtigkeit bezeichnet hatte. Das waren nicht Nitas Worte, sondern Klinkhammers Umschreibung. Was Nita wörtlich gesagt hatte, mochte er nicht wiederholen. Es ging im Prinzip auch nur darum, dass Nita die göttliche Gerechtigkeit als äußerst ungerecht empfand. Ihrer Meinung nach hätte sie sterben müssen, nicht Menke. Der Yellowman hatte nichts getan.

«Und was hat Nita getan, Ihrer Meinung nach?»

Er antwortete nicht, spielte mit dem Zündschlüssel, steckte ihn plötzlich ein, startete den Wagen und sagte beim Anfahren knapp: «Ich bringe Sie heim.»

Ich konnte nicht protestieren; er ließ mir nicht die Zeit, sprach von Uwe Lengries, von Nitas Ankündigung, ein paar Dutzend Scheißer auszurotten. Wir zählten für Nita zu den Scheißern. Und Rena gehörte seit zwei Jahren zu uns. Nita war sehr wütend gewesen, dass wir ihr den Zutritt zur Party verwehrt hatten. Nita hatte montags getobt und dienstags verkündet, sie würde es uns heimzahlen. Aber Nita war nur so lange stark gewesen, wie sie den Yellowman an ihrer Seite wusste. Ihn hilflos und blutend am Boden zu sehen, trieb Nita ans nächste Telefon und veranlasste sie zu einer Generalbeichte bei einer Institution, für die sie stets nur ein Naserümpfen gehabt hatte. Im Verlauf dieser Beichte waren die Worte über das Pferdchen gefallen.

Und ich hatte es doch falsch beziehungsweise nicht alles verstanden. Den Anfang des Satzes, das Ende und ein winziges Detail aus der Mitte hatte ich überhört. Ein kleines Wort aus drei Buchstaben, von einem Schniefen beinahe völlig verschluckt. Fügte man es ein, dann hieß es: «Tut mir Leid, das mit dem Pferdchen, ich wollte das nicht tun. Ging aber nicht anders.»

Klinkhammer sprach noch, da standen wir längst auf dem Hof. Er wollte mit ins Haus. Olgert würde anrufen, sobald die Aktion abgeschlossen sei. Er ließ sich nicht abschütteln, und es war noch ein Rest Kaffee in der Kanne. Kochend heiß, weil ich vergessen hatte, die Heizplatte abzuschalten, und pechschwarz wie die Schlabberhosen. Er musste schmecken wie Teer. Klinkhammer trank ihn, ohne eine Miene zu verziehen.

Die langen Haarsträhnen hingen hinter seinen Ohren wie festgeklebt. Ich wünschte mir so sehr, dass wenigstens eine nach vorne fiel und ihn menschlich machte. Aber nichts passierte, auch nicht, als er sagte: «Ich hätte Ihnen das gerne erspart, Frau Zardiss. Es ist für die Eltern eine Tortur, das weiß ich. Wir haben nichts Handfestes. Wir haben, wenn ich es mal so ausdrücken darf, ein paar Sätze auf einem Tonband und ein Stück Straße, auf dem ein paar Beobachtungen gemacht wurden. Wir stellen eine Hypothese auf und versuchen sie zu beweisen. Mehr können wir nicht tun im Moment.»

«Dann ist es also nur eine Hypothese, dass meine Tochter tot ist?» Er zuckte mit den Achseln und nickte. Und nicht einmal dabei bewegte sich ein Härchen. Zwei Stunden saß er bei mir. Draußen war es längst dunkel geworden, ehe das Telefon klingelte. Der Anrufbeantworter schaltete sich ein. Es war Olgert. Klinkhammer stürzte in die Diele, kaum dass er die Stimme seines Kollegen erkannt hatte. Er riss den Hörer an sich und schaltete den Anrufbeantworter aus.

Ich stand bei der Küchentür und versuchte, von seiner Miene abzulesen, was Olgert ihm mitteilte. Es aus Klinkhammers Antworten zu erkennen war unmöglich. Zweimal «ja», einmal «nein», einmal «in Ordnung». Dann legte er auf und wandte sich mir zu. Sie hatten nichts gefunden.

Klinkhammer wollte wissen, ob ich alleine zurechtkäme. Ich nickte und brachte ihn zur Haustür. «Kennen Sie einen zuverlässigen Mann, den ich für fünftausend Mark engagieren könnte?»

Er war ehrlich erstaunt. «Sie wollen einen Privatdetektiv einschalten?»

«Kennen Sie einen?»

Er schüttelte den Kopf.

«Aber einen pensionierten Kollegen kennen Sie doch sicher.»

«Frau Zardiss, was versprechen Sie sich davon?»

«Nita», sagte ich. «Ich will Nita. Es sieht doch so aus, als könne nur sie Ihre Hypothese widerlegen.»

Er schüttelte noch einmal den Kopf. «Sie werfen nur Ihr Geld zum Fenster raus.»

«Es ist das Geld meines Vaters. Und es ist der Wunsch meines Vaters.»

Er zuckte mit den Achseln und ging zu seinem Auto. Ich stand noch ein paar Minuten lang in der offenen Haustür und überlegte, ob ich mir ein Taxi rufen sollte für den Weg ins Dorf, um mein Auto zu holen, oder lieber zu Fuß gehen. Es war kalt, feucht und windig. Dann fiel mir ein, dass ich nicht unbedingt mein Auto brauchte. Vaters Mercedes stand in der Scheune, und in Vaters Nachttisch lag der Ersatzschlüssel. Die Wagenpapiere befanden sich in seiner Brieftasche, und die hatte er bei sich im Krankenhaus. Aber der Kfz-Schein interessierte mich nicht.

Aus dem Telefonbuch suchte ich mir die Adresse von Uwe Lengries. So viel hatte ich begriffen: Die Auskünfte über Nitas Wut und Nitas Absichten waren von Lengries gekommen. Ein Uwe war nicht verzeichnet, nur ein Peter. Der Vater vermutlich.

Es war ein paar Minuten nach neun, als ich Vaters Wagen aus der Scheune lenkte. Ich kam an der Praxis vorbei. Jürgens BMW stand auf dem Parkplatz, hinter zwei Fenstern brannte Licht. Für einen Moment hatte ich das Bedürfnis, anzuhalten und hinaufzugehen. Es ging rasch vorbei.

Vier Minuten später hielt ich am Straßenrand vor der Cityreinigung. Sie lag im Erdgeschoss des Gebäudes. Darüber gab es drei Stockwerke mit Wohnungen. Aus der Anordnung der Klingeln neben dem Privateingang schloss ich, dass Uwe Lengries und seine Eltern in der zweiten Etage lebten. Es musste jemand daheim sein, sämtliche Straßenfenster im zweiten Stock waren erleuchtet. Doch auf mein wiederholtes Klingeln geschah nichts.

Ich dachte daran, auf mehrere andere Klingelknöpfe zu drücken, um wenigstens ins Haus zu gelangen. Aber plötzlich hatte ich keine Lust mehr, mit Uwe Lengries zu reden. Ich stand auf der Straße neben Vaters Wagen und war allein. Mir graute davor heimzufahren. Es war kein Haus, in dem ein Mensch allein sein konnte, nicht mit solchen Bildern im Kopf. Ein Stück Straße, ein grauer Kleinbus, ein Mädchen im Regen neben der Beifahrertür. Und aus dem Bus stieß eine Hand mit einem Messer …

Noch einmal spielte ich mit dem Gedanken an Jürgen. Aber um mit einem Menschen zu reden, musste ich nur ein Stück die Straße hinunterfahren und einmal links abbiegen. Da lag das Krankenhaus. Also stieg ich ein und fuhr und bog ab.

Auf dem großen Besucherparkplatz standen nur noch wenige Fahrzeuge. Es war fast zehn, nicht mehr die passende Zeit für einen Besuch am Krankenbett. Der Haupteingang war längst verschlossen. Und der Nachtpförtner dachte nicht daran, seine Glaskabine zu verlassen und sich zu erkundigen, was ich so spät noch wünschte. Er machte nur eine bezeichnende Geste auf seinen linken Unterarm.

Von Jürgen wusste ich, dass die Notaufnahme auch nachts geöffnet war. Nur glaubte ich nicht, dass man mich dort so einfach durchließe. Ich hatte Glück. In dem kleinen Vorraum, der tagsüber als Wartezimmer für die ambulanten Patienten genutzt wurde, saß eine blutjunge Frau hinter einem überladenen Schreibtisch. Ihr weißer Kittel ließ nicht erkennen, ob sie Ärztin oder Krankenschwester war. Sie war mit Papierkram beschäftigt, schaute kurz auf, als ich eintrat, zeigte auf eine Reihe einfacher Plastikstühle und sagte: «Nehmen Sie Platz, ich bin gleich so weit.»

Eine Sekunde lang musste ich daran denken, dass auch Jürgen so angefangen und auf Abruf bereitgestanden hatte. Ich setzte zu einer langatmigen Erklärung an, wollte mich auf keinen Fall unverrichteter Dinge wegschicken lassen. Ich musste Vater sehen.

Kaum hatte ich seinen Namen ausgesprochen und erwähnt, dass ich es leider nicht geschafft hätte, früher zu kommen, drückte sie mit einem gleichgültigen «Ach so» einen Knopf seitlich am Schreibtisch. Der elektrische Türöffner summte. Die Hürde war genommen. Ich hatte mich nicht einmal anstrengen müssen.

Ich stand in einem langen Korridor, ging zum Aufzug und ließ mich hinauf in den zweiten Stock tragen. Noch ein langer Flur, geschlossene Zimmertüren. Ich ging langsam und mit einem schlechten Gewissen. Reiß dich zusammen, Vera. Gönn deinen Eltern eine friedliche Nacht. Wenn du jetzt zu deinem Vater flüchtest wie eine Vierjährige, um ihm zu erzählen, was heute passiert ist, bist du genau das, was alle von dir denken: nicht bei Verstand.

Das war ich auch nicht. Ich war noch bei Klinkhammer und den Bildern von einem grauen Kleinbus, in dem nicht zwei Jugendliche saßen, sondern ein eiskaltes Mörderpärchen. Nach dem Mord hatten sie zwei Möglichkeiten gehabt. Sie konnten die Leiche mitnehmen und irgendwo unterwegs loswerden oder sie in einem der offenen Schächte verschwinden lassen. Die Schächte waren überprüft; mir war das ‹irgendwo unterwegs› geblieben.

Der Flur war wie ein T geschnitten. Links auf dem langen Stück die Zimmernummern 201 bis 207 für Kassenpatienten. Auf der rechten Seite die diversen Nebenräume: Teeküche, Badezimmer, das Zimmer der Stationsschwester.

Vater war privat versichert, sein Zimmer hatte die Nummer 208 und war das erste hinter der Flurbiegung. Ich wünschte mir, dass die Nachtschwester mich aufhielt und verhinderte, dass ich als heulendes Bündel Elend neben seinem Bett zusammenbrach.

Hilf mir, Papa. Sag mir noch einmal: Es war ein junger Mann am Telefon. Sag mir, du bist völlig sicher, dass es ein Mann war, der diesen ungeheuerlichen Satz aussprach. Menke kann es nicht gewesen sein. Und wenn Nita es auch nicht gewesen sein kann, kann ich Klinkhammer ins Gesicht lachen. Hilf mir, Papa!

Ich ging wie auf Eiern, jeden Moment konnte es unter mir knirschen. Jeden Moment konnte es vorbei sein mit der Beherrschung, die genau genommen nur Kälte war. Irgendwo unterwegs! In einem Waldstück am Rand der Autobahn. In einem Gebüsch an einem Rastplatz. In irgendeinem Wasserloch. Es gab viele Möglichkeiten.

Am Stationszimmer stand die Tür offen. Ich wusste nicht, ob ich mich unsichtbar machen oder wie ein Elefant vorbeitrampeln sollte. Ich musste nicht trampeln. Die Nachtschwester saß mit Papieren am Schreibtisch und schaute auf, als ich vorbeiging. Im selben Moment war sie auch schon auf den Beinen. Ihre Stimme war gedämpft. Sie kannte mich nicht. «Wollen Sie zu Kuhlmann? Das ist Zimmer 205.»

«Nein», sagte ich und versuchte zum ersten Mal Jürgens Titel als Schlüssel zu benutzen. Es war ein halbherziger Versuch, er pendelte zwischen einer hilflosen Vierjährigen und einer Erwachsenen. «Ich bin Dr. Zardiss und will zu meinem Vater, Dolf Merten, er liegt auf Zimmer 208. Ich hatte versprochen, noch kurz vorbeizuschauen. Leider habe ich es nicht früher geschafft.»

Wenn ich vielleicht etwas lauter und energischer gesprochen hätte, das Flüstern nahm dem Doktor jedes Gewicht. Andererseits – ich glaube, auch ein Professor hätte keinen Eindruck auf sie gemacht. Sie war eine kleine, hellwache Person mit Röntgenaugen, musterte mich von Kopf bis Fuß. «Dann verschieben Sie es auf morgen. Keine Besuche nach zwanzig Uhr.»

«Aber es ist wichtig», beharrte ich. «Und wenn Kuhlmann jetzt noch Besuch haben darf ...»

Sie unterbrach mich mit einem Lächeln. «Der eine Patient

braucht die Zuwendung seiner Familie, der andere braucht Schlaf. Ihr Vater gehört glücklicherweise in die letzte Kategorie.»

«Kann ich wenigstens kurz reinschauen? Bitte, ich werde ihn nicht aufwecken. Ich will nur sehen, dass es ihm gut geht.»

Sie zögerte. Nachgeben war nicht ihre Stärke. Aber die Tränen waren deutlich zu hören. Und wer kann einem weinenden Kind schon einen so harmlosen Wunsch abschlagen? «Na schön», sagte sie und ging vor mir her um die Ecke herum. Sie öffnete die Tür einen Spalt, gerade so weit, dass ich einen Blick ins Zimmer werfen konnte. Vater lag in dem einen Bett, Mutter in dem anderen. Sie schliefen. Die Schwester zog mich zurück und die Tür wieder zu.

«Ich habe einen scheußlichen Tag hinter mir», sagte ich. Sie nickte, als habe Klinkhammer sie genauestens informiert. Dann griff sie nach meinem Arm, zog mich um die Ecke und schob mich ins Stationszimmer. Die obligatorische Tasse Kaffee half mir über die ersten Sekunden.

Sie war nur eine Nachtschwester. Manchmal ist es leichter, in ein fremdes Gesicht zu sprechen. Über Nita und Klinkhammer, über Kanalrohre und Tagebücher, über gewollte und ungewollte Kinder, über Sauerkraut und Ohnmacht, über Fahrräder und Pferde, über Schwiegermütter und Anrufbeantworter, die nicht registrierten, wenn jemand ohne ein Wort wieder auflegt.

«Ich muss unbedingt mit meinem Vater reden. Er hat gestern mit meinem Mann über diese Bänder aus Frankfurt gesprochen. Ich saß dabei, aber ich hatte so viel im Kopf, ich habe nicht alles mitbekommen. Nur, dass mein Vater die Uhr von Big Ben im Hintergrund schlagen hörte. Big Ben! Das ist London! Jede Wette, meine Tochter hat sich von den beiden zum Bahnhof fahren lassen. Sie muss nicht unbedingt den Zug nach Hamburg genommen haben, sie kann von Köln-Bonn aus geflogen sein. Und die Fluggesellschaften hat man nicht überprüft, sonst hätte Olgert mir das gesagt.»

Die Schwester nickte zustimmend.

«Klinkhammer ist ein Idiot. Eben hat er mir erklärt, dass erst Menkes Verletzungen Nita ans Telefon trieben. Aber wir haben drei solcher Anrufe bekommen. Ich bestreite nicht, dass Nita die Frankfurter Polizei angerufen hat. Doch warum sollte sie uns angerufen haben? Sie kann meine Tochter nicht getötet haben. Nehmen wir einmal an, sie hätte es getan und die Leiche irgendwo unterwegs aus dem Wagen geworfen, warum haben sie dann den Kleiderbeutel nicht hinterhergeworfen? Das Fahrrad haben sie sich ja auch vom Hals geschafft. Der Beutel war Belastungsmaterial, daran hätten sie gedacht.»

Die Schwester nickte noch einmal.

«Ich bin sicher, meine Tochter hat dreimal daheim angerufen. Und beim letzten Mal hat mein Vater sie missverstanden. Er hat ein paar Schwierigkeiten mit seinem Gehör, aber er gibt das nur ungern zu.»

Die Schwester nickte zum dritten Mal.

«Wenn ich mir vorstelle, wie oft sie es danach noch versucht hat. Ich war viel unterwegs. Wenn sie uns sagen will, wo sie sich aufhält und warum sie weggegangen ist, dann möchte sie bestimmt auch hören, wie wir reagieren, ob wir wütend auf sie sind. Dann wird sie nicht auf das Band sprechen. Sobald sie hört, dass das Gerät eingeschaltet ist, legt sie auf wie meine Schwiegermutter. Wenn meine Schwiegermutter mir das heute Nachmittag nicht gesagt hätte, ich hätte nie erfahren, wie dieses verdammte Ding funktioniert.»

Die Schwester kam nicht dazu, ein viertes Mal zu nicken. Auf dem Flur waren Schritte zu hören, jemand klopfte leise an eine der Türen. Gleich darauf hörte ich eine Männerstimme. Was sie sagte, war nicht zu verstehen.

«Moment», sagte die Schwester, stand auf, ging zur Tür und schaute den Flur hinunter. Ich erhob mich ebenfalls. Es wurde Zeit, dass ich heimfuhr, mir die Bedienungsanleitung des Anrufbeantworters durchlas und eine neue Ansage auf Band sprach. Nicht ein paar Worte und Zahlen wie Jürgen. Nur ein Wort, ein einziges. «Zardiss.» Und vielleicht gab es eine Möglichkeit, den verräterischen Piepton zu verhindern.

Die Schwester bedeutete mir zu warten und ging eilig auf die Tür mit der Nummer 205 zu, hinter der zornige, gedämpfte Stimmen zu hören waren. Auch wenn ich nicht verstand, was gesprochen wurde, dass hinter der Tür zwei Männer miteinander stritten, war nicht zu überhören.

Ich mochte nicht hinter der Schwester herrennen. Es hätte nach Neugier ausgesehen, und mich interessierte nicht der Streit in Kuhlmanns Zimmer. Also blieb ich stehen und wartete, obwohl ich es plötzlich sehr eilig hatte heimzukommen.

Die Schwester öffnete die Tür, ich hörte eine Männerstimme zischen: «... du machst ihn völlig fertig ... hast hier nichts mehr zu suchen, du nicht ... nochmal hier blicken lässt, schlag ich dich ...» Dann schloss sich die Tür und schnitt die Stimme ab.

Nicht dass die Zimmertüren schalldicht gewesen wären. Als die Schwester zu sprechen begann, verstand ich jedes Wort. «So geht das wirklich nicht. Ich habe es Ihnen jetzt oft genug gesagt, wenn Sie streiten wollen, tun Sie das daheim, aber nicht hier. Das ist wahrhaftig kein Ort, Ihre Differenzen auszutragen. Sie gehen jetzt beide, auf der Stelle! Ich kümmere mich schon darum, dass Herr Kuhlmann eine ruhige Nacht hat.»

Ich beeilte mich, an 205 vorbei zum Aufzug zu kommen. Die Kabine war noch da, ich musste nur die Tür öffnen und einsteigen. Und gerade als ich einstieg, ging die Tür von 205 auf. Udo von Wirth kam heraus und direkt auf mich zu. Er sah mich nicht, blickte über die Schulter nach hinten. Dann drehte er sich ganz um, kam langsam rückwärts gehend weiter auf mich zu. Ich hatte noch nicht den Knopf gedrückt.

«Sie auch», sagte die Schwester. «Ich habe den Ärger jetzt dicke.» Ich sah sie in der offenen Tür stehen, mit ausgestrecktem Arm in den Flur zeigend.

Udo stieg mit dem Rücken zu mir in die Kabine und hielt die Tür für den älteren Mann auf, den die Schwester aus Kuhlmanns Zimmer warf. Der Mann bedachte Udo mit einem finsteren Blick und ging vorbei. Udos Schultern sackten nach unten. Er gab einen Laut von sich, der wie ein Schluchzen klang. Dann wollte er auf den Knopf für das Erdgeschoss drücken. Dafür musste er sich umdrehen, und in dem Moment sah er mich. Er zuckte zusammen wie unter einem elektrischen Schlag und wusste nicht, wohin er schauen sollte.

Um uns beiden die Peinlichkeit erträglicher zu machen, fragte ich: «Wie geht es Ihrem Schwager?»

Er starrte mich an, als hätte er nicht verstanden. Ich wiederholte meine Frage. Er zuckte mit den Schultern und murmelte: «Rudi packt das nicht.»

Die Aufzugkabine stand noch immer im zweiten Stock. Ich drückte den Knopf. Die Innentüren schlossen sich. Udo musste sich zweimal räuspern, ehe er weitersprechen konnte.

«Mein Vater will ihn in die Klapsmühle stecken lassen. Das können sie doch nicht machen. Rudi ist nicht verrückt, er ist nur ... Er liegt im Bett und schaut die Decke an.»

Unvermittelt begann er zu weinen. «Alles ist kaputtgegangen. Annegret hätte nicht sterben dürfen.»

Der Aufzug hielt. Die Innentüren glitten auseinander. Udo drückte die Außentür auf und fragte: «Wie geht's denn Ihrem Vater?»

«Besser.»

Er nickte flüchtig. «Das ist gut, das freut mich. Er ist ein feiner Kerl, Ihr Vater. Hab mich ja oft mit ihm unterhalten.» Er ließ mich an sich vorbei, folgte mir wie ein geprügelter Hund durch den Korridor zur Notaufnahme und hinaus ins Freie.

«Wie kann so was passieren?», fragte er, als wir den Parkplatz erreichten. «Ich denk und denk und denk, aber ich begreif's nicht.» Seine Augen wanderten über den Platz, als suche er nach seinem

Vater. Der war entweder längst weg oder wartete irgendwo im Schatten des Gebäudes, dass Udo verschwand. Er schaute über mich hinweg und sprach weiter, als rede er mit sich selbst.

«Ich hätte fahren sollen. Annegret hat mich gefragt, ob ich's mache. Nicht, dass sie sich nicht zugetraut hätte, bei dem Wetter zu fahren. Sie hatte vor nix Angst. Sie hatte nur noch 'ne Menge zu tun. Aber Hennes hatte mich auch gefragt, ob ich ihm ein bisschen zur Hand gehen kann, wenn der Scheißgaul abgeholt wird. Ich hatte ihm schon zugesagt, als Annegret mich fragte. Dann hab ich im Stall rumgesessen, den ganzen Vormittag, und der Engländer kam nicht. Für nichts und wieder nichts hab ich da gesessen bis kurz vor zwei. Als ich endlich kam, war Annegret schon weg mit den Kindern. Ich glaub, da waren sie schon tot. Und wofür mussten sie sterben? Für ein gottverdammtes Pferd!»

Er schaute immer noch über meinen Kopf hinweg in weite Fernen. Und ohne mich noch weiter zu beachten, ging er zu einem blauen Kombi, stieg ein und fuhr los. Und in dem Moment wusste ich, wer Hennessens Zuchtstute getötet hatte.

9. Kapitel

Die Erkenntnis war wie ein Schlag in den Nacken, so heftig, dass die Gedanken und einiges andere durcheinander gewirbelt wurden. Sämtliche Kanalrohre und Klinkhammers Hypothesen gerieten kurzzeitig in den Hintergrund. Allein die Vorstellung, dass sich dieser Bär von einem Mann auf ein wehrloses Tier gestürzt hatte …

Auch wenn es nur einer von den Momenten war, in denen man das bewusste Licht aufleuchten sieht – es war ein Triumph; ich hatte etwas erkannt, was der tüchtigen Polizei verborgen geblieben war. Dass sie bisher nicht in Richtung Pferd ermittelt hatten, dämpfte das Hochgefühl in keiner Weise.

Erst nach ein paar Minuten meldete sich ein Zittern im Innern, ein dünnes Stimmchen in der Herzgrube. «Du musst es jemandem sagen, Vera. Du bist zusammengezuckt. Jede Wette, du hast ihn entsetzt angestarrt, und er hat es bemerkt. Ruf Klinkhammer an! Nein, den nicht. Ruf Hennessen an! Das ist eine gute Gelegenheit. Bitte ihn um ein Gespräch unter vier Augen, um die Sache aus der Welt zu schaffen. Du brauchst Udo nicht direkt zu beschuldigen. Du fragst einfach, ob er sich vorstellen kann, dass einer der Jungs, die in seinem Stall ein und aus gehen …»

Vielleicht forderte nur der Tag seinen Tribut. Möglich, dass ich einen Fluchtweg suchte. Den Kopf zur Abwechslung mit anderem Blut füllen. Stutenblut! Es tat gut, und der Heimweg, vielmehr das Wissen um die Einsamkeit da draußen, bauschte es auf. Der leere, dunkle Hof, die große, finstere Scheune, das verlassene Haus. Und darüber die Vision eines bluttriefenden Messers in der Hand eines verzweifelten jungen Mannes. Immer noch angenehmer, als das Messer in Nitas Hand zu sehen.

Hatte Udo mein aufblitzendes Licht gesehen? Hatte ihm sein Blick in weite Fernen gezeigt, was er jetzt tun musste? Das Stimmchen im Innern wurde lauter und energischer. «Fahr zurück in die Stadt, Vera. Du kannst die Nacht nicht allein auf dem Hof verbringen. Fahr zur Praxis und sprich mit Jürgen. Nicht über Udo, da wird er dich nur wieder für übergeschnappt halten. Frag ihn stattdessen, ob er übergeschnappt oder was ihm sonst in den Sinn gefahren ist, nicht heimzukommen an so einem Tag.»

Dass er tatsächlich nicht da war, sah ich schon etliche hundert Meter vor der Einfahrt. Wo der Hof lag, herrschte tiefste Nacht. Das sperrangelweit offen stehende Scheunentor winkte mich heran wie Luzifers Finger am Eingang zur Hölle. Wäre ich wenigstens so schlau gewesen, auf dem Hof zu halten. Aber es war Vaters Mercedes, umhegt, gepflegt und niemals unnötig den Witterungseinflüssen ausgesetzt. Ich war in die Scheune gefahren, bevor es mir bewusst wurde.

Solange ich noch im Wagen saß und die Scheinwerfer brannten, war es erträglich. Kaum hatte ich das Licht ausgeschaltet, begannen um mich herum Dämonen zu tanzen. Fürchterliche Fratzen, die nur entfernte Ähnlichkeit mit Udos biederem Gesicht hatten. Sie sahen eher aus wie Nita und André Menke. Aber die beiden waren nicht in der Nähe. Und Udo war vor mir vom Krankenhausparkplatz gefahren. Auf der Landstraße hatte ich den blauen Kombi nicht mehr gesehen. Er konnte längst hier sein. Ich fühlte, dass ich mich hineinsteigerte. Und ich wollte es mit Udo nicht so machen wie mit Hennessen.

Sei vernünftig, Vera. Was hat er denn gesagt? Doch nur, dass seine Schwester und ihre Kinder sterben mussten, weil er bei Hennessen saß. Ein bisschen auf die Pferde geflucht, mehr hat er nicht getan. Jetzt reiß dich zusammen und sieh zu, dass du ins Haus kommst. Es gibt noch viel zu tun.

Es kostete Überwindung, auszusteigen, durch die absolute Finsternis auf das graue Viereck des Tores zuzulaufen und dann über den stockdunklen Hof. Ich verfluchte mich, dass ich beim Verlassen des Hauses vergessen hatte, die Hoflampen einzuschalten.

Kein angenehmer Gedanke, mehr als einen Kilometer vom nächsten bewohnten Gebäude entfernt zu sein. Aber er hielt mich aufrecht. Eingebildete Bedrohungen für das eigene Leben sind erträglicher als stinkende Kanalrohre oder feuchtkalte Gräber neben Autobahnrastplätzen.

Ich beeilte mich, ins Haus zu kommen, verschloss die Tür hinter mir und vergewisserte mich dreimal, dass das Schloss auch funktionierte. Dann machte ich Licht im gesamten Erdgeschoss, auf der Treppe und der Galerie. Am liebsten hätte ich auch in sämtlichen oberen Räumen Festbeleuchtung eingeschaltet. Aber ich hatte noch einen winzigen Rest Hoffnung, dass es Jürgen mit seinem Vorhaben nicht ernst gewesen oder dass ihm die Couch im Sprechzimmer zu unbequem war. Ich wollte mich nicht von ihm auslachen lassen.

Mir war übel; vor Furcht, von Klinkhammers Thesen, und ich hatte seit dem Frühstück nichts mehr gegessen. In einem der Küchenschränke fand ich eine Schachtel mit Keksen. Dazu ein Rémy Martin und zur Unterhaltung und Ablenkung die Bedienungsanleitung des Anrufbeantworters. Nachdem ich den ersten Schluck getrunken und die ersten Sätze studiert hatte, machte sich eine sonderbare Gelassenheit in mir breit. Es war mehr Hysterie als sonst was, aber es hatte eine gewisse Komik. Man nennt es wohl Sarkasmus.

Feierabend! Du hast es weit gebracht, Vera. Du hast sie alle aus dem Haus getrieben auf die eine oder andere Art. Jetzt hast du Jürgens Traum für dich allein. Dabei warst du die Letzte, die auf dem Reuther-Hof leben wollte. Nein, das war Rena. Und sie hat ihn als Erste verlassen. So werden Bibelsprüche wahr. Die Letzten werden die Ersten sein! Und: Lasset die Kindlein zu mir kommen!

Die Vorstellung von Udo als Pferdeschlächter verblasste. Sie hatte ihren Zweck erfüllt, mich zurück an den Punkt gebracht, an den ich gehörte. Wenn ein biederer Bauernsohn ein wehrloses Tier abschlachten konnte, nur weil er ein bisschen Zeit in einem Stall verschwendet hatte, konnte ein verstörtes Geschöpf wie Nita ohne weiteres ein Mädchen töten, das nichts mehr von ihr wissen wollte. Was wusste ich denn von Nitas Wut?

Ich trieb wieder durch das dreckige, eisige Wasser in den Kanalrohren. Und Vaters Überzeugung von der Tüchtigkeit eines jeden Staatsdieners schnitt mir die Luft ab. Klinkhammer musste ein sehr tüchtiger Polizist sein, sonst hätte er sich die Zeit genommen, einmal während der Dienststunden zum Friseur zu gehen. Und er musste mehr gehabt haben als den Satz auf dem Band, um die Kanalinspektion zu veranlassen. Das war ein größerer Aufwand gewesen, als ein paar Bauern ins Feld zu scheuchen und ein paar Jugendliche zu befragen.

Was zum Teufel verschwiegen sie mir? Was hatte Vater ihnen gesagt? Was hatten sie von Uwe Lengries erfahren? Ich dachte daran, Jürgen anzurufen, ich tat es nicht. Fragen hätte er mir ohnehin nicht beantwortet. Und wenn er meinte, er müsse ein paar Tage weg, bitte! Wenn er zurückkam, war vielleicht ich weg.

Die Ohnmacht, die Hilflosigkeit, die Angst und die Leere im Innern, dieser Wust an Gefühlen klumpte sich zusammen und verwandelte sich langsam in Zorn. In Watte gepackt und für dumm verkauft! Es war mein Kind, verdammt! Es war ein Stück von mir. Und wenn ich es damals so wenig gewollt hatte wie eine Blinddarmentzündung. Es hatte sechzehn Jahre lang zu mir gehört. Es war genau so, als hätten sie mir einen Arm abgehackt, ihn irgendwo verscharrt und mir nicht sagen wollen, wo. Aber ich wollte es herausfinden! Ich wollte meinen Arm zurückhaben – auf Biegen und Brechen!

Ich will nicht behaupten, ich hätte einen Plan gehabt. Es war noch zu vage, aber es war etwas da. Die Stimme der Vernunft oder die des leeren Hauses. Mach dir nichts vor, Vera, du bist allein. Ob nun in diesem Haus oder mit deiner Ansicht, das spielt keine Rolle. Aber auch Polizisten können ihre Schlüsse nur aus dem ziehen, was sie sehen und hören. Du hast Augen und Ohren, Vera, sperr sie weit auf und mach dich selbständig.

Es begann nicht sehr vielversprechend. Am Anrufbeantworter wäre ich beinahe kläglich gescheitert. Mir standen nun einmal etliche Sekunden zur Verfügung, die voll geplaudert werden wollten. Mein freundlich abwartendes «Zardiss» ließ eine beträchtliche Lücke bis zum Piepton. Und der war nicht auszumerzen.

Ich versuchte mit ein paar Tricks, die überflüssigen Sekunden so zu füllen, dass der Eindruck eines realen Gesprächspartners entstand. Nur hatte ich nicht die Möglichkeit festzustellen, wie es auf andere wirkte.

Die Idee, mir eine Telefonzelle zu suchen, um meine Bemühungen von außen im Ergebnis zu begutachten, verwarf ich rasch wieder. Mir stand nicht der Sinn danach, das hell erleuchtete Haus noch einmal zu verlassen. Außerdem sagte mir ein Rest Sarkasmus, ich hätte mir einen ziemlich großen Rémy Martin einverleibt, und ein verantwortungsbewusster Mensch setze sich nicht mit Alkohol im Blut in Vaters Mercedes. So bat ich Gretchen um telefonische Unterstützung und ihre Meinung.

Es war nicht so, dass ich nach ihr griff wie nach einer Ersatzmutter. Zwanzigjährige Ansichten werden nicht durch ein paar Schlucke Schnaps und ein paar schnoddrige Sätze revidiert. Vielleicht hatte Hennessen Recht und Gretchens Herz war aus purem Gold. Aber so weit, das Glitzern zu sehen, war ich noch lange nicht. Ich war nur … ich weiß es nicht – einsam.

Ich tanzte auf Messers Schneide. Und es war ein verdammt scharfes Messer, das mir bei jedem Gedanken den Verstand ein wenig mehr einritzte. Vera gegen den Rest der Welt? Mach dir nichts vor, das schaffst du nicht. Akzeptiere die Tatsachen, akzeptiere sie endlich. Es war deine eigene Idee in den ersten Stunden. Als noch niemand bereit war, ein Verbrechen in Betracht zu ziehen, hast du sie tot in der letzten Box in Hennessens Stall gesehen. Macht es einen Unterschied, ob ein biederer Reitstallbesitzer ausrastet oder ein kaputtes Geschöpf wie Nita?

Gretchen machte kein Aufhebens um meine Bitte. Für sie war mein Ansinnen ebenso selbstverständlich wie der Tritt auf einen Maulwurfshügel im Salatbeet. Vera dreht durch, nun lass uns mal zusehen, dass wir die Bewegung stoppen. Bis nach Mitternacht gingen diverse Anrufe hin und her. Meine vorletzte Bandbesprechung fand Gretchen nicht übel. Ich hatte mir dafür Vaters Niebelungenlied geborgt und ließ es im Hintergrund mitlaufen.

Ich sagte: «Zardiss.» Und: «Moment bitte.» Dann drehte ich das Gesicht vom Mikrophon weg und sagte: «Kann mal jemand die Musik leiser stellen?» Und wieder zum Anrufbeantworter: «Einen Augenblick noch.» Und in Richtung Tür gerufen: «Vater, mach doch bitte die Musik ...» Von da an waren es noch drei Sekunden bis zum Piepser. Zeit genug, die Stereoanlage per Fernbedienung verstummen zu lassen und gleichzeitig zu fragen: «Rena, bist du es, Schatz?»

Gretchen fand es recht passabel. Otto, der auch einmal testen wollte, fand es sogar fast echt. Mir gefiel es nicht, weil es hinter dem Schatz piepste. Und Gretchens Stimme hatte bereits ebenso viel Wirkung gezeigt wie eine Valium zehn. Ich war fast wieder normal und völlig am Ende.

Der letzte Versuch: «Rena, wir sind im Moment nicht zu Hause. Ruf in der Praxis an, Schatz, oder sprich nach dem Pfeifton ein paar Worte auf das Band. Bitte, Rena, sag uns, wo du bist und ob es dir gut geht. Wir machen uns solche Sorgen um dich.» Dass mir beim letzten Satz die Stimme brach, war keine Absicht, ich konnte es nur nicht verhindern.

«Ich glaube», sagte Gretchen bedächtig, «so ist es am besten.» Im gleichen Atemzug fragte sie: «Ist der Doktor heimgekommen?»

Ich verneinte. Sekundenlang blieb es still in der Leitung. Ich hörte Otto im Hintergrund rumoren. Gretchen fragte: «Soll Otto morgen früh kommen und dich zu deinem Auto bringen?»

«Das ist nicht nötig. Ich kann den Wagen meines Vaters benutzen.»

«Du solltest ihn aber nicht im Dorf rumstehen lassen. Nachher machen die Kinder was kaputt.»

«Daran kann man nicht mehr viel kaputtmachen.»

«Pass auf», sagte sie. «Ich schick Otto morgen früh. Du gibst ihm den Schlüssel, dann schaff ich dir das Auto auf den Hof.»

«Willst du es fahren?» Es war das erste Mal, dass ich sie duzte. Bis dahin hatte ich mich um jede persönliche Anrede herumgemogelt. Ich wunderte mich, dass es so flüssig über die Lippen ging.

«Warum nicht», sagte sie. «Früher hab ich Lastwagen gefahren. Nach dem Krieg, es waren ja keine Männer da. Ich komm schon klar mit so 'ner kleinen Kiste. Ich fahr auch den Volvo, wenn's sein muss. Im Dorf sind doch keine Grünen, die nach dem Lappen fragen.»

Ich hatte den Satz noch so gut im Ohr. Und ich hatte ihn meiner Mutter in den Mund geschoben. Wir sprachen noch fast eine halbe Stunde lang über alles Mögliche, nur nicht über die Tränen, die sich nicht aufhalten ließen. Ich hasste mich für die Schniefer ins Telefon, aber sie machten es leichter, verliehen den Sätzen, die sie unterbrachen, mehr Gewicht und Überzeugungskraft.

Über den Irrtum sprachen wir, in dem die Polizei sich befand, befinden musste. Dass ich Nita alles Üble zutraute, aber nicht die Fähigkeit, einen Menschen zu töten. Wir sprachen auch über Udo und meine Parkplatzerkenntnis. Ich dachte, Gretchen wäre erstaunt gewesen. Das war sie nicht. Ich konnte ihr bedächtiges Nicken förmlich durchs Telefon hören.

«So was hab ich mir fast gedacht. Udo ist immer zu Hennes gelaufen, wenn er Ärger hatte. Nun hat er mehr Ärger, als er verkraften kann, und lässt sich nicht mehr bei ihm blicken. Da konnte was nicht stimmen. Und Hennes hat auch schon ein paar komische Bemerkungen gemacht, sagt Otto. Könnte sein, er denkt dasselbe wie du. Aber er wird sich hüten, sich mit den von Wirths anzulegen. Würde ich dir auch nicht empfehlen. Aber wenn du willst, dass es morgen Abend alle wissen, gehst du am besten morgen früh zur Ziegler.»

«Ich habe nicht vor, es herumzuerzählen.»

«Dann ist es gut. Man muss dem Jungen nicht unnötig Scherereien machen. Sein Alter reißt ihm den Kopf ab, wenn ihm das zu Ohren kommt. Udo hat's nie leicht gehabt bei dem Alten. Nichts konnt er ihm recht machen. Immer war Annegret besser als er. Als Udo anfing, zu Hennes zu rennen, war der Ofen ganz aus.»

Sie erzählte ein wenig Dorfklatsch. Dass irgendwann das Gerücht aufgekommen war, Udo sei ebenso schwul wie Hennes. Dass man sich über das Gerede nicht wundern dürfe. Wenn ein Mann in Udos Alter einen Bogen um jede Frau machte und bisher nicht eine einzige Freundin gehabt hatte, kamen eben ein paar Leute auf verrückte Ideen.

Sie glaubte nicht so recht an Udos Neigung zum eigenen Geschlecht. Möglich, dass er mal probiert hatte. Ebenso möglich, dass er nur deshalb die Finger von Frauen ließ, weil er Annegret als perfekte Vorlage vor Augen hatte und sich dachte, er könne keine auf den elterlichen Hof bringen, die Gnade fand in den Augen seines Vaters.

Als ich den Streit im Krankenzimmer erwähnte, seufzte Gretchen. «Ach Gott, der Alte hat sie nicht alle auf der Reihe. Ich hab's schon von einigen gehört und wollt's nicht glauben. Ist doch hirnverbrannt, dem Jungen die Schuld an dem Unfall zu geben. Bei der Beerdigung – ich war ja nicht da, bin ich auch froh drum. Ich hätte dem Alten was anderes erzählt, wenn ich's gesehen und gehört hätte – hat er Udo vom Grab weggerissen. Stell dir das vor! Ein Mörder hat am Grab seiner Tochter nichts zu suchen, soll er gesagt haben. Der Junge kann einem in der Seele Leid tun. Ich werd mal mit ihm reden, wenn ich ihn allein zu packen kriege.» Dann wünschte sie mir eine gute Nacht.

So gut war sie nicht. Um zwei legte ich mich ins Bett, um fünf stand ich wieder auf. Um halb sechs döste ich in Jürgens Fernsehsessel ein und träumte von aufgeschlitzten Pferdeleibern und einer Gestalt, die in finsterer Absicht ein einsames Gehöft aufsuchte, um einer Frau die Kehle durchzuschneiden und sie in einem Kanalschacht verschwinden zu lassen. Dazu dudelte und schrillte ein Spielautomat.

Um sieben versetzte mir ein Poltern aus der Diele einen Stromstoß. Es gehörte nicht zu einem Traum, war so real wie die gefüllte Blase, die mich kurz zuvor endgültig aufgeweckt, aber noch nicht dazu veranlasst hatte, die Augen zu öffnen. Dafür sorgte das Hämmern. Für den Bruchteil einer Sekunde sah ich eine scheußliche Fratze am Fenster.

Es war nur Otto, der sich die Nase an der Scheibe platt drückte. Gretchen bearbeitete die Haustür mit ihren Fäusten. Ich ließ sie herein. Gretchen bestand darauf, dass ich ein kräftiges Frühstück zu mir nahm. Während sie es zubereitete, fuhr Otto mich ins Dorf. Es war mir doch lieber, den Fiesta selbst auf den Hof zurückzuholen. Ich glaube, Gretchen war es auch lieber.

Beim Frühstück leisteten sie mir beide Gesellschaft. Mehrfach hatte ich das Gefühl, dass Gretchen mich etwas fragen wollte. Jedes Mal warf sie einen zweifelnden Blick auf Otto und machte dann eine läppische Bemerkung über die Küche oder Vaters Mercedes. «Kann nicht schaden, wenn du den fährst. Mit so 'ner Kutsche macht man Eindruck.»

Auch wenn sie keinen bestimmten Zweck mit diesem Satz verfolgte, brachte sie mich damit auf eine Idee. Allmählich nahm es doch konkrete Formen an. Ein zuverlässiger Mann! Wie viel Zeit mochte ich mir kaufen können für fünftausend Mark? Ich brauchte nicht nur mehr Geld, ich brauchte auch Fotos. Von Rena gab es genug im Haus. Das Problem war Nita. Der Gedanke, ihre

Mutter samt Begleitung zu stören, hatte nicht viel Verlockendes. Aber es musste sein.

Ich bat Gretchen, im Haus zu bleiben, wozu sie ohne Zögern bereit war. Ich sagte, ich wäre gegen Mittag zurück. Und sollte das Telefon klingeln ... «Kümmere dich nicht um den Anrufbeantworter, nimm ab und sprich mit ihr. Ich bin sicher, mit dir wird sie reden.»

Otto wollte zu Hennessen. Er verließ das Haus zusammen mit mir. Gretchen rief ihm nach: «Und halt die Schnauze. Du erlebst dein blaues Wunder, wenn du Hennes was von Udo erzählst.»

Otto riss treuherzig die Augen auf und beteuerte: «Wo werd ich denn.»

Er fuhr vor mir her zur Landstraße hinunter, bog nach links ab, hupte und winkte noch einmal, als seien wir gute Kameraden. Ich dachte an künftige Sonntagnachmittage im trauten Familienkreis. Ob Otto in der Lage war, die Stachelbeer-Baiser-Torte zu würdigen? Schwer vorstellbar. Mutter würde mir nie verzeihen, dass ich sie ins Haus gelassen hatte.

Um zwanzig nach neun setzte ich Vaters Wagen neben Regina Kolters schnittiges Coupé. Ich war noch immer in einem merkwürdigen Zustand, zur Hälfte erfüllt von Gretchens Schnoddrigkeit, zur anderen Hälfte leer.

Ich war überzeugt, Nitas Mutter aus dem Bett klingeln zu müssen, und erstaunt, als sie mir öffnete. Irgendwie ist es komisch, man hat eine bestimmte Vorstellung, bildet sich eine Meinung, legt sich ein paar Sätze zurecht. Und dann bringt man keinen davon über die Lippen, weil nichts so ist, wie man es erwartet hat.

Ich hatte Regina Kolter zuletzt vor drei Jahren gesehen, vielleicht war es noch länger her. Und ich hatte sie nur in ihrem Auto vorbeifahren sehen. Einen flüchtigen Blick auf den Ozelot um ihre Schultern und den hinreißenden Wuschelkopf werfen dürfen. Mag sein, dass ich sie beneidet hatte um ihre Fähigkeit, eine Frisur zu tragen, die sie zehn Jahre jünger machte, mit der ich ausgesehen hätte wie frisch aus dem Bett gestiegen. Es war nicht die Frisur gewesen, das begriff ich schnell. Sie war zehn Jahre jünger, als ich mir ausgerechnet hatte.

Ein schmales, blasses Gesicht, übernächtigte Augen, das dunkelblonde Haar hing ihr bis auf die Schultern und wirkte in keiner Weise aufreizend oder verjüngend, nur so, als hätte sie noch nicht die Zeit gefunden, sich zu kämmen. Sie trug eine ausgebleichte Jeans mit Designerriss auf dem rechten Knie und ein sackartiges Sweatshirt, weder Strümpfe noch Schuhe. Auf nackten Füßen stand sie in der Tür, hielt einen Apfel in der rechten Hand, von dem sie mehrfach abgebissen hatte.

Ich hatte sagen wollen: «Entschuldigen Sie die frühe Störung.» Und ich hatte es in einem ganz bestimmten Ton sagen wollen, ein bisschen spöttisch, sehr energisch und unterlegt von den unausgesprochenen Worten: Im Gegensatz zu dir sorge ich mich um meine Tochter und finde, wir sollten etwas unternehmen.

Stattdessen sagte ich: «Wir kennen uns nicht, Frau Kolter. Ich bin Renas Mutter. Ich muss unbedingt mit Ihnen reden. Ich weiß nicht, ob Ihnen bekannt ist, was die Polizei vermutet, aber ...»

Weiter kam ich nicht.

Die Hand mit dem Apfel winkte mich in eine helle Diele. Es sah nicht aus wie ein Privatpuff, nur wie eine freundliche, gemütliche Wohnung. Bis auf eine Ausnahme standen sämtliche Zimmertüren offen. Ich konnte ungehindert einen Blick auf das üppige Blumengesteck im Wohnzimmer, auf das Frühstücksgedeck in der Küche, auf das Handtuch über dem Beckenrand im Bad und auf das ungemachte Bett im Schlafzimmer werfen. Was mir den Atem nahm, war das riesige Foto über dem Bett. Es war so groß wie ein Poster.

Was erwartet man im Schlafzimmer einer Frau, von der man weiß, dass sie ihr Geld mit «Begleitungen» verdient? Eine nackte Carmen, ein Paar in zärtlicher Umarmung, irgendein erotisches Motiv jedenfalls. Schwer vorstellbar, dass von dem Foto über ihrem Bett eine stimulierende Wirkung ausging. Ein zierliches Kind im weißen Spitzenkleid, ein weißes Krönchen im dunklen Haar, in einer Hand die weiße Kerze mit dem Goldmotiv, in der anderen das Gebetbuch. Nita im Kommunionskleid.

Die Hand mit dem Apfel zeigte zur Küche. Gesprochen hatte sie noch kein Wort, auch sonst nichts getan, keine Miene verzogen, weder abfällig gegrinst noch teilnahmslos gelächelt. Sie zeigte auf einen Stuhl beim Tisch. Es gab nur zwei Stühle. Sie nahm auf dem zweiten Platz und legte ihren Apfel auf den Teller des Gedecks.

Auf dem Tisch stand ein kleines Mixgerät mit Glaskanne. Die Kanne war zur Hälfte gefüllt mit einer trüben Flüssigkeit. Sie goss sich ein. Ob sie mir etwas anbieten dürfe, fragte sie nicht. Sie trank einen Schluck, räusperte sich. Ihre Stimme klang nach ungezählten Zigaretten oder durchweinten Nächten. «Und was vermutet die Polizei?»

Es wäre leichter gewesen, ihr das zu erklären, wenn sie mich nicht so unverwandt angeschaut hätte, während ich sprach. Ein Blick wie eine müde Puppe, kein Blinzeln, kein Zucken der Mundwinkel, kein Heben und Senken unter dem Sweatshirt, nichts, woraus sich schließen ließ, dass sie lebte und zuhörte.

Irgendwann stieß sie die Luft aus, die Lippen kräuselten sich. «Phantastisch», murmelte sie, trank noch einen Schluck von der trüben, zähflüssigen Brühe, senkte den Kopf und nahm ihren Apfel wieder in die Hand. Sie drehte ihn, betrachtete die Bissmale. «Und was machen wir nun? Schimpfen wir gemeinsam auf die blöden Bullen? Heulen wir uns gegenseitig was vor? Oder soll ich mich bei Ihnen entschuldigen, weil ich ein Ungeheuer in die Welt gesetzt habe?»

Ohne den Blick zu heben, zeigte sie mit der freien Hand zur offenen Tür, durch die Diele in ihr Schlafzimmer. Von ihrem Platz aus musste sie das große Foto ganz sehen können, wenn sie hinschaute. Das tat sie nicht. Und ich sah nur den Rand, ein Stück vom weißen Kleid und die Kerze.

«Sieht so ein Ungeheuer aus?»

Ihre Hand kam zurück, strich eine Haarsträhne aus dem Gesicht. Ein tiefer Atemzug hob das Sweatshirt an. «Sie war ein niedliches Baby, auch mit zehn oder zwölf war sie noch niedlich. Sie war immer sehr klein und zierlich. Aber sie war kerngesund! Und Köpfchen hatte sie. In der Grundschule sagten sie, sie muss aufs Gymnasium. Es lief auch wunderbar in den ersten beiden Jahren. Sie hätte was aus sich machen können, studieren, einen tollen Job. Ich habe sie nicht kaputtgemacht, ich nicht! Das hat ein Kollege Ihres Mannes besorgt. Ein Scheißer hat sie angefahren. Monatelang hat sie in der Klinik gelegen, musste das Schuljahr wiederholen. Aber das wäre nicht so tragisch gewesen.»

Plötzlich schleuderte sie den Apfel durch die Küche, legte beide Hände vors Gesicht. «Scheiße, verfluchte Scheiße. Ich war nicht da. Ein Freund hatte mich auf sein Boot eingeladen, und ich brauchte ein paar Tage Urlaub. Es war ziemlich stressig mit ihr in den letzten Monaten. Ich habe zu ihr gesagt, tu, was du willst, nimm dir, was du kriegen kannst. Manchmal hat sie es übertrieben. Manchmal dachte ich, ich halt's nicht mehr aus mit ihr. Aber ich wollte sie mitnehmen. Ich dachte, ein paar Tage nur Wind und Wasser, das tut ihr sicher gut. Sie wollte nicht. Sie sagte: ‹Ich kann nicht aus der Schule wegbleiben.› Ich sagte: ‹Scheiß auf die Schule. Die sind froh, wenn du nicht kommst.› Gelacht hat sie. ‹Deshalb gehe ich ja so gerne hin›, sagte sie.»

Sie nahm die Hände herunter, schaute mich an. «Kein Wort hat sie verlauten lassen, was sie vorhatte. Ich war gerade zur Tür reingekommen, hatte noch nicht den Koffer ausgepackt, da kommt dieser Bulle und fragt mich, wo sie ist. Es hat ihm Spaß gemacht, genossen hat er es, auf dem hohen Ross zu sitzen und auf eine Nutte herabzuschauen. Ich wusste, was er dachte. Ich kann Gedanken lesen; muss man können in dem Job. Ich dachte: Leck mich, du Scheißer. Wenn du eine Nutte sehen willst, den Gefallen kann ich dir tun, es macht keine Umstände.»

Ich wollte mir nichts anhören von ihrem Schmerz. Es war ein widersprüchliches Gefühl. Ein Teil in mir fand, sie hatte kein Recht darauf. Und ein anderer Teil hatte bereits die Gemeinsamkeit entdeckt. Aber ich wollte mit Regina Kolter nichts gemeinsam haben. Ich wollte weg, so schnell wie möglich.

«Haben Sie ein neues Foto von Ihrer Tochter?»

Sekundenlang starrte sie mich an, als hätte sie mich nicht verstanden. Dann lachte sie. Es war ein dunkler, kehliger Ton. Sie schürzte spöttisch die Lippen. «Nein! Ich habe nämlich keine Tochter. Ich war vierzehn, als ich sie bekommen habe; mein jüngster Bruder ist drei Monate älter als Nita. Sie war meine Puppe, sagt ein Mann, der das studiert hat. Vor zwei Jahren habe ich sie zu einem Psychologen geschickt. Ich dachte, er könnte ihr helfen. Aber er hat nur ein bisschen analysiert und kam zu dem Ergebnis, dass sie mein Spielzeug war.»

Sie zuckte mit den Achseln und bückte sich nach dem Apfel. Er war gegen die Wand über der Spüle geprallt, zurückgeflogen und ihr vor die Füße gekullert. Sie hob ihn auf und trat damit ans Fenster. Mit abgewandtem Rücken sprach sie weiter.

«Ich hab sie nie als Spielzeug gesehen. Sie atmete und lachte. Ich war stolz auf mich, dass ich etwas so Wundervolles zustande gebracht hatte. Nachts habe ich sie in mein Bett geholt und mich gefreut, wenn sie mich anschaute und mir etwas erzählte; hö hö und rö rö, was Babys halt so von sich geben. Ich wollte nicht, dass sie abgelegte Kleider tragen musste. Ich wollte, dass sie hübsch war.»

Nachdem sie einmal angefangen hatte, fand sie kein Ende. Ich konnte nicht aufstehen und gehen. Der Teil in mir, der die Gemeinsamkeit entdeckt hatte, wuchs mir über den Kopf. Ich wollte es wahrhaftig nicht, aber ich empfand Mitleid und Sympathie. Ich schaute sie an und sah mich selbst. Ab und zu braucht man eben einen Menschen, der zuhört. Etwas anderes als zuhören konnte ich nicht. Weder antworten noch Fragen stellen, noch unbesehen glauben, dass Nita ein niedliches Püppchen gewesen war.

Regina Kolter erzählte von den hübschen Kleidchen der ersten Jahre, vom Streit mit ihren Eltern, die sich weigerten, jeden Firlefanz zu bezahlen. Von der kindlich naiven Affäre mit dem Nachbarssohn, der Nita entsprungen war, und vom Spaß, den es gemacht hatte, mit dem Jungen zu schlafen. Von den Blicken anderer Männer und wie sie irgendwann begriffen hatte, auf welche Weise sich Nitas Lackschuhe und Spitzenkleidchen problemlos finanzieren ließen.

Es klang, als habe sie nur ihrem Kind zuliebe diesen Weg eingeschlagen. Dass es Nita in irgendeiner Weise geschadet haben könnte, mochte sie nicht glauben. Nita hatte es genossen, eine Mutter mit großem Freundeskreis zu haben. Es waren immer nur Freunde gewesen, keine Freier. Es waren Auserwählte, und sie wurden sorgfältig ausgewählt. Es waren Männer mit Geld und Macht und Einfluss. Männer, die für einen netten, verschwiegenen Abend ein kleines Vermögen zahlten und sich auch in anderer Weise erkenntlich zeigten.

Regina Kolter hätte nur mit einem Finger schnipsen müssen, und zwei oder drei von ihren Freunden hätten Klinkhammers berufliche Aufstiegschancen jäh beendet. Bisher hatte sie es vermieden, einen ihrer Freunde auf den idiotischen Bullen zu hetzen. Sie hatte auch nicht vor, es zu tun. Sollte der dämliche Hund doch glauben, was er wollte. Sie würde zu allem Ja und Amen sagen. Der Rest war Privatsache, ging nur sie etwas an und Nita.

Nach mehr als einer Stunde, in der sie ihren braun werdenden Apfel in der Hand gedreht und mit einer Stimme, die zwischen Melancholie und Feindseligkeit schwankte, gesprochen hatte, war sie wieder bei den Scheißern, die ihnen das angetan hatten. Es waren zwei gewesen, ein besoffener Autofahrer und ein hirnamputierter Arzt.

Sie öffnete den Schrank neben der Spüle. Ein Mülleimer schob sich vor, öffnete seinen Deckel und legte ein Häufchen zerknüllter Papiertaschentücher, Möhren- und Eierschalen bloß. Sie ließ den

Apfel darauf fallen und schaute mich nachdenklich an. «Was wollen Sie mit einem Foto von Nita?»

Ich erklärte es ihr. Sie schüttelte den Kopf.

«Auch wenn ich ein brauchbares Foto hätte, dafür würde ich es nicht hergeben. Es war Nitas Entschluss wegzugehen. Wenn sie sich entschließt zurückzukommen, soll sie das freiwillig tun. Und nicht, weil ein Schnüffler sie dazu auffordert.»

«Ich will sie nicht auffordern lassen zurückzukommen. Ich will nur, dass sie mir ein paar Fragen beantwortet.»

«Das kann ich genauso gut. Der Bulle spinnt. Und wenn Sie glauben, was er erzählt, können Sie auch nicht bei Verstand sein. Natürlich hatte Nita eine Wut im Bauch, aber nicht auf Sie und nicht auf Rena. Dass sie es Lengries so erzählt hat, wundert mich nicht. Dem Arsch hätte sie nie die Wahrheit gesagt. Die Wahrheit, Frau Zardiss, ist: Nita war gerne mit Rena zusammen. Nach Ihrem Umzug war sie ziemlich geknickt, weil Rena sich von ihr zurückzog. Ich sagte: ‹Lass die Kleine doch. Du hast genug Freunde. So ein wohlbehütetes Töchterlein passt doch gar nicht zu dir.› Wissen Sie, was sie mir antwortete? ‹Ich schaue sie an, Regina, und dann schaue ich durch ein Fenster und sehe mich auf der Straße vorbeigehen. Und wenn ich mich vorbeigehen sehe, bin ich wie sie. Ich hätte doch so werden können, oder?› Natürlich hätte sie so werden können.»

Sie lächelte, es war fast ein Weinen. «Machen Sie sich keine Sorgen. Wenn Rena bei Nita ist, bekommen Sie sie ohne einen Kratzer zurück. Nita wird nicht zulassen, dass jemand ihr Fenster mit Dreck bewirft oder zerkratzt. Und wenn Nita sie nicht mehr braucht, wird sie Rena heimschicken.»

«Wann?»

Sie zuckte mit den Schultern, drehte das Gesicht zur Seite. «In ein paar Wochen, in ein paar Monaten. Ist doch egal, wann. Nita braucht sie jetzt. Einer muss ihr doch beistehen, wo André nicht mehr da ist.»

Ich erhob mich. Zwei Fragen noch. «Wenn Nita sich bei Ihnen meldet, werden Sie mich informieren? Und werden Sie sie fragen, ob Rena bei ihr ist und wie es ihr geht?»

«Sie wird sich nicht bei mir melden. Das tut sie mir nicht an.» Sie zögerte, betrachtete mich skeptisch. «Aber ich habe Möglichkeiten. Ich kann in Erfahrung bringen, ob sie zusammen sind und wie es ihnen geht. Wenn Sie interessiert sind.»

Ich dachte an einflussreiche Freunde und nickte.

«Gut», sagte sie und nickte ebenfalls. «Ich rufe Sie an, wenn ich etwas weiß. Aber ich sage Ihnen nicht, wo die beiden sind. Machen Sie sich keine Hoffnungen. Wenn ich nein sage, heißt das nein.»

Als ich endlich wieder im Wagen saß, brummte mir der Schädel vor Trauer. Es gibt kein anderes Wort dafür. Regina Kolter mochte manches verzerrt oder verklärt sehen, sogar vieles mochte sie so sehen. Doch sie hatte auch mich etwas sehen lassen. Ich sah es mit dem gleichen Gefühl von Sicherheit, das ich mit Udo von Wirth auf dem Krankenhausplatz empfunden hatte. Ich sah es nicht nur, ich hörte es auch mit Olgerts Stimme, die Sätze aus Renas Tagebuch zitierte. «Sie tut mir so furchtbar Leid!»

Nita war krank. Sie war gegangen, um zu sterben. Sie wollte nicht, dass ihre Mutter ihr dabei zuschaute. «Das tut sie mir nicht an.» Das war die Antwort. Nita Kolter liebte ihre Mutter und wollte sie nicht leiden sehen. Nur zwei gute Freunde als Begleitung auf dem letzten Weg. Und eine hatte vielleicht nicht ganz freiwillig mitkommen wollen. Aber das war nicht mehr so wichtig.

Wenn ich mich entschließen konnte, nur einen Bruchteil von dem zu glauben, was Regina Kolter gesagt hatte, nahm das Bild eine andere Farbe an. Es wurde klarer, die Konturen schärfer und zugleich lieblicher. Es gab noch viele verwischte Stellen. Ein besoffener Autofahrer und ein hirnamputierter Arzt? Ich hatte noch nie von Unfallverletzungen gehört, die erst Jahre später gravierende Folgen zeigten. Rena hatte auch nie erwähnt, dass Nita in irgendeiner Weise beeinträchtigt wäre. Aber Rena hatte vieles nicht erwähnt. Und ich hatte nicht genug medizinisches Wissen zusammengetragen, um mir ein Urteil erlauben zu können.

Ich erinnerte mich an ihr Schwanken vor unserer Haustür, an Menkes Arm um ihre Taille. Man konnte es sehen wie Jürgen oder wie Regina Kolter. Bekifft oder geschwächt. Wenn ich mich für Letzteres entschied, gab es für alles eine Erklärung. Sogar für den Satz, den Nita der Frankfurter Polizei auf Band gesprochen hatte.

Natürlich war es Hoffnung. Mehr noch, Gewissheit. Rena kommt zurück, irgendwann kommt sie zurück. Mit dieser Gewissheit war ein Besuch bei Uwe Lengries überflüssig. Aber ich hatte mich entschlossen, systematisch vorzugehen und dem polizeilichen Beispiel zu folgen. Man gibt sich nicht zufrieden mit der Aussage einer Mutter, die nur sieht, was sie sehen will. Man hört sich auch an, wie andere die Sache sehen. Vielleicht erkennt man dabei die Ursache für den Denkfehler, der der Polizei unterlaufen ist.

Um halb zwölf fuhr ich zum ersten Mal an der Cityreinigung vorbei. Es gab keinen freien Parkplatz in der näheren Umgebung. Ich fühlte mich zwar stärker als in der Nacht, aber nicht stark genug, mir Klinkhammers Frechheit herauszunehmen und in der zweiten Reihe zu parken. Eine Runde um den Block und noch eine, dann fand sich ein freies Plätzchen. Nicht lang genug, um den Mercedes ordnungsgemäß darauf abzustellen. Er ragte mit dem Heck in die Straße. Es war mir egal.

Nicht egal war mir, dass wieder keine Reaktion erfolgte, nachdem ich auf den Klingelknopf gedrückt hatte. Ich drückte zwei andere Knöpfe, es knackte in der Gegensprechanlage. Ein metallisches «Ja?» war zu hören. Der Stimme nach eine ältere Frau.

«Ich möchte zu Lengries», sagte ich. «Da öffnet niemand. Würden Sie bitte aufdrücken? Dann kann ich eine Nachricht an die Wohnungstür heften. Es ist wichtig.»

Es summte im Türschloss, zwei Sekunden später stand ich in einem gefliesten Treppenhaus. Dass ich im zweiten Stock erwartet wurde, sah ich schon auf dem ersten Treppenabsatz. Die Stimme hatte nicht getrogen, eine Frau Anfang sechzig. Sie lugte über das Geländer, verfolgte meinen Aufstieg. Ich zog Notizbuch und Kugelschreiber aus der Handtasche.

Als ich den zweiten Stock erreichte, zeigte die Frau auf eine der Wohnungstüren und sagte: «Die sind in Urlaub. Aber der Junge ist da. Nur wenn er Musik hört, hört er die Klingel nicht. Da muss man schon tüchtig an die Tür klopfen.»

Ich wollte klopfen, da sagte sie: «Jetzt ist er nicht da. Er ist vor einer Stunde runtergegangen. In die Garage, nehme ich an. Fummelt wohl wieder am Auto. Was anderes haben die ja nicht im Kopf, nur Musik und Autos. Gehen Sie runter bis in den Keller und dann die Tür gegenüber der Treppe. Da geht's in die Garage.»

Ich erkannte ihn sofort, als ich ihn sah. Uwe Lengries hatte sich auf unserem Hof umgedreht, als Nita ihre Show abzog. Er kniete auf der Rückbank in seinem Wagen und hantierte an zwei Lautsprechern auf der Heckablage.

Er erkannte mich ebenfalls und sein Gesicht verzog sich in Ablehnung. Er wollte nicht mit mir reden. Nicht über Nita, nicht über André Menke, nicht über Rena und nicht über das, was er Klinkhammer und Olgert erzählt hatte. «Fragen Sie die. Ich hab keine Lust, es noch dreimal durchzukauen.»

Dann begann er doch, stockend, widerwillig und mühsam gegen die Tränen ankämpfend. Nita hatte seinen Freund auf dem Gewissen, mehr gab es nicht zu sagen! Nita war eine elende Schlampe, ein Stück Dreck, ein Miststück, ein dreimal verfluchter Junkie. Nita war kaputt und konnte nicht eher Ruhe geben, bis andere es auch waren.

«Ist sie krank?»

Ich saß auf dem Fahrersitz, Uwe Lengries auf der Rückbank, den Kopf weit in den Nacken gelegt, die Augen geschlossen. Er schlug sich mit der flachen Hand gegen die Stirn. «Ja, hier. Und das ist eine verdammt ansteckende Krankheit.»

Ich sah das Foto über Regina Kolters Bett vor mir, während er fluchte, schniefte und den Nachruf auf André Menke hielt. Ein toller Kumpel, ein Freund, wie man ihn sich wünscht. Unzertrennlich waren sie gewesen seit dem ersten Schultag, auch noch mit den ersten Mädchen, bis Nita auftauchte. In ihrem Gefolge bereits Wiltrud Heister und Henrik Emmersen. André war zu der Zeit mit Janet Abel zusammen. Und Janet war mit Stefanie Burk befreundet. Und Stefanie fuhr auf Nita ab wie eine Rakete. Über Stefanie geriet Janet in Nitas verhängnisvollen Bann und mit ihr André.

Da war etwas, das Uwe Lengries nicht verstand. Dass André, der bestimmt nicht blöde war, einem grünen Giftpflänzchen auf den Leim ging, dass er plötzlich alles sausen ließ, was vorher wichtig gewesen war, und Nitas perverse Spielchen mitmachte.

Er holte weit aus. So genau wollte ich es gar nicht wissen. Aber ich mochte seinen Monolog nicht unterbrechen aus Furcht, dass er den Faden verlor oder sich darauf besann, dass er nicht mit mir reden wollte. Ich hatte Zeit und die Hoffnung, dass er sich allmählich an Rena heranarbeitete.

Nach einer halben Stunde wusste ich, dass es nie Sex gegeben hatte mit Nita. Nur leere Versprechungen zu Anfang, später nicht einmal mehr die. Aber später klebte André an dieser Giftdrüse, hätte Nägel geschluckt und auf glühenden Steinen getanzt für das verlogene Aas.

Hundertmal hatte Uwe Lengries seinen Freund gewarnt: «Für die bist du auch nur ein Scheißer, da kannst du dir noch ein Dutzend Ringe durch die Backen schießen. Die macht dich kaputt.»

Und genau so war es gekommen, jetzt war André tot. Und Uwe Lengries wünschte Nita ein so grauenhaftes und qualvolles Ende, wie man es seinem ärgsten Feind nicht wünschen sollte.

Ich brachte ihn zurück auf den Punkt, sagte, wir hätten uns bei Rena auch immer gefragt, was an Nita so magisch anzog. Und wir wären erleichtert gewesen, als wir annehmen durften, es sei vorbei.

«Das war es auch», murmelte er, «für Rena. Nicht für Nita. Die will selbst bestimmen, wann etwas vorbei ist. Wenn sie merkte, dass einer nicht mehr mitzog, war sie plötzlich scheißfreundlich und machte auf die Mitleidtour. Das zog bei den meisten, bei Rena auch. Das arme Ding hat sich auch noch mies gefühlt.»

Mit geschlossenen Augen erzählte er von den letzten Stunden mit Nita und Menke. Dass Nita wörtlich gesagt hatte: «Ich nehme das Pferdchen mit, jetzt wird zur Abwechslung mal sie geritten.»

Dass er zu Nita gesagt hatte: «Du glaubst doch nicht, dass sie freiwillig mitkommt!»

Dass Nita gelacht hatte: «Und wie ich das glaube. Ich weiß schon, wie ich sie überreden kann. Die Scheißer sollen doch noch Spaß haben, bevor ich sie kille. Und wenn das Pferdchen bockt, mache ich mit ihr den Anfang. Macht mir gar nichts aus.»

Im Juristenjargon heißt es: Aussage gegen Aussage. Regina Kolter gegen Uwe Lengries. Ich sprach noch eine Weile mit ihm, vor allem über Nitas Gesundheit. Er räumte ein, dass es ihr zeitweise ziemlich dreckig gegangen war. Aber ihn wunderte das nicht. Wer pfundweise Speed schluckte und täglich einen Schuss brauchte, war eben nicht mehr so gut drauf. Von einem Unfall in früheren Jahren oder einer ernsthaften Erkrankung wusste er nichts. Dass Ärzte für Nita der letzte Dreck waren, wusste er dafür umso besser. Das hatte Rena so wertvoll gemacht in Nitas Augen. Der Papa ein Onkel Doktor, dem Nita unbedingt zeigen wollte, was Sache ist.

Ich musste mich nicht länger fragen, was Klinkhammer zu seiner abstrusen Mordtheorie gebracht hatte. Regina Kolter hatte es nicht für nötig befunden, einem idiotischen Bullen zu erklären, wie ihr ums Herz und welch ein Mensch ihre Tochter war. Und von Uwe Lengries brauchte es nur drei Sätze, dann war Nita eine Teufelin. Man konnte es glauben oder nicht.

Ich glaubte es nicht. Nicht mehr. Nicht mehr bedingungslos. Ein weißes Gesicht und ein schwarzer Umhang, aber nichts auf der Welt ist nur schwarz oder weiß. Jeder braucht seine Fassade.

Ich war ruhig und stark und mutig genug, einen Abstecher zur Praxis zu machen. Die Zeit war günstig. Mittagspause. Jasmin war daheim und Sandra Erken inzwischen wohl auch längst mit ihrem Sohn beschäftigt.

Ich dachte, dass wir ein bisschen Zeit für uns hätten. Zeit für eine Entschuldigung. Zeit zu sagen: «Tu dir das nicht an, noch eine Nacht auf der Couch. Sei nicht albern und komm heim. Ich habe eingesehen, dass ich mich unmöglich benommen habe. Aber wenn wir beide in dieser scheußlichen Situation ein bisschen Rücksicht aufeinander nehmen ...»

Sein BMW stand auf dem Parkplatz vor der Praxis. Ich stellte den Mercedes daneben, nahm den Schlüssel aus der Handtasche, überlegte beim Aussteigen, ob ich ihm erzählen sollte, womit ich mir den Vormittag vertrieben hatte. Lieber nicht! Vorerst nicht an Rena rühren, höchstens fragen, ob er über das Ergebnis der Kanalinspektion informiert worden sei.

Die Eingangstür war nur angelehnt. Im Treppenhaus begegneten mir ein alter Mann und eine junge Frau mit einem Säugling auf dem Arm. Es gab mehrere Praxen im Haus. Ein Internist, ein Zahnarzt, ein Kinderarzt, ein Orthopäde, ein Urologe und Jürgen im ersten Stock.

Ich schloss die Tür auf, trat ein. Wie erwartet waren Anmeldung, Labor und Wartezimmer leer. Die Tür zur Teeküche stand offen. Ich sah benutztes Geschirr im Ausguss stehen und oben aus dem Mülleimer lugte die Verpackung einer Pizza. Die hatte er sich wohl am Abend bringen lassen.

Die Pappschachtel erzählte mehr als tausend Worte. Jürgen verabscheute Pizzen. Aber was will man machen, wenn man allein und hungrig in einer Arztpraxis sitzt? Wenn man sich nicht aufraffen kann, unter Menschen zu gehen. Wenn nur der Italiener ins Haus liefert. Es tat mir Leid, dass ich am Abend vorbeigefahren war. Er musste sich sehr mies gefühlt haben.

Ich hatte vergessen, wie mies ich mich gefühlt hatte, und verzieh ihm, dass er nicht da war. Er musste irgendwo in der Nähe sein, in einem der umliegenden Restaurants. Für eine weitere Strecke hätte er den Wagen genommen.

Es gab drei Restaurants, die in Betracht kamen. Den Italiener, der die Pizza geliefert hatte, einen Chinesen und ein Lokal mit so genannter gutbürgerlicher Küche, von dem ich nicht wusste, ob es dort einen Mittagstisch gab. Den Italiener konnte ich mir sparen, mehr als eine Pizza tat Jürgen sich bestimmt nicht an. Und Nudelgerichte waren auch nicht sein Fall. Ich versuchte es zuerst beim Chinesen, dort war er nicht. Und mir war immer noch danach, mit ihm zu reden, ruhig und sachlich und überzeugend. Aber ich fand ihn nicht, auch nicht vor gutbürgerlicher Küche.

Ich ging zurück zur Praxis, holte den Wagen und fuhr zum Krankenhaus. Dass ich Gretchen versprochen hatte, gegen Mittag zurückzukommen, hatte ich vergessen. Ich glaube, ich hatte sogar Gretchen vergessen.

Ich war voll mit neuen Gedanken, neuen Wegen und Hoffnungen. Und ich wollte denen ein bisschen abgeben, die es ebenso nötig brauchten wie ich.

Meine Eltern saßen bereits vor Kaffee und einem Stück Marmorkuchen. Vater überließ mir seine Portion, behauptete, ihm sei der Kuchen ohnehin zu trocken, und das Mittagessen sei überaus reichlich gewesen. Mutter machte sich auf den Weg, mir einen Kaffee zu besorgen.

Ehe sie zurückkam, hatte ich Vater in groben Zügen über den Montag informiert, beginnend mit dem ergebnislosen Abbruch der Suche, damit er sich nicht unnütz aufregte. Dann ein paar Worte über Regina Kolter und Uwe Lengries, über neue Ansichten, geänderte Meinungen und hoffnungsträchtige Schlussfolgerungen.

Vater hörte aufmerksam zu. Es ging ihm besser. Er sprach langsam, aber gut verständlich. Er wollte sich kein Urteil erlauben, weil er Nita nie persönlich kennen gelernt, uns nur hin und wieder über sie hatte sprechen hören. Er meinte, allmählich wisse man wirklich nicht mehr, was man denken oder glauben solle. Er wusste auch nicht mehr, ob er das, was er mir ins Notizbuch diktierte, tatsächlich gehört oder es sich nur eingebildet hatte.

«Was die Uhr angeht, Vera, da bin ich mir sicher. Zu dem Zeitpunkt war ich noch ruhig. Aber dann ...»

Er betrachtete mich, als wollte er mich um Verzeihung bitten. «Du glaubst nicht, wie so ein Weinen eine Stimme verzerrt. Das habe ich Klinkhammer auch gesagt, als er uns diese Bänder aus Frankfurt vorspielte.»

Bevor ich nachhaken konnte, kam Mutter mit einer Tasse Kaffee zurück. Er war nur lauwarm, und sie hatte aus Versehen Milch hineingetan. Sie entschuldigte sich, fragte, wie viel Zeit ich hätte, und strich dabei über ihr Haar.

«Wenn du es einrichten kannst, würde ich gerne einen Termin bei Fräulein Gisela machen. Den Termin letzte Woche konnte ich ja nicht wahrnehmen.» Fräulein Gisela war ihre Friseuse. Und ich hatte Zeit, alle Zeit der Welt. Ich konnte den ganzen Nachmittag bei Vater sitzen und in Ruhe über verzerrte Stimmen reden. Mutter lächelte dezent. «Dann gehe ich mal zum Telefon. Vielleicht habe ich Glück und kann jetzt gleich kommen.»

Ich begriff es erst, als sie das Zimmer wieder verlassen hatte. «Wohin geht sie?»

Vater schmunzelte. Er schmunzelte tatsächlich und es war weder schief noch verzerrt. «Du hast es doch gehört.»

«Und was hast du gehört? Bitte, Papa, lüg mich nicht an. War es an dem Montag dieselbe Stimme, die Klinkhammer dir vorgespielt hat? War es Nita?»

Er schaute mich an, sehr ernst und sehr nachdenklich, dann schüttelte er langsam den Kopf. «Nein, Vera, auf gar keinen Fall. Ich bin mir ziemlich sicher, dass es ein Mann war. Aber frag mich nicht, was genau er gesagt hat. Es kann etwas völlig Harmloses gewesen sein. Es tut mir Leid, dass ich dir diesen Unsinn diktiert habe. Ich war der Überzeugung, ich hätte es so gehört. Vielleicht waren es nur meine eigenen Gedanken, die ich gehört habe. Tagelang hatte ich nur immer das eine gedacht: Wenn dem Kind etwas zugestoßen ist, ist es meine Schuld. Verstehst du, was ich meine?»

Natürlich verstand ich. An dem Tag verstand ich alles. Es war ein guter Tag! Mutter telefonierte mit ihrer Friseuse. Vater hatte gesagt, was ich hören wollte und noch ein bisschen mehr. Seine Gesichtsmuskeln gehorchten wieder seinem Willen. Regina Kolter hatte mir auf einen neuen Weg geholfen. Ich sah zwei Mädchen, von denen eines krank war und Hilfe brauchte. Und Rena tat, was sie konnte und solange es nötig war. Ein paar Wochen, ein paar Monate.

Vater erinnerte mich mit ernster Miene, dass Regina Kolter «wenn» gesagt hatte. Hinter «wenn» gehörte ein Fragezeichen.

«Ich muss dir nicht sagen, wie glücklich ich wäre, wenn du Recht hättest, Vera. Aber tu dir selbst einen Gefallen, bleibe realistisch und mach nicht aus dem Blickwinkel dieser Frau eine neue Weltanschauung. Verlass dich vor allem nicht darauf, dass sie über ihre vermeintlichen Beziehungen etwas über die Mädchen erfährt. Einflussreiche Männer, die solche Frauen regelmäßig besuchen, sind meist zu feige, sich in irgendeiner Weise dazu zu bekennen. Warum engagierst du nicht endlich jemanden?»

«Wen denn?»

Er dachte nach und schlug vor, ich solle Heinz Steinschneider anrufen. Steinschneider hätte vor Jahren einmal mit einem jungen Polizisten zu tun gehabt, der den Dienst quittieren musste. Im Grunde ein zuverlässiger Mann, nur leider zu unkonventionell für den Beruf. Ein Disziplinarverfahren nach dem anderen. Steinschneider hätte es sehr bedauert und später einmal davon gesprochen, dass der junge Mann sich als privater Ermittler selbständig gemacht habe.

«Es wäre mir lieber, wenn du Steinschneider anrufst», bat ich. «Ich kenne ihn doch kaum.»

«Aber er kennt dich, Vera. Wie soll ich ihn denn anrufen?»

Ich zeigte auf das nutzlose Telefon neben seinem Bett. «Du brauchst nur ein Wort zu sagen, dann steckt die Schwester das Ding ein, du kannst anrufen, wen du willst. Und ich könnte dich auch anrufen.»

Vater lächelte. «Ich habe schon daran gedacht, aber ich glaube, es ist noch zu früh. Weißt du, es ist ein Unterschied, einen Hörer abnehmen zu wollen, weil man zum Friseur gehen möchte, oder zu müssen, weil es klingelt. So weit ist deine Mutter noch nicht, lass ihr ein bisschen Zeit.»

Mutter kam um sechs mit einer frischen Dauerwelle zurück und steuerte ein wenig zur Unterhaltung bei. Der leidige Anruf. Vater hätte die Sache gerne abgehakt. Mehrfach versuchte er, ihr Einhalt zu gebieten. Nur war es unmöglich, sie von diesem Thema abzubringen. Zwar neigte sie nicht zu Übertreibungen, es war auch nicht ihre Art zu prahlen. Aber sie hätte ihre neu erworbene Fähigkeit gerne ein wenig ausgebaut und mir weisgemacht, der herabbaumelnde Hörer wäre dicht neben ihrem Ohr gewesen. Für sie spielte es keine Rolle, ob dieser Anruf für uns von Bedeutung war oder nicht. Das vermeintlich dezente Stimmengewirr im Hintergrund hatte sie an etwas erinnert. Nun zerbrach sie sich den Kopf, wo sie etwas Ähnliches schon einmal gehört hatte. Nicht auf einem Bahnhof, das stand fest. Auch zu Kneipe und Spielautomat hatte Mutter nur ein entschiedenes Nein. In solchen Etablissements hatte sie sich nie aufgehalten. Und dann dieser Ruf: «Wo bist du denn?» Oder: «Was machst du denn?» «Du denn», das war sicher.

Vater mochte nicht mehr wissen, was genau gesagt worden war. Mutter wusste es umso besser, und sie konnte sich auf ihr Gehör verlassen. Im Gegensatz zu Vater, der energisch leugnete, alt zu werden, hatte sie mit ihren fünf Sinnen absolut keine Probleme. Gut, sie brauchte eine Lesebrille, aber nur selten, sie las ja nicht viel. Und ihre Ohren – sie hörte ausgezeichnet. Gerufen hatte eine Frau! Darauf hätte Mutter einen Eid abgelegt. Eine schüchterne

Frau, vermutlich schon etwas älter. Und Herr Klinkhammer war an dieser Auskunft sehr interessiert gewesen.

Um sieben verabschiedete ich mich. Und es war immer noch ein guter Tag. Klinkhammers Interesse an einer Frauenstimme war kein Grund zur Besorgnis. Dass ein Polizist sich das Grinsen verkniff, wenn eine alte Frau sich mit einer Nichtigkeit wichtig machte, sprach nur für seinen Charakter.

Ich wollte heimfahren, aber nicht allein. So entschloss ich mich, noch einen Besuch in der Praxis zu machen. Jürgens Wagen stand auf dem gleichen Fleck wie mittags. Die Eingangstür war noch offen. Neben dem Aufzug stand ein Damenfahrrad, dem ich keinerlei Bedeutung beimaß.

Ich nahm die Treppe, steckte den Schlüssel ein. Es war kurz nach sieben, Sandra Erken und Jasmin waren längst weg, das Wartezimmer leer. Ich ging zum Sprechzimmer, öffnete die Tür. Niemand zu sehen.

Auf dem Schreibtisch stand ein Aschenbecher. Er stand dort immer. Es war ein schönes, schweres Stück aus Granit. Jürgen bewahrte Büroklammern und ähnlichen Kleinkram darin auf. Jetzt lag der Kleinkram auf der Tischplatte. Und im Aschenbecher lag eine Zigarettenkippe, die bis auf das Filterstück abgebrannt war. Im ersten Moment dachte ich an Klinkhammer. Es war naheliegend. Er hatte den Tag bestimmt nicht untätig verbracht und war persönlich erschienen, um Jürgen über neue Erkenntnisse zu informieren. Ich spürte schon den dumpfen Herzschlag. Da sah ich die Verfärbung am Filterstück.

Es war nur ein schwacher Abdruck, der mehr ahnen als erkennen ließ, dass er von einem dunkelroten Lippenstift stammte. Der Ansatz von Beklemmung verflog. Manche Patientinnen waren nervös. Wenn Jürgen ihnen etwas Unangenehmes mitteilen musste, sagte er nicht nein, wenn sie eine Zigarette rauchen wollten. Er leerte den Aschenbecher und schob ihn über den Tisch.

Ich ging zur Tür hinüber, die in den Untersuchungsraum

führte. Und hörte dieses Geräusch – wie ein leises, sinnliches Lachen. Gleich darauf hörte ich die Stimme. «Nun hab dich doch nicht so. Du musst mal abschalten. Ich weiß, dass es im Moment nicht einfach für dich ist. Aber wann hast du es mit ihr denn einfach gehabt? Du hast früher selbst mal gesagt, vom Trübsinnblasen wird's nicht leichter. Na komm, ich werd dir was anderes blasen.» Ich kannte die Stimme, obwohl ich sie so nie gehört hatte. Bei mir klang sie nicht nach Schlafzimmer, nur nach Kasernenhof. «Ich will den Doktor sprechen, persönlich und sofort!» Eva Kettler! Und was sie gesagt hatte, klang nach langjähriger Vertrautheit. Da hätte sie nicht anfügen müssen: «Nimm es als Erinnerung an alte Zeiten. Ich werde dich schon aufrichten, wenigstens teilweise.»

Es war der krönende Abschluss eines viel versprechenden Tages! Man denkt nicht nach in solch einem Moment. Es fehlt einfach die Zeit, um eine Rechnung aufzumachen. Zwanzig Jahre insgesamt, neunzehn davon Ehe. Nicht jeder Tag war glücklich gewesen. Aber gerade deshalb war unter dem Strich noch genug übrig, um weiterzumachen. Wenn man nicht gerade über ein zärtliches Tête-à-tête mit einer anderen stolpert. Wenn man gar nicht erst damit beginnt, an all die Abende zu denken, an denen man heimgeschickt wurde, damit wenigstens einer pünktlich Feierabend machen konnte. «Da brauchst du nicht dabeistehen, Vera. Sie will nur reden.»

Nein, er wollte reden. Sie konnte nicht, mit vollem Mund. Ich wollte die Tür aufstoßen und in den Untersuchungsraum stürmen. Aber als das Rauschen in meinen Ohren nachließ und ich verstand, was er sagte, verweigerten Hände und Füße den Dienst.

«Er hat sich mehr darüber aufgeregt, dass er es ihr gesagt hatte, als über das, was der Kerl gesagt hat. Er hat sie immer in Watte gepackt. Jetzt liegt er da und zerbricht sich den Kopf, woher er die Stimme kennt. Und ich denke die ganze Zeit, wenn er den Kerl kennt, kenne ich ihn wahrscheinlich auch.»

Sekundenlang war er still, dann fuhr er fort, die Stimme so schwer wie mit einer Tonne Blei belegt. «Ich habe versucht ihm klarzumachen, dass man offen mit ihr reden muss. Sie schnappt hier etwas auf und da etwas und wird verrückt dabei, weil sie sich alles Mögliche und Unmögliche zusammenreimt. Aber wenn ich ihr gesagt hätte, wie die Dinge stehen, ich hätte auf der Straße gesessen. Er hat mich in der Hand. Und er hat mir allen Ernstes gedroht, dass er die Hypothek platzen lässt. Ich konnte es mir nicht leisten, den Mund aufzumachen. Also bin ich abgehauen wie eine feige Sau.» Wieder war es sekundenlang still hinter der Tür. In mir auch. Mein Herz hatte aufgehört zu schlagen. «Er!» Damit war ohne jeden Zweifel mein Vater gemeint.

Jürgen sagte unwillig: «Hör auf damit!» Dann sprach er weiter mit dieser bleischweren Stimme. «Das Schlimmste für mich ist, wie er darüber spricht. Da geht der Richter mit ihm durch. Er analysiert wie ein Jurist, nicht wie ein Großvater. Er hätte schon mehr als einen Mörder zusammenbrechen sehen, sagte er. Er hätte sie jammern und heulen hören. Und genau das wäre es gewesen. Kannst du dir das vorstellen? Da bringt so ein Schwein meine Tochter um, und anschließend reißt er sich den Arsch auf, uns um Verzeihung zu bitten. Er sucht Verständnis bei uns, sagt mein Schwiegervater. Und Klinkhammer meint, er hat Recht.»

«Aber Klinkhammer meinte doch», nuschelte Eva Kettler, «das Kolter-Mädchen hätte ihr was getan. Hat sie doch auch gesagt auf dem Band, oder?»

Jürgen ließ ein raues Lachen hören. «Ja, hat sie. Weiß der Teufel, was damit gemeint war. Vermutlich das Geld, das Rena von meiner Mutter zum Geburtstag bekommen hat. Wahrscheinlich hat sie ihnen in der Pause davon erzählt und sie damit auf die Idee gebracht. Die haben da nicht umsonst vier Stunden auf der Straße gestanden. Klinkhammer hält es auch für denkbar. Das Sparbuch von Menkes Eltern war nämlich mit einem Kennwort gesichert. Da konnten sie gar nicht ran. Und Nita hatte nur zweihundert auf ihrem Konto, damit wäre sie keinen Tag ausgekommen bei ihrem Bedarf.»

Er gönnte mir eine winzige Pause, zu kurz für einen Atemzug. «Aber der Rest ist nur die Version für das gestresste Töchterlein. Das muss man sich bildlich vorstellen. Mein Schwiegervater kann kaum aus den Augen sehen, aber er steckt sich einen Hauptkommissar in die Tasche. Er hat uns allen wärmstens ans Herz gelegt, bei der Kolter-Fassung zu bleiben, damit seine Einzige nicht das halbe Dorf massakriert. Die Aufklärung will er übernehmen. Ich bin gespannt, wann er damit anfängt.»

Eva Kettler sagte: «Jetzt vergiss es für eine Viertelstunde.»

«Ich kann nicht», sagte Jürgen und sprach weiter über meine Verfassung und seine Nerven. Dass er sich fühle wie ein Scheißkerl. Es wäre ein denkbar ungünstiger Zeitpunkt gewesen, das Haus zu verlassen. Aber hätte er es nicht getan, hätte er mich erwürgen müssen, damit ich endlich den Mund hielte.

Er erzählte ihr von meiner biestigen Ader, die immer dann durchbrach, wenn ich mir nicht anders zu helfen wusste. Dass er eine Menge von mir eingesteckt hatte im Laufe der Zeit. Zuerst sei er gut genug gewesen, mir ein Kind zu machen, damit ich ein Alibi hatte, mich vor dem zweiten Staatsexamen und dem Beruf zu drücken. Dann hätte ich gesehen, dass auch ein Kind Arbeit war, und wäre am liebsten zurück zu Papi gekrochen.

«Du kannst dir nicht vorstellen, was für einen Aufstand sie gemacht hat, als sie mit Rena schwanger wurde. Wenn sie gekonnt hätte, hätte sie sich den Fötus aus dem Leib gerissen. Nach der Geburt war ich ein paar Mal nahe dran, sie vor die Tür ihrer Eltern zu kutschieren.» Seine Stimme klang verkrampft.

«Entspann dich», sagte Eva Kettler.

«Jetzt hör endlich auf. Ich kann wirklich nicht», sagte er. «Mir wirft sie vor, ich hätte mich nicht um Rena gekümmert. Wie hat sie sich denn gekümmert? Weißt du, wie oft ich heimkam und das Baby lag so dreckig in seinem Bettchen, dass man es kaum anfassen konnte? Und Anne lag davor auf dem Boden und schlief mit einem Lappen in der Hand. Wenn ich sie weckte, sagte sie: ‹Muss Baby wischen.› Und Madame lag auf der Couch und guckte sich die Rudi-Carrell-Show an.»

Endlich schwieg er. Wenn es mir gelungen wäre, durch die geschlossene Tür Eva Kettlers Kopf über seinem Schoß zu sehen; wenn ich mir wenigstens hätte sagen können: «Das musste passieren, Vera. Du hast ihn seit Wochen nicht an dich herangelassen. Und ab und zu braucht er es eben.» Vielleicht wäre mir leichter geworden. Nur konnte ich mir das nicht sagen, weil er gesagt hatte: «Ich kann nicht.» Und wenn er nicht wollte oder konnte, rührte sich nichts. Nach Renas Geburt hatten wir fast ein Jahr wie Bruder und Schwester gelebt.

Es tat weh, so entsetzlich weh. Nicht, dass er mich seit langem mit diesem Miststück betrogen, nur, was er ihr anvertraut hatte. Es machte rasend, es machte verrückt und es machte hilflos. Weil es die Wahrheit war. Und was er vorher gesagt hatte über Vater und einen Kerl, der sich den Arsch aufriss, der bei uns Verständnis und Verzeihung suchte …

Ich weiß nicht, wie ich hinunter ins Auto kam und zurück auf den Hof. Ich habe nicht einen Baum gesehen am Straßenrand, nicht eine Kurve bewusst genommen. Ich habe in der Stadt keine Ampeln gesehen, keine Fußgängerüberwege und auf der Landstraße keine anderen Fahrzeuge, auch nicht die Pfosten der Einfahrt oder das Scheunentor. Nur Rena in seinen Armen.

Wie er damals mit ihr ins Wohnzimmer kam. Wie er bei der Tür stehen blieb, wie sein Blick zwischen dem Fernseher und meinem Gesicht hin und her schweifte. Dann schaute er auf Rena und sagte: «Ich werde sie dann mal baden. Soll ich sie auch gleich ersäufen oder meinst du, du packst es morgen irgendwie, wenn sie wieder spuckt?»

Ich kam ins Haus, Gretchen saß in der Küche vor einer Kaffeetasse und einer Zeitschrift. Sie schaute auf, zeigte auf die Kaffeemaschine. «Ich hab's mal probiert. Ich hoffe, du hast nix dagegen, dass ich mich bedient …» Sie brach ab und fragte: «Was ist passiert? Du siehst aus wie ein Geist.»

«Er geht fremd! Mit einer Patientin.» An jedem weiteren Wort wäre ich erstickt.

Sie brauchte zwei Sekunden, um den Sinn meiner Worte zu erfassen. Dann meinte sie trocken: «Da soll er mal aufpassen, dass die ihn nicht eines Tages drankriegt. Eine Patientin! Ich hätte ihn für vernünftiger gehalten.»

Kein Bedauern, kein Trost, kein Wort über verletzte Gefühle, nur die rein praktische Seite und der obligatorische Schnaps. Ich kippte ihn und ging in die Diele, um Heinz Steinschneider anzurufen. An etwas anderes konnte ich nicht denken.

Etwas in meinem Hirn hatte abgeschaltet. Ich war leer, belogen, betrogen, in Watte gepackt und allein gelassen worden, an einem Punkt angelangt, von dem ich nicht einmal gewusst hatte, dass er existierte.

Ich griff nach dem Telefonhörer. Gretchen hielt mich am Arm zurück. «Moment! Hör lieber erst mal in das Ding da rein.»

Ihr Blick und ihre Stimme spiegelten Unbehagen und einen Hauch von Furcht. «Es hat einer angerufen. Ich hab abgenommen, wie du gesagt hast. Aber als ich mich gemeldet hab, kam nicht mehr viel.»

10. Kapitel

Ich konnte das Band nicht sofort abhören. Ich musste zuerst telefonieren. «Einer» hatte Gretchen gesagt. Und Vater sagte: «Ich bin mir ziemlich sicher, dass es ein Mann war.» Jürgen sprach von einem Kerl. Mutter erwähnte Klinkhammers Interesse an der schüchternen Stimme einer älteren Frau. Und diese schüchterne ältere Frau rief: «Wo bleibst du denn?» Oder: «Was machst du denn?» Und ein junger Mann sagte: «Es tut mir Leid. Es tut mir Leid. Ich wollte sie nicht totmachen.»

Ich hatte Angst. Wahnsinnige Angst! Grausame Angst! Sie war wie ein Stein in der Lunge. Heinz Steinschneider sagte merklich reserviert: «Das freut mich zu hören.» Und ich wusste nicht einmal, dass ich ihm gerade von Vater erzählt hatte.

Gretchen stand an der Küchentür und betrachtete mich mit ausdrucksloser Miene. In ihren Augen flackerte nichts mehr, weder Unbehagen noch Furcht. Ihr Blick war nur noch wie das Netz unter einem Trapez. «Nun lass dich endlich fallen. Du weißt doch, dass du dich an der Stange da oben nicht mehr lange halten kannst. Du hast zwanzig Jahre lang versucht, es dir leicht zu machen. Hier ein bisschen gemogelt, da ein bisschen gepfuscht, dort ein bisschen geschwindelt. Und du dachtest, so könnte es funktionieren. Aber niemand kann sich durchs ganze Leben lügen. Irgendwann holt die Wahrheit jeden ein.»

Meine Sätze kamen automatisch, so wie Vater sie mir vorgesprochen hatte. Ich wiederholte fast wörtlich die Geschichte vom hoffnungsvollen Polizisten, der zu unkonventionell für seinen Beruf war.

Heinz Steinschneider erinnerte sich nach ein paar Sekunden. «Ach, jetzt weiß ich, wen Dolf meint. Kemnich. Wie kommt er denn auf den? Das ist doch schon ewig her. Es war auch nur eine vorübergehende Sache mit seiner Detektei. Kemnich hat ja die Butter nicht aufs Brot verdient. Hin und wieder eine Ehegeschichte, davon kann kein Mensch leben. Es ging ziemlich schnell bergab mit ihm. Er fing zu trinken an, seine Frau verließ ihn. Tja, und er geriet auf die schiefe Bahn. Tragische Sache.»

Das Letzte, was Steinschneider von Kemnich gehört beziehungsweise gelesen hatte, war eine Postkarte aus der Haftanstalt. «Er war zu zwei Jahren wegen mehrfachen Einbruchdiebstahls verurteilt worden, und das ist jetzt – lassen Sie mich nachdenken – auch schon wieder vier Jahre her.»

Es gelang mir nicht, mich völlig auf seine Stimme zu konzentrieren. Einiges von dem, was er sagte, rauschte an mir vorbei wie das Wasser auf der Dorfstraße. Und genauso verschwand es in einem Kanalschacht. Im Geist saß ich an Vaters Bett und Vater sagte: «Warum engagierst du nicht endlich jemanden? Ich habe dir einen Scheck gegeben, Vera, nun spiele auch fein damit. Beschäftige dich, damit wir in Ruhe alles Notwendige tun können.»

In Gretchens Augen spiegelte sich erneut Unbehagen, hinzu kam Wachsamkeit. Mir war nicht bewusst, dass ich weiter ins Telefon sprach. Gretchen sagte später, ich hätte sehr energisch gesprochen.

Heinz Steinschneider versprach nach einer Weile mit deutlicher Zurückhaltung: «Ich kann es versuchen, wenn Ihnen so viel daran liegt. Aber ich halte es nicht für sinnvoll. Da bin ich einer Meinung mit Herrn Klinkhammer, es ist hinausgeworfenes Geld. Kemnich wird sich ein paar schöne Tage damit machen. Vorausgesetzt, ich mache ihn überhaupt ausfindig.»

«Tun Sie Ihr Bestes», sagte ich und legte endlich auf.

Tu dein Bestes, Vera. Tu, was du kannst, nur drück dich nicht länger. Drück auf die Taste. Ich schaute Gretchen an. Unter ihrem linken Auge zuckte ein winziger Muskel. Ich überlegte, wie der Muskel hieß. Es fiel mir nicht ein. Ich war auch nicht sicher, ob ich es irgendwann einmal gewusst hatte.

«Du bist nervös», stellte ich fest.

Sie hob die Schultern, zeigte auf den Anrufbeantworter. «Ich wusste nicht, was ich machen soll. Du hast gesagt, zu Mittag bist du wieder hier. Er hat um elf angerufen.»

«Er!?»

Noch einmal zuckte sie mit den Schultern. Und ich drückte endlich auf den kleinen schwarzen Plastikknopf. Das Band spulte zurück. Dann kam die Stimme. Er oder sie, ich hätte es nicht mit Bestimmtheit sagen können. Ich hätte auch nicht sagen können, ob die Stimme vom Weinen gebrochen war oder von etwas anderem. Ich hörte kein Weinen, nur Atemlosigkeit und Qual.

Die ersten Worte kamen lang gezogen, zittrig und so, als reagiere nur jemand auf eine Hiobsbotschaft. «O mein Gott.» Pause. «Sag doch nicht so was. Das halt ich nicht aus.» Pause. «Ich kann nicht mehr.»

Gretchen gab ein Zeichen, dass jetzt erhöhte Aufmerksamkeit gefordert sei. Ich hörte ihre Stimme vom Band, ruhig und behäbig. «Ist ja gut. Nu mal ruhig.»

Stille. Dann wieder die Stimme, unverändert gebrochen und atemlos, aber nun mit einem schrillen, hysterischen Unterton. «Wer ist da?»

Bei der ersten Silbe entstand ein Hauch von Vertrautheit. Ein Gefühl, als hätte ich einen Namen auf der Zunge. Die nachfolgenden Silben wurden so schnell ausgestoßen, dass sie wie ein zusammenhängendes Wort klangen. Wersta, verstand ich. Und in der Sekunde, die ich brauchte, um dieses Wersta in drei Teile zu gliedern, verlor sich das Gefühl des Bekannten wieder.

«Ich», sagte Gretchen vom Band. «Was ist denn los? Hast 'ne Dummheit gemacht, was? Und jetzt tut's dir Leid. Willst du drüber reden? Mir kannst du's ruhig sagen. Bist nicht der Einzige, dem es so geht, glaub mir. Man macht viel falsch im Leben, und nicht alles lässt sich wieder hinbiegen. Aber manchmal wird's leichter, wenn man drüber spricht.»

Es folgten zwei Sekunden Rauschen, in denen ich einen tiefen Atemzug zu hören glaubte. Ich wartete auf noch ein paar Worte. Ich war mir fast sicher, dass mir der Name zurück auf die Zunge rutschte, dass ich ihn sogar über die Lippen brachte, wenn noch ein paar Sätze kamen. Aber es klackte und ich hörte Patrick über den Schwarzenegger-Film reden.

Auf Gretchens Miene machten sich gespannte Erwartung und ein wenig Schuldbewusstsein breit. «Hast du's gehört?»

Natürlich hatte ich es gehört, jedes Wort. Aber sie meinte nicht die Worte, sondern etwas, das von ihrer Stimme überlagert wurde. Ich ließ das Band noch einmal ablaufen, hätte mich dabei gerne auf die atemlose Stimme konzentriert, ausschließlich darauf. Das ließ Gretchen nicht zu. An der Stelle, wo sie sagte: «Hast 'ne Dummheit gemacht, was», stach sie mit einem Zeigefinger einen Punkt in die Luft.

Beim dritten Durchlauf wusste ich, worauf ich zu achten hatte. Es half mir nur nicht viel. «Hast 'ne Dummheit gemacht, was?», sagte Gretchen und unter ihren Worten lag ein schwaches Klopfen. Gretchen sagte: «Und jetzt tut's dir Leid.» Und von ihrer Stimme fast völlig zugedeckt war eine zweite Stimme. Was sie sagte, verstand ich nicht.

Wir versuchten es zehnmal, zwölfmal, ohne Erfolg. Mit jedem Durchlauf wurde die wichtige Stimme fremder und zugleich vertrauter.

Gretchen fluchte: «Hätte ich doch das Maul gehalten. Aber ich dachte, ich bring ihn zum Reden.»

«Was macht dich so sicher, dass es ein Er ist? Es kann auch eine alte Frau sein. Je öfter ich es hörte, umso mehr denke ich, es ist eine alte Frau.»

Sie schüttelte unwillig den Kopf. «Das kommt dir nur so vor.

Wenn einer rumjammert, klingt er eben wie ein Waschweib. Aber eine alte Frau ist es garantiert nicht. Alte Frauen telefonieren nicht in der Gegend rum, weil sie was nicht mehr aushalten. Die gehen aufn Friedhof, in die Kirche oder in die Nachbarschaft. Oder sie sitzen in ihrer Küche und starren die Wände an. Du musst die Kripo anrufen.»

Es war Viertel nach acht. Ich wollte niemanden anrufen. Ich wollte etwas essen und das «O mein Gott» vergessen. Und ich wusste, dass ich es nur vergessen konnte, wenn ich es nicht mehr hören musste. Noch einmal, nur ein einziges Mal, und die Worte hätten sich für die Ewigkeit in mein Gehirn gebrannt.

«Ich glaube nicht, dass sie noch im Büro sind. Ich rufe sie morgen früh an.»

«So was liebe ich», fauchte Gretchen. «Morgen früh! Meinst du, morgen früh hört sich das anders an? Tu doch nicht so, als ob du nicht verstanden hättest, was er gesagt hat. Du hast ihn mit deinem Spruch aufn Punkt getroffen. Wer sollte schon einen Grund haben, darauf so zu reagieren? Das ist ihm an die Nieren gegangen.»

Das wusste ich. Ich wollte es nur nicht wissen müssen. Einer! Er! Ihm! Der Mörder meiner Tochter!

Zuerst dachte ich, Gretchen sei ebenso über alles informiert wie Jürgen, mein Vater und neuerdings auch Eva Kettler. Doch als sie weitersprach, begriff ich, dass sie ebenso dumm dastand wie ich. Auch sie hatte man nicht für würdig befunden, an der Wahrheit teilzuhaben.

«Jetzt hör mir mal gut zu», begann sie. «Wenn du so tun willst, als wärst du blöd, ich will's nicht und ich bin's nicht. Ich kann mich nicht immer so ausdrücken wie ihr, aber denken kann ich. Und wenn du denkst, ich hätt hier nichts zu melden, weil's mich nichts angeht, da irrst du dich. Es geht mich 'ne Menge an. Jahrelang hatte ich nichts am Hut mit euch. Was hätte ich mich kümmern sollen, wenn der Doktor lieber so tut, als hätt ihn der Storch gebracht? So ist das Leben. Man setzt Kinder in die Welt und denkt, nun hat man was für die alten Tage. Aber manchmal gehen die Kinder ihrer Wege, stoßen auf was Besseres und vergessen, wo sie hergekommen sind. Muss man sich mit abfinden. Ich hab nie zu denen gehört, die sich in die Ecke legen und jammern.»

Sie holte nicht einmal Luft, sprach mit zunehmender Heftigkeit wie ein Maschinengewehr, das seine Kugeln in die Gegend spuckt, weil sie ihm in seinem Innern unerträglich geworden sind.

«Und dann kam sie eines Tages von sich aus. Es war mir nicht recht. Ich dachte, es gibt nur Knatsch, wenn der Doktor und Vera dahinterkommen, dass ihre Kleine mich besucht. Aber sie kam gern, und ich mochte es gern, wenn sie kam. Und da dachte ich, das Kind kann doch nichts dafür, wenn die Alten spinnen. Und nun ist sie weg. Und, verdammt nochmal, ich will wissen, was mit ihr passiert ist. Ich will's wissen, weil's mein Enkelkind ist. So viel Verwandtschaft hab ich nicht, dass ich bei jedem denken kann, soll mir doch den Buckel runterrutschen.»

«Es tut mir Leid, ich ...»

«Ach, Quatsch», sie winkte ab und beruhigte sich wieder. «Für 'ne Entschuldigung ist es zu spät. Will ich auch gar nich hören. Das musste eben mal gesagt werden. Du kannst es dir vielleicht nicht vorstellen, aber ein bisschen Gefühl hab ich auch im Leib. Und soll ich dir sagen, was ich noch hab? Angst, dass ich sie nie wieder seh. Und dir geht's genauso. Hättest dich sehen müssen, als du eben reinkamst. Weiß wie 'ne Wand! Und jetzt erzähl mir nicht wieder, das wär nur so gewesen, weil du den Doktor mit 'ner anderen erwischt hast. Wenn's nur das gewesen wäre, hättest du getobt oder einfach die Schnauze gehalten. Ist doch so üblich bei euch, Schnauze halten und durch. Mir machste nix vor, Kindchen. Ich seh, wenn einer seinen Verstand unterm Arm trägt. Ich dachte, ach, du heiliger Bimbam, die klappt dir zusammen, und was machste dann? Sitzt hier fest in 'ner Bude, wo du nich weißt, auf welche Knöpfe du drücken musst.»

Sie redete sich erneut in Rage. Und mir fiel auf, dass ihre Stimme dabei mehr und mehr Ähnlichkeit mit der des Anrufers bekam. Nicht vom Klang, nur von der Art her, wie sie die Endlaute verschluckte. Es steigerte sich gleichlaufend mit ihrer Erregung.

«Ich wusst ja nich mal, ob ich telefoniern darf, wenn das Ding an is. Und ich hab mich nich getraut, damit rumzuprobieren. Ich wollt nix kaputtmachen. Wenn du die Kripo nich anrufn willst, ruf den Doktor an, sonst tu ich's. Is sein Kind genauso wie deins. Und noch was; dass er fremdgeht, könnt ihr später unter euch abmachn. Is jetz nich die richtige Zeit, also halt die Schnauze, wenn er kommt.»

Jürgen kam sofort, nachdem sie ihn informiert hatte. Ich hatte es tun wollen, aber als ich zu stottern begann, nahm sie mir den Hörer aus der Hand und sagte: «Schluss mit den Sperenzchen. Du wirst daheim gebraucht. Es ist wieder so 'n Anruf gekommen.»

Wir saßen in der Küche, als er ins Haus kam. Ich hatte ihr eine Menge erzählt, kreuz und quer durch den Tag. Geholfen hatte es diesmal nicht, dass sie aufmerksam zugehört hatte, weil sie irgendwann sagte: «Wenn man sich jahrelang was vorlügt, darf man sich nicht wundern, wenn die anderen denken, man wär nicht geschaffen für die Wahrheit.»

Sie erhob sich und ging in die Diele, als sich die Haustür hinter Jürgen schloss. Ich blieb sitzen. Ich konnte ihn jetzt nicht sehen. Gesprochen wurde nicht viel zwischen ihnen. Ein knappes «da» von Gretchen. Jürgen murmelte etwas, dann konzentrierten sie sich auf das Band.

Sie machten drei, vier Durchläufe, bis ich das Gefühl hatte, ich müsse schreiend aus dem Haus rennen. Mit jedem Durchlauf wurde es intensiver und drängender: Da sprach Renas Mörder!

Jürgen entschied: «Ich rufe Klinkhammer an.»

Gretchen sagte: «Vera meint, er ...»

Jürgen unterbrach sie: «Was Vera meint, interessiert mich einen feuchten Dreck. Wo ist sie überhaupt?»

Eine Antwort kam nicht. Vermutlich zeigte sie nur auf die Küchentür. Jürgen rief: «Mach Kaffee, Vera, aber einen starken!» Er wählte zweimal, daraus schloss ich, dass er im Büro keinen Erfolg hatte und den zweiten Versuch mit Klinkhammers Privatnummer machte. Sekunden später hörte ich ihn reden, nüchtern und sachlich, nur die Fakten.

Nachdem das Gespräch beendet war, stürzte er sich erneut auf den Anrufbeantworter. Ich weiß nicht, wie oft er es sich bis zu Klinkhammers Eintreffen anhörte, wie oft er Gretchen erklärte, meine Mutter hätte Recht, die Hintergrundstimme gehöre zu einer älteren Frau. Dass diese Frau sagte: «Ich weiß, dass du da bist.» Wie lange er über Silbenrhythmik und Zischlaute referierte. Wie oft er Gretchens «tut's» dem «dass du» der Frau gegenüberstellte, weil es an dieser Stelle besonders deutlich war.

Gretchen sagte trocken: «Da hörst du mehr wie ich. Ich hör kein ‹dass du›.»

Du denn, dachte ich. Und ich dachte, ich hätte den Verstand verloren. Es war zu viel, meine Grenze längst überschritten. Dass meine Grenze der Sarkasmus war, wusste ich seit langem. Jürgen hatte es mir oft genug gesagt. Und dahinter kam nichts mehr. Ich mochte Vorsätze fassen, soviel ich wollte. Meine Reserven waren erschöpft.

Klinkhammer kam. Ich machte Kaffee, einen starken. Ich hatte dabei einen Gedanken wie eine Endlosschleife. Es ist jemand aus dem Dorf. Sie geben sich hier nicht so viel Mühe mit der Sprache. Sie verschlucken die Hälfte. Es ist jemand aus dem Dorf. Sie geben sich hier …

Ich brachte Jürgen eine Tasse in die Diele. Er nahm sie, ohne mich eines Blickes zu würdigen. Klinkhammer grüßte nur mit einem flüchtigen Nicken, er wollte keinen Kaffee. Und er hatte die besten Ohren. Vielleicht lag es daran, dass er emotional nicht so stark beteiligt war.

Während ich zurück in die Küche ging, machte er Jürgen auf etwas aufmerksam, von dem ich in der Küche nichts verstand. Jürgen sagte: «Tatsächlich, Sie haben Recht. Jetzt höre ich es auch.» Ein Teil von mir erhob sich und ging in die Diele. Mein Astralleib oder meine Seele, weil das Fleisch und die Knochen auf dem Küchenstuhl zurückblieben. Das Fleisch goss ein wenig Kaffee aus meiner Tasse auf die Tischplatte und zeichnete mit dem Ende eines Knochens einen Stern in die Pfütze. Einen unsichtbaren Stern, ebenso unsichtbar wie das, was von mir in die Diele gegangen war und sagte: «Ich will es auch hören. Was ist denn da noch? Lasst es mich auch hören.»

Sie konnten es mich nicht hören lassen, weil sie mich nicht hörten. Der Knochen zeichnete ein Dreieck und ein Viereck in die Kaffeepfütze. Dem anderen Teil von mir wurde langweilig in der Diele, er ging hinaus auf den Hof, zur Einfahrt, den Feldweg entlang bis zum Reitstall. Ich war meine eigene Zeitmaschine.

Es war wieder Donnerstag, der 8. September, ein paar Minuten nach zehn. Bei der Einfahrt stand der graue Kleinbus. Nita und André Menke waren durch die beschlagenen Scheiben nicht zu erkennen. Der Bus fuhr ab und Rena stand im Regen auf der Straße. Wasser gurgelte um ihre Füße. Der Sturm heulte wie ein Rudel Wölfe.

Ich rief sie, aber sie hörte mich nicht. Niemand hörte mich. Und ich hörte auf zu schreien, um mich zu schlagen, Kreise und Linien in die Kaffeepfütze zu zeichnen. Es war immer noch Donnerstag, der 8. September. Es war dunkel und der Regen klatschte mir wie ein nasser Lappen ins Gesicht.

Es war ein nasser Lappen. Gretchen wischte mir damit über Stirn, Wangen und Kinn. Dünne Rinnsale liefen mir hinter den Ohren vorbei durch die Haare in den Nacken. Ich lag auf der Couch im Wohnzimmer, wehrte mich gegen das Auftauchen, aber der Lappen war unbarmherzig.

«Sie kommt zu sich», sagte Gretchen, griff in meinen Nacken, hob meinen Kopf, hielt mir etwas an die Lippen und sagte: «Komm, runter mit dem Zeug, in einem Ruck.»

Mir lief etwas in den Mund, es war eiskalt und brannte wie Feuer. Ich schluckte und musste husten. Gretchen klopfte mir auf den Rücken, was den Hustenreiz noch verstärkte und mich endgültig zu Bewusstein brachte.

Klinkhammer saß in einem Sessel und lächelte mich an. Jürgen saß im zweiten Sessel und lächelte nicht. Ich nehme an, sie hatten über irgendetwas gesprochen, während ich meine Zeitreise machte. Klinkhammer wusste nicht so recht, ob er weitermachen durfte, nachdem ich wieder mit ihnen im selben Boot saß. Jürgen nahm ihm die Entscheidung ab.

«Ich bringe Ihnen das Band vorbei, sobald ich einen Ersatz besorgt habe. Darum werde ich mich als Erstes kümmern morgen früh.» Er schaute mich an, fragte mit neutraler Stimme, in der ein Hauch von Anerkennung schwang: «Wer hat dich auf die Idee gebracht, die Ansage zu ändern?»

Im Geist hörte ich ihn über Vaters Ansicht und meine biestige Ader reden, über alles, was er von mir eingesteckt hatte im Laufe der Zeit.

«Die Ansage ist gut», erklärte er. «Das sage nicht nur ich. Herr Klinkhammer ist derselben Meinung. Nicht wahr, Herr Klinkhammer?»

Klinkhammer bestätigte seine Meinung mit einem kurzen Nicken und erklärte gleichzeitig: «Ja, er scheint mit seinen Nerven am Ende zu sein.»

«Wer?», fragte ich. «Und hören Sie auf, mich zu belügen. Vergessen Sie für zwei Minuten, dass ein Richter a. D. noch eine Menge Einfluss hat. Ich will wissen, wer *er* ist.»

Klinkhammer sagte rasch: «Das wissen wir noch nicht, Frau Zardiss. Aber wir werden es bald wissen, hoffe ich.»

Er schaute Jürgen an, erhob sich und ging auf die Tür zu. «Wir sehen uns morgen früh.»

Jürgen begleitete ihn zur Haustür. In der Diele sprachen sie noch ein paar Worte. Jürgen überlegte laut, ob er statt eines Ersatzbandes besser ein zweites Gerät besorgen sollte. Klinkhammer fand, das sei nicht nötig. Die Techniker hätten genug eigene Möglichkeiten. Aber Jürgen dachte nicht an Techniker, sondern an Vater. «Wir sollten ihm die Möglichkeit geben, sich das anzuhören.»

«Natürlich», stimmte Klinkhammer zu. «Aber dafür ein zweites Gerät zu kaufen, halte ich für überflüssig. Es dauert nicht lange. Sie nehmen es ab, fahren damit ins Krankenhaus, eine Stunde später sind Sie wieder hier mit dem Ding. Dann treffen wir uns am besten im Krankenhaus. Um acht, ist Ihnen das recht?»

«Ja», sagte Jürgen und schloss die Haustür. Er kam zurück ins Wohnzimmer, schaute Gretchen an. «Soll ich dich ins Dorf fahren, Mutter?»

Sie winkte ab. «Ich kann laufen, wo ich den ganzen Tag gesessen hab.»

«Aber es ist schon spät.»

Sie lachte. «Und? Wirst ja wohl nicht annehmen, dass ich mich vor der Roggenmuhme fürchte.»

«Nein», sagte Jürgen und grinste verlegen. «Aber man weiß nie, wer sich draußen rumtreibt. Könnte sein, dass er rasch dahinterkommt, wer mit ihm gesprochen hat.»

Sie grinste böse. «Na, das hoffe ich doch. Das wär mir ein ganz besonderes Vergnügen. Ich bin dann mal weg.»

Und wir waren allein.

Jürgen meinte, wir sollten ins Bett gehen. Er benahm sich nicht anders als sonst, nur war er dabei ganz anders. Nicht fremd, nur kalt. Ich wollte reden, er sagte: «Das hat wohl nicht mehr viel Sinn.»

«Ich war in der Praxis.»

«Das weiß ich. Ich habe die Tür knallen hören und aus dem Fenster geschaut.»

«Wir müssen darüber reden. Ich kann jetzt nicht schlafen.»

Er zuckte mit den Achseln. «Das ist dein Problem, Vera. Ich bin sicher, ich kann. Gute Nacht.»

Er ging hinauf. Oben schloss sich eine Tür hinter ihm. Ich blieb auf der Couch liegen. Irgendwann fiel ich in einen unruhigen Schlaf, aus dem ich häufig aufschreckte. Meine innere Zeitmaschine holte mir ein Bild nach dem anderen aus den Sternen zurück. Und jedes Mal, wenn sie eins scharf eingestellt hatte, rüttelte sie mich an der Schulter oder riss mir gewaltsam die Lider hoch, damit ich es mir anschaute. Das blass werdende Gesicht von Hennessen, sein Entsetzen vor meiner Anschuldigung. Udo von Wirths verlorener Blick auf dem Krankenhausparkplatz. Olgerts Schmunzeln über Renas Tagebüchern und sein Vortrag über Realität und Wunschvorstellung in den Zeilen. Klinkhammers Referat über Frankfurt und Jürgens versteinerte Miene dazu.

Ich sah Jürgen an der Anmeldung in der Praxis stehen und einen Blick auf die bereitgelegten Patientenkarten werfen. Ich hörte ihn sagen: «Du kannst heimfahren, Vera. Es ist nur noch die Kettler, mit der komme ich allein klar.»

Ich sah ihn gegen den Rahmen der Küchentür gelehnt und mit vor der Brust verschränkten Armen auf den Anruf seiner psychisch gestörten Patientin warten.

Ich sah uns auf dem Standesamt. Wir bestellten das Aufgebot, und er sagte: «Vater unbekannt.»

Ich sah uns vor dem Altar, wir versprachen, einander zu ehren, zu lieben und zu achten in guten wie in schlechten Zeiten. Ich sah mich im Kreißsaal liegen bei Annes Geburt. Er war bei mir und versuchte, es mir so leicht wie möglich zu machen.

Er war noch nicht so weit, dass er sein Kind allein auf die Welt hätte holen dürfen. Aber er redete so lange auf den zuständigen Arzt ein, bis dieser kapitulierte und ihm die Regie überließ. Und er machte es mir so leicht, dass ich später oft dachte, eine Geburt sei vergleichbar mit einer Darmverstimmung.

Komisch, dass man immer erst begreift, was man hatte, wenn es nicht mehr da ist. Ein Kind verloren, die Ehe kaputt, den Vater zu Lügnern und Betrügern in einen Sack gesteckt.

Auf das, was mit meinem Kind geschehen war, hatte ich keinen Einfluss mehr. Da blieb mir nur, zu glauben und mich irgendwann mit den Tatsachen abzufinden. Wenn es denn irgendwann Tatsachen gab. Aber der Rest …

Es war eine von den Nächten, nach denen man sich wie gerädert fühlt. Ich fühlte mich seltsamerweise frischer, war auf der Stelle hellwach, als mich kurz nach sechs das Wasserrauschen aus der Küche aufweckte. Es war, als hätte ich darauf gewartet, weil das Rauschen mein Startschuss war.

Und ich war bereit zu kämpfen um meine Ehe, meinen Glauben, das Ansehen meines Vaters in meinen Augen und meine neue Meinung über Nita Kolter. Obwohl ich mich fragte, was es mir noch bringen sollte, Nitas Ansehen in Jürgens Augen zu heben. Wo Nita doch nur die Version für das gestresste Töchterlein war.

Noch so ein kalter Moment, zwei, drei Sekunden voll Glauben an den Tod! Ich wollte nicht zulassen, dass der Glaube sich über die zwei, drei Sekunden hinaus ausbreitete. Doch verhindern konnte ich es auch nicht. Er war wie ein widerlich trüber und bitterer Bodensatz und darüber türmten sich die Scherben der Ehe. Aber da gab es vielleicht noch etwas zu kitten.

Ich ging in die Küche, voll mit guten Vorsätzen. Jürgen füllte die Kaffeemaschine. Er goss Wasser nach, als ich zwei Gedecke aus dem Schrank nahm. Villeroy & Boch, Serie Nanking, nur das Einfache mit den Blümchen für jeden Tag. Die kleine Salatschüssel vom Speiseservice kostete knapp hundert Mark. Wir hatten es wirklich nobel. Nur hatten wir uns nichts mehr zu sagen.

Ich versuchte einen Anfang zu finden mit einem Unfall, bei dem ein hübsches, kluges, zierliches zwölfjähriges Mädchen verletzt worden war. So schwer verletzt, dass es fünf Jahre später daran sterben musste.

«Das gibt es nicht», sagte Jürgen unwirsch.

«Vielleicht doch, du bist nicht allwissend. Es könnte sein, dass zum Beispiel ihre Nieren …»

«Es könnte auch sein», schnitt er mir das Wort ab, «dass du mir auf die Nerven gehst. Benutz deinen Verstand, ehe du den Mund aufmachst. Dialysepatienten leben gezwungenermaßen mit gewissen Einschränkungen. Sie starten nicht mal so zu einer Fahrt ins Blaue. Sie fangen auch nicht an zu fixen. Dafür hängen sie viel zu sehr am Leben.»

Er goss sich Kaffee nach, füllte auch meine Tasse noch einmal auf. «Und wenn ich mich recht entsinne, habe ich vor ein paar Tagen gesagt, dass ich den Namen Nita nicht mehr hören will.»

Er übersah geflissentlich, dass ich meine Fassung und Vernunft nur mühsam zusammenhielt. Vielleicht war es auch nicht so leicht, wie ich es gerne gehabt hätte. Unsere Tochter konnte längst tot sein! Jetzt sollten wir zusehen, dass wenigstens wir beide mit einigermaßen heiler Haut überlebten. Also Schwamm über Eva Kettler, vergessen wir, was passiert ist. Vielleicht war zu viel passiert. «Nimm eine Pille, Vera», reichte nicht mehr.

«Wenn du Wert darauf legst, deinen Beruf noch ein paar Jahre auszuüben», sagte ich, «schlägst du jetzt einen anderen Ton an.»

Er grinste. «Das tust du nicht.»

«Lass es darauf ankommen.»

«Wie du willst», meinte er lässig. «Dann fange ich am besten an zu rechnen, was? Oder lässt du mir Zeit, bis wir das überstanden haben?»

«Das überstehen wir nicht!», sagte ich. «Es sind deine Worte. Aber das Rechnen kannst du mir überlassen, das hast du doch immer gemacht.»

Es war nicht die Zeit zu rechnen. Und zwanzig Jahre in einer Viertelstunde am Frühstückstisch aufzuwiegen war unmöglich. Davon abgesehen war es zu spät, die Waage noch zu bemühen. Wir waren die Leiter zusammen hinab- und hinaufgestiegen, wir hatten uns dabei gegenseitig so oft auf die Finger getreten, dass es keine Rolle mehr spielte, wer von uns zu welchem Zeitpunkt ganz oben, ganz unten oder auf halber Höhe gewesen war.

Und es ging nicht um seine Fehltritte und meine Versäumnisse. Es ging nur um Rena, von der alle dachten, dass sie nicht mehr lebte. Ich auch – in einer Ecke des Hirns, in die ich noch nicht hineinsehen wollte!

Es ging um ein Kind, das ich nicht hatte gebären wollen, das so gewesen war, wie wir beide gerne gewesen wären. Stark und mutig, sensibel, hübsch, hilfsbereit und ehrlich. Von Grund auf ehrlich. Und das hatte sie nicht von uns haben können. Manchmal brachte die Natur ein Wunder zustande. Manchmal lernte ein Kind mehr aus dem, was ihm vorenthalten wurde, als vom Beispiel der Eltern. Und die, die nicht gewollt waren, entwickelten sich manchmal zu den besseren Menschen.

Er widersprach mir nicht, als ich das sagte. Er schaute zum Fenster hin, und sein Kopf bewegte sich, als wolle er nicken. Ich hatte mich ausgetobt. Und er begriff, dass ich bereit war, redlich zu teilen. Es gab keine Versöhnung, nur einen Waffenstillstand, den wir vielleicht irgendwann als Frieden akzeptieren konnten.

Um halb acht klemmte er den Anrufbeantworter ab. Er tat es nicht gerne. Aber er bestand auch nicht darauf, dass ich beim Telefon blieb. So rasch würde der Anrufer es nicht wieder versuchen, meinte er. Zwischen den ersten Anrufen hätten auch ein paar Tage gelegen. Freitag bis Montag.

Dass es an dem Montag zwei Anrufe gewesen waren, einer in der Nacht und einer mittags, war uns beiden sehr wohl bewusst. Nur vermieden wir es, die Gedanken dazu auszusprechen. Ich traute mir auch nicht zu, daheim zu bleiben, den Hörer abzunehmen, wenn es klingelte, und so zu reagieren wie Gretchen. Auch wenn sie mit ihrem Versuch sich selbst und der Polizei einen Streich gespielt und weitere, vielleicht aufschlussreichere Sätze verhindert hatte, es war brillant gewesen.

Ich fragte Jürgen, was Klinkhammer auf dem Band gehört hatte. Er zögerte nicht mit der Antwort. Gretchens Stimme im Vordergrund, darunter das Klopfen. Und zusätzlich zum Klopfen den

Satz: «Junge, mach auf.» Dann den Rest: «Ich weiß, dass du da bist.»

Und ich sah mich ins Notizbuch schreiben: MANN, JUNG, WEINT.

Wir gingen zur Scheune. Jürgen schloss den BMW auf. Vielleicht rechnete er damit, dass ich einstieg. Er stutzte, als ich zu Vaters Mercedes ging. Für einen Moment grinste er flüchtig, dann stieg er ein und fuhr los. Ich blieb dicht hinter ihm. Klinkhammer wartete bereits auf dem Parkplatz, als wir beim Krankenhaus ankamen. Er war ungeduldig, konnte nicht schnell genug hinauf zu Vater kommen.

In den Zimmern waren noch die Putzkolonnen beschäftigt. Mutter unterhielt sich mit einer Frau in den Vierzigern über die Vorzüge eines Flüssigreinigers. Vater saß im Bett, vor sich den Auszug vom Nachttisch, auf dem die Mahlzeiten serviert wurden. Er erschrak, als wir zu dritt ins Zimmer kamen. Sekundenlang hing sein Blick an meinem Gesicht, als wolle er mir von der Stirn ablesen, was ich dachte und fühlte.

«Keine Sorge», sagte Jürgen statt einer Begrüßung. «Vera weiß Bescheid.»

Vater nickte kurz. Seine rechte Hand hielt einen Joghurtbecher so fest umklammert, dass er Dellen ins Plastik drückte. Die Linke tauchte den Löffel ein und führte ihn ungeschickt zum Mund. Etwas Joghurt tropfte auf das dicke Frottiertuch, mit dem jemand das Laken abgedeckt hatte.

Ich war randvoll mit Wut auf ihn, und trotzdem kam ich nicht an gegen den Reflex, ihm sein Los leichter zu machen. Ich wollte ihm helfen. Mutter sagte streng: «Lass das, Vera. Er muss es lernen.»

Vater lächelte wie ein Schuljunge, der eine wichtige Lektion vergessen hat. Er tauchte den Löffel erneut ein und ließ ihn stecken. Dann löste er mit Hilfe der linken Hand die rechte vom Becher, knüllte das bekleckerte Frottiertuch zusammen und schaute gespannt zwischen Jürgen und Klinkhammer hin und her.

Die Putzfrau machte sich mit einem Wischlappen an der Fensterbank zu schaffen. Niemand kam auf die Idee, sie aus dem Zimmer zu weisen. Jürgen verband den Anrufbeantworter mit einer Steckdose. Mutter setzte sich auf dem zweiten Bett in Positur. Es war eine Sache von ein paar Sekunden. «O mein Gott.»

Vater schluckte heftig und nickte noch, als Patrick vom Schwarzenegger-Film zu sprechen begann und Jürgen das Gerät ausschaltete. «Kein Zweifel?», fragte Klinkhammer knapp.

Vater schüttelte den Kopf. Die Putzfrau betrachtete mit gerunzelter Stirn den Anrufbeantworter und murmelte: «O mein Gott.» Ein unwilliger Blick von Klinkhammer ließ sie verstummen.

Mutter erkundigte sich misstrauisch, wer die Frau sei, die gesprochen habe.

«Meine Mutter», sagte Jürgen. «Wir hielten es für besser, wenn jemand im Haus ist. Und da Vera etwas Wichtiges zu erledigen hatte …» Weiter kam er nicht.

«Etwas Wichtiges?», erkundigte sich Mutter spitz. «Was war denn so wichtig daran, hier den ganzen Nachmittag herumzusitzen? Ist deine Mutter jetzt auch im Haus?»

«Ja», log Jürgen. «Aber ich habe ihr verboten, die Fenster zu putzen. Sie wird auch den Staubsauger nicht anrühren. Und den Kaffee hat sie sich von zu Hause mitgebracht.»

«Es war nur eine Frage.» Mutter war beleidigt.

«Aber eine ziemlich dumme», sagte Jürgen. «Die feinen Standesunterschiede sollten wir in dieser Situation außen vor lassen.»

Klinkhammer machte mit einem gereizten Grunzen deutlich, dass wir unsere Differenzen austragen konnten, wenn wir nichts Besseres zu tun hatten. Er verlangte Jürgen das Band ab und verabschiedete sich eilig. Jürgen beauftragte mich, den Ersatz zu besorgen und noch einmal die gleiche Ansage zu machen; wenn möglich mit etwas mehr Inbrunst.

Wir verabschiedeten uns von Vater, der wieder die rechte Hand um den Joghurtbecher krallte, und Mutter, die das Laken erneut mit dem Frottiertuch abdeckte und dabei die Putzfrau auf ein paar Staubflusen in der Zimmerecke aufmerksam machte.

Auf dem Weg nach unten drückte Jürgen mir den Anrufbeantworter in die Hand, ohne Erklärung, wie ich ihn anzuschließen hätte. Er setzte voraus, dass ich damit zurechtkam oder alleine herausfand, wie es funktionierte. Er war mit seinen Gedanken schon beim fünften Anruf.

«Er ist am Ende», meinte er, als wir über den Parkplatz gingen. «Das muss doch den Leuten in seiner Nähe auffallen, dieser Frau zum Beispiel. Wir sollten wirklich versuchen, ihn ein bisschen zu kitzeln, wenn er uns schon die Möglichkeit bietet. Vielleicht können wir die Sache damit beschleunigen. Es wäre für uns alle eine Erlösung, denke ich, wenn wir endlich Gewissheit hätten.»

Er schloss seinen Wagen auf, stand noch neben der Tür und schaute mich nachdenklich an. «Schaffst du das?»

Einen Mörder kitzeln? Es war zu abstrakt, deshalb konnte ich nicken.

«Ich weiß, dass du mir nicht glaubst», sagte Jürgen. «Aber es ist leichter, durch die Hölle zu laufen, als zu kriechen.»

Ein Stück von uns entfernt hielt ein grüner Audi. Eine ältere Frau stieg aus und schaute zu uns herüber. Sie nickte einen Gruß, Jürgen nickte zurück. Er schien sie zu kennen, ich kannte sie nicht. Aber ich erkannte den Mann am Steuer, obwohl ich ihn nur einmal sehr kurz gesehen hatte. Es war Udo von Wirths Vater. Der Audi fuhr wieder ab. Die Frau ging mit hängenden Schultern und gesenktem Kopf aufs Krankenhaus zu.

Ich wollte einsteigen, Jürgen sagte: «Ach, Vera, Moment noch. Schaffst du es auch, heute zu Hause zu bleiben?»

Als ich erneut nickte, sagte er: «Ich sehe zu, dass ich um halb zwei da bin. Weißt du, was ich gerne mal wieder essen würde? Ein Bauernomelett.»

Ich nickte zum dritten Mal, stieg ein und fuhr zu dem kleinen Laden, in dem er den Anrufbeantworter gekauft hatte. Danach fuhr ich heim.

Der Vormittag verging schneller als erwartet. Kurz vor zehn betrat ich das Haus. Der Anrufbeantworter kostete mich fünfzehn Minuten, aber nur, weil ich meinen Spruch intensivieren wollte und ihn mehrfach aufsagte.

«Rena, komm heim, Schatz. Lass uns nicht länger warten. Wir vermissen dich so sehr. Wenn du nicht sofort heimkommen kannst, dann sag uns, warum. Ruf in der Praxis an oder hinterlasse uns nach dem Pfeifton eine Nachricht.»

Beim ersten Mal klang es mir zu dürftig, beim zweiten Mal zu pathetisch, beim dritten Mal, als hätte ich es zwischen Tür und Angel erledigen wollen. Erst beim vierten Mal wurde es perfekt. Da versagte mir die Stimme an genau den richtigen Stellen, weil ich mir vorstellte, wie es in den Ohren eines Mörders klang, wenn die Mutter sein Opfer auf diese Weise um eine Nachricht anflehte.

Dann war das erledigt, und ich sah, wie verwahrlost das Haus inzwischen wirkte. Mutters emsige Hausfrauenhände fehlten nicht nur den Fenstern; Schränke und Fußböden sahen schlimmer aus. Und mir hatte niemand verboten, zu putzen und zu saugen.

Um halb zwölf klingelte das Telefon. Ich ließ meine Ansage durchlaufen, wartete mit steifem Herzen auf die ersten Worte des Anrufers.

Es war nur Heinz Steinschneider, der mir mitteilen wollte, dass er Kemnich wider Erwarten bereits aufgetrieben hatte. Und selbstverständlich war Kemnich bereit, sich ein paar Mark zu verdienen. Steinschneider ermahnte mich dringend, mir die Sache noch einmal zu überlegen.

Es gab nichts zu überlegen. Es war eine absolut überflüssige und sinnlose Aktion, das wusste ich. Ich will nicht so weit gehen, zu behaupten: Eine Mutter fühlt, wenn ihr Kind nicht mehr lebt. Ich fühlte nichts in der Art, auch nichts in einer anderen Art. Ich fühlte überhaupt nichts mehr. Ich fühlte mich wie eine Maschine. Der Hauptgenerator war ausgefallen, ein Notaggregat hielt die lebenswichtigen Funktionen aufrecht; atmen, essen, schlafen, denken, Fakten sammeln und auf Logik abklopfen. Fühlen war Ballast; und ich konnte es mir nicht leisten, den kleinen Hilfsmotor über Gebühr zu belasten.

Als er erkannte, dass mit mir nicht zu reden war, riet Steinschneider, Kemnich nur einen Tagessatz von hundert Mark zu bieten, egal, wie viel er verlange.

«Für ihn ist das eine Menge Geld. Und Sie sitzen am längeren Hebel. Er wird es übernehmen für hundert, davon bin ich überzeugt.»

«Plus Spesen?»

«Ja, das nehme ich an. Es hängt davon ab, wo er recherchieren soll.»

«In Frankfurt.»

«Dann geben Sie ihm hundertfünfzig. Hundert Honorar, fünfzig Spesen. Er wird sich nicht in einem Hotel einquartieren, sondern im Auto schlafen. Das macht er zur Zeit auch.»

Übers Auto hatte Steinschneider Kemnich ausfindig gemacht. Ich beschrieb ihm, wie der ehemalige Polizist zum Hof fand. Er versprach ihn mir für den Nachmittag. Eine genaue Uhrzeit konnte er nicht nennen, der Zuverlässigste schien Kemnich nicht zu sein.

Anne ließ sich nach Schulschluss nicht blicken. Jürgen bekam sein Bauernomelett zu Mittag. Ich hatte den Anrufbeantworter während des Gesprächs mit Steinschneider ausgeschaltet und das Zählwerk anschließend auf null gestellt. Es gab keinen Grund, Jürgen über meine Absicht zu informieren. Ein anderes Gesprächsthema gab es auch nicht nach unserer ausführlichen Unterhaltung beim Frühstück. Wir aßen und schwiegen. Um halb drei fuhr er zurück in die Stadt. Und schon eine halbe Stunde später fuhr ein Wohnmobil mit Kölner Kennzeichen auf den Hof.

Kemnich! Ich war überrascht, als ich ihm öffnete. Nach Steinschneiders Anmerkungen über Haftstrafe, Schlafen im Auto und finanzieller Situation hatte ich mehr Verwahrlosung erwartet und der Begegnung mit gemischten Gefühlen entgegengeblickt. Insofern war es eine angenehme Überraschung.

Kemnich war sauber gekleidet, frisch rasiert, ordentlich gekämmt und machte allein damit einen seriöseren Eindruck als Klinkhammer. Ich schätzte ihn auf Anfang dreißig. Er war um einiges älter, wie sich dann herausstellte; ein jungenhafter Typ, der gut in einen Werbespot gepasst hätte. Das machte ihn einerseits sympathisch, andererseits sprach es ihm die Kompetenz ab.

Aber kaum hatten wir die ersten Sätze gewechselt, war er so kompetent, wie ich mir Klinkhammer und Olgert gewünscht hätte. Und er blieb es gut eine halbe Stunde lang.

Ich gab mir Mühe, ihm nur Fakten zu präsentieren, keine eigene Meinung und keine Wunschvorstellungen einzuflechten. Ein paar Mal unterbrach er mich. «Also das Letzte, was dieser Zeuge gesehen hat, war, dass Ihre Tochter auf der Straße neben der Fahrertür stand?»

«Ja.»

«Und wie weit ist es von da aus bis zu den von Wirths?»

«Fünf- oder sechshundert Meter. Es kann auch mehr sein. Ich kann das schlecht schätzen.»

«Der Regenumhang hat eine Kapuze, nehme ich an?»

«Natürlich.»

Er nickte versonnen, murmelte wie im Selbstgespräch. «Aber die dürfte sie im Wagen abgenommen haben. Wenn sie allerdings nur ein kurzes Stück mitfahren wollte ...»

An der Stelle brach er ab, sprach jedoch gleich weiter: «Auch wenn es nur ein paar hundert Meter sind, läuft niemand freiwillig durch so ein Wetter. Und wenn da die alten Freunde mit dem Auto stehen, vergisst man vielleicht, dass man ihnen nicht hundertprozentig trauen kann. Da fragt man: Könnt ihr mich ein kleines Stück mitnehmen? Dann saß sie drin. Die Frage ist jetzt, wie ernst war es Nita Kolter, sie mitzunehmen?»

Hoffnung! Es müssen kleine blaue Flämmchen sein, die um das Herz züngeln. Sie sind leicht auszupusten, aber sie wachsen ebenso leicht wieder nach. Und dann geht es von vorne los. Man kann doch nicht sitzen bleiben in so einem dunklen Loch. Man braucht die kleinen blauen Flämmchen, damit ein bisschen Licht ist in der Dunkelheit.

Ich wollte von Kemnich wissen, ob er es für möglich hielt, dass Rena den fehlenden Spuren zum Trotz im Bus gewesen war. Er zuckte mit den Achseln.

«Spuren», sagte er und grinste vieldeutig. «Es kommt nicht auf Spuren an, sondern auf die Leute von der Spurensicherung. Mal abgesehen davon, dass die noch gar nicht wussten, wer alles im Bus gewesen und was mit Menke passiert war, als sie die Karre fanden; die trampeln oft rum, als hätten sie noch nie gesehen, dass sie selbst Dreck unter den Schuhen haben. Und auch wenn sie das wissen, manchmal sind sie einfach blind. Da wurde zum Beispiel vor einigen Jahren in Köln eine junge Frau umgebracht. Ihr Mörder beging Selbstmord und legte vorher ein umfassendes Geständnis ab. Daraufhin haben sie die Wohnung der Frau auf den Kopf gestellt. Und erst mal nichts gefunden. Die Leiche war in einem Schrank auf dem Balkon. Dann war da ein kleiner Junge, angeblich weggelaufen, während die Pflegemutter mal kurz auf dem Klo war. Erst als nach ein paar Tagen die Leiche auftauchte, haben sie festgestellt, dass im Badezimmer ein regelrechtes Schlachtfest stattgefunden hatte. Verstehen Sie, was ich meine?»

Natürlich! Ich war ja nicht blöd. Ich verstand sogar, dass er mir Hoffnungen machen musste, wenn er an mir etwas verdienen wollte.

Kemnich machte mit ein paar Sätze klar, dass ihm nichts daran lag, seinen ehemaligen Kollegen Fehler oder Versäumnisse nachzuweisen. Er hatte auch kein Interesse daran, sich in die Polizeiarbeit hineinzuhängen oder parallel zur Kripo zu ermitteln. Dazu fehlten ihm die Möglichkeiten. Ihm stand kein riesiger Apparat an technischen und sonstigen Hilfsmitteln zur Verfügung. Er konnte eine Menge tun, aber nur dort, wo es um Zähigkeit und Ausdauer ging, wo man eher Antworten erhielt, wenn man die Fragen nicht nach der Dienstvorschrift stellen musste.

«Genau das brauche ich», sagte ich.

Er nickte. «Dann sind wir uns einig. Ich werde nicht mit der Lupe durch den Bus kriechen. Ich kümmere mich nur um Nita Kolter. Alles andere überlassen wir der Kripo.»

Ich hatte ihn ins Wohnzimmer geführt. Er schaute sich aufmerksam um. Auf seinem Gesicht erschien ein bedauerndes Lächeln. «Schade, dass Sie keine Kopie von den Bändern aus Frankfurt haben. Da hätte ich gern mal reingehört. Kneipen klingen zwar meist alle gleich, aber feine Unterschiede gibt's doch. Und wenn man's mal im Ohr hatte ... Ich kann ja fragen, ob Klinkhammer mir eine Chance gibt. Manchmal sind sie hilfsbereit. Aber zuerst besorge ich mir ein Foto von Nita.»

«Ich glaube nicht, dass Sie bei ihrer Mutter mehr Erfolg haben als ich.»

Aus seinem Lächeln wurde ein amüsiertes Lachen. «Wer spricht denn von ihrer Mutter?»

Er lachte noch, als er zum geschäftlichen Teil kam. Dreihundert pro Tag, plus Spesen. Das war der günstigste Satz, ein Freundschaftsangebot, darunter war nichts zu machen. Ich konnte mich gerne umhören, was andere verlangten. Er wollte mich nicht übers Ohr hauen, wirklich nicht. Aber über hundert brauchten wir nicht zu diskutieren. Die ersten drei Tage wurden im Voraus bezahlt, das war so üblich. Spesen, die in diesen drei Tagen entstanden, wollte er später mit mir abrechnen, selbstverständlich gegen Quittung.

Neunhundert Mark Bargeld! Hatte ich nicht. Vaters Scheck lag noch in meinem Nachttisch. Und kaum hatte ich ihn erwähnt, machte Kemnich mir einen anderen Vorschlag und vermittelte mir damit das Gefühl, ich sollte ihn besser hinauswerfen.

Er wollte die gesamten Fünftausend. Dafür konnte ich so viel von seiner Zeit haben, wie nötig war.

«Es kann Monate dauern», sagte ich, «ein Mädchen in einer Stadt wie Frankfurt aufzuspüren. Und wer garantiert dafür, dass Nita überhaupt noch in Frankfurt ist?»

«Keiner», räumte er ein. «Natürlich kann es Monate dauern. Es kann ein Jahr dauern, wollen Sie das bezahlen? Für Sie ist es ein tolles Angebot. Der Rest ist mein Problem. Sie müssen nur ja sagen und mir den Scheck geben. Und ich garantiere Ihnen, ich finde das Mädchen. Und wenn Ihre Tochter bei Nita Kolter ist, finde ich beide.»

Ich sagte ja und gab ihm den Scheck. Er steckte ihn ein, es war ein Barscheck. Ansonsten wollte er nur noch die Namen aus Nitas Clique. Uwe Lengries, Henrik Emmersen, Janet Abel, Stefanie Burk, Wiltrud Heister. Mein Gedächtnis funktionierte auch unter dem Notaggregat.

Kemnich suchte sich die Adressen aus dem Telefonbuch und erklärte mir dabei, dass er nichts von schriftlichen Berichten hielt. Er hielt auch nichts davon, sich regelmäßig zu melden, wenn es nichts zu melden gab. Sobald er etwas von Bedeutung herausfand, wollte er mich informieren.

Wir vereinbarten, dass er seine Informationen nicht auf Band sprach, dass er sich nur mit Datum und Uhrzeit meldete und anschließend langsam bis zwanzig zählte. Wenn ich bis dahin nicht abgenommen hatte, sollte er auflegen. Das galt auch für den Fall, dass Jürgen an den Apparat kam.

Er zuckte mit den Achseln, als wollte er sagen: «Wenn es Ihnen so mehr Spaß macht.» Dann fuhr er vom Hof, und ich hatte das Gefühl, ich hätte Vaters Scheck ebenso gut die Toilette hinunterspülen können.

Ich ging nach oben, saß eine halbe Stunde auf Renas Bett und sprach mit ihr, als könne sie mich hören. Ich erzählte ihr von der Zerrissenheit, der fürchterlichen Ungewissheit und dass ich sie liebte. Vielleicht ein bisschen mehr liebte als Anne. Die, um die man sich sorgen muss, liebt man immer ein bisschen mehr als die, auf die man nur stolz sein darf. Auch wenn man es nicht zeigt.

Ich hätte noch länger gesessen und ihr noch mehr erzählt, wenn mich das Telefon nicht zurück in die Diele gerufen hätte. Wieder dasselbe Spiel: Meine Ansage durchlaufen lassen, mit zunehmender Beklemmung auf eine Stimme warten. Achtzehn Sekunden können entsetzlich lang sein.

Dann die Erlösung, das Aufatmen. Es war Regina Kolter, die mir umständlich erklärte, dass ich vergessen hatte, ihr unsere Telefonnummer zu geben, dass die Auskunft ihr jede Auskunft verweigert hatte, dass sie eine halbe Stunde gesucht hatte, ehe sie unsere Nummer in Nitas Notizheft fand.

Sie klang, als sei sie betrunken. Und sie rief nur an, um mir zu sagen, es sei alles in Ordnung, sie habe Erfolg gehabt. Eine gute Bekannte hatte ihr geholfen. Regina Kolter wusste nun, dass Rena bei Nita war und dass es beiden Mädchen gut ging.

Ich fühlte den Herzschlag nicht und nicht das Bersten im Hirn, als der Damm brach, als alles, was sich dahinter aufgestaut hatte, mir in die Glieder schoss. Die kleinen blauen Flämmchen wuchsen zu riesigen Feuerbällen, ehe sie in sich zusammenfielen und erloschen.

Es waren nur zwei Sekunden, in denen ich an den Scheck in Kemnichs Tasche dachte, mich für den Eigensinn verfluchte, der es mir verboten hatte, auf Heinz Steinschneider zu hören. Jetzt brauchte ich das Geld dringend, um Bella zu bezahlen.

Es war genau die Zeit, die Regina Kolter brauchte, um einmal Luft zu holen. Dann sprach sie weiter, und ich brachte mit all dem Dreck in den Knochen kaum den Arm hoch.

«Die Verbindung wurde leider unterbrochen», sagte Regina Kolter, «ehe ich fragen konnte, wo sie sind.»

Das klang nach einem Telefongespräch. Was dann kam, klang nach Wahnsinn. Sie lachte leise. «Auch wenn ich es Ihnen nicht sagen würde, ich wüsste es selbst gerne. Aber wir werden es heute Abend noch einmal versuchen.»

Den Termin hatte sie bereits vereinbart. Wenn ich Lust hatte, konnte ich gerne an der Sitzung teilnehmen und mich selbst überzeugen, dass alles in bester Ordnung war. Ihre Bekannte arbeitete mit unterschiedlichen Methoden und hatte großartige Ergebnisse vorzuweisen. Die besten Erfolge erzielte sie mit Tarot-Karten, aber das dreibeinige Tischchen und das Schreibbrett konnten auch sehr nützlich sein. Vor allem, wenn es darum ging, den Kontakt zu Verstorbenen herzustellen. Regina Kolter war überzeugt, dass sie von André Menke noch einiges von Bedeutung erfahren würden.

Ich schlug mit einer Faust gegen die Dielenwand, ohne es zu spüren. Erst nachdem ich den Hörer aufgelegt hatte, fühlte ich den Schmerz. Am Rauputz hatte ich mir die Haut aufgeschürft.

Von Anne sah und hörte ich den ganzen Tag nichts. Jürgen kam kurz nach sieben heim. Er war anders als morgens und mittags. Er war so, als hielte ihn nur noch eine Stange im Rücken aufrecht. Er hatte ein paar Besorgungen gemacht, Brot, Wurstaufschnitt, frische Eier, ein paar Konserven und eine Flasche Grand Marnier. Der Rémy war alle, und der war ihm anscheinend zu teuer gewesen. Auch die anderen Einkäufe deuteten darauf hin, dass er ein paar Preisvergleiche angestellt hatte.

Wir aßen zu Abend. Er war im Krankenhaus gewesen, erwähnte er mit ein paar beiläufigen Sätzen und wollte wissen, ob jemand angerufen hätte. Bevor ich ihm antworten konnte, erklärte er: «Ich habe um fünf versucht, dich anzurufen, es war besetzt.»

Ich mochte nicht über Regina Kolter sprechen und sagte nur: «Ich habe mit einer Bekannten telefoniert.»

«Ach so.» Es klang enttäuscht und ganz danach, als müsse noch etwas nachkommen. Aber es kam nicht sofort. Er erhob sich und räumte den Tisch ab.

«Warum wolltest du mich anrufen?»

Er antwortete nicht. Nachdem er das Geschirr in der Spülmaschine verstaut hatte, ging er ins Wohnzimmer, schenkte zwei Grand Marnier ein, stellte beide Gläser auf den Tisch und setzte sich in seinen Sessel. Ich folgte ihm, setzte mich in den zweiten Sessel und hatte Mühe durchzuatmen. Sein Verhalten signalisierte das endgültige Aus.

Er nahm sein Glas vom Tisch, schwenkte es in einer Hand und betrachtete den im Kreis schwappenden Inhalt.

«Ich dachte schon», sagte er endlich, «deine Mutter hätte ihre neu erworbene Fähigkeit genutzt, um dich zu informieren. Klinkhammer rief mich an, kurz vor fünf. Du erinnerst dich an die Putzfrau, die heute früh mit im Zimmer war?»

«Ja.» Ich saß wie auf einer Sprungfeder, jede Sekunde konnte sie mich unter die Zimmerdecke katapultieren und mir das Genick brechen.

«Sie meint, sie hätte die Stimme erkannt», sagte Jürgen. Er war ganz ruhig dabei.

Ich nahm das Glas vom Tisch. Ich wollte nicht trinken, nur etwas in der Hand halten. Ich dachte, es hätte gegen das Zittern geholfen. Das tat es nicht. Die Flüssigkeit im Glas vibrierte ebenso wie meine Stimme.

«Wer ist es?»

«Das hat Klinkhammer mir nicht gesagt.»

Unvermittelt schlug Jürgen mit der Faust auf sein Bein. «Dieses blöde Weib! Konnte sie das Maul nicht aufmachen, solange wir dabeistanden? Sie hat es deiner Mutter erst gesagt, nachdem wir weg waren.»

Ich sprang aus dem Sessel hoch. Jürgen sagte: «Setz dich wieder hin, Vera. Ich habe eben mit deiner Mutter gesprochen. Sie weiß nicht mehr als das, was ich dir sage. Die Putzfrau hat ihr keinen Namen genannt. Sie will niemanden in Schwierigkeiten bringen und so weiter. Du weißt doch, wie die Leute sind. Vielleicht wollte sie sich nur wichtig machen. Mir kommt das ein bisschen komisch vor. Ich meine, dein Vater kann die Stimme nicht zuordnen. Ich habe es mir zwanzigmal angehört und könnte auch beim besten Willen nicht sagen, wer das ist. Diese Frau hört einmal ein paar Sätze und … Aber wie auch immer, deine Mutter hat sie zu Klinkhammer geschickt. Und er scheint sie ernst zu nehmen.»

«Hat er jemanden festgenommen?»

«Ich weiß es nicht. Natürlich habe ich ihn gefragt, aber er wich aus. Vielleicht haben sie noch nicht genug in der Hand für eine Festnahme.»

Als wir zu Bett gingen, war Mitternacht vorbei. Bis dahin hatten wir uns die Köpfe heiß geredet. Wer ist es? Es muss jemand sein, den wir kennen. Ein Fremder hätte nicht das Bedürfnis, uns um Verzeihung zu bitten. Ein Fremder hätte gar nicht die Möglichkeit, uns anzurufen.

Wir sprachen auch im Bett noch eine Weile. Irgendwann hörten wir auf zu reden, weil wir uns nur im Kreis drehten. Ich lag wach, schaute ins Dunkel. Jürgen schlief auch nicht, wälzte sich von der rechten auf die linke Seite, vom Rücken auf den Bauch. Zweimal stand er auf und ging ins Bad.

Als er nach dem zweiten Mal zurückkam, setzte er sich auf die Bettkante, stützte die Ellbogen auf den Knien ab und vergrub das Gesicht in den Händen. Er dachte wohl, ich sei eingeschlafen.

Draußen tauchte der Vollmond am nur leicht verhangenen Himmel alles in fahles Grau. Drinnen zeichnete er die Konturen der Möbelstücke und Jürgens Silhouette auf der Bettkante nach. Ich hatte die Rollläden nicht herabgelassen, der hereinfallende Schimmer reichte aus, in aller Deutlichkeit zu zeigen, wie seine Schultern zu zucken begannen.

Ich hatte ihn noch nie weinen sehen, noch nie schluchzen hören. Es war auch kein Schluchzen. Es war ein Wimmern, kläglich und dünn wie von einem Säugling. Sekundenlang hörte ich zu, wollte etwas tun und brachte weder die Lippen auseinander noch eine Hand in die Höhe. Dann schaffte ich es, sie ihm auf den Rücken zu legen.

Er reagierte nicht, das Wimmern hielt an. Seine Stimme war ebenso dünn und kläglich. «Wenn ich diesen Dreckskerl in die Finger kriege, ich breche ihm das Genick. Und ich kriege ihn in die Finger, das verspreche ich dir. Er wird bezahlen. Er wird teuer bezahlen. Mag sein, dass es ihm Leid tut. Aber ich werde dafür sorgen, dass es ihm wirklich Leid tut, so Leid, dass er sich wünscht, er hätte sich die Hände abgehackt, statt sich damit an ihr zu vergreifen. Sie hatte doch keinem Menschen etwas getan.»

«Leg dich wieder hin und deck dich zu. Es ist zu kalt, um so zu sitzen.» Er trug keinen Schlafanzug und das Fenster war offen. Seine Haut fühlte sich feucht an. Er gehorchte, kroch unter die Decke, vergrub das Gesicht im Kissen und erstickte so die dünnen Töne. Irgendwann, nach mehr als einer Stunde, verstummten sie. Er hatte sich in den Schlaf geweint.

Und ich lag immer noch wach und fühlte mich genauso wie die Nacht – keine Angst, keine Ungläubigkeit, keinen Schmerz, keine Leere, nur graue Dunkelheit. Im Viereck des Fensters betrachtete ich die Gesichter der Männer, die wir kannten.

Es waren so viele. Ich begann sie zu sortieren. Die alten Gesichter schob ich zurück in die Nacht. Von den jungen ließ ich nur die übrig, von denen ich wusste, dass sie auch Rena kannten. Da waren es plötzlich nur noch sehr wenige. Armin, Horst und Udo. Und das Schlimme war, ich glaubte mit einem Schlag zu begreifen, dass Olgert mir mit seinem Referat über Beziehungsgeflechte in Jugendgruppen genau das hatte sagen wollen.

Diese Putzfrau lebte und arbeitete in der Stadt. Armin und Horst lebten und arbeiteten in der Stadt. Bei Renas Geburtstagsparty hatte Horst erzählt, dass er sich oft am Abend in sein Auto setzte und ziellos herumfuhr. «Das ist eine gute Methode zum Abschalten. Wenn man bestimmte Gedanken nicht los wird, beim

Fahren verschwinden sie. Wenn gar nichts hilft, fahre ich zum Stall, er ist ja immer offen.»

Ich hatte Rena später gefragt: «Welche Gedanken muss er denn loswerden?» Und sie hatte mir von seiner Krankheit erzählt. Von den regelmäßig notwendigen Blutuntersuchungen, vor denen Horst diese panische Angst hatte. Früher hatte er dafür nach Köln fahren müssen. Erst seit zwei Jahren ging er ins Städtische Krankenhaus.

Städtisches Krankenhaus! Das war die Verbindung. Mit einem Mal war es so einfach zu erklären; die merkwürdige Vertrautheit, die sowohl Vater als auch ich bei der Stimme empfunden hatten. Natürlich war sie uns vertraut. Wir hatten sie nur vorher nicht so aufgelöst und verzweifelt gehört. Deshalb erkannten wir sie nicht. Ich sah es vor mir und konnte es trotzdem nicht zu Ende denken. Ein junger Mann mit entsetzlicher Furcht vor dem erneuten Ausbruch einer tödlichen Krankheit setzt sich in sein Auto und fährt ziellos herum. Nach einer Weile zieht es ihn zu dem Ort, an dem er sich stark und gesund fühlt. Aber er kann sich nicht heimlich hineinschleichen wie sonst. Hennessen ist noch bei den Tieren und bei der Einfahrt steht ein grauer Kleinbus. Als der Bus abfährt, sieht er Rena im Regen stehen und …

Er war verliebt in sie. Das wusste ich mit Sicherheit! Verliebtheit ist ein großartiges Gefühl. Enttäuschung ist auch ein großes Gefühl; das Wissen, dass es für dieses junge, gesunde Mädchen immer nur der kranke, schwache, bedauernswerte Horst sein wird …

Dass ich einschlief, spürte ich nicht. Ich wachte auf, als Jürgen neben mir mit einem Fluch in die Höhe fuhr. «Verdammt, wir haben verschlafen. Steh auf, Vera, steh auf.»

Er war bereits auf dem Weg ins Bad. «Mach mir nur rasch einen Kaffee. Es ist keine Zeit mehr für ein Frühstück.»

Es war Viertel nach acht. Der Radiowecker musste um sechs angesprungen sein. Einer von uns hatte wohl im Schlaf auf den falschen Knopf gedrückt und ihn abgestellt.

Ich fühlte mich, als hätte ich Steine im Kopf und in den Füßen. Horst! Das kleine, schmächtige Kerlchen ein Mörder? Es war unvorstellbar. Ein Mensch, der Angst vor dem Tod hat, kann doch nicht töten. Natürlich kann er! Man weiß doch, wie so etwas abläuft. Ein Mädchen steigt arglos in das Auto eines Freundes. Er wird zudringlich. Sie wehrt ihn ab. Er wird heftig. Sie schreit oder droht mit Konsequenzen. Er bringt sie zum Schweigen aus Angst, dass sie ihn verrät.

Jeder Handgriff war wie etwas, das ich zum ersten Mal tat. Kaffee machen! Routine, jahrelang Tausende von Malen ausgeführt, in letzter Zeit seltener. Trotzdem, man verlernt es nicht, und plötzlich ging es nicht mehr. Ich sah nicht unsere Küche, nicht den Wasserbehälter der Kaffeemaschine. Ich sah nur das Gesicht der Putzfrau in Vaters Zimmer, wie sie den Anrufbeantworter anstarrte, die Stirn runzelte, wie sie murmelte: «O mein Gott.»

Und ich sah Horst in unserem Keller sitzen, hörte ihn mit Rena über ihr Geburtstagsgeschenk sprechen. «Morgen bin ich der glücklichste Mensch.»

«Manchmal wünsche ich mir», sagte Horst, «ich könnte den Teufel auch einmal reiten. Aber das Risiko gehe ich lieber nicht ein. Wenn Mattho mich abwirft ...»

Ich kippte die Hälfte vom Wasser neben die Maschine. Als Jürgen herunterkam, war ich erst dabei, den Filter einzustecken.

«Lass es», sagte er. «Geh rauf und zieh dich an, ich kümmere mich um den Kaffee.»

Es war halb neun. Ich stand vor meinem Kleiderschrank und wusste nicht, was ich anziehen sollte. Bis dahin war es nie ein Problem gewesen, nur ein In-den-Schrank-Greifen. Und jetzt war da eine unsichtbare Mauer. Ende! Aus und vorbei! Genug gewartet, Vera! Die Zeit der Ungewissheit ist überstanden.

Und ich wünschte sie mir zurück, diese Zeit. Alles war besser als das! Wann beginnt für einen Kriminalbeamten der Dienst? Um acht oder um neun? Oder hatten Klinkhammer und Olgert die

Nacht durchgemacht? Mit Horst? Sie hatten von der Frau seinen Namen gehört. Sie mussten ihn gehört haben. Und natürlich hatten sie sich sofort auf den Weg gemacht, ihm ein paar unangenehme Fragen zu stellen. Warum hatten sie noch nicht angerufen?

«Ruf Klinkhammer an!», rief ich zur Galerie hinüber. «Jetzt, sofort, ich halte das nicht mehr aus.»

Was trägt man an so einem Tag? Man kann nicht irgendeinen Rock und irgendeine Bluse aus dem Schrank nehmen, wie man es sonst tut. Vielleicht eine geblümte Bluse oder eine gestreifte, und am Ende ist es zu bunt. Ich hörte Jürgen in der Diele am Telefon hantieren. Aber als er sprach ... «Jasmin, es wird etwas später. Wir müssen noch zur Kripo. Wer hat den ersten Termin?» Dann sagte er noch: «Nein, auf keinen Fall, das mache ich selbst. Das muss ich mir nochmal ganz genau ansehen. Ich glaube, da stimmt was nicht. Sag Frau Jankowik, warum wir später kommen, sie versteht das.»

Er legte auf und rief nach oben: «Ich will ihn nicht anrufen, Vera, ich will zu ihm. Ich lasse mich doch jetzt nicht am Telefon vertrösten. Mach voran.»

«Es ist Horst», sagte ich. Ich hatte noch nichts gefunden, was ich anziehen konnte. So wie ich war, ging ich auf die Galerie und schaute übers Geländer. Jürgen stand mit offenem Mund in der Diele und schüttelte voller Abwehr den Kopf.

«Sag das nochmal!»

Ich schüttelte ebenfalls den Kopf und wiederholte: «Es ist Horst. Ich nehme an, die Putzfrau kennt ihn aus dem Krankenhaus.»

«Das», sagte Jürgen, brach ab und begann von neuem: «Das ist doch nicht möglich. Nein, Vera! Nicht dieses Hemdchen! Das kann nicht sein. Du irrst dich.» Er wurde ruhiger. «Jetzt zieh dich an, dann fahren wir. Dann werden wir ja sehen.»

Ich ging zurück ins Schlafzimmer, und gerade als ich dachte, ich könnte die hellgraue Bluse und den schwarzen Rock anziehen, klingelte unten das Telefon. Ich war mit einem Satz wieder am Geländer. Jürgen hatte bereits den Hörer am Ohr.

Er schrie: «Was?» Nur dieses eine Wort. Danach legte er auf. Seine Schulter sackten nach unten. Er schaute zu mir hoch, ich sah ihn heftig schlucken. «Das war Anne. Vor ein paar Minuten war ein Streifenwagen am Gymnasium. Sie haben Armin aus dem Unterricht geholt. Anne hat gesehen, dass sie ihn abführten.»

11. Kapitel

Armin! Der nette junge Mann mit der Brille und dem Kopf eines Oberstudienrats, mit dem Jürgen sich so blendend unterhalten hatte, der für Rena die väterlich verordneten Reitstunden sausen ließ, um ihr Mathematik beizubringen. Abgeführt von der Besatzung eines Streifenwagens! Es klang so ähnlich wie: von grünen Männchen in einem UFO entführt.

Ich fasste es nicht. Jürgen fasste es nicht. Ich hatte mich gerade erst mit schwerem Herzen zu Horst durchgerungen und Jürgen hielt das für unmöglich. Armin, das war völlig ausgeschlossen. Und das war es tatsächlich.

Mag sein, dass es in Annes Augen wie eine Festnahme ausgesehen hatte. Anne sagte später, Armin sei mit gesenktem Kopf und hängenden Schultern zwischen den Uniformierten zum Streifenwagen getrottet. Seine Hände wären für sie nicht zu sehen gewesen. Er hielt sie vor dem Bauch und drängte Anne so den Verdacht auf, dass sie mit Handschellen gefesselt waren.

Das waren sie bestimmt nicht. Die beiden Uniformierten hatten Armin nur abgeholt, weil Klinkhammer nicht die Zeit hatte. Klinkhammer und Olgert hatten ein Verhör mit wenig Erfolg geführt. Der Mann, dem sie ihre Fragen stellten, weigerte sich hartnäckig, auch nur eine zu beantworten.

Ich kann nur raten, wie oft sie ihm das «O mein Gott»-Band vorspielten, wie oft sie wissen wollten, ob er diese Sätze gesprochen hatte, wie oft sie ihm ins Gesicht sagten, er sei es gewesen. Sie wüssten es genau, weil sie eine Zeugin hätten, die ihn eben diese Sätze mit genau derselben Verzweiflung habe sagen hören.

Man braucht nicht viel Phantasie, um sich vorzustellen, wie sie ihm zugesetzt haben. Und er war doch ohnehin am Ende, wurde vom eigenen Vater Mörder geschimpft, gab sich die Schuld am Tod seiner Schwester und ihrer Kinder. Sie hatten ihn die ganze Nacht in der Mangel gehabt, es auf die harte Tour versucht und auf die weiche. Bis zum Morgen hatten sie ihn bearbeitet – Klinkhammers eigene Worte.

Während wir uns die Köpfe heiß redeten, redeten sie auf ihn ein. Als Jürgen sich in den Schlaf weinte, saß er in ihrem Büro – festgenommen unter dringendem Tatverdacht. Und der Witz war, sie hatten nichts in der Hand, absolut nichts.

Sie hatten nur die Aussage der Putzfrau, die kurz nach sieben am Morgen des 9. September das Krankenzimmer mit der Nummer 205 betrat, um ihre Arbeit zu tun. Die einen neuen Patienten im Bett am Fenster liegen sah. Rudi Kuhlmann, der am Tag zuvor Frau und Kinder verloren hatte!

Und neben ihm saß ein junger Mann. Sonst war niemand im Zimmer. Der junge Mann hatte den Kopf an die Brust des Patienten gelegt. Er weinte und bettelte: «Rudi, sag was! Rudi, sag doch was!» Er stammelte: «Ich konnt nichts dafür, Rudi. Ich wollt ja fahren, aber Hennes hat mich festgehalten.»

Rudi Kuhlmann starrte blicklos zur Zimmerdecke, reagierte nicht. Erst als der junge Mann mit beiden Händen sein Gesicht umfasste, murmelte er tonlos: «Hau ab, du Versager.»

Und dann hörte die Frau dieses atemlose Schluchzen, hörte genau die Worte, die wir alle unzählige Male gehört hatten: «O mein Gott. Sag doch nich so was. Das halt ich nich aus. Ich kann nich mehr.»

Udo von Wirth am Bett seines Schwagers.

Um sechs in der Früh hatten sie ihm eine kurze Pause und ein Frühstück gegönnt. Danach stürzten sie sich erneut auf ihn. Er schwieg zwei Stunden lang, schaute zum Fenster hinüber, während Klinkhammer und Olgert sich abwechselten, ihn zu einem

Geständnis zu überreden. Ein paar Minuten nach acht sagte Udo: «Ich will mit Armin sprechen. Ich muss ihm was sagen. Und ich red nur mit ihm.»

Deshalb wurde Armin aus der Schule geholt. Er saß noch mit Udo in Klinkhammers Büro, als wir ankamen. Olgert war im Nebenraum, führte durch einen Spalt in der Zwischentür die Aufsicht. Klinkhammer stand auf dem Gang vor der Tür, das Gesicht halb von den Haaren verdeckt.

Er sah übernächtigt aus, hielt eine Zigarette in der linken und einen Plastikbecher mit Kaffee in der rechten Hand. Als er uns kommen sah, versuchte er seine Mähne mit Hin- und Herwerfen des Kopfes hinter die Ohren zu bringen. Es sah aus wie nervöse Zuckungen. Er verdrehte die Augen, warf die Zigarette in den Kaffee, stellte den Becher auf den Boden und sagte: «Das fehlt mir noch.»

Ein paar Sekunden standen wir schweigend da. Jürgen betrachtete die Tür. Man hörte, dass dahinter gesprochen wurde, zu verstehen war nichts. Jürgen bestand darauf, mit Armin zu reden.

«Die Gelegenheit kriegen sie, wenn er rauskommt», sagte Klinkhammer. Er klang erschöpft, warf einen Blick auf seine Armbanduhr. «Geben wir ihm noch zehn Minuten.»

Er hob den Plastikbecher an und erkundigte sich: «Wollen Sie auch einen Kaffee?»

Jürgen nickte für uns beide. Klinkhammer öffnete die Tür zum Nebenraum und beauftragte Olgert, drei Becher zu holen, nachdem er sich erkundigt hatte: «Wie steht's?»

«Er hustet uns was», sagte Olgert.

Klinkhammer presste wütend die Lippen aufeinander.

«Das kann nicht Ihr Ernst sein», sagte Jürgen. «Ich kann mir eine Menge vorstellen, aber das nicht. Was haben Sie in der Hand gegen den Jungen?»

Klinkhammer wiegte den Kopf, klemmte endlich seine Haare fest und schaute Olgert nach. «Nicht viel. Aber was wir haben, passt. Wir haben die Uhr; sie hängt im Wohnzimmer seiner Eltern.

Wir haben eine Melkanlage; sie erzeugt ein Geräusch wie das, was Ihre Tochter beim ersten Anruf gehört und beschrieben hat. Ihre Tochter müsste sich das mal anhören.»

«Melkanlage?», fragte Jürgen irritiert.

Das Missverständnis war rasch geklärt. Als Klinkhammer das Funktelefon erwähnte und die Vermutung äußerte, dass der erste Anruf am Morgen nach Renas Verschwinden aus dem Kuhstall gekommen sein könnte, wussten wir beide, wer gemeint war.

Jürgen sackte in sich zusammen wie ein Ballon, dem die Luft entweicht. Er legte die Hände vors Gesicht und stöhnte: «O mein Gott.»

«Das haben wir auch», sagte Klinkhammer mit einem Seufzer. «Und dann haben wir noch die feine Gesellschaft. Es dürfte sich dabei um die Gäste gehandelt haben, die sich im Wohnhaus seiner Eltern für die Beerdigung seiner Zwillingsschwester und ihrer Kinder sammelten.»

Er schaute mich an, als wolle er sich entschuldigen. «Dezentes Murmeln, gebrüllt hat da garantiert niemand. Aber wenn jemand im Wohnzimmer zurückbleibt, um noch rasch zu telefonieren, kann es vorkommen, dass eine Frau ruft: ‹Wo bleibst du denn?› Oder: ‹Was machst du denn?› Es tut mir Leid. Ich hätte es eher sehen müssen, viel eher. Ich hätte es schon an dem Freitag sehen müssen. Hennessen bestand darauf, dass Rena zu Udo wollte. Wenn ich ihm da die richtigen Fragen gestellt hätte … Da war er wirklich am Ende. Inzwischen hat er sich erholt.»

Olgert kam mit einem Tablett zurück, auf dem drei dampfende Kaffeebecher standen. «Vorsicht», sagte er, «die Dinger sind heiß.»

Jürgen schüttelte den Kopf, sein Gesicht noch in den Händen verborgen. Als er die Hände endlich herunternahm, strich er mit den Fingern unter den Augen die Tränenspuren weg.

Mir war nicht nach Weinen. Ich hatte einen Kloß in der Kehle und dachte, der heiße Kaffee hätte ihn fortgespült. Das tat er nicht, auch Räuspern machte den Weg für die Stimme nicht frei.

Man konnte die Plastikbecher wirklich kaum in den Händen halten. Es wunderte mich, dass sie nicht schmolzen oder sich zumindest verformten. «Legen Sie ein Taschentuch drum», riet Olgert, als er sah, wie ich meinen Becher von einer Hand in die andere jonglierte. Das Gemurmel hinter der Tür schwoll an und ab. Klinkhammer schaute wieder auf seine Uhr. Die zehn Minuten, von denen er gesprochen hatte, waren längst um.

Es war unwirklich. Da standen wir zu viert vor einem Polizeibüro. Zwei Kriminalbeamte tranken Kaffee. Olgert hatte sich den dritten Becher genommen, weil Jürgen ihn nicht wollte. Und in ihrem Büro saßen zwei junge Männer, von denen einer einen Mord gestehen sollte. Ich fand es ungewöhnlich, dass sie einen Achtzehnjährigen einsetzten, sich das anzuhören. Damit war so ein Junge doch überfordert.

Klinkhammer grinste müde. «Der Professor hält was aus, um den machen Sie sich mal keine Sorgen. Davon abgesehen, von einem Geständnis ist von Wirth weit entfernt. Er weiß genau, dass wir ihm nicht viel beweisen können. So betrachtet sitzen da nur zwei junge Männer, die sich gut kennen, und sie unterhalten sich. Etwas anderes dürften wir auch gar nicht erlauben.»

«Was soll dieser Zirkus?», fuhr Jürgen auf. «Was versprechen Sie sich davon? Ich begreife das nicht. Udo! Das ist … Das ist Wahnsinn.» Dann stutzte er. «Er war doch gar nicht im Dorf. Er war an dem Abend und in der Nacht bei Kuhlmann.»

«Nicht die ganze Nacht», sagte Klinkhammer. «Die Nachtschwester hat ihn gegen zehn hinausgeworfen. Eine exakte Uhrzeit bekommen wir leider nicht. Es kann fünf Minuten vor, zehn Minuten nach, es kann auch Viertel vor zehn gewesen sein.»

Jürgen schüttelte den Kopf, gleichzeitig machte er eine Abwehrbewegung mit den Händen. «Vergessen Sie's. Das haut nicht hin, nicht mal mit Viertel vor zehn. In der Nacht brauchte er mindestens eine halbe Stunde bis ins Dorf.»

«Nicht unbedingt», widersprach Klinkhammer ruhig. «Er dürfte kräftig aufs Gas getreten haben, vielleicht in der unterschwelligen Hoffnung, den Weg zu nehmen, den seine Schwester gegangen war.» Er war so ernst und dabei so deprimiert, was die nachfolgenden Worte noch unterstrich.

«Herr Zardiss, von Wirth war an dem Abend in einer fürchterlichen Verfassung. Da hätte ein falsches Wort gereicht. Nehmen wir nur einmal an, Ihre Tochter hat ein bisschen gejammert über die verletzte Stute oder den Verkauf des Hengstes. Von Wirth hatte den Menschen verloren, von dem seine psychische Stabilität abhing.»

«Das wusste meine Tochter», sagte Jürgen.

Klinkhammer schüttelte langsam und nachdrücklich den Kopf. «Sie wusste, dass er seine Schwester verloren hatte und dass er sehr an ihr hing. Welche Bedeutung Annegret für ihren Bruder tatsächlich hatte, konnte Ihre Tochter nicht einmal ahnen.»

«Sie hätte ihm trotzdem nichts von Pferden erzählt in dieser Situation», beharrte Jürgen.

Klinkhammer zuckte mit den Achseln und betrachtete die Tür, hinter der Udo und Armin saßen. «Um vier Uhr in der Nacht hatte er einen schweren Unfall, behauptet er. Ich würde es ihm glauben, wenn es auf einer Straße passiert wäre. Aber wenn jemand in einer Kiesgrube herumkurvt, sich mühsam mit dem Auto auf die Bruchkante hinaufarbeitet und dann zehn Meter tief abstürzt, glaube ich nicht an einen Unfall, sondern an eine Selbstmordabsicht. Das Merkwürdige daran ist nur: Er wurde nicht verletzt. Keinen Kratzer hat er abbekommen. Können Sie sich vorstellen, wie ein Auto aussieht, das zehn Meter tief in ein Kiesbett knallt? Und haben Sie auch eine Vorstellung, wie die Insassen aussehen?»

Jürgen starrte ihn an. Ich trank einen Schluck Kaffee, er war immer noch zu heiß. Aber sich die Zunge zu verbrennen war ein realer Schmerz, und was Klinkhammer sagte, verursachte nur ein Brausen im Kopf.

«Ich denke», sagte er bedächtig, «es war weder ein Unfall noch ein Selbstmordversuch. Es ging lediglich darum, ein Auto loszuwerden, in dem wir Spuren hätten finden können. Sein Auto ist übrigens schon am nächsten Tag in die Schrottpresse gewandert. Das hat er sich sogar eine Kleinigkeit kosten lassen, damit es nicht erst noch auf Halde gelegt wurde. Für mich ist die Sache damit klar.»

Jürgen schüttelte noch einmal fassungslos den Kopf und schaute auf die Bürotür. Sie wurde geöffnet. Armin trat auf den Gang hinaus. Im selben Moment war Olgert im Büro verschwunden und die Tür wieder zu.

Armin sah aus, als sei ihm in den letzten Minuten übel geworden. Klinkhammer musterte ihn in gespannter Erwartung.

«Er hat …», begann Armin, schluckte einmal trocken und starrte begehrlich auf den Becher in meiner Hand. «Kann ich auch eine Cola haben? Ich habe einen trockenen Hals.»

«Was hat er?», drängte Klinkhammer.

Ich hielt Armin meinen Becher hin. «Es ist Kaffee, und ich habe schon getrunken. Aber er ist noch heiß.»

Armin lehnte mein Angebot mit einem Kopfschütteln ab. Als er erneut zu sprechen begann, kamen die Worte so rasch, als wolle Armin es nur noch hinter sich bringen. «Er sagte, er hat sie aufgeschlitzt. Aber er hätte es nicht gewollt. Er könne es auch nicht verstehen und sich nicht an alles erinnern. Er sagte, er weiß nur noch, dass er sie streicheln wollte. Und dann war plötzlich alles voller Blut. Und ihre Därme hingen raus.»

Armins Kehle ruckte vor, er gab einen Laut von sich wie ein in letzter Sekunde unterdrücktes Würgen, riss eine Hand vor den Mund und stürzte den Gang hinunter.

In meinem Hirn machte es klack, einfach nur klack. «Das Pferd», sagte ich. Klinkhammer schaute mich verständnislos an.

«Die Stute», sagte ich. «Das meint er. Udo von Wirth hat Hennessens Zuchtstute abgeschlachtet. Das weiß ich schon lange.»

Klinkhammer betrachtete mich mit gerunzelter Stirn. Seine Stimme klang skeptisch. «Und woher wissen Sie das?»

«Er hat es mir erzählt. Ich meine, ich habe es aus dem geschlossen, was er mir erzählt hat.»

«Darüber reden wir später in Ruhe», sagte Klinkhammer.

Er wollte noch mehr sagen. Ich kam ihm zuvor, griff nach Jürgens Arm. «Komm, gehen wir. Wir müssen in die Praxis. Udo hat nur das Pferd getötet.»

Jürgen löste meine Hand von seinem Arm, zog den Autoschlüssel aus seiner Jackentasche und hielt ihn mir hin. Den Blick hielt er auf Klinkhammer gerichtet. «Ich bleibe hier. Kannst du allein in die Praxis fahren? Freda Jankowik hatte den ersten Termin, Ultraschall. Wenn sie noch da ist, mach es gründlich, das schaffst du doch, oder?»

«Natürlich», sagte ich. «Wer hat den zweiten Termin?»

«Das weiß ich nicht. Es ist mir im Moment auch egal. Wenn du nicht klarkommst, schmeiß sie raus. Schmeiß sie alle raus. Ich kann heute nicht. Ich kann wirklich nicht.»

«Soll ich dich heute Mittag hier abholen?»

Er schüttelte den Kopf und drehte das Gesicht zur Seite. «Kümmere dich nicht um mich, Vera. Notfalls nehme ich mir ein Taxi. Aber ich bleibe hier, bis ich weiß, was los ist.»

Ich war allein mit Freda Jankowik in dem kleinen Raum. Sie ließ keinen Blick vom Bildschirm, war eine von den werdenden Müttern, die im dritten Monat schon …

Ich war mit meinen Gedanken noch auf dem Gang vor der Tür, hinter der Udo saß. Und Klinkhammer sprach über ein abgestürztes Auto und die Schrottpresse. Freda Jankowik erzählte mir von ihrem Freund und dass sie immer ein Kind gewollt hatte, aber ihr Mann nicht und so weiter. Ich lächelte und sah Udo lächeln, sah ihn vorgebeugt in unserem Keller sitzen, sah ihn auf dem Krankenhausparkplatz stehen: ein Bär von einem Mann!

Sandra Erken war im Labor mit einer Blut- und einer Urinprobe beschäftigt. «Mach es gründlich», hatte Jürgen gesagt. Ich wollte es sehr gründlich machen. Das Blut hatte ich Sandra abnehmen lassen und gesagt: «Durchchecken, alles, was notwendig ist.» Ich wusste nicht, was notwendig war.

Ich hörte Freda Jankowik zu, aber ich verstand nichts. Ich glaubte ihr auch nicht, dass sie sich wirklich freute. Niemand konnte sich noch wirklich freuen. Rena hatte es gekonnt, überschäumend, überschwänglich, überglücklich. Rena hatte die wirkliche Freude mitgenommen.

Nur die Sache mit der Scheidung sei ein Wermutstropfen, behauptete Freda Jankowik, während ich noch mehr Gel auf ihren Leib kippte und mir ihr eigenes Herz auf den Monitor holte.

Du bist zu hoch, Vera. Ganz ruhig, mach es gründlich.

Das vorgeschriebene Trennungsjahr sei ausgemachter Schwachsinn, sagte sie. Das wusste ich. Jede Trennung war Schwachsinn und grauenhaft. Mit dieser Gesetzesvorlage würde ihr Kind ehelich geboren, sagte sie. Ihr Nochehemann müsse die Vaterschaft anfechten. Und er habe bisher nur dazu gegrinst.

«Der hustet mir was, der Mistkerl.»

Es waren fast Olgerts Worte. Und ich wusste nicht mehr, was ich denken sollte. Die Stute! Udo konnte nur die Stute gemeint haben. Ich sah ihn in unserem Keller sitzen. Floh hatte er Rena genannt.

«Was willst du Floh mit dem braunen Teufel? Wo, meinst du, geht der in einem Jahr mit dir hin? Jetzt ist er zwei, warte mal ab, wenn er ausgewachsen ist.»

«Er wird nicht mehr viel größer, sagt Hennes.»

«Was Hennes so sagt. Der redet die halbe Zeit Schwachsinn.»

Freda Jankowik sagte auch etwas und zeigte auf den Monitor. Ich verstand sie erst, als sie es wiederholte. «Ist das noch ein Kopf?»

Sie veränderte ihre Position, um mir eine bestimmte Stelle auf dem Bildschirm zu zeigen. Dabei lachte sie verlegen. «Das wäre aber eine Überraschung, was?»

Ihre Drehung hatte eine andere Perspektive zur Folge. Und ich sah nicht so gut in dem Moment, alles verwaschen, verschwommen und unscharf. Die Schatten im grünen Flimmern, bei denen ich sonst keine Mühe hatte, sie zu bezeichnen. Ein Arm, ein Händchen, der Kopf, der Rücken, ein Bein, das Herz.

Das Herz fand ich rasch wieder, ein winziges, zuckendes Etwas, das war leicht. Aber der Rest ... Der Fötus war noch so klein, in dem Stadium erkennt man nicht immer auf Anhieb alle Einzelheiten. Und wenn man gleichzeitig eine Koppel sieht, einen nervös tänzelnden jungen Hengst und einen kräftigen jungen Mann, der nach den Zügeln greift. Und ein lachendes junges Mädchen, das einen braunen Hals tätschelt und beim Aufsteigen den Kopf in den Nacken wirft ...

Den Kopf findet man immer, er dominiert. Ich fand auch das wieder, was Freda Jankowik für einen zweiten Kopf gehalten hatte. Es musste der Rücken sein. Es konnte nur der Rücken sein. Es gab ja nur ein Herz.

Ich machte einen Abzug und wollte Freda Jankowik zu Jasmin schicken, um den nächsten Termin zu vereinbaren. Die Laborwerte sollte Jürgen selbst in den Mutterpass eintragen, er konnte sie beurteilen, ich nicht.

Bevor sie den Raum verließ, erkundigte sie sich zögernd: «Es ist doch alles in Ordnung mit dem Baby?»

«Natürlich, was soll denn nicht in Ordnung sein?»

Ich dachte, sie mache sich Sorgen, weil ich keine Eintragungen vornahm, und wollte ihr das erklären. Doch bevor ich dazu kam, sagte sie leise: «Ich weiß nicht. Irgendwie habe ich ein komisches Gefühl. Wie soll ich Ihnen das beschreiben? Ich freue mich so auf das Kind. Und wenn man sich zu sehr freut, geht meist etwas schief. Bei mir ist es immer so gewesen.»

«Diesmal bestimmt nicht», sagte ich und schaffte ein Lächeln. «Es besteht kein Grund zur Besorgnis.»

Sie lächelte ebenfalls, schüchtern und unsicher. «Aber der Doktor meinte bei der letzten Untersuchung, er müsse sich das in ein paar Wochen noch einmal genau ansehen. Es sei noch zu früh, um etwas zu sagen.»

«Dann haben sie ihn sicher gefragt, ob es ein Junge oder ein Mädchen ist.»

Sie nickte.

«Sehen Sie», sagte ich, «dafür war es wirklich noch etwas zu früh. Beim nächsten Mal können wir es feststellen.»

Nachdem Freda Jankowik die Tür hinter sich geschlossen hatte, saß ich minutenlang da und versuchte mich zu erinnern, was Jürgen mir sonst noch aufgetragen hatte. Es fiel mir nicht ein. Erst als Jasmin hereinkam und wissen wollte: «Was machen wir jetzt mit Frau Scheller? Da wäre die Halbjahresinspektion zu machen für ein neues Rezept», wusste ich es wieder. Schmeiß sie alle raus, hatte er gesagt.

«Ich mache das», sagte ich. «Es geht bestimmt auch ohne Untersuchung.»

«Wollen Sie das Rezept unterschreiben?»

«Ob ich nun einen Kringel darunter setze oder mein Mann. So genau schaut doch keiner hin.»

Jasmin sah das auch so. Und Frau Scheller war froh, dass sie ihr Rezept bekam und nicht noch einmal wiederkommen musste. Rena war auch froh gewesen, als ich ihr kurz nach dem Umzug die Packung in die Finger drückte. «Hier, aber sorg dafür, dass Papa sie nicht zu Gesicht bekommt. Er köpft mich, wenn er das erfährt.» Ungläubig angeschaut hatte sie mich. «Aber Papa hat doch gesagt, meine Organe sind noch nicht völlig ausgereift.»

«Dafür sind die Pickel mehr als reif.»

«Danke, Mutti. Das ist echt klasse von dir. Ich tu sie gut weg, das verspreche ich dir. Er kommt ja auch nie in mein Zimmer.»

Nach Frau Scheller kam noch eine Pilzinfektion. Ich hatte oft genug neben dem Stuhl gestanden und zugeschaut. Den Abstrich zu nehmen war kein Problem, die mikroskopische Untersuchung übernahm Sandra Erken. Ich musste nur ein weiteres Rezept ausstellen, konnte mich in der Patientenkarte orientieren, was Jürgen bei früheren Infektionen dieser Art verordnet hatte.

Auch die ältere Frau, die zur Nachsorge nach einer Uterus-Resektion erschien, machte keine Schwierigkeiten. Sie fühlte sich recht gut, hatte keine Schmerzen, war nur noch ein bisschen wacklig auf den Beinen. Ich verordnete ihr ein Eisenpräparat und gab die üblichen Ratschläge zur Schonung.

Als Jürgen kurz vor eins kam, war Sandra Erken längst auf dem Weg zum Kindergarten und das Wartezimmer leer, und alle waren mit mir zufrieden gewesen. So wie Rena, als die erste Packung leer war und ich ihr Ersatz besorgte aus Jürgens unerschöpflichen Vorräten. «Es hilft wirklich, Mutti, sieh nur, meine Stirn sieht schon besser aus.»

Jürgen war nicht zufrieden. «Bist du wahnsinnig? Du kannst doch hier nicht anfangen zu behandeln.» Es klang nicht nach Vorwurf, nur erschöpft und deprimiert. Er beruhigte sich wieder. Sein Vormittag ließ sich in einem Wort zusammenfassen: Nichts.

Wir fuhren heim. Er ließ mich ans Steuer, was er sonst nie tat. Er hatte nichts dagegen gehabt, dass ich den BMW fuhr. Nur wenn er dabei war, war es sein Wagen. Und jetzt ... Er war müde auf eine so endgültige Art. Er war alt und krank. So alt und krank hatte Vater nicht einmal in den ersten Tagen nach dem Schlaganfall gewirkt.

Klinkhammers Überzeugung hatte ihm das genommen, was ich manchmal gehasst, oft bewundert und immer gebraucht hatte, seine Lebenseinstellung. Das Scherzen in brenzligen Situationen, was man leicht für Oberflächlichkeit halten kann. Das «Rutscht-mir-doch-alle-den-Buckel-runter», was man rasch als Gleichgültigkeit abhakt. Das Glücklichsein nach der eigenen Vorstellung, was man schnell als Egoismus bezeichnet.

Ich hatte schon viel empfunden, seit Rena nicht mehr daheim war: Schmerz, Ohnmacht, Angst, Wut, Verzweiflung, Trauer und Einsamkeit. Nichts davon war vergleichbar mit dem, was ich während der Heimfahrt fühlte; Jürgens Haut, in die er mich steckte, weil er sie nicht mehr ausfüllen konnte. Er war nur gut eins sechzig groß, aber er war nie klein gewesen. Er war zu dick, aber ihn hatte das Fett stark gemacht. Und jetzt war er zerbrochen.

Wir kamen ins Haus und er hatte Angst, durch die Diele zu gehen, vorbei am Anrufbeantworter. Nur eine Null auf dem Zählwerk. Er wurde noch ein bisschen kleiner. Als sei die Null der Beweis für Klinkhammers Verdacht gegen Udo. Wer von der Polizei festgenommen ist, kann nicht mehr anrufen. Er ging in die Küche, setzte sich an den Tisch und schaute zu, wie ich mich ums Essen kümmerte.

«Er leugnet», sagte er.

«Er kann nicht etwas leugnen, was er nicht getan hat.»

«Er hat es getan, Vera.»

«Heute Morgen hast du selbst gesagt, es ist zeitlich unmöglich.»

«Klinkhammer meint, sie hätte vor dem Tor auf ihn gewartet. Dann spielt es keine Rolle, wie lange er für die Fahrt gebraucht hat.»

«Klinkhammer meint! Klinkhammer weiß einfach nicht, was er noch denken soll.» Ich wusste es auch nicht, aber ich sprach weiter. «Klinkhammer meinte auch, sie sei mit Nita und Menke nach Frankfurt gefahren. Und dann meinte Klinkhammer, sie könne nicht im Bus gewesen sein, weil sie darin keine Haare verloren hat. Sie trug einen Plastikumhang mit Kapuze. Und sie hat ihn bestimmt nicht ausgezogen auf dem kurzen Stück bis zum Bahnhof.»

Während ich noch einige von Klinkhammers Irrtümern und ein Dutzend eigener Vermutungen aufzählte, sah ich mich die überschwemmte Hauptstraße hinunterfahren, vorbei an der Einmündung der Seitenstraße, an der das Anwesen der von Wirths lag. Es lag nur knapp zwanzig Meter von der Einmündung entfernt, nur so weit wie unsere Scheune von der Haustür. Man konnte das Tor sehen, wenn man auf der Hauptstraße vorbeifuhr.

Vor dem Tor gewartet! Es brachte mich fast um den Verstand. Wenn ich zur Seite geschaut hätte, hätte ich sie sehen müssen. Hätte, wäre, wenn! Mein Vater hatte einmal gesagt: «Das Wort wenn hat in einer Verhandlung nichts zu suchen. Ich sehe alles in Frage gestellt, sobald ein Anwalt mit wenn zu argumentieren beginnt. Wenn mein Mandant zur fraglichen Zeit in seinem Bett lag, kann er nicht und so weiter. Beweist das etwa, dass der Mandant in seinem Bett lag? Nein, tut es nicht!»

«War mit Freda Jankowik alles in Ordnung?», fragte Jürgen.

«Ja. Sie freut sich aufs Baby.»

«Ist es ein Baby?»

«Ich habe kein zweites gesehen.»

«Hast du's gründlich gemacht?»

«Natürlich.»

Er nickte in sich hinein und schwieg.

Um drei fuhr ein Wagen auf den Hof. Es war Patrick; er stieg nicht aus. Anne kam allein herein, ängstlich, ungläubig, fassungslos, den Kopf voll mit Armin. «Ich habe mich gestern noch mit ihm unterhalten. Er war ganz normal und ...»

Ich erklärte ihr, was es mit Armins Gang zwischen zwei Streifenpolizisten tatsächlich auf sich gehabt hatte. Anne starrte mich mit weit aufgerissenen Augen an und stammelte: «Udo? Und ich bin zu ihm ins Auto gestiegen.»

Jürgen hatte sich nach dem Essen auf die Couch gelegt. Er schlief nicht, lag nur da und schaute auf einen Punkt an der Wand. Anne ging zu ihm, setzte sich in einen Sessel. Ich blieb in der Küche und hörte Anne reden. Über den Müllsack, den Udo durchs Feld getragen hatte, während die Bauern nach Rena suchten; über seinen Besuch bei uns, als er von der Beerdigung seiner Schwester kam und es unter den Gästen nicht mehr ausgehalten hatte. Über andere Absonderlichkeiten, die sie im Laufe der Zeit von Rena gehört hatte. Merkwürdige Begebenheiten im Reitstall.

«Sei still», bat Jürgen.

Anne ignorierte ihn. Ich schrubbte die Abtropffläche der Spüle zum vierten Mal, während sie von dem Abend erzählte, an dem Rena nach dem Essen wie so oft noch einmal hinausradelte. Sie kam in den Stall und traf Hennessen und Udo in einer eindeutigen Situation an.

Für Anne war die Situation eindeutig, für Rena war sie es nicht gewesen. Dass ein älterer Mann einen jungen in die Arme nahm, hielt sie für väterliche Freundschaft. Wo Udo doch immer so viel Ärger daheim hatte und mit Hennes besser über alles reden konnte als mit seinem Vater. Dass Tanja ebenfalls Intimitäten zwischen den beiden Männern beobachtet haben wollte, hielt Rena für eine Lüge. Sie hatte sich nur gewundert, dass Udo fluchtartig und mit hochrotem Kopf den Stall verließ, als sie dazukam.

«Sei still», verlangte Jürgen.

«Sie war so naiv», sagte Anne, «und so vertrauensselig. Für sie waren alle Menschen lieb und nett und gutmütig. Sie konnte sich gar nicht vorstellen, dass mal einer ausflippt und …»

«Sei still», brüllte Jürgen und Anne verstummte endlich. Ein paar Minuten später kam sie zu mir in die Küche. Ich schrubbte zum sechsten Mal die Abtropffläche der Spüle.

Anne ging zum Kühlschrank. «Ist kein Saft für mich da?» Ihre Stimme kippte verdächtig.

«Du warst ja auch nicht da.»

«Es tut mir Leid, Mutti, aber ich … ich …» Sie schniefte und verzog das Gesicht, als habe sie Zahnschmerzen. «Jetzt hör doch endlich auf mit der Rubbelei, das hält man ja nicht aus. Was … Was hat er mit ihr gemacht, Mutti?»

Ich antwortete ihr nicht, ging zum Herd, um die Ceranplatte zu schrubben. Alles war voller Blut. Und die Därme hingen ihr raus. Das Bild verschwand einfach nicht, und es war kein totes Pferd mehr. Wenn sie vor dem Tor gewartet hatte – wenn! Warum war dieses Wort nicht längst aus unserer Sprache gestrichen worden? Hat denn noch niemand begriffen, wie grausam es ist?

Kurz nach acht sah ich Scheinwerfer den Weg heraufkommen, erst nur das Licht, dann den dunklen Schatten eines Wagens, der die Einfahrt passierte. Ich hatte den Nachmittag damit verbracht, die Küchenschränke auszuräumen und auszuwaschen, um meinen Verstand beisammenzuhalten, um nicht erneut loszuschreien und um mich zu schlagen.

Auf dem Fußboden verteilten sich Geschirrstapel, Töpfe und Pfannen, Backformen und Lebensmittelvorräte, Besteckkästen und andere Dinge. Es konnte sich niemand in der Küche aufhalten außer mir. Und es konnte niemand zu mir herein.

Ich war weder um sechs noch um sieben hungrig gewesen, und niemand hatte mich gebeten, Abendessen zu machen. Jürgen war auf der Couch eingeschlafen. Anne hatte sich in ihr Zimmer verzogen.

Der Wagen hielt vor dem Haus, das Motorgeräusch erstarb, die Scheinwerfer erloschen. Ich sah zwei Schatten aussteigen und auf die Haustür zugehen. Die Klingel schlug an. Zwischen mir und der Küchentür gab es keinen Weg in die Diele. Die Klingel schlug erneut an, drei-, viermal hintereinander. Es klopfte jemand gegen das Küchenfenster. Olgert! Er rief etwas, gestikulierte, ich solle öffnen. Ich zeigte auf die Stapel mit Tellern, Tassen, Töpfen.

Olgert verschwand vom Fenster. Eine Faust schlug gegen die Haustür. Endlich erwachte Jürgen. Er war mit einem Satz auf den Beinen, kam in die Diele gerannt, rief im Vorbeilaufen: «Warum machst du denn nicht auf?», und riss die Haustür auf.

Klinkhammer kam zur Küchentür, er nickte mir zu, betrachtete das Chaos. Dann verschwand er aus meinem Blickfeld. Olgert ging einfach nur vorbei. Jürgen rief zur Treppe hinüber: «Anne, komm herunter und hilf Mutti beim Aufräumen.»

Dann fragte er Klinkhammer: «Möchten Sie einen Kaffee?» Zu mir sagte er: «Vera, bist du so nett und machst uns einen Kaffee?!» Es war keine Bitte, es war ein Befehl. Die Stunden auf der Couch hatten ihm den Rücken wieder gerade gebogen.

Anne kam herunter und machte sich schweigend daran, die Küchenschränke einzuräumen. Ihr Gesicht war verquollen und gerötet; die Lider dick und schwer, die Augäpfel von aufgeplatzten Äderchen durchzogen. Ihre Nase war rot wie die eines Alkoholikers. Ihr Atem war ein fortwährendes Keuchen und Schniefen, die Taschen ihrer Jeans von benutzten Papiertüchern ausgebeult. Ich brühte Kaffee auf, hob ein paar Tassen und Unterteller vom Fußboden auf, klaubte ein paar Löffel aus dem Besteckkasten bei der Küchentür.

Sie saßen bereits um den Tisch herum, als ich das Wohnzimmer betrat, aber noch sprach niemand. Klinkhammer wirkte wie ein alter Mann am Ende des Lebens. Olgert saß vorgebeugt und drehte die Christophorus-Plakette an seinem Schlüsselbund zwischen den Fingern. Anne brachte Milch und Zucker, holte den Kaffee und hielt dabei ein zerknülltes Papiertuch in der Hand.

Kleinigkeiten! Nichtigkeiten! Nichts davon ist es wert, erwähnt zu werden. Aber es war unsere Stunde null. Es war der Moment des Jüngsten Gerichts. Es spielte keine Rolle mehr, an welchen Gott wir bisher geglaubt hatten. Jetzt saßen wir dem Einen, dem einzig Wahren gegenüber. Die Heilige Dreifaltigkeit zu einem Teil im grauen Anzug, zum zweiten Teil in Jeans und kariertem Hemd, dessen Kragen unter einer zu langen Haarmähne verschwand. Der dritte Teil war ein Blatt Papier in Klinkhammers Tasche.

«Wir haben ein Geständnis», sagte Klinkhammer.

Olgert betrachtete aufmerksam die Plakette zwischen seinen Fingern und kratzte mit einem Nagel einen imaginären Fleck vom Rand. Annes Schultern zogen sich zusammen, ihr Hals verschwand im Kragen der Bluse. Jürgen ballte die Hände zu Fäusten und ließ die angehaltene Luft in einem langen, gut hörbaren Ton entweichen. Was ich tat, weiß ich nicht, vermutlich nichts. Es gab nichts mehr zu tun.

Nach Klinkhammers Satz war es still. Er wartete, dass wir ihn fragten. Was hat er mit ihr gemacht? Wohin hat er sie gebracht? Man sollte meinen, wir hätten das Bedürfnis gehabt, ihn das zu fragen. Vielleicht hatten wir es und waren nur sicher, dass er es uns auch sagte, wenn wir ihn nicht fragten.

Es war angenehmer, nicht zu fragen, sich nicht gezielt zu erkundigen, auf welche Weise sie gestorben war, ob sie gelitten hatte. Natürlich hatte sie gelitten, war aus Furcht, Schmerz, Entsetzen und grauenhafter Angst tausend Tode gestorben, bevor der eine und letzte sie endlich mitnahm.

Warum war sie nicht in den Bus gestiegen? Nita hatte sie doch mitnehmen wollen! Sie könnte in Frankfurt sein, und es ginge ihr gut. Nita hätte nicht zugelassen, dass jemand ihrem Pferdchen ein Haar krümmte.

Es gibt viele Arten von Kämpfen; die sich im Innern abspielen, sind die blutigsten und grausamsten. Jede Faser bäumt sich auf, ehe sie zerreißt; jeder Nerv zuckt, ehe er durchtrennt wird; jede Ader windet sich, ehe sie platzt. Und das Gehirn registriert das alles und antwortet mit Hammerschlägen.

Klinkhammer zog das Blatt Papier aus seiner Tasche. Es war zweimal gefaltet. Er hielt es zwischen Daumen und Zeigefinger, als sei es schmutzig, als wisse er nicht, ob er es Jürgen anbieten dürfe oder nicht.

«Ich dachte», sagte er stockend, «Sie sollten es lesen, bevor wir darüber reden.»

Jürgen zögerte, nach dem Papier zu greifen. Nur ein Blatt! Unfassbar, dass sich die Vernichtung eines hoffnungsvollen Lebens auf so engem Raum zusammenballen ließ. Jürgen las und wurde grau im Gesicht. Wortlos reichte er mir das Papier, lehnte sich zurück und schloss die Augen. Ich hätte sie auch lieber geschlossen, als sie auf die sauber getippten Buchstaben zu heften.

Ich habe am 8. September um zweiundzwanzig Uhr dreißig Renate Zardiss getötet.

Halb elf! Da war ich gerade auf Hennessens Hof angekommen und schaute auf die Uhr. Schwer vorstellbar, dass er ebenfalls auf die Uhr geschaut haben sollte. Macht man das, wenn man tötet? Und wieso Renate? Sie war immer Rena gewesen. Nur in amtlichen Unterlagen war sie Renate.

Ich kam aus dem Krankenhaus und war sehr aufgeregt. Renate Zardiss wartete vor meinem Elternhaus auf mich. Sie bat mich, sie nach Hause zu fahren, weil es stark regnete. Ich ließ sie in meinen Wagen einsteigen.

Während der Fahrt bedauerte Renate Zardiss, dass meine Schwester und ihre beiden Kinder am frühen Nachmittag ums Leben gekommen waren. Dann erzählte sie mir von den Verletzungen, die eine Fuchsstute am Nachmittag erlitten hatte. Renate Zardiss machte sich Sorgen um die Stute und das ungeborene Fohlen. Außerdem weinte sie, weil am Nachmittag ein Hengst verkauft worden war, den sie sehr liebte.

Ich legte ihr eine Hand auf den Mund. Ich wollte nur, dass sie still war. Plötzlich sah ich, dass sie nicht mehr atmete.

Ich fuhr mit ihr zu meinem Elternhaus zurück, zog sie auf dem Hof aus dem Wagen, legte sie auf den Boden und leitete Wiederbelebungsmaßnahmen ein. Mein Vater kam dazu und stellte fest, dass Renate Zardiss tot war.

Mein Vater schickte mich in meine Wohnung. Dort saß ich etwa zwei Stunden, dann stieg ich durch ein Fenster ins Freie. Mein Wagen stand auf dem Hof. Mein Vater und Renate Zardiss waren nicht mehr da.

Udo von Wirth

Ich sah im ersten Moment nur eine Hand auf einem Mund. Eine seiner großen Hände auf ihrem kleinen, hübschen Gesicht. Ich faltete das Blatt zusammen und gab es Klinkhammer zurück. Dann stand ich auf, ging in die Diele und schlug mit beiden Fäusten gegen die Wand, bis Jürgen kam und mir die Arme festhielt. Er zog mich an sich und drückte sein Gesicht gegen meine Schulter. Meine Bluse wurde feucht. Ein paar Minuten standen wir so. Ich legte die Arme um ihn, er legte die Arme um mich. Dann gingen wir zurück.

Bei der Tür fragte Jürgen: «Ist das alles?» Er drückte mich neben Anne auf die Couch, blieb vor Klinkhammer stehen. «Das kann doch nicht alles sein! Er ließ sie einsteigen, wollte sie heimfahren. Hat er ihr die Hand während der Fahrt auf den Mund gelegt oder hat er angehalten? Hat sie sich nicht gewehrt? Sie muss sich doch gewehrt haben! Warum hat sie ihn nicht gebissen oder gekratzt? Sie sagten heute Morgen, er hätte bei seinem angeblichen Unfall keinen Kratzer abbekommen. Aber meine Tochter hat sich bestimmt nicht ohne Gegenwehr umbringen lassen. Er muss dabei irgendwelche Verletzungen ... Ich ... Ich kann mir nicht vorstellen, dass sie sich nicht gewehrt haben soll. Man bringt ein Mädchen doch nicht um, indem man ihm nur eine Hand auf den Mund legt.»

«Nein», sagte Klinkhammer müde. «Vielleicht sagt er uns morgen, was er tatsächlich mit ihr gemacht hat. Mit diesem Geständnis können wir ihn erst einmal festhalten.»

«Und den Alten?», wollte Jürgen wissen. «Haben Sie ihn auch festgenommen?»

Klinkhammer schüttelte den Kopf. «Was sein Sohn uns erzählt hat, reicht nicht, ihn festzunehmen. Es kann eine Schutzbehauptung sein. Der Alte hat uns ausgelacht. Er weiß nichts von einer Leiche. Er hat seinen Sohn in der fraglichen Nacht überhaupt nicht gesehen, sagt er. Erst am nächsten Morgen, kurz nach sechs, als Udo in Kuhlmanns Kombi auf den Hof fuhr. Da hat er dann auch von Udos Unfall gehört. Er sagte, sein Sohn sei seit dem Tod der Schwester nicht mehr klar bei Verstand.»

Neben mir begann Anne leise zu weinen. Jürgen nickte, als habe er keine andere Auskunft erwartet. «Und seine Frau, Udos Mutter, wie äußert sie sich dazu?»

«Sie hatte an dem Nachmittag vom Arzt ein starkes Beruhigungsmittel bekommen und hat bis zum nächsten Morgen durchgeschlafen. Sie wurde erst durch einen Streit zwischen ihrem Mann und ihrem Sohn geweckt. Und sonst war niemand auf dem Anwesen. Sie erinnern sich vielleicht, der Alte hat Ihnen ja am Telefon gesagt, dass er am frühen Abend das Tor verschloss, weil sie nicht gestört werden wollten.»

Jürgen nickte erneut und presste für eine Sekunde die Lippen aufeinander. «Und was denken Sie?»

«Ich habe Ihnen heute Morgen gesagt, was ich denke. Von Wirth hat sein Auto gezielt demoliert. Vielleicht sogar auf Anweisung seines Vaters.»

«Der Alte ist ein eiskalter Hund», sagte Jürgen, «und ein gerissener. Ich traue ihm das zu.»

«Ja», sagte Klinkhammer nur und erklärte nach ein paar Sekunden Schweigen: «Wenn Udo sie im Auto getötet hat, hat es vermutlich auch eindeutige Spuren gegeben, aus denen sich der Tathergang hätte rekonstruieren lassen. Für ein paar Kopfhaare und Fasern von ihrer Kleidung hätte sich eine simple Ausrede gefunden. Er hat sie mehr als einmal in seinem Wagen mitgenommen. Wenn es sich so abgespielt hätte, wie er uns weismachen will, hätten wir nicht mehr finden können als ein paar Haare und Fasern. Und da muss mehr gewesen sein, viel mehr. Er besaß den Wagen erst seit ein paar Monaten. Niemand steckt ohne triftigen Grund dreißigtausend Mark in die Schrottpresse.»

Annes Weinen steigerte sich derart, dass die Couch das Zucken ihres Körpers auf mich übertrug. Jürgen setzte sich neben sie, zog sie an sich und strich ihr übers Haar. Er räusperte sich. «Und wie geht es jetzt weiter?»

Klinkhammer zuckte nur mit den Achseln.

Olgert steckte den Schlüsselbund in die Hosentasche und sagte: «Das hängt davon ab, ob Udo von Wirth seine Aussage ergänzt oder ob wir einen hieb- und stichfesten Beweis dafür finden, dass sein Vater die Leiche weggeschafft hat. Das muss nicht unbedingt mit Udos Wagen geschehen sein. Wir werden uns nochmal mit den Feuerwehrleuten unterhalten. Und wir suchen mit allen uns zur Verfügung stehenden Mitteln.»

Jürgen nickte schwerfällig. «Und wenn Sie meine Tochter finden, werden Sie feststellen, warum er Ihnen nicht sagen will, was er mit ihr gemacht hat. Ich kann es Ihnen jetzt schon sagen. Weil es so war, wie er es Armin heute Morgen erzählt hat. O mein Gott! Er hat sie …»

Er brach ab, schaute mich an und begann zu stammeln. «Es tut mir Leid, Vera, es tut mir so Leid. Ich wollte das nicht sagen. Ich habe es nicht so gemeint, wirklich nicht. Das musst du mir glauben. Es war … Mir sind einfach die Nerven durchgegangen. Ich konnte nicht mehr.»

Um zwei Uhr in der Nacht fiel mir ein, was ich Anne hatte fragen wollen, nachdem Klinkhammer und Olgert weg waren. Als ich die beiden zur Tür brachte, hatte ich ein Gefühl, als hätte ich etwas in der Hand. Ich konnte es nur nicht richtig packen und nicht darüber nachdenken, weil mir plötzlich diese Frage durch den Kopf schoss. Aber als ich zurück ins Wohnzimmer kam, musste ich mich zuerst um Jürgen kümmern.

Er lag auf den Knien vor dem Couchtisch und schlug seinen Kopf gegen die Kante, wie die Mutter von Ursula Bost vor all den Jahren gegen den Bordstein schlug. Er schrie etwas vom Müllsack und dass es keine Konservendosen und keine Milch- oder Saftpakete gewesen seien, sondern etwas anderes, etwas völlig anderes, etwas wie Kleidungsstücke und Plastiktüten. Und er hatte den Inhalt nicht kontrolliert. Er hatte dem Schweinehund die Möglichkeit verschafft, belastendes Beweismaterial beiseite zu schaffen.

Anne stand neben ihm, presste beide Fäuste vor den Mund und wimmerte, statt etwas zu unternehmen. Als ich ihn festhalten wollte, schlug er nach mir, schrie und tobte weiter. Anne holte zwei Tabletten und ein Glas Wasser. Aber ehe wir ihn vom Tisch weggezogen und auf den Rücken gelegt hatten …

Anne setzte sich auf seine Beine, legte ihr Gewicht nach vorne und drückte mit den Händen seine Schultern auf den Boden, winselte und jammerte: «Hör auf damit, Papa, hör auf. Das halte ich nicht aus.»

Ich hielt ihm die Nase zu, presste ihm die beiden Tabletten zwischen die Lippen und kippte ein halbes Glas Wasser hinterher. Ich dachte, er wäre daran erstickt. Er hustete, würgte, die Kerbe in seiner Stirn lief blau an. Dann beruhigte er sich allmählich.

Um ihn nach oben zu bringen, brauchte ich Annes Hilfe nicht mehr. Ich zog ihn aus, legte ihn ins Bett wie ein Kind. Das war er auch in dem Moment, hilflos wie ein Säugling mit einer Kolik. Als ich dann wieder nach unten kam, stand Anne am Telefon und erzählte Patrick, dass Udo von Wirth der Mörder ihrer einzigen Schwester war. Sie telefonierte fast eine halbe Stunde und war danach nicht mehr ansprechbar.

So sprach ich erst mit Gretchen, weil … Es war ja sonst niemand da. Gretchen wusste schon Bescheid. Die allwissende Frau Ziegler hatte sie informiert, dass am späten Nachmittag eine Hundertschaft damit begonnen hatte, das gesamte Grundstück der von Wirths umzugraben. Sie hatten den Wagen des Alten beschlagnahmt, das Haus und den Anbau auf den Kopf gestellt, die Scheune und die Stallungen durchsucht, irgendeine Maschine in sämtliche Einzelteile zerlegt. Das alles erzählte Gretchen bereitwillig. Ansonsten war sie sehr zurückhaltend, äußerte kein Für und kein Wider, sagte nur, man könne niemandem hinter die Stirn schauen.

Dann rief Jürgen nach mir, um sich noch einmal zu entschuldigen und zu versichern, dass er nicht gemeint hatte, was er über Feldweg und abgeschlachtet gesagt hatte. Er erzählte mir, im Dorf ging das Gerücht: Als Annegret das erste Kind bekommen hatte, hätte Udo versucht, dem Säugling etwas anzutun. Was genau, wusste niemand. Annegret hätte sich immer jede Spekulation darüber verbeten.

Dann schlief er endlich ein, und ich nahm ein Bad, weil ich dachte, im warmen Wasser könne ich die Gedanken besser sortieren. Es war immer noch ein Gefühl, als hielte ich etwas in der Hand. Das Ende eines dünnen Fadens. So dünn, dass ich kaum etwas davon spürte. Ich spürte auch kaum etwas vom Wasser. Zuerst war es zu heiß, dann war es zu kalt. Da ging ich ins Bett, um mich aufzuwärmen.

Jürgen schnarchte mit offenem Mund. Ich zitterte und mir schlugen die Zähne aufeinander. Zähne! Das war es, was ich Anne hatte fragen wollen. Ich stand auf, ging in ihr Zimmer und weckte sie. «Du hast Udos Hände gesehen, waren sie in Ordnung?»

«Was ist los?»

«An dem Freitagmorgen! Du hast ihn im Feld getroffen, als er den Müllsack aufhob und mitschleppte. Was war mit seinen Händen?»

«Weiß ich nicht.»

«Dann denk nach.»

Sie blinzelte zum Wecker hinüber. «Mutti, es ist zwei Uhr.»

«Es wird noch später.»

Sie seufzte. «Mutti, ich weiß es wirklich nicht. Ich habe nicht auf seine Hände geachtet.»

«Wenn du den Sack gesehen hast, hast du auch seine Hände gesehen. Ich habe sie gesehen, aber das war am Montag. Bis dahin können kleinere Verletzungen abgeheilt sein. Mach die Augen zu.»

Sie schloss die Augen.

«Jetzt stehst du vor ihm auf dem Feldweg», sagte ich. «Und nun schau genau hin.»

Sie riss die Augen wieder auf. «Mutti, hör bitte auf mit dem Unsinn. Ich bin müde.»

«Das bin ich auch. Das sind wir alle.»

«Dann geh ins Bett, Mutti. Wir reden morgen früh.»

«Wir reden jetzt.»

«Mutti, bitte! Es gibt nichts zu reden. Rena ist tot. Und mir ist an Udos Händen nichts Besonderes aufgefallen.»

«Siehst du», sagte ich, «das wollte ich hören. Wenn sie zerkratzt oder zerbissen gewesen wären, das wäre dir aufgefallen. Oder meinst du nicht?»

«Ja, kann sein», räumte sie ein.

«Dann schlaf jetzt. Gute Nacht.»

«Gute Nacht», murmelte sie.

Ich ging hinunter, nahm den Notizblock und den Stift neben dem Telefon weg und setzte mich ins Esszimmer. Keine sichtbaren Kampfspuren an den Händen! Der erste Satz auf dem Block. Damit hielt ich den Faden fest in der Hand und zog ihn langsam durch.

Udos Geständnis war keinen Pfifferling wert. Zweiundvierzig Jahre mit einem Richter gehen nicht spurlos vorbei. Ich dankte Vater für all die Stunden, in denen er mir von der Schlechtigkeit der Welt, von Mördern und Dieben, von tüchtigen Polizisten und von imkompetenten erzählt hatte. Auch von solchen, die im Bemühen, einen Fall aufzuklären, weit übers Ziel hinausschossen und einem Verdächtigen in den Mund legten, was sie hören wollten.

Dass es mir beim Lesen des Geständnisses nicht sofort aufgefallen war! Renate Zardiss! Und auch der Rest – es waren Klinkhammers Worte. Vor der Tür gewartet. Von den Pferden erzählt. Sogar die Reihenfolge stimmte, erst die Stute, dann der Hengst.

Kurz nach sechs hatte ich fünf Seiten mit Widersprüchen gefüllt. Ich las alles noch einmal und dabei fiel mir ein, dass Udo nicht zwangsläufig Kratz- und Bisswunden an den Händen gehabt haben musste, wenn er sie auf andere Weise getötet hatte. Und wenn er nicht sagen wollte, auf welche Weise, hatte er vielleicht nur deshalb nachgeplappert, was Klinkhammer ihm vorsagte.

Wenn! Und dann fiel mir ein, dass Fred König den alten von Wirth in der Nacht zweimal hatte fahren sehen; einmal um zwölf und einmal um vier! Dann hatte er sie wohl um zwölf weggeschafft und um vier Udo aus der Kiesgrube abgeholt.

Ich konnte nicht mehr denken, machte Kaffee, weckte Jürgen und Anne. Wir frühstückten, keiner sprach. Jürgen schaute mich nur mit wundem Blick an.

Anne bat: «Fährst du mich zur Schule, Papa?»

«Du brauchst heute nicht», sagte er.

«Ich möchte aber, Papa. Wenn ich hier sitze, werde ich verrückt. Ich will nur nicht mit dem Rad und auch nicht ins Dorf laufen.»

Um halb acht verließen sie das Haus. Jürgen wollte noch kurz bei Klinkhammer vorbeischauen und dann in die Praxis. Ich räumte ein wenig auf und fuhr ins Krankenhaus.

Mutter saß an Vaters Bett und las ihm die Festnahme eines Verdächtigen im Fall Renate Z. aus der Tageszeitung vor, als ich das Zimmer betrat. Als ich zu sprechen begann, stellte sie sich ans Fenster und drehte sich nicht mehr um. Sie stand nur da und starrte hinaus.

Ein grauer Tag und ein graues Gesicht in den Kissen. Vater hörte zu, anfangs noch mit regloser Miene, zu schockiert für ein Blinzeln. Irgendwann sagte er leise: «Wenn sie keine Leiche finden, ist es ein Geständnis ohne jeden Wert.»

Das wusste ich doch. Und Klinkhammer wusste es auch, deshalb war er so deprimiert gewesen.

«Ich sollte Klinkhammer sagen, was der Brandmeister in der Nacht gesehen hat, meinst du nicht?»

Vater nickte zwar, aber noch während er das tat, sagte er: «Hat der Brandmeister gesehen, wohin der Alte fuhr? Hat er gesehen, ob er allein im Wagen saß? Hat er gesehen, dass mit dem Wagen eine Leiche transportiert wurde? Nein! Der Brandmeister ging davon aus, der Alte sei unterwegs, um Udo zu suchen. Und genau das werden die von Wirths sagen.»

Ich blieb nicht lange. Es war noch viel im Haus zu tun, und ich wollte daheim sein, wenn Anne aus der Schule kam. In der Diele begrüßte mich die Eins auf dem Zählwerk.

Regina Kolter bedauerte, es mir nicht persönlich sagen zu können. Die zweite Sitzung bei ihrer Bekannten war ein durchschlagender Erfolg gewesen. Die Tarot-Karten hatten gezeigt, dass unsere Töchter in Frieden und Harmonie in einem kleinen Häuschen am Stadtrand lebten, inmitten von Grün und Blau. Das Blau konnte ein kleiner Teich oder ein winziger Bach sein. Es ging ihnen gut, sie waren glücklich. Allerdings hatten die Karten auf eine drohende Gefahr hingewiesen. Ein großer, dunkler Mann näherte sich von rechts oder links. Regina Kolter wollte wissen, ob ich einen Schnüffler auf den Weg gebracht hatte. Sie bat dringend um Rückruf. Ich tat ihr den Gefallen.

«Lassen Sie mich bitte mit diesem Quatsch in Ruhe. Meine Tochter ist tot.»

Sie widersprach heftig. «Nein, Frau Zardiss, das ist sie nicht. Sie dürfen das nicht glauben. Sie dürfen sich nicht den negativen Schwingungen hingeben, damit blockieren Sie die positiven Ströme. Meine Bekannte sieht auch für Sie eine große Gefahr. Der Tod ist in Ihrer Nähe. Glauben Sie mir, Frau Zardiss, es ist kein Quatsch.»

Minutenlang versuchte sie mich zu überzeugen, dass meine Ansicht zu ihren Methoden sich nur in meiner mangelnden Erfahrung mit Karten, Tischchen und dergleichen begründeten. Um mir das zu beweisen, lieferte sie mir eine exakte Beschreibung des großen, dunklen Mannes. Sie traf auf Kemnich ebenso zu wie auf Klinkhammer und tausend andere Männer mit dunklen Haaren. Auch Udo war dunkelhaarig.

Und während ich mich mit Regina Kolter auseinander setzte, saß er in Klinkhammers Büro – zusammen mit einem Anwalt, den sein Vater ihm besorgt hatte – und widerrief sein Geständnis.

Kurz vor acht erschienen Klinkhammer und Olgert, um die letzten drei Tagebücher abzuliefern und uns von der Wendung in Kenntnis zu setzen.

Es war ein Freitagabend, der 30. September. Olgert begann mit dem Hinweis, dass die Durchsuchung des Anwesens von Wirth und die gründliche Inspektion des grünen Audis leider erfolglos gewesen seien. Dann erklärte er, was Udo im Beisein des Anwalts zu Protokoll gegeben hatte.

Udo hatte Rena an dem Abend gar nicht gesehen. Er war bis um zehn bei seinem Schwager. Dann fuhr er heim, wollte sich in seiner kleinen Wohnung im Anbau verkriechen und sich die Augen aus dem Kopf heulen. Sein Vater ließ das nicht zu.

Der Alte kam aus dem Haus, als Udo gerade seinen Wagen abstellte. Er wies ihn vom Hof. Udo hatte Schwester und Nichten auf dem Gewissen, und ein Mörder hatte auf seinem Grund und Boden nichts zu suchen. Sollte er es wagen, noch einmal einen Fuß durch das Tor zu setzen, wollte der Alte ihn wie einen räudigen Hund über den Haufen schießen.

Udo setzte sich wieder in seinen Wagen und fuhr los, kreuz und quer durch die Gegend. Kurz vor zwölf fand er sich vor Hennessens Einfahrt wieder. Hennessen war noch im Stall. Udo bat ihn um seine Pistole. Er wollte sich erschießen. Hennessen erklärte ihn für übergeschnappt. Es kam zu einem heftigen Streit, in dessen Verlauf Hennessen sagte, wenn Udo sich umbringen wolle, solle er das mit seinem Auto tun. Es gäbe genug Bäume auf der Straße.

Udo fuhr erneut los, diesmal zu der Stelle, an der seine Schwester gestorben war. Er kroch eine Weile durch den Dreck. Dann setzte er sich wieder in den Wagen und fuhr zurück zum Reitstall. Es war kurz vor drei in der Nacht. Bei Hennessen war alles dunkel. Udo war müde und verkroch sich auf der Suche nach einem warmen Plätzchen und einer mitfühlenden Seele bei der verletzten Stute. Er wollte sie nur streicheln, aber plötzlich hielt er ein Messer in der Hand und stach blindwütig auf das Tier ein.

Als er sah, was er angerichtet hatte, warf er sich wieder hinters Steuer und fuhr zur Kiesgrube, diesmal fest entschlossen, sich das Leben zu nehmen. Aber der Teufel will nicht die, die freiwillig zu ihm kommen.

Er schlich zum Haus seiner Schwester, versteckte sich dort für eine knappe Stunde, versorgte das Vieh und fuhr mit Kuhlmanns Auto heim. Es kam zu einem heftigen Streit mit dem Vater, der die halbe Nacht unterwegs gewesen war, Udo zu suchen.

Das dringende Bedürfnis, mit einem Menschen zu reden, der ihn verstand, ließ Udo um sieben Uhr im Kuhstall zum Funktelefon greifen. Er rief bei uns an, weil er mehrfach die Erfahrung gemacht hatte, dass Renas Großvater ein verständnisvoller Mann war. Und bis dahin war meist Renas Großvater an den Apparat gekommen, wenn Udo bei uns angerufen hatte.

Diesmal nicht, eine junge, weibliche Stimme meldete sich. Udo dachte, es sei Rena, und sprach sie mit diesem Namen an. Als er begriff, dass es Renas Schwester war, legte er nach ein paar Sekunden ohne ein weiteres Wort auf.

Er fuhr zum Krankenhaus, wurde kurz nach neun von der Stationsschwester gebeten, das Zimmer zu verlassen, weil er seinen Schwager mit Jammern und Weinen nur unnötig aufregte. Er fuhr wieder heim, sprach mit seiner Mutter über den Unfall in der Kiesgrube und das, was sein Vater ihm in der Nacht vorgeworfen und angedroht hatte. Seine Mutter versprach, mit dem Vater zu reden. Dann kam Klinkhammer und Udo erfuhr, dass Rena verschwunden war.

In der Nacht vor der Beerdigung seiner Schwester versuchte er erneut, mit Renas Großvater über die Stute und alles andere zu reden. Diesmal hatte er Renas Vater in der Leitung und legte wie beim ersten Mal wortlos auf. Erst am nächsten Tag führte der dritte Versuch zum Erfolg, leider mit einem furchtbaren Ergebnis.

Dass er dann noch ein viertes Mal bei uns angerufen hatte, obwohl er mit Sicherheit wusste, dass der verständnisvolle alte Mann im Krankenhaus lag, auch dafür gab es eine Erklärung. Er hatte mit mir reden wollen, mir gestehen, dass er für den Zusammenbruch meines Vaters verantwortlich war, mir sagen, wie Leid ihm das alles tat. Was ich per Band sagte, war zu viel für ihn.

Es gab sogar eine Erklärung für den Widerspruch im Verhalten seines Vaters, der ihn erst Mörder schimpfte und vom Grundstück wies, der dann die halbe Nacht unterwegs war, ihn zu suchen. So ist das eben mit Vätern! In ihrem Schmerz sagen sie Dinge, die sie kurz darauf bereuen. Und dann tun sie alles, um dem einzigen Sohn beizustehen.

«Und jetzt?», fragte Jürgen, als Olgert zum Ende gekommen war.

Klinkhammer hob die Schultern an, ließ sie wieder sinken. Olgert betrachtete seine Hände.

«Sie glauben das doch nicht etwa?», fragte Jürgen.

Klinkhammer schüttelte den Kopf. Olgert räusperte sich. «Der Haftrichter war der Meinung, dass die Beweislage im Augenblick noch nicht ausreicht. Wir mussten ihn freilassen.»

«Freilassen», murmelte Jürgen und fügte nach etlichen Sekunden hinzu: «Gut! Es ist vielleicht besser so. Den Rest übernehme ich.»

Er warf mir einen Blick zu. Ich weiß nicht, ob es ein zärtlicher oder ein verzweifelter Blick war. «Ich habe es meiner Frau versprochen.»

«Machen Sie keine Dummheiten, Herr Zardiss», mahnte Olgert.

«Ich? Dummheiten?», fragte Jürgen erstaunt und lachte leise. «Trauen Sie mir Dummheiten zu? Da unterschätzen Sie mich aber gewaltig. Ich werde Udo von Wirth nicht anrühren. Ich sage Ihnen, was ich jetzt mache. Ab sofort führe ich Buch über jeden Schritt, den ich gehe, über jede Minute jedes Tages. Ich werde mich nur noch dort aufhalten, wo andere in der Nähe sind, die später bezeugen können, dass ich zur fraglichen Zeit in Gesellschaft und weitab vom Geschehen war.» Er lächelte Olgert an, schaute zu Klinkhammer hin. «Ist das in Ihrem Sinne?»

Klinkhammer betrachtete Jürgens angeschlagene Stirn. Die Kerbe war blaurot geschwollen. «Herr Zardiss, seien Sie vernünftig. Ich kann mir vorstellen, wie Ihnen zumute ist. Aber falls von Wirth etwas zustößt ...»

Jürgen unterbrach ihn mit einer lässigen Handbewegung. «Wollen Sie mich etwa zur Rechenschaft ziehen, wenn er sich aufhängt? Oder wenn er sich die Pistole von Hennes holt und sich doch noch eine Kugel in den Kopf schießt?»

Jürgen dozierte wie ein Professor an der Uni. «Wenn ein schwer depressiver und suizidgefährdeter Mann, der schon einmal alle Hebel in Bewegung gesetzt hat, um diese Welt zu verlassen, sein Ziel letztendlich erreicht, ist höchstens seinen Ärzten oder Angehörigen ein Vorwurf zu machen, weil sie Warnsignale übersehen haben.»

Klinkhammer nickte bedächtig, Olgert pulte an seinen Fingernägeln. Jürgen sagte: «Weisen Sie ihn in die Psychiatrie ein, wenn Sie verhindern wollen, dass ihm etwas zustößt. Er hat Ihnen seine Selbstmordabsicht ins Protokoll diktiert, was wollen Sie mehr? Dann haben wir ja auch noch die Sachbeschädigung oder Tierquälerei. Was ist eigentlich mit Hennessen, wie äußert er sich dazu? Er wird doch bestimmt Anzeige erstatten. Was kriegt man für eine bestialisch abgeschlachtete Stute? Na, kommen Sie, ein halbes Jahr muss drin sein. Das Tier war trächtig.»

Olgert erhob sich, Klinkhammer sagte: «Ich glaube, wir gehen jetzt besser. Darf ich Ihnen einen Rat geben? Besaufen Sie sich. Das werde ich auch machen.»

Dann saßen wir da. Jürgen machte keine Anstalten, sich zu besaufen. Es war auch nicht mehr viel im Haus, nur der Grand Marnier und ein Rest Steinhäger im Kühlschrank. Länger als eine halbe Stunde saß er reglos im Sessel und hielt die Augen geschlossen. Dann kam Anne heim, sie hatte den Nachmittag bei Patrick verbracht. Jürgen stand auf, als sie das Wohnzimmer betrat und grüßte, wie sie es immer tat.

«Hallo, Papa.» Und zwei Sekunden später: «Hallo, Mutti.»

Jürgen nahm die drei Tagebücher vom Tisch und verließ den Raum. Ich hörte seine Schritte auf der Treppe. Oben wurde eine Tür geschlossen, danach kam kein Laut mehr. Anne schaute mich an und bewegte unbehaglich die Schultern.

«Geht es ihm immer noch so schlecht? Ich dachte, er wäre wieder in Ordnung. Heute Morgen war er doch in Ordnung.»

«Udo hat sein Geständnis widerrufen», sagte ich und ging in die Küche. Anne folgte mir.

«Und was passiert jetzt?»

«Nichts.» Ich nahm ein Glas, hielt es unter den Wasserhahn, ließ es voll Wasser laufen, kippte es aus, füllte es erneut, kippte es aus, füllte es noch einmal ... Mein Kopf quoll über von einem Vater, der seinen Sohn im ersten Schmerz einen Mörder nannte, dem es bald darauf Leid tat, der die halbe Nacht unterwegs war ...

Anne stand noch ein paar Minuten hinter mir, dann ging sie in ihr Zimmer. Ich ging in die Diele und rief Gretchen an. Sie wusste schon Bescheid.

Frau Ziegler hatte sie informiert, dass Udo wieder im Dorf sei und sich in Kuhlmanns Haus verschanzt habe. Daheim dürfe er sich nicht mehr blicken lassen. Der Alte habe ein Schrotgewehr. Mehr sagte Gretchen nicht. Es gab nicht mehr zu sagen.

Ich rief Hennessen an. Er kam schon beim ersten Klingeln an den Apparat. Aber er wusste es natürlich auch schon. Und mich bei ihm entschuldigen ... Es war nicht mehr nötig. Er sprach mit mir, wie er immer mit mir gesprochen hatte. Udos Widerruf erstaunte ihn nicht, für ihn war das die Wahrheit. Und seine Stute ...

«Dafür muss ich mir wohl selbst ein bisschen Schuld geben», sagte er. «Ich hätte ihn nicht so anschnauzen dürfen, als er bei mir auftauchte und nach der Pistole fragte.»

«Er war also wirklich bei Ihnen? Wann?»

«Gegen zwölf ungefähr. Hab nicht auf die Uhr geschaut. Er war ja auch gleich wieder weg. Und kurz nach ihm tauchte der Alte auf und wollte wissen, ob er sich bei mir verkrochen und was er mir erzählt hatte. Wollte mir die Bude auseinander nehmen. Dann mal los, hab ich gesagt und bin zu Friedel gegangen, das war um halb eins.»

«Und Udos Kleidung?»

Hennessen verstand die Frage nicht. Ich musste deutlicher werden.

«Nee», sagte er, «da war kein Blut dran. Seine Hände waren auch in Ordnung.»

Er konnte sich gewaschen und umgezogen haben, während sein Vater die Leiche wegbrachte.

Als ich später nach oben ging – Anne hatte sich in ihrem Zimmer eingeschlossen und Jürgen in unserem Bad, mit Renas Tagebüchern –, hörte ich sein Weinen durch die geschlossene Tür. Er sprach, ich verstand nicht alles, aber doch genug.

Zweimal den Ausdruck Mäuschen. Einmal sagte er: «Ich will dir jetzt nichts vorlügen. Ich war halt immer sehr mit mir selbst beschäftigt.» Dann sagte er: «Aber es wird eine ordentliche Gerichtsverhandlung geben, das verspreche ich dir. Ein Richter führt den Vorsitz, ich mache den Ankläger, und dann wird das Urteil vollstreckt.»

Bis dahin hatte ich Angst gehabt in allen Variationen. Nun fühlte ich zum ersten Mal, was Panik ist, richtige Panik, das Entsetzen vor etwas, das man kommen sieht und nicht aufhalten kann.

Ich klopfte an die Tür. «Mach auf, Jürgen, ich muss aufs Klo.»

Ich glaube, er hörte mich gar nicht. Er erklärte ihr die Vorzüge der Todesstrafe für den Delinquenten. Einen biederen Bauerssohn zu Schwerverbrechern ins Gefängnis stecken, wo er mit seinem Gewissen und seiner latenten Neigung zum eigenen Geschlecht allein und eine willkommene Beute war, wo er elend vor die Hunde gehen musste, so rachsüchtig wollte er nicht sein. Man musste auch an die Kosten denken. Unkraut gehörte aus dem Boden gerissen und verbrannt.

«Jürgen, mach auf, ich möchte mir die Zähne putzen und ins Bett.» Ebenso gut hätte ich meine Zahnbürste auffordern können, zu mir zu kommen. Ich wartete noch ein paar Minuten, bis ich es nicht mehr aushielt, ihm zuzuhören. Dann putzte ich das Fenster im Esszimmer, das kann man nachts viel besser als am Tag. In der Dunkelheit sieht man jeden Streifen. Nachdem ich das festgestellt hatte, putzte ich auch die anderen Fenster. Anschließend saugte ich die Teppiche ab, wischte die Diele und die Küche, polierte die Tische, Schränke und das Telefon blank.

Als Jürgen am Samstagmorgen nach unten kam, glänzte das Erdgeschoss, als sei Mutter durchgezogen. «So ist's gut», sagte er. «Man muss sich beschäftigen. Solange die Hände in Bewegung sind, hält man es im Kopf aus.»

«Was hast du vor?»

«Frühstücken», sagte er und setzte sich an den Tisch. «Ich hätte gerne zwei Eier, hart, ich möchte sie aufs Brot schneiden.»

Ich kochte vier Eier. Wenn er sich zwei aufs Brot schnitt, wollte Anne das auch tun.

«Und was tust du nach dem Frühstück?»

«Mal sehen», sagte er.

«Du hast gar nicht geschlafen.»

«Du doch auch nicht», sagte er. «Und ich hatte eine Menge zu lesen. Weißt du, Klinkhammer hatte Recht. Ich wusste wirklich nicht, was in ihr vorgegangen ist. Jetzt weiß ich es. Und dieser Schweinehund hat mir die Chance genommen, ihr zu sagen: Mädchen, du bist Klasse. Du bist in Ordnung, bleib, wie du bist.»

Für einen Moment sah es aus, als bräche er erneut in Tränen aus. Er drehte seinen Frühstücksteller mit einem Finger auf dem Rand. Die Lippen hielt er zwischen die Zähne gezogen. Seine Schultern bewegten sich auf und ab, als wolle er eine Verspannung lockern.

«Weißt du, warum sie nicht mit Nita gefahren ist? Sie meinte, das könne sie uns nicht antun. Sie meinte, dass wir sie doch irgendwie lieb hätten. Irgendwie – meinte sie.»

Annes Schritte auf der Treppe ließen ihn verstummen. Er schaute ihr entgegen, lächelte sie an.

«Wenn du mich erträgst, kannst du heute nochmal mit mir in die Stadt fahren. Aber dann musst du dich beeilen. Ich fahre gleich los. Ich will noch rasch ins Krankenhaus und …»

Er brach ab. Anne schaute ihn verständnislos an.

«Ich fahre heute nicht zur Schule, Papa.»

Er lächelte gönnerhaft. «Na ja, du kannst es dir leisten, einen Tag blau zu machen.»

«Heute ist Samstag, Papa.»

«Ach so, ja natürlich», sagte er, erhob sich und lächelte erneut, irgendwie seltsam und geistesabwesend. «Aber ins Krankenhaus fahre ich trotzdem.»

12. Kapitel

Um halb acht verließ Jürgen das Haus. Da dachte ich noch, er wolle nur Vater informieren. Anne sah es auch so, fand allerdings: «Er ist ziemlich durcheinander, was?»

Jürgen hatte sein Frühstück nicht abgewartet. Ich hatte auch keinen Appetit. Anne nahm sich ein hart gekochtes Ei und schnitt es auf eine Scheibe Brot. Nachdem sie gegessen hatte, wollte sie wissen, ob sie mir bei irgendetwas helfen könne. Ich wusste nicht, bei was.

«Dann leg ich mich noch ein Stündchen hin», meinte sie und ging wieder hinauf. Ich räumte den Tisch ab, ging ebenfalls nach oben, um die Betten zu machen. Sie waren zerwühlt, weil ich sie am Freitag nicht gemacht hatte. Ich war nicht müde, nur ein bisschen benommen im Kopf und lahm in den Gliedern. Ich dachte, eine heiße Dusche würde mir gut tun.

Im Bad sah ich die drei Bücher liegen. Ich schlug sie auf und blätterte sie durch. Die meisten Seiten waren zerknittert, einige feucht, die Schrift verschmiert. Lesen konnte ich nicht. Allein ihre Schrift zu sehen brannte in den Augen. Und die Gedanken …

Jürgen wird ihn umbringen! Ich glaubte es nicht, ich fühlte es nicht, ich wusste es. Er will nicht zu Vater. Wenn er wirklich ins Krankenhaus fährt, dann nur, um sich irgendetwas, vielleicht ein Betäubungsmittel oder ein starkes Medikament, zu besorgen. Man kennt ihn dort gut, man mochte ihn immer. Man wird ihm geben, was er haben will! Weil man weiß, dass seine Tochter …

Ich verzichtete auf die Dusche, fuhr nur mit dem Kamm durchs Haar und rannte zur Scheune. Zwanzig Minuten später stand ich an Vaters Bett. Mutter war nicht im Zimmer, Jürgen auch nicht. «War Jürgen bei dir?»

«Bis vor ein paar Minuten», sagte Vater. «Er hat sich nicht lange aufgehalten, hat mich nur kurz informiert. Ich habe dir ja gesagt, dass es so kommen wird.»

«Hat Jürgen sonst noch etwas gesagt?»

«Nein.» Vater schien erstaunt. «Was soll er denn sonst noch gesagt haben?»

«Er will Udo umbringen.»

Vater lächelte wie ein weiser, alter, verständnisvoller Mann. «Vera, ich bitte dich. Du weißt doch, wie das ist. Man sagt viel in solch einer Situation. Erinnere dich, was hast du gemacht, als du annehmen musstest, Hennessen hätte Rena etwas angetan?»

Sein Lächeln verstärkte sich. «Jürgen wird nichts Unüberlegtes tun, mach dir um ihn keine Sorgen.»

Das tat ich aber. Nichts Unüberlegtes! Ich dachte auch eher an etwas besonders gut Überlegtes. «Hat er dir gesagt, wohin er wollte?»

«Wieder nach Hause, nehme ich an. Ausdrücklich gesagt hat er es nicht.»

«Dann hätte er mir begegnen müssen. Ich habe ihn nicht gesehen unterwegs.»

Ich hatte keine Ruhe, noch länger bei Vater zu sitzen, fragte nur noch: «Wo ist Mutter?»

Er lächelte immer noch, gelöst und zufrieden.

«Ich habe sie losgeschickt, mir ein anständiges Frühstücksbrötchen und eine Zeitung zu besorgen. Das Brot hier ist so pappig, es schmeckt mir nicht. Und deine Mutter braucht ein bisschen Bewegung und frische Luft. Aber freiwillig geht sie ja nicht.»

Nur eine Viertelstunde später war ich wieder daheim. Jürgen saß im Esszimmer vor einem Stapel Patientenkarten. Er war ruhig, wirkte ebenso gelöst und zufrieden wie Vater.

«Wo warst du?»

«Bei Vater. Habe ich doch gesagt. Dann habe ich mir noch schnell den Papierkram aus der Praxis geholt. Ich dachte, ich mach das hier in aller Ruhe.»

«Was?»

«Die Abrechnung, Vera. Gestern war Quartalsende. Ich bereite so weit alles vor, dann kann Jasmin es am Montag rasch in den Computer tippen.»

«Aber das ist doch alles im Computer.»

Er lächelte mich nachsichtig an. «Nicht alles, Vera. Nun lass mich arbeiten. Du hast doch sicher auch noch was zu tun. Was hältst du davon, ein paar Einkäufe zu machen?»

«Nichts», sagte ich.

Ich blieb den ganzen Samstag in seiner Nähe, ließ ihn nicht aus den Augen. Die notwendigen Einkäufe übernahmen Anne und Patrick. Auch am Sonntag wich ich nicht von seiner Seite. In der Nacht zum Montag erzählte er mir, dass Vater im Laufe der kommenden Woche in die Reha-Klinik verlegt werde. Wir lagen schon eine Weile im Bett, als ihm das einfiel.

«Dann dauert es nicht mehr lange und sie sind beide wieder hier. Ich glaube, ich sollte mich um den Garten kümmern, was meinst du? Ich werde ja wohl imstande sein, ein bisschen Unkraut zu rupfen. Oder ich engagiere Otto für einen oder zwei Tage. Sonst bekommt Vater den zweiten Schlag, wenn er heimkommt.»

Am Montag fuhren wir zusammen in die Praxis. Anne fuhr mit dem Rad ins Dorf, kettete ihr Gefährt an der Haltestelle an und nahm den Schulbus. Beim Mittagessen erzählte sie uns von Armin, der bei Udos Geständnis den Schock seines Lebens bekommen hatte. Armins Vater wollte nun die Polizei verklagen.

Der Nachmittag war ruhig, obwohl viel zu tun war in der Praxis. Aber die Ruhe war auch mehr in meinem Hirn. Ich konnte immer nur für die nächsten zwei oder drei Minuten denken. Wenn ich versuchte weiterzudenken, landete ich unweigerlich in einem schwarzen Loch, mitten im Nichts, mitten im Tod.

Der Abend war noch ruhiger. Anne fuhr mit Patrick ins Kino, kam kurz nach elf zurück, da hatten wir gerade unseren Schlummertrunk geleert und waren auf dem Weg nach oben.

Am Dienstag wurde Rudi Kuhlmann aus dem Krankenhaus entlassen. Das war der 4. Oktober. Gretchen rief abends an, um uns zu erzählen, Kuhlmann sei wieder daheim. Mit Udo unter einem Dach!

«Wenn das nur gut geht», sagte sie. «Früher war Kuhlmann ein vernünftiger Mensch. Solange Annegret da war, wusste er immer, was gut und richtig ist. Wenn er's nicht selbst wusste, hat sie's ihm schon erklärt. Aber jetzt ... Der Alte gibt einfach keine Ruhe.»

Und am Donnerstag kam Klinkhammer in die Praxis. Komisch, es waren immer die Donnerstage, an denen die Katastrophen geschahen.

Es war schon spät, nach sechs. Sandra Erken war zu ihrem Arbeitsrhythmus zurückgekehrt und um zwölf gegangen. Den größten Teil des Nachmittags hatte ich im Labor verbracht. Ich wollte zu Jürgen in den Untersuchungsraum und sah Klinkhammer bei Jasmin an der Anmeldung stehen.

Das Erste, was mir auffiel, war seine Frisur. Er hatte sich die Haare schneiden lassen. Sie waren so kurz, dass er nur noch einen Schwamm brauchte, um sich zu frisieren. Er drehte sich zu mir um, als er meine Schritte hörte. Sein nacktes Gesicht sah aus, als hätte man ihm Sellerie und Möhren zu Mittag serviert. Seine Stimme klang, als würge er noch an den matschigen Brocken. «Ist Ihr Mann zu sprechen?»

Ich führte ihn ins Sprechzimmer und sagte Jürgen Bescheid. Er kam ein paar Minuten später. In der Zeit hatte Klinkhammer mich mit diversen Blicken gemustert, die ich nicht einschätzen konnte, die mir nur Angst machten.

Jürgen setzte sich hinter den Schreibtisch, bot Klinkhammer den Platz davor an. Er zog es vor, stehen zu bleiben, fixierte Jürgen.

«Rudi Kuhlmann ist tot!»

Danach war es so still, dass ich Jasmin durch die geschlossene

Tür atmen hörte. Jürgen saß da wie aus Wachs gegossen. Ich fand, ich sollte irgendetwas sagen, aber ich hatte nichts im Kopf, nur Tote. Annegret tot, die beiden Kinder tot, Kuhlmann tot, die Stute tot, André Menke tot, Rena…

«Der arme Kerl», sagte Jürgen nach einer Ewigkeit.

Klinkhammers Blick saugte sich an Jürgens Miene fest. Seine Stimme klang wie mit Sägespänen bestreut. «Tragische Sache! Er hat sich in seiner Scheune aufgehängt. Und dabei sah es so aus, als hätte er sich gefangen. Sonst hätte man ihn ja kaum aus dem Krankenhaus entlassen. Sie waren am Samstag bei ihm, habe ich gehört?»

Jürgen nickte. «Nur für ein paar Minuten. Ich kenne … Ich kannte Rudi Kuhlmann ja gut. Ich war bei meinem Schwiegervater, und da dachte ich, ich schau mal rein und sage Rudi guten Tag.»

«Und sonst haben Sie ihm nichts gesagt?»

Jürgen zuckte mit den Schultern. «Doch, natürlich. Das Übliche. Dass es mir Leid tut um seine Frau und die Kinder. Dass ich nachempfinden kann, wie ihm zumute ist, aber dass das Leben trotzdem irgendwie weitergeht. Etwas in der Art.»

Klinkhammer nickte mit zusammengepressten Lippen. «Über seinen Schwager haben Sie also nicht mit ihm gesprochen?»

Jürgen schüttelte den Kopf.

Klinkhammer grinste wie ein Hund mit gefletschten Zähnen. «Sind Sie ganz sicher? Ich meine, wir sind hier unter uns, Herr Zardiss. Und ich würde es verstehen, wenn Sie zum Beispiel gesagt hätten: Ist das nicht eine Schande? Dieser Kerl hat vier Menschenleben auf dem Gewissen, und er läuft frei herum.»

Jürgen schüttelte erneut und sehr bestimmt den Kopf. «Nein! Das habe ich mit Sicherheit nicht gesagt.»

Klinkhammer atmete tief durch und schaute zum Fenster. «Es ist irgendwie komisch», sagte er wie in Gedanken versunken. «Da liegt dieser Mann wochenlang auf dem Rücken, starrt die Zimmerdecke an und ist nicht ansprechbar. Und kurz nach Ihrem Besuch sagt er zur Krankenschwester: Wird Zeit, dass ich heimgehe. Ich muss mich ums Vieh kümmern. Das kann ich doch nicht diesem Schweinehund überlassen. Ist das nicht eine Schande? Der Kerl hat vier Menschenleben auf dem Gewissen und er läuft frei rum. Er hat sich bei mir einquartiert.»

Mir wurde übel. Statt all der Toten rumpelten mir plötzlich Jürgens Worte von der ordentlichen Gerichtsverhandlung durch den Kopf. «... Urteil vollstreckt!» Daran blieb ich kleben.

Jürgen lächelte kalt. «Sie sind bei mir an der falschen Adresse, Herr Klinkhammer. Reden Sie lieber mit dem alten von Wirth oder hören Sie sich im Dorf um. Fragen Sie ein paar Leute, die bei Annegret Kuhlmanns Beerdigung waren. Da sind ganz andere Ausdrücke gefallen als Kerl und Schweinehund. Der Alte hat seinen Sohn als Mörder bezeichnet.»

«Das weiß ich», sagte Klinkhammer. «Aber er hat nur von einem Menschenleben gesprochen, nicht von vier.»

Jürgen lächelte weiter und nickte dabei versonnen. Wie Klinkhammer sagte er: «Das weiß ich! Und ich habe mich ein paar Mal gefragt, ob sich das auf seine oder auf meine Tochter bezog. Ich meine, wenn es um Annegret ging, hätte der Alte von drei Leben sprechen müssen. Immerhin sind bei dem Unfall auch seine beiden Enkelkinder umgekommen. Der Alte ist ein Ekel, aber verrückt ist er nie gewesen und zählen konnte er auch immer. Davon abgesehen, denke ich, selbst wenn ihn Annegrets Tod ins Mark getroffen hat, er wird noch in der Lage gewesen sein, zwischen einem Autounfall und einem Mord zu unterscheiden. Und wenn es beim Mord an ihm hängen blieb, die Leiche zu beseitigen, konnte der Mörder auch ihm gefährlich werden. Oder sehe ich das falsch?»

«Nein», sagte Klinkhammer, lächelte nun ebenfalls und genauso kalt wie Jürgen. Mir wurde heiß unter den Blicken, mit denen sie sich anbohrten. Mir polterten keine Toten und keine vollstreckten Urteile mehr durchs Hirn, nur die Bitte: «Sei still! Sei um Himmels willen still. Klinkhammer hat nicht von Udo gesprochen. Er hat nur gesagt: Kuhlmann ist tot. Also sei still. Du redest dich um Kopf und Kragen.»

«Das sehen Sie völlig richtig», sagte Klinkhammer und ging zur Tür. Bevor er sie öffnete, sagte er mit abgewandtem Rücken: «Ach, das hätte ich jetzt beinahe vergessen. Dem Alten wird niemand mehr gefährlich. Bevor Rudi Kuhlmann sich aufgehängt hat, hat er seinem Schwager den Schädel gespalten.»

Er drehte sich noch einmal zu Jürgen um. Seine Miene war wie aus Granit gemeißelt. «Mit einer Axt, womit auch sonst. Er hat ihn auf dem Hauklotz festgebunden. Es sieht nicht so aus, als hätte Udo von Wirth sich großartig zur Wehr gesetzt. Das war eine Hinrichtung, Herr Doktor. Und ich frage mich, wer sie in Auftrag gegeben hat. Schönen Tag noch.»

Jürgen schaute auf die Tür, die sich hinter Klinkhammer schloss. «Aber sicher», sagte er leise. Dann schaute er mich an. «Nun hat der Teufel Udo doch nehmen müssen, was? Er ist ja nicht freiwillig gekommen.»

«Jetzt werden wir nie erfahren, was er mit Rena gemacht hat und wo sie ist.»

Jürgen lächelte sanft, wehmütig und endgültig. «Was er mit ihr gemacht hat, will ich gar nicht wissen. Und wo soll sie schon sein, Vera? Im Himmel, bei den fliegenden Pferden.»

Irgendwie ging es weiter – nur irgendwie. Wie soll es auch sonst gehen, wenn das Leben ein Loch hat? Es gab Tage, da fühlte ich mich zwischen Aufstehen und Schlafengehen wie ein Automat. Es gab andere Tage, da fehlten mir abends ein paar Stunden.

Ich wusste immer genau, wo ich die fehlende Zeit verbracht hatte, im Parlamentsviertel in London oder am Bahnhof in Frankfurt, manchmal war ich auch am Hamburger Hafen gewesen, aber dort nur selten.

Es gab Nächte, da sackte ich weg wie ein Stein im Wasser, kaum dass ich die Augen geschlossen hatte. Und es gab andere Nächte, da war ich unterwegs. Obwohl ich neben Jürgen im Bett lag, saß ich im Auto und war auf dem Weg nach Irgendwo.

Nichts war mehr wie früher, aber alles normalisierte sich. Morgens die Praxis, mittags der Kochtopf, nachmittags die Praxis, abends ein bisschen Haushalt. Wir teilten redlich, die Einkäufe für Jürgen oder Anne, Staubsauger und Waschmaschine für mich. Es blieb viel liegen, damit Mutter, wenn sie irgendwann zurückkam, auf Anhieb sah, wie unentbehrlich sie uns war.

Rudi Kuhlmann und Udo von Wirth wurden beerdigt. Es muss ein armseliges Begräbnis gewesen sein. Die Grabrede hielt ein Mann vom Beerdigungsinstitut, der alte Pfarrer hatte sich geweigert, einen Selbstmörder und Mörder würdig unter die Erde zu bringen. Ob er mit ‹Mörder› Rudi Kuhlmann oder Udo von Wirth meinte, erfuhren wir nicht.

Am Grab standen nur Hennessen, Scherer und Otto. Gretchen erzählte abends am Telefon, Udos Mutter habe sich in einigen Meter Entfernung in die Büsche gedrückt. Otto hatte es so erzählt.

Vater wurde in die Reha-Klinik verlegt und lernte, sich mit Hilfe eines Stocks vorwärts zu bewegen. Er wollte nicht, dass wir ihn besuchten. «Tut so, als seien wir in Urlaub», sagte er. «Wir brauchen alle ein bisschen Ruhe und Abstand.» Mutter quartierte sich in einem Hotel in seiner Nähe ein.

Anne redete sich wieder mit Abiturvorbereitungen heraus, wenn sie keine Lust hatte, ihre Blusen selbst zu bügeln. Meist war sie bei Patrick, wenn wir am frühen Abend heimkamen. Manchmal fanden wir einen Zettel mit einer Nachricht neben dem Telefon, manchmal nicht. Manchmal zeigte das Zählwerk des Anrufbeantworters eine Eins. Die Ansage hatte Jürgen wieder geändert. Manchmal hatte Gretchen angerufen und hinterlassen, was Frau Ziegler im Dorf verbreitete.

Dass der alte von Wirth dem halben Dorf mit Verleumdungsklagen drohte. Dass Udos Mutter dreimal täglich in der Kirche saß und sich die Hände wund betete. Dass Kuhlmanns Hof zum Verkauf stand. Dass Hennessen mit dem Gedanken spielte, das dazugehörige Land zu erwerben, vielleicht auch Wohnhaus und Nebengebäude. Einen Reiterhof wollte er eröffnen.

Manchmal war es Regina Kolters Stimme, die mich mit Neuigkeiten über das zufriedene Leben junger Mädchen in Grün und Blau versorgte. Anfangs bekam Jürgen noch Tobsuchtsanfälle, wenn ich ihre Botschaften abhörte, später kümmerte er sich nicht mehr um den Humbug.

Einmal erzählte Regina Kolter, dass sie einen Versuch mit dem Schreibbrett unternommen hätten. Es war natürlich ein durchschlagender Erfolg geworden. Es war ihnen gelungen, André Menke zu interviewen. Nun wussten sie genau, was geschehen war.

Montagmorgen in Frankfurt. Es regnet. Nita geht es sehr schlecht. Rena schlüpft in ihr Regencape und bricht auf, um ein Medikament zu besorgen. Wenig später klopft es an die Hecktür des Busses. Menke öffnet, weil er annimmt, Rena käme zurück. Aber vor ihm stehen drei Skinheads. Sie schlagen sofort zu.

André Menke löst sich gezwungenermaßen von seinem Körper und muss hilflos unter der Decke schwebend zuschauen, wie Nita von einem der Kerle Gewalt angetan, wie sie anschließend aus dem Bus geworfen wird. Menkes nutzloser Leib fliegt hinterher auf die Straße.

Sein Astralkörper war selbstverständlich bei Nita geblieben, hatte als guter Geist über sie gewacht, dafür gesorgt, dass sie eine warme Stube und ein Telefon erreichte und wieder mit Rena zusammenfand.

Was soll man sagen zu solch einem Quatsch? Wenn es Regina Kolter half, ihren Schmerz zu bewältigen – mich machte es nur müde. Sei vernünftig, Vera! Vernunft glaubt nicht an Humbug. Vernunft bedauert die armen Geschöpfe, die sich an dreibeinige Tischchen, Tarot-Karten, Schreibbretter oder andere unsinnige Hilfsmittel klammern, um ihr Leben zu meistern. Vernunft meistert es auf andere Weise, sieht den Schmerz als wildes Tier und wehrt sich nach Kräften, von diesem Tier zerfleischt zu werden.

Ab und zu tauchte Klinkhammer auf, um sich ein wenig Frust von der Seele zu reden und zu beteuern, dass sie am Ball blieben. Ich fragte mich immer, an welchem Ball. Beschuldigungen gegen Jürgen erhob er nicht mehr. Er hatte sich auf Udos Vater eingeschossen. Aber der alte von Wirth war ein zäher Hund. Von ihm würden sie nie erfahren, was mit Rena geschehen war.

In den Wochen bis Mitte November wusste ich nicht, was ich glauben sollte. Einmal dachte ich so und einmal so. Einmal dachte ich, dass die von Wirths ihre Katastrophe hatten und wir unsere. Und dass beide nichts miteinander zu tun hatten. Sie hatten auch keinerlei Ähnlichkeiten. Die von Wirths wussten immerhin, warum ihr Leben zerbrochen war. Wir wussten es nicht. Und unsere Blumen verwelkten im warmen Zimmer statt auf einem Grab.

Es passierte nichts, absolut nichts von Bedeutung. Wenn man davon absieht, dass ich einmal einen Streit mit Jürgen hatte. Ich weiß nicht mehr, welcher Tag es war. Ich weiß nur noch, dass ich an dem Morgen Besorgungen machen musste und erst gegen elf in die Praxis kam.

Sandra Erken war im Labor. Jasmin saß an der Anmeldung und telefonierte. Sie deutete zum kleinen Untersuchungsraum hinüber. Das hieß, Jürgen machte gerade Ultraschall. Ich stand ein paar Minuten bei Jasmin, unterhielt mich mit ihr. Aber ich weiß beim besten Willen nicht, worüber. Wahrscheinlich über die beiden Frauen im Wartezimmer, deren Karten sie bereitgelegt hatte. Oder über Freda Jankowik, die bei Jürgen war. Von da an erinnere ich mich.

Jasmin sagte: «Den Termin vor drei Wochen hat sie sausen lassen. Da wollte sie lieber mit ihrem Freund verreisen und hat sich einen Termin für nächste Woche geben lassen. Und eben steht sie hier und heult mir was vor. Sie will Ihnen ja nichts, aber sie hat so ein ungutes Gefühl. Ihr Freund hat sich die Ultraschallaufnahme angeschaut und meint, da stimmt etwas nicht. Sie muss unbedingt mit dem Doktor reden. Jede Wette, jetzt redet sie so lange auf ihn ein, bis er ihr grünes Licht und eine Adresse gibt. Aber jetzt ist es ein bisschen spät, es ist doch schon der vierte Monat.»

Jasmin grinste. «Sandra hat ja auch gesagt, die will's loswerden. Ich geb was auf das Gerede vom Freund. Der ist nämlich noch verheiratet. Und ich glaub nicht, dass er sich scheiden lässt. Ich kenne ihn, das heißt, ich kenne seine Frau und seine Kinder. Er hat schon zwei, und die sind noch verdammt klein. Da wird er sich dreimal überlegen, wo ihn der Unterhalt billiger kommt.»

Es klang so normal, nach Alltag. Es war auch normal, es ging eben weiter im Alltag – für andere. Für mich nicht. Ich rutschte so oft auf Knien ein Stück zurück. Nur im Geist, es tat trotzdem weh, sich plötzlich vor der Tür ihres Zimmers wieder zu finden oder am Telefon in der Diele. Da stach mir das Freizeichen ins Ohr, aber es nahm niemand ab, und ich sagte zu Jürgen: «Sie sind bestimmt noch im Stall. Ich fahre gleich los.» Und dann blinzelte ich und stand im Labor oder neben dem Untersuchungsstuhl oder bei Jasmin an der Anmeldung.

Ein paar Minuten später kam Freda Jankowik gefolgt von Jürgen aus dem Untersuchungsraum. Sie sah aus, als habe sie gerade eine furchtbare Nachricht erhalten. Als sie mich sah, drehte sie ihr Gesicht zur Seite und begann zu weinen. Jürgen legte ihr eine Hand auf den Arm. «Denken Sie noch einmal in Ruhe über das nach, was ich Ihnen gesagt habe. Wir sehen uns dann in einer Woche. Und wenn Sie sich entschieden haben, kümmere ich mich sofort um einen Platz in der Klinik.»

Dann winkte er mich ins Sprechzimmer. Er begann wie Klinkhammer, als sie uns die Tagebücher auf den Tisch knallten. Genauso knallte er den Abzug des Ultraschallbildes hin, das ich Freda Jankowik ausgehändigt hatte.

«Ein Baby, ja?» Sein Finger tippte wie ein Specht am Baumstamm auf das Bildchen. «Und was ist das hier?»

«Reg dich bloß nicht auf», sagte ich, als ich das winzige Köpfchen erkannte, das ich an jenem Morgen für den Rücken gehalten hatte. «Das erhöht nur ihre Chancen, geheiratet zu werden. Wenn die Sache zwei zu zwei steht, fällt ihrem Freund die Entscheidung vielleicht nicht so schwer.»

Jürgen starrte mich an. «Zwei zu zwei?»

«Ihr Freund ist verheiratet und hat zwei Kinder. Jasmin hat es mir gerade erzählt. Wenn Freda Jankowik nun Zwillinge bekommt ...»

Jürgen starrte mich immer noch an, aber jetzt war sein Blick anders. «Du hast es nicht gesehen. Zwillinge!» Er stieß die Luft aus und schüttelte den Kopf. «Wie lange machst du das jetzt schon? Fast zwei Jahre! Und du erinnerst dich doch bestimmt noch an Frau Terjung. Weißt du noch, wie du gejubelt hast: Das sind Zwillinge. Und weißt du auch noch, was dich zum Jubeln brachte?»

Natürlich wusste ich es noch. Der zweite Herzschlag. Aber ich verstand Jürgens Wut noch nicht ganz. «Ich will mich nicht mit irgendetwas herausreden», sagte ich. «Aber ich darf dich vielleicht daran erinnern, dass du dich an dem Tag außerstande fühltest, in die Praxis zu fahren. Ich bin gefahren und habe meine Arbeit getan und deine! Es tut mir Leid, wenn mir dabei etwas Wesentliches entgangen ist. Ich habe kein zweites Herz gesehen.»

«Das konntest du auch nicht», erklärte Jürgen kalt. «Es ist nämlich nur eins da. Aber du hättest den zweiten Kopf sehen müssen, wenn du nur mal richtig hingeschaut hättest. Sie hat dich doch noch drauf aufmerksam gemacht. Das sagte sie jedenfalls. Hier bitte, schau es dir an. Es ist deutlich zu sehen.»

«Es tut mir Leid ...», begann ich.

«Das sollte es auch», unterbrach er mich. «Du hast gedacht, sie will eine Abtreibung. Den Floh hatte Sandra dir ins Ohr gesetzt, die kauf ich mir auch noch. Aber, Herrgott nochmal, Vera, wenn dir morgen einer erzählt, die Erde sei doch eine Scheibe, glaubst du das auch?»

«Es tut mir Leid, ich ...»

«Da scheiß ich drauf», unterbrach er mich erneut. «Dafür, dass es dir Leid tut, kann sich keiner etwas kaufen. Jetzt werde ich dir mal etwas erzählen. Und das darfst du unbesehen glauben. Freda Jankowik will keine Abtreibung. Sie will dieses Geschöpf in die Welt setzen. Vor ein paar Wochen hätte sie vielleicht noch zugestimmt, aber jetzt spürt sie bereits Leben. Und sie meint, eines der Babys sei vielleicht lebensfähig. Das kann ich mir kaum vorstellen, es sind praktisch nur zwei Köpfe auf einem Körper mit vier Armen und vier Beinen. Weißt du, was sie sagte? Ich müsse doch wissen, was sie fühlt. Man könne nicht freiwillig ein Kind hergeben.»

Es tat mir Leid, das tat es wirklich, aber ich wollte es nicht noch einmal sagen müssen.

«Ich dachte, es ist der Rücken.»

«Du dachtest! Verdammt nochmal, Vera. Wenn du dir deiner Sache nicht sicher warst, warum hast du nichts gesagt?»

Ich war mir sicher gewesen! An dem Tag war ich es; sicher, dass Freda Jankowik nur ein Baby bekam und dass Udo von Wirth meine Tochter nicht getötet haben konnte, dass sein Geständnis sich nur auf die Fuchsstute bezog. Nun erwies sich eines davon als Irrtum.

Dann saßen wir an einem Abend in der ersten Dezemberwoche zusammen im Wohnzimmer. Jürgen und ich. Anne war mit Patrick ins Kino gefahren und hatte gesagt, es könne spät werden, wir sollten uns keine Sorgen machen. Das taten wir auch nicht, um Anne hatten wir uns nie ernsthafte Sorgen gemacht. Um Rena machten wir uns auch keine mehr.

Nach drei Monaten hat man sich an die Leere gewöhnt, an die Fragen und den Schmerz, dieses stets gegenwärtige dumpfe Bohren im Innern. Nach drei Monaten erinnert man sich kaum noch daran, dass es eine Zeit gab, in der man sein Inneres gar nicht fühlte.

Wir nippten an unserem Schlummertrunk, immer noch Grand Marnier. Jürgen machte einen Scherz, dass wir die letzten vierzehn Tage abendlicher Ruhe genießen und bis zur letzten Sekunde auskosten sollten. Mitte Dezember wollte Vater wieder daheim sein. Die Ärzte sahen das anders, aber sie kannten Vater nicht.

Es war kurz vor elf, als das Telefon klingelte. Jürgen schaute mit gerunzelter Stirn in die Diele. Wir rechneten beide damit, Regina Kolters Stimme zu hören. Tagsüber rief sie nicht mehr an. In der letzten Novemberwoche hatte sie es dreimal am Abend versucht in der festen Überzeugung, dass wir daheim wären. Das waren wir auch, wir waren nur nicht ans Telefon gegangen, obwohl sie jedes Mal dringend darum bat. Aber ich konnte nichts mehr hören von Tischchen, Karten und Brettern. Nur deshalb hing der Anrufbeantworter noch ständig an der Leitung.

Das Gerät schaltete sich ein. Jürgens Stimme sagte den knappen Spruch auf. Dann kam die andere Stimme: «Hier ist der sechste Dezember, zweiundzwanzig Uhr dreiundfünfzig. Eins, zwei, drei, vier, fünf, sechs, sieben …»

In der allerersten Sekunde wurde Jürgen blass. Ich sah, wie er zusammenzuckte, als er eine Männerstimme hörte. Dann wurde er wütend. «Was soll der Quatsch?»

Er stemmte sich aus dem Sessel. Ich war schneller, huschte an ihm vorbei in die Diele, riss den Hörer hoch. «Vera Zardiss.»

«Kemnich», sagte er. «Da habe ich ja Glück. Ich war mir nicht sicher, ob Sie schon im Bett liegen.»

Ich hatte ihn fast vergessen. Nein, das stimmt nicht. Ich hatte nur gedacht, dass ich nie wieder von ihm hörte.

«Ich dachte», sagte er, «es wird Zeit für einen kleinen Zwischenbericht. Ich habe sie noch nicht, um das mal vorweg zu nehmen. Aber ich bin ihr dicht auf den Fersen.»

Jürgen stand mit gerunzelter Stirn und zusammengekniffenen Augen neben mir. Ich hatte das Gerät nicht abgeschaltet. Er hörte jedes Wort.

«Sie hat bis vor ein paar Tagen in einer Art Kommune gehaust», sagte Kemnich. «Das war ein Sozialprojekt, Integrationsmaßnahmen und so, ist aber gescheitert. Die hatten sich einen alten Schuppen hergerichtet, war mal ganz nett. Inzwischen sieht es da wieder aus wie kurz nach dem Krieg. Von der ursprünglichen Mannschaft ist keiner mehr da. Was sich jetzt da aufhält ist, na, sagen wir mal, ziemlich weit unten, aber noch darum bemüht, ein Dach über dem Kopf zu haben.»

«Und sie war da?»

«Ja, das steht fest», sagte Kemnich. «Sie sieht wohl nicht mehr so aus wie auf den Fotos, die ich mir von ihren Freunden besorgt hatte. Aber sie war es mit Sicherheit. Nur wo sie hin ist, weiß ich noch nicht. Ich habe da ein paar widersprüchliche Auskünfte bekommen. Es ging ihr nicht so besonders. Und wenn die Typen einem sagen, nicht so besonders, heißt das im Klartext, verdammt dreckig. Ein Mädchen sagte, sie ist zurück nach Hause. Das ist sie eindeutig nicht, habe ich schon überprüft. Ein anderes Mädchen sagte, Blacky wollte sie ins Krankenhaus bringen. Darum kümmere ich mich morgen früh. Ich melde mich dann gegen Abend wieder.»

Ich kam nicht dazu, eine Frage zu stellen oder mich von Kemnich zu verabschieden. Jürgen drückte die Gabel nieder und nahm mir den Hörer aus der Hand. Er legte ihn auf, als hielte er ein rohes Ei zwischen den Fingern. Dann griff er nach meinem Arm, führte mich zurück ins Wohnzimmer und drückte mich in meinen Sessel. Er blieb vor mir stehen. Eine Erklärung wollte er nicht.

Er hielt sich auch nicht auf mit Fragen wie: «Wer ist Kemnich? Wem ist er auf den Fersen? Was hat dich auf die verrückte Idee gebracht, einen Privatdetektiv einzuschalten? Woher hast du das Geld genommen?» Er ging sofort zum Angriff über. «Hast du völlig den Verstand verloren? Was soll dieser Unsinn? Warum tust du dir das an, Vera?»

Er sprach, als habe er dabeigestanden, als ich Kemnich den Auftrag gab, Nita zu suchen. Dass mit Kemnichs lapidarem Sie Rena gemeint sein könnte, zog er nicht eine Sekunde lang in Betracht. «Was hast du davon, wenn er das Kolter-Weib aufspürt? Ruft die Kolter deshalb ständig hier an? Sie ist wohl nicht ganz einverstanden, was? Das wäre ich auch nicht an ihrer Stelle. Da war sie dieses Herzchen glücklich losgeworden, und du gehst hin …»

«Du hast ja keine Ahnung», unterbrach ich ihn.

Er grinste. «Ich will auch keine Ahnungen, Hauptsache, du hast welche, und die Kolter hat ja auch einige. Ich sag dir was, Vera. Wenn du jetzt wieder anfängst mit Frankfurt und London, können wir beide einen Wettbewerb machen. Wer ist schneller im Kofferpacken. Ich bin schneller, das garantiere ich dir.»

Bevor ich etwas sagen konnte, rannte er hinaus, stürmte die Treppe hinauf, oben knallte eine Tür. Und ich dachte, er hat Recht. Was habe ich davon? Mein Kind ist nicht in Frankfurt und nicht in London. Wenn sie bei Nita gewesen wäre, hätte Kemnich das erwähnt. Er hätte zumindest eine Andeutung gemacht, und sei es nur, um mir klarzumachen, dass er mehr Geld haben wollte.

Ich ging Jürgen nach, wollte in Ruhe mit ihm reden, ihm erklären, dass Kemnich in die Zeit der Ungewissheit fiel, dass ich, wenn ich gewusst hätte, was ich wenig später erfuhr, auf seine Dienste verzichtet hätte. Ich wollte mich entschuldigen und sagen, dass es auch ein wenig seine Schuld war. Weil er mich belogen hatte und betrogen. Weil er seine Gedanken, Ängste, Probleme und den Stand der Ermittlungen lieber mit Eva Kettler besprach als mit mir. Aber wenn ich Eva Kettler ins Spiel gebracht hätte … Und als ich ins Schlafzimmer kam, stand er am Fenster und sagte: «Halt den Mund, Vera. Halt einfach den Mund, das ist besser, glaub mir.»

Der Mittwoch war ein einziges Fiasko. Beim Frühstück verbarrikadierte Jürgen sich hinter der Zeitung. Anne teilte kurz mit, dass sie nach der Schule nicht heimkäme, sondern zu Patrick und so weiter. Jürgen verlangte, dass ich schon morgens mit meinem Auto fuhr. Nicht einmal während der kurzen Fahrt in die Stadt wollte er sich dem Risiko einer Unterhaltung aussetzen.

Am Vormittag sprach er keine drei Worte mit mir. Am Nachmittag hatte er angeblich wichtigen Papierkram zu erledigen und wollte dafür seine Ruhe haben. Er fuhr in die Praxis, ich blieb daheim. Und es kam ein Punkt, da hätte ich den Telefonstecker am liebsten aus der Wand gezogen.

Um mich daran zu hindern, telefonierte ich eine halbe Stunde mit Vater, auch ein paar Minuten mit Mutter. Vater war sehr reserviert, jedoch bereit, die Schuld auf sich zu nehmen. Sollte Jürgen mir noch eine Szene wegen Kemnich machen, durfte ich behaupten, auf Befehl von oben gehandelt zu haben. Dann reichte er den Hörer weiter.

Und Mutter sagte: «Ich verstehe nicht, worüber Jürgen sich aufregt, Vera. Wenn wir wissen, wo dieses Kolter-Mädchen ist, können wir sie wenigstens fragen, warum sie Renas Fahrrad zum Bahnhof gebracht haben. Es würde mich doch interessieren, wessen Idee das war.»

«Mich auch», sagte ich.

Ihre Stimme klang merklich gedämpfter, als sie weitersprach. «Wir sollten dieses Mädchen auch fragen, warum sie vier Stunden bei Hennessens Anwesen gewartet haben. Mir ist das alles nicht so klar wie deinem Vater, deinem Mann und der Polizei.»

«Mir auch nicht», sagte ich und dachte, komisch, nach dreißig Jahren sprechen wir miteinander, und ausgerechnet am Telefon.

«Bist du noch da, Vera?», fragte Mutter.

«Ja.»

«Wenn man es richtig bedenkt», nun flüsterte sie fast, «wissen wir nichts. Und wenn ich etwas hasse, dann sind es offene Fragen. Du informierst uns doch, sobald sich etwas Neues ergibt?»

«Natürlich.»

Nachdem ich aufgelegt hatte, waren es noch zwei Stunden bis zur ersten Möglichkeit, von Abend zu sprechen. Sechs Uhr! Über die Zeit hinaus konnte ich nicht denken. Ich wollte nicht hoffen, und trotzdem hatte ich die Stimmen im Ohr. Zuerst Kemnich: «Ich habe

Nita Kolter. Und noch jemanden. Das Mädchen, das sie ins Krankenhaus gebracht hat. Ich wollte gestern keine voreiligen und unbegründeten Hoffnungen wecken, deshalb war ich vorsichtig. Aber nun steht sie neben mir und möchte gerne mit Ihnen reden.»

Dann ihr verlegenes, zögerndes: «Hallo, Mutti …»

Ich wollte es mir wirklich nicht vorstellen. Aber ich hörte es, ihre Stimme und das Motorgeräusch. Ich sah im Geist Kemnichs Wohnmobil auf den Hof fahren. Es war nur Jürgen. Er kam ins Haus, balancierte ein Tablett mit Kuchenstücken auf der Hand. Bei Kaffee und Sahnetorte wollte er mit mir reden wie mit einem vernünftigen Menschen.

«Wenn dieser Kemnich sich meldet, sag ihm, die Sache hat sich für uns erledigt. Wir sind nicht länger interessiert an Nita Kolter und gewiss nicht an dem, was sie uns erzählen könnte.»

«Was befürchtest du eigentlich? Dass Rena doch mit ihnen zusammen war? Dass du einen Unschuldigen hast hinrichten lassen? Du hast doch Kuhlmann auf Udo gehetzt.»

Er lächelte. «Vera, ich befürchte nur, dass du den Verstand verlierst, wenn alles wieder von vorne beginnt. Und das wird es, wenn du diesem Kemnich den kleinen Finger reichst. Das hast du im Prinzip schon getan. Ich nehme doch an, du hast ihn ausführlich über den Stand der Dinge informiert, und er hatte währenddessen Gelegenheit, sich hier gründlich umzuschauen. Er wird annehmen, hier sei eine Menge zu holen. Und alles, was er dafür tun muss, ist, dich bei Laune zu halten.»

«Nein», sagte ich und erklärte, was ich mit Kemnich vereinbart und was er mir selbst vorgeschlagen hatte. So viel Zeit, wie es brauchte, für einen Scheck.

Jürgen seufzte. «Na schön, dann hat er sich sein Geld also ehrlich verdient, mir soll's recht sein. Aber mehr wollen wir nicht von ihm. Und ich will, dass du ihm das sagst.»

Kemnich rief um Viertel vor acht an. Er teilte mir mit, dass er Nita in einem Krankenhaus aufgespürt hatte, dass sie in einem elenden Zustand war. Die Ärzte gaben ihr noch ein paar Wochen, im Höchstfall zwei Monate.

«Was um alles in der Welt hat sie denn?»

«Sie ist positiv», sagte Kemnich.

«Was heißt das?»

Jürgen stand neben mir, um notfalls einzugreifen und persönlich zu sagen, was er von Kemnich wollte – nichts mehr. Auf meine Frage verdrehte er die Augen und flüsterte: «In was für einer Welt lebst du eigentlich? Sie hat gefixt! Was holt man sich denn mit dreckigen Nadeln?»

Kemnich sagte: «Aids. Zu schwach, um die Augen richtig aufzumachen, aber noch ziemlich aufmüpfig. Ich habe ihr ein paar Fragen gestellt, und das Einzige, was ich von ihr gehört habe, war: Verpiss dich, du Scheißer. Nitas Mutter ist übrigens informiert, seit letzten Donnerstag schon. Aber bisher hat die Dame es nicht für nötig befunden, am Bett ihrer Tochter zu erscheinen. Ich bleibe noch bis morgen. Vielleicht ist Nita dann umgänglicher. Oder ich habe das Glück und kriege Blacky zu packen.»

«Wer ist Blacky?»

«Irgendein Mädchen», sagte Kemnich zögernd. «Die Leute aus der Kommune kennen sie nicht. Von denen habe ich nur gehört, dass diese Blacky Nita in dem Nobelschuppen abgeliefert und alle paar Tage mal nach ihr gesehen hat. Sie ließ jedes Mal etwas Geld da, damit Nita versorgt wurde. Vor einer Woche hat sie Nita dann ins Krankenhaus geschafft. Aber das habe ich Ihnen ja gestern schon erzählt. Ich habe hier mit dem Arzt gesprochen, er wusste nur, dass Nita am vergangenen Mittwochabend in der Notaufnahme abgeliefert wurde. In der Notaufnahme erinnert man sich praktisch an gar nichts. Aber fest steht, dass Nitas Papiere vorgelegt wurden. Und dazu dürfte Nita selbst nicht mehr in der Lage gewesen sein. Ich denke mir, wenn Blacky so besorgt ist um Nita, wird sie sich vielleicht mal an ihrem Bett blicken lassen.»

«Vielleicht», sagte Jürgen spöttisch und stieß die Luft aus.

Blacky! Der Name einer Araberstute, die eingschläfert werden musste. Und ein anderes Wort für Hoffnung. Jemand mit einem großen Herzen. Jemand, der sich kümmerte um die, die an der Welt verzweifelten. Jemand wie Rena?

Obwohl Jürgen mich mit Blicken fast an die Wand nagelte, mir den Hörer abzunehmen wagte er nicht. Ich bat Kemnich, sich in der Szene umzuhören, ob Blacky anderen bekannt war. Und natürlich sollte er noch einmal versuchen, mit Nita zu reden. Ich nannte ihm die Fragen, die er stellen sollte.

Kemnich hatte keine Fragen, hatte auch am Dienstag keine gehabt. Er wusste wohl längst, wie die Dinge bei uns standen. Man konnte nicht ausschließen, dass er Kontakt zu Klinkhammer gehabt hatte und informiert war über Udos Geständnis und alles Weitere. Er hütete sich, auch nur mit einem Ton anzudeuten, Blacky und Rena könnten identisch sein.

Jürgen nannte ihn einen raffinierten Hund, der genau wusste, was er tat, der auch genau wusste, wie man Leute ködert. Das war Kemnich mit Sicherheit nicht. Er hatte mich nicht geködert. Im Gegenteil, er war äußerst zurückhaltend.

Als er am Donnerstag anrief, sprach er zuerst nur über Regina Kolter. Er war am Vormittag im Krankenhaus gewesen, hatte sie an Nitas Bett angetroffen und sich mit ihr unterhalten. Er war erstaunt und beeindruckt. So habe er sich eine Frau vom Fach nicht vorgestellt, sagte er.

Regina Kolter hatte sich bei den Ärzten erkundigt, ob ihre Tochter transportfähig sei und ob die Möglichkeit einer Pflege daheim bestehe.

«Hätte ich nicht gedacht», sagte Kemnich. «Es ist ihr verdammt ernst damit. Sie will sie tatsächlich nach Hause holen. Die Ärzte haben ihr abgeraten, aber sie bleibt hart.»

«Was ist mit Blacky, haben Sie da noch etwas in Erfahrung gebracht?»

Kemnich wich aus. «Nicht viel und nichts von Bedeutung. Ich

glaube, so wichtig ist sie auch nicht. Nita Kolter wird Ihnen bestimmt mehr erzählen können, wenn sie wieder daheim ist. Das wird in zwei oder drei Tagen der Fall sein, wenn ich Frau Kolter richtig verstanden habe. Und ich denke mir, wenn sie ihrer Tochter gut zuredet, erreicht sie garantiert mehr als ich.»

«Sagen Sie mir das wenige.»

Jürgen schürzte die Lippen und schüttelte den Kopf.

Kemnich zögerte. «Na schön», sagte er endlich, «Blacky trägt einen Schlapphut. Ist das interessant für Sie? Einen schwarzen Schlapphut, der Rest ist auch schwarz. Sogar die Haare, kurz, strubbelig und pechschwarz. Deshalb wohl der Name. Ich denke, sie ist ein Gruftie. Frau Zardiss, hier laufen eine Menge solcher Figuren rum. Die haben ihren eigenen Kult und mit der Szene nicht viel zu tun. Sie tauchen halt mal rein durch Zufall, stoßen auf ein so erbarmungswürdiges Häufchen wie Nita und entwickeln Mutterinstinkte. Sie hat was an sich, Nita meine ich. Sie ist ein Igel, kann man nur äußerst vorsichtig anfassen, eigentlich sollte man es gar nicht tun, aber man hat ständig das Bedürfnis.»

«Wie alt ungefähr ist Blacky?»

«Keine Ahnung», sagte Kemnich.

«Könnte es meine Tochter sein? Haben Sie den Leuten, die mit Blacky zu tun hatten, die Fotos meiner Tochter gezeigt?»

«Das reicht, Vera», sagte Jürgen und nahm mir den Hörer aus der Hand. Ins Telefon sagte er: «Wir danken Ihnen herzlich für Ihre Bemühungen, Herr Kemnich. Wie ich hörte, sind Sie für Ihre Dienste bereits bezahlt worden. Und … Na ja, das war's dann. Wir möchten Ihre Zeit nicht länger in Anspruch nehmen.»

Er legte auf, bevor ich es verhindern konnte. Ich ging mit den Fäusten auf ihn los. «Warum tust du das? Du hast gehört, wie er sie beschrieben hat.»

Er hielt meine Hände fest. «Ja! Das habe ich, Vera. Schwarzer Schlapphut, schwarze Haare. Ich habe drauf gewartet, dass er schwarze Schlabberhosen sagt.»

«Und davon habe ich ihm kein Wort erzählt.»

«Das musstest du auch nicht, Vera. Ich nehme doch stark an, er hat sich nicht allein mit deinen Auskünften begnügt. Er musste nur mit Lengries oder einem der anderen reden, dann wusste er, wie Rena damals herumgelaufen ist.»

«Aber Lengries und die anderen wissen nichts von Blacky. Ich glaube nicht, dass Rena mit ihnen über die Stute gesprochen hat. Kemnich kann sich diesen Namen nicht einfach aus den Fingern gesogen haben.»

Jürgen legte mir den Arm um die Schultern. «Sei vernünftig, Vera, bitte. Kemnich hatte tausend Möglichkeiten, von der Araberstute zu erfahren. Merkst du nicht, worauf dieser Kerl es anlegt? Nita hat er gefunden. Das heißt, die ersten fünftausend hat er sich verdient. Wenn er mehr verdienen will, muss er einen Köder auswerfen. Genau das hat er getan. Aber hier gibt es nichts mehr zu verdienen, Vera. Nicht für einen Herrn Kemnich und auch nicht für sonst jemanden. Also vergiss es.»

Wie hätte ich es vergessen können? Ich konnte doch mein Kind nicht vergessen und wartete auf Kemnichs nächsten Anruf. Er hatte seinen Auftrag und sein Honorar von mir bekommen. Er durfte sich von Jürgen nicht vorschreiben lassen, wann die Sache erledigt war. Ich wartete Freitag, Samstag, Sonntag. Montag rief ich das erste Mal bei Regina Kolter an.

Ein Anrufbeantworter nahm meine Bitte um Rückruf entgegen. Dienstag versuchte ich es zum zweiten und Mittwoch zum dritten Mal. Regina Kolter meldete sich nicht. Von Kemnich hörte ich ebenfalls nichts mehr.

Zweimal telefonierte ich mit Vater. Zweimal hörte ich mir an, ich müsse vernünftig sein. «Quäl dich nicht, Vera. Es ist schlimm, ich weiß das, aber es ist nicht zu ändern. Wenn ich die Zeit zurückdrehen könnte, Vera …»

Donnerstag nutzte ich die lange Mittagspause, um zu Regina Kolters Wohnung zu fahren. Jürgen sagte ich, ich müsse dringend ein paar Besorgungen machen. Ich stand vor verschlossener Tür, Regina Kolters Parkplatz war leer. Eine Nachbarin erklärte, sie habe Frau Kolter seit über einer Woche nicht gesehen. Und Kemnich hatte mir nicht gesagt, in welchem Frankfurter Krankenhaus er Nita gefunden hatte.

Ich kam um halb vier heim, ohne Lebensmittel. In der Diele empfing mich Jürgens heitere Stimme: «Du hast dir ja sehr viel Zeit gelassen. Musstest du die Sahne selbst schlagen?»

Sie saßen bei Kaffee im Esszimmer – Jürgen, Anne, Patrick, Vater und Mutter – und warteten auf die Torte. Als ich mit leeren Händen hereinkam, runzelte Jürgen die Stirn. Er war überzeugt gewesen, ich wolle Kuchen besorgen. Es war der 15. Dezember und ich hatte es vergessen. Ich hatte auch nur noch die Zeit für einen Schluck Kaffee, dann zerrte Jürgen mich zur Scheune.

Um sieben sagte er, wenn ich wolle, könne ich heimfahren und Mutter ein bisschen zur Hand gehen. Im Wartezimmer saß noch eine Patientin. Ich verließ die Praxis. Als ich mein Auto aufschloss, radelte hinter mir eine Frau vorbei, stieg ab, schob ihr Rad in den Hausflur. Eva Kettler. Ich wartete fünf Minuten, zehn Minuten, eine Viertelstunde. Zuerst kam die Patientin aus dem Haus, wenig später Jasmin.

Ich stieg wieder aus und ging zurück. Wie ein Dieb schlich ich mich ein, auf Zehenspitzen zur Tür des Untersuchungsraums. Ich rechnete damit, dass die Tür von innen verschlossen war. Das war sie nicht und der Raum war leer.

Sie saßen im Sprechzimmer. Die Zwischentür stand einen Spalt breit offen. Jürgen sprach von Kemnichs Anrufen und der Heimkehr seiner Schwiegereltern. Er hoffte, dass ich unter Vaters Einfluss wieder zu mir selbst fände, wollte keinen weiteren Ärger heraufbeschwören und empfahl Eva Kettler, sich einen anderen Arzt zu suchen.

«Wozu?», fragte sie. «Ich denke nicht daran. Du bist mein Arzt und damit basta.»

«Tu mir den Gefallen», bat er. «Sie dreht durch, wenn sie dich noch einmal hier sieht.»

«Das wäre aber mal eine Abwechslung», spottete Eva Kettler.

Jürgen blieb ruhig. «Hast du eine Ahnung, wie das ist, ein Kind auf die Weise zu verlieren? Nein, woher solltest du auch. Du hast so viel Mutterinstinkt wie ein Kuckuck.»

«Ach komm», sagte Eva Kettler. «Jetzt wärm nicht wieder die alte Geschichte auf. Wenn es nur nach mir gegangen wäre, ich hätte es gekriegt. Das weißt du auch. Darf ich dich daran erinnern, wer für Abtreibung war? Wer hat mir denn eingeredet, es wäre die beste Lösung? Wenn du mir so kommen willst, dann pass auf, ich kann auch anders.»

Ich hatte genug gehört. Um ehrlich zu sein, Eva Kettler interessierte mich nicht mehr. Es war mir egal, seit wann und ob Jürgen mich noch mit ihr betrog oder ob sie ihn mit irgendwas erpresste.

Zwanzig Minuten später war ich daheim. Mutter stand in der Küche und schälte Kartoffeln. Auf dem Herd brutzelte etwas. Es roch wie in alten Zeiten nach einem guten Braten. Vater saß vor dem Fernseher und der Ton war zu laut eingestellt. Anne war in ihrem Zimmer, saß vor der Kopie eines Artikels aus einer Fachzeitschrift an ihrem Schreibtisch. «Die Rolle der Histone bei der Genregulation». Eine höchst interessante Sache für Anne, nicht für mich. Die Tür zu Renas Zimmer war geschlossen.

Beinahe hätte ich angeklopft, ich hatte die Hand schon erhoben. Sie fiel wie von selbst herunter. Dann saß ich auf ihrem Bett. Mit leeren Händen. Das Fach ihres Nachttischs war leer, nicht ein einziges Tagebuch mehr darin. Ich suchte alles ab, in ihrem Zimmer und in unserem. Auf dem Dachboden, im Keller, in der Scheune. Ich fragte Anne, Mutter und Vater, Jürgen auch, als er heimkam.

«Ich habe die Bücher weggeworfen», sagte er.

«Warum?»

«Weil ich mir das nicht noch einmal antun wollte. Und dir auch nicht.»

«Ich hatte die letzten drei noch nicht gelesen.»

«Das hatte ich gehofft», sagte er.

«Ich will wissen, was drin stand!»

«Das habe ich dir doch erzählt», sagte er und schaute zum Fenster hinüber. «Dass wir sie wohl geliebt hätten – irgendwie. An diesem Irgendwie bin ich fast erstickt. Ich kaue immer noch dran, Vera. Vielleicht wird es mir mein Leben lang wie ein Stein im Magen liegen. Aber das ist mein Problem. Ich sage mir jeden Morgen beim Aufwachen und jeden Abend vor dem Einschlafen: Wir waren vielleicht nicht die besten Eltern für sie, aber wir waren auch nicht die schlechtesten. Manche Sätze muss man sich tausendmal vorsagen, ehe man sie glaubt. Und nun gib Ruhe, Vera. Tu uns allen den Gefallen und gib Ruhe. Sie ist tot! Begreif das endlich. Du machst sie nicht wieder lebendig, wenn du dich auf ihre Tagebücher stürzt und uns vorrechnest, was wir falsch gemacht haben. Das war gestern, Vera.»

Er hob die Hand und zeigte zur Couch. «Und heute sitzt da dein Vater, der gerne seine Ruhe hätte. Und da sitzt deine Mutter, die gerne ihre Ruhe hätte. Und da sitzt Anne, die vielleicht gerne einmal wieder erleben möchte, wie es ist, wenn man eine Mutter hat. Von mir will ich gar nicht reden.»

Begreif das endlich, Vera! Sie ist tot! Das steht nirgendwo geschrieben.

Fünf Tage später rief Regina Kolter an. Es war ein Dienstag. Sie hatte ihre Tochter nicht heimgeholt in ihre helle Eigentumswohnung. Sie war mit ihr in Köln – Klinikum Merheim. Einer ihrer zahl- und einflussreichen Freunde hatte dafür gesorgt, dass Nita ein Bett bekam. Darum gerissen, sie aufzunehmen, hatte sich in Merheim wahrscheinlich niemand.

Leider rief Regina Kolter am späten Abend an. Der Anrufbeantworter war zwar nicht eingeschaltet, Jürgen begriff trotzdem, mit wem ich sprach. Regina Kolter sagte, sämtliche Vorhersagen ihrer

Bekannten seien durch Nita bestätigt worden. Wenn ich Wert darauf legte, mit ihrer Tochter persönlich zu sprechen, ich könnte gerne kommen. Aber ich solle mir nicht zu viel Zeit lassen.

«Ich komme morgen Nachmittag», sagte ich.

Jürgen versuchte es mir auszureden. «Wenn du dir unbedingt diesen Blödsinn anhören willst, bitte, das ist deine Sache. Aber dann sei so nett und warte, bis die Kolter wieder daheim ist. Du hast ja gehört, dass es nicht mehr lange dauern wird.»

«Ich will nicht mit Regina Kolter reden, sondern mit Nita.»

«Vera, sie hat Aids.»

«Das wird ihr kaum die Stimme verschlagen haben. Mach dir bloß keine Sorgen. Ich habe nicht vor, mit ihr zu schlafen. Ich werde auch ihr Fixerbesteck nicht benutzen.»

Vater sagte: «Ich glaube, darum sorgt Jürgen sich nicht, Vera. Er sorgt sich um dich und um seine Praxis. Wir leben nicht in einer Großstadt. Wenn sich herumspricht, woran dieses Mädchen stirbt, wenn bekannt wird, dass du bei ihr warst ...»

Weiter kam er nicht. Mutter schlug unvermittelt mit der Faust auf den Tisch, sie sprach nicht, schrie nicht. Sie kreischte: «Ihr seid jetzt beide still. Was ist dabei, wenn Vera das Mädchen besucht? Lasst sie doch in Ruhe fahren, solange noch die Möglichkeit besteht, ein paar Antworten zu bekommen. Wenn dieses Mädchen auch unter der Erde ist, ist alles vorbei, begreift ihr das nicht? Man muss mit den Leuten reden, solange sie noch reden und zuhören können. Es kommt ein Tag, da können sie nicht mehr. Und da begreift man erst, wie viel man ihnen noch zu sagen hatte. Ich weiß, wie das ist. Fahr nach Köln, Kind. Kümmere dich nicht um das, was sie sagen und was andere denken könnten. Wenn du es nicht tust, wirst du es eines Tages bereuen.»

Ich fuhr. Und es war nicht mehr Nita, die ich besuchte. Es war nur noch ein Häufchen Knochen, das von pergamentartiger Haut zusammengehalten wurde. So schlimm hatte ich es mir nicht vorgestellt. Es war ein scheußlicher Anblick, Geschwüre auf Stirn,

Wangen, Kinn, Nase, das ganze Gesicht war wie eine eitrige Wunde.

«Überraschung, Überraschung. Was für ein hoher Besuch», sagte Nita, als ich ihr Zimmer betrat. Es war nur ein Zischen und Röcheln, aber ich verstand sie.

«Streng dich nicht an, Schatz», flüsterte Regina Kolter. Sie saß neben dem Bett, war halb über Nita gebeugt.

Den Kopf bewegte Nita nicht, nur die Augen. «Geh Kaffee trinken, Regina. Hast dir 'ne Pause verdient. Ich kratz nicht ab in der Zeit, versprochen.»

Regina Kolter erhob sich nur widerwillig. Nachdem sie das Zimmer verlassen hatte, deutete Nita auf den Stuhl. Als ich zögerte, fragte sie: «Angst, mir zu nahe zu kommen? Keine Sorge, jetzt beiß ich nicht mehr. Meine Zähne wackeln. Irgend so 'n Scheißpilz frisst mir da drin alles kaputt. Willst du mal reinschauen?»

Sie öffnete den Mund, nicht sehr weit. Und bevor ich einen Blick hineinwerfen konnte, riss sie eine Hand vor die Lippen und begann zu husten. Es dauerte entsetzlich lange, ehe der Anfall vorüber war und sie sich so weit davon erholt hatte, dass sie wieder Luft fand.

«Jetzt setz dich endlich, Mutti! Sonst schlaf ich 'ne Runde und du schaust in die Röhre. Könnte nämlich sein, dass ich nicht mehr aufwache.»

Ich setzte mich auf den Stuhl. In ihre Augen trat ein Hauch von Zufriedenheit. Sie war nur schwer zu verstehen. Ich musste mich tief über sie beugen.

«Du bist nicht der erste hohe Besuch», begann sie. «Aber dem Bullen hab ich was gehustet. Ich kann phantastisch husten. Willst du nochmal hören? Du hast doch nichts dagegen, wenn ich du zu dir sage, oder? Sag ich jetzt zu allen. Muss ich mich dran gewöhnen. Im Himmel sagen auch alle du zueinander. Oder meinst du, ich komme nicht in den Himmel?»

«Ich weiß es nicht.»

«Aber ich weiß es. Ich habe mich freigekauft. Mindestens fünf

Scheißer habe ich auf den Weg zur Hölle gebracht. Sind leider nicht so viele geworden, wie ich mir vorgestellt hatte. Ich bin zu spät abgehauen, weißt du. Und weißt du, wessen Schuld das ist? Deine!»

Sie schloss die Augen, minutenlang war sie still. Ich dachte schon, sie sei eingeschlafen, da fragte sie: «Willst du auch einen Pakt mit dem Teufel schließen? Mach mal den Nachttisch auf, da liegt ein Zettel mit einer Telefonnummer.»

Ich zog ein Schubfach auf und nahm den Zettel. Nita war nicht in der Lage, meiner Bewegung mit den Augen zu folgen. «Hast du ihn?»

Ich zeigte ihr das Stück Papier. Sie schloss die Augen wieder. «Da rufst du an, heute Abend, aber erst nach acht. Egal, wer dran ist, du sagst nur, du willst Paul sprechen. Paul, merk dir das! Und dann sagst du zu Paul, er soll Regina hier rausholen. Er wird sich um sie kümmern. Vielleicht heiratet er sie sogar, wenn ich nicht mehr da bin.»

Wieder lag sie minutenlang still, nur die Lider flatterten ein paar Mal. Genug Kraft, um die Augen noch einmal zu öffnen, hatte sie anscheinend nicht mehr. Als sie weitersprach – flüsterte –, blieben sie geschlossen. «Jetzt wollte ich dir eigentlich sagen, du kannst wiederkommen, wenn du deinen Teil eingelöst hast. Wenn Paul hier war, erzähle ich dir was. Aber Regina sagte, du bist auch nur ein armes Schwein und ich soll nett zu dir sein. Und ich glaube, ich habe nicht mehr viel Zeit.»

Noch eine winzige Pause. «Soll ich mal ganz gemein sein», flüsterte sie, «und dir erzählen, wir hätten dein Pferdchen im Regen stehen lassen?»

Ich musste ebenfalls die Augen schließen. «Ihr habt sie stehen lassen. Es gibt einen Zeugen, der es gesehen hat.»

Sie brachte so etwas wie ein Lächeln zustande. «Der Typ im roten Kadett? Hat er gesagt, er hat es gesehen? So ein Arschloch. Er kann überhaupt nix gesehen haben. André hat sie zu mir rübergeschickt, weil's auf seiner Seite zu gefährlich war. Sie wollte nicht mit, weißt du, sie wollte partout nicht mit. Wochenlang hat sie eine Ausrede nach der anderen gefunden. Zuletzt sagte sie, sie kann nicht unauffällig ein paar Klamotten aus dem Haus schmuggeln, weil Lenchen ihr immer auf die Finger schaut. Ich habe ihr versprochen, dass ich den Koffer für sie packe. Dass ich all die Sachen von mir reintue, die sie so gerne mochte. Wir haben ihr den Koffer gezeigt, morgens an der Schule. Ich hatte ihr sogar eine Zahnbürste eingepackt, nagelneu natürlich. War noch in der Folie.»

«Hast du auch deinen Schlapphut für sie eingepackt?»

Ich bereute die Frage auf der Stelle. Ich hatte sie damit aus dem Konzept gebracht oder verwirrt. Sie blinzelte und war still. Minutenlang hörte ich nur ihren rasselnden Atem. Dann hob sie eine Hand ein wenig an und deutete zum Nachttisch. Dort stand ein Becher mit Tee und einem Strohhalm. Ich hob ihren Kopf an und ließ sie trinken. Auch danach dauerte es noch eine Weile, ehe sie weitersprach.

«Ich hasse Hüte, ich hasse blöde Fragen. Und ich hasse es, wenn einer versucht, mich zu linken. Eigentlich hasse ich im Moment alles. Ich hab nicht gebettelt, dass du kommst. Es war deine Idee.»

«Gut», sagte ich. «Ich werde keine Fragen mehr stellen. Erzähl weiter.»

«Sag zuerst bitte.»

«Bitte, erzähl weiter.»

«Sie hat sich die Sachen angeschaut und gesagt, sie denkt drüber nach. Ich konnte mir an zwei Fingern ausrechnen, dass sie mich hängen lässt, wo sie nun einen Gaul hatte. Ich habe zu André gesagt, wir versuchen es heute Abend beim Stall. Wenn sie rauskommt, schnappen wir sie einfach. Ich hatte mir ein bisschen Äther besorgt. Kannst du nachprüfen, wenn du mir nicht glaubst. Wir hatten in Bio damit hantiert. Drosophila melanogaster haben wir darin ersäuft, pfundweise. Ich wusste nicht, wie viel ich brauche für einen Menschen. Da habe ich es ein bisschen übertrieben. Tut mir echt Leid. Sie war die ganze Nacht weggetreten. Ich hab schon gedacht, ich hätte sie umgebracht. André hat sich fast in die Hosen geschissen. Das Zeug war ja nicht sauber. Ich meine, der Äther war nicht für Menschen gedacht. Aber es hat funktioniert. Am nächsten Tag hatte sie höllische Kopfschmerzen und gekotzt hat sie, ich dachte, sie hört nie wieder auf.»

Nita erzählte noch mehr, unterbrochen von langen Pausen der Erschöpfung, von Hustenanfällen, Keuchen und Schnaufen, mit einer Stimme, die immer schwächer wurde – an einem Mittwoch im Dezember, drei Tage vor Weihnachten. «Ihr Kinderlein kommet, kommt endlich heim …»

Ich höre sie heute noch flüstern, ächzen und wispern. Von Renas Kopfschmerzen und ihrer Übelkeit. Und ich höre Olgert sagen: «Wenn sie sich drei Tage in diesem Bus aufgehalten hätte wie Menke und Kolter …»

Nita sagte, es wäre nur ein Tag gewesen und Rena hätte ihn ausschließlich auf der zweiten Wolldecke verbracht, die sie bei sich hatten, die sie danach wegschmeißen mussten, weil sie so versaut war. Rena sei auch nicht dazu gekommen ihr Regencape auszuziehen oder ihre Schuhe. Am Freitagabend hätte Rena den Bus verlassen – in derselben Kleidung, die sie trug, als sie hineingezerrt wurde. Angeblich habe Rena nur ein bisschen frische Luft schnappen und irgendwo ein trockenes Brötchen auftreiben wollen, um ihrem geschundenen Magen ein Häppchen zu bieten.

Zu diesem Zeitpunkt hätte es so ausgesehen, als füge sie sich in ihr Schicksal. Bevor sie ausgestiegen sei, hätte sie von Mattho erzählt, dem bei der Überfahrt mit der Fähre garantiert auch schlecht geworden sei. Und dass sie leider nicht mehr über das Ziel seiner Reise wisse, nur England. Weil Udo einmal gesagt hatte, sie solle dem Teufel doch ein paar englische Wörter beibringen.

Ehe sie vom Bus weggegangen sei, hätte Rena noch gefragt, ob sie für Nita und André Menke etwas mitbringen solle. Eine Portion

Pommes oder eine Wurst. Zu Brühwurst gäbe es bestimmt ein trockenes Brötchen. Sie sei nicht zurückgekommen.

Die ganze Nacht hätten sie gewartet. Und am Morgen hätte André Menke gesagt: «Die sehen wir nicht wieder, jede Wette, die ist mit dem nächsten Zug Richtung Heimat.»

Und Nita hätte geantwortet: «Oder dem blöden Gaul hinterher, jetzt, wo wir ihr gezeigt haben, wie man's macht.»

Bekleidet mit einem gelben Plastikumhang, ausgestattet mit fünfhundert Mark und dem Pass im Brustbeutel.

Drei Tage vor Weihnachten hörte ich das.

Es war ein trostloses Fest für uns. Für Regina Kolter dürfte es am Bett der sterbenden Tochter mehr Liebe gegeben haben. Es tut weh, sich daran zu erinnern. Ich habe so viel Gefühl zwischen zwei Menschen nie erlebt. Und ich dachte, unsere Welt wäre die bessere, die saubere gewesen.

Sauber war sie auch. Mutter brachte das Haus wieder auf Hochglanz, und sie war als Einzige bereit, mit mir zu sprechen. Über den Äther aus dem Biologieunterricht. Klinkhammer hat das selbstverständlich nachgeprüft. Drosophila melanogaster, winzig kleine Fruchtfliege. Man hatte sie für eine Projektwoche in einem Kölner Institut besorgt. Sie waren genetisch vorbehandelt und durften sich deshalb in Freiheit nicht fortpflanzen. Sie wurden im Äther ertränkt, wie Nita es mir erzählte.

Es war am Gymnasium eine große Flasche Äther abhanden gekommen. Diese Flasche hatten die Frankfurter Kollegen im Bus gefunden, das heißt die Scherben der Flasche. Den Spuren nach zu schließen, war sie bei Menkes Kampf mit dem oder den Unbekannten zerbrochen. Ob sie vor dem Kampf völlig, zur Hälfte oder gar nicht geleert war, ließ sich nicht feststellen. Im Bus gab es keine Rückstände von Äther.

Das war das Einzige, was sich noch überprüfen ließ. Klinkhammer vermutete, dass der Flascheninhalt im Freien ausgekippt worden war. Was Nita mir sonst noch erzählt hatte, hatte den gleichen Wert wie Udo von Wirths Geständnis.

Jürgen fühlte sich bestätigt. Vater und Anne stimmten ihm zu. Für sie hatte Nita mir nur auf Anweisung ihrer Mutter das Weihnachtsmärchen erzählt. Und Kemnich hatte mit Blacky seinen Teil beigesteuert.

Manchmal glaube ich, sie haben Recht. Aber manchmal denke ich: Wenn Nita Kolter mich nur belogen hat, um ihrer Mutter einen Gefallen zu tun, um ein dreibeiniges Tischchen, ein paar Tarot-Karten und ein Schreibbrett auf eine solide Unterlage zu stellen, warum hat Nita dann den Überfall durch drei Skinheads und das nette kleine Häuschen in Grün und Blau nicht bestätigt?

Darüber hat sie gelacht. Es gab keine Skinheads. Es gab nur einen krummen Hund, der ihnen versprach, Stoff zu liefern. Was er brachte, reichte nicht einmal, um eine Mücke froh zu machen. Als André sich beschwerte und sein Geld zurückverlangte, kostete ihn das sein Leben. Und Nita beinahe das ihre, wäre Blacky nicht gewesen, die sich ihrer angenommen hatte.

Kemnichs Einfluss? Kaum! Nita wusste nichts von Blacky, erinnerte sich weder an eine Kommune noch an ihre Einlieferung ins Krankenhaus. Sie wusste nicht einmal mehr, dass sie die Frankfurter Polizei angerufen hatte. Der Schock über André Menkes Tod hatte eine beachtliche Lücke in ihr Gedächtnis gerissen, vielleicht noch verstärkt durch ihre Krankheit und die Sucht.

Nita Kolter wurde am 16. Januar beerdigt. Ich war dabei. Ich war auch vorher noch zweimal in der Klinik gewesen. Ich wollte ihr sagen, dass ich die Wahrheit verkrafte. Dass sie mich nicht auf Geheiß ihrer Mutter belügen muss. Dass sie gemein sein und mir erzählen durfte, sie hätten mein Pferdchen im Regen stehen lassen, wenn es denn so gewesen war. Nur konnte Nita mir nicht mehr anworten.

Und Paul, ich weiß nur seinen Vornamen – er war ein großer, kräftiger Mann mit aschblonden Haaren, den ich an ihr Bett gebracht hatte, sorgte dafür, dass ich das Zimmer verließ. Er begleitete mich hinaus. Vor der Tür sagte er, Regina Kolter hätte nur noch ein paar Tage mit ihrer Puppe, die solle ich ihr lassen. Ich hätte immerhin noch Hoffnung.

Ich weiß nicht, ob ich noch Hoffnung habe. Aber manchmal, vor allem nachts, wenn ich nicht schlafen kann, wenn die Bilder im Hirn allmächtig werden und erdrückend, wenn Jürgen sie mir noch einmal auf den Bauch legt – so winzig, so hilflos, so abhängig von mir –, in solchen Momenten stelle ich mir vor, dass sie irgendwo da draußen lebt. Und dass ich eines Tages losfahre. Nach Frankfurt oder Hamburg, nach London, quer durch England, wenn es sein muss. Dass ich sie finde. Dass ich ihr sage, ich habe sie nicht gewollt, aber ich habe sie geliebt, nicht nur irgendwie. Dass ich sie zurückhole. Und dass ich all das für sie tue, was ich nicht getan habe, solange noch Zeit war.